向陽而生
　向心而覺
　　止於至善

　　　　怡仁 書

长篇反腐小说
DANDANG

担当

肖仁福 ◎ 著

贵州出版集团
贵州人民出版社

图书在版编目（CIP）数据

担当 / 肖仁福著. -- 贵阳：贵州人民出版社，2024.6

ISBN 978-7-221-18129-9

Ⅰ. ①担… Ⅱ. ①肖… Ⅲ. ①长篇小说－中国－当代 Ⅳ. ① I247.5

中国国家版本馆 CIP 数据核字（2024）第 020009 号

担当
DANDANG

肖仁福 / 著

出 版 人	朱文迅
责任编辑	徐楚韵
出版发行	贵州出版集团　贵州人民出版社
地　　址	贵阳市观山湖区中天会展城会展东路 SOHO 公寓 A 座
印　　刷	大厂回族自治县德诚印务有限公司
版　　次	2024 年 6 月第 1 版
印　　次	2024 年 6 月第 1 次印刷
开　　本	787 毫米 ×1092 毫米　1/16
印　　张	23
字　　数	389 千字
书　　号	ISBN 978-7-221-18129-9
定　　价	59.00 元

如发现图书印装质量问题，请与印刷厂联系调换；版权所有，翻版必究；未经许可，不得转载。

一

早上八点，吴楚东刚进市发改委，杨世杰的电话就追了过来，要他马上到政府去一下。

发改委全称"发展和改革委员会"，是政府组成单位，杨世杰是儒州市政府常务副市长，发改委归其主管，吴楚东身为发改委副主任，主管领导召唤，自然得听从。

政府大院有两栋主体办公楼，政府办在南楼，发改委在北楼。吴楚东从北楼出来，赶往南楼。升上六楼，杨世杰已倒好茶水，在办公室里专候他的到来。吴楚东坐到杨世杰桌对面椅子上，端过桌上茶杯抿一口，笑道："市长这么客气，有啥好事？"

杨世杰没笑，阴着脸道："世间哪来那么多好事？就是有好事，也轮不到你头上。"

吴楚东道："也是啊，楚东自被市长弄进发改委后，还真没遇到过好事。"杨世杰道："不跟你废话，你得有思想准备，去接城投公司的烂摊子。"

吴楚东几乎跳将起来，叫道："要我接城投公司？！咱俩到底有多大仇恨，你要这么虐待我！干脆把我身上的血放掉，做成猪血粑下酒，你更能解恨。"

猪血粑是儒州地方食品。杀猪时，将猪血淋到新鲜豆腐上搅匀，做成血团熏干，食用时切成片，或蒸或炒，佐以姜丝辣椒粉，便是上等下酒菜。杨世杰被吴楚东逗乐了，阴沉的脸浮起笑意，道："你看你，搞得马上就到世界末日了似的！放心，现在二〇〇二年都过完了，诺查丹玛斯的预言早已作废。再说你是人，又不是猪，哪做得出猪血粑？做人血馒头还差不多。"吴楚东道："我宁肯做猪，也不愿做人，去蹚城投公司的浑水。"

城投公司全称为儒州市城建投资公司，挂靠在发改委下面，董事长则由政府领导兼任。杨世杰前任刘天龙就做过多年城投公司董事长，后刘天龙升任市委副书记，杨世杰继任常务副市长，董事长自然到了他名下。可城投公司班底都是刘天龙的人，尤其发改委副主任兼公司总经理蒲秀丽纯粹绣花枕头一个，公司运作全掌握在刘天龙手里。杨世杰挂名董事长后，蒲秀丽依然唯刘天龙之命是从，没买杨世杰的账。直至凤翔机械厂的事闹得不可开交，市委书记危存虎在常委会上拍了桌子，杨世杰才不得不硬着头皮，来操城投公司的心。

　　凤翔机械厂始建于二十世纪六十年代前期，厂址设在凤翔镇上。凤翔镇属凤梧县管辖，但距儒州市区不到三十公里，凤翔机械厂也由县管变为市管，曾是全市利税大户。可世上没有永远的赢家，到二十世纪末，厂子开始败落，难以为继，曾经的纳税大户变成市委、市政府的大包袱，几千名职工生活没着落，有智力的自主创业，有体力的外出打工，没智力没体力创不了业也打不了工的，便成群结队到省里市里上访闹事。闹了几年，没闹出啥名堂，还是时任儒州市长卢至诚找到省政府，争取到自儒州至凤梧的儒凤大道建设项目，想着将大道规划线旁的凤翔机械厂遗留问题做个了结。办法也简单，一是改制机械厂，卖个好价；二是让城投公司儒凤大道建设项目部出钱，征走部分厂区，两笔钱放在一起，用来给职工买保险、补欠款。

　　凤翔机械厂改完制，各路大神纷纷涌至儒州，试图拿下凤翔机械厂。其时卢至诚转任市人大常委会主任，刘天龙趁新任市长靳齐民在北京学习，将机械厂低价卖给一位姓汪的浙商。加之儒凤大道项目部交出一笔征地款，总算勉强解决了机械厂积压多年的老大难问题。谁知一年后，机械厂职工又开始闹事。原来汪老板已将机械厂高价易手给一个姓陈的沪商，留下该补偿职工的七千多万欠款，金蝉脱壳，不知去向。汪老板人间蒸发，不明真相的沪商已出过高价，不肯另外掏钱给机械厂职工，余欠一时没有着落。职工们听说原厂长鲍长庚得过汪老板好处，找鲍长庚麻烦，不见鲍长庚影子，便涌向儒凤大道工地，要与施工人员同生死、共存亡。

　　城投公司总经理蒲秀丽哪见过这阵势，赶紧联系刘天龙。刘天龙说自己不在其位，不谋其政，要蒲秀丽找现任公司董事长杨世杰。蒲秀丽背靠刘天龙这棵大树，平时很少走进杨世杰办公室，杨世杰忙里忙外，也懒得过问城投公司，这会儿蒲秀丽临时来抱佛脚，杨世杰只奚落她几句，没啥行动。蒲秀丽又找靳齐民，靳齐民汇报到危存虎那里，危存虎召集常委召开扩大会议，问杨世杰怎么回事。杨世杰当的空头董事长，情况不掌握。危存虎就拍桌子，骂他董事长怎么当的。杨世杰道："我还真不知这董事长该怎么当，刘副书记移交董事长时没传经送宝。"

　　危存虎自然清楚个中情由，桌子其实是拍给刘天龙看的。又训杨世杰几句，愤然起身，拂袖而去。与会人员陆续散去，只杨世杰坐着没动，掏出香烟点着，悠闲地抽起来。几分钟后，危存虎秘书小林进来道："书记请杨市长去一下。"

杨世杰假装没听明白，拿出嘴里烟头，道："书记？哪位书记？"小林道："自然是危书记。"杨世杰道："危书记办公桌质量不好，我怕他老人家手劲大，把桌子拍烂。"

刚才小林不在会上，没见证危存虎拍桌子的场面，不懂杨世杰话里意思，愣了愣，转身出门，去给危存虎回话。危存虎只好走进会议室，反手关上门，在杨世杰对面一坐，叹口气道："世杰架子还不小嘛！"

杨世杰抬臂将手里的烟屁股摁熄在烟灰缸里，不紧不慢道："书记是常委班子里的班长，世杰作为班子成员，架子再大，又哪大得过班长？"危存虎道："算你视力不错，眼里还有我这个班长。你说吧，事情怎么解决？"杨世杰道："我已想出妙法，就请危书记赶紧呈报省委，让我把常务副市长职位奉还给刘天龙。"

危存虎脸一黑，骂道："把常务副市长奉还给刘天龙，你好做市委副书记？"杨世杰笑道："不不不，世杰从无这野心，也不够副书记格。刘天龙能耐大，完全可身兼两职，世杰就做个光头常委，来负责常委会议室保洁工作。"

"别嬉皮笑脸，给我正经点。"危存虎一拍桌子，低声吼道。不过这回手抬得高，落得轻，不像拍桌子，倒像鼓手拍鼓。杨世杰道："蒲秀丽有事只找刘天龙，没瞧得起我这个董事长，难道我还跟刘天龙争权不成？"

危存虎无奈道："这事要怪我，对城投公司重视不够，觉得蒲秀丽能将就先将就，没另外安排人。看来这女人得赶紧换掉，不然儒凤大道工地还会乱子不断。世杰有啥好人选，推荐一个。"杨世杰道："我推荐人取代蒲秀丽，刘天龙还不记恨我一辈子？"危存虎道："你左一个刘天龙，右一个刘天龙，却视我这个班长于不顾，什么态度嘛！我没工夫跟你碎嘴，你干脆点，到底有没有人拿捏得住城投公司？"

杨世杰不再顾左右而言他，认真道："人倒是有人，但不知人家肯不肯接城投公司的盘。"危存虎道："是谁你先说出来听听。"

杨世杰就说了吴楚东的名字。危存虎笑道："你这小子，来做我工作，把吴楚东从县里调进市发改委，原来是备不时之需。"杨世杰承认道："吴楚东在县里干得好好的，我让他回市里来，就想着把城投公司交给他，谁知刘天龙察觉出我的用意，通过熊继为打电话给我，说蒲秀丽虽系女流之辈，却好学上进，要我多带带她，我还能怎么着？"

熊继为是省委常委、省委政法委书记，做过儒州市委书记，刘天龙和蒲秀丽都是他一手提拔起来的。危存虎知道熊继为与刘天龙的关系，道："此前要动蒲秀丽，还确实有些棘手，眼下儒凤大道工地不平静，蒲秀丽自不量力，也到了交出城投公司的时候。你要觉得吴楚东行，就让他兼任城投公司总经理。这事不能再拖延，否则市里会更被动。"

杨世杰答应做吴楚东的工作。果然吴楚东一口回绝，还要杨世杰放他身上的血，做成猪血粑下酒。杨世杰也没逼吴楚东，抓个兵来不杀贼，逼也没用，只是要吴楚东先回去好好想一想，想清楚了，再回个话。

"有啥可想的？我只要插手城投公司，绝不会有好下场。"吴楚东撂下一句话，起身离去。杨世杰看着吴楚东的背影消失在门外，摇摇头，准备去见卢至诚，请他出面做做吴楚东工作。吴楚东可以不听杨世杰的，但卢至诚的话还是会当回事的。

吴楚东做过卢至诚秘书，卢至诚很器重吴楚东，只让他在自己身边待了两年，便安排去市团委担任副书记，后又外放县里当副县长，增加历练，以期大用。谁知卢至诚的市长任期满后，去人大做了常委会主任，吴楚东也就止步不前，多年没有长进。杨世杰与吴楚东有过工作接触，欣赏其才干，把他调进发改委，本想让他以副主任兼任城投公司总经理，做出成绩，再提主任，只因熊继为插手，没能如愿。这回城投公司儒凤大道项目工地出乱子，蒲秀丽已玩不下去，到了起用吴楚东的时候，谁知这小子一口回绝，毫无商量余地。不过也怪不得人家，儒凤大道项目的水太深，吴楚东不愿陷进去，也可理解。可问题摆在那里不解决，危存虎不得安宁，自己也难逃干系，只能把吴楚东推出来了难。

人大常委会主任没有市长忙，杨世杰来到市人大时，卢志诚正在办公室里看文件，见他进来，卢志诚摘下老花镜，眼望着杨世杰笑笑："是不是楚东不听调派，来动员我老人家做说客？"杨世杰道："楚东给您打过电话？"卢至诚道："要他打啥电话？儒凤大道工地闹得沸沸扬扬，蒲秀丽招架不住，你与危存虎肯定会另选高明。"

杨世杰就简单说了几句吴楚东拒接城投公司的事，请卢至诚出面，劝劝吴楚东。卢至诚道："这事我还真不好出面。"杨世杰道："儒凤大道项目是老市长好不容易争取来的，难道您老忍看项目这么一直瘫下去？"

卢至诚沉默良久，道："世杰应该明白，儒凤大道项目工人闹事看得见，可凤翔机械厂改制后两度变卖则是人后完成的，问题恐怕就出在这里。"杨世杰道："我挂名城投公司董事长以来，虽不负责公司具体经营事务的管理，却也听说凤翔机械厂变卖不正常。坊间甚至说，那个姓汪的浙商并非浙江人，可能是本省某大人物的亲戚。"卢至诚道："楚东自然也知道城投公司内幕复杂，你要我说服他接盘，不是叫我逼他往火坑里跳吗？"

杨世杰道："可儒凤大道项目和凤翔机械厂的事总得有个了结，否则问题越积越多，麻烦越来越大，市委、市政府更吃不消。"卢至诚沉吟半响，道："我倒想起一个人，是吴楚东的大学校友，曾在儒州市纪委工作过，后调任省纪委党风政风监督室副主任。"

"老市长是指韦叶舟吧？我怎么没想起他呢？"杨世杰一拍大腿，"韦叶舟与吴楚东关系不错，他肯出面做吴楚东工作，定能做通。我这就打韦叶舟电话。"卢至诚道："不忙不忙，此事宜缓不宜急。韦叶舟父母都是凤梧人，十多年前双双从凤翔机械厂退休。前年韦父过世，韦叶舟清明肯定会回来给父亲扫墓，陪母亲两天。"杨世杰道："蛮好蛮好，离清明已没几天，到时我一定把韦叶舟给逮住。"

转眼来到清明前夕，杨世杰打通韦叶舟电话："回凤梧没？"韦叶舟道："杨市长怎么知道我回凤梧？"杨世杰道："你是凤梧人嘛，清明自然会回来祭祖。你已到凤梧，还是在路上？我得跟你见个面，说几句话。"

身为纪检部门干部，韦叶舟不便随意跟各地官员接触，道："杨市长有事电话里说吧，见面就免了。"杨世杰道："我有要事跟你沟通，电话里说不清楚。不是私事，是公事，牵涉到凤翔机械厂数千职工饭碗问题，就指望你了。"韦叶舟笑道："凤翔机械厂职工饭碗指望我，我有这么大能耐吗？"杨世杰道："有有有。到时一说，你就清楚了。"

韦叶舟这才告诉杨世杰，自己已在回儒州的火车上。杨世杰便从司机手里要过车钥匙，亲自驾车赶到火车站，把韦叶舟接上车，要往宾馆里拉。韦叶舟道："时间还早，凤梧才个把小时的车程，杨市长有事说事，说完事我下车，坐中巴回凤梧。"杨世杰道："叶舟不愿留儒州也行，我叫上吴楚东，吃顿便饭，再让他送你。"韦叶舟道："便饭也免了，老娘正在准备中饭，等着我回去一起吃呢。"

杨世杰不好勉强韦叶舟，打通吴楚东电话，问他在哪里。吴楚东知道杨世杰不肯放过自己，心里有些烦，没说在哪里，反问道："市长有事吗？"杨世杰道："没事就不能找你啦？"吴楚东道："没事我挂电话了。"杨世杰火道："你敢挂我电话？还有没有点组织原则！快说，在哪里？"

吴楚东只好告知在办公室。杨世杰要他哪里都别去，就在办公室等着，然后关掉手机，对韦叶舟道："这就是叶舟你那老同学，三句好话，不如一顿臭骂。"韦叶舟道："打是亲，骂是爱，说明楚东是市长爱将。"杨世杰道："还爱将，我恨不得踢破他胯里狗卵！"韦叶舟笑道："楚东就这么该踢吗？"

"当然该踢。"杨世杰说了说吴楚东拒接城投公司总经理的简单过程。韦叶舟知道凤翔机械厂改制和厂里职工上儒凤大道工地大闹的事，道："这事不好怪楚东，换了我韦叶舟，恐怕也不敢接这个烫手山芋。"杨世杰叹道："可事到如今，不推出吴楚东，还真不知怎么收场。吴楚东也是发改委副主任，人品正，又做过常务副县长，见多风浪，他肯定有办法给我了难。可这小子翘尾巴，不听调摆，只好请叶舟出面劝劝他。"韦叶舟道："劝楚东没问题，只是凤翔机械厂改制变卖内幕深，让楚东陷进去，不是害他吗？"

杨世杰浩叹一声，道："我也有这方面的担忧。可比起凤翔机械厂数千职工饭碗和儒州经济建设大业，楚东个人得失又算得啥呢。只要叶舟开口，我相信楚东会顾全大局，挺身而出的。"韦叶舟道："我试试吧，看行不行。"杨世杰道："待会儿见着楚东，先别说事，我让他开车送你回凤梧，你俩车上慢慢聊。"

说话间已入政府大院，两人下车，走进北楼，来到吴楚东办公室。一见韦叶舟，吴楚东不免有几分惊讶，随即明白是杨世杰请来的说客。可没等吴楚东张嘴，杨世杰把车钥匙扔到他桌上，道："我去火车站送朋友，正好碰见叶舟从出站口出来，想送他回凤梧，无奈下午要参加常委会，抽不开身，只得请楚东代劳。你俩老同学也好叙叙旧。"

故事编得还算圆嘛，吴楚东肚里嘀咕道。杨世杰又对韦叶舟道："楚东虽还没买车，可在县里时就拿了驾照，经常自驾回儒州，车技不错，坐他车放得心。"韦叶舟道："我坐过楚东开的车，知道他车子开得好。"

吴楚东心里说，我车技再好，也好不过常务副市长的专职司机吧，干吗不让专职司机送人呢？可吴楚东没点破杨世杰，拿过车钥匙，对韦叶舟道："走吧，先去城边吃几个土菜，再送你回凤梧。"韦叶舟道："去凤梧才几步路，我老娘已备好中餐，咱回去吃吧。"

下楼上车，吴楚东手把方向盘，嘴里道："你不坐火车来儒州，世杰市长不去火车站送人。无巧不成书啊！"韦叶舟笑道："不这么巧，咱俩也不可能坐到一起，聊天说地。"

吴楚东不再追问，等着韦叶舟开口道明主题。韦叶舟却顾左右而言他，道："楚东回不回老家扫墓祭祖？"吴楚东道："我家扫墓祭祖都由老爸操心，不用我怎么管。"韦叶舟羡慕道："父亲在就有这么好。从前清明扫墓祭祖，我也不闻不问，任由父亲操办。前年父亲去世，我已没法推脱，哪怕再忙，清明都会回趟凤梧。"

吴楚东想起一句话，道："父母在，人生尚有来处；父母离世，人生只剩归途。趁着母亲健在，你应该多回来看看。"韦叶舟道："是啊是啊，离清明还有半个月，母亲就在电话里问我何时回来。"吴楚东道："何不把伯母接到安州一起住，免得母子各居一方，牵肠挂肚？"韦叶舟道："七年前我调往安州时，省委公务员小区还有少量房源，纪委领导给我争取了一套，我就动员父母住过去，可父母在凤翔机械厂建于县城边的职工宿舍住了三四十年，离不开故土和老工友，不肯到安州去。前年父亲去世，我怕母亲孤单，要接她走，她说我走啦，关门落锁，你父亲回家看我，进不得门，会怪我的。我说服不了母亲，只好作罢。"

不觉来到凤翔镇。儒凤大道还没通车，两人走的老国道。国道穿镇而过，凤翔机械厂位于镇外山边，虽已停产多年，但高大的厂房还在，隔老远都看得到。吴楚东道："凤翔镇离凤梧县城还有十多公里吧？"韦叶舟道："十五公里的样子。"吴楚东道："当年凤翔机械厂怎么把职工宿舍建到了县城，没建在凤翔镇上？"

韦叶舟感叹道："改革开放前期，凤翔机械厂还隶属于凤梧县，厂里职工大都是凤梧人。当时效益好，厂领导从职工生活和孩子上学方面着想，在县城东郊征地三百余亩，一口气建了四十多栋七层高的宿舍楼，两千多户职工得到安置，还调用十多台厂里自产的客车，来回接送职工上下班。羡慕得县里干部纷纷打报告，要求调凤翔机械厂工作。后来国家调整产业结构，凤翔机械厂收归市管，又红火了十来年，职工增到四五千人。谁知这几年，突然说要改制，工人们接受不了，出勤上班依旧，还自愿组成护厂队，拒改制小组于厂门外。但胳膊毕竟拧不过大腿，在上面高压下，加之所产汽车和农机越来越没市场，无法维持生产，坚持了一两年，工人们失去斗志，乖乖离厂回家。只是五千职工及背后家庭要吃要喝，没有生活来源，只能找政府闹，一直闹到今天，几经反复，问题还没得到解决。"

十二点半，车至凤梧县城东凤翔机械厂职工宿舍区。随着县城建设的不断扩张，宿舍区周边楼房林立，人来车往，热闹得很。吴楚东带带刹车，停下车子，解开身上的安全带。韦叶舟道："还没到呢，你要干什么？"吴楚东道："去见伯母，总不好甩手打背吧。"韦叶舟阻止道："家里不缺吃不缺穿，没必要客气。"

吴楚东开门下车，走进街边超市。出来时手里提着鸡蛋、苹果，还有茶籽油。

　　穿过形同虚设，仅留两个大石墩的宿舍区大门，左弯右拐，来到韦家所在楼前。远远望见韦母站在楼道口的桂花树下，翘首以待。韦叶舟按下车窗，伸出脑袋，喊了声妈。韦母走过来，笑意盈盈道："你不说坐火车到儒州，再转中巴回来吗，怎么坐上专车啦？"

　　吴楚东泊好车，迈出驾驶室，朝韦母打打拱手，说声：伯母好！韦叶舟赶紧介绍道："这是我大学同学吴楚东，在市政府上班，知道我到了儒州，特意开车送我回来。"韦母拉过吴楚东双手道："辛苦小吴，专门送叶舟回来。"吴楚东道："不辛苦，不辛苦，还不到一小时的车程。"韦母对韦叶舟道："快请小吴上楼，饭菜已做好啦。"

　　吴楚东打开小车尾箱，取出鸡蛋、苹果和茶籽油。韦叶舟上前，帮忙把东西提手上。韦母嗔怪吴楚东道："同学家就是自己家，还带这么多东西干啥？"吴楚东道："一点点小意思，不值几个钱，略表孝心。"说得韦母频频点头，道："有孝心的孩子才有出息。"吴楚东道："楚东不是孩子，老大不小了。"韦母道："你多大了？"吴楚东道："快四十啦。"韦母道："跟叶舟差不多。可你们再大，在父母面前，还是孩子嘛。"吴楚东点头道："是是是，在父母面前，儿女是永远长不大的孩子。"

　　上到二楼，走进韦家，韦母推开洗漱间的门，进去放了热水在洗脸池里，出来道："叶舟，叫小吴先把手洗干净，好上桌吃饭。"吴楚东笑道："我家老娘也一样，每次回到家里，先喊我洗手，再让吃东西，好像我还是小学生，刚放学回家。"

　　洗过手，走出卫生间，吴楚东打量一下客厅，不到二十平方米，但布沙发、矮柜、电视、餐桌，一应俱全，布局紧凑，一点不显拥挤。韦叶舟道："三十年前的老房子，早已过时。面积也不大，才六七十平方米。但厨房和卫生间俱全，两个卧室外加不大的杂物间，够一家子容身。放在当年，可是凤梧绝无仅有的豪宅，连县长书记都没得住。"

　　韦叶舟说着，带吴楚东参观两间还算宽敞的卧室，又走进狭小却整洁的杂物间，拍拍干净的小床，敲敲靠窗的小书桌，道："我在这张小桌上做了十多年作业，每次作业做完，往床上一倒，随时都可睡着。"吴楚东笑道："日后你成了大人物，这小桌小床可就成为国宝级文物，价值连城。"韦叶舟道："我还活着呢，怎么桌子和床就成了文物？"吴楚东道："你难道会活一万年，活成妖怪？"韦叶舟笑笑道："人生不满百，地球已人满为患，若都活成万年，地球还不被压塌？"

从杂物间出来，韦母已在餐桌上摆好碗筷。韦叶舟赶紧过去，揭开饭锅，舀半碗饭，夹几样菜，搁到上席位置，嘴里说道："父亲来吃饭喔！"

这是儒州一带民俗，家里老人去世头三年，每顿都要给老人舀饭，喊他来吃。这叫"祫饭"，就当老人还活着，还是家里主人，请其回家祫尝熟悉的口味。三年后改成每月初一、十五和七月半祫饭，表示老人身份已从主人成为客人，不再频繁往家里跑。

给父亲祫过饭，韦叶舟又另外装好三碗饭，请吴楚东和已忙完的母亲上桌。吴楚东把韦母扶到餐椅上，再坐到韦叶舟旁边。韦母给韦父碗里添些菜，嘀咕道："今天儿子回来了，还有他的好同学小吴作陪，家里热热闹闹的，老头子你肯定开心，多吃些啊！"

韦叶舟不禁鼻子一酸，赶紧往嘴里扒口饭，笑对吴楚东道："这也是母亲不肯随我去安州住的一大理由，怕给父亲祫饭时，他老人家找不到地方。"韦母道："可不是嘛！安州那么大，我和老头子才去过两三回，根本分不清东南西北，老头子哪摸得到儿子家门？凤梧不同，生活了一辈子，每条街道、每个角落、每块石头、每棵草树，都熟悉得不能再熟悉，闭着眼睛，袖着双手，都能走回来。"

说几句韦父，韦母又给吴楚东和韦叶舟夹菜，要两位多吃些。吴楚东谢过，连说好吃。韦母道："觉得伯母做的饭菜好吃，以后常来就是。男孩嘛，吃得多才有好身体，看着你们能吃，我心里就乐。"

吴楚东顺应着塞块新鲜土猪肉进嘴里，顺便问道："伯母退休待遇还可以吧？"韦母道："我还行，退休时每月两三百，二十年下来，已加到三千，吃穿足够。最可怜的还是四五十岁那拨职工，厂子改制后，没地方上班，又无能力外出打工，该交的养老保险没着落，该拿的补助没拿到，上有老下有小，活得真艰难。十天前还有位职工，老母重病住院，老婆丢下还在上学的孩子，偷偷跟人跑掉，实在没勇气再活下去，喝下剧毒农药，送了命。"

韦母说着，连连叹息。还要说什么，忽意识到话题不对，忙道："在你俩面前说这些干啥？吃菜吃菜，赶紧吃菜！"

吃完饭，离开餐桌，吴楚东准备回儒州，韦叶舟道："明天正清明，你又不用回家祭祖，干吗这么来去匆匆的？今晚住下来，明天早点走，有事也耽误不了。"

吴楚东知道，韦叶舟肚里的话还没倒出来，不可能放你走，没再坚持，打通钱小鹤电话，告知她因送韦叶舟到凤梧，明天才回儒州。钱小鹤是吴楚东老婆，见过韦叶舟几次，叮嘱道："明天回没事，少喝酒就行。"吴楚东道："在韦家陪伯母，喝什么酒？"

韦叶舟帮母亲洗完碗，从厨房出来，听吴楚东口气，道："钱美女遥控监视吧？要不要我跟她说几句，证明你不是在外面做坏事？"吴楚东道："小鹤就这点好，没要紧事，轻易不打我电话，刚才是我联系她，报告行踪。"韦叶舟道："蛮好，多请示老婆不会有错。"

韦叶舟有午睡习惯，吴楚东随他来到卧室，双双横躺床上，聊几句，蒙眬睡去。大约五十分钟，兀地醒过来，回到客厅，喝口茶水，两人下楼，准备随处走走。出得楼道，见韦母正舞着竹帚扫地上落叶，吴楚东上前，提出代劳。韦母不让，说："全靠这楼前的树木，让我有花点力气的机会，不然这把老骨头早散架了。"

吴楚东跟上韦叶舟，朝楼外走去。韦叶舟道："凤翔机械厂红火时，宿舍区有门卫，有清洁工，到处干干净净的。厂里停产后，门卫和清洁工没处拿工资，各自离去，大铁门被人卸下卖了钱，传达室窗户门板也不知谁拆走做了烧火柴，小区自此又脏又乱，无异于贫民窟。父亲于是扎了竹扫把，去扫这栋楼前的垃圾。父亲过世后，竹扫把到了母亲手上，每天都下楼扫一遍。其他宿舍楼没人肯做义工，到处是垃圾，走路都没地方下脚。"

转到旁边宿舍楼前，果见杂草丛生、垃圾成堆。塑料袋随处飘舞，有白有红有黑，风起而动，风息而止。果皮烂菜扔得满地都是，散发着难闻的腐臭味。野狗野猫在垃圾堆里觅食，老鼠成群结队，招摇而过，根本没把旁人放在眼里。吴楚东道："估计这些宿舍楼里没住着伯母一样的老人，否则楼前不会这么肮脏。"韦叶舟道："楼里居民大多两三代都在凤翔机械厂当工人，与厂子共存亡，厂子一垮，饭碗丢掉，或外出打工，或上街摆摊，或骑摩托拉客，年长者则病的病、痛的痛，自身难保，谁还顾得着门前垃圾？"

吴楚东心生悲悯，道："工厂改制属大趋势，没人能阻挡，只是皮之不存，毛将焉附？工人付出的代价太大了。"韦叶舟道："可有人却趁火打劫，发国难财，瞅准企业改制变卖漏洞，侵吞职工利益。"吴楚东道："据说凤翔机械厂改制变卖就有不少猫腻，工人不断举报上访，总是无果而终。叶舟你身在纪检部门，应该知情。"韦叶舟道："凤翔机械厂闹到今天这个样子，这里面的关系错综复杂。纪检部门不会不关注，但查证过程中却干扰不断，遇到不少现实困难。楚东，我们要相信组织，组织一定会把事情搞清楚、把问题解决的。"

吴楚东没再追问，抬步向前走去。走着走着，到了宿舍区大门口，有人跟韦叶舟打招呼，吴楚东循声望去，见街边一水果摊后站着个满脸风霜的中年女人，正向韦叶舟招手。韦叶舟上前笑道："华嫂生意不错吧？"

"还行吧，赚几个小钱糊口。"华嫂笑意盈盈，从摊上拿过两个橘子，直往韦叶舟手上递。韦叶舟没接，说："要吃我买。"取了摊上塑料袋，准备选水果。华嫂把手里的橘子强行塞给韦叶舟，道："吃了再买嘛！"

韦叶舟将两只橘子放进塑料袋里，又伸手去抓摊上橘子。华嫂感激道："小韦每次回来，都要照顾我的生意，真不好意思。"韦叶舟道："不是照顾你生意，是我自己要吃。你摊上水果比省城便宜，我还吃得起。"华嫂道："小韦是省城大官，几个水果当然吃得起，但也要你不嫌弃我这粗人啊！你娘也是，每次来买水果，秤都不看，找零也不收。"韦叶舟道："你水果进得好，又不吃秤，我娘自然信得过。"

韦叶舟装了一大袋橘子，递给华嫂，请她过秤。华嫂将橘子搁到秤上，嘴巴仍没停："小韦还记得我家华芳不？"韦叶舟道："记得记得，看着她长大的，怎能不记得？"华嫂道："华芳今年高考，我得准备些钱，供她上完大学，我和老华就轻松了。"韦叶舟道："华芳向来成绩好，肯定考得上。"

说得华嫂脸上皱纹全装满笑，看看秤，报上重量和钱数，又抓过两个橘子，塞进塑料袋里，交给韦叶舟。韦叶舟递上二十元钱，华嫂接住，拉开吊在胸前的钱包拉链，翻找零钱。韦叶舟说不用找零，拽上吴楚东，赶紧走开。

华嫂拿着零钱要追韦叶舟，有人来买水果，不得不立住脚步。韦叶舟敞开塑料袋，要吴楚东吃橘子，吴楚东拿一个出来，边剥边道："华嫂人好热情，你没少买她水果吧？"韦叶舟道："老熟人了，能照顾尽量照顾点。她丈夫华哥还是我父亲的徒弟，做事肯卖力，因人厚道本分，老大了还娶不到老婆。后乡下姑娘华嫂进城摆水果摊，华哥去摊上买过几回水果，华嫂见他诚恳老实，心生好感，就嫁给了他。华哥人勤劳，下岗后骑摩托载客赚钱，华嫂一直坚持摆摊卖水果，才供女儿上到高中，还准备送她上大学。"

走上一段，见有人骑着摩托，搭了客，从县城方向驶过来。韦叶舟认得摩托司机，正是华哥。华哥没注意到韦叶舟，紧握扶手，突突突，几下驶了过去，停在二十米开外的一家粉店前面。摩托还没停稳，后座上的乘客跳下地，拔腿要往粉店迈。华哥反过手，一把钳住他臂膀，道："龙头你还没给钱呢，又想耍赖不成？"

龙头年近五十，跟华哥年龄差不多，当年两人都是韦父的徒弟。龙头做过领班，又姓龙，工友们都叫他龙头。华哥老实巴交，脑袋灵光的龙头最瞧不起他。偏偏华哥更受师父器重，龙头心里妒忌，却不敢拿华哥怎么样。

韦父退休后，华哥失去庇护，龙头经常借故刁难他，华哥能忍则忍，不跟龙头计较。有次上夜班，华哥喝多了生水拉肚子，多跑了几趟厕所，龙头找华哥茬儿，唆使车间主任扣掉了华哥当月出勤奖。

当时华芳刚出生，华嫂没法外出摆摊，家里开支大，一分钱都得掰成两半花。华哥高大壮实，抢着别人不愿做的重活脏活做，不敢稍有休息，就为了多挣那几块钱。这时候扣他的钱，无异于要他命。华哥咬牙切齿，真想打龙头一顿，出口恶气。幸被华嫂察觉，问明情况，担心华哥做出傻事，道理说了一大箩，才好不容易把他劝住。龙头见华哥好欺侮，得寸进尺，更没把他当人。直到有次华哥被逼急了，下班后握块砖头守在车间外，只等龙头出门，非把他脑袋拍扁不可。正好保卫科来人，把龙头带走，没了华哥动手机会。原来龙头多次偷盗车间钢材卖钱，被人告发了。

龙头被厂里开除后，在外游荡了两年，回到凤梧县城，办汽修店、开麻将馆、租门面经营超市……干过不少行当，不仅没赚到钱，还欠下一屁股债，老婆也带着独生子出走，不知去向。后来他好上一个花名叫芹菜的女牌友，把她带到凤翔机械厂宿舍区家中，鬼混了几个月。眼见坐吃山空，芹菜出主意，唆使龙头卖掉房子，拿着六七万块房款，盘下临街门面煮米粉卖，店名就叫芹菜粉店。其时凤翔机械厂还在生产，职工手里有钱，常来店里吃粉，生意还算不错。后来厂子停产，工人下岗，宿舍区一天天败落下去，芹菜粉店也越来越惨淡。龙头闲极无聊，把店子扔给芹菜，出去喝酒唱歌，搓麻打牌，经常夜不归宿。

华哥下岗后，买了部二手摩托拉客，龙头觉得他没出息，却没少坐人家摩的。碰上手头有钱，会照规矩给摩的费，有时口袋空空，不付或少付，也是常有的事。一回欠，二回拖，也就算了。多得几回，华哥自然不愿出冤枉力气，坚决拒载。

这天夜里，华哥拉客到芹菜粉店隔壁的私人旅馆门口，刚收下客人钱，龙头过来，说了凤梧大酒店五个字。近十来天，龙头坐过华哥五次摩的，付了一次全款，一次半款，三次没给，说记在这里，以后一起结。这种话华哥早已听厌，龙头几乎没兑现过。因此龙头爬上摩的后座后，华哥不肯发车，要他下去。龙头道："你牛什么牛，还怕我坐你摩托不给钱？"

华哥哼一声，道："你欠的摩的钱还少吗？把以前的欠费还清再说。"龙头厚着脸皮道："华哥不是我说你，你看上去高大威猛，还像个男人，怎么做起事来，比女人还小气？"华哥讥讽道："你大气？只坐摩托不付钱。"龙头说道："谁说我不付钱？再说行商不如坐贾，我有芹菜粉店在这里，即使不付钱，你还可到我店里吃回去嘛。"

这话龙头也没少说。华哥确曾进店吃米粉想抵龙头欠的钱，结果龙头那个嘴唇涂得比猴屁股还猩红的芹菜不干，说龙头跟她没关系。华哥面子薄，只好掏钱，自此再不信龙头的鬼话。可龙头说起鬼话来，总那么理直气壮，华哥觉得好笑，道："拜托你啦，我不吃米粉，也吃不起，你留着店里的米粉招待达官贵人吧！"

见口水不管用，龙头摸出钱包，用食指和中指从包内夹张百元钞票出来，放华哥眼前晃晃，说："见过这样的大钞吗？"

"把欠我的钱还给我！"华哥伸手来抓钞票。龙头手一缩，道："看你没见过大钱的样子。"华哥道："不还旧欠，给我赶紧滚下去。"龙头将百元钞票放嘴边吹几下，神气道："华哥我的好兄弟，跟你实说吧，我要到凤梧大酒店去谈一笔大生意，生意谈成，别说欠你那几个摩的钱，就是你要洗脚搓背玩妹妹，我全给你包了。"华哥道："吹吧，把自己吹到云朵上，风一来，云朵散去，摔死你！"

龙头哈哈一乐，道："你就这么希望我死吗？咱俩还是一个师父带出来的同门师兄弟，你竟然不讲一点感情。"华哥道："你讲感情，当年处处使坏，还到车间主任那里煽阴风，把我的月奖扣得一分不留，我还没找你算总账呢！"龙头道："我说你小家子气，你还不服，这么多年的陈芝麻烂谷子还记在心里，你这辈子能有多大出息。"华哥道："我不想出息，也不想做大生意赚大钱，只想拉客养家糊嘴巴。你不出钱，赶紧走开，别耽误我赚小钱。"

龙头又扬扬手里的百元钞票，说："走不走，只要送我到凤梧大酒店，这张花纸就归你啦。"华哥望着花纸道："你要是说话不算数呢？"龙头道："能不算数吗？你以为我放屁？"华哥道："你哪次不是放屁？"华哥道："这次绝不放屁，不然你用刀杀了我。"

经不起龙头软磨硬泡，华哥权且相信他这一回，拉着龙头，朝县城方向开去。

到了凤梧大酒店，摩托还没停稳，龙头就跳下来，要往大门里走。华哥脚一伸，龙头被绊个狗吃屎，四肢在地上乱抓乱刨。华哥扔开摩托，箭步上前，一屁股坐到龙头身上，低声吼道："拿不拿钱？不拿钱我坐断你背脊骨。"龙头哀声求饶："华哥你听我说，我要谈大生意，赚大钱，生意没开谈，就先出钱，不坏我手气吗？"华哥道："我不管你大生意小生意，只管要我的摩的钱。"

趴在地上，背上又压着一百七八十斤，龙头有些受不了，只好道："你起身，我给钱还不行吗？"华哥道："先掏钱，我再起身。"龙头道："钱在衣服里面的口袋里，我都被你压成压缩饼干了，怎么掏钱？"华哥道："你要再耍赖呢？"龙头道："我都成了你屁股下一坨死肉，还怎么耍赖？"华哥道："我还不了解你，你哪怕成为肉泥，想耍赖还会耍。"龙头道："这回再不耍啦，再耍我是牛屁眼里生出来的。"

华哥还在犹豫要不要起身时，过来两个保安，呵斥道："干吗干吗，看你俩年纪也不小了，跑到宾馆来骑马马，有意思吗？"龙头赶紧在华哥屁股下喊道："救我快救我，保安大哥！"保安踢华哥一脚，骂道："起来起来，宾馆不是你们闹事的地方。"

华哥不知如何是好，抬了抬屁股。龙头两手往前猛刨几下，王八刨水样，刨到保安裤裆下面，然后腰一拱，连滚带爬，撞进宾馆大门，消失在电梯门里。

龙头哪是谈什么生意，是最近发了笔横财，约几位赌友，来凤梧大酒店过瘾。上到八楼麻将室，三位赌友已等在那里。见龙头神色狼狈，衣衫不整，裤腿上裂了个口子，笑他是不是跟人家老婆上床，被捉双追杀。龙头嘿嘿一笑，坐到桌边，端过赌友面前的茶杯，脖子一仰，把里面的残茶喝个精光，然后拿出钱包，往桌上一拍，大声道："开牌。"

上半夜，龙头手气不错，连摸了好几把大牌，桌前的抽屉里塞得满满的。风水轮流转，下半夜手气变差，数圈没和牌，和一把还是诈和，将赢的全部输了出去。天亮后赢钱的两位想溜，龙头不让，叫了快餐，填过肚皮，继续上阵。熬到午后，龙头带来的两万元全都输光，再没本钱，赌友又不肯借钱给他，只能作罢。

灰头土脸走出凤梧大酒店，见街对面有摩托驶过，龙头顺便扬了扬手。摩托开过来，谁知正是华哥。龙头猛然记起昨夜没付摩的费，抬抬腿想溜开，心里又想，怕了手下的人，我龙头还是龙头吗？龙头觉得做过华哥领班，一辈子都高他一等，不可丢了气势。当即迎上去，昂着脑袋道："送我回芹菜粉店。"

华哥盯住龙头，叫道："把欠费交掉。"龙头理直气壮道："回芹菜粉店后一起交。"华哥道："真话假话？"龙头道："你看我像个说假话的人吗？"华哥道："未必这辈子你还说过真话！"龙头不耐烦道："你老管人家的话真假干吗？只管人民币不假就行。"

华哥哪里还会相信龙头那张臭嘴，一手扶住摩托，一手往前一捞，钳住龙头左胳膊，喝道："给不给钱？不给废了你这只手臂。"

也是龙头死要面子，用右手拍着胸脯道："昨晚跟你说过，我来酒店谈笔大生意，人家预付款都给了，出手就是十万元，全在衣服里。整整十万元呐，你见过这么多钱吗？一张张数的话，知道要数多少下吗？"

华哥不关心龙头的大生意和预付款，只觉得这小子反正走不掉，先拉他回芹菜粉店，看他还有什么花样可耍。华哥松开龙头胳膊，让他上了后座。

十分钟后，离芹菜粉店还差四五十米，华哥放慢速度，从两位行人身边溜过去，慢慢停在粉店门口。两位行人便是韦叶舟和吴楚东。华哥天天在街上载客，只留意站在路边张望或招手的人，对普通行人一点都不感兴趣。

摩托还没完全停住，华哥就熄了火，一只脚在地上打起快四拍子来，好先于龙头下车，不让他再逃脱。谁知还是慢了半拍，华哥另一只脚还没离车，龙头便跳下去，直奔芹菜粉店。华哥松开扶手，顾不得摩托轰然倒地，飞身上前，在龙头闪进玻璃店门的瞬间，一手揪住他后领，一手卡住他脖子，顺势往胸前一捞，骂道："狗日的龙头，你还想逃！"

"快松手，快松手，我脖子被你卡断了。"龙头使出吃奶的力气，想掰开华哥铁钳般的手腕，"华哥你想要我命不成？"华哥道："今天没拿到钱，就拿你的狗命相抵。"龙头道："我尿憋到卵尖尖上了，去厕所尿完就回来给你钱，行不行？"华哥吼道："不行！你想尿就尿，我没捏住你的卵尖尖。"

被人耍弄的滋味实在不好受，这回华哥再怎么也不会放过龙头，非制服他不可。龙头感觉有些窒息，绝望地想，今天恐怕就是自己末日了。可人都有求生本能，龙头情急之下，发现自己两腿还能动，于是一弯右腿膝盖，往上一抬，朝华哥两腿间顶去。

华哥觉得一阵撕心裂肺的疼痛，感觉两腿间的蛋蛋戛然破碎，全身一缩，松了松卡在龙头脖子上的手。龙头往外一挣，转身要往半开的玻璃门里钻。谁知华哥痛得眼冒金星，意识却没完全丧失，集中全力，向玻璃门扑去。玻璃门往里一合，夹住龙头一条腿，华哥也扑倒在地。龙头狠命扯着腿，像快撒完尿的公狗。扯几下，见不管用，往回一缩，玻璃门一弹，龙头被弹出老远，跟跟跄跄，不要命地奔逃。

华哥也从地上爬起来，朝龙头追过去。龙头四下乱窜，窜到一个甘蔗摊前，见华哥就要追上来，一把夺过正在削甘蔗的摊主手上的砍刀，转过身，对已追近的华哥一顿狂挥乱砍。华哥一边躲闪，一边后退。龙头已红了眼，非跟华哥拼命不可，嘴里说："你这个丧门星，不是你口口声声喊还钱还钱，坏我手气，我哪会亏得精光！"

龙头不仅仅这么叫，还真认为自己输钱责在华哥，要出掉这口恶气。见龙头满眼凶光，华哥有些吃惊，想不到这个无赖也有发飙的时候。论身上力气，龙头绝非对手，可你赤手空拳，又如何抵得过他锋利的砍刀？华哥胆寒起来，后悔不该逼龙头太急，真为那几个摩的费丢掉小命，实在不值得。

可不容华哥多想，龙头的刀头再次呼呼呼劈了过来。华哥左右腾挪，额头还是被划了一刀，鲜血往下直淌，遮住了眉眼。偏偏身处街角，退路狭窄，慌乱中后腰被什么顶了一下，有人在后面喊道："干什么干什么！打架杀人也不看场合。"

原来华哥身后有张方桌，有三个年轻人在就着花生米喝啤酒，华哥后腰正是撞在桌角上，身子失去平衡，往一边栽去。就在华哥身子快着地的刹那间，他那只划过桌面的手顺便一捞，一只酒瓶到了掌心里。龙头的刀头顺势又砍了下来，华哥挥着酒瓶一挡，只听当的一声，酒瓶碎裂，啤酒哗啦啦喷了华哥满脸满身。华哥就地一滚，滚到数米开外，迅速爬起来，挥着半截酒瓶，抵抗嗷嗷叫着冲上来的龙头。

龙头牙齿咬得咯咯响，脸上肌肉早已扭曲，没拿掉华哥的命，恐怕不会收手。华哥心想欠债人要杀债主，还有王法没有？挥挥衣袖，抹去脸上血水和啤酒沫，左躲右闪，回避着龙头忽上忽下忽横忽竖的乱刀，最后瞅准空档，以那半截酒瓶为匕首，向龙头脑袋狠命捅去。龙头脑袋一偏，酒瓶扎进他腮后颈脖。龙头猝然倒地，血水喷涌而出，仿佛拧开的水龙头。不过水龙头喷出的是清水，龙头颈上的龙头喷出的则是殷红的血水。

"杀人啦，杀人啦！"有人大喊道。此时韦叶舟和吴楚东处在数十米之外，闻声赶至，出事地点已围上好几层人。扒开人群，挤进去一瞧，只见龙头全身是血，躺在芹菜怀里。华哥则歪倒在旁，脸色寡白，大口喘着粗气。韦叶舟忙对吴楚东道："附近有家卫生所，我叫人来急救，你赶紧去开车，好送伤者上县人民医院。"

话没说完，韦叶舟挤出人群，往百米开外的卫生所跑去，一边拿出手机，拨了120。吴楚东也快步如飞，奔向凤翔机械厂宿舍区。

待吴楚东开车回来，医生已给龙头做过简单包扎，让芹菜和韦叶舟把人扶上车子。吴楚东连闯红灯，快到县人民医院门口，看见救护车才从里面开出来。他一打方向，将小车横在救护车前。救护车紧急刹住，司机想发作，医护人员发现情况，跳下车，在芹菜和韦叶舟协助下，把龙头弄出小车，转移到担架上，快速向门诊大楼推去。

二

清明节后上班头天，吴楚东走进政府南楼杨世杰办公室，表示愿接手城投公司。杨世杰笑道："看来还是韦叶舟面子大啊！"

"无关乎韦叶舟面子。"吴楚东说了说凤梧之行见闻，尤其是龙头与华哥之间的那场厮杀。杨世杰再也笑不出来，沉默了好一会儿，道："凤翔机械厂职工不容易啊！安置好他们，不仅仅是解决职工和家属们的吃饭问题，也是解决社会治安问题。我这就去见存虎书记，尽快走组织程序。希望你到任后，能够尽快尽善地处理好问题。"

吴楚东就这样成为儒州市城投公司总经理。本来还应兼任公司党组书记，可刘天龙不愿完全放弃对公司的掌控，提出由市政府副秘书长龙志坚当党组书记。危存虎不愿为这事与刘天龙龃龉，同意了，但规定书记只负责党务工作，不插手具体业务。

赴任前，吴楚东再会杨世杰，问："到城投公司后，该从何处着手，开展工作？"杨世杰道："城投公司大多是刘天龙和蒲秀丽的人，只有一个副总易晓宏没入刘蒲阵营，在公司待的时间又长，情况清楚，有事可与他商量。"

吴楚东来到政府北楼一楼城投公司，跟蒲秀丽做完交接，又与几位副总见过面，对分管办公室的副总易晓宏道："我准备出趟差，给安排部车吧。"

易晓宏口里答应着，却不急于叫司机，贴着吴楚东屁股，跟进总经理室，顺手带上门，说："还是我给吴总当司机吧？"吴楚东道："司机呢，光领工资不干活？"易晓宏答非所问道："公司共三部车，一部大众越野，归一把手专属；一部本田雅阁，几位副总合用；还有一部面包车，视各部室需求临时调配。"吴楚东道："公司车辆如何使用，是你分管的事，不必知会我。"易晓宏道："吴总批评得对。"

吴楚东觉得奇怪，道："我批评你了吗？"易晓宏道："在部下面前，领导的话主要有两种，一是表扬，一是批评。我听不出吴总表扬我，只好视为批评。"

这家伙说话真有意思。吴楚东板着脸道："本人刚到公司，两眼一抹黑，更不知你干出过多大成绩，怎么表扬你？"易晓宏道："我想出成绩，讨表扬，才自告奋勇给吴总当司机，还请别嫌弃。"吴楚东道："你这么喜欢当司机，就跟司机换岗，让他做副总得了。"易晓宏道："蒲总若没走，大众越野车的司机迟早会取代我的。"

吴楚东明白了易晓宏话里意思，道："那行吧，你带我去趟凤翔镇。"

出得北楼，易晓宏拿出遥控器，按下大众越野门锁，紧走几步，拉开后排右边车门，伸出右手掌，挡住车门上方，对吴楚东说声请。吴楚东没理他，拉开副驾门，低头钻进去。易晓宏自车后小跑着绕至车左，进入驾驶室，打响马达，系好安全带。又扶扶后视镜，瞧瞧镜里正襟危坐的吴楚东，道："吴总太低调了，不坐领导位置，来坐副驾。"吴楚东道："我不是低调，是担心你驾驶水平太差，给你做免费教练。"

"晓宏已有二十年驾龄，吴总只管放松身心，安然乘坐就是。"易晓宏松松离合器，大众越野缓缓驶离楼前坪地。出城到了溯凤凰水西行的国道上，该加速，该带刹车，该超车，该礼让，可谓驾轻就熟，一招一式颇有章法。吴楚东道："你不当司机还真可惜了。"易晓宏得意道："我十六岁开货车，十八岁入伍给首长当专职司机，直至三十二岁转业地方，一直没离开过方向盘。"

易晓宏的话勾起吴楚东兴趣，道："那你又是怎么打入城投公司，成为副处级国企领导的？"易晓宏道："我尽管一直给首长开车，但离开部队前已解决副团待遇，转业地方后本来安排去财政局任副局长，结果首长出事，指标被人占去，只好来城投公司做了办公室主任，说是军转地只能降半级使用。去政府机关不降，来企业还得降，简直岂有此理。可没法，人倒霉起来，放屁都会砸着脚后跟。"

惹得吴楚东直乐，笑道："那只怪你的屁太有杀伤力。后来呢，什么贵人扶你恢复副处待遇？"易晓宏道："还不是世杰市长兼任城投公司董事长后，来公司现场办公，蒲秀丽和几个副总要么装聋卖傻，要么有事说不清，私下找我问情况，觉得我还算明白，也愿说实话，到危书记那里力荐，才让我重新做人，成为副总。"吴楚东笑道："不当副总就不叫做人？"易晓宏叹道："如今城投公司正不压邪，办公室主任还真不是人做的。"

吴楚东心思不在城投公司正邪上，不愿多问，去瞧窗外起伏的山峦。易晓宏又道："吴总刚到城投，屁股没坐热，怎么就想起跑凤翔？"吴楚东反问道："你说呢？"易晓宏道："儒凤大道项目卡在凤翔镇，蒲秀丽再也玩不下去，吴总临危受命，首要任务是设法让项目尽快复工，不然危书记和世杰市长那里没法交差。"吴楚东又问道："你觉得复工有无希望？"

易晓宏没直接作答，先卖关子道："此事说难也难，说易也易。"吴楚东道："难在哪里，易在何处？"易晓宏道："难在项目背后的利害关系太复杂，凤翔机械厂职工群情激愤，不容易摆平，唯有拎出企业改制变卖中侵害职工利益的关键人物，解决职工活命和养老问题，复工才有希望。"吴楚东道："说说，关键人物都有哪些？"

因在车上，没有旁人，易晓宏无所顾忌，道："关键人物无非是刘天龙、蒲秀丽、龙志坚，没他们几个暗中发力，姓汪的浙商也不可能低价购进凤翔机械厂，再高价抛售出去，套取巨款，逃之夭夭。"吴楚东道："你意思是要我把刘天龙、蒲秀丽、龙志坚拎出来？"

易晓宏哈哈一乐，道："刘天龙几个还真不是想拎就拎得出来的，吴总才不得不跑凤翔镇，另寻关键人物。"吴楚东道："凤翔镇有关键人物可寻吗？"易晓宏道："有是有，但不一定寻得到。运气好的话，也许能发现些蛛丝马迹。"吴楚东道："此关键人物又是谁呢？"易晓宏道："自然是凤翔机械厂原厂长鲍长庚。汪老板就是先拿下姓鲍的，再打通刘天龙一伙，买进卖出，卷款溜掉，给市委和政府留下一大堆麻烦，更害惨了苦命的数千职工。群情激愤下，他们才纷纷跑到儒凤大道工地上来阻工的。"

吴楚东正是冲鲍长庚来的，却还是故意问道："钱已被汪老板卷走，即使拎出鲍长庚，又有何用呢？难道把他剁了煮汤喝？"易晓宏道："煮汤喝不饱肚。但鲍长庚仗着靠山刘天龙，盘踞凤翔机械厂十多年，为所欲为，又趁改制风潮，伙同汪老板发'国难财'，职工们恨不得寝其皮，食其肉，能拿住鲍长庚，至少可平民愤。若还能找到有实力的下家，接盘凤翔机械厂，解决职工活命问题，儒凤大道项目复工，自然不在话下。"

吴楚东瞟了易晓宏一眼，心想这人算是个明白人。

一路聊着，很快进入凤翔镇。易晓宏问："去儒凤大道工地，还是凤翔机械厂？"吴楚东道："先去工地看看吧。"易晓宏道："蒲秀丽坐这辆大众越野去过工地，闹事职工认识，建议咱们还是把车停在镇上，走几步路过去。"

吴楚东认可，易晓宏将车开到镇后偏巷，泊到树荫下，两人下车，往镇北儒凤大道工地走去。远远望见半边挖开的山体，裸露着红黄泥土，仿佛巨兽被开膛破肚。走近了，工地上趴着卡车、叉车、挖掘机，到处扔着钢筋、砂石、水泥、施工挡板之类，一片狼藉。吴楚东道："项目部为何不将机械弄走，放在这里生锈？"易晓宏道："肯定有凤翔厂的职工把守，拢不了边。"

工地旁还有一排灰白色板房，不用说系施工人员临时居所，不过已人去房空，只房前有三人在打牌，一个老头，一个圆脸，一个方脸。一看便知是凤翔厂职工，蹲守工地，不让开工，也不让运走工程机械。三人打的字牌，只扑克三分之一大，却比扑克牌略长，携带方便。牌面由八组一至九的数字组成，其中四组为小写数字，四组为大写数字，玩法与麻将接近，又比麻将更富有变化，趣味性更强，在儒州一带颇为流行。

三人很专注，见有生人过来，仅头发花白的老头用眼角余光稍稍一瞟，圆脸和方脸一直死死盯着手里的牌，目无旁顾。易晓宏对吴楚东道："吴总随便走走，我过去挑挑土。"没等吴楚东答应，径直朝牌局走过去。

"挑土"是儒州土话，就是坐到牌局某一方旁边助阵，此人赢，跟着收钱，此人输，跟着出钱。易晓宏在老头后面站着看了会儿牌，听圆脸和方脸叫他莫老爹，道："我给莫老爹'挑土'吧。"莫老爹道："我无所谓，看他俩同不同意。"

这天莫老爹手气不行，几乎只输不赢，给他挑土，意味着出多进少，有人愿随莫老爹赔钱，方脸和圆脸可增加收入，又何乐而不为？易晓宏就学他们，搬来一个装满沙子的麻袋，往上一坐，看起莫老爹的牌来。开始他只看不语，莫老爹又连输两把，易晓宏跟着掏了两次钱。打得小，两次加一起才五元钱，但圆脸和方脸多添了些进项，笑得嘴角都咧到了耳根边。

莫老爹输牌原因明显，一是牌技一般般，二是眼神不太好，老看错牌。经易晓宏稍加点拨和提醒，莫老爹连赢三局。圆脸老不高兴，瞪着易晓宏道："观牌不语真君子，看你就不是好鸟。"方脸也道："就是嘛！你'挑土'就'挑土'，烂嘴烂舌干吗？"

莫老爹不干了，吼道："谁规定'挑土'只能做哑巴，不能出声？真是的！"

挑土参与输赢，指点己方出牌，自然没错，方脸和圆脸不再吱声。接下来两局，易晓宏故意引莫老爹失误，圆脸和方脸脸上又有了笑意。莫老爹打着哈欠道："不打啦不打啦，我要眯一会儿。"挪挪身，往板房壁上一靠，打起盹来。

方脸和圆脸赢了钱，正在兴头上，要易晓宏坐到莫老爹位置上，继续往下打。易晓宏拍拍莫老爹肩膀，道："我代你打，赢的钱归你，输的钱我出。"

莫老爹"嗯嗯"着，头一歪，起了鼾声。

易晓宏一上场便连赢两局，都把钱塞到莫老爹怀里，害得他盹也不打了，坐起来看牌。接着易晓宏乱打一气，连连受挫，自认倒霉。当然不用莫老爹出血，是易晓宏从自己兜里掏的。莫老爹没了兴致，又歪在板壁上，沉沉睡去。

此后易晓宏几乎没赢过，兜里零钱全都输光，拿出百元大钞，叫长脸和圆脸找补。两人越赢越兴奋，圆脸竟忍不住哼起小调来："真情像草原广阔，层层风雨不能阻隔，总有云开日出时候，万丈阳光照耀你我。"

易晓宏一边出牌，一边苦着脸道："为什么同在一片天空下，阳光只照耀你俩，不照耀我呢？"圆脸笑道："你肯定做过什么坏事，天理不容。"易晓宏道："我哪有胆做坏事，连蚂蚁都不敢踩。"圆脸道："你要玩妹妹，自然没工夫踩蚂蚁。"方脸也道："你们做老板的，妹妹摸多啦，摸坏手气，好牌不肯上你手。"易晓宏道："你俩看我像老板吗？"

圆脸瞄易晓宏一眼，说："你不是像老板，本来就是老板。"易晓宏道："我脸上又没印着老板两个字，你这么肯定？"

方脸指指工地上到处闲逛的吴楚东，道："不是老板，你哪雇得起马仔？"易晓宏笑道："兄弟错啦，那是老板，我才是马仔，给他保驾护航的。"圆脸不信，道："哪有马仔坐着打牌，老板踩点的理？"易晓宏道："你怎么看出我老板在踩点？"

圆脸叫声和了，对易晓宏道："你老板肯定在踩点。咱们已在这里待了二十多天，没少来人踩点。你说句实话，是不是看中儒凤大道工程，想来大赚一把？"易晓宏边掏钱边道："不瞒兄弟，我老板还真想来淘金，三位若知门道，恳请指点指点，日后有财一起发。"

方脸不愿掏钱，提出欠圆脸一盘，好攒点手气回来。圆脸表示同意，将牌洗好，要方脸倒牌。方脸倒两把，拿过头牌，放到圆脸面前，催易晓宏快抓。易晓宏边抓牌边道："我老板若拿到项目，请你们来分包工程，开高价。"圆脸道："拉倒吧，鲍长庚不把吃进肚里的黑钱吐点出来，交足机械厂职工养老保险，补齐欠款，谁也别想来工地拿工程。"

易晓宏故意把手里已快成的牌拆烂，嘴上道："都说是汪老板套现跑路，才留下后患，怎么怪起鲍长庚来了呢？"圆脸道："鲍长庚把持机械厂十多年，外人水都泼不进。汪老板不买通鲍长庚，能借机械厂发财吗？"

不知何时，吴楚东也坐到了牌摊旁，接住圆脸话头道："机械厂职工多，养老保险和欠款窟窿大，没上亿只怕搞不定吧？莫非鲍长庚肚里有那么多黑钱？"

这把牌赢在方脸手里，乐得他两眼放光，睒一眼吴楚东，提着嗓门道："鲍长庚长期靠山吃山，谁也说不清他发了多少横财，只知他老婆孩子在美国住大别墅，还给上海深圳的情妇买了豪宅，高档车更是数不过来。真把鲍长庚给逮住，掏出半个家当，够全厂职工吃上大半辈子。"吴楚东问："那你们怎么不逮住鲍长庚呢？"

圆脸拍拍吴楚东后背，笑笑道："兄弟你是真傻，还是假傻？如今发大财的人，哪个的钱来路正当？来路不正，自然会先找好后路，稍有风吹草动，便溜之大吉，否则鲍长庚也不会提前把老婆孩子弄出国，为自己撤退做足准备了。"吴楚东问道："那鲍长庚在哪里呢，在美国陪老婆孩子，还是去了上海深圳情妇那里？不会就躲在凤翔附近吧？"

此时莫老爹打完盹，重新坐起来，说："鲍长庚真敢躲在凤翔附近，只怕早被职工们逮住，生吞活剥，骨头渣渣都不留。"圆脸说："不见得吧，有人就说鲍长庚在亲戚家房底下挖了个地洞，专门用来藏钱，只要风声一紧，就钻到地洞里，躺在钱上睡大觉。"

圆脸话没落音，摊开手里的牌，和了把大家伙。易晓宏掏完钱，道："既然鲍长庚已经溜掉，你们来儒凤大道工地蹲守，又能守出啥名堂呢？"莫老爹说："儒凤大道项目是政府的，鲍长庚跑掉，政府总跑不掉，政府不解决职工死活，别想复工。"

鲍长庚到底在哪里呢？易晓宏知道问不出名堂，不再多嘴，专心手里牌局，连赢两把，拿过圆脸和方脸出的钱，塞到莫老爹手里。莫老爹心花怒放，收好钱，代易晓宏洗起牌来。圆脸和方脸知道易晓宏太精，再打下去，赢的钱肯定会输回去，一个说要撒尿，一个说要屙屎，相继站起来，去了板房旁边的临时简易厕所。

易晓宏与吴楚东离开工地，回到镇上。时至晌午，两人肚子咕噜咕噜叫起来，就便走进街旁小炒店，要了两菜一汤。两人填饱肚皮，付过账，走出店子，沿着傍镇而过的清浦江，往位于镇西的凤翔机械厂方向走去。老远就能望见高高的烟囱，直指苍穹。还有红砖厂房，高高矮矮，散落在坡地上。

到了厂门口，高大的铁门紧闭，两人止步不前。门上锈迹斑斑，布满蛛网。粗重的铁门闩下挂着把大铜锁，上面落满白色鸟屎。透过门页中间的缝隙，易晓宏朝里望望，只见对面的厂办大楼寂然而伫，墙脚铺满不知名的藤蔓，阶基被杂草和枯叶无情覆盖。

听到动静，破旧的传达室里走出位干瘦保安，问两人要干什么。易晓宏道："我以前在厂里上过班，想来看看工友。"保安道："看啥子工友？厂子停产好久了。"易晓宏道："听说厂子已改制，为么还不恢复生产？"

保安有些不耐烦，道："恢复生产，还能这么冷清？你们走吧。"易晓宏道:"我想进去看看从前上过班的车间。"保安道:"那有啥好看的?都生了草,长了青苔。"易晓宏道:"过去待过的地方,哪怕是草和青苔,也觉得亲切。"保安说:"不行,万一哪个门框脱落,哪座钢架掉下块钢片,正好砸着你们,我负不起这个责。"

反正厂区里没人,进去也难有收获,两人撇下保安,转身往回走。易晓宏道:"咱们还是去趟凤梧县城,到凤翔机械厂职工宿舍区转转,运气好的话,或许能打听到鲍长庚行踪。"

吴楚东说行,两人来到镇后偏巷,走向停在树荫下的大众越野。正要上车,有人突然从巷角冒出来,站到车头前。两人一瞧,不正是刚打过交道的莫老爹吗?易晓宏问道:"莫老爹怎么在这里?"莫老爹说:"你们可以大摇大摆在镇上溜达,我怎么就不可以?"

吴楚东明白莫老爹绝非偶然出现在此,道:"莫老爹莫不想帮咱们揽到儒凤大道工程,好分包项目赚钱?"莫老爹道:"别逗我了,你俩根本不是冲着工程来的。"吴楚东道:"那是冲着什么来的?"莫老爹道:"冲着鲍长庚来的。"

吴楚东与易晓宏互相看了一眼。易晓宏道:"莫老爹你真喜欢逗乐。"莫老爹冷冷道:"我可没有逗乐的意思。你俩一到工地,我就看出来了,你俩来头不小。"易晓宏道:"我俩有什么来头?"莫老爹道:"你俩有什么来头,我就不多嘴了。我只问你俩,是不是要找鲍长庚?"易晓宏道:"谁说我俩要找鲍长庚?"

"你们不找鲍长庚吗?那算我狗咬耗子,多管闲事。"莫老爹有些生气,掉头要走开。易晓宏赶紧上前把他拦下,从口袋里摸出包香烟,塞到他怀里,道:"莫老爹别急着走嘛!跟你实话实说,我们的确是想找鲍长庚。"莫老爹瞧瞧手里香烟,笑道:"看在这包高档烟,还有你给我赢的那几十元钱的分上,我就透露给你。鲍长庚躲在哪里,只有一个人知道。姓汪的浙商就是经这人牵线,勾搭上鲍长庚,借凤翔机械厂改制大捞一把,然后脚踩西瓜皮,溜之大吉。"易晓宏忙问道:"这个人是谁?"

莫老爹话留半句,没再往下说。易晓宏变戏法似的从身上又掏出一个红包,塞给莫老爹,道:"一点小意思,莫老爹拿着,去打酒吃。"

莫老爹捏开红包口子,偏着脑袋往里瞧瞧,觉得易晓宏够大方,这才道:"那人叫龙头,原是凤翔机械厂工人,因盗卖厂里钢材被开除,外出游荡,无意间认识了汪老板。后汪老板得知凤翔机械厂改制,专程赶来,买通龙头,龙头把汪老板带到鲍长庚那里,汪老板与鲍长庚双簧一唱,机械厂就成了块肥肉，喂饱了两人和背后的官老爷。"

莫老爹的话让龙头与华哥厮杀的血腥场面，一下子回到吴楚东脑袋里。也是龙头命大，被韦叶舟和吴楚东送到医院后，经紧急抢救，止住颈血，又及时包扎和输血，捡回一条小命。华哥虽额头被龙头划了一刀，但不伤筋，不动骨，没事人一样。民警到现场取了证，把华哥带往派出所刑事拘留，录好口供，再去医院找龙头核对过，两人说法出入不大，案情基本清楚。案子移交检察院，再由检察院向法院提起公诉。如果这过程中华哥的家属主动去医院找到龙头道歉，并承担赔偿责任，是有可能取得龙头的谅解的，毕竟龙头这种人见钱眼开，华哥进去了对他也没啥好处。那判决结果将对华哥有利得多。可华哥宁肯坐牢，也不肯赔钱。何况他家哪有这么大一笔钱赔？最后法院以防卫过当致人重伤判处华哥三年有期徒刑，投入监狱正式服刑。龙头出院后也因寻衅滋事而被行政拘留十日。

公检法的着眼点在本案经过，不关心案发前龙头那三万元赌资从何而来。假设龙头手里没钱，那晚也不会搭华哥摩托去凤梧大酒店赌博，隔日又骗华哥捎他回芹菜粉店，两人也就不会因区区几块钱摩的费当街大打出手，上演这一场血案。

打发走莫老爹，钻进车里后，吴楚东说了说龙头与华哥相杀案的简单经过。易晓宏道："吴总意思，案发前龙头手里赌资来自鲍长庚？"吴楚东道："有此可能，只要莫老爹所说不假。"易晓宏道："莫老爹应该也是凤翔机械厂职工，痛恨鲍长庚，没有说假话的必要。"吴楚东道："若能通过龙头，牵出鲍长庚，绳之以法，不仅可挖出机械厂改制变卖的黑幕，还可平息职工愤怒，尽快恢复儒凤大道项目建设。"

"看来今天没白跑这趟凤翔。"易晓宏兴奋起来，打转方向盘，往凤梧县城方向驶去。吴楚东道："往哪里开？"易晓宏道："去凤梧县城啊。"吴楚东道："去凤梧干啥？"易晓宏道："找龙头，让他交出鲍长庚。"吴楚东道："凤翔机械厂改制变卖，可不是鲍长庚一人弄得成的，背后一定还有黑手，咱们贸然去找龙头，打草惊蛇，容易坏事。"易晓宏问道："那又该怎么办好？"吴楚东道："先回儒州，请示过世杰市长再说。"

听完吴楚东汇报，杨世杰道："有关凤翔机械厂改制变卖黑幕的举报一直不断，公安和检察曾联合立案侦办过，因鲍长庚没到案，至今无果。这下龙头浮出水面，可先让公安接触龙头，或许能摸到鲍长庚行踪。这事得找黄文革，他办事靠得住。"

黄文革是儒州市公安局分管经侦的副局长。接到杨世杰电话，便换上便衣，悄悄搭乘出租车，来到郊外一处农庄。走进包房，见杨世杰和吴楚东都在，黄文革笑道："两位领导这么神秘，见个面也搞得像地下党似的。"

吴楚东说了鲍长庚三个字。黄文革点点头道："原来事涉鲍长庚，怪不得。鲍长庚太受关注了，不仅凤翔机械厂老职工一直在告他，还经常有奇奇怪怪的电话打到公安局，探听其下落。"吴楚东道："据说鲍长庚早在你们公安挂了号的，有他线索没有？人在国内呢，还是去了国外？"黄文革想了想，道："应该还在国内。几天前我还组织人员梳理了本市外逃人员线索，没发现有鲍长庚。"杨世杰道："鲍长庚在国内的可能性蛮大，有人知道其下落。"

黄文革瞧瞧杨世杰，又看看吴楚东，疑惑道："二位改行从事公安工作啦？"吴楚东笑道："谁叫你们公安没能耐，连个国企前厂长失踪都找不出来，我们只好狗咬耗子，来管闲事。"黄文革道："吴总真要逮得住鲍长庚，我引咎辞职，你来公安主管经侦工作。"吴楚东道："我还是待在发改委和城投公司为妥，公安的饭吃不了。"

"少斗嘴，说正事。"杨世杰打断两人。吴楚东简单说了说接触莫老爹的经过，还有从韦叶舟嘴里听到的龙头的身世，以及对其赌资来历的怀疑。黄文革表示马上跑趟凤梧，与龙头过过招。杨世杰反复叮嘱，千万不能泄露消息，不然后果难料。黄文革说："这好办，我不直接去碰龙头，先外围调查一下他的人际关系，再通过他信得过的亲友试探试探，看能否从其口里套出真话。"吴楚东道："文革可先找莫老爹，他应该清楚龙头底细。"

隔日黄文革叫上人，开着租来的的士赶往凤梧，通过莫老爹证实了吴楚东提到的龙头的身世。龙头是凤翔镇附近乡下人，父母死得早，吃百家饭长大，后经村支书争取，进凤翔机械厂做了工人。无奈龙头不争气，偷盗厂里钢材被开除，气得支书狠狠踢了龙头几脚。

支书已年过八十，平时很少出门，是在黄文革说服下，才坐的士来到凤梧县城边，走进凤翔机械厂职工宿舍院墙外的芹菜粉店。龙头颈上伤口已愈合，因手头没钱，芹菜又看得严，没再出去赌博，天天守在店里，打打下手。见着老支书，赶紧下碗米粉，端到他面前。老支书吃过米粉，趁着店里没人，要龙头供出鲍长庚，为机械厂数千职工讨回公道。

龙头矢口否认见过鲍长庚，还说当年自己就是得罪鲍长庚，才被他开除的，真碰着这家伙，早把他脑袋拧下来，扔进清浦江里喂了鱼。老支书没法套出龙头肚里真话，无奈地摇着头，走出芹菜粉店，钻进黄文革驾驶的的士，说了声对不起。黄文革把老支书送回家，再联系杨世杰，汇报了情况，说准备带走龙头，采取强硬措施。

　　杨世杰要黄文革先缓缓，打吴楚东电话征求意见。吴楚东道："韦叶舟一直想接老娘去安州待段时间，还是我陪他再跑趟凤梧吧。"杨世杰道："莫非你和叶舟有办法撬开龙头嘴巴？"吴楚东道："没有叶舟和我，那天龙头早没了命，只要这小子良心没被狗吃掉，就会配合咱俩，开口说出实情。"杨世杰道："那你俩试试吧，需要文革，召唤他就是。"

　　时值周五午后，吴楚东让易晓宏驾着大众越野，直奔省城安州。路上拨韦叶舟手机，对方没接听。两个小时后，韦叶舟才回话，说下午给领导汇报工作，手机调成静音，这才看到，问吴楚东有何贵干。吴楚东道："你不是要接伯母来安州住一段吗？"韦叶舟道："是啊，都已跟老娘说好，一直没空回去。"吴楚东道："我快到安州啦，今晚或明天你坐我车回凤梧吧。"韦叶舟说："晚上还有事，走不了，明天吧。"

　　进城后，吴楚东让易晓宏开车到韦家附近宾馆住下，再把地址报给韦叶舟。晚上十点多，韦叶舟才忙完回家，来看两位。吴楚东说了此行目的，韦叶舟笑道："我还说你怎么那么客气，专程来省城接我，原来要我回去当说客。"吴楚东道："没办法啊，龙头油盐不进，只好咱俩出面，看能否让他良心发现，供出鲍长庚。"韦叶舟道："能把鲍长庚揪出来，也是对凤翔机械厂数千职工一个交代。"

　　第二天一早，三人钻进大众越野，出城上高速，望西而行。易晓宏车开得平稳，两位老同学聊些旧事今情，两个多小时不觉过去，儒州城已在眼前。吴楚东拿出手机，道："咱们为世杰市长跑腿，他总该出面酬劳酬劳咱们一下吧？"韦叶舟道："免啦免啦，世杰市长事多，咱们直接赶去凤梧，我让老娘做两个家常菜，吃得还舒服些。"吴楚东道："别麻烦老人家，到时叶舟请我和晓宏吃碗米粉，多放些码子，再加个鸡蛋，爽口又养胃。"

　　说起米粉，韦叶舟明白吴楚东意思，道："行啊，咱们就去芹菜粉店吃。芹菜手艺不错，米粉做得好，每次回去我都要进她店里吃两顿。"

　　不到五十分钟的样子，大众越野停在了芹菜粉店门外。易晓宏想眯会儿，韦叶舟和吴楚东下车来到店外，推开玻璃门。龙头正在扫地，听到动静，抬头见到两位，心里一阵慌乱，不知如何是好。龙头是孤儿，拜韦父为师后，韦父拿他当亲儿子般对待，不仅传授技术，生活方面也照顾有加，没少往家里带，跟韦叶舟同吃同住，兄弟一般。没想到龙头从小缺乏家教和父母之爱，在社会上沾染不少恶习，最后伸手被捉，丢掉饭碗。气得韦父直吐血，说这辈子坐着比人正，站着比人直，却想不到教出龙头这么个不争气的，脸面被他丢到了爪哇国里。

就在龙头手足无措之际，坐在吧台里面玩手机的芹菜瞧见韦叶舟和吴楚东，赶紧迎过来，笑嘻嘻道："原来是两位大领导，快坐快坐！"把两人请到靠墙方桌边的条凳上，又掉头骂龙头："你傻站在那里干什么！不认识两位大领导吗？那天没两位大领导施救，你身上的血早流光，丢了狗命。别发蒙了，快端茶上来！"

龙头这才如梦方醒，扔掉手里扫把，小跑着冲到吧台前，取过一次性纸杯，要往杯里搁茶叶。芹菜过去，在他手背上一打，低声吼道："你把两位领导当街上擦鞋匠？杂屋里有陶瓷杯，快拿两只洗净送来。"

龙头放下纸杯，直冲杂屋。待龙头复身回来，芹菜已开了包新上市的谷雨茶，搁些到两只清洗过的陶瓷杯里，冲上滚热的开水，端到韦叶舟和吴楚东面前。韦叶舟端杯抿一口，问芹菜道："店里生意怎么样？"芹菜道："还行还行，早晚客多，白天人少些，但也得开着，总会有些散客光顾，或要米粉，或要三两道小炒，抿上几口。生意再差，店子开在这里，反正不会饿死，比龙头出去赌钱强。我跟龙头做一家后，天天说他骂他，他就是不听，那天输得精光，出不起摩的费，才出了几桶血，要不是两位领导抢救及时，我又成了寡妇。"

芹菜从前结过两次婚，两任丈夫一个出车祸死掉，一个捞洪水鱼被冲走，有人说她克夫，好上龙头后没敢去扯结婚证，怕把龙头克掉，谁知还是让他遭了大劫。芹菜就说，幸亏没扯证，不然龙头也活不成。龙头倒不相信芹菜克夫，心里感谢她在他大难之时，还能配合韦叶舟和吴楚东，把自己送进医院抢救过来。出院后龙头老实起来，天天守在店里，芹菜让干啥就干啥，别无怨言。听芹菜说起寡妇一词，龙头笑道："我命大，没哪个女人克得死。"芹菜骂道："你活得不耐烦了，想另找女人来克你？"龙头道："我想找，可没人要啊！"

见两人还像过日子的样子，韦叶舟倒也欣慰，道："龙头命苦，从小鸡不爱鸭不疼的，想不到这个年纪，有个芹菜不离不弃，应该满足，更应该珍惜。"龙头含着泪道："是是是，叶舟兄弟说的是，以后有人拿着刀子逼我赌博做坏事，我宁肯死，也不答应。"

"你不是命大死不了吗？"芹菜推推龙头，"你去街上割几斤牛肉，我炒好，让两位大领导喝几口。"韦叶舟道："牛肉免了，我就想吃芹菜下的粉，最好是豆腐丝拌木耳的码子。下三碗，外面车上还有位兄弟，等他打完盹，再去叫他。"

芹菜赶紧下了三碗木耳豆腐丝粉，搁上花生米，盖着煎鸡蛋。粉上桌后，吴楚东打易晓宏电话，把他也叫进来。吃完粉，芹菜又端上水米花青团。这是儒州风味小吃，三人都喜欢，一人吃了两个，吃得胃饱肠撑，齿颊留香。

韦叶舟不急着说鲍长庚的事，摸出钱包，问芹菜多少钱。龙头道："一碗米粉值几个钱啰，叶舟兄弟每次都要付钱，像我龙头多么无情无义似的。当年给师父做徒弟，我没少在你家吃喝，哪里出过一分一毫？"芹菜也说："是啊是啊，龙头命都是你们给的，我们没办法报答，下碗粉给你们吃口味，还要给钱，不显得我们忘恩负义吗？"

趁着几位客气，易晓宏跑到吧台前，将一百块钱夹在了芹菜的记账簿里。

送走韦叶舟三位，龙头和芹菜两人有一句没一句闲扯起来。龙头道："叶舟兄弟真是好人，无论过去，还是现在，对我都这么好。"芹菜道："都说跟着好人成好伴，跟着野鬼成殇神。你在韦师傅门下做徒弟多年，跟韦叶舟亲如兄弟，怎么就没学着点，变出个人样来？"龙头惭愧道："我底子太差，父母早死，缺少家教，刚会走路就跟村里村外的混混到处野，把坯子搞坏了。"

芹菜拿着手机，边玩边道："据说韦师傅非常严格，厂里才把你送到他名下当学徒，想不到也没能把你掰过来。"龙头道："哪有长歪的树掰得过来的？"芹菜道："你都快五十了，不赶紧掰过来，日后进了土坑，看你怎么见师父。"龙头道："可不是，师父生前对我那么好，师母和叶舟兄弟也一直厚待我，这辈子欠他们太多，只能下辈子还了。"芹菜道："这辈子的债不还，下辈子还有机会吗？"龙头道："那你要我怎么办才行？"

芹菜放开手机，看向龙头，道："头次你住院，师母提着牛奶麦片上医院看望你，出院后你去看她，给个红包，她都退了回来。今晚咱俩去看看他母子吧。"龙头道："那是应该的。但怎么看呢，送红包师母不接，送东西她又不缺吃不缺穿。"芹菜道："总不能因师母不缺吃穿，咱们就空手上门吧。送点水果，表示表示意思。"龙头道："行行行，师母要拒绝，咱就说是托叶舟兄弟带给侄儿的。"

夜里接待过两三拨客人，龙头和芹菜便早早关张，提着苹果、葡萄、香蕉，还有自做存放在冰箱里的冻饺，走进机械厂宿舍区，去敲韦家门。

开门的是韦叶舟，手里还拿着字牌。韦母和吴楚东则坐在桌旁，正盯着手里的牌。只易晓宏没在，说是承揽儒凤大道项目的工程队没法施工，机械大多是租来的，陷在工地里，每天租金不少，司机们跑到市政府，堵住大门，不让车辆进出，杨世杰无奈其何，召易晓宏回去了难。反正不远，劝散上访户，即刻可回凤梧。

龙头没少进韦家门，提着东西，直接送入杂屋，然后回到客厅，瞥眼桌上字牌，不觉手心痒痒，说："打多大？我也来一个。"芹菜骂道："你是见不得牌吧！师母三位玩清水字牌，哪像你一心想着赌钱，狗改不掉吃屎习性！"

韦母放下牌，端上茶水，把龙头和芹菜请到沙发上，说："打牌不赌钱，吃菜不放盐。龙头哪打得惯没咸味的牌？"韦叶舟道："打字牌，玩麻将，龙头是专业水平，咱们业余都算不上，哪打得过你？"龙头不好意思道："我开玩笑呢。被华哥放过血后，就发誓不再摸牌，再摸就剁手指头。"吴楚东道："龙头把手伸出来，看还有几根手指？"

芹菜又反过来打圆场："龙头出院后一直没开戒，我那把磨得锋快专门等着剁手的菜刀还没用过一回。"韦母道："好好好，龙头人聪明，若把聪明用在正道上，做什么不能成？"芹菜道："龙头就是太聪明，聪明反被聪明误。还不如华哥，笨人做笨事，哪怕摆个出租摩托，也能糊嘴巴、过日子。"韦母道："怪只怪龙头逼得华哥出手，差点送命。你俩过去都是我家老头的徒弟，喊我声师母，我真不愿看到你俩出事。"

韦叶舟就问母亲："华哥现在怎么样？"韦母道："还能怎么样？杀了龙头一刀，又没钱赔偿，只能到牢里待几年。可怜华嫂，一个农村妇女，没文化，无工作，独自一人供女儿上学已很吃力，龙头又不时上门讨医药费，凤梧她待不下去，不知带着女儿去了哪里。"

韦母说到这里，瞪了龙头一眼。龙头低下脑袋，道："出院后我确实去过华嫂的水果摊，后来师母说过我两回，我就没再去找她。"芹菜道："我也说过龙头，华哥下手狠是狠了点，毕竟你搭摩的没给钱，还先拿刀砍人，也有责任。法院判华哥坐牢，华嫂不容易，哪忍心再找人家麻烦？"韦母道："芹菜还算近人情，冤家宜解不宜结嘛。龙头遭过这一劫，也该懂事了，收起心来，好好跟芹菜过日子。"芹菜道："龙头都快五十岁的人，又吃过大亏，还不懂事，只有到土坑里去，看阎王教不教育得过来。"

韦母知道吴楚东送韦叶舟回凤梧，本是冲着龙头来的，把芹菜喊到房里说闲话，留三个大男人在客厅说事。韦叶舟看着龙头道："这次回来，发现我老娘心情不错，一问才知是龙头变好，她老人家替你高兴。说实话，我这辈子读书做人，成家立业，老娘几乎没操过心，不怎么过问，却总放不下你龙头，每次我回来，她说得最多的就是你，你好她高兴，你出事她发愁。父亲在世也一样，没少被你气，常说对不起机械厂，对不起组织。我就想，龙头若像华哥一样，老实为人，诚恳做事，父亲没那么郁闷，说不定现在还活在世上。"

也许到鬼门关里走过一趟，大难不死，龙头终于有所觉悟，明白啥是好啥是歹，顿时淌下热泪，道："我对不起师父，对不起师母，也对不起叶舟兄弟。若有来世，我一定重新做人，报答师父。"吴楚东笑道："凡说来世怎么怎么的，都在逃避现实，推卸责任。龙头真有心改过，就从今生做起，别等来世好不好？"龙头道："今生还来得及吗？"

"当然来得及。"韦叶舟给龙头杯里添上水，"你想没想过，当年你被机械厂开除，错可不在厂子，工友们更没亏待过你。"龙头说："我想过，是我鬼迷心窍，不该偷车间钢材变卖，给厂里带来重大损失。"韦叶舟道："你能认识到这一点就好。当年的事已过去，就别再提啦，咱只论眼下，机械厂数千职工下岗，该得的赔偿没到位，该买的养老保险没落实，后半辈子生活无保障，实在让人痛心。"

机械厂改制变卖可与自己无关。龙头这么想着，正要张嘴，吴楚东道："龙头你可能不知道，你和芹菜进门前，师母还在说你现在有力气帮芹菜开店谋生，但谁都会老去，你没家业，没存款，没亲人，看以后老了怎么活命。叶舟就出主意，你好歹也在机械厂待过，想点办法，也许可续上工作关系，补交养老保险，待退休年龄到，多少能领份养老钱，余生有保障。"

龙头打小命贱，今天有食，不管明日饥饱，用凤梧乡下话叫懒汉烤蛇吃，烤一截吃一截，反正眼下跟芹菜开店饿不着，至于日后死活，哪管那么多？听韦叶舟说在考虑自己今后养老问题，又感动，又意外，道："像我这种坏人，只给政府添乱，没做过任何贡献，也配养老？"韦叶舟道："没谁说你是坏人，是你自暴自弃，看扁自己。你不过习惯不好而已，并非大奸大恶，内心还是善良的。党和政府都在努力创造条件，为你这样的困难群众排忧解难。"

也许头次有人正面肯定自己，龙头震惊之余，一股暖流涌遍全身，两眼都蒙上了泪花，诚恳道："你们把我当人看，我一定改邪归正，做出个人样来。"

见龙头不再玩世不恭，韦叶舟颇感欣慰，道："我相信你说的是真心话。你的养老问题我们设法争取，前提是先解决机械厂困境。机械厂的最大困境是没钱。钱从何来？当务之急是找到鲍长庚，把改制变卖机械厂侵吞的钱吐出来，给职工以交代，然后恢复儒凤大道建设，改善投资环境，引来下家，收购机械厂，到时一切好办。"

龙头明白韦叶舟话里意思，却犹豫着，话到嘴边又吞了回去。吴楚东点明道："你不久前见过鲍长庚，鲍长庚还给了你笔钱，你显摆给牌友，牌友叫你去凤梧大酒店打麻将，你把钱输个精光，才跟华哥大打出手，差点丧命。我说得对吧？"

龙头十分惊讶，道："连这你也知道？"韦叶舟道："若要人不知，除非己莫为。你与鲍长庚非同寻常的关系早在我们的掌握之中，包括你怎么给汪老板与鲍长庚拉皮条，怎么朝鲍长庚伸手索要好处费，我们都清清楚楚。只是想留给你机会立功赎罪，为你以后争取退休待遇创造条件，才等着你主动开口。"

龙头瞪着双眼，望定韦叶舟，道："莫非汪老板已被抓了起来？"韦叶舟道："你别管汪老板抓没抓起来，只管尽快供出鲍长庚，否则鲍长庚归案后，就没你的事了。"吴楚东道："龙头你不摸着脑袋想想，鲍长庚拿的可是巨款，不过丢几个小钱，把你当叫花子打发，你就死心塌地维护他，不是缺心眼吗？"韦叶舟也道："都说你聪明，我看你是小事聪明，大事糊涂，白活四五十年。"

说得龙头满面羞愧，脑袋埋到了裤裆里。两人没逼龙头，要他回去好好想一想，想明白再说也不迟。

今晚一个多小时的接触，韦叶舟和吴楚东知道龙头内心良知已被唤醒，加之供出鲍长庚，对他今后只有好处没有坏处，他肯定会吐出肚子里的秘密。

果然第二天中午，龙头又走进韦家，坐到韦叶舟和吴楚东面前，开始供述。

三

龙头是鲍长庚当厂长时被开除出厂的。龙头不甘心，一次次找鲍长庚要求复职，鲍长庚没买他账。见软的不行，龙头干脆来硬的，提了钢棍冲进厂长办，威胁鲍长庚。好汉不吃眼前亏，鲍长庚哄骗龙头，尽快将他的要求拿到厂务会上讨论通过。龙头信以为真，提着钢棍出了厂办。谁知鲍长庚一个电话打给保卫科，保卫科长带人截住龙头，夺下他手里钢棍，一顿猛揍，揍得龙头七窍流血，从此再不敢惹鲍长庚。他离开凤梧，外出游荡，在火车上认识了汪老板。汪老板当时正做传销，好吃好喝款待龙头，要他动员亲戚朋友入伙。龙头人一个卵一条，哪有亲友可拉？见龙头身上榨不出油水，汪老板让打手揪住他，一顿暴打，打得他死去活来，再拖到郊外，扔进树林里喂野狗。树林后面有座寺庙，住持叫镜虚法师。那天镜虚法师带着两位小和尚外出办完事回寺，发现林子里群鸦欢叫，觉得有异，走过去一瞧，见龙头趴在地上，已奄奄一息。镜虚法师让两位小和尚把龙头弄进寺里，灌汤喂药，救活过来。龙头在寺里待了几个月，终究受不了清规戒律，没少跟和尚们打架，被镜虚法师赶出山门。

龙头知道在外不好混，返回凤翔镇，偷鸡摸狗，吃喝嫖赌，成了派出所的常客。转眼过去多年，改制大潮袭来，各地老板蜂拥而至，想吞下凤翔机械厂这块大肥肉。鲍长庚老谋深算，轻易不出手，连打着分管市领导刘天龙招牌上门的老板都爱理不理。不久汪老板到了镇上。汪老板的传销组织被打掉后，弄了个钢铁进出口公司，名字大得吓人，其实不过皮包公司一个。也不知从何得知凤翔机械厂在酝酿改制，汪老板开着豪车，赶来探听虚实。毕竟是外地人，汪老板两眼一抹黑，在儒州和凤翔之间辗转数趟，根本没法接近刘天龙和鲍长庚，准备离开凤翔，返回浙江。偏偏车轮瘪了，一看扎了颗铁钉，只好把车子开到前面不远的街边汽修店，问门口专注于棋局的一白一黑两个脑壳，谁是店老板。那是常见的象棋，尤其不城不乡的小镇，会下的人特别多。两人激战正酣，汪老板问了三四遍，才见黑脑壳怔怔地抬起来，不耐烦道："你是哪个，要做么子？"汪老板没好气道："你问我做么子，我还要问你开汽修店是做么子的呢？"

黑脑壳大概意识到什么，望眼汪老板身后的豪车，边起身边对白脑壳道："我要做事啦，这盘棋就算了，莫老爹下次再来。"白脑壳莫老爹拉住黑脑壳店老板衣角道："不行不行不行，你就要输棋了，怎么能耍赖呢？"汪老板接过话头道："这就是莫老爹你不对了，人家开个店子，干活赚钱，到底干活当紧，还是跟你下棋当紧？"

"你狗咬耗子，多管闲事吧！"莫老爹黑着两眼盯向汪老板，见对方腕上圈着只铐子粗的金手链，口气马上变得动听起来，"下棋也当紧，也是干活嘛。要不你来下两盘？"没个把小时，轮胎补不好，汪老板坐到店老板空出的塑料凳上，道："陪陪莫老爹也行。"莫老爹道："下素的，还是下荤的？"汪老板道："莫非下棋还有素有荤可分？"莫老爹道："素的就是下着好玩，荤的得来点意思。"汪老板道："来点啥意思？"莫老爹道："这样吧，三局两胜，我输你不用掏补胎钱。"汪老板道："你又不是店家，可免补胎钱？"莫老爹道："这小子扔下棋盘，由你来代，受罚也应该。"汪老板道："那要是我输呢？"莫老爹指着汪老板腕上手链道："你输更好办，留下这只金铐子。"汪老板道："你以为这金铐子是地摊货？"莫老爹道："真是地摊货，我莫老爹才懒得跟你浪费时间哩！"

听莫老爹说话口气不寻常，汪老板好奇心起，道："听莫老爹的，咱俩好好过一过招。"

要说莫老爹棋艺还算不错，只是汪老板也非弱角，局面一时难分高下。前面两局，各有胜负，第三局你来我往，杀得难分难解，眼看要成和局，汪老板卖个破绽，莫老爹落入圈套，马失前蹄，败下阵来。恰好轮胎补好，莫老爹对黑脑壳道："补胎费免了。"黑脑壳答应着，要汪老板把车开走。汪老板不愿占小便宜，放下三百元钱，上了车。车子还没发动，莫老爹拉开副驾门，钻进来道："我家在前头不远，捎我一段，没事吧？"汪老板说："没事没事，莫老爹看得起，是俺汪某人的福分。"莫老爹笑道："当老板的就是会说话。"汪老板道："我不是老板，是给人打工跑腿的。"莫老爹道："别骗我，给人跑腿，也用不着跑到凤翔来。"汪老板道："咱公司有业务在凤翔。"莫老爹道："拉倒吧，凤翔哪有你公司什么业务？你是来找人的。"汪老板道："你怎知道我来找人？"莫老爹道："我不止知道你找人，还知道你找什么人。"汪老板道："你知道我找什么人？"莫老爹道："找鲍长庚。"

汪老板颇觉惊讶，脚尖下意识点点刹车，侧首望眼莫老爹满脑白发，道："莫老爹你是神还是仙？"莫老爹道："我不神不仙，只是个在凤翔待了几十年的糟老头，对有关凤翔的事比别人稍稍知道得多些。"汪老板道："那你怎么知道我是来找鲍长庚的？"莫长爹道："凤翔机械厂要变卖，镇上突然多了不少外地车，谁都清楚是冲着机械厂来的。你这部豪车在凤翔和儒州穿来穿去，早引起我注意，知道你要找鲍长庚，一直没摸着门道。"汪老板道："听莫老爹口气，好像知道鲍长庚在哪儿。"莫老爹道："也许吧。"

汪老板一阵惊喜，忙道："那莫老爹带我去见鲍长庚，绝不会亏待您。"莫老爹摇摇头道："都这把年纪了，哪还有兴趣拉皮条？"汪老板道："帮忙找个人，又不是做见不得人的丑事，说得这么难听干啥？我是生意场上人，从不玩虚的，莫老爹开个价吧。"莫老爹道："不感兴趣的事，又哪在乎价高价低？"汪老板只好退而求其次："那就请莫老爹给老弟指条明路。"莫老爹笑道："本来要给你指明路的，谁叫你象棋下得太好！"

下棋下得太好，就不指明路，这是哪来的逻辑？汪老板转着脑筋，一下子明白过来，撸下腕上金手链，递向莫老爹。莫老爹故作糊涂道："老弟这是啥意思？"汪老板道："刚才下棋，莫老爹故意礼让老弟，怪老弟愚笨，没看出来，这手链自然应该属于真正的赢家。"

莫老爹也不客气，拿过金手链，放到发黑的门牙上咬咬，认可道："嗯，质地还算纯正。"汪老板道："莫老爹还蛮识货嘛。做过黄金生意？"莫老爹道："黄金生意倒没做过，但总接触过黄金。"汪老板道："莫老爹觉得手链不假，就给老弟指明路吧，事成后还会有谢。"莫老爹道："汪老板是个实在人，我莫老爹也不好跟你来虚的。"伸手指向车前五十米开外的镇口："看到拐角处的小酒馆没有？要不了多久会有人打着酒嗝从里面出来，只要把他搞定，他会帮你找到鲍长庚。"汪老板道："那是个什么人？"莫老爹道："那是凤翔和凤梧的名人，叫作龙头。"

"龙头？"汪老板疑惑道。莫老爹瞧瞧汪老板："难道你认识龙头不成？"汪老板道："要说多年前还真跟一个叫龙头的混混打过交道，好像就是儒州一带的人。"莫老爹道："说龙头是个混混，也错不到哪里去。只是同名同姓的人多得很，龙头是不是汪老板以前认识的混混，待会儿他从酒馆里出来就知道了。"汪老板道："一个混混，又怎么挨得上鲍长庚的边？"莫老爹道："汪老板走江湖的，应该知道混混都聪明得很，又见多识广，地方上的奇人怪事，没有他们不知道的。"汪老板道："莫老爹说得有道理，但我还是不相信能通过龙头找到鲍长庚。"莫老爹道："通过龙头找不到鲍长庚，但通过龙头找到鲍长庚的情妇罩鸡，使够银子，再找到鲍长庚就不在话下了。"

说得汪老板心头一动，不自觉踩踩油门，朝镇口开去。才到酒馆前，有人影从门里晃出来，汪老板觉得眼熟，定睛一瞧，还真是当年的龙头，只是看上去老了一些。龙头刚就着花生米喝完一瓶劣质酒，酒劲正足，深一脚浅一脚走着猫步。汪老板顾不得莫老爹，下车拦住龙头，道："龙头还认识我不？"

龙头看都没看汪老板一眼，只是扬着软绵无力的手，想把他扒开。醉眼蒙眬的，要看也没法看清面前的人。汪老板把龙头搡进车里，莫老爹已不在车上。

当晚汪老板就把龙头带到儒州城，送入酒店房间，召来小姐给他按摩醒酒。越按龙头醉得越沉，直到第二天早上醒来，发现自己躺在陌生豪华的房间里，怀里还有个赤裸的漂亮小姐，又惊又吓，把小姐一推，问她是谁。小姐也不回答，只咯咯笑着，在他身上一顿猛掐猛揉，弄得他毫无招架之力，只能就范。接着小姐拿来衬衣、领带、西服及高档皮鞋，一一给龙头穿上，陪他到楼下发廊里理了个寸头，再带往餐厅，走进包房。包房里已坐着一个人，将龙头上下一番打量，道："人靠衣装，马靠鞍装。龙头你小子，换了身狗皮，还真有了狗样，乍看像个机关干部，兜里揣着印把子似的。"

龙头认出汪老板，才明白自己为何一夜间从野鸡变成凤凰。此后数天，汪老板带着龙头喝美酒、抽好烟、泡温泉、洗盐浴、唱卡拉OK，还给叠大钞，让他进麻将馆过了把瘾。该玩的玩过，该快活的快活过，再把他送回凤翔镇，说当年对不起兄弟，幸上天安排，重续前缘，已死而无憾。感动得龙头什么似的，把汪老板拉到街边店里，要回请他。汪老板也不嫌酒差，主动把自己灌醉，任由龙头搀进街头布满蛛网猫鼠同欢的旅馆，为他烧水泡茶，捶背捏脚，服侍了整整一夜。

龙头毕竟见过些世面，知道汪老板出现在凤翔，绝不是为自己来的，肯定意在改制中的凤翔机械厂。凤翔说大不大，说小不小，镇上人家跟机械厂有着千丝万缕的联系，机械厂改制牵涉到各家各户切身利益，没有不关注的，龙头也不可能充耳不闻。再说这段时间外地豪车在镇里穿梭往来，汪老板来意不言自明。龙头又想，自己连日来吃人家的，玩人家的，适当关心关心人家也应该，问汪老板是不是看上了机械厂。到了这一步，汪老板不必再隐瞒想法，问有无办法接近鲍长庚。时下的鲍长庚是个香饽饽，求见的人多了去了，哪是想接近就可接近的？龙头面呈难色，不敢作保。汪老板从包里拿出三万元现金，拍到龙头手里，说这把钱已改姓龙，若兄弟能带我见上鲍长庚一面，还有大钱等着。

龙头爱喝爱赌，自然也爱钱，没钱喝不上，也赌不成，实在生无可恋。为从汪老板手里拿到更多的钱，让自己这条贱命活得滋润点，龙头决定好好配合汪老板一把。凤翔机械厂的工友都知道，厂里有个外号罩鸡的年轻女工是鲍长庚的人。罩鸡就是蚱蜢，因捕食时总是挥舞坚臂往前一罩一罩的，儒州人就安了这么个形象的名字。机械厂漂亮女工不少，罩鸡脸大胸大屁股大，谈不上有多漂亮，却偏偏最讨鲍长庚欢心，也算奇闻一桩。罩鸡是厂后半山叫作腰子田的人，在镇上读初中时，好上机械厂一位青工，十六岁辍学跟青工办酒结了婚。十六岁没到法定婚龄，民政局不给办证，但乡下人不在乎一纸证件，只要办过酒，入了洞房，就算正式夫妻。也是罩鸡命不好，结婚才一年多，刚生下一对龙凤胎，丈夫便死在一次生产事故中，搭帮鲍长庚开恩，让罩鸡顶替丈夫，进厂当了工人。别看罩鸡人长得粗，却颇有心计，想着自己年轻守寡，哪带得大一对儿女？便准备好礼品，趁晚上鲍长庚加班，走进厂长办，感谢他安排自己进厂上班。鲍长庚哪看得上罩鸡的礼品，冷脸拒收。罩鸡便泪眼婆婆，说厂长不收礼，自己不好意思在厂里做工，回家抱着两个孩子跳河算了。鲍长庚无奈，只好收下礼品，嘱咐人事科给罩鸡晋级工资。罩鸡又有了借口，再往厂长办跑。跑来跑去，干脆敞开大胸，朝鲍长庚身上扑，就如蚱蜢捕食一样。虽说鲍长庚驭女无数，罩鸡的狂野强劲却别有风味，没有任何女人能比。罩鸡自此缠住鲍长庚，鲍长庚也再离不开罩鸡，害得其他鲍长庚好过的女人愤愤不平，说要联手把罩鸡胸前两只大奶割掉喂猫，却慑于鲍长庚淫威，只不过嘴上过过瘾，没真敢行动。鲍长庚自然不会让罩鸡白白奉献，在腰子田征了块地，建个仓库，同时铺条水泥路上去，运些钢材进仓库里，安排罩鸡做专职保管员，不用进厂上班，还可照顾一双儿女，鲍长庚则隔三岔五去验看钢材，与罩鸡颠鸾倒凤，快活如神仙。

罩鸡是龙头被开除出厂前两年进的机械厂，龙头跟罩鸡丈夫曾是牌友，三天两头在一起打牌，有时候就在他家里，跟罩鸡也很熟。龙头于是带着汪老板上了腰子田。罩鸡就住在仓库里。仓库由红砖砌成，五分之四为库房，五分之一为值班室。说是值班室，其实就是罩鸡的家，里面有客厅、厨房、卫生间和三间卧室，装修精致，家具高档，显然是鲍长庚的杰作。

鲍长庚跟罩鸡的关系，凤翔机械厂无人不晓，但外人不得而知，各路神仙不会上腰子田来。罩鸡见着龙头和汪老板，倒也客气，迎进客厅，看座上茶，又摆出好烟好果，热情招待。龙头打量着罩鸡，仍像当年样粗壮结实，却比当年更成熟，更风骚，仿佛当季的红苹果，让人恨不得伸出嘴巴，狠狠咬一口。罩鸡被龙头看得不好意思起来，笑道："龙头几时变得这么洋气？好像来腰子田相亲似的。"龙头道："可不是，我打了一辈子单身，听说罩鸡还没嫁人，特意上山倒插门，不知你的门紧不紧？"

罩鸡手里拿着个大芒果，刚撕下一块皮，听龙头话带挑衅，顺手朝他一甩。芒果皮噗一声飞过来，打在龙头脸上，正正当当罩住他一双眼睛。逗得汪老板忍俊不禁，罩鸡更是哈哈大笑，笑得大胸左荡右漾，随时会破衣而出似的。边笑边扯块纸巾，递向龙头，道："拿纸擦擦，擦干净你的狗眼，看看老娘的门紧不紧？"

龙头已揭去芒果皮，只是两眼沾着芒果黄，没法睁开，双手在空中乱舞一气，怎么也够不着纸巾。最后还是罩鸡把纸巾塞到龙头手里，龙头在脸上抹几把，渐渐恢复视力，道："罩鸡你太厉害了，哪个男人压得住你？怪不得你嫁不出去。"罩鸡骂道："我嫁不出去，关你卵事！"龙头道："你想关我卵事，那就赶紧嫁给我。"

又调笑几句，龙头换了口气，道："好多年没见罩鸡了，想不到你还这么年轻，看来你过得蛮滋润啊。"罩鸡道："还年轻，已三十啦。男人三十一朵花，女人三十豆腐渣，这辈子也就这样了。要怪只怪那死鬼，哄我给他生了儿女，便扔下咱娘仨，躺到地下睡起大觉来，害得老娘爸不是爸，妈不是妈，猪狗不如。"

龙头扭头瞧几眼客厅摆设，道："你这还猪狗不如？哪个夫妻双全人家有你这么富贵？说句不好听的，你老公若还活着，恐怕你还混不到现在这样。"

罩鸡听得出龙头话里的毒辣，高声喝道："龙头你什么意思，莫不是我想做寡妇，害死老公的？你这个剁脑袋的，原来是上腰子田来编排我，我不是看汪老板分上，早唤狗进来，咬断你裆物，要你断子断孙！"龙头道："你的门不让我插，谁跟我续子续孙？"

罩鸡招呼汪老板喝茶吃水果，又对龙头道："你还想着倒插门？我告诉芹菜，她掐掉你裆里的栓子，看你拿啥东西插。"龙头道："你又不是不知道，我跟芹菜连婚都没结，她又老得像把枯芹菜，哪还冒得出嫩芽芽来？反正我俩纯属男盗女娼，从没往远处想过。"罩鸡道："你算说了句真话，承认自己男盗女娼。"龙头道："男不盗，女不娼，这日子怎么过？假设你跟鲍长庚不盗不娼，我看你去城里做鸡婆都没人睬你。"

罩鸡抓过桌上抹布，一把塞进龙头嘴里，喝道："你这块鳖嘴，说过句人话没有？"

龙头扯出嘴里抹布，扔到桌上，边吐边道："你这尿布好臭，塞过鲍长庚嘴巴吧？"罩鸡踢一脚龙头，道："你怎么三句不离鲍长庚？鲍长庚是你干爹？你找干爹到机械厂找去，往腰子田蹿什么蹿？"龙头道："鲍长庚有什么好找的？你又不是不知道，当年我是被鲍长庚开除出厂的，杀他的心都有，哪里还会理睬他？我是想着你，看你同不同意我倒插门，才特意上山的。"罩鸡说："我愿意你倒插门，你带了倒插费没有？"龙头道："当然带了，你要多少？"罩鸡道："不说十万八万，三万五万总少不了吧？"龙头道："那你说话得算话？"罩鸡说："我说话算话，你说钱可得算钱。"

罩鸡不过说着玩玩，哪知龙头朝汪老板使个眼色，汪老板递过随身挎包，龙头接住，拉开拉链，将手伸进包里，慢慢往外掏钱。是百元一扎的，一扎一百张，共掏出十扎来，齐崭崭、亮花花，摆列在桌子上，客厅仿佛都亮堂起来。

罩鸡没少花鲍长庚的钱，衣食住行，包括一双儿女的学费，鲍长庚全给包了。但鲍长庚知道人的胃口会越撑越大，不会一次给罩鸡太多钱，每次也就几千一万，最多没超过两万。今天猛然见到整整十万大元赫然在前，罩鸡两眼放光，恨不得展开两只臂膀，荡着大胸，罩到十扎大钞上，就像当年罩鲍长庚一样，只因龙头和汪老板在场，才努力控制住自己。

汪老板见状，知道此行效果已经达到，看了眼龙头。龙头会意，抓过挎包，站起身来。两人出门来到车旁，正好罩鸡一双儿女放午学回来，喊着妈妈，扑向出来送客的罩鸡。汪老板拉住往车上登的龙头，指指他手里的包。

包里还有两扎大钞，汪老板事先说定，属于龙头今天此行的劳务费。汪老板用意明显，龙头却有些不舍，暗想我的钱怎么能给罩鸡两个小孩呢？转而又骂自己没见过世面，汪老板哪会少你这两万块钱？龙头赶紧把包里两扎钱掏出来，给罩鸡儿女一个一扎。罩鸡上前阻拦，龙头故作不高兴道："你站一边去！我给侄儿侄女几个买书钱，跟你没关系。"

火到猪头烂，钱到事好办。钱的威力真大，只要舍得出钱出大钱，任你关得再紧的门，都可敲开。初次见面，汪老板出手就这么大方，事成后还能少你罩鸡的好处？在罩鸡作用下，汪老板如愿勾搭上鲍长庚，并通过他打通刘天龙关节，成功购下凤翔机械厂，经精心包装，换个行头，再转手他人，白赚好几个亿。

汪老板不会吃独食。想吃也吃不下，毕竟在儒州地盘上，刘天龙不高兴，鲍长庚不乐意，他汪老板吃进多少会吐多少，弄不好连小命都得留下。

鲍长庚发了大财，着手出逃准备，盼着尽快与移民美国的老婆和儿子团聚。美国护照早已办好，眼下最要紧的是通过地下钱庄，悄悄把钱转出去。就在鲍长庚与钱庄老板谈好佣金比例，要出手钱款时，美国警方传来消息，说鲍长庚儿子吸毒过量死亡，鲍妻没法接受，上吊自杀。鲍长庚几乎疯掉，大病不起，出逃计划搁置。

听完龙头的叙述，吴楚东第一时间汇报给杨世杰，杨世杰命黄文革带上几个人，随同易晓宏，赶往凤翔，配合吴楚东和韦叶舟，非把鲍长庚刨出来不可。

几位碰过头，确定好行动方案，由龙头带路，上了凤尾山。

鲍长庚酝酿出逃计划期间，凤翔机械厂职工四处告状，有关部门已盯上鲍长庚，病中的鲍长庚不敢去医院，躲到罩鸡远房亲戚家里，靠罩鸡去隔壁县城买些药品，随便服用。鲍长庚没跟罩鸡提及钱款的事，罩鸡也只知他改制卖厂时弄了大钱，会携款逃美，去见妻儿，突然病倒逃不成，钱也许还没转走。所以鲍长庚神志稍清醒时，罩鸡便追问钱款下落。鲍长庚语焉不详，罩鸡开始还耐住性子，给他端屎端尿，等着他能开尊口。后发现鲍长庚没有透露底细的意思，罩鸡态度渐渐变得恶劣，威胁他要钱还是要命。甚至拿出手机，说要打电话报案。鲍长庚感到很绝望，觉得白养了罩鸡娘仨近十年，这娘们儿除了钱还是钱，没一点真情真义。再不离开这娘们儿，自己恐怕不得好死。这天罩鸡有事回了腰子田，鲍长庚趁身体稍稍好转，强撑着走出罩鸡亲戚家，驾着无牌路虎，去了凤尾山。

凤尾山有个凤尾寺。据说始建于明末清初，几度兴废，三十年前再次重修，惨淡经营，冷冷清清，还是后来换了住持镜虚和尚，管理得法，慢慢兴旺起来。方外世界与俗世并无本质区别，凡事离不开钱。镜虚大师深谙此理，广交各路有钱人，扩建寺院，塑造佛像，承办地方宗教活动，一时财源滚滚，越来越红火。鲍长庚掌管凤翔机械厂十多年，弄了不少钱，心里总觉不安，常驾车去凤尾寺烧香拜佛，撒起钱来大方得很，祈望破财消灾。镜虚大师最看重这样的摇钱树，备了干净禅房，专供鲍长庚休息住宿。鲍长庚往凤尾寺跑得越发勤快，前后捐钱数百万。镜虚大师干脆在寺院东南隅划块地，交由鲍长庚亲自监工，建了个独门小院，造了金佛，装修了豪华套房。从此鲍长庚进出凤尾寺，不必走正门，可直接将车开进独院的天井旁。独院钥匙也归鲍长庚掌管，鲍长庚不在，镜虚大师都进不了门。

鲍长庚离开罩鸡亲戚家，躲入这个独门小院后，就完全病倒了。镜虚大师给鲍长庚开药调理，念经祈祷。鲍长庚病情略有起色，偶尔可起床拜佛，碰上天清气朗，还走出院门，观观山花，听听泉声。这天鲍长庚坐在泉边晒太阳，念及死于异域的妻儿，鼻头一酸，禁不住流下悲苦老泪。他无心再晒太阳，起身沿墙根甬道，来到前院，想跟镜虚大师说说，看能否给妻儿做场法事，超度亡灵。

见鲍长庚精神不错，镜虚大师为他高兴，带他参观大雄室殿刚贴完金的如来宝身。恰有人五体投地拜过如来，直起腰身，瞥见镜虚大师旁边形销骨立的男人，觉得有些面熟，眼望此人随镜虚大师转向殿后，终于想起他就是威风一世的鲍长庚。

拜如来的人便是龙头。龙头酒肉之徒，不信神，不信佛，以前从没上过凤尾寺，镜虚大师做过多年凤尾寺住持，他都不得而知。直到一年前镜虚大师去凤梧县城办事，龙头打完牌走出麻将馆，面对面碰着镜虚大师，彼此相认，才又重续前缘。此后龙头闲极无聊，偶尔会上凤尾寺看望镜虚大师，装模作样拜拜如来观音，顺便蹭两顿素餐，以慰饥肠。

龙头想不到会在凤尾寺见着鲍长庚，多了个心眼，等鲍长庚告别镜虚大师，顺甬道回独院时，便悄悄跟了过去。看着鲍长庚掏出钥匙，打开院门上的锁，龙头箭般射过去，踏着鲍长庚脚跟闪进门里。鲍长庚吓一跳，很快认出龙头来。龙头嘻嘻笑道："原来鲍厂长躲在这里享清福，政府到处找你没找到，你还是跟我下山，投案自首，争取宽大处理吧。"

鲍长庚知道龙头说得出也做得出，拿出五千元封他嘴巴。龙头不接，说自己又不是叫花子。鲍长庚便两千三千往上加，一直加到三万，龙头才拿过钱，跑出院门，下山回到城里，坐华哥的摩托去凤梧大酒店豪赌一场，将钱输得精光，因拒付区区几个摩的费，与华哥上演生死拼杀，差点送掉小命。

在龙头引领下，一行人上到凤尾山腰，下车分成三组，从三个方向朝目标靠近。目标自然是寺侧的独门小院。根据事先安排，黄文革吩咐手下几位兄弟蹲守凤尾寺入口，自己与易晓宏躲入独院对面的林子里，居高临下，观察动静；韦叶舟和吴楚东则由龙头领着，去独院会鲍长庚。到得门口，龙头正要抬手敲门，发现门没上锁，轻轻一推，门便开了。

莫非鲍长庚已逃走？韦叶舟与吴楚东难免有些担忧。进入院中，看见天井旁停着辆路虎，这才放下心来。绕过路虎，前面一道木门，半开半掩着。推门而入，迎面一尊塑金如来，似笑非笑，用温和的目光注视着三位不速之客。佛前点着蜡香，蜡光闪闪，香雾缭绕。佛像左侧有道缁帘，静静垂挂着，似要掩饰住里面的神秘故事。

龙头望了眼如来金身，朝缁帘走去，不想缁帘动了动，有人掀帘而出，竟是镜虚大师。镜虚大师朝龙头三人扫一眼，不惊不讶，双手合十，口念阿弥陀佛，低首出了木门。

三人穿帘而入，一个装修古雅的房间呈现于前。房间不下四十平方米，铺了木地板，摆放着书柜、书桌、圆椅、茶几，皆为红木材质，在窗外透进的光亮映照下闪着幽辉。正对窗户的墙边有张雕花大床，不用说躺在床上的便是鲍长庚无疑。听到动静，鲍长庚慢慢坐起来，往床头靠靠，用苍白的声音道："你们终于还是来了。"

韦叶舟望着床上瘦削干枯气息奄奄的老头，简直不敢相信这是曾呼风风来唤雨雨至的鲍长庚。鲍长庚当年可是公认的帅哥，长着一张国字脸，天庭饱满，地阁方圆，加之高大魁伟，走到哪里，都给人鹤立鸡群的感觉。不仅帅气，还读过中专，是那代人中不可多得的知识分子。有外貌，有文化，关键脑袋好使会来事，鲍长庚很快获得厂领导青睐，从技术员到车间主任，到副厂长，直至一厂之长，玩凤翔机械厂于股掌之上。如今枭雄末路，豪横大半辈子的鲍长庚也有今天，让韦叶舟暗生感叹。

鲍长庚比韦父小十来岁，早年两人曾在同一车间共过事。那时韦叶舟跟爷爷奶奶住在凤翔镇上，常去车间找父亲，可说是鲍长庚看着长大的。这会儿鲍长庚抬了抬软绵绵的手，朝韦叶舟指了指，吃力道："你是小韦吧？"

韦叶舟靠过去，道："鲍厂长还认得我？"鲍长庚哆嗦着嘴唇道："当然认得。韦得禄比我强得多，养出你这样的好儿子。我家小子有你一半优秀，我也就不用挖空心思弄钱，送他出国，让他命丧异邦，害得老子人不是人，鬼不是鬼，落到今天这个下场。"

韦得禄是韦叶舟父亲名字。鲍长庚喘几口气，积蓄些力量，又继续道："我知道小韦你们迟早会出现在我面前。你们来了好，你们来了，我死可瞑目了。"龙头奇怪道："莫非你会掐算，算出咱们会来凤尾寺？"

鲍长庚瞥眼龙头，惨笑一下，道："自你从我这里拿走三万元钱，我就知道你肯定会带人再上山。"龙头不好意思道："不是我要带他们上山，是他们逼我来找你的，我怕他们打断我脊椎骨，不得不从，你可别怪我喔。"鲍长庚道："我不怪你，要感谢你。"龙头惊讶道："为什么感谢我？你说这话，我搞不懂。"

鲍长庚开始有一句没一句，叙述近几个月来发生的事。得到妻儿死在美国的消息时，鲍长庚刚驾着无牌路虎，准备提了钱款去跟地下钱庄老板会面。时值子夜，望着茫茫夜色，鲍长庚心里一阵不安，念及好久没跟妻儿联系，掏出款淡蓝色手机，想着是不是要打个电话。这款手机很特殊，号主是他乡下亲戚的名字，平时处于关机状态，只偶尔拿出来，跟远在美国的妻儿联系一回。担心暴露行踪，鲍长庚提醒过自己，登上飞美航班前，决不能使用手机。

可这夜鲍长庚心绪很乱，也不知是钱庄老板出了事，还是妻儿那边有情况。鲍长庚没法自控，隐忍多时，还是把路虎停到路边，拿过蓝色手机，瞧上一会儿，犹豫着开了机。还没调出妻儿名字，美国警方的电话打了过来，说是在鲍长庚老婆手机里发现的这个号码。鲍长庚预感不妙，颤着声音问对方有啥事。美国警方简单通报了其妻儿死亡的消息。还没听完，鲍长庚一阵天旋地转，趴在方向盘上，晕厥过去。

等鲍长庚苏醒过来，曙色已现。他真想开着路虎，冲下山崖，一了百了。可鲍长庚下不了决心。毕竟罩鸡还在，两人做了十多年露水夫妻，已处成亲人，也许这女人足慰自己晚景。鲍长庚忍着悲痛，开车上了腰子田。路虎停进仓库后面的偏屋后，鲍长庚连开车门的力气都没有了，缩在座位上，直冒虚汗。

自筹备出逃美国数月以来，鲍长庚难得上回腰子田，所以罩鸡看到偏屋里的路虎时，惊讶不已。打开车门，见鲍长庚虚脱得没了人形，赶紧把他扶下车，搀进屋里。鲍长庚病倒在床，十多天没下地，全靠罩鸡服侍。担心腰子田不安全，鲍长庚身体稍有好转，便打起精神，开着路虎，躲到罩鸡更偏远的亲戚家。不久又透露给罩鸡，自己移民美国的妻儿已亡。罩鸡一阵窃喜，心道这下鲍长庚整个儿归自己了。当然不是说鲍长庚多么可爱，一个年过六旬的糟老头，连床上武功都衰退了，还指望他有啥别的能耐？不过罩鸡心里清楚，鲍长庚跟普通糟老头不同，他肯定藏着一大笔钱。外面早有传言，鲍长庚没有三五亿，一两个亿肯定少不了。也不知他的钱转没转移给了妻儿？或许转走了一部分，还有一部分留在国内。现在他妻儿已死，留下的钱不可能再转走，自然就该归我了。若鲍长庚真有那么多钱，就算转走一部分，手头至少还有个把亿。把这个把亿挖出来，我罩鸡何愁下半辈子没钱花？别说自己下半辈子，就是一双儿女几辈子都用不完、花不光。

想着这凭空估算出来的一个亿，罩鸡浑身是劲，把鲍长庚当亲爹亲妈服侍，给他熬药递水，抹身洗脚，端屎端尿。吃过罩鸡胡乱抓的药，鲍长庚时好时坏，要想身体恢复如常，好像不太可能。罩鸡便有意无意套他口气，钱藏在哪里，还是赶紧说出来，让老鼠啃碎，也太可惜。鲍长庚守口如瓶，不肯透露半句。他已想好，适当时候给罩鸡几百万，其余捐给凤尾寺，届时也有梵音佛语送自己上路，直升天国。罩鸡哪知鲍长庚心思，多套得几次，没套出什么名堂，渐渐失去耐心，给鲍长庚使起脸色来。她甚至猜测，鲍长庚早把全部财产转移到了美国，现在妻儿已死，追又没处可追，自己成为穷光蛋，无处栖身，才想起投靠自己。这个没良心的！十多年来你罩鸡没少给他当牛做马，他竟从没为你考虑过，什么都没给你留下。你还这么死心塌地对他好，傻不傻呀你？就是去城里做鸡，跟男人上回床一两百，十多年下来，也是笔不小的财富，怎么也比跟这个不中用的老男人睡十多年强。

罩鸡越想越气，态度越发恶劣，常在鲍长庚面前发脾气，甚至还动手扇过他耳光。鲍长庚威风一世，何曾受过如此侮辱，只想一死了之。转而思之，这也是报应啊，谁叫你良心被狗吃掉，不择手段发国难财，害得厂里数千职工生活没保障、养老无着落？鲍长庚痛定思痛，决定为自己赎罪，免得死后被打入十八层地狱，永世不得超生。这天瞅准罩鸡跟亲戚进山挖野淮山，鲍长庚强撑病身，开着路虎逃走，到了凤尾寺。

断断续续说到这里，鲍长庚疲惫地合上双眼，好一阵没有出声，似已咽下最后一口气，上了黄泉路。屋里很安静，仿佛水流汇入深潭，不见丝丝涟漪。韦叶舟和吴楚东清楚，鲍长庚还有话没说完，不会就这么走掉。龙头也受到感染，静静盯住鲍长庚死灰般的脸，好像有些想不通，一个说话掷地有声砸得出坑的强势人物，也会有这么一天。

不知过去多久，鲍长庚又缓缓启开沉重的眼皮，嘴角浮起淡淡的惨笑，蚊虫嗡嗡般道："连日来我一直昏睡不醒，镜虚大师给我念了好几场经，今上午才把我念醒来。这是刚才镜虚大师告诉我的。阎王要你三更死，不会留你到五更，估计没哪部经能打动阎王，让人在世间多留一分一秒。我明白这是回光返照，自己这口气说断就会断掉。镜虚大师知道我末日将至，过来看我，问有什么需要交代。我一直想回报凤尾寺，多年来每每遇到过不去的坎，就会往寺里跑，借佛光洗涤心尘，战胜惶恐和痛苦。可自那天遇到龙头后，我的心绪被打乱，脑袋里放电影般不断回放着在凤翔机械厂度过的日日夜夜。没有机械厂和数千工友，就没有我鲍长庚的一切，可我又给厂子和工友带来什么呢？国企改制属大势所趋，无人能够阻挡，但机械厂毕竟是我卖出去的，工友们在我手里丢掉了饭碗，我本应尽己所能，多为工友们争取些补偿，却因良心坏死，只想着谋取私利，导致工友们生活没着落，养老无保障。我愧对机械厂，愧对同我艰苦奋斗几十年的工友们，真想鼓起勇气回到厂里，任工友们把我绑了，或沉塘，或下油锅，只要他们能解恨就行。可惜我已没力气离开凤尾寺，只盼龙头在我永远合上双眼前重新出现，让我有机会赎罪，给自己也给工友们一个交代。这也是我能吊着一口气熬到今天的原因。感谢龙头及时出现，否则到了阴间，阎王也不会原谅我的。"

人之将死，其言也善。想不到鲍长庚临死前能幡然觉醒，真心忏悔。但他拿什么赎罪呢？几个人望着鲍长庚，等着他继续往下说，但见他欠欠身，费劲地抬起手腕，往后划了划，就像划一只搁浅滩头的船只。龙头不知鲍长庚要干啥，上前扶住他骨瘦如柴的身子。鲍长庚这才从枕头下摸出一样东西，哆哆嗦嗦递到龙头手里。

是枚不大的铜质钥匙。有钥匙就有锁，锁在哪里呢？几位茫然望着鲍长庚。鲍长庚脑袋往左边扭扭，同时抬起手腕，指了指靠墙的书柜。书柜里摆放着少量书籍，还有些奇形怪状的石头，外加叫不出名字的坛坛罐罐。不知鲍长庚到底何意，三位收回目光，等着他明示。谁知鲍长庚手臂一垂，脑袋一别，身子一缩，歪在龙头胸前。

龙头伸过手，到鲍长庚鼻底下探探，已没有气息。

爹娘过世时，龙头还小，只知到处疯，没守住他们的气。鲍长庚与你无亲无故，却把最后一口气留给了你，真是天大的滑稽。龙头心里有些不是滋味，一手托着鲍长庚，一手往怀里塞塞，悄悄藏好那枚还留着鲍长庚气息的铜钥匙。韦叶舟看在眼里，也不点破，说："龙头松开鲍长庚，去通知镜虚大师来善后。"

龙头将鲍长庚脑袋轻轻放平在枕头上，又扯过被头，罩住那由柔而僵的脸,转身出了屋子。屋里吴楚东已掏出手机,打通黄文革,要他带人到独院来,负责维护现场。

镜虚大师很快赶到,站在床前,双手合十,诵过经,安抚过亡灵,再让等在门外的小和尚推进担架,把遗体扶到担架上,七手八脚,抬往前院,停灵于长廊下。镜虚大师念着佛号,准备离去,吴楚东上前道:"大师请留步,有话得先知会大师。"

镜虚大师也不答言,只泥住步子,侧耳谛听。吴楚东道:"鲍长庚是原国企领导,涉嫌贪腐,公安将依法对此处进行搜查,还请大师原谅。"

镜虚大师仍没出声,只点点头,迈开步子,掀帘而出。恰逢黄文革赶来,吩咐手下兄弟把住院门,绕过天井,来到室内。正碰上韦叶舟提醒龙头:"把东西拿出来吧。"龙头装痴道:"什么东西?"韦叶舟道:"什么东西还用我明说吗?"龙头道:"我真的啥都没有。"

吴楚东走过去,在龙头肩上拍一掌,龙头一阵哆嗦,道:"吴总你干啥?吓我一跳。"吴楚东笑道:"谁吓你,你做贼心虚吧?"龙头道:"我行得正,站得稳,做什么贼?"

"没做贼就好。"吴楚东指指黄文革,"龙头你认识他吗?"龙头朝高大的黄文革望一眼,道:"一起待了大半天,还不算认识?"吴楚东道:"那你知道他是干啥的吗?"龙头摇头道:"不知道,他又没跟我说过。"吴楚东道:"他是儒州市公安局副局长。"

龙头两腿莫名地软了软,从怀里拿出铜钥匙,举到鼻尖上瞧瞧,说:"这本来是鲍长庚留给我的,你们也要拿去,这世上还有没有道理可讲?"吴楚东道:"凭什么说鲍长庚是留给你的?你是他儿,还是他孙?"龙头道:"我不是他儿,也不是他孙,但你们都长着眼睛,见证过刚才的情景,鲍长庚可是靠在我胸前咽下最后一口气,离开这个世界的,临终前把钥匙交给我,不交给你们,还不能说明问题吗?"

黄文革没耐心听龙头啰唆,抓过他手里的铜钥匙,交给韦叶舟,道:"韦主任说说,下步该怎么办?"韦叶舟望向吴楚东:"楚东觉得呢?"吴楚东道:"鲍长庚拿出铜钥匙后,指了指靠墙书柜,书柜里面也许有啥内容。"

几个人来到书柜前,望着柜格里的各色书籍、大小石头和瓷瓶陶罐,不知从何下手。吴楚东道:"文革是搞刑侦的,还得你来破解书柜里的秘密。"黄文革道:"鲍长庚留下枚钥匙,又指点过书柜,也许锁眼就在书柜某处隐秘地方。"

几位表示认同。黄文革伸手抽动柜里的书籍,无所收获。又挪移大小不同新旧不一的瓷瓶陶罐，没察觉有啥异样。再搬弄或立或坐或蹲或卧的奇石，也别无发现。最后黄文革留意到书柜正中的相框。相框以木槽为座，内嵌一幅彩色照片，背景是片蓝色海域，白帆点点，一位俊朗帅气的小伙子赤脚站在海滩上，一手叉腰，一手挥着象征胜利的 V 字。

见黄文革在看照片，龙头过来说："这是鲍长庚独子，在凤翔镇读完小学，进入儒州一中初中部读寄宿，因父母不在身边，玩游戏、谈恋爱、打架斗殴，见坏学坏。鲍长庚没法，只好把他请进上海一家英语培训机构，突击学了一年英语，再让老婆陪同去美国留学。这张照片应该是在美国某处海岸拍的。过去我总以为，只我这些没爹没娘的贱狗才会没教养，变成坏蛋，哪知鲍长庚有权有势，儿子要星星给星星，要月亮给月亮，也会成为孬种，竟吸起毒来，死在美国。毒品太害人，一人吸毒，全家遭殃。我龙头打牌赌博，偷鸡摸狗，没有不会的，但毒品绝对不沾。做人嘛，总得有底线，你们说是不是？"

龙头终于找到了优越感。可没人理睬他，他自觉无趣，看看各位，闭上嘴巴，不再吭气。黄文革从木槽上取下相框，用手在上面摩挲会儿，又翻过来，覆过去，端详良久，没感觉有何特殊之处，准备放回原处。这才看到木槽后面有尊不起眼的玉观音，坐在莲座上，慈眉善目，笑望着书柜前面的黄文革。

黄文革放下相框，去拿玉观音。谁知玉观音像生了根似的，拿不下来。莫非沾了胶啥的？黄文革偏着脑袋细瞧，没见胶痕，于是伸出双手，捧住玉观音，尝试着往左移移，再往右挪挪，玉观音依然纹丝不动。黄文革只好松开双手，拿出手机，调出电筒功能，照着玉观音，前后细细查看。终于发现莲座侧面有个不太明显的凹陷，里面隐藏着只小眼。

黄文革转过头来，朝韦叶舟伸伸手。韦叶舟会意，递上铜钥匙。黄文革捏住铜钥匙小柄，往观音莲座凹陷处小眼里一插，正好吻合。接着轻轻一扭，书柜顿时裂开一条缝隙，慢慢往两边位移，空出一个门洞，一股凉意扑面而来。黄文革迈进门洞，在左侧墙上摸了摸，摸到一个按钮，往下一按，洞顶亮起灯光，一个十多平方米的房间呈现于前。房间三面都是立柜，过去拉开柜门，柜里码满一匝匝崭新的红砖般的百元大钞，散发着新钞特有的墨香。

龙头瞪大眼珠，展开双臂，扑到红钞上，嘴里嘀咕道："真不该给你们钥匙，你们走后我再打开这道门洞，这里的钞票不就全归我龙头所有了？也罢，赶紧动手清点吧，见者有份，咱们几个一人一份，我绝不多拿半匝。"

黄文革将龙头扒到一旁，拉开立柜小抽屉，发现一个黄色信封。信封很薄，黄文革捏开信唇，里面有信纸一张。抽出信纸，上面写有数语，笔迹歪歪扭扭，显然是鲍长庚病重期间所写，手上没劲，字变了形。

黄文革把信纸递给韦叶舟，韦叶舟照着纸上字迹念道："我对不起党，对不起人民，对不起凤翔机械厂数千工友，情愿将立柜里所有非法所得当作党费，上交给组织，希望组织用到凤翔机械厂工友们身上，解决他们的生活和养老困难。"

末尾留着鲍长庚的落款和几天前的日期。韦叶舟念毕，转交给吴楚东，说："楚东你拿着，看怎么处理好。"吴楚东接过信纸道："鲍长庚真是用心良苦，想用这屋里的钱给自己赎罪。"韦叶舟道："鲍长庚聪明过人，清楚满屋非法所得若缴入国库，再提取出来解决凤翔机械厂工人困难，只怕财政方面不好操作，才以党费名义上缴组织，动用起来也许更方便。"黄文革质疑道："以党费名义上缴非法所得，组织能接受吗？"吴楚东道："那只好请示组织，由组织定夺。"韦叶舟道："楚东还是先听听世杰市长意见吧。"

吴楚东打通杨世杰电话，通报了在凤尾寺里的发现和收获，特意强调了鲍长庚遗书意愿。杨世杰果断道："我先通知银行上山，清点鲍长庚非法所得，再请示危书记，争取将钱用到凤翔机械厂职工身上，以尽快恢复儒凤大道建设项目，改善儒州投资环境。"

银行接到通知，派出工作人员，带上验钞机，连夜赶赴凤尾寺，走进独院，清点钞票，一共清出一亿两千万巨款。

与此同时，杨世杰经请示危存虎同意，由纪委、组织部、政府办三家联名设立专门银行户头，将在凤尾寺起获的鲍长庚所留巨款存入里面，继而派工作组进驻凤翔机械厂，摸清职工欠账和养老保险实际情况，一一予以落实。

凤翔机械厂老大难问题得到基本解决，职工们不再去儒凤大道工地阻工，建设项目重新启动。刚好在北京做生意的儒州籍商人齐大志来找吴楚东，想到儒凤大道上揽些工程，吴楚东了解到他的实力后，让他承包了几个标段，又动员他接下机械厂。

齐家父母和亲戚都在儒州，齐大志担心牵扯太多，日后难以脱身。吴楚东就带他在凤翔镇上转了大半天，展望凤翔的美好未来。凤翔是凤凰水和清浦江双流交汇处，除了在建的横穿东西的儒凤大道，还有一条纵贯南北的国道，规划中的沪昆高速铁路也将贴镇而过。加上离儒州城区不远，儒州城市化正在往这边扩延，没两年就会连成一片。也就是说在凤翔投资，增值潜力大，高额回报指日可待。说得齐大志怦然心动，下了购买机械厂的决心。凤翔机械厂归入齐大志名下后，吴楚东又在杨世杰支持下，做通国土部门工作，按儒凤大道占用凤翔机械厂的面积，在厂区后面低价划了块地皮给齐大志，让他有了更大的拓展空间。

一年半后，儒凤大道全线贯通，儒州至凤梧半个小时内可达，凤梧借此东风，经济建设得到长足发展。适逢地方党委、政府换届在即，与儒州相邻的临浦市出现腐败窝案，市委书记下台，省委想调危存虎过去收拾乱局，又考虑在危存虎运筹下，儒州建设事业刚刚起步，不宜随便动主帅，便把目光放到了市长靳齐民身上。不久省委组织部部长颜秋山带着秘书禹今朝来到儒州，宣布市长靳齐民就任临浦市委书记，由常务副市长杨世杰召集儒州市政府工作。

这属惯例，换届前原市长调离，会由市长候选人先代理或主持一段政府工作，人代会上再由代表推选为市长。只是为啥叫召集政府工作，不叫主持政府工作呢？杨世杰想背后问问颜秋山或禹今朝，无奈他们来去匆匆，没时间单独见面。

这天吴楚东来汇报工作，杨世杰跟他讨论，里面是不是有文章。吴楚东道："许是特殊时期，用召集俩字显得低调，以免招人耳目，产生负面影响。"杨世杰半信半疑道："最近你与禹今朝接触多吗？可否给他打个电话，确认一下，组织上到底什么意图？"

与韦叶舟一样，禹今朝与吴楚东也是大学校友。坊间有传言，省委在确定谁接替靳齐民召集儒州政府工作时，曾有不同意见。省委常委、政法委书记熊继为等人认为刘天龙已是市委副书记，晋级市长顺理成章；颜秋山觉得杨世杰主导解决凤翔机械厂老大难问题，成功拉通儒凤大道，工作能力强，群众呼声高；省委书记韩石江举棋不定，征求儒州市委书记危存虎意见；危存虎倾向于杨世杰，韩石江才最后拍板，确定杨世杰为儒州市长备选人。

这个说法应该比较可靠。吴楚东联系禹今朝，刚提到杨世杰，禹今朝就打断他说："我正陪部长参加一个活动，不是说话的时候。"挂了电话。

吴楚东刚换了款功能强大的新手机，声音比较足。杨世杰端杯正准备喝茶，听到禹今朝声音，不禁手一抖，杯里茶水荡出一半，一张脸顿时垮下去，问："什么意思？莫非只是让我临时过渡一下？"吴楚东无从判断，只好说："禹今朝或许此时不方便透露什么，但也不表示说省里就是让你临时过渡一下。到这个节骨眼上，不少人都在使劲，这个时候省里领导们也不便公开表达什么意见。世杰市长你先别自寻烦恼，等了解到确实的情况再说。"

过了几天，吴楚东出差省城安州，与银行洽谈儒州城建项目投资，正好在所住宾馆大堂碰见杨世杰。原来杨世杰来参加省政府召集的会议，刚报完到，拿到房卡。吴楚东帮忙拿过杨世杰手里行李，送他入住。进门后，杨世杰道："这几天禹今朝跟你有联系不？"

吴楚东拿出手机，打了禹今朝电话，但禹今朝不接，只好发短信给他，约个见面地点。半天禹今朝才回信说：晚上十点在省委大门外见。

晚上八点多，杨世杰跑到吴楚东房里，催促他出发。宾馆离省委不过十分钟的车程，吴楚东说："这么点点距离，车还没加完速就到了，没必要去傻等吧？"杨世杰说："万一堵车呢？"吴楚东说："堵车也没关系，走路也就半个来小时。"

杨世杰说："最好不要走路去，到时站在路边跟禹今朝说话，多不方便？有车好把他请到车上。这个关键时刻，跑省委大院的肯定不止咱俩，让儒州人撞见没意思。"吴楚东笑道："坐车就不怕被撞见了？你的车牌号儒州场面上的人哪个不认得？省委大门左侧有条林荫小巷，灯暗人稀，把车子开到那里等人比较方便。"

"你是不是经常躲到那里，神不知鬼不觉地与大院里的人接头？"杨世杰看一眼吴楚东，开了句玩笑。又背着手兜了两个圈，停到门边，不再动作。吴楚东理解杨世杰的心情，随他出门，钻进电梯，去宾馆地库开车。

出得宾馆，来到省委大门外，还只九点过一刻。禹今朝又不跟你谈恋爱，不可能提前四十多分钟到场，杨世杰只得在吴楚东指点下，将车徐徐开进附近的林荫小巷里。

不想小巷里已停了不少高级小车。杨世杰说："在这里碰见儒州人，不更加尴尬吗？"吴楚东说："想不到这个地方也变得不安静了。先待会儿，等禹今朝快出来时，再开到大门口接住他，转别的地方说话。"

十点还差一刻，吴楚东给禹今朝发了条短信，那边回说十分钟后到。吴楚东让杨世杰发动车子，慢慢往小巷外开去。刚出巷口，有部小车自前面横过，开向省委大门。吴楚东定睛一瞧，像是刘天龙的小车。杨世杰也注意到了，尾随上去。前面的车缓下来，停在大门外。杨世杰打亮大灯，前面车屁股上的号码显示，正是刘天龙的小车。

后面大灯照着，刘天龙车上的人自然没法看清背后车子，也不可能想起已进入两双眼睛的视程里。杨世杰莫名地有些兴奋，像发现了什么惊天秘密。其实下面市里领导往省委跑正常得很，不往省委跑才不正常呢。刘天龙是儒州市委副书记，不跑省委跑哪里？

那么刘天龙跑省委，又找谁呢？不用说，肯定是找熊继为。

杨世杰心情复杂起来，不免有些沮丧。熊继为在儒州做过市委书记，算来杨世杰和刘天龙都是他起用的干部，只是熊继为性格强势，不易接近，杨世杰与他交往不多。可刘天龙不同，一直与熊继为保持密切联系。熊继为和颜秋山都有进步为省委副书记的可能，两人关系比较微妙，杨世杰又受到颜秋山器重，刘天龙会不会借此到熊继为那里说长论短呢？

见杨世杰半天不出声，吴楚东问他在想什么。杨世杰笑笑，反问吴楚东在想什么。吴楚东说："我没想什么，只想前面车上除了刘天龙，肯定还有一个人。"杨世杰说："什么人？"吴楚东说："龙志坚。"杨世杰说："你这么有把握？"

"我给你问问。"吴楚东打通儒州政府办值班室电话，"我是城投公司吴楚东，有事找副秘书长兼城投公司书记龙志坚同志，他手机不通，是不是在政府办？"对方说："龙副秘书长下午去安州出差，估计还在路上，信号不畅。"

等吴楚东挂了电话，杨世杰道："还真被你说中了。这两人的关系不同寻常呀！"吴楚东"嘿嘿"一笑，道："杨市长今天才晓得他们的关系不同寻常？难道没听说坊间流传有关刘龙两人的故事？"杨世杰问："什么故事？"吴楚东便说起两人的传闻来。

龙志坚结婚多年没孩子，经检查问题出在男方身上，只好让老婆许菊英去搞人工授精，可钱花了不少，一直没成功。事传到刘天龙耳里，开龙志坚玩笑道，花什么冤枉钱喽，还不如我给你提供友情援助。龙志坚也没往心里去，跟他开这种玩笑的，又不止刘天龙一个人。不想听者无意，言者有心，刘天龙并不全是玩笑。当时龙志坚还在县里任职，没几天待家里，刘天龙乘虚而入，在许菊英肚子里撒下种子。许菊英肚子越来越大，龙志坚心里生疑，问谁干的好事，许菊英说你只管等着做你的父亲，何必多问？又说已照过B超，是个儿子。龙志坚说你告诉我是谁，我先宰了他狗日的，再做父亲也不迟。许菊英开始还坚持说是龙志坚的，后见瞒不住，干脆说了刘天龙名字。龙志坚进厨房拿把菜刀出来，说要去与刘天龙拼命。许菊英说你要拼命我不拦你，不过我先跟你讲明，是我怕你龙家绝后，主动找的刘天龙，他承诺不仅送你儿子，还送你官帽，早日把你调回市里，你得想清楚，这样的好事到哪里找去？龙志坚一听，手一扬，扔掉了菜刀。不久孩子出生，竟吸取刘天龙和许菊英两人优点，长得漂亮灵光，煞是可爱，龙志坚倒也喜欢，视同己出。刘天龙也没食言，很快将龙志坚调回市政府做了副秘书长，又让他在城投公司挂个书记的名，每年白领数万元绩效奖金。两人从此打得火热，刘天龙有事不便让别人插手，就叫上龙志坚，龙志坚也心甘情愿为刘天龙效力，时刻听从召唤，刘天龙一个电话，他跑得比狗还快。

"世上还有这种事？真让人难以置信。也许是有人无聊编的段子吧？"杨世杰连连摇头，又说："也不知今晚他们到省委大院来做什么。"吴楚东笑道："这个世杰市长心里应该有数。"

四

禹今朝终于出现在省委大门里，边往外走边打手机。杨世杰熄掉大灯，倏地将车靠过去，停在禹今朝身边，推开车门。禹今朝钻进车里，杨世杰提出找地方坐坐，禹今朝道："换届在即，上上下下都很活跃，找部长的人多，我得给他挡驾，哪躲得开？刚才的电话就是缠着要求引见部长的。就在车上说几句吧，我还得赶紧回去。"

车停到附近树荫下后，禹今朝直言道："世杰市长的事确实遇到了一些阻力，常委领导意见一直不太统一。还是部长争取，韩书记认同，才让世杰主持儒州政府工作。但不提主持，先用召集一词，以免太张扬、太惹眼。"

这话果然印证了儒州坊间传言和吴楚东的分析。都说传言不可信，可不少传言往往变成了事实。杨世杰想问阻力来自何方，又不好为难禹今朝，还是忍住了。禹今朝天天待在颜秋山身边，肯定知道内情，可有些话也不好明里跟你说。杨世杰只得道："召集就召集吧，请今朝兄告诉颜部长，不管怎么样，在我召集儒州政府工作期间，一定恪尽职守，努力做好本职工作，决不辜负颜部长和韩书记的殷切期望。"禹今朝说："你有这个姿态就好。部长也不容易。我在组织部待的时间已不短，可没到部长身边工作前，还真不知道组织部部长这么难做。"

这应该是实话。吴楚东在市县机关干了二十年，深知位置设得再多，也供不应求，永远属于稀缺资源，碰上换届和调整干部，管干部的领导就不得安宁，也就颇能理解颜部长的难处，说："全省各级领导干部那么多，大家都要求进步，屁股总多于位置，尤其要位显位，确实不那么好摆布。"禹今朝点点头，也不废话，道声那就不陪两位了，下了车。

杨世杰情绪有些低落，想着一定是刘天龙在后面搞的鬼，不然事情也不会这么微妙。吴楚东一旁安慰道："也不必太灰心，既然已让你召集政府工作，你就占了一定优势，就有了将优势转为胜势的先决条件。"

杨世杰只顾开他的车，没吱声。吴楚东手机响起短信提示声，打开一瞧，是禹今朝发来的，上面说：楚东你和世杰市长都要小心为妙。

吴楚东心里咯噔一下，实在有些不太想得通，自己又没跟谁争高抢低，小心什么呢？何况自己本来就是倒霉人，市县来回倒腾，副处做了十多年，进步机会一次次丢失，谁还会与自己过不去？又想莫不是为市政府解决凤翔机械厂老大难问题，恢复儒凤大道建设，促成了杨世杰成为市长备选人，遭人忌恨，要下自己的手？一种不祥的预感袭上吴楚东心头。不过他来不及多想，给禹今朝回道：感谢兄弟关照！我们会好自为之。

见吴楚东如此专注手机短信，杨世杰问他是谁来的。吴楚东想舒缓一下气氛，笑笑道："红颜知己来的。"杨世杰勉强笑道："你还有红颜知己？哪天叫来见识见识。"

说到红颜知己，吴楚东忽然想起一个人来，心里不觉一悠。这辈子若真有红颜知己，大概就是她了。这么一想，胸口又突地跳了一下。莫名其妙！吴楚东不出声地自嘲道，你和她无瓜无葛的，何言红颜知己？

到得宾馆，两人分手，各自回房。第二天吴楚东跑了几家银行，直到晚上十点才离开安州。一点多赶回儒州，迈进家门，夫人钱小鹤已入睡。吴楚东洗过澡，来到卧室，脑袋一挨枕头，便睡死过去。直到隔日上午十点多才醒过来，一看手机，竟然没开机。他想一定是钱小鹤想让自己多休息一会儿，悄悄给关了机。

刚开手机，就有电话打进来，发改委政工科要吴楚东参加委里中心组学习。属封闭式学习，时间三天，地点在郊区一处农庄。这是无条件可讲的，吴楚东答应着，到委里拿了学习资料，驾车赶往农庄。

三天学习结束，农庄安排了一顿散伙饭。饭桌上吴楚东手机响了好几次，只因周围人多嘴杂，一直没听到。中间去上卫生间，铃声又一次闹起来，才一手提着裤头，一手掏出手机。一瞧是曹枝枝的号码，吴楚东莫名一惊。

曹枝枝是钱小鹏的老婆。钱小鹏本来叫钱民贵，早年做过郊区下面一个乡的乡长，因跟有夫之妇搞到一起，被抓现行，降调到另外一个乡当副乡长。该乡是个女乡长，被传跟司机关系暧昧，女乡长丈夫听了别人的传言，跑到乡政府找那司机麻烦。正碰着钱民贵在乡长办谈事，他把钱民贵当那司机，冲上去就是一顿乱拳，不料反被钱民贵操起椅子打断了两根肋骨。钱民贵因防卫过当涉嫌互殴在公安局蹲了一个晚上，再降为普通干部。钱民贵已有女儿，还想要个儿子，偷偷让曹枝枝生了二胎，违反计划生育政策，结果被双开（开除党籍和公职）回家种田。有人便给钱民贵总结教训：自己跟人家老婆睡觉，受处分；人家跟人家老婆睡觉，自己也受处分；自己跟自己老婆睡觉，还受处分。钱民贵于是告诫朋友：睡觉很重要，上床须小心。

钱民贵脑袋好使，又当过干部，不可能老在家待着，外出做了包工头，倒也赚了一些钱。包政府的工程最赚钱，钱民贵探听到儒州城投公司项目多，便盯上公司总经理吴楚东，想托人拉拉关系、上上贡，不料却吃了瘪，托的人都说吴楚东油盐不进，不吃这套。钱民贵心想哪有人真给钱不要的，自己不过不得其门而入罢了。后得知吴楚东妻子钱小鹤是自己家门，灵机一动，改名钱小鹏，黏住人家献殷勤，左一声鹤姐，右一声鹤姐，还给她办过几件事。钱小鹤见钱小鹏懂事能干，两人名字又相近，顺坡就驴认了这个弟弟。自此改名钱小鹏的钱民贵便带着老婆曹枝枝常登钱小鹤的门，跟吴楚东也慢慢熟悉起来。钱小鹤常在吴楚东面前夸这个弟弟人品好、能力强、事做得扎实，吴楚东也就发包了一些小项目给他。钱小鹏倒还算尽力，一直没出什么篓子。

曹枝枝很少给吴楚东打电话，平时有事都是钱小鹏找他。"楚东你和世杰市长都要小心为妙"——那天在安州出差时收到的禹今朝的信息，没来由地出现在吴楚东脑袋里。

也不知曹枝枝的电话怎么会让自己想起禹今朝的短信息来。吴楚东顾不上别的，马上揿了绿键。刚开口喂上一声，曹枝枝就在那边哭起来。吴楚东意识到大事不好，但还是努力镇住自己，一边弯腰提起裤头，一边对着手机说道："先别急，有话慢慢说。"

也许听出吴楚东还算镇定，曹枝枝才勉强止住哭声，哽咽着道："小鹏被……被抓……抓走了。"还没说完，又泣不成声。

钱小鹏是被两反局（反贪反渎）抓走的，理由是他所承建的城投公司发包的儒凤大道工程某标段存在质量问题。确切地说，他是作为问话对象被叫走的。钱小鹏已非党政干部，要抓也是公安部门的事，两反局才不屑抓他呢，不过叫他去问问话而已。要说钱小鹏一个包工头，这些年确实没少给管工程或跟工程有瓜葛的人送过钱，一直没出事。可这次所包工程出了质量问题就不同了，两反局就有理由叫你去问话。其实也不是问工程质量问题，两反局不管工程质量，只管与工程质量有关的干部贪污渎职，说穿了就是问钱小鹏给谁送过钱，何时何地送的，送过多少。有问必有答，钱小鹏答清楚才能走人，答不清楚就好好回忆，回忆出来再答，直到回忆清楚也答清楚为止。

自做老板以来，钱小鹏还是第一次被两反局叫去问话，曹枝枝吓得不行，以为钱小鹏一去不返彻底完蛋，赶紧打吴楚东电话，哭着要见他，求他想办法。吴楚东自然不会见曹枝枝。曹枝枝肯定已受到监视，与她见面，不仅对钱小鹏没好处,还会给自己招来更多目光。吴楚东说:"钱小鹏不会有事的,要有事也是跟他有关的人有事。你就在家好好待着,不要再给任何人打电话,有什么我会联系你。"曹枝枝抽泣着说"好",又问:"嫂子那里也不能打吗?"吴楚东说:"也不要打。"不再多说,挂掉了电话。

吴楚东不是哄曹枝枝,钱小鹏绝对不会有事。他只要口一张,说出谁拿过他的钱,马上就可回到曹枝枝身边。两反局是有分寸的,老板们只要肯配合,说出收钱人,一般会让其先回家,随时配合调查,要不以后老板们谁还会配合你?正因如此,大多数老板的嘴巴比牛屁眼还松,仿佛喷牛粪似的,人家问什么就喷什么,喷完后好赶快出去赚钱。有段子就说,"二老"是靠不住的:老板靠不住;老二(二奶)靠不住。其实说这种话的人不理解老板们,在老板们眼里,时间就是金钱,金钱就是生命,老板们怎会白白浪费自己的宝贵生命呢?

送钱的老板出来了,收钱的官员就该进去了。两反局就是冲着收钱的官员去的,找老板问话不过是手段而已。吴楚东深知这层因果关系,得知两反局要找钱小鹏问话,才那么吃惊。钱小鹏是钱小鹤认的弟弟,自己也确实发包过工程给他做,两反局找他问话,难说跟自己无关。

原本吴楚东心里还有些底气。钱小鹏确实送过五万美元给他,说是方便他以后出国考察使用,被吴楚东当场骂了回去。吴楚东发包给钱小鹏,一是钱小鹏的工程队有资质和实力,二来也是钱小鹤一旁撺掇,说钱小鹏做事牢靠。事成后钱小鹏感谢吴楚东,吴楚东骂他搞这一套,是想给自己埋雷,要他滚远点。钱小鹏拿吴楚东没法,转蓬也快,连忙承认错误,说原以为这只是亲友间的人情来往,哪考虑到会给姐夫埋雷?以后不惹姐夫生气就是。这事就此翻过去,吴楚东也没放在心上。可今天联想到禹今朝的短信,吴楚东觉得事情可能没那么简单,两反局毫无征兆地突然找钱小鹏问话,绝非工程质量出了问题,钱小鹏承包的项目要出问题,自己这个城投公司总经理会不知道?他们找钱小鹏也不会是漫无目的地撒网捞鱼,一定是手上已掌握了某些东西,而这些东西会让自己惹上大麻烦。

吴楚东感到脊背一阵发凉,心想你能保证自己没收钱小鹏的钱,但能保证钱小鹤也能挡住钱的诱惑吗?吴楚东对钱小鹤认下这门干亲一直心存不满,再三叮嘱钱小鹤,不要跟钱小鹏产生任何经济利益上的关联,可钱小鹤向来自以为是,谁知自己的话她听没听进去?钱小鹤是你吴楚东的老婆,钱小鹏给钱小鹤送钱,就是给领导老婆送钱,两反局就可据此立案,追究领导本人责任。即使你和钱小鹤都没收过钱小鹏的钱,两反局要以协助调查钱小鹏为借口把你找去，也是他们的权力。只要被他们找去，一切就由不得你了。

要说吴楚东最担心的还不是自己，自己有没有事自己清楚。他最担心的还是杨世杰。钱小鹏通过自己认识了身兼城投公司董事长的杨世杰，两反局叫走钱小鹏，主要目标可能指向的是杨世杰。杨世杰已召集政府工作，不出差错的话，会在来年召开的市人代会上参选市长。全市才一个市长，可有资格参选市长的并非他杨世杰一个。换言之，杨世杰出点差错，选不成市长，其他人正好顶上来。现在可好，钱小鹏被叫走，跟钱小鹏有过瓜葛的杨世杰不出差错，恐怕较难。

那么最希望杨世杰出差错的人是谁呢？不用说就是刘天龙了。吴楚东想起在省委大门口见过的刘天龙的小车，也许这小子就是为给杨世杰找差错，才出入省委大院的。杨世杰收没收过钱小鹏的钱，吴楚东不清楚，杨世杰老婆薛冬梅收过钱小鹏的钱，这可是吴楚东亲眼所见，钱小鹏肯定会经不住两反局高压，爆豆子样全都爆出来。钱小鹏一爆豆子，薛冬梅就会倒霉，杨世杰的政治生命就玩完了。

别看钱小鹏不是政要，也非名流，可他被两反局叫走的消息不胫而走，不到半天就在儒州传扬开去。钱小鹏为啥被叫走？说法颇多。一说前些日子某省新修大桥没通车就垮塌压死人，有关方面由此开展全国性工程质量大检查，查到钱小鹏承包工程质量太差；一说钱小鹏在工程竞标时得罪同行，被举报给有关领导行贿，包括行贿的时间地点和数量，都有鼻子有眼，明明白白，清清楚楚；一说钱小鹏公司出了内鬼，把公司内部财务账目送交税务部门，税务部门上门查账，查出不少偷税漏税和资金非法转移情况。

众人在意的自然不是钱小鹏，而是与他有关的吴楚东和杨世杰。尤其杨世杰，他已召集政府工作，就要参选市长，与他有关的钱小鹏被两反局叫走，想想这事就够刺激的。看看如今县市领导，天天电视里有影，广播里有声，报刊上有名，背后还有道不明数不清的种种实利，风光占尽，好处也占尽，哪想到也有倒霉的时候，谁不拍手称快，奔走相告？

吴楚东弟弟吴蜀南也在第一时间得知了钱小鹏被叫走的事，是市公安局副局长黄文革告诉他的。公安局不是两反局，可两反局办案有时也需公安配合，黄文革与两反局不可能没有往来。黄文革没说钱小鹏被叫走的原因，吴蜀南就想打电话问问吴楚东。倒不是担心钱小鹏，钱小鹏没啥可担心的，他只担心吴楚东，吴楚东与钱小鹏的关系确实有些说不清。手机盖都已翻开，想想又合上了。吴蜀南是律师，知道这个时候给吴楚东打电话最蠢。可他不可能什么都不做，便找出一件崭新的呢料大衣，交给司机，要他送给在广电局上班的钱小鹤。钱小鹤把大衣带回家，对吴楚东说："蜀南真有意思，忽然想起送礼物给你。"

吴楚东也觉奇怪，吴蜀南这个时候送大衣干啥呢？还以为夹带着有用东西，把里外口袋摸索一遍，什么也没发现，便又扔还给钱小鹤。钱小鹤见款式还算不错，要吴楚东试试。吴楚东对穿着不怎么在乎，不愿多此一举。钱小鹤说："蜀南一片心意，你总得领人家情嘛！"

吴楚东只得脱去外衣，伸开双手，让钱小鹤将大衣套到身上。钱小鹤看着蛮合身，说："这大衣还算出样，哪天你要出差或参加什么活动，可以穿出去。"又让吴楚东脱下，用衣架撑开，抖几抖，押几押，收进卧室衣柜里。

望着钱小鹤喜滋滋的样子，吴楚东知道钱小鹏的事还没传到她耳里。估计广电局的人以为钱小鹏是钱小鹤亲弟弟，不好幸灾乐祸，到她面前说道钱小鹏。曹枝枝也不会与钱小鹤联系，吴楚东已经叮嘱过她。

吴楚东也提不起兴致在钱小鹤面前说钱小鹏。反正迟早她会知道的，说与不说没什么区别。吴楚东想着还是跟杨世杰联系一下，看他有何想法。手机肯定打不得，得想点别的法子。想什么法子好呢？直接上他家去？显然不行。找他司机或秘书？也不是时候。

拍了一会儿脑袋，吴楚东转念一想，杨世杰分管你的工作，为什么不可打他手机？你又不是他的同案犯，干吗一副做贼心虚的样子？不做贼自然不用心虚，吴楚东打开手机，揿下杨世杰名字。岂料对方不在服务区。不在服务区，又在哪里呢？莫非已被两反局带走？应该不会，杨世杰是省管领导，不是市两反局想带就带得走的。

一连拨了几次，还是不在服务区。第二天上班再拨，依然如故。吴楚东越想越不对头，忽记起老领导卢至诚，打通他电话，问他知不知道杨世杰下落。杨世杰是卢至诚一手提拔起来的，平时两人联系多。卢至诚说："世杰在省委党校参加一个短训班，是前天下午去的。"

前天杨世杰离开儒州，昨天钱小鹏就被叫走，这是巧合呢，还是有人着意为之？吴楚东问卢至诚："钱小鹏被两反局的人叫走，您老听说没？"卢至诚说："怎么没听说？机关里是张嘴就在议论这消息。"吴楚东说："杨世杰会不会有事呢？"卢至诚说："应该不会有事吧？世杰还是比较沉稳的，不会那么蠢。我还准备在人代会上好好为他加把劲哩！"吴楚东略微放心，道："您老说没事，杨世杰肯定没事。"

嘴上这么说，吴楚东心里还是没底，与卢至诚道过再见后，盯着电话，半天没回过神来。还不甘心，又打通禹今朝手机，说："杨世杰去省委党校短训，是不是省委组织部安排的？"禹今朝停顿片刻，才说道："是省委组织部安排的。"

听出禹今朝话带迟疑，吴楚东意识到情况很复杂，又问道："过两个月就要召开人民代表大会，还安排这样的短训，会不会影响选举？"禹今朝说："不会影响选举的。这次短训只一个星期时间，下周世杰就会回儒州。"

但愿如此。吴楚东心里祈祷着。

可没等杨世杰回儒州，他老婆薛冬梅便被带走了。薛冬梅是市文化局纪检组书记，两反局的人走进她办公室时，有人正在向她汇报纪检工作。两反局的人明知办公桌后面记笔记的就是薛冬梅，可还是问了声："谁是薛冬梅薛书记？"薛冬梅抬头见是个四十来岁的中年女人，后面还跟着个三十出头的男人，随口应道："是我，你们是？"女人笑着走过来，用谦卑的口气道："我们是凤梧县政府办的，来市里办事，想给杨市长递个报告，不巧他在开会，要我们把报告放您这里。"薛冬梅道："好吧，报告呢？"女人说："报告在车上。我们还有话要转告给杨市长本人，可否麻烦您到车上去一下？"

平时薛冬梅偶尔会代杨世杰与下面县里的人接触，想都没想就跟两人下了楼。来到车旁，见车牌号不是县里的，薛冬梅正觉奇怪，中年女人的笑脸顿时拉得老长，厉声道："上车吧，跟我们走一趟。"在后面一推，将还没完全反应过来的薛冬梅推入车里，随后跟进去，关上车门，亮出真实身份。

带走薛冬梅，下一个目标该轮到吴楚东了。不过两反局不急于把人带走，想多掌握些有用的线索，尤其吴楚东身后的女人，好从她们身上打开缺口。在他们经验里，问题官员后面多半会有女人，反之后面有女人的官员几乎都有问题。像吴楚东这样年富力强的官员，又处在发改委副主任和城投公司总经理要位上，没几个女人，简直不可想象，只要找出他身后的女人，事情就成功了一半。可多日秘密监视，他们只侦知吴楚东打过卢至诚和禹今朝电话，没发现他有什么女人，实在让人失望。时间不等人，又怕节外生枝，只好对吴楚东本人直接采取措施。

这天吴楚东看过儒凤大道扫尾工程，赶到儒州已过下班时间，没再去城投公司，直接回了市委宿舍区。两反局的车就停在市委大楼前坪里，可望见大门口进出的车辆，吴楚东的车一出现，他们便悄悄跟了过去。

市委大院车来车往，吴楚东也没在意尾随于后的车子，只顾把着方向盘往前开。到得自家楼下，泊好车子，下车上楼。打开家门，屋里冷冷清清的，没见钱小鹤和女儿丹丹的影子。钱小鹤工作一向清闲，平时早就领着丹丹回到家里，开始下厨做晚餐。今天女人去了哪里？有事不能及时回家，也要打个电话呀？丹丹也早过了放学时间，是被钱小鹤接走了，还是仍待在学校？吴楚东树墩一样杵在客厅里，感觉心里有些空落落的。

这时手机猛然响起来。吴楚东以为是钱小鹤打来的，不想是个陌生电话。平常遇着不熟悉的号码，吴楚东一般不会理睬，今天好像正盼着这个电话，响过两下铃声就赶紧揿了绿键。手机还没捂到耳边，对方就问道："是丹丹爸爸吧？"

肯定是丹丹学校老师，吴楚东忙说："是的是的。"对方说："放学好久了，也没见丹丹妈妈来接人，手机也打不通，好不容易才问到你号码，快来接丹丹吧。"

照说丹丹已是小学五年级学生，用不着大人天天接送，是近来邻市接连出现歹徒袭击学生案，学校出于安全考虑，才明确要求家长接送孩子，放学时不见家长不放人。钱小鹤事情不多，广电局又挨着学校，就像过去一样，接送丹丹的任务自然落在她头上。可今天不知她怎么搞的，这个时候还没到学校去？

吴楚东突然担心起来，是不是像薛冬梅那样，钱小鹤也被两反局给带走了？转而又想，这次人家的目标主要是杨世杰，钱小鹤与案子毫无牵连，带走她实在没这个必要。要带也只会带走你吴楚东，也许可以从你身上挖出他们需要的东西。杨世杰是你主管领导，正是在他主导下，你才顺利解决凤翔机械厂的遗留问题，重新启动儒凤大道建设项目，又根据需要变更规划，追加了不少投资。想想这么大的工程做下来，相关人员没得好处，谁肯相信？

接丹丹要紧，吴楚东没有多想，准备换鞋出门，一边掏出手机，去找钱小鹤名字。正好钱小鹤电话先打了过来，说已接上丹丹，要他别到学校去了。原来广电局有位老干病逝，她和科里人去了趟殡仪馆，入城时遇着下班高峰堵车，延误了接丹丹的时间。路上信号又不畅，跟老师联系不上，好在老师刚打过吴楚东电话，她就赶到了学校。

吴楚东悬着的心才落回原处。丹丹待在学校里，迟接早接区别倒不大，钱小鹤没事就好。吴楚东宁肯自己失去自由，也不愿钱小鹤让人带走，钱小鹤一走，丹丹的生活和学习谁来照顾？旧话说不要大官爹，宁要花子娘，小孩还是不能离开母亲庇护。吴楚东将换上的皮鞋重又脱掉，放回门后的鞋柜。

直起腰身，还没动步，背后响起了敲门声。这么快母女俩就回来了？吴楚东顺手开了门。门外站着一矮一高两个男人。吴楚东吓一跳，以为是

057

入户抢劫的歹徒。细瞧又不像，其中戴着金边眼镜的矮胖个子还有些面熟，好像姓吕。没错，正是两反局副局长吕开基。吕开基原是街道派出所所长，不知怎么攀上刘天龙，刘天龙升任市委副书记后，政法系统归其分管，便把吕开基提为反贪局副局长，承诺只要干得好，进步机会少不了。

该来的终于来了。吴楚东知道在劫难逃，反倒冷静下来，故意道："你们没走错门吧？"吕开基道："错不了。你是吴楚东吴总吧？我认识你。"

吴楚东问道："你们找我干啥？"吕开基介绍自己和同伴："我叫吕开基，他叫涂守军。我们是两反局的，想找你谈话，了解一些情况，请你给予配合。"一边拿出工作证，在吴楚东面前亮了亮。吴楚东道："这就走吗？"吕开基道："当然。你带些衣服和日常生活用品，这就走。"

老婆和孩子到家应该还有几分钟，必须赶在她俩回来前走掉，不然让娘俩尤其丹丹撞见，会非常难堪的。吴楚东心里盘算着，找出几件衣服和牙膏牙刷毛巾之类，往塑料袋里一塞，提着就走。要出门时，忽又想起吴蜀南送的那件大衣来。吴楚东一直弄不明白，吴蜀南送自己大衣是什么意思。莫非早预料你会被带走，有件大衣上身，可抵御风寒？眼下正属早春二月，春寒料峭，却到底不比严冬，棉衣太厚重，一件毛呢大衣正好。

没时间多想，吴楚东又复身回到大卧室，打开衣柜，取下大衣。

两反局的车子行驶在林荫道上时，吴楚东心头笼罩着一股巨大的悲凉。他已在这个大院住了十多年，对院里一草一木一土一石都那么熟悉，充满眷恋。大院占地千亩，曾是清朝府衙，民国专署也设在此处。上百年甚至几百年的常绿乔木郁郁葱葱，将大院覆盖得严严实实，人自树下走过，就如置身茂密的森林公园，五脏六腑仿佛都被清洗过一遍，恍恍惚惚间，会一时忘掉这是热闹的一地市权力中心。

人来人往，车进车出，司机不敢开快了，脚下一直带着刹车。夕阳的余晖透过密密麻麻的树叶，洒向行人和车辆，斑斑点点，增添了几分神秘。拐过一处楼角，前方有对母女手牵着手，由远而近，迎面走过来，正是钱小鹤和丹丹。丹丹步履轻盈，一弹一跳的，像点着舞步。吴楚东只顾着忙，许久没静心坐下来，好好欣赏丹丹的舞姿了。不像被妈妈逼着学钢琴，跳舞是丹丹自己的爱好，也许她更有这方面的天赋。好几次吴楚东想劝钱小鹤，别强迫丹丹弹钢琴了，她想跳舞让她跳就是，可每次话到嘴边都咽了回去。别的方面钱小鹤容易通融，唯独这事她一点不肯让步。钱小鹤总认为丹丹学了多年钢琴，放弃可惜。另外也因钢琴是丹丹出生后不久，夫妻手头拮据，勒紧腰带购回来的，闲在家里是种浪费，钱小鹤心疼。

晃眼间母女俩已来到车前，或者说车子已开到她们前面。吴楚东心情越发复杂起来。自己这一去，不知何时才能回到她俩身旁。真想推开窗户，探出脑袋，跟娘俩告别一声。可吴楚东没有。他只是扭着脖子，透过窗玻璃，注视着近在咫尺的两个身影，自车窗旁缓缓移向车后。这是自己生命中最亲近的两个人。尤其女儿丹丹，吴楚东从没想过会从她身边消失掉，虽说还不至于永远消失。

车窗后的两个身影变得越来越小，越来越模糊，直至完全淡出视线，淡出傍晚的苍黄。吴楚东恋恋不舍掉回头，眼里已全是泪水。不想让旁边的吕开基看出自己的脆弱，吴楚东掏出纸巾，悄悄把泪水擦去。又觉得还该做点什么，想了想，从兜里掏出手机，打算跟钱小鹤和丹丹说句话。吕开基警惕道："你要干什么？"吴楚东道："想告诉老婆，我出差了。"吕开基说："到了我车上，按规矩该把该交的东西都交出来，包括手机。把手机给我吧！"从没说过软话的吴楚东近乎央求道："打完这电话就给你，可以不？"

吕开基犹豫了一下，不再吱声，算是默许。吴楚东忽又改变主意，像对吕开基，又像自言自语道："还是发个短信，免得她啰唆。"在手机上撳下一行字：小鹤，我有临时任务出差，得一段时间才回来，麻烦你照顾好丹丹和自己。吻你和丹丹！

发完短信，吴楚东像是完成了一件大任务，长吁了一口气。其时母女俩已上楼进屋。见着短信，钱小鹤回了句一路顺风，就赶紧忙晚饭去了。直到第二天中午她才得知，吴楚东已被两反局带走，还是从曹枝枝口里知道的。

钱小鹏被叫走时正在公司上班，什么都没带，曹枝枝想托人给他送些换洗衣服去，打吴楚东电话，怎么也打不通，感觉不对劲，一打听才知吴楚东也被带走了。曹枝枝原想只要吴楚东在，他总有办法把钱小鹏从里面弄出来，如今吴楚东泥菩萨过河——自身难保，钱小鹏还有什么救呢？曹枝枝一急，跑到市委大院钱小鹤家里，抓住她的双手，说："姐，你知道姐夫去了哪里吗？"

钱小鹤还蒙在鼓里，说："他不是出差去了吗？临走还给我发过一条短信。"曹枝枝说："他被两反局的人带走了。"钱小鹤脸都白了，说："不可能，绝对不可能，他被带走，我怎么不知道呢？"曹枝枝说："你不相信，打他电话试试看？"

平时吴楚东出差在外，没要紧事钱小鹤从不会打他电话，这下曹枝枝说试试，她忙拿过桌上提包，伸手去掏手机。可手抖得厉害，几次手机抓到手上，又掉了回去。还是曹枝枝帮忙把手机拿出来，交到她手里。

摁下吴楚东名字，里面什么声音也没有。钱小鹤两眼一黑，差点晕死过去。曹枝枝把她扶到沙发上，流着泪道："钱小鹏被带走时，还可指望姐夫，现在姐夫也被控制，叫我指望谁去？"钱小鹤又一惊，瞪着曹枝枝道："你说什么？钱小鹏也被带走了？几时带走的？"曹枝枝惊讶地说："你还不知道钱小鹏的事？他已被带走好几天了。"

钱小鹤陷入深深的绝望中。一个是丈夫，一个是干弟弟，两人都被带走，自己还怎么活下去？她定定地望着窗外，扶疏的树影在风中摇曳着，摇曳成一片浓浓的雾水。

得知哥哥出事，吴蜀南和吴碧玉也一起赶了过来。这个时候说什么都没用，只能静静陪着嫂子，给她点精神上的支撑。谁心里都没底，不知吴楚东有多大的事。这两年儒州已有几个要害部门领导被抓，吴楚东待过的位置都很要害，哪个敢保证他没事？

要说钱小鹤毕竟年轻，还有这个承受能力，最让人担心的还是吴家两位老人。尤其吴父，把大儿子当成心中的骄傲，一旦得知他被两反局带走，肯定接受不了，搞不好还会出什么意外。几个就商量好，一定要瞒住消息，以免两位老人担惊受怕。他们深知吴楚东不是那种见钱眼开的贪官，一向把握得还算好，应该不会有大事。吴蜀南还分析，两反局主要是冲着杨世杰去的，他们不仅带走薛冬梅，还查抄了他的家，动静真不小。却至今没动过哥嫂家，说明其真正的目标不在吴楚东。只要吴楚东自己没大事，过上一段日子就会回来，对于两位老人来说，也就等于什么都没发生一样。

可世上没有不透风的墙，消息还是没能瞒住，很快传到老人耳里。原来儒州正在搞乡乡通水泥路工程，吴家所在村子离乡道还有两公里距离，水泥路到不了村上，村主任就写好报告，托老人找吴楚东，跟市交通部门疏通疏通，是否修条延伸线，将水泥路连进村里。这是造福桑梓的善举，老人积极性很高，拿着报告就进了城。却没法找着吴楚东，一番打听，才知出了事。老人当场就仰面倒地，昏死过去。

幸而一家人赶到医院时，老人已被抢救过来，正在吊水。只是左边身子已失去知觉，不知还能不能恢复过来。最恼火的还是老人从此变得沉默寡言，整天望着天花板，不吱一声。吴蜀南和吴碧玉就轮番劝说，吴楚东是被两反局找去了解情况，说完情况就会回来的。老人才不信呢。他是机关退休干部，知道两反局不会轻易找人，找人肯定是这人有问题，且不是一般问题。老人深感悲哀，自己一向引以为傲的大儿子，想不到也会出事，自己今后还怎么做人？他在心里道：楚东啊楚东，你也太不争气了，你这不是要你老子的命吗？你知不知道，你不争气，被人在背后指指点点的是你老子呀！比起被人指鼻子骂，被人在背后指指点点更让人难受啊！古语早有言：身有伤，贻亲忧；德有伤，贻亲羞。你做出这种伤德事，你老子能不蒙羞吗？你这个不孝之子！

得知老人住了医院，前来看望的亲友自然不少。老人最爱脸面，不想见人，要吴蜀南和吴碧玉拦着点。人家要来，又哪里拦得住？等人走后，老人就大发雷霆，说不住院了，马上把他送回乡下去。这自然是气话，别说瘫着半边身子动不得，就是没病没痛动得，老人也无颜再见父老乡亲。养了这么个不争气的儿子，你还好意思到乡下去丢人现眼？老人心里苦啊，死的心都有，直怪医院不该把他抢救过来。

老人正发脾气，又有人进了病房，这回竟是龙志坚。吴楚东进去后，最得意的就是姓龙的，他已代吴楚东全面主持城投公司工作。吴蜀南意识到哥哥出事，与这家伙不无关系，心想他哪是来看病人，明明是幸灾乐祸，来看热闹的。可人家进了病房，你还得客气点。吴蜀南接过龙志坚手里礼品，说："惊动龙总，真不好意思。你做领导的，日理万机，还这么关心老人家。"又俯到床前，对老人说："这是楚东的同事和朋友，专程来看望你的。"

既是儿子的同事和朋友，老人只好强装笑脸，表示感谢。龙志坚装模作样，上前握握老人的手，满面春风道："楚东跟我共事，彼此关系不同一般。我非常了解楚东，他一向清廉正直，洁身自好，不会有事的。"心里却在暗笑，吴楚东啊吴楚东，你也有今天，看你和你老爷子怎么迈过这个坎！

这可是龙志坚一生最惬意最舒畅的几天。想想也是，对手终于被两反局带走，对手父亲不堪打击，倒地住院，这难道不是你人生一大快事？又一时想不出表达快意的更好办法，总不可能脱了衣服上街裸奔吧？都四十多岁的人了，谁好意思这么荒唐？想来想去，觉得还是来瞧瞧瘫倒在病床上的吴父，用这种特殊方式奖赏自己。此念一生，龙志坚暗暗有些吃惊，自己竟然这么有想象力，想得出这么具有创意的高招来。

吴楚东一直被龙志坚视为自己仕途上的拦路虎。早先两人竞团市委副书记，后来谋县里常务副县长，再后来争城投公司总经理，几个本该属于自己的位置，都被吴楚东抢占先机，生生给夺了去。这只虎一日不除，龙志坚一日心里不安啊！眼下换届在即，刘天龙不愿杨世杰成功当选市长，盖过自己，得把他压下去。吴楚东又是杨世杰的得力干将、打头先锋，压杨自然先得抑吴。龙志坚于是与刘天龙合谋，决定双管齐下，一方面走上层路线，疏通省里关系；一方面指使吕开基，抽丝剥茧，暗查杨世杰和吴楚东的关系网。一番苦心运作，发现钱小鹏竟然跟杨世杰有瓜葛。按刘天龙和龙志坚的想法，杨世杰跟一个项目承包商走得近，没问题才怪！就先让吕开基把钱小鹏控制住，回头又带走了薛冬梅和吴楚东。

一间七八平方米的房子，一床一桌一凳，屋角有水龙头和下水池，可以洗脸甚至方便。这便是吴楚东近几天的生存空间。不知这是哪里，吴楚东凭感觉应是某个偏远小镇的招待所。也可能是乡镇派出所，不然窗户上不必铆着铁条。铁条有些粗，把窗外的茫茫白雾格成豆腐块。吕开基他们送的饭菜粗糙不说，分量也少，吴楚东饥肠辘辘，容易联想平时爱吃的豆腐。

开始吕开基对吴楚东还算客气，道："还是诚实点，有问题就说，说完早些出去，继续做你的老总。"吴楚东心下暗笑，到了你手上，纵然能够出去，哪还有老总做？嘴上说："我也想说完出去，可不知该说啥。"吕开基道："该说啥你自己清楚。像你这样实权在握的官员，还没有可说的？我办过好些实权官员的案子，从没碰到过没问题的。"吴楚东道："难道实权官员就非得有问题，没问题不行？"吕开基冷笑道："不是说实权官员没问题不行，是实权官员到了我手上，不开口交代问题，还真有些难。"

这肯定是实话，吕开基若是吃素的，又怎会受到刘天龙器重？吴楚东半开玩笑道："莫非一定要开口？时代在进步，听说仅有口供不能定案，定案需有实证，同时犯罪嫌疑人也可享有沉默权。"吕开基道："你可以沉默，我们不会搞逼供刑讯，何况你还不是犯罪嫌疑人。不过你要想清楚，你的问题我早已证据在手，了如指掌，你开不开口，于我都一样，于你本人恐怕却是完全不同的两种结果。"

吴楚东闭住嘴巴，沉默不语。

"你先好好想想吧，想好再说也行。"吕开基扔下这句话，朝身边的涂守军扬扬脑袋，走了出去。吴楚东望眼已被吕开基反锁的铁皮门，仰倒在床上。床板很硬，有些硌背。不过吴楚东不怎么在意，这又不是星级宾馆，要求那么高干什么？这辈子住过太多星级宾馆，跑到这个不知名的偏乡僻壤来睡睡硬板床，也是件有意思的事。

这么无声地自嘲着，吴楚东听到喵的一声，有道白影从铁窗上划过。肯定是只猫。吴楚东起身，来到窗边。不远处的田埂上蹲着一只白猫，眼睛骨碌碌地转，正扭颈四处张望着。迷雾正在散去，薄薄的阳光抹在白猫身上，反射着银光，漂亮至极。见着窗里的吴楚东，白猫忽然喵一声，张着獠牙，竖起长须，向他示威。

夜里吴楚东做了一个梦，梦见白猫钻进屋子，往床上一跳，忽然变成一个女人。吴楚东细瞧竟是钱小鹤。钱小鹤偎紧吴楚东，泣不成声道："你终于回到我身边，我怕这辈子都见不到你了。"吴楚东说："没事的，我又没有把柄落在吕开基手里，他能把我怎么样？"钱小鹤抬起头，盯住吴楚东眼睛道："你别在官场上混了，像吴蜀南那样自己开公司去，赚了钱是自己的，亏了从头再来。"吴楚东不无感动道："我听你的。"随后在钱小鹤脸上深深一吻，手忙脚乱去剥她衣服。谁知钱小鹤突然又变成一只白猫，扭动身子，挑衅着吴楚东。吴楚东变得垂头丧气，激情难再。钱小鹤感觉不对，恨恨地摇着吴楚东，厉声责问道："你怎么啦？你到底怎么啦？"

吴楚东兀地惊醒，原来是一个无头无尾的梦。窗外夜色正浓，万籁俱静。吴楚东再也睡不着，辗转反侧直至天明。又是一个晴日。不知何时吕开基和涂守军开门进来，问他想好没有。吴楚东脑袋里还装着夜里的梦，呆呆道："不知想什么。"吕开基说："别跟我捉迷藏了。我问你，儒凤大道那么大的工程，老板们天天围着你转，莫非你就这么干净，屁眼不沾一点屎？"

看来要绕开儒凤大道，还真不可能。吴楚东道："儒凤大道本是在蒲秀丽手里开工的，因凤翔机械厂职工阻工，半途而废，政府要我救火，我费尽九牛二虎之力，好不容易解决凤翔机械厂遗留问题，才勉强复工，投资又没完全到位，工程承包款普遍偏低，工程监理和资金审计又严，老板们围着我转，你以为是给我送钱？是他们钱赚得少，要我追加经费，我没法满足他们的要求，他们缠着我吵架，要把我分尸，拿到猪肉市场卖高价。"

"说得这么难听干什么？如今从上至下都喜欢拿项目、搞建设，金融部门也踊跃得很，钱放别处怕烂账，给政府拿去修路架桥，没有任何风险，怕就怕政府不贷他们的款，哪还有修路投资到不了位的？"吕开基黑着一张脸，一副无所不知的样子，"你没拿好处，那杨世杰呢？你敢保证他也没得任何好处吗？"

"我不敢保证杨世杰没得好处，也不敢保证他得了好处，他得好处也不可能透露给我是吧？"吴楚东暗自揣度，也许他们最想搞倒的还是杨世杰。自己不过是发改委副主任和投资公司总经理，说重要也只那么重要，杨世杰却已受命召集政府工作，马上要参选市长，不把他拿开，人家不可能顺顺当当实现自己的愿望。

心里有了底，吴楚东便不再理睬吕开基，任他们怎么引诱，只是三缄其口。相持了两天，吕开基又猛然问道："一次有人给杨世杰老婆薛冬梅送钱，你就在现场。人家当着你的面，送钱给薛冬梅，却不送你，世上有这样不懂事的人？"

有次钱小鹏在华都大厦请客，确实给吴楚东和薛冬梅送过钱。莫非薛冬梅经不起敲打，已如实招供？吕开基也许已认定，钱小鹏送钱给薛冬梅时不避你的讳，肯定不会落下你。这叫见者有份，中国人都懂这个理。吴楚东不好信口开河，只得避实就虚道："人家要送钱给薛冬梅，怎么会叫上我呢？我跟薛冬梅无亲无故，掺和她的事干什么？"吕开基道："薛冬梅与你无亲无故，可送钱给薛冬梅的人，跟你的关系非同一般，他请不动薛冬梅，只好劳你大驾，替他出面。"吴楚东笑道："我这么有面子吗？现在这社会，人面哪有钱面大？"

吕开基不笑，道："跟你明说了吧，送钱给薛冬梅的人就是钱小鹏。钱小鹏是什么人，你总不可能不认识吧？"吴楚东道："钱小鹏承包过儒凤大道工程中的几个项目，现在又参与儒州广场扩建项目，我不可能不认识。"吕开基道："钱小鹏一直想给薛冬梅送钱，苦于她不好接近，才借你面子请动她，这你总不好否认吧？"

那次出面请薛冬梅去华都大厦吃饭的是钱小鹤，并非他吴楚东，他是接到钱小鹤电话后才临时赶过去的。看来有些细节，吕开基他们还没完全掌握。细节又往往是案情的关键，有时细节问题没处理好，还不容易给你定案。吴楚东道："你可能不了解我的风格，我向来不喜欢拐着弯子，跟领导夫人打交道，有事都直接找领导本人，反正工作上的事，也犯不着走什么夫人路线。薛冬梅的电话号码我都不知道，怎么代人请她出去吃饭呢？不信你们可打开我手机，看看里面有没有薛冬梅的号码。"

吴楚东的手机早就到了吕开基手里，他已查过里面的内容，还真没见过薛冬梅三个字。吕开基道："薛冬梅是不是你请出去的，这并不重要，重要的是钱小鹏请薛冬梅吃饭时你就在场，钱小鹏不仅给薛冬梅送钱，也送了钱给你。你不愿说没关系，总会有办法让你开口的。"

这话已是威胁了。吴楚东倒不怕威胁，只是他一时搞不清，这事是钱小鹏还是薛冬梅交代出来的。幸好他已将钱小鹏所送五万美金还了回去，吴楚东心里底气才稍稍足些。至于薛冬梅具体收了多少，吴楚东不得而知，估计不下五万美金吧？就是不计其他，仅这么一笔钱，若有关方面较起劲来，便可让杨世杰官帽落地，甚至到里面待上五年六年的。吴楚东不得不替杨世杰担起心来，搞不好他毁就毁在这笔钱上面。

五

又是一个无眠之夜，吴楚东满脑子是钱小鹏给自己和薛冬梅送钱的情形，一点睡意都没有。这个狗日的钱小鹏，你送什么钱啰，这不是害人吗？

钱小鹏当初的想法，也许是给薛冬梅和钱小鹤两个女人送钱，谁知那天钱家大姐钱小鸥跟丈夫黎进步演家庭武戏，快出人命，钱小鹤临时离去劝架，钱小鹏本该送钱小鹤的钱便送到了吴楚东手里。吴楚东当然不会收，还把钱小鹏骂了回去。现在想倒也不是坏事，要是钱小鹤收了肯定会遭殃。像薛冬梅收了钱，夫妻两人都会牵涉进去。官员拿钱出事，是官员自己的事，不会把账算到官妻身上；官妻拿钱出事，那是代夫受贿，两人属同案犯，必然同归于尽。一旦杨世杰夫妇都进了牢房，这个家庭就彻底完了。

熬到下半夜，吴楚东依然一点睡意也没有。窗外月白如水，不时有猫叫声自远处传来，也不知还是不是那只白猫。白猫只与吴楚东遭遇过两次，一次是他醒着，一次在他梦中，之后再也没出现过。吴楚东有几分惆怅。在这寂寞难耐的黉夜，有只猫光顾光顾，也可消解些许孤独。

大约到了五更天，吴楚东才迷迷糊糊睡过去。睡得很浅，一道柔柔的阳光就把他挠醒来。吴楚东睁开双眼，瞧着铁条把守的窗户，还有从铁条外伸进来的阳光。铁条限制得住人，却限制不住阳光，阳光想进就进，想出就出。吴楚东掰掰手指头，自己已在这间屋子里待了近两周。两会正一天天迫近，在这个权力面临再分配的关键时刻，外面的世界一定非常热闹吧？吴楚东嘴角撇了撇，他想起了刘天龙、龙志坚，在这些人心里，思想斗争是假的，观念斗争也是假的，路线斗争还是假的，只有权力斗争永远是真的。为了赢得权力，他们什么事情都做得出来。但权力是一根绳子，一旦被这根绳子牵住鼻子，你就只能跟着它走，挣不脱也不愿挣脱它。

一种莫名的寒意袭上吴楚东心头，他合上双眼，尽量不去想官场的是是非非。

一整天，吕开基都没露面。吴楚东意识到，他该动真格的了。果然到了夜里，吴楚东正要上床睡觉，涂守军出现在门口，说："这间屋子太冷清，给吴总换个地方吧。"把吴楚东推出门，去了隔壁屋子。

屋子里空空荡荡，只一桌两凳。吕开基就坐在桌子后面，旁边还站着两个面无表情的壮汉。见他进来，吕开基喝道："吴楚东你老实交代，你在华都大厦拿了钱小鹏多少钱？"吴楚东装痴道："华都大厦，什么华都大厦？"吕开基一拍桌子，提高嗓门道："钱小鹏已交代得清清楚楚，你还抵赖什么？"

吴楚东问了一句："你说我在华都大厦拿过钱小鹏的钱，我真的想不起来了。请问是在华都大厦什么地方？"吕开基没直说在什么地方，只盯着吴楚东眼睛道："在包厢吃完饭后，你们还到一个地方去过吧？莫非你记性这么差，忘得干干净净？"

听吕开基话里意思，他们是吃完饭后，到另外一个地方完成的行贿受贿。吕开基怎么知道他们还到过另一个地方呢？薛冬梅一个妇女，何曾被吕开基这种人又吓又骗过？很可能经不起敲打，记错了拿钱的地点。吴楚东隐约意识到，这里面存在着一个逻辑错位问题，要想逃过这一劫，只能在吕开基他们的逻辑错位上做做文章。也就是说无论如何得挺住，决不能屈打成招。吴楚东语气坚定，一字一句道："钱小鹏没送我钱，我也没拿他钱，想抵赖也没什么可抵赖的。"

"你是见我对你太客气，不当回事吧？"吕开基抬高眼皮，看看涂守军。涂守军伸手按一下墙上开关，顿时四个墙角同时亮起四盏大灯，齐刷刷射向吴楚东，像要给他照证件照似的。吴楚东不自觉地闭紧双眼，以手遮额，企图挡住直逼而至的灯光。可灯光实在太强烈太刺激，又岂是手掌能挡得住的？

看着吴楚东的狼狈相，吕开基得意地笑了笑，又说道："初春时节，寒意未去，给你加加温，不会有意见吧？让大灯照照，把你的那些黑心事照出来。"吴楚东真想朝吕开基唾一口过去，可还是极力忍住，只道："我为官二十年，心底无私，心头明亮，做的都是光明正大的事。"吕开基冷笑道："说得这么好听，为啥还要收钱小鹏的钱？"吴楚东说："我没收钱小鹏的钱，你先入为主，硬说我收了他钱，我拿你没法。"

这个回合，吕开基一无所获，扔下吴楚东，退了出去。大灯继续开着，估计电费用不着吕开基支付。吴楚东低垂着头，尽量不让强光直接伤着脸部。汗珠从额头鬓角渗出来，晶莹透亮。不得不以手为扇，在头上扇了扇，又解开衣扣，敞敞领口。这是吴蜀南送的大衣，正是这件大衣，让吴楚东熬过十多个日夜的春寒。

接下来，吕开基让人轮番审问吴楚东，换到第四轮人时，吴楚东有些吃不消了，意识也变得模糊。他抿住嘴巴，不出一声，一边低下头去，闭目养神。有时还真能睡过去，任凭那些人怎么猛拍桌子，大声吼叫，都没能把他惊醒。连吴楚东自己都觉得奇怪，平时躺在舒服的床上，失起眠来，想尽法子都没法睡着，这些日子面对超强灯光的刺激和审讯人的折腾，竟不时能偷睡片刻，恢复体力，实在不可思议。

吕开基进来，见吴楚东仍然死不承认收过钱小鹏的钱，改变策略，转而问道："我再问你，那天在华都大厦，薛冬梅收过钱小鹏多少钱？"

这倒让吴楚东颇犯踌躇。薛冬梅估计没这么坚强，只怕早把拿钱的事供了出去。若薛冬梅本人都已承认，你还替她死扛着，岂不自找苦吃吗？

不过这事牵涉到杨世杰一辈子的前途和命运，吴楚东不敢随便乱说。也许吕开基也觉得钱小鹏与薛冬梅两人的话有出入，形成不了证据链，才特别需要自己的口供，以便理出钱小鹏送钱的逻辑事实，办成铁案。道理很简单，你与钱小鹏、薛冬梅三人在一起，薛冬梅收了钱小鹏的钱，就可佐证你也收了钱小鹏的钱，你承认收了钱小鹏的钱，又可反过来佐证薛冬梅也收了钱小鹏的钱。

想到这里，吴楚东心里面忽然有了主意，说："你把我折磨成这样，我一脑袋的糨糊，什么都想不起来，你要我说啥？"

听吴楚东口风有所松动，吕开基说："这还差不多。"按下墙上开关，熄掉四盏大灯。吴楚东感觉舒服多了，换了配合的口气道："我隐约记得，钱小鹏是在华都大厦请过客，我也到了场，但他还请了谁，我确实已毫无印象。"

吕开基觉得吴楚东已经上路，得意地笑笑，又开导道："除了你，还有薛冬梅和钱小鹤，薛冬梅还是通过钱小鹤请去的。当时你在外面开会，钱小鹤打电话把你叫了去。不过饭吃到一半的样子，钱小鹤先走了，说是姐姐和姐夫在家打架，要去劝架。"

看来吕开基他们还确实掌握了一定的情况。吴楚东一副若有所思的样子，说："我也想不起是哪年哪月的事了，都已过去那么久，要我一下子怎么想得起来？"吕开基又提醒道："本来钱小鹏想在分手时，分别把钱交给薛冬梅和钱小鹤，谁知钱小鹤中途离去，杨世杰秘书小傅又有份材料，急于托薛冬梅转交给杨世杰，钱小鹏就到华都大厦一楼茶室要了个包间，请你和薛冬梅一起去喝茶，一边等候傅秘书。谁知傅秘书路上堵车，等了将近一个小时没到，钱小鹏有事要走，就改变主意，在包间里把钱给了薛冬梅和你。"

吴楚东一听就明白，还真是薛冬梅禁不住威逼利诱，说了收钱的事。好在吕开基所说与事实有出入，钱小鹏给钱的具体地点并不在茶室，就在吃饭的餐厅。吴楚东和钱小鹏也没到一楼去过，吃完饭就与薛冬梅分手，直接下了地下车库。还在电梯里碰见凤梧政府办主任侯文志和副主任肖立军，到地下车库后，吴楚东还上了他们的车。是薛冬梅混淆记忆，把钱小鹏说过的话当成了事实。吃饭时钱小鹏确实说过，要请薛冬梅去一楼茶室喝茶，后来傅秘书要来华都大厦送材料，薛冬梅得早点带回去交杨世杰审阅，才取消了喝茶的打算。

薛冬梅把收受钱小鹏钱的事招供出来，杨世杰的麻烦可就大了。也是天无绝人之路，薛冬梅记混了收钱地点，细节上有出入，也许还有挽回余地。看来不能操之过急，得冷静下来，好好琢磨琢磨，考虑考虑。琢磨透了，考虑成熟了，不愁找不到绝处逢生的机会。吴楚东望望吕开基，用诚恳的口气说道："既然你什么都已知道，我再隐瞒也是隐瞒不住的。不过事关多人的前途命运，你得让我慢慢回忆回忆，回忆清楚了再说，记不准甚至不存在的事乱说一气，害人害己，总不太好吧？"

见吴楚东有这个态度，吕开基暗自高兴，说："那行呀，咱们的谈话暂告一个段落，今晚你好好睡一觉，睡清醒了，明天咱们再继续来。"让涂守军将吴楚东带回原来的房间。

也许是熬了几个夜晚，一直没怎么休息，这一觉吴楚东睡得真沉，天亮才醒来。窗外山影如画，鸟鸣似语，让人为之振奋。吴楚东仰躺着，动起心思来。必须推翻钱小鹏送钱的事实。怎么推翻呢？无疑得拿出证据，证明钱小鹏不可能在华都大厦一楼茶室送钱。那么证据怎么获取？吴楚东想起吴蜀南，他是律师，把思路透露给他，他有办法将证据搜集到手。

由吴蜀南，吴楚东又想起他送自己的呢料大衣。吴蜀南送这大衣干啥呢？仅仅是送给你御寒吗？好像不完全是。吴楚东翻身起床，拿过床边的大衣，仔细摸索一遍，什么也没摸出来。也许这本来就是普通大衣，是你神经过敏，以为有什么名堂。

在床上发了一阵呆，吴楚东还不甘心，又把大衣翻过来，重新检查一遍。还是一无所获。吴楚东很是泄气，将大衣扔一旁，去屋角"放水"，放完回到床边，抓起大衣，穿到身上，开始去扣衣扣。平时他只扣下面几个，这天早上也许感觉有些冷，干脆把领下那个扣子也给扣上了。

正是这一扣，吴楚东感觉领扣有些异样，似乎比其他几颗稍大，质地也略有不同。顾不得寒冷，吴楚东几下脱去大衣，将领扣凑到鼻子下仔细查看，竟然发现一个不显眼的小孔。再看背面，还有个小小按钮，用指尖轻轻一按，扣面的小孔闪过一丝不易察觉的微光。

这不是一台微型摄像机吗？吴楚东终于明白了吴蜀南送大衣的真正

意图。

吴楚东就有了主意。他要用这台微型摄像机,记录下自己遭受拘禁和虐待的镜头,日后以此为武器,杀吕开基一个回马枪,以确保自己从这里走出去后,不会再被弄进来。这么个鬼地方,待一次足够了,再被弄进来,一定会疯掉的。

当吴楚东又一次被吕开基他们带进隔壁审讯室时,顺手将大衣搭到窗台上,整个房间于是完全进入领扣摄像机的视野。

桌子后的吕开基笑了笑,以为吴楚东受不了大灯炙烤,才先脱去大衣。不过开始吕开基并没让开大灯,态度也比较亲和,说:"看吴主任气色,昨晚肯定睡得很好。睡得好,头脑就清醒,钱小鹏送了你和薛冬梅多少钱,总该想得起来了吧?"吴楚东说:"谢谢你的美意!被你们折磨了几天,眼皮都不让眨一下,沾了床还能睡不好?"吕开基说:"谁说不让你眨眼?好几次你都旁若无人,打起盹来,鼾声好优美好动听的。闲话少说,言归正传,还是回答我的问题吧。"

"什么问题?"吴楚东故意问道。吕开基不高兴了,说:"你不会这么健忘吧?刚问过就不记得啦!你和薛冬梅到底收了钱小鹏多少钱?"吴楚东说:"刚才你根本没问过这个问题。"吕开基说:"怎么没问过这个问题?我说你睡得好,头脑就清醒,你和薛冬梅收了钱小鹏的钱,该想得起来了。"吴楚东说:"你是问钱小鹏送了你和薛冬梅多少钱,并没问你和薛冬梅收了钱小鹏多少钱。"

这不是一回事吗?吕开基意识到被吴楚东愚弄了,喝道:"你敢耍我?给我开灯!"

屋里顿时大亮。吴楚东闭上双眼,陷入一片混沌之中。吕开基骂道:"吴楚东你听着,谁的忍耐都是有限的,我已忍耐了两个多星期,你最好放聪明点!"吴楚东说:"我不放聪明又怎么的?你想把我弄死?我又没犯死罪,就是犯了死罪,也轮不着你们来了结我。"吕开基说:"你有种,你就死扛,看你扛得多久。"吴楚东说:"我不扛,我有话就说,有屁就放,免得你拿了人家好处,回去交不了差。"吕开基说:"你胡说八道!我拿谁好处?我在维护党纪国法。"

吴楚东冷笑一声,说:"说得真漂亮,维护党纪国法。我问你,我违反了哪条党纪,触犯了哪条国法?"吕开基说:"你不仅在儒凤大道工程中收受承包人好处,还与杨世杰老婆一起收受钱小鹏的贿赂,还不违反党纪?还不触犯国法?"吴楚东说:"证据呢,证据在哪?"吕开基说:"你别急,证据早到了我手上。"

吴楚东哈哈大笑,笑得从凳上弹将起来。笑够后,才说道:"好一个证据早到了你们手上!你证据在手,还火急火燎,要从我嘴里掏东西吗?你的行为明确告诉我,你根本就没证据。无凭无据抓人,你这才是违法。我知道你的目的,让我承认拿钱小鹏的钱,以确证薛冬梅也拿了钱小鹏的钱。你休想!关我屁事!我告诉你,我只要从这里走出去,就告你非法拘禁无罪公民。"

本是自己审吴楚东,想不到这下倒过来,变成吴楚东审自己了。吕开基气不打一处来,一拍桌子,大喝道:"给我上!"话音才落,从门外冲进两个彪形大汉,上前按住吴楚东就是一顿拳打脚踢。吴楚东双手护住脑袋趴到地上,很快不动弹了。吕开基怕出人命,制止住两个打手,过来试吴楚东鼻息,看还有气没有。吴楚东抬了抬头,在他耳边轻声说道:"你放心,我死不了。我干吗要死呢?我又没犯死罪。不仅没犯死罪,连活罪也没犯过。无罪之人,你竟采取这么恶劣的手段,是要付出代价的。"

这话还真触着了吕开基的心病。他原以为吴楚东修过儒凤大道,管过那么多工程,只要弄进来,总会审出点什么,何况薛冬梅已招供收了钱小鹏的钱,吴楚东想赖也没法赖。岂知这家伙简直是茅坑里的石头,又臭又硬,这么不好对付。

吕开基意识到做得过头了点,不该一时失控,对吴楚东动拳脚。他没把柄在你手上,做不成铁案,最后只能放掉他,若他出去后反咬一口,不要你吃不了兜着走吗?

"你有罪没罪,自己比谁都清楚。要怪只怪你把我激怒,才动了手脚。"吕开基扶着吴楚东,想让他坐起来。吴楚东不领他的情,依然趴着,说:"不能证明我有罪,就放我出去。"

吕开基只得改变策略,道:"你没收过钱小鹏的钱,我也不逼你,说出薛冬梅收了钱小鹏多少钱也行,马上放你走。"吴楚东道:"真的?"吕开基道:"当然是真的,我没心情也没时间跟你开玩笑。"吴楚东说:"看来不告诉你,我实在没法交差。"

吕开基满怀希望,望着吴楚东道:"你开句口,要不了你多大气力。人家都早交代了,你硬顶住不说,还要受皮肉之苦,又何必呢?"吴楚东道:"不说不行啰?"吕开基道:"不说当然不行。"吴楚东道:"说了就没事了?"吕开基道:"说了就没事。"

吴楚东笑了笑,坐起来,不紧不慢道:"那我实话告诉你,薛冬梅收了钱小鹏一个亿。"

吕开基先是一愣，像不明白一个亿属于什么概念似的。接着眼睛一瞪，跳将起来，对着吴楚东鼻子一拳挥过去。吴楚东的头稍稍一偏，躲开了。吕开基身体失去平衡，扑到墙壁上，把扁平的鼻子撞得更扁更平，像贴了只假鼻子在脸上。

一气之下，吕开基又呼出打手，将吴楚东暴打一顿。

解了心头之恨，吕开基扔下地上的吴楚东，扬长而去。涂守军追到门外，问要不要将吴楚东弄回原来房间。吕开基愤然道："别管他，让他死在审讯室里。"

涂守军只好回到审讯室，看守趴在地上一动不动的吴楚东，不时蹲到地上，看他还活没活着。见吴楚东一息尚存，涂守军又站起来，背着手在屋里转起了圈子。转几圈，复又蹲身瞧几眼，瞧过后再起身转圈。

转着转着，涂守军又跑出去，问吕开基要不要将吴楚东拉到医院去，万一死在这个地方，以后说不清楚。吕开基开始还硬气，说："我又不是他儿子，拉他上什么医院？他想死，跟死条癞皮狗一样，莫非还要我给他哭丧不成？"

话虽这么说，吕开基也担心吴楚东有什么三长两短，踌躇了半响，又背着手回到了审讯室。

涂守军出去找吕开基时，吴楚东快速起身，关掉大衣上那只微型摄像机的开关。摄像机的任务已然完成，没必要再开着，以免暴露。待吕开基再度出现在门口，吴楚东早已躺回原处，一动不动，俨然死去一般。

吕开基蹲身附到吴楚东耳边，咬牙切齿道："你到底是活着，还是已死掉？"吴楚东没动静。吕开基道："好死不如赖活着，能活还是多活几天，就这么死掉，多么不值！"吴楚东还是没理他。吕开基又道："你如果没死，还活着呢，你就爬起来，我这就放你回去。反正你在我手上，我也拿你没法。"

吴楚东这才动了动，慢慢坐直身子，道："别逗我开心，没死在你手里，你是不会放过我的。"吕开基道："刚才跟你说过，只要道出薛冬梅拿了钱小鹏多少钱，你马上就可走人，回去见你老婆和孩子。我要是你，女儿那么可爱，老婆那么漂亮，绝不会死扛到底，拿自己小命开玩笑。你死了，你女儿就会成为没爹女，你老婆就会改嫁别人。"

"放屁！"吴楚东一用劲，咬破舌头，恨恨地吐了吕开基一脸。

吕开基伸手在脸上抹一把，见全是血，知道自己已彻底败给吴楚东。这家伙咬破舌头，就是想成为哑巴，让你没法从他嘴里掏出任何东西来。

自此，吴楚东再没说过一句成形的话。吕开基招进打手，将吴楚东架出审讯室。车子就在门外，涂守军拿过窗台上的大衣，扔到吴楚东身上，上车打响马达。

吴楚东被弄上车后，吕开基进了副驾驶室，眼望前方，喟然而叹。这小子嘴里的舌头是因为你咬破的，他身上的伤是你让人给打的，你当然有责任为他治舌疗伤。吕开基感觉挺挫败，他还真没碰到过这么难对付的家伙。

入城后，车子直接进了市人民医院。

见吴楚东遍体鳞伤，嘴不能言，医生直接把他推进手术室，清瘀治伤。还要检查舌头，吴楚东摇头晃脑，嘴里咕噜作声，意思是没事，还比画着要医生给他纸笔。医生抽出口袋里的笔，又撕几张处方纸，交给吴楚东。吴楚东在纸上写下一行字：借宝笔一用，稍后奉还。医生点点头，见纸上的字俊丽秀雅，猜想吴楚东不是大学老师，就是国家干部。

做过简单处理，吴楚东被推出手术室，进入514病房，继续接受检查和观察。怎么是514呢？岂不是吴要死吗？吴楚东倒也坦然，已经死过一回，还在乎又一死吗？

这是间三人病房，吴楚东位于中间那张床上，两边病床为吕开基和涂守军所占。市里人民代表大会正在召开，杨世杰因经济问题，已被取消市长参选资格，组织上临时决定由刘天龙参选市长。这么个关键时刻，自然还不能轻易放过吴楚东，吕开基与涂守军于是以病人身份，与吴楚东同室而居，加强对他的监控，日后是放是收，再视情而定。

吴楚东早知吕开基会来这一手，趁夜里上卫生间，在处方纸上写下吴蜀南三字，附上一个手机号。吴蜀南是律师，要应不时之需，特意用乡下亲戚名字登记了一个号码，仅吴楚东少数几人知道，平时并不怎么使用。吴楚东在等待机会，好把微型摄像机转移到吴蜀南手里。

机会说来还真就来了。第二天早饭后不久，门外响起杂沓的脚步声，一伙白大褂进入病房，例行查房。开始吴楚东并不怎么在意，躺在床上闭目养神。白大褂们简单问过进门床位上的涂守军，来到中间床位旁，吴楚东一抬头就邂逅了一双亮丽水灵的眼睛。对方也一下子认出吴楚东，尽管他鼻青脸肿，面目全非。她长长的睫毛往上翻了翻，伸手要去摘嘴鼻上面的大口罩，似要跟吴楚东打招呼。吴楚东赶紧眨眼睛，又轻轻摇摇头，还朝两边床上努了努嘴巴。

对方意识到什么，伸到口罩襻上的手又垂下了，顺便伸进胸前口袋，摸出一支体温计，甩几甩，又对着灯光瞧一眼，插到吴楚东腋下，说："过几分钟我再来拿。"

此人名叫沈柳亭，住院部护士长。年前卢至诚得病住院，吴楚东来医院陪他说话解闷，与沈柳亭相识，相互留了电话号码。后吴楚东再次去医院看望卢至诚，没遇着休班的沈柳亭，直到走出住院部才见她骑着摩托从外面回来。摩托车前面小筐里有本精装书，吴楚东拿出来一瞧，原来是德国哲学家叔本华的《作为意志和表象的世界》。"医生救死扶伤，你怎么喜欢百无一用的哲学？"吴楚东揶揄道，"不过细思起来，医学探究人的肉身，哲学求索人的精神和意志，彼此并不矛盾。"沈柳亭道："人顶着个臭皮囊，所幸皮囊里还有瓤，那便是精神的存在，才不至于成为行尸走肉。"吴楚东道："人怎么会是臭皮囊和行尸走肉呢？叔本华是悲观主义者，看来你没少受其影响。"沈柳亭道："可以这么说。在医院待久了，见多悲剧，想不悲观也难。这也是我喜欢叔本华的原因吧。"

也是知音难觅，两人说着，不觉离开墙根，踏上丹桂飘香的曲径，朝医院后山走去。吴楚东翻弄着手里的书，道："因为天性悲观，叔本华成为怀疑论大家，关注痛苦，否定意志，觉得人生即虚无。"沈柳亭道："人赤条条来，赤条条去，尘归尘，土归土，谁都会落入虚无。有《红楼梦》的《好了歌》为证：'世人都晓神仙好，唯有功名忘不了，古今将相在何方，荒冢一堆草没了；世人都晓神仙好，唯有金钱忘不了，终朝只恨聚无多，及至多时眼闭了；世人都晓神仙好，只有娇妻忘不了，君生日日说恩情，君死又随人去了；世人都晓神仙好，只有儿孙忘不了，痴心父母古来多，孝顺儿孙谁见了。'"

后山有座小亭子，夕阳投射过来，透过扶疏的树叶，洒在亭檐上，显得有些虚幻。两人走进亭子，倚栏而立，继续刚才的话题。吴楚东道："叔本华认为人生虚无，同时又承认人生还是有一定意义的，不完全等同于《好了歌》所唱。毕竟生而为人，总有自己的使命，不能陷入虚无主义，虚度人生。"沈柳亭道："虚无与虚无主义有何区别？"吴楚东想想道："人生就如画圆，再怎么用功，也画不出绝对完美的圆，能接近完美就已非常不错。从这个角度说，圆是不真实的，虚无的。可即便如此，还是不能放弃追求，需努力把人生画得尽量完美，或接近完美，赋予虚无人生以价值和意义，超越虚无主义。否则因画不出绝对完美的圆，就唉声叹气，甚至扔掉画笔，躺倒不干，必然陷入虚无主义无疑。"

如今世人走到一起，无论亲友还是同事，聊得最多的无非五子：帽子、票子、房子、车子、妹子，若谁聊哲学，聊人生价值和意义，肯定被当成疯子和呆子。偏偏沈柳亭与众不同，久处医院特殊环境，对人生产生怀疑，试图到哲学里寻找答案，释疑解惑。正好吴楚东也有相同志趣，沈柳亭甚感欣慰，又问道："那又怎样才能避免陷入虚无主义？"吴楚东道："别无他法，只能超越现实，赋予人生以价值和意义。"沈柳亭道："价值和意义有何区别？"吴楚东道："价值和意义有交叉，自然也有区别。依我浅见，价值看得见摸得着，属于物质层面；意义超乎价值之上，不仅利己，更要利他，属于精神层面。比如《好了歌》里的功名、金钱、娇妻和儿孙，属于看得见的价值，人追求价值并没错。但若止于价值，不赋予一定意义，那就一了百了。比如追求功名，同时拯救了民族，振兴了国家，尽管最后草没荒冢，英名必永恒不朽。比如赚了大钱，不只图个人享受，或留给子孙挥霍，还能造福社会，哪天眼闭了，其美德仍存留人间。再如组建家庭，养育子女，属儒家修齐治平的重要环节，能为社会提供有用之才，自然善莫大焉。"

沈柳亭频频点头，道："看来仅创造价值还不够，还须实现意义的升华。可叹世人只顾追求价值，忽视意义之存在，弄得人人自危，恐无所归。比如医院，如果忘记治病救人的天职，一味追求经济效益，钱赚得越多，道义滑坡得越厉害，在大众眼里，天使也就跟魔鬼没什么不同了。"吴楚东道："这说到了问题的症结上。个人、家庭也好，单位、国家也罢，没钱不行，但光有钱危害会更大。所以公职人员只有心里装着为人民服务的宗旨意识，才不会被欲望所左右，自觉追求更高层次的人生意义。否则伸手被捉，必然为人唾弃，万劫不复。"

两人越聊越觉得投缘，直到夕阳西下，才走出亭子，返回原地。在合适的时间，合适的地点，与合适的人聊合适的话题，总令人难以释怀。分手后沈柳亭便盼着再次与吴楚东邂逅神聊。盼来盼去，盼了大半年，终于盼来这一天，想不到吴楚东竟以这副尊容出现在面前，沈柳亭吃惊不小。见吴楚东摇头眨眼努嘴巴，知道他碰到了麻烦，且这麻烦肯定跟两边床位的人有关，于是留了一手。其实早上接班查阅病房日志时，沈柳亭就发现514病房有些不同寻常，三个病人有两个没病情记录，好像他俩不是来住院，是来住宾馆似的。问交班护士，也说不出所以然，只说是上面打招呼收下的特殊病人。

出去后，沈柳亭想了解一下吴楚东近况，又不知找谁了解好。凭感觉，沈柳亭知道吴楚东遇到了麻烦，且麻烦还不小，正需要她帮助。沈柳亭决定帮吴楚东一把，也不知出于什么动机。也许什么动机都没有，就是想帮帮他。

不一会儿，沈柳亭又来到514房间。依然身着白大褂，面戴大口罩，不熟悉的人看不出是刚才来过一回的护士长。她径直走到吴楚东床前，一副职业口气道："把体温表给我。"

吴楚东抽出腋下的体温表，递给沈柳亭。除体温表，还有一样扁圆形的小东西，也到了沈柳亭手上。沈柳亭不动声色地握紧掌心，用拇指和食指捏住体温表认真瞧瞧，嘴上说："体温有些偏高，还得继续吊水，以免伤口感染，惹出别的麻烦。"

回到护士长办公室，沈柳亭关上门，展开掌心，原来是粒扣子，包在一张处方纸里。处方纸上写着吴蜀南三个字，旁边附着一个手机号码。沈柳亭明白吴楚东用意，联系了吴蜀南，约定好见面时间和地点。

还没下班，吴蜀南就开着车子，来到医院大门对面的树荫下。十二点过五分的样子，沈柳亭出现在医院门口。吴蜀南鸣了鸣喇叭，沈柳亭会意，微微扬一扬手，穿过地下通道，上车把微型摄像机交给吴蜀南。

谢过沈柳亭，吴蜀南问道："我哥没被整残吧？"沈柳亭笑道："昨天你哥进院时我不当班，据病房日志记录，伤得还真不轻。不过都是些皮肉伤，残不了的。"

吴蜀南这才稍稍放心，说："肯定是职业打手所为，让人吃尽苦头，又不至于伤筋动骨，留下后遗症。后遗症就是把柄，这些人心里发虚，怕人家反攻倒算。"沈柳亭说："还有这样的职业打手？我还是头一回听说。"吴蜀南说："世界之大，无奇不有。你到我们律师事务所待几天，肯定会大开眼界。"

本想问问咋回事，这些人干吗这么下得了手，话到嘴边，沈柳亭又忍住了。不用说，肯定是个错综复杂的阴谋，吴蜀南恐怕一时也说不清楚。已完成任务，也该走了，沈柳亭伸手去拉车门，准备下车，吴蜀南忽道："有办法让我与哥单独接触一下吗？"沈柳亭想想道："医院北边有个不大的停车坪，明天上午十点左右，我在那里等你。"

隔日吴蜀南将车开进坪里，刚停稳熄火，白帽白褂的沈柳亭就出现在车旁，手上还提着一个塑料袋。吴蜀南推开车门，沈柳亭一头钻进去，从塑料袋里拿出一套大夫服。吴蜀南脱去外套，穿上白大褂，戴好白帽和大口罩，随沈柳亭下车，穿过停车坪，步入住院部。

来到外科手术室外面，沈柳亭推开门，让吴蜀南进，然后转身带上护士，拖着推车，进入514病室，以处理伤口感染为由，把吴楚东扶到推车上，拉出门外，往手术室推去。吕开基和涂守军紧跟其后，要往手术室里挤，沈柳亭拦住两位，说："手术室属无菌区，闲人不得带菌入内，污染室内环境。"

吕开基和涂守军只得立住脚跟，眼睁睁看着躺在推车上的吴楚东隐入手术室门里。随后两扇门页轻轻合上，挡住了两人狐疑的目光。

吴楚东没上手术台，从手术车上下来后，进入旁边的医生休息室。吴蜀南已等在那里，将吴楚东一番打量，说："哥你没事吧？"话没说完，已是泪眼汪汪。兄弟如手足，手足相连，手若被残，痛必及足。

吴楚东却一副无所谓的样子，拍拍吴蜀南肩膀，笑笑道："没事没事，你别担心。沈护士长应该已告诉你，一点皮肉之伤，要不了命的。他们也不想要我的命，只想要我的口供。"

不要你的命，差点要了老父的命。吴蜀南心里这么想，却没提父亲，只道："哥没事就好。留得青山在，不怕没柴烧。"吴楚东说："我不只是想留住我这座青山，还想让杨世杰能跨过这个坎。除去我跟杨世杰的私人感情不说，他是儒州少见的肯干事能干事的好官，他倒下去，也是政府和百姓的损失。"

吴蜀南认同道："杨世杰的确是一个好官，儒州不少实事，都是他上任常务副市长后干出来的。可他的市长参选资格已被取消，让人痛心啊！"吴楚东说："市长参选资格取消就取消，只要不被逮进去，总还有东山再起的时候。"吴蜀南说："现在还很悬，薛冬梅已供出收过钱小鹏五万美元。收钱原因说起来还有些令人心酸。杨世杰父亲死得早，是母亲一把屎一把尿拉扯大的。等到杨世杰成年有了出息，该杨母享福了，老人家又得了病，还是难缠的尿毒症，到后来一周得透析三次。杨世杰为官清廉，家无余财，全靠薛冬梅东挪西借，维持杨母透析开支。到年前杨母逝世，杨家已债台高筑，又逢钱小鹏送钱，薛冬梅犹豫再三，还是收入包里，准备拿去还债，不想被两反局盯上，落到这个地步。"

吴楚东听得一阵难过。吴蜀南又道："哥可能不知道，薛冬梅被抓头天，心里堵得慌，把收受钱小鹏钱的事告诉给了杨世杰。杨世杰气愤不已，要薛冬梅还钱给钱小鹏，谁知钱小鹏已被两反局控制，再也联系不上。杨世杰琢磨着把钱交给组织，可为时已晚，就干脆匿名捐给了慈善机构。这是薛冬梅失去自由后，我给他出的主意，又要他暂时别透露出去，日后看情况再说。"

吴楚东苦笑一声，说："钱小鹏被抓在先，杨世杰捐五万美元在后，已没法为自己开脱。要是薛冬梅把事沤在肚子里，杨世杰也许能逃过一劫，钱小鹏被抓时才说出来，不害杨世杰吗？我一向反对女人祸水的说法，认为男人死要面子，犯错不肯认账，才把责任往女人身上推。可很不幸，这句旧话又一次在薛冬梅这里得到了应验。"

吴蜀南不无感慨道："不过薛冬梅进去后还算坚强，一直顶着，死活不吭声。后来两反局的人编造说杨世杰在外养了个二十岁的女孩，每次收人大钱，想不起老婆，都交给那女孩买房买股票去了，薛冬梅的防线才一下子垮掉，把钱小鹏送她五万美金的事抖了出来。"

这的确是对付官妻最简单也最见效的手段，几乎没哪位官妻能抵挡得住。吴楚东无奈而叹，又问吴蜀南道："钱小鹏呢，在里面表现如何？"吴蜀南说："钱小鹏倒是很硬气，任凭两反局的人软硬兼施，一直咬紧牙关，没吐半个字。"吴楚东说："我一向认为当老板的都唯利是图，不讲情义，钱小鹏倒还算有些肩膀，能替别人扛事。看来我小瞧这小子了。"

吴蜀南笑道："钱小鹏也不完全是为别人，主要还是为自己着想。"吴楚东说："他要只为自己着想，交代出送钱的事，自己不就一身轻松，早从里面出来了？"吴蜀南说："他要是出卖杨世杰，从里面出来后谁还敢跟他打交道？那他今后还做个毛线生意？与其说他讲情义，不如说他很精明。他只要扛了过去，出来后就不怕没人给他生意做、跟他做生意。"

这话也有些道理。看来钱小鹏是想利用这次机会，变坏事为好事，在两反局那里表现一番，为自己重出江湖积攒资本。

论了几句钱小鹏和薛冬梅，两人开始确定下步计划。吴楚东说了说自己的想法，嘱咐吴蜀南说："你找找华都大厦，看能否翻出当初钱小鹏请客时的电子摄像资料，证明我和钱小鹏直接下了地下车库，并没到一楼去，这样他们认定我和薛冬梅在一楼茶室收钱小鹏钱的事，就失去逻辑支持，无法成立。"

吴蜀南听得很认真，把吴楚东话里每个字都印在脑袋里。吴楚东又道："还有凤梧县政府办主任侯文志和副主任肖立军，当时我们几个是一起坐电梯下的车库，后来又是他俩送我回的家，也可叫他俩提供证词。"

作为资深律师，吴蜀南清楚吴楚东话里内容的分量，说："太好了，我马上去落实。华都大厦录像资料到手后，多复制几份，寄往有关部门，尽快解除杨世杰的警报。微型摄像机的资料，昨晚也已洗印出来，我准备配上文字材料，设法弄到两会上，让人大代表和政协委员瞧瞧，刘天龙为窃取市长参选资格，怎么不择手段，陷害别人。"吴楚东说："刘天龙和熊继为这一招真毒啊，生生把杨世杰弄了下去。选举应该就在这两天了吧？"吴蜀南说："好像正是这两天，我把资料散发到代表和委员手里，揭穿刘天龙的丑行，他想顺利当选市长，恐怕就不那么容易了。"

临时更换市长人选，组织上自然很被动，肯定会派要员坐镇儒州，以确保选举成功，免出其他意外。吴楚东自言自语道："也不知省委派了哪位领导下来，这两天恐怕是吃不香睡不稳啰！"吴蜀南说："省委组织部颜秋山，颜部长。"

吴楚东惊讶不已，道："怎么会是颜部长？你没搞错吧？"吴蜀南说："错不了，颜部长带着秘书禹今朝和省纪委党风政风监督室副主任韦叶舟一到，儒州上下就在盛传，说什么风雨欲来，这次两会可有大戏看了。"

大学期间，吴楚东、韦叶舟和禹今朝三人都喜欢晨练，每天天没亮就起床，沿着大学后山慢跑一圈。一来二去，三人便从面熟到相识，有意无意走到一起，边跑边聊，话语投机，渐渐成为好友。纯洁的友情伴随三人度过快乐的四年时光，直至毕业分手，各奔东西。韦叶舟迈出校门便进入纪检部门，现以省纪委党风政风监督室副主任身份主持全室工作，即将扶正成为主任。禹今朝毕业时曾留校当过老师，后选调到省委组织部，进步为正处，做了颜部长秘书。只吴楚东从市到县，再由县返市，做上市政府城投公司总经理，此次竟被两反局逮住，差点废在他们手里。

吴楚东心情有些复杂，道："禹今朝以秘书身份随颜部长下市，理所当然，连韦叶舟也现身儒州，确实颇有意味。"吴蜀南道："也不奇怪，儒州选情有异，变数未定，需要纪检部门协同维护组织纪律。"

兄弟俩正说着，外面响起轻轻敲门声，只听沈柳亭道："手术时间该到了。"

回到514病房后，吴楚东激动了好一阵子。吴蜀南把该准备的资料准备充足，再到两会上悄悄转上一趟，刘天龙肯定就坐不住了。狗日的刘天龙，你不仁，我也只好不义，跟你玩一把。杨世杰被你害得这么惨，你却心想事成，如愿当上市长，天理不容啊！

就在吴楚东稳操胜券，等着看刘天龙热闹的时候，门口起了响动，有人进入514病房，让吴楚东大为吃惊，一时不知如何是好。

进来的人为首的竟是颜秋山颜部长。

这是傍晚时分，吕开基和涂守军不声不响出了病房，只吴楚东斜躺在床上闭目假寐。忽有脚步声响进来，到了床前。514病房一向宁静，不可能出现任何外人，除非医护查房。可这会儿不是查房时间，吴楚东甚觉奇怪，张开眼皮，却见颜部长正站在床边，一脸慈祥的笑容。吴楚东以为产生了幻觉，用力揉揉眼皮，睁眼再瞧，确是颜部长无疑。他身旁还站着两个人：一个是禹今朝，怀里抱着篮芳香四溢的鲜花；一个是韦叶舟，手上提着一大袋沉甸甸的水果。

在这特殊时期，以这种特殊方式，与颜部长还有两位校友相见，吴楚东肚里不免五味杂陈。也不知颜部长怎么知道你在这里。除吴蜀南还没有第二个人知情，包括自己的老婆钱小鹤。此说法当然也不准确，至少刘天龙和龙志坚对你的去向了如指掌。莫不是刘天龙意识到你可能对他产生的威胁，才搬动颜部长，来给你施加影响？

颜部长没说谁透露给他底细，只往禹今朝塞过来的凳子上一坐，握住吴楚东的手，关切道："我出差儒州，得知你住在医院，专程过来看看。恢复得差不多了吧？"

这平平淡淡的一句问候，竟惹得吴楚东心酸不已，仿佛走失多时的孩子重又见到生身父母，委屈的泪水差点都出来了。可吴楚东是个堂堂男子汉，懂得如何掩盖自己的脆弱，平淡道："没事没事，不过点点皮肉之伤。"

颜部长也不问吴楚东怎么受的皮肉之伤，估计他什么都已知道，用不着浪费口水多问。只点着脑袋道："没事就好，没事我就放心了。"吴楚东说："谢谢部长还有叶舟和今朝的关怀。"禹今朝道："得知楚东住了院，部长饭都吃不下，赶紧带着我俩赶了来。"

这话也太夸张了点。你又不是颜部长亲爹亲娘，受伤住院，他凭什么吃不下饭？说生怕儒州选举出乱子，回去交不了差，倒还令人信服。可这话不好明说。颜部长含糊道："不瞒楚东说，我这趟差是专为儒州换届选举来的。儒州情况太复杂，我心里也没底，万一选情出什么漏洞，还真不好向儒州人民交代。"

颜部长的话说得含糊，用意却非常明显，吴楚东还能不懂？可你又能说什么呢，只得道："有部长亲自坐镇，选举一定会圆满成功。"颜部长拧着眉心道："但愿如此吧。"

又闲聊几句，颜部长要吴楚东好好养伤，缓缓站起身来，不轻不重地丢下这么一句话："楚东啊，你可要相信组织，支持我的工作哟！"

吴楚东吱不得声，哑在那里。韦叶舟上前拍拍他肩膀，道："老同学是聪明人，部长话里意思，你应该听得明白。"吴楚东还是不知说啥好。禹今朝代为答道："我了解楚东，决不会辜负部长殷切期望。"

两人也没逼吴楚东表态，随颜秋山出了病房。病房复归沉寂，死水一般。可吴楚东心头波翻浪滚，久久未能平静。三人的话一直在耳边萦绕着，挥之不去。不用说，让刘天龙尝尝被人大代表唾弃的滋味，定然大获人心，也大快人心，可后果呢？后果绝对不仅仅是刘天龙落选这么简单吧？否则颜部长也不会专门抽出时间，带着韦叶舟和禹今朝到医院里来看望你。

吴楚东进退两难。下儒州坐镇督导选举的怎么会是颜部长呢？是颜部长也没关系，他又偏偏跑进医院，给你留下话，要你支持他的工作。怎么支持他工作？就是放刘天龙一马，否则颜部长还真下不了台。但放过刘天龙，让他人模狗样选上市长，你这一个多月的罪不就白遭了？这可是吴楚东最不能接受的。

直至入夜，吴楚东合着双眼，一动不动躺在床上，努力想让自己静下来，梳理一下紊乱的思绪，却怎么也做不到，心里一直在不停地打着鼓。与此形成强烈反差的是，已回到床上的吕开基和涂守军无声无息，仿佛已死去多时，病房都快成了停尸房。

若是停尸房，自己岂不也成了一具尸体？吴楚东渐渐变得意识模糊，不知自己到底是死是活。尸体应该没有知觉，无痛无痒，恍惚间吴楚东用力掐掐大腿，顿时痛得差点叫出声来，这才确认自己还活着，还没被推进停尸房里。

一个声音在他耳边问道：你还考虑什么后果？你要的不是后果，是结果。这结果就是让代表们无情抛弃刘天龙。

可另一个声音又响起来：楚东啊，你可要支持我的工作哟！这不是颜部长的声音吗？颜部长好像还在说：临近两会突然更换市长人选，这在全省乃至全国都少见，已使儒州形象大大受创，你再这么一搅，把更换的人选撸下去，岂不轰动全国，让儒州臭名远扬，成为窝里斗的代名词？十多年前儒州就曾发生过一件官员内讧的烂事，至今还没完全消除影响，儒州人走到哪里都脸上无光，抬不起头。

无奈之际，吴楚东生出推翻原计划的想法。

这想法一冒出来，吴楚东就把自己给吓了一跳。刘天龙为达目的，不择手段，对你下手这么狠，欲置你于死地而后快，你却轻易放过他，你不是有病吗？

夜已深，吴楚东还在做思想斗争，下不了最后决心。

可再不下决心，就来不及了。待天亮后吴蜀南跑到两会住地，将手头资料散发到代表委员中间，一切为时已晚。

吴楚东搜出被单下的纸笔，又瞧了一眼两边床上依然毫无动静的吕开基和涂守军，起身走进卫生间，给吴蜀南写下一句话：马上撤销原计划，找市委接待处处长辜万泉，让他帮忙把资料送到颜部长手里。千万千万，切记切记！

回到床上，吴楚东就按响床头报警器，将沈柳亭召进病房。自吴楚东住进 514 后，沈柳亭就坚持二十四小时值班，吃住都在护士长办公室，万一吴楚东有事，也好有个照应。沈柳亭没有孩子，丈夫在国外做访问学者，住家里和住办公室原本也没太大区别。

又不是查房的时候，沈柳亭却往病房跑，吕开基和涂守军警觉起来，睁大眼睛，死死盯着吴楚东，倒看他要搞什么鬼名堂。吴楚东借口胸闷气短，没法睡着，用怯怯的口气问沈柳亭道："是不是下午的点滴有问题？"

"哪有的事？你神经过敏！"沈柳亭凶巴巴道，往吴楚东床前挨近点，用身子挡住吕开基视线。吴楚东的手伸到被单外，像握着什么。沈柳亭装作整理被单，悄悄捂了捂吴楚东的手，纸条就这样到了她手上。

又凶了吴楚东几句，沈柳亭离开 514 病房，进入护士长办公室。看过纸条，马上联系吴蜀南，叫他到医院后门来一趟。

吴蜀南已拿到华都大厦录像资料，正在熬夜整理文字材料，接到沈柳亭电话，便放下工作，开车匆匆赶往医院。一见纸条，吴蜀南就蒙了，吴楚东不是打错针吃错药了吧？我辛辛苦苦弄到的资料，凭什么交出去？这不前功尽弃，白忙乎了？

吴蜀南怎么也想不通，吴楚东会临阵退缩。也许哥是替颜部长考虑，不想让他下不了台。刘天龙确实不是颜部长心目中的市长人选，可他老人家是省委派来为选举工作掌舵的，自然不希望选举坏在自己手上，这时候交出材料，等于解了他的围。可如此一来，哥哥就失去了与刘天龙较量的有力武器，只能眼巴巴望着他心想事成，当选市长。

是不是哥突发慈悲，要以德报怨呢？可这也不是以德报怨的时候啊，你以德报怨，人家该出手时就出手，你这德不是太廉价也太没意义？真不可理喻！吴蜀南不禁愤然，真想跑进医院，抓住吴楚东胸口，要他回答，为啥会出此下策。

不过哥已做出这个决定，自然有他自己的道理，你能理解得照办，不能理解也得照办。吴蜀南摇着头，开车去了市委、市政府的招待宾馆儒州山庄，一边掏出手机，翻寻辜万泉的名字。

此时的儒州山庄正热闹着呢，市委书记危存虎、各位常委及人大政协一把手齐聚颜部长所住套房，集体向他汇报选举准备情况。

与以往不太一样，这次两会一开始就有些不同寻常，隐藏着许多不确定因素。最让人不安的是，仿佛有股巨大的力量在起着作用。至于这是股什么力量，来自哪里，将发出怎样的神威，更是无从形容，没法说清，只觉得它明明就在身边，你想看又看不见，想摸又摸不着。颜秋山是老组织工作者，政治敏感性强，也感觉出了这股力量的存在。他特别担心这股力量摧毁代表们的意志。为防患于未然，免出乱子，颜部长已做了大量工作。他亲自找过卢至诚和各代表团团长及党员代表谈话，听取情况，交心通气，要他们密切关注代表们的思想动态，发现什么情况，及时汇报，妥善解决，让代表们自始至终与市委保持高度一致，不折不扣完成两会各项议程。特别是从某些干部的议论里听到吴楚东这三个字，颜部长就隐隐意识到，这股无形的力量似乎与这个人有着某种联系，于是专程跑到医院去看望他，给他留下了那句意味深长的要他支持自己工作的话。这还不够，又把相关领导召集到套房里，分析问题，研究对策，直到夜深还不放大家走。

领导们还在开会研究工作，辜万泉自然不敢回去睡大觉，也守在山庄里，为各位服务。电话响起时，他正和山庄俞总经理在一起，招呼厨房给领导们准备夜宵。一看手机，是吴蜀南，辜万泉嘀咕道，深更半夜来电话，这小子一定睡迷糊了，拨小情人电话错拨了我的号码。接通一听，才知吴蜀南没拨错，人已到楼下。

两反局带走吴楚东的事，早在儒州机关里传开，辜万泉身处市委接待处，又是吴楚东的好朋友，还能不知道？见吴蜀南这个时候来找，断定与吴楚东有关，忙把他领进自己房间。关上门，吴蜀南还没落座，辜万泉就先问道："是不是楚东有消息了，他没事吧？"

吴蜀南脸色僵硬，不提吴楚东，只冒了一句："我要见颜部长。"

辜万泉以为自己耳朵听岔了，说："颜部长是你想见就能见的吗？"吴蜀南说："颜部长是妖是魔？我就不能见他？"辜万泉说："你见他干什么吗？莫非要他给你找哥哥？他忙选举的事还忙不过来呢，哪会理睬你？"

吴蜀南也不解释，说："我有情况向他汇报。"辜万泉说："什么情况？"吴蜀南说："重要情况。"辜万泉说："你说重要就重要？到底什么情况，你不说，我怎么去给他禀报？"吴蜀南说："你就说吴楚东弟弟吴蜀南要见他，非见不可！"

辜万泉看吴蜀南一脸坚持的样子，迟疑着出门，去了禹今朝房间。

禹今朝房间就挨着颜部长的套房。他也没睡，人在上网，耳朵注意着外面的动静，以便随时听从颜部长召唤。因此辜万泉敲第一下门，禹今朝就迅速起身，弹过来将门打开。见是辜万泉，他松下一口气，笑着道："我还以为是部长呢。"

辜万泉板着面孔，直截了当道："有人要见颜部长。"禹今朝说："谁？"

辜万泉说："吴蜀南。"禹今朝说："吴蜀南是谁？"辜万泉说："吴楚东弟弟。"禹今朝说："吴楚东弟弟？"辜万泉重复道："吴楚东弟弟。"

禹今朝不敢怠慢，出门进入套房，瞧了眼在座各位，直接走到坐于上手的颜秋山面前，附他耳边道："吴楚东弟弟吴蜀南求见您，人就在山庄。"

颜秋山本来就阴沉着的脸色更凝重了，点头道："让他进来吧。"

吴蜀南很快出现在套房门口。市里在座各位领导还有参会的韦叶舟纷纷仰起脑袋，目光如炬，齐齐向从天而降的吴蜀南射过去。禹今朝先报告颜部长："人来了。"又把吴蜀南推到面前，附他耳边低声道："这就是你要见的颜部长。"

吴蜀南顿时局促起来，瞧瞧众人，又望望颜部长，额上渗出细细汗珠。毕竟头回近距离面对颜部长这样的高官，换了谁都会发怵。

其实颜部长已不再板着面孔，一脸的平易与亲和，似乎还点了点头，像在说，你就是吴蜀南？要说这也是高官的一贯风格，在下属面前严肃有余，虎虎生威，碰着普通百姓，反而容易放下架子，亲切以待。

不过颜部长的目光只在吴蜀南脸上稍作停留，便瞟了眼旁边的韦叶舟，转过身子，背了双手，朝套房的里间走去。韦叶舟朝吴蜀南招招手，带他进入里间。禹今朝也上前几步，伸手将里间那扇浅白色的门带上。外面各位愣愣地坐在椅子上，不知该干啥好。走是不敢走的，颜部长没发话，谁敢擅自离去？众人面无表情，嘴无言语，心里却在发问，吴蜀南这小子，怎么这个时候出现在这里？是来给吴楚东申冤吗？选举在即，颜部长又哪有心思听他申冤？

屋里空气似乎都凝固了。最感忐忑的还是刘天龙。他第一眼看见吴蜀南，脑袋就嗡地响了一声。见颜部长撇开各位，让韦叶舟把吴蜀南带到里间去说话，心里更是七上八下，不知发生了什么，或将发生什么。吴蜀南不就是小小一介律师吗？颜部长为何那么当回事，避开众人，跟他会面？要知道，就是市委常委一级领导，想享受这个特殊待遇，都不一定享受得到。

刘天龙如坐针毡，不时偷偷望眼里间的浅白色的门。那扇门无情地紧闭着。吴蜀南到底居心何在？他是不是已握有你的把柄，足以把你的市长候选人资格抹去？细想吴蜀南也没这个能耐。至少颜部长颜秋山就不答应。取代杨世杰成为市长候选人时，刘天龙得知到儒州来督导两会的是颜秋山，着实紧张了一阵。后慢慢明白过来，只有颜秋山才能确保自己顺利当选。颜秋山提议的人选杨世杰出事，临时换上刘天龙，省委安排颜秋山下来督导选举，可谓用心良苦。设想若不能让你刘天龙当选，颜秋山回去如何向省委交代？省委会怎么看待他？他是省委组织部部长，这点组织观念和组织原则都没有，还像个组织部部长吗？为成功实现省委意图，颜秋山一到儒州，就撇开市委常委领导，直奔卢家，与卢至诚交流了半天思想。卢至诚做过多年儒州市长，现为市人大常委会主任，在代表们中的威信很高，尤其作为县区主要领导的精英代表，不少都是他起用的人，他如果对省委临时让刘天龙参选市长的决定有想法，较起劲来，选举绝对不可能成功。幸好两人谈得还算愉快，卢至诚提的条件颜秋山都答应下来，颜秋山的晚饭都是在卢家吃的。刘天龙悬着的心也就落了地，只等着走完选举程序，昂首挺胸上任市长。谁知颜秋山小题大做，主持开了一下午会还不放心，夜里又把市里主要领导召集到自己套房，分析选举形势，刘天龙还以为出了什么意外，吓得腿肚子直抽筋。刚抽完筋，又半路杀出个程咬金，吴蜀南从地里冒出来，现身套房。刘天龙脆弱的神经绷得更紧了，也不知到底是吉是凶。

仿佛过去了一万年，里间的门终于打开，韦叶舟送吴蜀南出来，一直送到套房门外。随后颜秋山也现了身，冷着脸对大家道："会议开到这里，各位回去休息吧。"

会议没开出任何结果，就这么散了会，明天的选举怎么办？莫不是被吴蜀南这么一搅，颜秋山没了开会的心情？可选举是大事，心情不好也得应对啊！众人甚是不解，却又不敢多问，只得一个个揣着糊涂陆续出了门。

刘天龙是最后一个离开套房的。他想留下来，试探试探颜秋山的口气，吴蜀南究竟是来干什么的。可颜秋山站在那里，阴沉着一张不可捉摸的脸，一副赶客出门的样子。刘天龙失去多嘴的勇气，低垂着脑袋走了出去。

心事重重离开儒州山庄，刘天龙抬头望一眼迷茫的夜空，脚步机械地朝不远处的常委楼挪去。这才发觉背上已经湿透，内衣沾着皮肉，挺不舒服。一阵夜风吹来，刘天龙不觉打了一个冷战，脑袋里又晃过颜秋山那张阴沉的脸。吴蜀南到底给他说了些啥？他是不是从吴蜀南嘴里得知了杨世杰事情的内幕？明天的选举会不会因此而受影响？

走过夜色迷离的林荫道，眼前是一片开阔的坪地，刘天龙才发现到了市委大楼前。原来自己只顾着想心事，走岔了道。反正回家也别想睡着，干脆上办公室坐坐，静一静心。他走进大楼，按开电梯，揿下"7"字。市委大楼共十二层，书记们的办公室和常委会议室在七楼，含七上八下之意。

走出电梯，楼道里灯影昏沉，只常委值班室门口闪着耀白的灯光。刘天龙打开自己的办公室，往办公桌后的高背沙发上一仰，合上双眼，想镇定一下翻滚的思绪。颜部长那不可捉摸的脸色又在面前晃悠起来。刘天龙有些受不了，猛地睁开眼睛。顶灯很刺眼，让人不舒服。刘天龙站起身，来到窗前，推开窗户，外面是万家灯火，闪闪烁烁。市委大院处于儒州城区高处，站在七楼上面，全城尽收眼底。刘天龙望望城东方向的人大院子，将目光收回，停留于市委大门里面的大会场。大会场笼罩在彩色的灯饰里，辉煌壮丽。再过几个小时，选举就会在那里隆重举行，不出意外的话，自己将成为新一任儒州市长。

这是不出意外，若出意外呢？刘天龙不敢往下想，耷拉着脑袋，回到桌边，拿过座机话筒，去拨龙志坚的手机号码。还没拨完，有人敲门。刘天龙过去打开门，来人正是龙志坚。他上气不接下气道："从傍晚开始给您打手机，一直是关机状态。后得知您在儒州山庄开会，我就一步不离地守在山庄大堂里，刚才被尿憋得受不住了，才上了趟厕所，恰好你们散会离开。我正要上常委楼去，老远望见您办公室亮了灯，才赶忙跑了来。"

刘天龙这才想起手机一直是关着的。参加颜部长主持的会议，手机响不好，大家都很自觉地关了机，自下午开始直到现在都没开过机。刘天龙望定龙志坚，说："有事吗？"

龙志坚告诉刘天龙，傍晚颜部长带着韦叶舟和禹今朝上医院找过吴楚东。刘天龙沉吟道："吴楚东的事吕开基亲力亲为，做得很机密，谁都不可能知道，颜部长一定是动用公安部门，才找到吴楚东的去向。颜部长跟吴楚东说过什么没有？"龙志坚皱眉道："听说都是些寒暄的话，没什么特别的……不过颜部长离开时，留下一句话，要吴楚东相信组织，支持其工作。"

刘天龙像是对龙志坚，又像是自言自语道："那吴蜀南又怎么会去找颜部长呢？这与颜部长去医院看吴楚东有没有关系？"

龙志坚丈二和尚摸不着头脑，诧异道："吴蜀南找过颜部长？他找颜部长干啥？"刘天龙说："吴蜀南是吴楚东弟弟，他找颜部长还能干啥？"龙志坚敲着脑袋说："对呀，吴蜀南一定是为吴楚东的事，才去找颜部长的。"

刘天龙又问道："颜部长三人走后，吴楚东还正常吗？"龙志坚说："吴楚东正常得很，一直老老实实待在医院里。"刘天龙问："他跟外界再没什么接触？比如吴蜀南，是不是到过医院里？"龙志坚说："不可能，他哪知道吴楚东待在医院？"刘天龙说："你敢肯定？"龙志坚用力点着头道："我敢肯定。"

听龙志坚说得这么不容置疑，刘天龙吁了口气，说："好好好，继续加强对吴楚东的监督。这是关键时刻，出不得任何意外啊！"

六

  在经过几个小时的忐忑不安后，刘天龙如愿当选，由市长候选人成为正式市长。
  会后的聚餐上，在危存虎和新产生的人大常委会主任陪同下，刘天龙以茶代酒，兴高采烈地端着杯子，一桌桌敬过去，感谢代表们的信任和支持。代表们很响应，与三位领导碰杯同饮，说些"人民市长人民选、人民市长为人民"的好听话。
  代表们敬得差不多了，刘天龙才想起最应敬的是颜部长，没他老人家亲自坐镇儒州，自己能不能成功当选还真不好说。只可惜会一散，颜部长就带着韦叶舟和禹今朝离开儒州，回了省城安州，说晚上有个重要活动要参加。刘天龙知道颜部长在找借口。他已完成自己的任务，留下来与你刘天龙庆功，可不是什么愉快的事。
  刘天龙兴致陡降，聚餐还没完全结束，就悄然离开餐厅，去了市委大楼。得好好给省委常委、省委政法委书记熊继为汇报一声才是。选举结果一出来，刘天龙就给熊继为发短信报过喜，后忙着上台答谢代表，会后又被一群人直接拥进餐厅，一直没来得及打熊继为电话。熊继为是刘天龙的贵人，不是他运筹帷幄，吕开基他们背后发力，自己也不可能成为市长。
  往前追溯，刘天龙和杨世杰都是熊继为时代起步的官员。吴楚东接手儒凤大道建设时，熊家亲戚找到熊继为，求他给杨世杰打招呼，搞段路修修，熊继为没有答应。亲戚不死心，又去找熊继为的秘书高见远。也不知高见远得了人家什么好处，打着熊继为的招牌，要杨世杰给项目。杨世杰觉得熊继为还算清廉，不会为亲戚谋私，嘴上敷衍着，并没把高见远的话当回事。高见远没法给熊家亲戚交差，窝了一肚子火，到熊继为面前说杨世杰坏话，熊继为也没往心里去。偏偏熊继为与颜部长同为省常委领导，两人关系一直很微妙。刘天龙得知杨世杰跟颜部长走得近，觉得有机可乘，就到熊继为那里打杨世杰的小报告，熊继为慢慢对杨世杰有了看法。又见颜部长力主杨世杰做儒州市长，熊继为肚子里更不是滋味。也不知刘天龙他们从何得知，薛冬梅和吴楚东收过钱小鹏的钱，刘天龙汇报给熊继为，请他发指示。

熊继为说既然有官员贪腐，那两反局就得做事。薛冬梅和吴楚东就这样被两反局带走，对钱小鹏自然也不会放过。杨世杰的市长候选人资格自此被抹掉，刘天龙在熊继为支持下，顺势取得市长参选资格，如愿当选。

熊继为说了几句鼓励的话，又问到薛冬梅和吴楚东的案子，刘天龙做了具体回答，请示下步怎么办。熊继为没直说怎么办，沉默片刻，才感叹道："妻贤夫祸少，薛冬梅不贤，收了不该收的钱，连累杨世杰仕途受阻，功亏一篑。我比较了解杨世杰，还是能干事的，也干了不少事。作为看着他成长起来的儒州老书记，我心里也不好受啊！你们瞧着办吧，凡事得把握好度。"

放在别人那里，这个"度"字还真有些颇费思量，不过刘天龙不缺乏理解力，立马领会到熊继为的真实意图。薛冬梅的案子虽不是铁案，可她本人已供出拿了钱小鹏的钱，主动权就落在了吕开基他们手里。最简单的办法就是让案子先摆在这里，不深挖，也不结案，看看再说。只要继续这么耗下去，就会拖住杨世杰腿脚，要他进不能进，退不能退，就连颜秋山和卢至诚也使不出力气，只能干瞪眼。

这一招真高明，熊继为毕竟是熊继为，颜秋山看来还不是他对手。刘天龙心里暗暗佩服着熊继为，又问吴楚东如何处理。熊继为不满道："就别拿吴楚东烦我了，那是你的事。"

刘天龙也知道是自己的事，叫来龙志坚，问如何处理吴楚东为妥。龙志坚说："我刚见过吕开基，吕开基说吴楚东真不好对付，死硬死硬的，连自己舌头都敢咬，继续下去，只怕会出人命案。"刘天龙道："吕开基意思是放掉算了？"龙志坚道："选举结束，杨世杰败走麦城，吴楚东已失去价值，没必要再抓在手上。"

刘天龙想起吴蜀南出现在颜秋山面前时的情形，总觉得有什么把柄到了颜秋山手里。可这只是感觉而已，没有任何依据。刘天龙同意照吕开基的意思放掉吴楚东。龙志坚问钱小鹏是关还是放。刘天龙想想说："尽管没从钱小鹏口里掏出任何东西，也还得关上几天。薛冬梅还在里面，钱小鹏出去早了不好。"

龙志坚便给吕开基打招呼，把刘天龙的指示落实下去。还特别交代，吴楚东吃了不少苦头，是不会轻易从医院里走出去的，他有什么要求，只管尽量满足他。

得了龙志坚的话，吕开基以商量口气对吴楚东道："你的伤已好得差不多，是不是可以出院了？"吴楚东说："你又不是医生，我的伤好得如何，莫非你这张嘴说的算得了数？"吕开基只好道："那就让医院为你做个检查，给个结论？"吴楚东说："随你们的便。反正我是你们砧板上的鱼，你们爱怎么就怎么。"

吕开基就让医院给吴楚东做检查。检查完外伤还不够，连五脏六腑和血常规什么的也检查个遍，算是全面体检。没两天体检结果出来，吕开基将厚厚一沓体检单交到吴楚东手上，讨好道："恭喜吴总，你各项指标都很正常。"吴楚东说："没检查前我就知道很正常。"吕开基说："这回可不是我一张嘴说了算，有你手上的体检单为证。"吴楚东说："你说为证就为证。"吕开基说："那现在你可放心出院了。"

吴楚东把体检单往床头柜上一扔，冷冷道："你以为我真相信这些体检单？我还没这么幼稚。"吕开基说："你什么意思？"吴楚东说："我还不知道你们跟医院的关系？我就是身上少了几根肋骨，也会被检查出一切正常。"

吕开基来了火，说："你硬要抬杠，你就抬好了，你继续在这里待着吧，我没时间奉陪。"对涂守军扬扬手，带上各自生活用品，出了514病室。

三张病床空出两张，病房里一下子冷清了许多。吴楚东有些不太适应似的，往床上一仰，望着昏暗的顶灯，出起神来。

正怔着，沈柳亭走进来，笑道："你那两个高级陪护走了？也太不够意思，你还没出院，他们就先开了溜。"吴楚东说："他们的光荣使命已经完成，也该撤退了。"沈柳亭说："你怎么不走？把医院当成娘家？"吴楚东说："舍不得你。"沈柳亭说："舍不得我就不走，你在这里住一辈子？"话一出口，又觉不妥。正要解释，吴楚东先说道："这是514病房，一听就是吴要死，若能命丧此处，也算死得其所。"

沈柳亭一下子乐了，笑道："有句话叫死而后生，这次你没被他们整死，出去后一定会时来运转，洪福齐天。"吴楚东道："我倒没这样的奢望，能活下来，跟你说说话，也就心满意足了。"沈柳亭道："你就那么容易知足？"吴楚东道："知足不好吗？做人要知足，做事要知不足。"沈柳亭道："做官要不知足，做了科长做处长，做了处长做局长。"

说笑间，天色不觉黑下来。吴楚东道："莫非还没到你交班的时候？"沈柳亭道："你想赶我走不成？"吴楚东道："你是这里的主人，我想赶就赶得走？"沈柳亭道："我是交了班才到你这里来的。"吴楚东道："交了班还不回家，老公肯定有想法。"沈柳亭道："他人都跑到国外去了，还有什么想法？"吴楚东道："投敌叛国，做了假洋鬼子？"沈柳亭道："说得这么难听干啥？人家是去英国做访问学者。"

"我弟媳也在英国做访问学者。"吴楚东道，"我就想不通，在国内活得好好的，要吃有吃，要穿有穿，要住有住，这些人干吗还背井离乡，老往外跑。"沈柳亭道："人各有志嘛，旁人岂可勉强？"吴楚东道："你就不怕肉包子打狗，有去无回？"沈柳亭道："有去无回就无回，我才不稀罕这样的肉包子呢。"吴楚东道："我要是你丈夫，身边有这样的美妻，打死我都不出国。"沈柳亭道："人家以事业为重，哪在乎美妻不美妻？"

听出沈柳亭对丈夫的不满，吴楚东大脑莫名地活跃起来，道："我有位女老乡的丈夫在大学当老师，三年前出国做访问学者，一下飞机就跟外省一位以同样名义出去的女老师勾搭上，公然同居，出双入对，至今乐不思蜀，还快快活活在那边做着露水夫妻。"

一句话点着沈柳亭心里的隐忧。她眼里不觉闪过一丝幽怨。却还要装作满不在乎的样子，撇着嘴巴道："天要下雨，娘要改嫁，谁也别想挡住。何况老婆不在身边，即使朝相见、晚相逢，他要猎艳偷腥，你也拿他没办法。"

吴楚东觉得沈柳亭撇着的嘴巴格外好看，笑笑道："这倒也是的，凡事要想得开，放得下，不能太过执着。"

沈柳亭不想老说自己，把话题往吴楚东身上引，道："你只顾在医院待着，就不怕你那老总位置被人占了去？"吴楚东道："不是怕被人占了去，肯定已被占了去。不比自家椅子，官位是组织给的，组织可以给你，也同样可以给人家，莫非你还跟组织较劲不成？"沈柳亭道："看来你更想得开。"吴楚东道："想不开也要想得开，个人服从组织嘛。"

沈柳亭是护士长，病床由她调配，吕开基和涂守军走后，她没再另外安排人进来，两张床位一直留在那里，有空就进来陪吴楚东说几句闲话。沈柳亭觉得跟吴楚东说话很享受。吴楚东与其他一些官员不同，身上没有官气。官气这东西看不见摸不着，却感觉得出。官员如果一身官气，恐怕没几人愿意跟他打交道。没有官气的吴楚东不像官，倒像邻家大哥，跟他在一起，觉得很亲切，很温暖，还有一种奇妙的安全感。

这种安全感让沈柳亭生出一种奢望，就是吴楚东永远待在514病房里，她好天天进来陪他说话。可这显然不现实，医院不是她沈柳亭开的私人宾馆，可以长年让吴楚东免费住下去。何况吴楚东身上的伤早已痊愈，吕开基他们也不会让他老待着不走。

果然没几天，吕开基又进了514病房，催吴楚东出院。吴楚东说："我又不是自己跑到医院来的，既然你们把我送进来，让我对医院产生了依赖，要我就这么出去,恐怕没那么容易。"吕开基说:"你到底还想干什么?"吴楚东说:"我没想干什么,只想在这里一直住下去,住到两腿一伸,推进太平间,再送火葬场烧掉。"

说得吕开基忍俊不禁,说:"你倒想得蛮周到的。推太平间还早了点,有要求就提出来,我们可以考虑。"吴楚东说:"我没要求。"吕开基说:"没要求就出院。"吴楚东说:"见到信得过的体检单,我自然会出院的。"

吕开基等的就是这句话,提出那就到省城安州去给吴楚东再做个检查。

吴楚东一听便知是调虎离山计。出了这个医院,想再住回来,就由不得你吴楚东了。不过吴楚东也知道,你不可能老跟吕开基他们这么耗着,真的一辈子在这里待着不出去。早出去是出去,晚出去也是出去,还不如顺坡下驴,与人方便,与己方便。于是伸个懒腰,打个哈欠,漫不经心道:"你们爱怎么就怎么吧。"

吕开基就调了辆还算不错的车子,第二天一早赶到医院,将吴楚东请上车,出了儒州城。令吴楚东既意外又惊喜的是,沈柳亭竟然也端坐在车上。也不知吕开基从哪里得知,省人民医院有好几个沈柳亭的同学,叫上她好办事些,这才做通医院领导工作,又跟沈柳亭说了几大箩好话,终于让她上了车。

有沈柳亭随行,吴楚东自然求之不得。可恨的是吕开基将沈柳亭安排在副驾驶室上,说是怕她晕车,坐前排相对舒服些。

司机是个年轻人,一上路就开始放周杰伦的歌。听了几首,吕开基不耐烦起来,说:"你不可以放些别的碟子?"司机说:"我车上只有周杰伦的碟子。"吕开基说:"周杰伦的歌有什么好听的?唱不是唱,说不是说,念不是念,不好懂不说,还让人起鸡皮疙瘩。"司机低声嘀咕道:"周杰伦的歌听进去了,还是挺有味道的。"沈柳亭也帮腔道:"周杰伦其实颇有音乐才华,他的歌大都自己谱曲自己唱,风格挺独特。"

有了知音,司机底气足了不少,说:"周杰伦这么厉害的音乐天才,可是几百年才出一个。他作的曲子,那些所谓的音乐家谁作得出来?"吕开基狠狠道:"什么音乐天才,音乐垃圾还差不多。我怀疑他的歌都是花钱雇枪手写的,要说厉害也是枪手厉害。"

吴楚东笑笑道:"枪手有什么厉害的?还不如手枪厉害。"沈柳亭听出他话里有话,说:"什么手枪厉害?"吴楚东瞥眼旁边的吕开基,说:"比如某些人,其实就是手枪,特别厉害的手枪。"吕开基一时没反应过来,说:"我们两反干部都是有血有肉的活人,怎么成了手枪?"吴楚东说:"手枪就是人家手里的枪。"

吕开基语塞,尴尬地望着窗外,不知说什么好。

一行人到得安州,没直接上医院,先找宾馆住下来。吕开基和司机共住双人间,吴楚东和沈柳亭各住单间。饭后稍事休息,沈柳亭打通省人民医院同学电话,定好第二天送吴楚东去检查。检查项目比较多,花了一天半才做完。不可能马上出结果,还得在宾馆等上两天。沈柳亭被同学喊出去聚会,吕开基要上街搞采购,问吴楚东出不出去转转。吴楚东不屑与吕开基为伍,找借口留在宾馆里,闭门不出。

一个人待着无事,吴楚东掏出已从吕开基那里要回来的手机,调出号码簿,往下翻起来。安州还有些朋友和同学,逮两个唠几句,甚至见个面,也可打发一下时间。不料禹今朝三个字先跳将出来。吴楚东停住指头,没再动作。对儒州这场风波,颜部长有啥想法,禹今朝应该非常清楚,吴楚东想试试他口风。揿下绿键,里面响起一个甜甜的女声,告知他手机欠费。怪不得手机回到手上后,一直沉默无语,毫无动静。

吴楚东无奈地将手机扔到床上,恰好瞥见床头柜上的红色电话机,过去拿过话筒,拨了禹今朝号码。接通后响了半天,也无人接听。过一会儿再拨,依然如故。吴楚东知道领导秘书忙,不熟悉的号码管不了那么多。

他又想给钱小鹤打个电话,告诉她自己已经到了安州。可电话拨过去那边却没人听,只好放下话筒,心想吴蜀南肯定会把自己的近况和行踪告诉她的。自己过不了两天就会回家,到时候再给她一个惊喜。

他开了屋角电脑,想上会儿网。才打开网页,电话机响起来。吴楚东以为是禹今朝打来的,一把抓过话筒,捂到耳边。是个女声,却不是自己的妻子钱小鹤,说话比通知自己手机欠费的女声还甜腻,问先生按不按摩,可以上门服务。吴楚东说:"还有上门服务项目?简直太好了。"女声嘴皮子也快,说:"那我马上上来。"吴楚东赶紧制止道:"且慢且慢,老婆在上卫生间,我去问问,看她老人家同不同意。"还没说完,那边已经挂掉了。

吴楚东也笑着放下话筒。随即电话铃声又起。他以为又是按摩女,不想理睬,又怕万一是禹今朝打来的,只好再次拿起话筒。还是个女声,大概又要上门服务,他正想撂电话,对方却说:"待在房里干啥?"吴楚东这才听出是沈柳亭,玩笑道:"在享受按摩小姐服务。"

沈柳亭半信半疑,道:"你还好这么一口?你们这些臭男人,离开老婆视线,就一个个如狼似虎。小姐很漂亮吧?"吴楚东笑道:"还算不错,不过比起你来差多了。"

沈柳亭故作生气，骂道："怎么把本女子与小姐扯到一起？我是那种人吗？"吴楚东自知失言，刚说了句："我乱开玩笑，你别生气……"有人外面敲门，吴楚东对着话筒说道："搞不好又是小姐来上门服务，现在的宾馆真是……唉！"搁下话筒，过去打开房门。外面正站着沈柳亭，挥拳道："睁开你狗眼瞧仔细啰，本女子是不是小姐？"吴楚东连忙道："抱歉抱歉，唐突柳美女了。你来了正好，检查检查看我房里有没有小姐。"

沈柳亭扑哧一声笑起来，收住拳头，往里直奔，道："我有什么资格检查你？要检查也是你夫人来检查。"

吴楚东摇头说："我那口子，查钱有兴趣，查人她没这兴趣。"将沈柳亭让到沙发里，倒杯茶水，放她面前的茶几上，问："你不是与同学聚会去了吗？"沈柳亭端着杯道："本来同学已定好包厢，叫我过去，正要下楼，又来电话说开车来接，要我在宾馆等着。你反正没事，干脆跟我们一起出去走走吧。"吴楚东道："你们同学相聚，我去掺什么沙子？"沈柳亭道："没关系，我的同学挺好打交道的。"吴楚东道："男同学还是女同学？男同学我就不去了，到时候他们都围着你，我在一边讨嫌碍事。"沈柳亭道："放心好了，是两个女同学。咱们护士班哪来男同学？我那两个同学比我漂亮多了，男人们要围也是围着她俩。"

正说沈柳亭同学，同学就打来电话，说已到宾馆，要她下去。下得楼来，两个女同学正站在大堂里，见了沈柳亭，奔过来又搂又抱。搂够抱够，又相互打量起来，说肥论瘦，将吴楚东晾在一旁，似乎忘了他的存在。吴楚东也不见怪，不远不近地立着，笑望着沈柳亭两个同学。两人确实很漂亮，只是漂亮得有些平庸，仿佛缺少一份让人心动的力量。漂亮其实也是有层次的，有些漂亮仅仅是漂亮，有些漂亮则有深度得多。尤其这两位女人穿戴过于华丽，在沈柳亭的简洁面前，有些相形见绌。

也是不想太冷落吴楚东，沈柳亭把两位同学拉到他前面，介绍说一位叫张美云，一位叫陆丽平，毕业后都进了省人民医院。由于嫁得好，家底厚，张美云后来离职办起医药公司，如今资产已经过亿。陆丽平也荣调医院行政中心，做起管理工作。还说吴楚东的检验手续就是她俩跑的，不然也没这么顺利快捷。吴楚东抱拳表示感谢，道："能认识两位美女，真是荣幸之至。"张美云掩嘴而笑，对沈柳亭道："你这位朋友说话文绉绉的，像个学究。"陆丽平道："不是学究，也是秘书，对领导客气惯了，把我俩也当成了领导。"

"女人永远是男人的领导。"吴楚东笑道，跟随三个女人，走出大厅，来到门外的高档小车旁。张美云驾车,陆丽平坐副驾,后排给了吴楚东和沈柳亭。吴楚东心想,女人就是有悟性,知道怎么安排位置,比狗日的吕开基强多了。

沈柳亭继续刚才两位同学的话道:"要说我这位朋友,还真做过领导秘书。不过早已从领导秘书提拔为领导,做过团委副书记,当过常务副县长,现在是儒州市发改委副主任兼城投公司总经理,管着数百亿的工程。"

两个女人不约而同往回望望,眼里似有似无的不屑已换成敬慕。张美云一边把着方向盘,一边道:"还是投资公司老总,下次也到俺的公司来投些资,咱们好分成。"沈柳亭道:"他是要人家到他那里去投资,哪会来你这里投资?"陆丽平道:"美云公司钱多得没地方搁,还真可考虑到儒州去投点资,让吴总好好运作运作,赚个盆满钵满。"

怪不得她俩的漂亮显得平庸,原来是势利心使然,见你还有些身份,说话的口气都完全不同。吴楚东笑道:"欢迎张总去儒州投资,那里投资环境非常好。我们的口号是,只要来儒州,不赚不罢休!"张美云道:"真的?有赚头,傻子才不去呢。吴总说话算话哟,哪天我到了儒州,你别不理不睬的。"吴楚东道:"肯定又理又睬。"

来到一家五星级酒店,进入预先定好的包厢,点菜上酒,举杯畅饮。酒是进口红酒,起码上千一瓶。吴楚东想起刚才沈柳亭说这两个同学嫁得好的话,看来还真是有钱富婆。要不就是公款消费,陆丽平在医院搞行政管理,有这个条件。

两个女人放得开,酒量也好,敬过沈柳亭,又来敬吴楚东。很快两个酒瓶就见了底,三位女人腮呈桃红,目含秋水。到第三瓶,喝酒速度慢下来,三位女人说起做同学时的旧事,吴楚东插不上嘴,要过沈柳亭手机,以自己的名义给禹今朝发了条短信。

禹今朝的短信很快回过来,说正和颜部长出差在外,明天回省城后就上宾馆来看吴楚东。吴楚东又将房号告诉禹今朝,这才物归原主,把手机退给沈柳亭。陆丽平瞧在眼里,说:"你俩连手机都共用,是不是枕头也是共用的?"

沈柳亭骂陆丽平瞎说,泛红的脸上更红了。吴楚东道:"儒州是个穷地方,工资不能按时发放,我连话费都交不起,只好借柳亭手机一用。"陆丽平道:"真的?你当老总的都打不起手机,怎么体现社会主义优越性?"吴楚东夸张地点点头,道:"是真的。本想向两位美女借钱交话费,只是初次见面，开不起这个口。"

张美云拿过提包，掏出一张信用卡，放到吴楚东面前，半真半假道："卡上还有点钱，拿去交话费，可交上几个月。"吴楚东将卡放回张美云面前，笑道："真拿了你的卡，我岂不成了吃软饭的？"陆丽平道："吃软饭的男人都是有本事的男人。"沈柳亭道："时代进步得好快啊，男人吃软饭也算本事了。"吴楚东道："看来我还得好好学本事。"

喝完酒，出得酒店，叫来代驾的公司司机也正好赶到，张美云提出找个地方喝茶。吴楚东道："我打的回去，你们三位同学去喝个痛快吧，也好说些私房话。"张美云眯眼盯住吴楚东，道："那怎么行？好不容易逮住个吃软饭的男人，你先走掉，软饭给谁吃？"陆丽平也道："男女搭配，喝茶不累。吴总不能走，跟我们一起去。"

沈柳亭意识到带吴楚东出来是个小错误，两个同学好像对他有了些意思。尤其张美云，看吴楚东的眼神都不大对劲似的。沈柳亭心头醋意暗生，道："辛苦两位老同学，下次再喝茶吧，咱们这就回宾馆。"张美云瞪一眼沈柳亭，道："你要回去先回去，吴总暂时留给我和丽平。"话虽如此，还是叫司机将车开回了宾馆。

下车后，看着张美云的车开走，吴楚东和沈柳亭才转身走进大厅，钻入电梯。电梯正好没其他人，沈柳亭道："今晚不是我插在中间，张美云和陆丽平肯定会把你掰碎吃掉。"吴楚东道："我一个老土乡下人，怎入得她俩法眼？"沈柳亭道："你没见张美云看你时，目光带着钩子？肯定看上你了。"吴楚东道："你太敏感了吧？她们是你老同学，怎么会挖你墙脚呢？"沈柳亭白了他一眼，道："你以为你是我墙脚？"

出得电梯，先经过吴楚东房间，吴楚东道："进去坐坐？"掏出房卡，开了门。沈柳亭略显犹豫，还是走了进去。吴楚东关上门，拿过电热壶，接水坐到电座上。沈柳亭道："屋里好浓的霉味，你却感觉不出来？"推开窗户，又开了房门，说让空气流通流通。

吴楚东吸吸鼻孔，没闻到一点气味。不用说，沈柳亭在为推窗开门找借口。吴楚东无话找话道："你的同学好有钱，车子高级，出手大方。"沈柳亭道："她们还真是富婆。张美云的公司越做越大，现已从医药做到了房地产，势头凶猛。陆丽平虽还在医院，丈夫却是经济学教授，理论联系实际，房地产没兴起时就往里投钱，几经倒腾，现已是千万富翁，光安州房产就有七八处。"吴楚东道："可她们过得好像并不怎么如意。"沈柳亭奇道："你怎么看出来的？"吴楚东道："她们举止优雅，有富婆气派，可即便言笑晏晏间，神情中却总透着一股没法掩饰的哀怨。"

沈柳亭很是认可，道："还真被你说对了。就说张美云吧，丈夫在南边办企业，身边美女如云，一年半载见不着影子，她自是寂寞难耐，天天独守空房，成为现代怨妇。"吴楚东道："这就是女人，男人没出息，怨自己命苦，一辈子亏大了；男人有出息，怨自己命贱，不能将男人拴在石榴裙下。反正横是怨，竖是怨，永远没有安宁。"沈柳亭道："你对女人还有些研究嘛。张美云已芳心浮动，瞄准了你，你干脆做点好事，给她解解怨。"吴楚东哈哈一笑，道："这倒是个好主意，傍上富婆，也就不愁交不起手机费了。"

走廊上响起脚步声，吕开基从门口经过，见房门开着，进来说下午到过医院，检查结果最早明下午才拿得到，看来得等到后天才能回儒州。沈柳亭怕吕开基还有别的事，起身回了自己房间。吴楚东恨吕开基来得不是时候，态度冷淡。吕开基站在那里，见吴楚东没有请他坐的意思，有些不自在，无趣地出了门。

木头样在地上杵一会儿，吴楚东甚觉无聊，拿过床头话机，去拨沈柳亭房间号。谁知电话机先响起来，竟是张美云，问吴楚东在干什么。吴楚东随口道："在等你电话。"张美云道："是吗？等电话还不如等人。"吴楚东道："人是那么容易等来的吗？"张美云道："说容易也容易，我就在你楼下。"吴楚东道："别逗我开心。"张美云道："你到窗边往下看，有部车子为你开着双闪灯。"

吴楚东来到窗边，下面坪里果然有部小车前后闪着灯光。吴楚东返身回到电话旁，正要说上来吧，话出口后又走了样："朋友在我这里聊天，就不劳驾你了。"张美云道："什么朋友？"吴楚东脱口道："沈柳亭。"张美云道："沈柳亭在自己房里。"吴楚东道："你怎么知道她在自己房里？"张美云道："我刚打过她房间电话，聊了一会儿。"吴楚东道："是我接你电话时她刚过来的。"

张美云不吱声了，轻轻挂掉电话。吴楚东自嘲地笑笑，为什么拒绝人家呢？天上掉下来的馅饼，就要砸着你脑袋，你躲开干吗？人家不用你提拔，不谋你钱财，也没有害你的动机。吴楚东觉得自己作为男人有些虚伪。转而想想，虚伪也不怎么谈得上，一定是潜意识里有根底线，让你不愿放纵自己。

一夜无梦。第二天拿到医院检查结果，已是下午四点多。一应指标都很正常。这当然在吴楚东预料之中。他本来也不是一定非要上安州检查，是想让吕开基他们折腾一下。被人囚禁和虐待的滋味不好受啊，让他们为你服务几天，也不为过。

　　回宾馆没多久，禹今朝敲开房门，旁边还站着韦叶舟。吴楚东让过座，再洗杯泡茶，放到两位前面的茶几上，自己坐到床边。禹今朝问道："楚东还好吧？"吴楚东道："还勉强活着。"韦叶舟道："活着就好，留得青山在，不怕没柴烧。"

　　"被吕开基拘禁时，我以为这辈子再见不着你俩了。"吴楚东说道，喉头很没出息地哽了哽。韦叶舟叹道："得知楚东被人带走，我真替你捏了把汗。"禹今朝道："为楚东的事，叶舟打了好几个电话，向我了解情况。"吴楚东道："打电话有何用？叶舟干吗不从两反局手里把我要过去，亲自审讯调查，我也免受他们折磨。"韦叶舟道："两反局归口检察院，属于政法系统，纪检部门哪好轻易插手？"

　　说到儒州选举风波，禹今朝道："还有杨世杰，虽然不像楚东落入吕开基手里，可他老婆薛冬梅已承认收过钱小鹏五万美元，只怕杨世杰难逃干系，就是部长想帮他，也不一定使得上劲。省委组织部正在做干部调整方案，几位副部长都认为杨世杰的争议太大，提交常委会也难以通过。最后还是把他的名字从调整方案中撤了下来。"

　　吴楚东道："他们自然会拿那五万美元做文章。文章做成了，杨世杰肯定轻松不了，即使没牢狱之灾，这辈子仕途恐怕就此断送，再无希望。不过那五万美元仅出自薛冬梅一张嘴巴，到底属真属假，恐怕不那么好下结论。也不能排除屈打成招的可能性，至少钱小鹏没承认，别的证据也不够充分，无法形成有效证据链。"

　　禹今朝认同道："楚东说得是，请个好律师，说不定还能扳回来。"吴楚东道："可以往这方面努把力。"韦叶舟道："好在风波已经过去，咱们还得朝前看。令人欣慰的是，楚东不仅意志坚强，没屈服于吕开基的拳脚，还能忍辱负重，服从组织意愿，确保儒州此次选举取得圆满成功。"禹今朝道："楚东做得很对，部长非常认可你，让我俩代表他本人，代表组织和儒州干部群众，好好感谢你！"

　　能得到颜部长首肯，还有什么可说的？所有遭的罪，受的委屈，都可忽略不计。吴楚东颇觉欣慰，说："颜部长高看了，楚东只不过做了自己该做的事。"韦叶舟道："不是楚东关键时候让吴蜀南去见颜部长，儒州选举后果如何，还真的难说。"禹今朝道："楚东能胸怀大局，以德报怨，组织不会忘记你的。部长曾亲口跟我说过，没谁能真正瞒过组织，就是瞒得了一时，也瞒不了一世。谁是好干部，谁是坏干部，组织手里有杆秤，决不会让你吴楚东老受委屈。"

好个胸怀大局，好个以德报怨，吴楚东哪配这样的美誉？当时只不过担心颜部长下不了台，没法向省委交差，才临时改变主意。其实这于自己并无任何损失，倒是刘天龙虽当上市长，道义上已先输了一着。道义看不见也摸不着，有些人不当回事，却毕竟存之于人心，不是谁想抹就抹得掉的。

两人都忙，不能久坐，又聊了几句，就此告辞。吴楚东送他俩下楼，看着二位上车离去，回身走进宾馆大堂旁的书店，买了两套书。又步入书店旁的金店，掏钱包购买了一款手链。然后上楼，敲开沈柳亭房门，递上手链盒，道："送你一个小礼物。"

沈柳亭打开盒子，眼睛睁得老大，道："哇，这么漂亮的手链！肯定好贵的。"

吴楚东没吱声，只是笑望着沈柳亭。因为兴奋，沈柳亭脸上洇着胭脂样的红晕。这张脸实在太美丽，太好看了，吴楚东怎么看也看不够。

沈柳亭合上盒子，推回到他面前，难为情道："这么好的东西，我不能收。"吴楚东道："为什么？"沈柳亭道："怎么能随随便便收你重礼？与你无亲无故，无恩无爱的。"吴楚东道："非得有亲有故，有恩有爱，才能送礼吗？"沈柳亭道："那当然。"

吴楚东拿过盒子，放手上把玩着，哄沈柳亭道："又不是什么重礼，是刚才在街边花二十元买的仿金手链，无非逗你开心。"沈柳亭道："那更不能收。"吴楚东道："重礼不接，仿金轻礼也不收，这又是为何？"沈柳亭道："你假心假意，谁稀罕？"

"身处医院的日日夜夜里，全靠你关照，无以为谢，送根小项链，也是应该的。"吴楚东真诚道，打开盒子，拿出手链，捞过沈柳亭的手，几下套进她手腕里。

正好张美云打来电话，又请两位出去吃饭。听沈柳亭口气犹豫，张美云道："你们所住宾馆饭菜不错，不想出去，就地解决也可以。"

沈柳亭找不到回绝的理由，与吴楚东出门，下到二楼餐厅，与刚到的张美云和陆丽平一起，坐到靠窗的小桌旁。陆丽平眼尖，一下发现沈柳亭手腕上的手链，道："哪位先生给的定情物？昨天你手上好像还没戴手链。"

沈柳亭故作镇定，拣了吴楚东的现话道："上午花二十元在街边买的仿真品。"张美云捞过沈柳亭的手，瞪大眼睛鉴别起来，否定道："不像仿真品，不像，绝对真金。这定情物虽说不贵，倒也别致，还算出得手。"

说得沈柳亭心里美滋滋的，偷偷瞥眼吴楚东，道："别挖苦我了，我一个穷光蛋，那点死工资，勉强糊住嘴巴已算不错，哪有闲钱买真金手链？只不过虚荣心作怪，羡慕你们富人穿金戴银，才买个仿制品套在手上，哄哄自己。"

"你不是哄自己，是哄我们。不过话说回来，也只柳亭这可爱的美腕，才与这款手链相配，不至于委屈了它的高雅。像我的手长得这么难看，只能将链子戴到脚上。"张美云抬起腿，扯扯裤管，现出一只粗重的脚链，镣铐一样。

吃过饭，沈柳亭不愿出去活动，四人上楼，进她房里聊天。吴楚东插不上嘴，回了自己房间。忽想起禹今朝为薛冬梅请律师的话，准备给吴蜀南打个电话，看他有何意见。手机欠费，只好通知宾馆总台，开通房间长话。

长话开通，正要拨吴蜀南号码，忽见房门还留着条缝，起身过去，准备把门关严。吕开基进出得从门外经过，给吴蜀南的电话不能让他听去。正巧张美云推门进来，道："吴总怎么躲着咱们？怕咱们把你吃掉？"

这女人也来得太不是时候。吴楚东肚里嘀咕，脸上却笑着，道："有事回房打个电话。"张美云道："什么电话？安州城里有妹妹？"吴楚东道："我一个乡巴佬，安州姑娘哪个看得上我？"张美云道："你还乡巴佬？要德有德，要才有才，要貌有貌，哪个妹妹看着不喜欢？"吴楚东道："妹妹喜欢没用，要领导喜欢，才有希望。"

说笑几句，张美云提着包去了卫生间。吴楚东有些疑惑，是不是包里有巨款，放外面担心你吴楚东手脚不干净？想想现在有钱人到哪里都刷卡，不可能在包里塞大钱，也许正值女人特殊时期，包里塞着必备品，去卫生间换用。

胡思乱想之际，卫生间传出张美云高扬的声音："可以在你这里洗个澡吗？"吴楚东心想，你人都进了卫生间，我难道还好说不可以？又不用我吴楚东付热水费。只得表示同意。张美云将包扔出卫生间，道："给我看好包，宾馆里常有小偷出没。"

张美云的意思吴楚东能不懂？是要你给她站岗放哨。吴楚东只好捡了包，搁到墙边矮柜上。想给吴蜀南打电话，又怕还没说上几句，张美云洗完澡出来打岔。只得拿出下午购的书，坐到沙发上，翻阅起来。可目光停在书上，双耳却支棱着，有意无意捕捉着卫生间的动静。有哗啦水声从里面传出来，撩拨着吴楚东的神经，让他浮想联翩。

二十几分钟后，张美云从卫生间走了出来。吴楚东仰首一瞧，简直不敢直视。这女人换了身薄如蝉翼的丝裙，美妙的身体曲线若隐若现，勾人心魄。吴楚东眼睛发花，心里发慌，肚里嘀咕这女人也太放得开了，忙把头低下来继续看书。

张美云却一脸的从容和灿烂，风拂柳般来到吴楚东面前，原地转一个圈，娇声道："这裙子怎么样？还算看得不？这可是我花大钱，让朋友从欧洲带回来的。"

吴楚东不敢抬头，嗫嚅着道："好看好看。"张美云挨他坐下，手腕一抬，拿走他手里的书，甩着肩膀，在他身上蹭蹭，佯装生气道："既然好看，怎么不多看几眼？莫非我还没你的书好看？"

书是抵挡诱惑的武器，武器被张美云缴掉，岂不只有乖乖投降？吴楚东不甘心，伸手去抓张美云手上的书。张美云不肯，你拉我扯间，两人身子猛然撞到一起。张美云将书往地上一扔，顺势骑到吴楚东腿上，在他脸上啃起来。

吴楚东哪抵挡得住张美云疯狂的攻势？差点就败下阵来。不知怎么，沈柳亭那双略带嗔怪的眼睛忽然浮现在他脑海里。吴楚东发热的头脑一下冷静过来，他挡住张美云的进攻，附她耳边道："我去洗个澡，再来陪你好吗？"

这要求还算合理，张美云善解人意地点点头，又娇滴滴地嗯了一声。吴楚东趁机从她怀里滑出来，几步走进卫生间，顺手将门关上。

卫生间有电话分机，吴楚东拨通沈柳亭房间号，没人接听。只好打她手机，问在哪里。沈柳亭道："我陪陆丽平外出有点事。"吴楚东道："张美云呢，没跟你们一起出去？"沈柳亭道："她有客户要应酬，把我们送到目的地就先走了。你找她？"

吴楚东不知说啥好。总不好说受张美云胁迫，要她回来救驾吧？只得敷衍道："没找她，随便问问。"挂掉电话，然后拨通服务台，说房里电脑有问题，快来看看。

不到两分钟，听得有人敲房门，吴楚东走出卫生间，将房门打开，正是服务员。服务员问电脑有啥问题，吴楚东说老死机，把他迎到电脑旁。服务员望眼不尴不尬立在床边的张美云，开了电脑，见还正常，疑惑道："没啥事呀。宾馆电脑都是新购买的，配置也挺高，还没一台出过故障哩。"吴楚东道："刚开机确实没事，可过不了三五分钟，最多十来分钟，就会死机，又要重新开机。"

服务员点开一个网页，翻了几页，道："你放心使用，不会有问题的。"吴楚东要求道："最好叫维修人员来看看。"服务员笑笑道："崭新的电脑，哪用得着维修？"吴楚东道："还是让维修人员来一下，不然上网上得正来劲，又死机，就太扫兴了。"

服务员只好去叫维修人员。张美云已没法再待下去，进卫生间换了装，又怨又恨地出了门。吴楚东心里不忍起来，这么做，也太伤她了。不是伤她人，是伤她心，她的自尊心。她一往情深，主动放下身段，投怀送抱，你却这么冷酷无情，拒人于千里之外，要她怎么受得了？又想，如果沈柳亭知道张美云在他房里整了这么一出，她会怎么想？

这么胡思乱想了一番，吴楚东没心情再打吴蜀南电话。反正回儒州后再找他，也不为迟。

七

第二天中午，吴楚东、沈柳亭和吕开基几个回到了儒州。

车入城后，先送沈柳亭去医院，再送吴楚东回市委。与两个多月前离去时一样，市委大院几乎没啥变化，一草一木，一房一楼，依然如故。可吴楚东却有种恍若隔世之感，好像是上辈子到过这地方，已物是人非。

来到自家楼上，他习惯性去掏腰间钥匙，幸好还在。开门进屋，屋里依然那么干净整洁，一尘不染。吴楚东站在屋子中间，愣怔好久，双眼竟然模糊起来。

不久钱小鹤也进了屋，手里提着一个塑料袋子，里面装满蔬菜水果。见到吴楚东，她愣了一愣，惊喜道："你回来了？"吴楚东点头道："肯定会回来的，为着你和女儿。"

钱小鹤把袋子扔在地下，走近端详着吴楚东，道："瘦了些，看来这些日子你吃了不少苦。"忽然见到他脸上隐隐还有些没有好完全的疤痕，用手去抚摸，嘴里愤愤地道："他们打你了？这些畜生！我几次想去看你，他们都不让，也不肯透露你在哪里。楚东，你这次出来了，他们不会再把你怎么样吧？薛姐现在还被羁押着，杨市长听说也靠边站了。他们这些人，恐怕不会那么轻易放过你，我真怕你也被打倒了。"

"别怕，他们打不倒我的。"吴楚东微笑着说，身上突然就有了某种力量。

随后，钱小鹤捡起扔在地上的塑料袋，说："你一定饿了，我这就下厨，给你做两样菜。"

饭后钱小鹤给吴楚东找出换洗衣物，嘱他好好洗个澡，睡个午觉，抬脚出了门。正好是周五，学校放学早，钱小鹤到单位转一趟，五点不到就赶往学校，早早把丹丹接回家。一见吴楚东，丹丹就扑到他身上，撒起娇来。然后捧着他的脸，左看看，右瞧瞧，说："爸你瘦了，也黑了。妈说你出差了，怎么去那么久？也没给我打电话，我好想你的。"

吴楚东鼻子一酸，眼里却全是笑，道："爸也好想你。可爸这趟差任务又重大又特殊，有纪律管着，不允许打电话，只好把对你的思念悄悄藏在心里。"丹丹道："我也把对你的思念悄悄藏在心里，谁也不说，包括妈妈。妈妈一说起你，眼泪就往下淌，我不惹她难受。"吴楚东道："丹丹是个好孩子，知道疼爱妈妈了。"

夜里丹丹上床躺下后，吴楚东像她小时那样，给她讲了两个故事。好久没给丹丹讲故事了，她听得很认真，还不时问句为什么。听着听着，丹丹就睡着了，脸上还留着浅浅的微笑。吴楚东给她掖好被子，又在她额角吻吻，这才把灯熄掉，蹑手蹑脚出了门。

回到夫妻俩的大卧室，床头橘色小灯正温馨地亮着，钱小鹤侧着身子，半倚在床头看书。吴楚东俯身从后面搂紧她，亲吻着她的头发，她的后脖颈……钱小鹤渐渐来了情绪，合上书，转过身来，闭上双眼，配合着男人久违的亲吻和爱抚，一副非常享受的样子。

可不知何时，吴楚东的炽热的双唇和手止步不前，渐渐冷却下来。满怀期待的钱小鹤意识到什么，慢慢睁开眼皮，只见吴楚东双目失神，不知道在想什么。

钱小鹤不怪吴楚东。再坚强的人，被禁锢久了，也难免失常，在心头留下抹不去的阴影。她安慰道："没事没事，你能回来就好了。别想那些不高兴的事。山不转水转，那些迫害你的人，将来等你翻过身了，再跟他们算账！"

两人一动不动搂了一会儿，钱小鹤以为吴楚东已睡着，轻轻伸出手臂，关掉床头灯。吴楚东合着的眼皮颤了颤，沉重的黑暗像只硕大的锅底倒扣下来，让他有些喘不过气，身子轻轻扭了扭。钱小鹤松开他，轻声问道："你还没入睡？"

吴楚东嗯了一声。为转移丈夫注意力，钱小鹤道："明天我陪你去看看爸妈。"吴楚东问道："二老没事吧？"钱小鹤道："没事，只爸爸身体出了点故障，不过也无大碍。"吴楚东道："父亲身体一向不错，是不是我的事，让他担惊受怕了？"钱小鹤道："你别多心，都这个年纪的人了，有点病痛也正常。"

吴楚东隐隐意识到，自己遭在吕开基手里，对父亲打击肯定不小。第二天早早赶到弟弟家，见父亲偏瘫在床，吴楚东就什么都明白了，是自己害惨了父亲。

望着床前的吴楚东，父亲眼神有些复杂，似在审问他：你到底做了什么对不起党和人民的事？吴楚东想解释，又不知从何说起。其实吴蜀南早做过父亲工作，要他相信自己儿子没做错什么，是遭人暗算，被牵扯进去的。可在父亲观念里，上面永远是正确的，吴楚东被带走，一定是他自作自受，不能怪上面手下无情。

父子四目相对，久久无言。从吴蜀南口里得知，父亲是接受不了儿子被人带走的事实，才突然倒地，差点就这么走了，吴楚东更是惴惴不安。你这是大不孝啊！父亲一向以你为荣，你却让他蒙羞，有你这么做儿子的吗？吴楚东真想狠狠甩自己几个嘴巴。

吴蜀南又告诉吴楚东，本来想让父亲多在医院住一段时间，医生说他这病不是一天两天好得了的，住在医院和回家用药都一样，这才让父亲出了院，住到自己家里。吴楚东问道："父亲在哪里住的院？"吴蜀南答道："在第二人民医院。第二人民医院离我家近，父亲的病又来得急，自然越早送到医院越好。"

家里多出个病人，母亲要照顾父亲，妻子奚思思身在国外，吴蜀南只好请了个保姆，帮着打理家务和照顾儿子旭旭。保姆倒也能干，做事麻利，午饭很快上了桌。吴楚东顾不得自己，端个碗，盛了饭菜，来到父亲床前，招呼他吃饭。毕竟是自己亲生儿子，父亲心里已经原谅吴楚东，也就很配合，将碗里饭菜全吃了下去。母亲很高兴，对吴楚东道："这是你爸得病以来吃得最多的一顿饭，就是健康的时候，胃口都没这么好过。"

饭后陪会儿父亲，吴蜀南将吴楚东拉进书房，道："薛冬梅已被移交法院，过不了多久就会开庭。"吴楚东问道："她请了律师没有？"吴蜀南道："杨世杰早就找过我，还是我来做她律师。"吴楚东道："你做她律师自然再合适不过。材料还在你手上吗？"吴蜀南点头道："都在，交给颜部长的是备份，不然我也不敢给薛冬梅当律师呀。"

吴楚东又问："杨世杰怎么样？"吴蜀南道："刘天龙入主政府，还有他的戏唱？两会后他几乎没到政府去，等着组织重新安排。"吴楚东道："组织一下子恐怕也没法安排他。"吴蜀南道："你别只关心杨世杰，也关心关心自己，今后去向如何？"吴楚东道："我能活着从里面出来，已属万幸，哪敢对今后去向心存奢望？"

吴蜀南不服气，道："你本来就没问题，是被冤枉的。刘天龙已扒开杨世杰，自己做了城投公司董事长，提龙志坚为政府秘书长兼投资公司总经理，你唯一能去的地方就是发改委了，发改委应开个欢迎会，迎接王者归来。"吴楚东笑道："我是啥王者？败寇一个，要他们欢迎什么？不过两个多月没上班，还真有些想念发改委和公司，明天就去转转。没办法，我是单位的人，一脱离单位就无所适从。"

第二天一早，吴楚东提个包，出门下楼开车。正是草青木秀的时节，晨露在朝阳下泛着清光，林荫道旁蹒跚着觅食的小鸟，行人走到近前，也不理不睬的。吴楚东不自觉地放慢车速，打开车窗，吸入一口清新空气。

这可是自由的空气啊！吴楚东暗暗感叹着，不知这次劫后余生，人家会拿什么眼光看你？你已两个多月没露面，又是被两反局带走的，人家会不会把你当成出土文物？

到得政府大院，吴楚东挺挺胸，往北楼走去。他得先到公司总经理室清理些私人东西，再去发改委。让吴楚东想不到的是，途中碰见好几个熟人，他还犹豫着，不知要不要上前打招呼，对方老远就喊着吴总，直奔过来，双手握住他，半天不肯松开。还将他一番端详，说他瘦是瘦了些，精神状态却挺不错，印堂发亮，双目有神。吴楚东不敢当真，以为这些人别有用心，可他们眼里分明饱含真诚，这可是伪装不了的。快进楼道时又碰见两个熟人，脸上的笑容，嘴里的话语，还是这么诚恳，没有半点虚情假意。

吴楚东不免疑惑，他们有什么义务，要对你这个落魄之人如此友善？

来到公司，同事们也非常亲热，拖地的不拖地了，打水的不打水了，外出的不外出了，一齐围拢过来，吴总长吴总短的，问候他，与他寒暄。吴楚东倍觉温暖，又有些难为情。虽说自己没宣没判，可再怎么也被两反局亲切关怀过，且一关怀就是两个多月，不说给同事们脸上抹黑，至少也给单位声誉带来过不良影响，他们不鄙视你也就罢了，还对你表示由衷欢迎，真有些让吴楚东无地自容。

花了十多分钟，吴楚东才在同事们的前呼后拥下，走完走廊十数米路程，来到总经理室门外。问新老总是不是搬了进来，同事们说龙志坚仍在原来的书记室上班，估计视这为不祥之地，不愿挪窝。吴楚东笑着打开门，惊喜地发现，办公室一尘不染，整洁卫生，地板、沙发、桌椅干干净净。揭开开水壶木塞，里面的开水热气腾腾，看来刚打不久。不用说，吴楚东没在时，有人仍为他打扫办公室，一直等着他回来。

吴楚东感动得什么似的，眼睛都有些湿润了。在地上木立片刻，用已涮洗过的茶杯泡了茶，拿过桌上报纸浏览起来。头版都是市领导新闻，头题登着市委书记危存虎看望老干部的新闻，二题则是刘天龙视察儒凤大道经济体，陪同人员中有龙志坚的名字，还有新提的发改委主任蒲秀丽。刘天龙得路，最沾光的恐怕就是这一男一女两员大将了。

读报读题，吴楚东没细看内容，翻到二版上。正好易晓宏自外面奔进来，提着嗓眼道："吴总好！刚才在机要室查个文件，听说您回来了，赶忙跑出来，您果然在办公室。"抓住吴楚东伸过来的手，重重摇几下，又取过开水壶，给他续水。

吴楚东谢过，道："我不在单位时，辛苦大家给我打扫办公室。"易晓宏道："这是应该的，领导在与不在一个样嘛！"吴楚东笑道："谁是你们领导？这里早已改朝换代。"易晓宏道："再怎么改朝，再怎么换代，您也是我们的领导。"

易晓宏走后，吴楚东清了几样东西，去了发改委。发改委的人也挺客气，没人忌讳他刚被两反局找过，纷纷跟他打招呼。蒲秀丽也跑到他办公室，与他亲切握手，还说她这个主任不够格，还望吴楚东多支持她。吴楚东嘴上说着哪里哪里，心里有些不是滋味。蒲秀丽打字员出身，过去没人放在眼中，不想几番折腾，却做上发改委主任，成了你吴楚东的顶头上司。还是那句话说得好，上面有人好做官，蒲秀丽上面有个刘天龙，这几年进步好快。

蒲秀丽刚走，吴楚东手机响了，是市委组织部打来的，说史仁美部长有找。吴楚东一时没反应过来，史仁美找你干吗呢？愣怔一会儿，心下暗想，莫不是要另外安排你工作？吴楚东想想，好像没这个可能。像吴楚东这种被两反局找过的人，属于官场弃儿，一般都会放边上晾一晾，有些一晾就是好几年，组织上应该不会这么快就想起你来吧？

来到市委大院，走进组织部，史仁美刚送走一位市管干部，伸手跟吴楚东握握，把他叫进部长室，让到桌对面的椅子上。吴楚东坐定，先自我检讨道："实在对不起组织，楚东给组织惹麻烦了。"史仁美眯着眼道："楚东不能这么说。情况我还是多少知道一些的。背景太复杂，我也不好多说什么。不过可以告诉你，存虎书记和我还是相信你的，一起找过省委领导。不能冤枉好人嘛，你说是不是？包括杨世杰同志，我们对他也是信任的。就是他老婆有问题，也得交法律裁决，任何人不能凌驾于法律之上，对不对？"

这些都是原则话,不过史仁美的感情倾向还是听得出来。吴楚东故意道:"部长这么理解楚东,看得起楚东,楚东就有了重新做人的勇气。"史仁美道:"什么重新做人?你本来就是好干部。"又道:"找你来不是说是论非,反正清者自清,浊者自浊。是有一事要先跟你通个气。本来嘛,你是搞经济工作的,发改委比较适合你,我也琢磨着给你压压担子,让你主持发改委工作,可危书记看中了你,他要用你,我还能不服从?"

这不是开玩笑吧?危存虎凭啥看中自己?吴楚东疑惑道:"危书记还有用得着我的地方?"史仁美点头道:"正是的。他想要你到他身边工作,给他做高参。"

危存虎身边还有什么位置呢?市委秘书长自然轮不到你,那是常委领导。估计就是副秘书长之类。副秘书长位置很微妙,有时属安置性质,比如在县区委书记任上出过什么事,事情不大不小,上又上不去,下又下不来,给个副秘书长,让你有上班的地方;有时属过渡性质,比如主要领导看中的来势不错的干部,也会先给个副秘书长干干,多接触接触上上下下的关系,条件成熟时再挪到重要位置上去。

也许发改委和城投公司都成了刘天龙的势力范围,组织上只好让你挪挪窝,到市委做个副秘书长或者市委办副主任什么的,免得碍刘天龙的眼,影响政府经济工作。吴楚东玩笑道:"到危书记身边做什么工作呢?做他秘书?"史仁美也笑笑道:"还不至于做秘书吧?他又不是没有秘书。你是做过领导秘书来的,到了这份儿上,哪里还会又做领导秘书?到时他还会亲自找你谈话,我先给你透露一句,你好有个思想准备。"

危存虎还会找你谈话?这可是个非常重要的信号。作为堂堂市委书记,一般干部调动,危存虎不可能亲自出面谈话。莫非他还真看中了你不成?吴楚东又惊又喜,有些不相信自己耳朵。你刚被两反局关心过,放出来没两天,危存虎就决定起用你,难道他毫无顾忌?再说你跟他老人家也没任何瓜葛,他干吗这么看得起你?莫非颜部长给他发过话?吴楚东在安州与禹今朝和韦叶舟见面时,他俩并没说颜部长跟危存虎打过招呼什么的。看来八成是危存虎自己的意思。只是他又看上你什么呢?吴楚东挖空心思、想烂脑壳,也想不出来。

想不出来,干脆就不去想。这日杨世杰请吴蜀南见面吃饭,商量薛冬梅的案子,把吴楚东也叫了去。说完正题,吴楚东透露了会到危存虎身边工作的事,让杨世杰帮着分析分析。

杨世杰也颇感意外。危存虎这个时候青睐吴楚东,确实不怎么好理解。

吴楚东道:"他一定是同情我的不幸遭遇,给我点安慰吧?"杨世杰道:"危存虎干吗要同情你、安慰你?你又不是他亲儿子。"吴楚东道:"不是亲儿子就不可以同情和安慰啦?我差点被吕开基整死,存虎书记补偿补偿我,也是应该的嘛。"

杨世杰摇摇头,道:"任何人的任何行为,都是从自我出发,带有一定动机的。这个出发点和动机,就是为我所用。你若不能为危存虎所用,没有一点使用价值,他干吗把眼睛盯住你?"吴楚东玩笑道:"官字头上一顶帽,摘掉帽子,就什么都不是,还谈什么使用价值,为他所用?"杨世杰也笑道:"他把帽子给你扣上,你不就管用了吗?别小瞧自己,在危存虎眼里,你的使用价值说不定高得很哩。"

也许杨世杰说得对,危存虎看中的是你那所谓的使用价值。不管怎么样,能入危存虎法眼,你就可以得到更大的上升空间。吴楚东感觉全身上下都发起热来,仿佛有股能量在体内不断扩充,快将身体撑成一个大气球,慢慢离开地面,向空中飘去。吴楚东突然生出一份强烈的渴望,渴望找个人,好好分享分享自己的激动和喜悦。那又找谁呢?吴楚东马上想起一个人来。

这个人就是沈柳亭。与杨世杰和吴蜀南分手后,吴楚东就打通沈柳亭手机,约她出来见个面,以示感谢。正好沈柳亭没当班,不需吴楚东多费口舌,爽快答应下来。

沈柳亭赶到约定饭店时,吴楚东已等在包厢里。包厢不大,显得很温馨。还没落座,沈柳亭就问:"怎么想起请我出来吃饭?"吴楚东道:"高兴呗。独乐乐,不如与人乐乐。"沈柳亭说:"什么事乐成这样?"

为陪好沈柳亭,免受干扰,吴楚东干脆关掉手机,一边说了可能会离开发改委去市委工作的事。沈柳亭不觉得稀奇,说:"发改委与市委有什么区别吗?"吴楚东道:"说没区别就没区别,说有区别也有区别。"沈柳亭道:"这不是废话吗?"吴楚东道:"当然不是废话。说没区别,都是为人民服务;说有区别,一个在政府领导身边工作,一个在市委领导身边工作。如果是市委领导有心要你到他身边工作,其意义就非同凡响了。"

听得沈柳亭云里雾里,道:"我还以为跟我们轮岗一样,不论门诊部还是住院部,不论外科内科还是血液科,反正是护士工作,区别不太大。"

就要上菜了,服务员进来问喝什么,吴楚东点了瓶红酒。

酒喝得随意,吴楚东给沈柳亭碗里夹了菜,望着她白净美丽的脸,回到前面的话题:"柳亭啊,是你挽救了我,给了我好运,我才有了到主要领导身边去工作的良机。"沈柳亭道："我还有这个能耐？你不是把我当小孩哄吧？"吴楚东道："哄你干啥呢？被吕开基他们带走后，我一直是被动挨整的，差点命都遭在他们手里。自从住进医院见着你，我就转被动为主动，命运开始慢慢出现转机。"

沈柳亭有些好奇，道："还真有这事？"吴楚东得意道："不是你在我与蜀南之间搭的桥吗？我就是这个时候重新看到人生的曙光，鼓起继续与命运抗争的信心和勇气，终于突破重重阻力，走出困境，重获自由。尤其是你巧作安排，让我见着蜀南，蜀南又代表我拜见过颜部长，获得颜部长好感。颜部长心里有我，日后我只要紧跟危存虎，妥善处理好各种关系，进步的希望还是不小的。"

对政治的兴趣，女人没男人大，待吴楚东说够了，沈柳亭忽然道："你做了一件最没风度的事，好不让人伤心。"吴楚东有些懵懂，道："什么没风度的事？"沈柳亭道："那天晚上张美云跑去看你，你怎么那么无情无义，赶走人家呢？"

吴楚东明白过来，道："我没赶她啊，是她自己离开的。"沈柳亭道："你一定有什么毛病，张美云又不是青面獠牙的怪兽，美丽又多情，怎么会吓得你直往卫生间躲？这还不够，还把服务员和电脑维护工也叫去壮胆。"

看来张美云把什么都说了。吴楚东笑道："我有没有毛病，你是医生，可以检查嘛。"

说得沈柳亭一脸绯红，骂道："你以为你是谁？有毛病，要我检查？"吴楚东意识到自己的话有歧义，脸上也是一红，不再吱声。

饭后出得酒店，两人觉得还没尽兴，踩着绰绰灯影，沿街口方向慢慢走去。地处儒州城郊，没走多远，就到了凤凰公园。凤凰公园是儒州最大的公园。儒州建城两千多年，却因天远地偏，历来不太发达，直到明末有位王爷逃难到此，才渐渐繁华起来。这位王爷子承父爵，崇祯即位后又另授封号，恩准其离开封地，北迁儒州，一下子与皇都靠近了数百里，以示皇恩浩荡。到儒州后，他高筑城墙，时人称作朱城，把他称为朱王爷。朱城有个特点，只开东西南三向城门，北面有墙无门，意思是永不向北睥睨天朝。儒州有条凤凰河，绕城而过，风水倒也不错，只是春水一发，淹入城里，百姓苦不堪言。所幸朱城临河而建，城堤合一，儒州从此再没闹过水患，确也是百姓天大福祉。筑城之初，还在堤上城下广植树木，既坚固城堤，又美化环境，实乃千秋善举。不久闯王起兵，清军进犯，崇祯自紫禁城后门爬上煤山，往歪脖子树上一吊，一命呜呼，远在儒州的王爷举旗称帝，兴兵抗清，为多支南明政权里最有作为也最具影响的一支。儒州城也成为临时皇都，盛极一时。后清兵南下，这位南明小朝廷的皇帝败走，儒州皇都气象亦不复现。不过儒州人没忘记这位南明皇帝，在河堤内修了寺庙，将他的雕像供奉在里面。城为朱城，庙也就叫朱庙，至今香火未断。堤上城下树木越长越高大，成为儒州一大景观，新中国成立后被政府圈作公园，供居民游玩。

两人穿过公园，上了河堤。堤外河水无声，悠然流淌，裹挟阵阵河风，拂动着堤上垂柳。两人在柳下缓缓穿行。吴楚东望着不远处经历代重修，红墙碧瓦、香火鼎盛的朱庙，说道："人生自古谁无死？即便贵为皇帝也逃不掉。这位南明小朝廷的皇帝最终还是被叛将绞死了。但他在大厦将倾时仍逆势而为，为复国四处奔走，也算是对得起他们朱家王朝的列祖列宗了。可惜这座王朝大厦早已被蛀空了，破烂腐朽，非人力可以支撑，不倒才没有天理。"

沈柳亭听吴楚东突然发感慨，说起什么生老病死，王朝兴衰，不知他意有所指，道："我是个医务人员，没少见证死亡。初与死亡打交道，总难免暗自伤感，觉得生命无常，免不了总有一死，活着说白了就是一天天走向死亡，实在没什么意思。后与死亡接触得多起来，渐渐又发现，世上其实没有真正愿意去死的人，尤其是即将离世时，人最留恋的还是生命。哪怕那些自杀未遂被抢救过来的人，虽说已失去活着的勇气，还是觉得生命可贵，活比死好。很简单，他们比别人更懂得生命的脆弱，任何人都没有理由漠视生命，不去珍惜活着的权利。"

吴楚东笑了笑，道："你们医院领导应该高兴，一不小心就培养出来一个大哲学家。"沈柳亭道："哲学有什么意思？生命才是最鲜活最生动的。"吴楚东笑道："生命要能够永远鲜活生动就好了！你们女人就可以跟妖精一样，永葆自己的青春盛颜。"

"我们都还年轻，一时还成不了妖。"沈柳亭不满道，"刚才说过，我也曾是悲观主义者，在死亡面前感到无所适从，很是迷茫。后来我的观念在不断改变，慢慢乐观起来。现在又有幸认识了你，觉得生命变得更富有意义，仿佛铺满暖暖的阳光，也就更要好好活着，活得更灿烂。"

认识了你，沈柳亭的生命就铺满阳光，你在她心目中的分量也够重的了。两人不再说话，觉得语言显得那么苍白和多余，只是用心感受着对方的存在。唯有河风习习，扶起细细柳丝，撩拨着两人的绵绵思绪。身边的河水静静地流淌着，朝着远方，朝着黑夜的深处。

不知何时，两人才离开河堤，来到灯火辉煌处的小车旁。吴楚东打开副驾驶室，将沈柳亭请进去，关好门，再绕到驾驶室，打响马达，往城里方向缓行。二十多分钟后,车子进入人民医院新开发的宿舍区。沈柳亭家住后栋,又是夜晚,楼前静寂得有些瘆人。吴楚东不愿扔下沈柳亭,下车陪她走进楼道,往楼上登去。

到得三楼,沈柳亭打开家门,回头道:"进屋坐坐吗?"吴楚东当然想,又有些不好意思明说,只道:"时间已不早,不影响你休息了。"沈柳亭笑笑道:"那你下楼吧。"吴楚东道:"你进屋后我再走。"沈柳亭道:"不,我看着你下楼。"吴楚东道:"我看着你进屋。"沈柳亭坚持道:"我都到家了,我看着你下楼。"

相持了一阵,吴楚东掉过头,抬腿下楼。回到车上,掏出手机,想看看时间,竟然还关着机。打开手机,铃声跟着响起来,是家里号码,钱小鹤带着哭腔道:"打了你一个晚上的手机,都是关着的,你没事吧?"

吴楚东这才想起见着沈柳亭后,不想被别人打扰,干脆关了机,也没给钱小鹤打个招呼。只好顺口编造道:"省发改委来了领导,陪他们在宾馆打工作牌,本来要给你去电话的,牌打得太投入,不觉就忘了。手机也不知何时自动关的机,可能被两反局的人乱扔扔坏了。"钱小鹤道:"没事就好,我还以为你又被两反局叫走了呢!"

在外与女人吃饭散步,手机都不开,害得老婆担惊受怕,也太不像话了。吴楚东略感内疚,道:"是我不好,对不起老婆大人!我去换款手机,下次再不犯这种低级错误。"

几天后吴楚东接到市委办通知,赶往市委秘书长办公室。秘书长卓开先笑着从办公桌后站起来,要吴楚东坐,一边给他倒了杯茶水。

卓开先这么客气,看来自己有好事等着了。吴楚东喝口茶,道:"秘书长找楚东,一定有重要指示吧?"卓开先道:"是危书记找你。危书记正在办公室,刚跟人谈完事,你到他那里去一下,工作上的事他会给你交代的。"

危存虎没卓开先这么客气,吴楚东走进书记室时,他正低头看他的材料,手上还拿支水笔,做着记号。半天才放下笔,抬起头来看看他,揉揉太阳穴,说道:"哦,是楚东。组织部可能跟你通过气,你的工作会有变动。市委这边正缺人,经反复研究,决定调你来做副秘书长,同时兼任政策研究室主任。"

要说来做副秘书长本在预料之中,兼任政研室主任,却是吴楚东怎么也没想到的。十多年前吴楚东就在政研室待过,知道虽非实职部门,别的有些地市甚至形同虚设,可儒州有一个传统,历任市委主要领导都非常重视政研工作,政研室主任皆由市委副秘书长兼任。也正因主要领导重视,政研室主任的出路还比较理想，不是直接升任市委常委兼秘书长，就是放政府做副市长。即使年龄偏大，不好安排实职位置，也会解决待遇，给个人大常委会副主任或政协副主席什么的。吴楚东正当盛年，以后的去向自然不会差到哪里去。他忽想起禹今朝曾转达过颜部长的话：没谁能真正瞒过组织，谁是好干部，谁是坏干部，组织心里有数，决不会让你吴楚东老受委屈。危存虎做出这样的安排，不用说肯定离不开颜部长的关心。

危存虎是个雷厉风行的领导，没跟吴楚东多说别的，要他将发改委那边的事移交一下，尽快到市委来，好多工作正等着他去开展。

离开书记室，下楼走出市委大楼，外面阳光正好，一草一木都那么生动，一花一叶都那么鲜活。直到钻进车里，吴楚东依然觉得心潮激荡，一时无法平静，掏出手机，给沈柳亭发了条短信。也就两句话：帝乡明日到，何以梦渔樵？

语出唐人许浑之诗。许浑做过县令，后免官在家，好不容易复出为州司马，须进京接受委任，途中作诗抒怀，此系结句，原为"帝乡明日到，犹自梦渔樵"。吴楚东改"犹自"为"何以"，也许更加贴切。想想也是，弃官在家，无职无权，鬼都不上门，那份清苦自不必说，盼星星盼月亮，终于盼来起用提拔的好消息，就要接受组织任前谈话，还做渔樵梦，岂不显得有些做作？

放下手机，吴楚东一踩油门，出了市委大院。回到发改委，走进蒲秀丽办公室，当面给她汇报了危存虎的指示精神。蒲秀丽表示祝贺，说发改委能出吴主任这样的政治明星，可是全委干部职工的骄傲。

三天后发改委和城投公司全体员工欢聚一堂，隆重欢送吴楚东。隔日市委组织部史仁美出面，亲自将吴楚东接到市委，交给市委常委、市委秘书长卓开先。卓开先非常热情，与吴楚东聊了一会儿，把他领进早已安排好的副秘书长室，回头又召集各位副秘书长和中层以上干部会议，对吴楚东表示热烈欢迎。尔后再送他去政研室，与各位副主任和干部职工见面。

政研室位置在市委办楼上那一层，有相对独立的空间。房子也充足，主任副主任都有各自的办公室。主任室在东头南面位置，共有两间，会客室在外，办公室在里，比市委副秘书长室气派得多。电脑书柜，桌椅沙发，一应办公用品全都是新换的。采光性能好，晴日阳光普照，雨日紫气东来。受人重视的感觉真奇妙！吴楚东推开窗户，对着明媚的阳光做个深呼吸，心里暗想，看来你人生新的一页就此翻开了。

虽说感觉良好，吴楚东却不敢忘记此任之使命，时刻想着组织和危存虎把你放在市委副秘书长兼政研室主任位置上，是要你来发挥作用，不是来滥竽充数的。危存虎一到儒州，就在干部大会上公开表示，作为一地一把手，主要就是抓好两个字，一个"人"字，一个"事"字，要让上下人人有事干，事事有人干。可一年多时间过去，危存虎零打碎敲，也干了些事情，但好像都没什么太大影响。危存虎显然是见你读书人出身，又有实际工作能力，要你来给他出主意，想办法，谋划些大事出来，他好放开手脚大干一场，干出一番看得见摸得着的政绩来。

政研室是才子聚集的地方，吴楚东开始与他们广泛接触，听取关于儒州未来发展的高见。还打开笔记本，边听边问边记，很认真的样子。过去政研室主要进行宏观政策研究，政府那边的经研室撤销后，政研室又责无旁贷担负起经济研究职能，必须将宏观政策和地方经济进行捆绑考量和规划，任务更重，责任更大，自然可供发挥的空间也更广泛。吴楚东让才子们畅所欲言，尽情发挥，有什么讲什么，以便从中吸取精华，理清儒州未来发展的思路。才子们满腹经纶，平时也没人听他们发声，好不容易来个新主任，肯坐下来虚心求教，倒也能敞开胸怀，知无不言，言无不尽。

不过政研室也不是世外桃源，吴楚东不可能与世隔绝，一心搞他的研究。再说还有市委副秘书长的身份，还分管着市委办部分工作，找的人不少。最遭罪的还是手机，老响个不停。有请示工作的，有汇报情况的，更多的则是对吴楚东荣调表示祝贺，连下班回到家里都不得安生。官场中人个个是人精，知道吴楚东已是危存虎得用之人，又有资历和年轻优势，要不了多久定会有进步。

电话一多，吴楚东的手机有些吃不消了，一接电话就发热，一发热信号就不稳，得散完热后才可再用。散热得散好一阵子，怕有重要电话，比如万一危存虎有找，就误事了，吴楚东心生一计，把电话放到冰箱里，进行快速降温。可多往冰箱放得几次，被钱小鹤发现，说："手机最不卫生，老往冰箱搁，里面的东西还怎么吃？"吴楚东道："下次注意，先用干净塑料袋装好手机，再塞冰箱。"钱小鹤道："你不是早说过，要换款手机吗？我们局里刚好发了点钱，给你拿去买个手机吧。"

吴楚东犹豫着要不要拿钱小鹤的钱去买手机，辜万泉打来电话道："吴秘的电话真难打，不是占线，就是无法接通，要么干脆关机。"吴楚东道："这段时间电话多，手机打坏，高烧不退，刚才正放冰箱里降温呢。"辜万泉笑道："手机还可放冰箱降温的？不干脆给它吊几瓶盐水，降温效果肯定更好些。"

辜万泉可不是打吴楚东电话闲聊，是要向他汇报工作。接待处本来归市委办另一位副秘书长管,吴楚东到任后,卓开先腾出来分给了他,吴楚东也就成为辜万泉的分管领导。 吴楚东道:"待会儿我要到市委去,咱们办公室见吧。"

拿着钱小鹤给的钱,去手机店买个新手机,赶到办公室,辜万泉已等在门口。进屋后,谈完工作,有电话打到吴楚东手机里,竟是禹今朝。禹今朝问道:"楚东在忙啥呢?"吴楚东道:"忙着熟悉新环境新工作。"禹今朝道:"有得忙就好。省委组织部准备在省委党校办个全省经济理论研修班,你若愿来学习,我给仁美部长去个电话,要他把你的名字报上来。"

这是知识充电扩大眼界的好机会,吴楚东求之不得,道:"我当然乐意,只是刚到政研室,好多事情还没打开局面,便离职学习,只怕存虎书记不会同意。"禹今朝道:"存虎书记那里没问题,政研室是给主要领导出思路的,天天待在儒州,坐井观天,思路从何而来?我跟存虎书记说说,你也请示请示他,他肯定会同意的。"

过两天趁危存虎在儒州山庄会客,吴楚东找过去,说了上省委党校参加研修的请求。 危存虎道:"今朝同志已给我打过电话,你去提高提高理论素养也蛮好。 儒州经济建设怎么突破,你这个政研室主任得动动脑筋,到了省委党校,正好沉下心来,多读多听多思,回来后再理论联系实际,给我谋谋篇、布布局。"

八

带着危存虎的殷切期望,吴楚东离开儒州,赶往省委党校。 理论研修班共四十余名学员,来自各市州和省直厅局,大多属处级干部。 还在学员花名册里看到了韦叶舟的名字。 吴楚东打他手机,没人接听,只好暂时作罢。

开班第一天,禹今朝陪颜秋山来看望学员。 颜秋山鼓励大家珍惜难得的研修机会,自觉遵守学习和生活纪律,集中时间,集中精力,完成规定课业,学有所成,日后应用到工作实践中,为党和人民的伟大事业争做贡献。

热情洋溢的讲话在热烈的掌声中结束,颜秋山在校领导簇拥下,到操场上与师生们合影留念。影毕,颜秋山走进食堂,检查伙食情况。伙食还算丰富,有荤有素,学员们可依爱好自行选择,确保吃得好、吃得饱、吃得有营养。又去宿舍楼视察学员住宿条件,见宿舍宽敞明亮,电视、电脑和网线等设施齐全，被褥也干干净净，颜秋山很满意。到得吴楚东宿舍，颜秋山还坐到学习桌旁的椅子上，问长问短，关怀备至。吴楚东心里明白，颜部长是对自己高看一眼，厚爱一筹，这可不是随便哪个学员都能享受到的待遇。

问候几句，颜秋山要求吴楚东道："既来之，则安之，楚东可得摒弃杂念，安心学习，结合多年工作实际，边研边修，边修边思，回到工作岗位后，好担当大任，学以致用，发挥理论优势，增强实践能力，完成组织重托。"

吴楚东诺诺连声，表示已谨记于心，决不辜负部长和组织信任。颜秋山点着头，站起身，伸出大手，跟吴楚东握了握。吴楚东倍感温暖，送颜部长出门，眼看他在禹今朝和校领导围绕下，消失在楼梯头，心潮依然起伏难平。

颜秋山来到行政楼，走进小会议室，倾听校领导汇报工作。禹今朝见没自己的事，返身回到宿舍楼，单独来会吴楚东。吴楚东道："想不到能在党校见到颜部长。"禹今朝道："部长对这个研修班很重视，每个学员都亲自进行资格审查，优中选优，非精英中精英莫取。"吴楚东笑道："听今朝口气，楚东也算精英啰？"禹今朝道："当然算。你有所不知，部长见儒州组织部报来的备选名单里没有你，亲笔写上你的大名，嘱我跟存虎书记打招呼，促成你来参加研修。刚才他还高兴地坐下来问你话，给予鼓励。"

想不到颜部长这么器重自己，吴楚东惊喜之余，问道："难道韦叶舟也系颜部长钦点？"禹今朝笑道："你有所不知，叶舟已调离党风政风监督室，升任第二纪检监察室主任，得知你要来党校，也要求参加研修。此届研修班学员主要为处级干部，叶舟已是副厅级别，还是我请示部长同意，韦叶舟三字才上了学员名册。"吴楚东笑道："原来叶舟是你钦点的。"

禹今朝道："别左一个钦点，右一个钦点。我是怕你学习辛苦，连说话的人都没有，才请求部长，安排叶舟来陪你。"吴楚东道："主动要求来研修，可怎么已开班，还没见叶舟人影呢？"禹今朝道："叶舟已跟部长请过假，同时也打了我电话，说临时接到一桩要案，一时脱不了身，估计得过几天才能到校。"

正说着，禹今朝手机铃声响起，恰是韦叶舟号码。禹今朝说："叶舟猜猜，我跟谁在一起？"韦叶舟道："莫非你到了党校？"禹今朝笑道："真聪明。楚东跟你说句话。"

吴楚东接过手机，道："叶舟啊，今朝煞费苦心，安排咱俩来党校做同学，你却躲得不知去向，打你电话也不接，到底在捉什么迷藏？"韦叶舟笑道："得知楚东要来党校学习，我真恨不得第一时间出现在你面前，一起好好学习，天天向上。谁知临时接到任务，我又无分身之术，没能及时赶到班上，实在对不起。"

韦叶舟没说假话，他正与公安协商案情，借上卫生间，偷闲给禹今朝打电话。协商内容有些复杂，一家民间信贷机构合伙人搞非法集资，东窗事发后携款外逃，公安介入后，发现该机构曾给省内最大的民营公司宏图新科放过款，就带走了公司老总蔡宏图进行调查。宏图公司规模不小，国内外员工近万名，蔡宏图被带走，公司摇摇欲坠，员工面临失业，纷纷跑到省委、省政府大楼前静坐。省委书记韩石江责成纪委派出得力人手前往督案，以便揭开内幕，还原事实真相。韦叶舟受命后，一头扎进案子里，发现宏图公司确实借过该信贷机构款，但早已还清，与此次信贷事件没有关联，在案情分析会上力主放掉蔡宏图。可公安方面不同意，说案子水很深，放走涉案人，出什么差错，谁也负责不起。韦叶舟担心宏图新科公司垮掉，众多员工饭碗不保，拍着胸脯，表示愿承担放走蔡宏图带来的一切后果。公安方面还有顾虑，说先请示领导再说。

趁着公安办案人员联系领导，韦叶舟离会出来透透气，上个卫生间，顺便给禹今朝打电话，告知只要蔡宏图获得自由，宏图新科恢复正常经营，自己就赶赴研修班参加学习，不想禹今朝与吴楚东在一起，免不了多废话几句。

放下电话，韦叶舟回到会议室，公安方面说已请示过厅领导，厅领导又汇报给政法委书记熊继为，熊继为含糊其词，不肯表硬态。韦叶舟极为不满，道："事实摆在这里，虽说宏图新科曾与涉案信贷机构有过资金往来，可早已两清，不关现案何事，留着蔡宏图，有什么作用？我明确表态，愿意对此事负责，你们硬要请示这、汇报那，结果层层推诿，还要不要宏图新科广大员工活命？公安是人民的公安，各处公安机构门前都写着人民公安四个大字，怎么具体到关涉人民生活生存的事情，却把人民二字忘得干干净净？"

一席话，说得在座公安大小领导噤口无声。韦叶舟又自指鼻头道："省纪委黄河清书记受省委韩书记委托，指派我来督办此案，在事实完全清楚的情况下，我有权代表纪委对蔡宏图的去留发表意见。如果你们对我的意见不认可，我可通过黄书记汇报到韩书记那里去。"

说白了，蔡宏图不过民营企业老总，一次次惊动省委书记韩石江，至少熊继为不会同意，公安方面这才勉强松口，考虑放人。

在韦叶舟的不懈努力下，几经周折，蔡宏图终于重获自由，宏图新科恢复正常运转。韦叶舟舒口气，提着行李，赶往党校。吴楚东跑到大门口，迎住老同学，道："楚东代表研修班全体学员，恭迎韦叶舟同学姗姗来迟。"韦叶舟哈哈一笑，道："姗姗来迟，还有啥可恭迎的？"

| 114

韦叶舟与吴楚东彼此宿舍比邻，两人出双入对，进班听课，课后讨论，上食堂就餐，都没分开过。想起禹今朝不在，吴楚东对韦叶舟道："今朝也是的，把你我安排来学习，他却躲起来，不然咱仨就齐了。"韦叶舟道："我给他打个电话，要他来陪陪咱俩。"

　　禹今朝接过电话，还真腾出时间，以研修班联络员名义，到党校来住了几天。也不另外要房，把韦叶舟宿舍里的床搬到吴楚东房里，拼连一起，变成一张大床，三人睡起连铺来。

　　三人形影不离，寝同床，食同桌，出同行，其乐融融。也有争执的时候，那是面对五光十色的社会现实，视角不同，取向不一样，难免发生意见分歧，然能各抒己见，求同存异。毕竟在各自人生旅途上摸爬滚打多年，见多识广，心胸开阔，容得人，也容得事，不会固执己见、以己度人，强迫对方接受自己观点。都说世间最难的事有两件，一是把别人的钱放进自己口袋里，二是把自己思想放进别人脑袋里。诚者斯言。

　　这天傍晚，三人在校园里一边散步，一边聊天，不觉出了党校大门。门外是条小街，街边有不少流动摊贩，贩卖水果或杂货。韦叶舟与吴楚东说起凤翔机械厂的人事，禹今朝插不上话，止步一家水果摊前，随意问了问价。

　　水果摊不大，由一架板车支撑着，上面品种倒不少，苹果、梨子、香蕉、橘子、柚子、葡萄、哈密瓜、猕猴桃等，应有尽有。摊主是位中年妇女，皮粗肤糙，密密的皱纹里盛满沧桑。说着不太标准的普通话，一听就不是安州人。

　　见禹今朝东问西问，也没有掏钱的意思，摊主脸色难看起来，举着手里的蒲扇，在摊上扇几把，不满道："帅哥到底买不买？不买麻烦躲开点，别影响我生意。"

　　禹今朝也不生气，笑道："谁规定看货问价，就非买不可？"摊主道："光看光问，不白浪费时间和口水吗？"禹今朝道："都说和气生财，你态度好点，我今天不买，说不定明天会来送钱呢。"摊主叹道："你当官的不知道，过去和气生财，现今和气也没财可生。"禹今朝奇道："你怎么知道我是当官的？"

　　摊主几分得意，道："从党校大门出来的，不是当官的，就是管官的。"禹今朝道："我不当官，也不管官，是刚进校门看过亲戚出来。"摊主道："拉倒吧，哪有看过亲戚再来光顾水果摊的？"禹今朝乐道："我这亲戚跟别人不同，不喜欢吃水果，所以我先看完亲戚，再买水果带回家哄老婆开心。"摊主也笑道："买水果回家哄老婆的男人是好男人。"

韦叶舟和吴楚东已走过去二十来米远，见禹今朝落在水果摊前，又转身踱回来。摊主撇下禹今朝，望望韦叶舟，又瞧瞧吴楚东，道："这不是叶舟和吴领导吗？"

韦叶舟和吴楚东也认出了摊主，惊奇道："欸，怎么是华嫂？"

禹今朝看看华嫂，又看看吴楚东和韦叶舟，问道："莫非你们认识？"韦叶舟笑道："这有啥奇怪的，我认识华嫂二十年了。"

他乡遇故人，华嫂很高兴，搬过几条塑料凳，请三位坐定，又切了西瓜，一人递上一大块。盛情难却，三人客气两句，吃起西瓜来。韦叶舟边吃边问道："华嫂你怎么到了安州？"

华嫂说了说家里变故。华哥防卫过当，捅伤龙头后，无钱赔偿，只能坐牢抵债，身陷囹圄。正值女儿华芳高考节骨眼上，难免受影响，发挥失常，上不了理想大学，到安州来读了所职院。凤梧地方小，生意越来越不好做，加之芹菜又常拉着龙头去摊上索要医药费，华嫂干脆离开凤梧，来到安州，在离华芳就读职院不远的朱家垅租了间民房，一来母女见面方便，二来还可去附近农贸市场批发水果，拉到街上卖钱，养活自己和女儿。

在命运打击下，华嫂敢于抗争，靠自己的双手立身于世，活出尊严，的确让人敬佩。吴楚东吃完西瓜，选了两样水果，往华嫂手上递去，请她过秤。华嫂没接，道："才几个水果，不值多少钱，算我请你们几个的客。"吴楚东道："你请的西瓜，咱们不已吃进肚里了吗？"韦叶舟也道："咱们要在党校学习三个月，华嫂不收钱，以后哪好意思再来买你水果？"

华嫂这才把吴楚东的水果袋搁到秤上，报了个数字。吴楚东掏出张百元票子，放到摊子上。华嫂正要找零，三人已转身走开，想追上去，偏偏有客人来买水果，只得作罢。

此后三人课余散步，或进出校门，只要从华嫂摊前经过，都会停下来说会儿话，顺便买走一大袋水果。有时上街办完事，回校晚了，华嫂还在摊前没收工，吴楚东几个便把摊上的尾果全部买下，带回宿舍，分给进修班学员，共享口福。

这天午后，吴楚东外出会人回来，照例走到华嫂水果摊前，见华嫂手忙脚乱收拾摊子，像要撤摊似的，感到奇怪，问道："华嫂你平时早出晚归，有时夜里十一二点还没收摊，今天水果一半都没卖完，怎么老早就走人？"

华嫂脸上神情不太对劲，忙着收摊的两手微微颤抖着，却故作镇定道："今天出摊太早，感觉有些吃不消，早点回去算了。"吴楚东追问道："是不是有啥事？"

华嫂只顾摇头，没说什么。吴楚东道："有事就说，兴许我能帮你一把。"华嫂道："这事谁都帮不了。"吴楚东道："帮不了你也说来听听嘛。"华嫂才道："刚才职院来电话，说华芳突然得病，送了医院。"吴楚东道："什么病？严不严重？"华嫂道："不清楚，电话没说几句就挂掉了。华芳命贱，向来狗样健康，喷嚏都难得打一个，不知怎么发起病来。"

吴楚东上前拦住华嫂，说："别收摊啦，女儿要紧，你赶快走吧，我下午反正没事，给你看一下摊子，不然水果没卖完，明天不新鲜了，不容易出手。"华嫂道："苦命人为活命才上街摆摊，你当官的哪干得了这个？"吴楚东道："临时守守摊，有啥干得了干不了的？我尽力吆喝，能卖多少卖多少，卖不了你别怪我就是。"

华嫂感激不尽，往旁边让让，看着吴楚东站到摊后。吴楚东报出一串数字，道："这是我手机号，你记下来，有事随时联系。"

华嫂掏出手机，录了吴楚东号码，赶紧走向街心，拦辆的士离开。吴楚东抓过华嫂扔在摊上的蒲扇，一边在摊上一下一下扇着，驱赶盘旋不去的苍蝇，一边张开嘴巴，准备吆喝几声，吸引顾客。却发现喉咙似被什么堵着，怎么也出不了声。

原来叫卖听上去简单，却不比坐在主席台上做报告容易。在台上做报告的都是领导。面对干部职工，领导心气高，底气足，哪怕口才再差，多讲上几次，也会口若悬河，滔滔不绝，甚至语出惊人。摆摊做生意，面对的是形形色色的顾客，不像你属下的干部职工，你讲得再差劲，人家也得耐着性子，规规矩矩坐在台下，洗耳恭听，不敢为难领导，或擅自离场。顾客可是上帝，上帝高兴，才会驻足摊前，选货掏钱，否则掉头走开，看你赚谁的钱去？正是上帝比干部职工难伺候，吴楚东才无所适从，傻在那里，半日出不了声。

就在吴楚东憋得满脸通红，不知所措的时候，有两人走出党校大门，朝摊前踱过来，正是韦叶舟和禹今朝。见吴楚东站在华嫂摊子后，张开嘴巴却不出声，像唱哑剧，两人觉得滑稽，问道："楚东你干什么？不进修当干部，改做水果生意啦？"

吴楚东笑道："我想试一试，怎么把别人口袋里的钱装进自己口袋里。"韦叶舟道："你把别人口袋里钱装进了自己口袋，那华嫂怎么活命？"禹今朝则问："华嫂她人呢？莫非你把她摊子给盘了下来？"

吴楚东说了华嫂临时离开的原因。禹今朝道："楚东心地良善，可你能胜任这事吗？"韦叶舟道："可不是，把自己口袋里的钱装进人家口袋好办，只要自己够大方就行，想把人家口袋里的钱装进自己口袋，恐怕不那么容易。"吴楚东道："我不正在尝试吗？没尝试谁知是难是易？"禹今朝道："那行，我倒看你有没有这个能耐。"

也许韦叶舟和禹今朝在旁，吴楚东胆气一下足了许多，嗓门大开，吆喝声震得树叶窣窣抖动，老远都听得见："买水果啰，买水果啰！新鲜水果，营养水果，便宜卖，不缺斤，不短两，苹果甜，梨子脆，香蕉香，橘子可口，柚子好吃，葡萄养颜，哈密瓜美容，猕猴桃长寿！样样都有，品种齐全，过来尝一尝，品一品！男孩吃了长精神，女孩吃了可减肥，中年人吃了增智慧，老年人吃了返老还童、长生不老！"

乐得禹今朝掩嘴而笑，道："你是卖水果，又不是卖仙药，哪有吃了长生不老的？"韦叶舟也道："凡间哪来仙药？真有仙药，世人只生不死，千年万年下来，地球哪装得下？"吴楚东道："我这不是运用夸张手法吗？夸张艺术效果好。"禹今朝道："楚东还真是个做买卖的人才，听你吆喝声，不比搞传销的差。"韦叶舟道："楚东这嗓音，若学美声，恐怕早成为大歌唱家，誉满全球了。"吴楚东道："誉满全球算啥？金玉满堂才有意思。"韦叶舟道："光卖水果，估计一辈子难得金玉满堂。"

吴楚东不再理会两位，又扬起脑袋，叫卖起来。也许吴楚东声音够洪亮，也许衣冠楚楚干部模样的男人卖水果，引人注目，很快过来好几个人，围住摊子，问价选品。韦叶舟赶紧递塑料袋给买主装水果，禹今朝负责看秤报数，吴楚东则手忙脚乱地揿计算器算钱。

买水果的人来来去去，不到两个小时，摊上水果卖掉多半，惹得附近水果摊主无不侧目，暗怪吴楚东抢走生意。吴楚东不管不顾，继续破着嗓门吆喝，听去不是卖水果，倒像卖唱。还忙里偷闲，削了根甘蔗，给韦叶舟和禹今朝解渴。两人一边大口嚼着，一边大赞好甜。路人受到吸引，纷纷上前选购甘蔗，交吴楚东削好，交钱带走。

大约晚上九点多，摊上水果基本卖光，三人收好摊，拖着板车，往党校大门走去。老保安不让进门，吴楚东出示学员证，请求放行。老保安说："学员可进，破板车不能进。"吴楚东道："怎么是破板车？这是劳动资料。"老保安道："你是学员，只有学习资料，哪来劳动资料？"吴楚东道："这你不懂了吧，我这是知行合一，白天学习，晚上学以致用，把学习所获应用到实践中去，因此既需要学习资料，也少不了劳动资料。"

老保安是个粗人，这回是兵碰着秀才，有理讲不明白，大声嚷嚷道："学校又不是垃圾站，想存垃圾车，不可能！"韦叶舟忙上前帮着说好话："卖水果也属教学内容之一，没板车怎么贩卖水果，促进教学？放我们的板车进去吧。"老保安道："我在这里做保安好多年，还从没见哪位学员拖着板车来学习，你们就别蒙我了。"

韦叶舟转眼去瞧禹今朝，意思看他有何办法。禹今朝已掏出手机，正在打教务长电话，请他出来一下。教务长刚洗完澡，正身着睡服，坐在客厅里盯着电视看，接到禹今朝电话，不得不披上外衣，换鞋下楼，匆匆来到大门口。

得知吴楚东卖完水果，要拖板车入校，教务长又好气，又好笑，道："我说吴楚东同学，你总有份工资糊口，不至于靠卖水果为生吧？"吴楚东笑道："进班以来，学了不少东西，尤其经济学课程，颇有收获，只是觉得课堂知识不拿到实践中加以印证，体会不深，才上街摆个水果摊，将所学付诸实践。实践出真知，课堂知识重要，实践也同样不可或缺嘛！"

也是教务长开明，又看禹今朝面子，笑了笑，掉头对老保安道："以后吴同学拖着板车进出，你给我放行就是。"

老保安嘴里嘟囔着，按按手里的遥控器，闸门缓缓分开。吴楚东谢过教务长，拉着板车，迈入大门。教务长跟过来，问道："板车往哪里放？总不能弄进宿舍里吧？"吴楚东道："叶舟同学宿舍空在那里，正好放置板车。"教务长道："这不好吧。教学大楼的裙楼里有间杂物房，钥匙在我手上，板车放那里比较合适。"

韦叶舟接住钥匙，禹今朝谢过教务长，两人陪吴楚东去存好板车，然后回到宿舍楼，洗漱毕，上床躺下。却没睡意，又你一言我一语聊起来。韦叶舟道："楚东真有你的，华芳发病，华嫂撤摊，你也敢接手自己干。"吴楚东道："也不知华芳得的啥病，我是担心华嫂人在医院，多几天没出摊，摊位被人占去，日后怎么维持母女生活？"

说着华嫂，吴楚东手机铃声响起，正是华嫂打来的。吴楚东问道："华芳得的啥病，不严重吧？"华嫂说："得的急性阑尾炎，已动过手术，情况还算正常。"吴楚东道："正常就好。摊子上水果已卖完，钱我已记好数，到时候再给你。"

华嫂很惊讶，道："想不到楚东兄弟还会做生意。"吴楚东道："开始确实不知从何下手，连吆喝都出不了声，后来叶舟和今朝到了摊前，我胆子一壮，声音也大起来。顾客也很照顾，几个小时没歇过，夜里九点就清了摊。"

韦叶舟就在一旁，拿过吴楚东手机，对华嫂道："华嫂你干脆跟楚东对调一下，让楚东代你摆摊卖水果，你代他当干部做领导。"华嫂笑道："叶舟兄弟别笑话我啦，楚东兄弟能力强，当领导是个好官，做生意也难不倒他，我是粗人，大字不识几个，卖卖苦力，摆摆水果摊，勉强养活自己和女儿还行，哪当得了官？"

又说笑几句，韦叶舟把手机还给吴楚东。吴楚东对华嫂道："你只管好好照顾华芳，摊位我替你占着，华芳出院后你继续回来卖水果。"华嫂道："怎么个占法？莫非楚东兄弟搬张凳子，坐到摊位前，占着茅坑不拉屎？"吴楚东道："既占茅坑，又要拉屎，每天我去进车水果，拖到摊位上慢慢卖。"

华嫂不敢置信，道："你逗我开心吧？楚东兄弟天天上街卖水果，还怎么学习？党校不把你开除掉？"吴楚东道："你放心，我会处理好二者关系，学习摆摊两不误。"

等吴楚东跟华嫂道过再见，禹今朝问道："楚东你真的还要去卖水果？"吴楚东道："我不说过，理论要联系实际嘛，光卖大半天水果，实际得太不够了点。"韦叶舟道："你从市里干到县区，又从县区回到市里，待了那么多岗位，还没实际够？"

吴楚东道："彼实际与此实际不同，此实际要一分一毛从顾客兜里掏钱出来，还得让顾客心甘情愿，今天掏过钱，明天还会来掏。彼实际只管干事，事成与不成，都不会危及生存，反正财政按月发工资。"韦叶舟认同道："原来你在体察民情。做个普通百姓确实不易，像街上摊贩，哪天果蔬卖不出去，赚不到钱，家里就没法开火做饭，得饿肚皮。这也许就是咱们常说的人民立场，你只有体会过人民群众的艰辛，才会感同身受，站在人民群众角度，思考问题，说人话，做人事，真正履行为人民服务的宗旨。"

吴楚东道："叶舟说得太对了，咱们都是共产党员，若能坚持人民立场，权为民所用，利为民所谋，就不会坐歪屁股，时时处处想着个人得失。有些干部就是这样，每办一件事，还没动手，就考虑能否捞到晋升资本或看得见看不见的好处。私念一动，利令智昏，难免被人利用，犯下不可饶恕的错误。"

韦叶舟进一步道："人民立场是实现宗旨的前提，立场不坚定，桩子不稳重，栽跟头也就在所难免。我身处纪检部门，接触过不少案子，发现每个马失前蹄的官员，都是先放弃人民立场，权为己所用，利为己所谋，最后走向人民对立面，被人民无情抛弃。"

恹恹欲睡的禹今朝本不想插言，听两人说得起劲，忍不住道："今后叶舟抓住贪官，审案前先把他们拉到街上摆几天摊子，就像楚东一样，感受感受人民立场，体验体验百姓生存之不易，说不定良心发现，交代起问题来也主动些。"吴楚东瞪了他一眼道:"今朝你啥意思?把我当贪官,因良心发现,才去站水果摊?"禹今朝笑道:"你不被吕开基当贪官修理过吗?"韦叶舟道:"楚东伤口还没结痂,今朝别往上面撒盐好不好?"

"盐杀菌,撒盐可助伤口痊愈。"吴楚东乐呵呵道,"被吕开基关禁闭的那段日子,我还真考虑过,若被人家假戏真做,办成铁案,投入监狱,出去后没有生活来源,恐怕还真只能上街摆摊活命。"禹今朝道:"原来楚东今晚站摊卖水果,是在为自己准备后路。"吴楚东道:"人有后路,才无所畏惧,敢于勇往直前。"

韦叶舟叹息一声,道:"纪法制度越来越健全,但愿楚东这样的悲剧不再重演。"禹今朝道:"有备无患嘛。楚东日后真落到如此地步,要摆摊就到安州来摆,咱们好照顾你生意,且安州购买力比下面市州高,钱相对也好赚些。"韦叶舟道:"这个主意好,楚东说是不是?"

吴楚东已起鼾声,没再搭腔。

隔日是周末,不用上课,吴楚东早早动身,去水果批发市场进了车货,再拖到华嫂摊位上贩卖。禹今朝被颜秋山召走,只韦叶舟过来帮忙。临走前,禹今朝留下两千元在韦叶舟手上,托他代转华嫂,给华芳治病。

得知吴楚东站摊卖水果,研修班的学员觉得好奇,纷纷前来看热闹,掏钱抢购。不到半天,一摊水果卖光,吴楚东结账,净赚五百多。

到第三天,没几个同学光顾,站到夜里十一点多才勉强清摊。第四天周一,上午进班听课,下午为自习时间,中饭后他赶紧往批发市场奔。批发市场货已不多,吴楚东随便选几样水果,拉到摊点上。因货不好,顾客寥寥,卖到子夜还没卖完。

接下来数日,吴楚东夜里三点多起床,去批发市场进好货,拉到教学大楼裙楼里锁好,上午听完课,午后再上街叫卖。他慢慢摸索出规律,好销水果多进,不易出手的少要,每天基本能卖光。这样坚持十余天,接到华嫂电话,吴楚东以为华芳已经出院,华嫂却说华芳手术伤口感染,还得要些时间自己才回得来。

接完电话,吴楚东和韦叶舟提了水果,连夜赶到医院,去看望华芳。远在省城,举目无亲,见到两位,母女倍感温暖,泪水盈满眼眶。问过华芳病情,吴楚东拿出一个信封,递给华嫂,说:"这里有七千元钱,是这十多天摆摊赚的,你留着给华芳交药费。"

华嫂缩着手,不肯接,说:"楚东兄弟辛辛苦苦摆摊赚的钱,我怎么好要呢?"吴楚东道:"是你摊位位置好,平时又讲信誉,顾客们愿意照顾生意,我不过替你守摊而已，哪能把赚头据为己有？"华嫂说："话可不能这么说。楚东兄弟给我守住摊子，华芳出院后，我还有个卖水果的地方，已感恩不尽，哪还好意思收你的辛苦钱？"

推让一阵，华嫂坚持不接钱，还是韦叶舟道："华嫂可能不清楚，纪检和组织部门明文规定，党员领导干部拿着国家工资，只能认真做好本职工作，不能从事经商活动，否则属违纪行为，得接受严厉处罚。楚东是在职党员领导干部，趁来省委党校学习，不安本分，上街卖水果，已触犯党规党纪。若只是帮你出摊，以免摊位被人占去，经营所得也归摊主，倒也可以免责。为不使楚东犯错误，丢官去职，华嫂一定得收下卖水果的钱。"

听韦叶舟说得这么严重，华嫂才将信将疑地接过信封。又聊会儿华芳的学习，韦叶舟鼓励她："只要肯发狠，职院也能学到真本事，成为有用之才。"华芳点头道："爸爸在里面，妈妈独自支撑这个家，挺不容易，我会珍惜学习机会，好好用功，毕业后找份工作，养活自己，报答妈妈。"吴楚东道："有这个姿态就好，华芳今后会有出息的。"

为不影响华芳休息，两人没有久留，起身准备离去。韦叶舟拿出个六千元的红包，放到华芳枕边，道："这是我和楚东、今朝三人给华芳治病用的。"

华嫂拿过红包，塞还给韦叶舟，道："楚东兄弟已给了七千元，怎能还要你们的钱？你们上有老下有小的，也不容易。再说华芳住院后，她班上同学也捐了款，医药费已差不了太多。"韦叶舟把红包重新放回华芳枕边："咱们三人的小小心意，华芳当然要领啰。"

华嫂还要推辞，两人已经快步出了房门。

吴楚东卖水果的事传开后，主管教学的副校长觉得新鲜，找他问话。

吴楚东根据摆摊切身体会，联系两个月来所修课程，畅谈理论联系实际的必要性和可靠性，副校长非常认同，决定修订研修计划，把学员派出校园，去企业、社区和村镇兼职，以求知行合一，撰写出有血有肉的调研报告。

吴楚东被安排赴某高新区跟班。正好华芳出院，华嫂回到摊位前，吴楚东把摊子和赚的钱一并交给她，赶往高新区，挂了个管委会主任助理虚衔。

高新区为副厅架子，拥有三百多平方公里土地，新区内各类企业近万家，拥有装备制造、电子信息、新材料、新能源、节能环保、生物医药、现代服务业等主导产业和产业集群，年产值过千亿。安州毕竟是省城，办事大气，不像下面市县，做啥只能小打小闹。

吴楚东非常珍惜难得的实习机会，一头扎下去，进入高新区各企业和园区，眼看心记，耳闻笔录，收获颇丰。还不时列席管委会办公会议，见识决策运行机制和经营理念，以及引进资金、协调矛盾、处理具体事务的做法。同时抓住时机，接触进出新区的各路合作人，了解新区伸向各地的业务网络。

这天吴楚东正在新区奔忙，接到易晓宏的电话："老板在党校呢，还是在别处潇洒？"吴楚东道："别老板老板的，你现在的老板是龙志坚。"易晓宏道："好好好，不叫老板。您如今贵为政研室主任，叫吴主任总可以吧？"

吴楚东不愿啰唆，道："随便叫啥吧。有事吗？"易晓宏道："怀念从前的城投公司，更怀念老领导，今天我来安州办事，想向老领导汇报汇报思想。"吴楚东道："我在校外挂职，距离有点远。"易晓宏道："远点有啥关系？我开了车。"

吴楚东说了地址。个把小时的样子，易晓宏赶到新区，从车里拎两条烟出来，往吴楚东手里塞。吴楚东道："你知道我不抽烟，拿烟干啥？"易晓宏道："知道您不抽烟，留着求人办事用得上。"吴楚东道："我天天理论联系实际，不联系人事，无事可办，无人可求。"易晓宏还想说，见吴楚东一脸不耐，只好把烟又放回了车里。

吴楚东带易晓宏去了临时单人宿舍。宿舍在新区专门用以引进人才的公寓楼里，客厅、卧室、厨房、卫生间，一样不缺。还定期配送矿泉水，吴楚东拿瓶出来，扔到易晓宏手里，说："在屋里待得少，没烧开水，先喝口矿泉水解解渴吧。"易晓宏边拧瓶盖边道："矿泉水富含矿物质，常喝长寿，我出差都会备两箱，不喝来路不明的水。"吴楚东笑道："想长寿，干脆出家，别做城投公司副总。"

易晓宏喝口矿泉水，道："我真不想当这个鸟副总。自城投公司成为龙志坚的势力范围后，上下人心涣散，今不如昔。"吴楚东道："新官上任三把火，龙志坚总该有些举措振兴公司吧？"易晓宏道："龙志坚举措多，上任就把咱们这些旧臣撇到一旁，带上刘天龙安排给他的狗腿子横冲直撞，不可一世的样子。"吴楚东笑道："一朝天子一朝臣，如今刘天龙掌控政府，龙志坚把持城投，自然不会信任你们这些旧人。"

易晓宏叹口气，道："信不信任咱们无所谓，可他们不该瞎折腾，把公司往悬崖边上推啊！"吴楚东道："有这么严重吗？"易晓宏道："怎么没这么严重？龙志坚刚接任老总，就引进背景深厚的天宇地产集团，介入儒凤大道工程，低价收购大道两旁的黄金地段，或转手倒卖，或建房产，大发横财。"吴楚东道："原来的承包商呢？"易晓宏道："都被他们以种种借口，要么整垮，要么赶走，几乎无一幸免。最可气的是连凤凰山森林公园也不放过，在上面大建别墅,开发高尔夫球场和形形色色的度假村。凤凰山是儒州绿肺,这不造孽吗?"

都说绿水青山就是金山银山,看来刘天龙和龙志坚一伙人找到了另类的理解方式,吴楚东不无嘲讽地想。可他如今已离开政府和城投公司,还能说什么?易晓宏望着吴楚东道:"你虽已离开城投公司,但不能袖手旁观,得过问过问,否则咱们兄弟饭碗都会丢掉。"吴楚东道:"今天你来找我,就是想要我过问城投公司?"易晓宏道:"你不过问,还有谁会过问?"吴楚东摇着头道:"你说我能过问吗?或者说我过问有用吗?"

易晓宏想想也对,莞尔一笑,道:"是啊,此一时,彼一时,这不是为难您老领导吗?也是今天看到老领导,心里高兴,多了几句嘴。好好好,不说城投公司,说说老领导。您是儒州不可多得的实干家,肯干事,能干事,也干成不少事,又正值年富力强,早早跑到政研室去养老,不浪费人才吗?也不知组织上怎么考虑的。"

吴楚东笑笑,道:"你先管好自己,管组织怎么考虑干啥?"易晓宏道:"我在为儒州着想,让刘天龙和龙志坚这么瞎搞下去,是对儒州人民的极大犯罪啊!"吴楚东道:"没这么严重吧?谁在台上不想造福一方,出政绩、留政声?"易晓宏道:"刘天龙和龙志坚恐怕没这高尚,看他们那架势,无非利用手头资源,一是自己大捞一把,二是勾结有来头的商人,与其背后的权贵搭上天线,以更快速度爬到高处。"

虽说吴楚东早看透刘天龙和龙志坚的伎俩,可他不好背后说人闲话,没有接易晓宏的腔。易晓宏见着吴楚东,发过牢骚,心里舒畅了一些,告辞离去。

过了几天,禹今朝来看吴楚东,告诉他自己可能会去省政研室。吴楚东道:"不会是平调,至少得做副主任吧?"禹今朝道:"这是组织上的事,我只管听从组织安排。今天来主要告诉楚东,我去政研室,室刊可能归我主管,你得给我撑撑台。"吴楚东道:"怎么撑台?"禹今朝道:"你在新区调研,正好结合新区实际,写篇像样的调研报告给我。"

吴楚东想了想,道:"新区做法确实不错,让我大开眼界。可我是儒州干部,怎能吃儒州人民的饭,操安州经济的心?"禹今朝笑道:"你可根据新区的好理念好做法,规划一下儒州经济,供儒州乃至全省各市州党政班子参考。"

这其实也是吴楚东内心想法,点头答应下来。结束新区调研,回到党校,吴楚东便一边整理所获材料,一边构思调研报告。还跑到省图书馆,查阅儒州经济史料,尤其近三十年来改革开放路径和经济规律。待到研修班快结业，他已理清的调研报告思路，框架基本打好。又想起卖水果那些天他和今朝、叶舟三人卧谈人民立场的情形，吴楚东将调研报告题目定为《坚持人民立场，突破守旧观念，通过经济战略转移，实现儒州跨越式大发展》（下略为《坚持人民立场》）。

因思考成熟、材料扎实、笔下比较顺畅，不到一周吴楚东就拉出近两万字的初稿。其时禹今朝已挂上省政研室副主任头衔，兼管室刊，来党校研修班上组稿。之所以说是挂上政研室副主任，是禹今朝工作关系还在组织部，还得继续为颜部长服务。

浏览过四十多位学员的调研报告，禹今朝觉得吴楚东的稿子最精彩，打算作为重头文章刊出。当然还有值得完善之处，他提了数条意见，嘱吴楚东认真修改几遍，再交稿不迟。

研修结业回到儒州，吴楚东向危存虎汇报了研修情况，再到政研室转一圈，处理几件工作方面的事，便关起门来，认真改稿。

三易其稿，基本满意，他通过电子邮箱发给禹今朝。又打了个电话，说篇幅较长，刊物容量有限，可根据需要随意删改斧正。禹今朝表示烂文嫌字多，华章怕句少，审过稿子后再看，尽量保持原文不动。

挂了电话，刚好辜万泉敲门进来，请吴楚东去儒州山庄检查工作。儒州山庄倒也是归他这个副秘书长分管，吴楚东道："我离开儒州前不还找你来汇报过儒州山庄的各项工作吗？你说工作按部就班，正常营业。这不是捅了什么娄子了，让我去替你了难吧？"辜万泉笑道："我哪敢捅娄子，给领导找不痛快！您分管山庄以来，还没正式去检查过工作，也太没把山庄放在眼里了。"吴楚东道："我放在眼里有啥用？得顾客放在眼里，顾客是上帝，服务好上帝，山庄才生存得下去。"辜万泉道："我就是请领导去指导怎么服务好上帝。"吴楚东原本也是想去儒州山庄亲自检查一下的，只是不巧被派到了安州进修，现在进修完毕回到儒州，正好辜万泉上门来请，便道："好好好，我去我去。"

九

到得儒州山庄，背着手里里外外转上一圈，辜万泉又把吴楚东请进会议室，装模作样汇报起来。汇报完，辜万泉突然提出："半年前城建局出了窝案，至今局长位置还空在那里，吴主任看我适不适合？"吴楚东笑道："原来你醉翁之意不在酒，请我来检查工作不过是个借口。"辜万泉道："请吴秘来检查工作是真，要求进步也不假。"

吴楚东道："城建局窝案一出，好多人都盯上局长位置，上下活动，左右出击，北京和省里都有人打招呼，弄得存虎书记左右为难，一时定不了人，只好先摆在那里，慢慢再说。找刘天龙的也大有人在，他肯定也想用自己的人，情况更加复杂。"

这倒是实情，辜万泉也清楚，道："刘天龙想用自己的人，是不言而喻的，可关键还得看存虎书记的意思。"吴楚东道："你又不是没有接触存虎书记的机会，自己跟他说去嘛，何必让我来做传声筒？"辜万泉道："不是让您传话，是请您力荐。刘天龙的话存虎书记可以不听，您的话他一定会放在心上的。"

也是被缠得没法，吴楚东答应试试。辜万泉看看表，道："午饭时间已到，咱们去包厢吧。吴主任来检查工作，自然得吃个工作餐。"吴楚东问："就咱俩？"辜万泉道："还请了杨常委。过去请他，每次总说有饭吃，不用我请。现在倒有机会了。"吴楚东笑道："世杰现在是个靠边的光常委，平常一堆围着他要请吃饭的人都不见了。倒是我们这些以前的老朋友，现在可以常跟他聚一聚，说说话。"

走进包厢，杨世杰已坐在里面。辜万泉一边点菜，一边道："还请过老爷子的，没动，待会儿再去看看他。"吴楚东道："我也好久没见他了，不知他还好不？"杨世杰道："还可以吧，天天在家研究中医。"吴楚东问："研究中医？过去也没听说他老人家有这方面爱好啊？"杨世杰道："中医也是文化，人老学学中医，挺有益处的。"

菜已上齐，杨世杰吩咐不要上酒，辜万泉亲自泡了一壶好茶，三人便开吃。辜万泉感谢两位光临，两位也不客气，以茶代酒，举杯干掉。接着吴楚东敬杨世杰，感谢他多年来的栽培。杨世杰道："哪里哪里，还要感谢楚东肯为冬梅担待。"辜万泉玩笑道："通过这件事，吴主任的硬汉形象一下就在广大干部群众中树立起来了，这就是声望和资本。"吴楚东笑道："如今官员多为'官圆'，谁还认你什么硬汉？"

辜万泉过去关紧包厢门，回来对两人道："知道吴主任为何刚离开两反局，存虎书记就看中他，让他来做市委副秘书长兼政研室主任吗？"杨世杰说："存虎书记肯定有用得着楚东的地方。"辜万泉说："这是明摆着的，吴主任是个能人，有理论水平，又有实际工作能力，到了存虎书记身边，一定能派上大用场。不过还有一个重要原因，恐怕少有人知。"

说得杨世杰好奇起来，问道："还有什么重要原因？"辜万泉神秘兮兮道："有次存虎书记在山庄小范围请客，偶然提到吴主任，给予了极高评价。"话说半句，又止住了。杨世杰在他肩上敲一下，说："卖什么关子！快说快说，到底什么评价？"

辜万泉笑笑，不慌不忙道："存虎书记说他最瞧不起某些领导干部，毫无革命意志，人家还没动手呢，就吓得屁滚尿流，不打自招，竹筒倒豆子似的，有的没的都说。吴主任则不同，有骨气，能抗压，坚忍不拔，宁折不弯。存虎书记为此感叹，吴主任这样的人才太难得，太宝贵，搁在身边最放得心，闲置不用实在是人才资源的最大浪费。"

这个评价确实不无道理。杨世杰道："照存虎书记这么说，吕开基办楚东的案，是坏事变好事啰？"辜万泉说："不是吗？吕开基不办吴主任的案，哪有吴主任表现的机会？"吴楚东说："听你这口气，是我求着吕开基办我案，不办我案我身上发痒啰？"

辜万泉道："我可不是这个意思。我是说如果不是吴主任扛住了，杨常委恐怕就不是被刘天龙一伙人排挤靠边站这么简单了。如今吴主任在儒州干部里的口碑可好着呢，大家都佩服得不得了。网上甚至还有人发帖说：要嫁就嫁吴楚东。"

"这是他们幸灾乐祸。"吴楚东叹道，"别把我说得这么高尚，我是实事求是，知道的事就是知道，不知道的事就是不知道。没有的事我干吗说有呢？世杰常委，你也不用太发愁，夫人的案子我看他们掀不起什么大浪来。"

杨世杰苦笑一声，不说话，将杯中的茶一饮而尽。

饭吃完，三人离开山庄，去了卢至诚家。卢至诚头发全白，一下子苍老了许多，气色大不如前，眼泡有些浮肿，目光里的坚毅和虎气荡然无存。想想当年他在位时多么霸气，多么强势！别说副书记和市长任上，就是到了人大，还余威犹存，说话中气十足，走路虎虎生风，遇事书记市长都要让三分。不想全退后，竟换了个人似的，过去的威势再无踪影，连个头似乎都矮了一截，站在门口，仿佛枝残叶败的老树。真可谓官在威在，官失威失，怕是谁都改变不了这个铁律。怪不得民间有言，穷吃肉，富吃虾，有钱有势吃王八；爱怕丢，情怕偷，官居高位怕退休。

一阵悲凉袭上吴楚东心头，心想老爷子的今天不就是自己的明天吗？官场冷酷，给予时那么慷慨大方，剥夺时又如此毫不留情。可吴楚东还不能将心头的悲凉表露出来，上前握住卢至诚的手，亲热道："书记头发是白了些，脸色却更加红润，显得年轻多了。"

吴楚东是卢至诚市委副书记任上给他做的秘书，一直以书记相称，至今没改口。杨世杰和辜万泉也说："我们也有同感，书记有什么驻颜术，得好好传授给我们，我们也学几招。"

听了一辈子奉承话，耳根都听出了厚茧，卢至诚对三人的奉承不以为然，指着夫人何姨端上的茶杯，说："你们喝喝这茶，感受感受。"

三人端杯喝茶，一边说好喝好喝。卢至诚道："这是一位老部下送的台湾高山茶，品质相当不错。这位老弟挺有才。有才的人难免心高气傲，谁都不放在眼里。你不把人家放在眼里，人家自然不会跟你玩，这老弟半辈子上不上下不下的，毫无作为。后到我门下，我准备用他，大家都站出来反对，说他恃才傲物，不太好驾驭。我说恃才傲物有什么不好呢？总比无才可恃，只知吹牛拍马搞小动作强十倍百倍吧？被我用起来后，这老弟确实不负厚望，很快干出成绩，不久又被上级部门要走，多年下来已是响当当的人物。却总也忘不了我这个当年的老领导，经常会来看看我。"

三人忙称赞书记慧眼识珠，不仅爱才惜才，还敢于用才。还说人才是国家发展大计之根本，没有过硬人才，一切都是空谈。

谈会儿人才观，提及头次的选举，辜万泉道："刘天龙应该感谢书记，不是您老配合颜部长，把代表们的工作做在前头，他绝对不可能当选市长。"

卢至诚对这话题不感兴趣。利用自己的影响力，号召代表们去投刘天龙的票，这是他最不愿意做的事。可颜秋山说，应该尽快还吴楚东的自由，还要想办法保住杨世杰的常委，只能尽量配合组织。吴楚东落在他们手上，不管有没有事，放里面关上一年两载的，你也没法找人说理去。杨世杰本人虽没有把柄被他们握着，可要把薛冬梅的账算到他头上，实行并案处理，免去他的常委，也不是不可以。老爷子别无选择，只得这么做。

两人心里感激着卢至诚，只听他老人家朗声道："最近我在自学中医，多少有点收获。中医可谓国粹，不仅是仁术，还是哲学，博大精深，奥妙无穷。学点中医，确实能改变我们的思维方式，提升对世界对人生的认识。不学中医，真枉做了中国人啊！"

三人顺着卢至诚聊起中医来，主要听卢至诚聊。他兴致勃勃道："其实中医就是人生，我们无时无刻不生活在中医里。中药更是无处不在，渗透于我们生活的方方面面。五谷杂粮是中药，蔬菜水果是中药，鸡鸭鱼马牛羊也是中药。甚至连人本身也是中药。你还未出生，就已裹在中药里，这就是胎衣，药名叫紫河车。你小时候的尿便是中药，药名叫作童便。你长大成人后，你的头发也是中药，叫作血余。"

三人大开眼界，道："中医还蛮有味道呢。"卢至诚道："中医不仅有味道，还蛮人性的。去看西医，医生连多看你几眼都不耐烦，不问青红皂白，上来就给你写检验单，要你交钱，接受冷冰冰的医疗器械的折腾。中医完全不同，讲的是望闻问切，注视是慈爱的，倾听是专心的，问询是亲切的，抚摸是轻柔的，整个诊断过程充满体贴和温馨。就是开出的中药也是温和的，容易被人体接受，在不知不觉间让你恢复健康。"

说得三人心里痒痒，请卢至诚也给自己看看。卢至诚就给三人望闻问切起来，还真像那么回事。又分别给三位开了方子，要他们到药店里拣了药，回去好好服用。何姨就在旁边大声骂起来："人家年轻人身强力壮的，服什么中药？白白浪费钱财。"

卢至诚白一眼何姨，说："你知道个屁！我开的这些单方都是有来历的，有病治病，无病强身，只有好处，没有坏处。我敢肯定，就是到正规的中医院去，也不一定拿得到这样的好单方。"三人一致维护卢至诚，说书记开的单方绝对属上上方，一定去拣药服用。

何姨当了真，三人走后，又骂起卢至诚来，说是药三分毒，乱开单方，会害死人的。还要打吴楚东几个电话，劝他们别去拣药。卢至诚笑何姨幼稚，说："他们又不是傻子，没病没痛的，也去拣中药服用？"何姨不解道："那你还大谈中医，给他们开方子干吗？"

卢至诚叹口气，道："人家好心好意来看我，总得热情点，拉几句家常吧？中医不上纲不上线，是最好的家常话，至少比说道官场是非好。我已退下来，还放不下过去，老嚼舌头，说现任的好歹长短，人家听着没意思，我自己也觉没趣。"

卢至诚没说错，三人不会把他的单方当回事，真到药店去拣药。让卢至诚望闻问切开单方，无非哄他开心而已。只是三人都觉得心里沉甸甸的，出了卢家，路上谁都没吱声。与别的退位老领导比起来，卢至诚还确实有些不同。别人身退心不退，老惦记着官场上那点事，甚至不在其位还谋其政，卢至诚却对官场那么淡然，真令人不可思议。也许正如卢至诚所言，中医是哲学，哲学让他明白权力是暂时的，拿得起没啥了不起，放得下才叫高明。

吴楚东上市委办转一圈，又去政研室看看，很快到了下班时间。正好没别的应酬，出得大楼，便直接回家，一边打钱小鹤电话，要她煮自己的饭。官场忙人都这样，不回家吃饭不用打电话，回家吃饭得提前说一声，好像上馆子，需先预订一样。

打完电话，只见前面不远处有个女人，手上牵着个小男孩，缓缓行走在林荫道上。吴楚东走近去，发现是龙志坚的老婆许菊英和儿子。小男孩大约四岁，长得很漂亮，高鼻大眼的，还真有点刘天龙的样子，好像没沾龙志坚半点气味。活证在此，看来坊间有关刘天龙替龙志坚播种的故事确实假不了。

这让吴楚东忽然想起一个段子来，说是男人十大伤心事：说笑话没人笑，唱OK常跑调，喝凉水口生泡，打麻将老放炮，买股票总被套，没犯法当被告，搞外遇老婆闹，找小姐枪不翘，拿好处被举报，生个儿像领导。

儿子这么像领导，也不知龙志坚作何感想。吴楚东又瞧眼男孩，几步越到前面。晚饭桌上，本想问钱小鹤见过龙志坚儿子不，出口却成："黎进步回钱小鹏工地没有？"

黎进步是钱小鹤姐姐钱小鸥的老公，嗜酒成性，好吃懒做。钱小鹏看钱小鹤面子，安排他在自己的工地看材料，给了份不错的工资。钱小鹏被两反局带走后，工地停工，工人四散，黎进步又泡进酒桶里，发酒癫，打老婆，闹得家里鸡飞狗跳。

钱小鹤咽下口里的饭，说："钱小鹏出来后，凤凰大道很快复工了，黎进步已回工地。"吴楚东道："黎进步有工地可去，你和钱小鸥也省些心。"钱小鹤摇头道："省不了，两人又在唱大戏。"吴楚东问道："唱什么大戏？"钱小鹤道："离婚大戏呗。"吴楚东道："离婚大戏？黎进步去了工地，他们家总该清静几天吧？"钱小鹤道："他们家确实清静了，可这更可怕，倒是打打闹闹的夫妻还散不了。过去两人打得头破血流，我怕打死人，劝他们离婚，大姐坚持不离。这回不打不闹的，估计日子已过不上几天了。"吴楚东道："这又是为什么？"

钱小鹤已吃完饭，一边催丹丹快点吃，别磨蹭，一边收拾碗筷，嘴上道："钱小鹏工地请了个做饭的女人，来自儒西一个叫梓木冲的深山里，姓陈名桂花，还算年轻，做事也能干，不知怎么看上黎进步那个酒鬼，两人搞到一起，再也脱不了手。"

丹丹扒完最后一口饭，抬头问钱小鹤道："搞到一起是什么意思？"钱小鹤在丹丹头上拍一下，说："大人的事，插什么嘴！还不快去做作业？"

丹丹吐吐舌头，进了自己的小屋。钱小鹤收走碗筷，在厨房忙过一阵，才回到客厅，继续刚才的话题。说陈桂花做饭，钱小鹏让她住在简易食堂后面的工棚里，给了她勾引黎进步的机会。开始两人偷偷摸摸，工地上无人知晓。慢慢陈桂花放肆起来，常留黎进步在工棚里过夜，俨然夫妻一样。钱小鸥一直被蒙在鼓里，打死她也想不到，黎进步那鬼样子，也会有女人愿跟他瞎搞。世上没女人会白跟男人上床，陈桂花跟黎进步提出，要认识一下嫂子。黎进步以为她开玩笑，不以为意。也不知陈桂花怎么打听到钱小鸥教书的小学，直接找上去，和盘托出跟黎进步的关系。钱小鸥气得吐血，抓把凳子，去砸陈桂花脑袋。陈桂花不躲不闪，相反伸着头，递给钱小鸥砸。就在凳子要落到陈桂花头上时，钱小鸥收住手，扔掉凳子，随陈桂花上了工地，去找黎进步。黎进步知道夹在两个女人中间，没好果子吃，赶紧躲开，隔日才回家，跪在钱小鸥面前，自掴耳光，骂自己不是人，以后再不理陈桂花。钱小鸥一反常态，不骂不吼，拿出一纸离婚协议书，要黎进步签字。黎进步死活不签，回头求助钱小鹤，要她帮忙做做钱小鸥工作。钱小鹤将黎进步数落一番，找到钱小鸥，道理说了一大箩，也没说动她，她还是要离婚，说黎进步不签字也没关系，她可以上法院起诉。

听得吴楚东直摇头，道："那个陈桂花不简单，一开始就带着明显目的，要拆散黎进步和钱小鸥。只是她到底看中黎进步什么，硬要黏住他不放？"钱小鹤道："一个大山里来的女人，哪知黎进步底细？一定是姓黎的吹得天花乱坠，陈桂花信以为真，才跟他上床，也好有个靠山，以后在城里扎根，不用再回乡下去。"

这是较为合理的解释。吴楚东道："你提醒钱小鸥，别让陈桂花的预谋得逞。"钱小鹤道："我早给大姐说过这个理，她听不进去。"吴楚东道："过去黎进步人不人鬼不鬼的，两人闹到那个地步，钱小鸥不离不弃，如今黎进步活得像个人样了，虽说有过错在先，可他愿意痛改前非，为啥不给他机会呢？"钱小鹤道："这就是女人，男人再不中用，是自己男人，敝帚还自珍呢。一旦男人变了心，好上别的女人，无法容忍，分手成为必然。"

女人有个共性，说多了话容易兴奋，上床后钱小鹤就来撩吴楚东。可吴楚东怎么也起不来。这钱小鹤也怪，过去男人主动，她不情不愿的，现在男人没了这个兴趣，她相反有了劲头，主动起来。

其实也不能怪钱小鹤，吴楚东被吕开基放回来后，就不怎么挨她。都说三十如狼，四十似虎，钱小鹤再冷漠，不可能完全没这方面需求。好在她还算有耐心，以为吴楚东挨过那么大打击，精神受刺激，连带功能也受影响，只要以后多给他些温柔，慢慢会帮他恢复回来的。钱小鹤背过身去，嘴里嘀咕道："好好睡吧，明天还要上班。"

钱小鹤很快睡着，起了轻微鼾声。吴楚东却毫无睡意，睁大双眼，望着黑暗里的天花板。钱小鹤可是你妻子，你却这么对待她，是不是太没人性了点？吴楚东有些过意不去，伸出手来，从后面搂住钱小鹤。

天亮醒来,该忙啥还得忙啥。到得周五下午,刚要下班,传达室送来快递,是省委政研室所寄样刊。打开一看,头题是韩书记的讲话稿,接下来便是吴楚东署名的调研报告:《坚持人民立场》。吴楚东低头翻看一遍,几乎原文照登,没增一字,没删一句,仅动了几处标点符号。舍得安排这么大篇幅,禹今朝真给面子。

才合上刊物,禹今朝打来电话,问道:"刊物收到没?"吴楚东道:"刚刚收到。谢谢今朝厚爱,发在二题上,紧贴韩书记宏文之后。"禹楚东道:"应该应该。韩书记非常欣赏你的大作,说现在经济学家写文章,要么堆砌新名词,要么罗列相关与不相关的数据,少从人民立场出发构想经济发展,你的文章让他眼前一亮,觉得角度好、论点新、材料扎实、可操作性强,儒州若能照此规划经济建设,定能实现重大突破,为全省各市州做出表率。"

吴楚东初衷,不过吃政研的饭,做政研的事,又在省委党校研修半年多,趁机弄篇像样的文章出来,也算给自己一个说得过去的交代,不想引起韩石江关注,确属意外。只听禹今朝又道:"楚东也为我挣了大面子,刊物同仁说他们刊发文章无数,从没引起过省委主要领导如此重视,咱一到任,接手刊物,就放出颗卫星,大家都感到光荣。"

客气几句,道过再见,危存虎秘书跑来,说书记有找。吴楚东赶到书记室,危存虎板着脸道:"吴楚东同志,你做事情,怎么瞒着我呢?"

吴楚东莫名其妙,讷讷道:"楚东好像没啥事瞒着书记呀。"危存虎道:"还说没啥瞒着我,韩书记都亲自打来电话,说你写了篇文章,问我看过没有。你从没跟我说写过文章,我丈二金刚摸不着头脑,怎么回答韩书记?"

吴楚东忙解释道:"对不起书记!是禹今朝升任省政研室副主任,主持室刊,去党校研修班上组稿,看中我的结业论文,嘱我修改润色,交他发表。文章虽提到儒州经济发展前景,皆属空谈,禹今朝又索稿太急,没来得及请书记斧正。楚东不对,甘愿讨骂。"

危存虎扑哧一笑,道:"谁骂你啦?韩书记高度赞扬你文章写得不错,要我好好看看,有想法再向他汇报。你一文引得韩书记关注,我还敢骂你不成?文章在哪里,拿来我拜读拜读。"吴楚东道:"书记折煞楚东了。楚东刚收到禹今朝快递的样刊,这就取来向书记讨教。"

刊物拿来,危存虎接过,迫不及待低头翻阅起来,竟忘了吴楚东的存在,没让他走,也没叫他坐。吴楚东站在那里,面对危存虎稀疏灰白的脑袋,心里暗生感慨。危存虎初来儒州时还是一头青丝,不想没到两年,便渐渐沙化,铺上白霜。前人说:公道世间唯白发,贵人头上不曾饶。原来贵人也是人，且比之凡人，贵人要管更多的事，操更多的心，白头掉发也就在所难免。危存虎身为一方首长，任重道远，得保一方平安，振兴一方经济，让老百姓享受改革开放伟大成果，不花点心思，不费些力气，不掉发白头，又怎么做得到？

不到一个小时，危存虎快速地看完了文章，揉着眼睛，缓缓抬起头来，发现吴楚东还站在桌前，惊讶道："你还没走？"吴楚东道："书记在看楚东拙文，楚东想听书记批评指正。"危存虎点头道："文章确实漂亮，怪不得韩书记那么欣赏。尤其从人民立场出发，论述地方经济发展的必然性和可行性，立意高，站位准，一下子把文章的品质提了上去。"

危存虎眼光厉害，一下子就看出了文章精髓，吴楚东颇觉欣慰。正要回应几句，危存虎又接着道："文章不仅立论高妙，还能从区域经济学角度，结合地方实际，进行辩证阐释，提出儒州城由南向北发展的战略转移设想，让立论落地，实属难能可贵。儒州正处于中西部地区接合处，过去优势不太明显，不靠江、不靠海、不靠边，可随着经济大环境的改变，国家经济重心逐渐拓展，儒州区位劣势已转换成越来越明显的区位优势。这给市委、市政府提供了布局发展的新思维和新路径。咱们只要下决心，在新一轮城市化进程中坚持人民立场，解放思想，排除阻力，抢占先机，撸起袖子大干快上，一定会事半功倍，大见成效。"

见危存虎滔滔不绝，正在兴头上，吴楚东洗耳恭听，没有插话。只听对方继续道："回顾过去的儒州，尽管没有区位优势，其实发展机遇也不是全无，无奈地方党委、政府前怕狼后怕虎，缩手缩脚，不肯大胆试错，只沿着儒凤大道往南小打小闹，一次次让机遇悄悄从手上溜走。新一轮城市化进程已成大势，如果再不抓住机遇，顺势而动，干番事业出来，必将愧对儒州这方山水和一千多万老百姓啊。我看这样，楚东你先把文章复印出来，拿到常委扩大会上议一议，取得共识后，再召集全市经济工作会议，开展一次大讨论，形成可行性方案，落实到今后的经济工作中去。"

看来危存虎已经下决心，准备动真格大干一场。吴楚东心头激荡起来，跃跃欲试。身为男人，又欣逢其时，自当有所作为。若能以《坚持人民立场》为契机，跟着危存虎做几件大事，在为儒州百姓谋福利的同时，留点痕迹在人间，也算不枉来这官场一遭。

回到政研室，吴楚东拿出另一本样刊，交给手下，嘱将《坚持人民立场》一文复印三十份，送往常委值班室，先分发各位常委及经济主管部门头头，再上会讨论。

常委扩大会如期召开。不想常委们看过《坚持人民立场》，各怀心事，纷纷表示反对。

反对得最厉害的是刘天龙。他的理由是城南发展已初具规模，这个时候转移重心，必将两头不讨好，不仅会消解发展城南的力量，城北建设准备不足，仓促启动，财力物力人力跟不上，也不可能搞出什么名堂。其他常委也附和刘天龙，认为目前条件下，战略转移为时尚早。只有杨世杰赞成吴楚东文章所提设想，说往城北发展空间大，土地等建设成本也低，不像城南伴着儒凤大道，土地越来越贵，办大事难。

杨世杰是个空头常委，说话分量不比以往，光有他支持，其他人不响应，危存虎知道难成事，会后另找杨世杰和吴楚东，分析个中原因。杨世杰笑道："拿到楚东的文章，我就知道刘天龙会串通其他常委，一起站出来反对。"危存虎道："刘天龙凭啥要反对？"杨世杰道："刘天龙别号叫'溜市长'，也许危书记听说过。有人给他总结，他每赴一任，最多不超过四年，四年快到，定会脚踩西瓜皮，溜之大吉。"

"我也听人说过他这个雅号。"危存虎望着杨世杰，"这与咱们战略转移，往城北发展有什么关系呢？"杨世杰道："刘天龙早已想好，这个市长干三四年就走人。三四年时间，扩大城南现有成果容易，从无到有往城北发展，难见成效，他当然没这个积极性。"危存虎道："他可以多干几年呀。"杨世杰道："刘天龙已五十多岁，在市长位置上停得越久，再往上爬的可能性就越小，他当然不愿意。"

危存虎骂了一句粗话，道："当领导的心里只有头上帽子，没有广大人民群众的根本利益，谁来发展地方经济？"杨世杰道："还有一个理由，刘天龙他们没法摆到桌面上，那就是儒州人认为风水在城南，城北不宜动土兴木。有种说法，当年朱王爷建城时封死北门，就是风水先生给的建议，数百年来没谁破过规矩。"

危存虎道："当年朱王爷出于政治上的考虑，才做样子给崇祯看，表示永不向北睥睨天朝，与咱们发展经济有啥关系？"杨世杰道："朱王爷做给崇祯看是一个原因，主要原因据说还是风水先生认为城北不利，开不得北门。早两年我曾在政府办公会上提过开发城北的思路，不少人就表示反对，说谁贸然开发城北，谁就会倒霉透顶。还搬出旧事，说前届政府曾在城北划了块地皮，准备建个有些规模的木材市场，结果刚破土动工就死了人，主管副市长也被纪检部门盯上，吓得跳了楼。"

"这事我也有所耳闻，是那个副市长拿过木材商的钱，东窗事发，才畏罪自杀，与风水不风水又挨不上边。"危存虎笑笑道，见吴楚东一直不吭声，问他有何意见。吴楚东皱皱眉头，道："要想一下子改变刘天龙他们的观念，恐怕还不太容易做到。"危存虎道："那你所提战略转移设想又怎么落地成为现实？"吴楚东挠着头皮道："我看可以避实就虚，弯道前行。"危存虎急切道："怎么个避实就虚，弯道前行法？"

吴楚东胸有成竹道："可以撇开拙文论点，不提由南向北发展设想，先在城北搞个经济技术开发区，待经开区达到一定规模，再与城南衔接成片，届时既成事实，也就再也由不得刘天龙他们了。"危存虎道："这倒也是个办法。但刘天龙不傻，咱们搞城北经开区，他还能看不出咱们意图？"吴楚东道："先不急于抛出城北经开区底牌，只上安州请有关专家教授到儒州来，进行实地考察和调研，再坐下来研讨论证未来发展方向和整体规划，借专家教授之口，提出设立儒北经开区的必要性和可行性。"

危存虎目光闪了闪，又黯淡下去，道："这可行性研究得多长时间尚且不说，估计刘天龙他们也不会把专家教授放在眼里，到头来只怕还是白忙活了。"吴楚东道："可行性研究是一方面，主要是我们还要借专家教授来堵刘天龙他们的嘴巴。另据可靠消息，上海至昆明的高速铁路要从儒州经过，规划线可能在城北方向。这是千载难逢的机遇，咱们提前将儒北经开区搞起来，到时高铁一通，儒州经济想不发达都难。"

说得危存虎信心大增，道："高铁要从城北经过，咱们不抓住机遇，提前行动，把儒北开发搞起来，造福儒州百姓，心里也不安啊！"杨世杰也道："高铁项目启动，到时即使政府不作为，民间也会自己行动起来。"危存虎道："好好好！楚东先给我做好两件事：一是探明高铁过境儒州的确切消息；二是请专家来儒州，按照《坚持人民立场》一文的设想，开展调查研究。若需钱财物支持，只管提出来，再困难我也给你解决。"

吴楚东当即打开提包，拿出一纸报告，递给危存虎，道："先请书记给我解决个小问题再说。"危存虎一看是购车经费请求，道："政研室用车都找市委办要，你又是市委副秘书长，用个车还怕要不到？"吴楚东道："一般情况下找市委办要个车应该没问题，可要办大事，政研室没台自己的车，还真的不行。比如请专家教授来儒州调研，恐怕非有专车不可，且车的档次还不能太低，免得丢儒州面子。"

危存虎拿起笔来，想了想，又放了下来，说道："咱们的经费也不宽裕，车就暂时别买了，但楚东说的也是实情。这样吧，楚东办大事的这段时间，我平常用的那台奥迪就给你专车专用。我先用别的车。"吴楚东又是感佩，又有些不好意思，道："我怎么敢占用书记的车？不知道的人见我坐在车里，还说我沐猴而冠、狐假虎威呢！"危存虎道："少来这套！你吴楚东还怕人说这个？给我把这件大事办成了，我给你当司机都行！"吴楚东笑嘻嘻地说："书记这是要折煞我，短我十年阳寿。"又道："还想向书记提个要求。"危存虎道："事还没办哩，就一个要求接一个要求，你怎么脸皮这么厚？"吴楚东笑嘻嘻道："都是工作需要嘛。政研室本归卓开先同志分管，可他老人家日理万机，也管不过来，在咱们搞调研筹备儒北经开区时，是不是让杨常委出出面，代表书记和卓开先同志正确领导我们？反正他是个光常委，闲着也是闲着，人才浪费多可惜！"

失业的滋味不好受，杨世杰当然想找点事干干，心里感激吴楚东，眼睛却瞪得溜圆，说："你倒打起我的主意来了！要我给你提包？"吴楚东道："岂敢要领导提包？是要领导掌舵。"危存虎道："这事我看可以考虑。先拿到常委会上议一下，再以会议纪要形式明确下来。"

常委会上，危存虎提出由杨世杰协助卓开先分管政研室工作，其他常委没谁有异议，只刘天龙公然站出来反对，道："薛冬梅同志的事都还没完全结案，这就给杨世杰同志分工，广大干部群众恐怕不会答应。"

杨世杰也在会上，就坐在刘天龙旁边，一听来了火，呼地一下站起来，一拍桌子，指着他鼻子大声吼道："刘天龙你别猖狂！你还真以为你能代表广大干部群众？我辞任常务副市长，是羞于与你这样的人渣为伍，你以为我怕你不成？书记让我协助开先同志分管政研室工作，碍着你什么啦？告诉你，事情还没完，薛冬梅拿没拿钱小鹏的钱，该负什么样的责任，最后也得党纪国法说了算数，岂容你在这借题发挥？我看是你指使人将她屈打成招也说不定！"

气得刘天龙脸色发白，也抖着手，指向杨世杰道："你血口喷人！你拿出证据，我指使谁将薛冬梅屈打成招？你要对自己的话负责，不要被人民代表唾弃，当不成市长，就在我面前撒野！"杨世杰吼道："我不仅对我说的话负责，还会对我的拳头负责！"高扬拳头，对着刘天龙挥过去。还是旁边的卓开先动作快，伸手拉住杨世杰手臂，同时脚往里一插，横到两人中间拦住，不然刘天龙的鼻子怕是早歪到大西洋去了。

别以为领导都是谦谦君子，就像电视里播的一样，走路一步三摇，说话三秒钟最多只吐两个字，其实领导也有喜怒哀乐，也有发脾气的时候，偶尔情绪失控，亦属人之常情。当然这通常是党委书记不够强势，有强势的书记坐镇，一般没人敢公然叫嚣。

一场大戏刚开演就收了场，常委们纷纷松了口气，当然也有人心里悄悄感到可惜，暗怪卓开先坏了众人的眼福。危存虎望望已被卓开先隔开的两头红眼牛牯，骂道："太不像话了，要闹别在常委会上闹。开先同志事务性工作多，管不过政研室，让世杰同志协助管一管，有这个必要嘛！这事就这么定了，少数服从多数。会后开先同志发个会议纪要，再与楚东同志衔接一下。"

会议纪要第二天就打印出来，分发下去。卓开先亲自走进杨世杰办公室，送给他一份。还把吴楚东叫来，传达常委会会议精神，算是将两人衔接到了一起。卓开先一走，吴楚东就关上门，笑问道："听说昨天杨常委差点动了'溜市长'的手？"

杨世杰已经心平气和，轻描淡写道："那小子太嚣张，好像我好欺负似的。不是开先拦住，他不在病床上躺十天半月，别想出院。"吴楚东笑道："你比刘天龙小了好几岁，他哪经得起你的老拳！把人民市长擂得动弹不得，人民肯定一千个不答应，一万个不赞成。"

过几天，吴楚东拿到奥迪车的钥匙，他自己有驾照，也不用市委司机班的司机，开着车出去试了一圈，然后去给杨世杰报告，问他近日有没有空，可否一起到安州打一转，接专家教授们来儒州搞调研。杨世杰道："冬梅的案子要开庭了，这阵子我恐怕走不开。"吴楚东道："那就开完庭再说。"

十

薛冬梅的案子本身不复杂，无非就是钱小鹏送钱给薛冬梅，薛冬梅本人已经承认，只要最后确认事实，法律怎么规定怎么判。可背景却不简单，不仅牵涉到市里领导，省里领导也非常关注。有人暗示非办成铁案不可，有人提出证据不足不能乱判。法院很重视，召开了几次院务会议，专题讨论这个案子。有人就出点子，现在上面要求公开开庭要占整个庭审数一定比例。这次正好来个公开开庭，把案情和庭审过程放在明处，视证据情况，该重就重，该轻就轻，一切按正常程序来，这样谁也不好说什么。

法院领导们一致同意。先没透露任何信息，待到开庭前来了不少记者和家属，当事人才意识到是公开开庭。却不习惯这种公开，好像穿着裤衩坐在家里，忽然来了不速之客，颇为尴尬。只有薛冬梅的律师吴蜀南暗自高兴，望一眼听众，还有后排的吴楚东，很有信心的样子。他准备了有力证据，准备替薛冬梅辩护。

坐在被告席上的薛冬梅微微低垂着头，显得有些憔悴，一向还算洁净的脸上明显多了几颗黑斑。女人也太经不起摧残了。钱小鹏也到了庭，他也瘦了些，气色却还不错。

吴楚东心情有些复杂。钱小鹏送过薛冬梅钱，薛冬梅如实招了，到了被告席上；钱小鹏也送过自己钱，自己幸亏退了回去，还挺着吕开基的屈打没有招，如今成了没事人。不过话说回来，若不是通过吴蜀南，给督办儒州选举的颜部长平了事，自己招与不招恐怕都难逃吕开基的魔掌。自己脱了难，没有给吕开基留下任何把柄。杨世杰又把薛冬梅收的钱捐给了慈善机构，不管如何，法庭在审理时总是会酌情考虑的。

庭审已经开始。主审法官就像会议主持人，被告和控辩双方仿佛主要发言人，主持人让谁说就谁说。由于薛冬梅承认收过钱小鹏的钱，口供也签过字，形势一度对她很不利。吴蜀南就问她，口供是主动招的，还是被动招的。薛冬梅默不作声。吴蜀南又问，是自愿招的，还是不得已招的。控方提出抗议，说吴蜀南在暗示和诱导被告。

正是控方这暗示之语，让薛冬梅似有醒悟。吴蜀南是不是还有能让自己开脱的办法？也是薛冬梅还没被整傻，当场翻供，说她根本没拿过钱小鹏的钱，完全是屈打成招。控方大吃一惊，说薛冬梅出尔反尔，口供上的签字可不是谁伪造的。法官就问薛冬梅，有什么证据证明没收过钱小鹏的钱。没等薛冬梅开口，吴蜀南从包里拿出录像资料，交给主审法官，要求当场演示给大家观看。墙上有块电子屏，主审法官把录像资料交给工作人员，让其演示。

薛冬梅顿时出现在电子屏上，还有钱小鹏和吴楚东夫妇。屏幕右下角显示的时间，正处于薛冬梅供词里钱小鹏送钱的时间段。图像清晰度非常高，从几个人赶到华都大厦开始，到乘电梯上楼进入包厢，再到离开包厢走进电梯，又从电梯某楼层出来，都记录得一清二楚，毫不含糊。吴蜀南一旁解释说，钱小鹏直接下了地下车库，根本没去一楼茶室，又怎么可能在那里送薛冬梅钱呢？

控方顿时傻了眼，想不到吴蜀南还有这一手。吴蜀南又叫出几位证人，都是在屏幕里出现过的侯文志和肖立军，还有傅秘书。傅秘书说他来到华都一楼大厅时，正好看见薛冬梅走进茶室，他便紧跟过去，送上杨世杰要的材料，还陪她喝了一会儿茶。侯肖钱吴四人则是一起进的电梯，一起下的车库，然后钱小鹏上了自己的车，吴楚东上了侯文志两人的车，两部车又同时驶出地下车库。

三人的证词也与录像里的情形一致，控方无话可说，主审法官也只好认可，表示合议庭合议后再下结论。吴蜀南要求当庭宣判，被告有罪判罪，无罪释放。其他人包括在场群众也纷纷表示，既是公开开庭，就应该当庭公开宣判，让人口服心服。主审法官敲一下法槌，要大家肃静，说合议庭会合理考虑大家意见。

就在合议庭认真合议，认定薛冬梅无罪，准备提请宣判时，主审法官接到一个电话，匆匆回到法庭，宣布休庭。吴蜀南不满，还要力争，主审法官已离席而去。

给主审法官打电话的是法院院长。法院院长是在市委书记室，当着危存虎和杨世杰的面，给主审法官打的电话。

大约开庭前半个小时，杨世杰进了书记室，说有个人重要情况需向组织如实报告。危存虎知道薛冬梅案开庭在即，道："不用报告我也知道，今天是你夫人案子开庭的日子。作为家属，你应该到庭，为啥不去法院？"

杨世杰声音低沉："我问心有愧，不敢面对庄严的法律。"危存虎道："据说薛冬梅是屈打成招，法律有可能还其清白，你何愧之有？"杨世杰道："我不仅愧对法律，还愧对组织。"危存虎道："到底怎么回事？你说吧。"

"这段时间我很纠结，很痛苦，一直鼓不起勇气，向组织坦露心迹。"杨世杰痛心疾首道，"今天薛冬梅案开庭，律师吴蜀南信心满满，准备做无罪辩护，我才意识到，再不在组织面前讲清自己的问题，那就为时已晚。"危存虎道："觉得有问题，主动向组织交代，说明你态度端正，心里装着组织。"

得到危存虎首肯，杨世杰略觉安慰，道："书记可能不太清楚，我是苦孩子出身，父亲死得早，全靠母亲一手把我和哥哥拉扯大。母亲没文化，但正直坚强，从小教育我哥俩，要堂堂正正做人，规规矩矩做事，别走歪门邪道，走歪门邪道不可能有好结果。举头三尺有神明，自欺欺人，良心会不安宁，害人终害己。还要我哥俩爱党爱国爱人民，我哥初中毕业回乡，母亲就引导他向组织靠拢，成为一名党员，第二年应征入伍，随部队到对越反击战前线，牺牲在战场上。哥的骨灰由连长送到我母亲手上时，母亲当场哭晕在地，但醒过来后把眼泪一抹，对我说你哥为国家光荣牺牲，做母亲的不后悔，如果国家需要，还会把我送到部队。连长非常感动，经请示部队首长同意，把才十六岁的我带走，进入哥生前的连队当兵。有哥做榜样，我在部队表现突出，很快入党提干，后转业地方，从基层一步步走到今天。"

　　危存虎微微颔首，认真听着杨世杰的叙述。杨世杰继续道："正是母亲言传身教和组织培养扶持，我一辈子正直为人，谨慎为官，不贪不腐。不想也因此得罪了一些人，包括曾做过我上司的领导。为此我也迷惑过，怀疑过自己，这是不是明智之举。但只要回到母亲身边，面对母亲明澈的目光，我就变得泰然坦荡，觉得自己没有错。母亲吃过太多苦，身体一直不好，后患上尿毒症，我要送她住院，她别的要求没有，只有一条，不能告诉我的同行和下属。可还是没能瞒住消息，有人趁机去医院给母亲送钱，母亲很生气，拔掉针头，愤然回了乡下，说不如早死，免得让儿子犯错。我和薛冬梅好说歹说，才把母亲劝回城里，不再住院，只定时去医院做透析。母亲是农民身份，那时的农村医保还不健全，透析花费又大，家里积蓄很快用光，薛冬梅只得到处借钱。数年下来，等到去年母亲去世，悄悄把她老人家送走，家里已债台高筑，愁得薛冬梅一筹莫展。"

　　说到这里，杨世杰做个深呼吸，望望挂在窗外天空的浮云，缓缓道："不怕书记见笑，家里太拮据，七八年来薛冬梅几乎没添过新衣。说出去自然没人相信，堂堂副市长夫人穷酸到如此地步。可这是我家的实际情况，绝无半句虚言。好在薛冬梅习以为常，也不怎么怪我，只偶尔发发牢骚。我对不起她，她发牢骚我也只能温言安慰两句，却解决不了实际问题。可薛冬梅毕竟不是圣人，身上背着沉重债务，总感觉不是滋味，想着早日还清，过几天轻松日子。也就是这个时候，钱小鹏把她召去，拿出亮花花的五万美金，薛冬梅犹豫再三，还是收下了。"

　　危存虎大吃一惊，道："你意思是薛冬梅确实拿了钱小鹏五万美元？那吴蜀南还怎么给薛冬梅做无罪辩护？"杨世杰苦笑道："薛冬梅的确收过钱小鹏五万美金，吴蜀南却掌握了薛冬梅没有收钱的证据，这实在有些荒诞。事实是薛冬梅所收的五万美金最后到了我手上，我自然没法自欺欺人。"危存虎道："那五万美金呢，还在你那里？"

　　杨世杰摇摇头，道："薛冬梅收了钱小鹏五万美金后，心里发虚，没拿去还债，也不敢跟我说。直到钱小鹏被抓，她心中恐慌，才跟我说了前因后果。我又气又愧，更担心一世清白毁在这五万美金上面，不敢跟组织坦白，便悄悄把钱捐给了慈善机构，多少存了个侥幸心理。过后我每天都在痛苦纠结，扪心自问，还是潜意识里私心作怪，害怕事情被组织知道后，影响自己的仕途。虽不好利，这却是好名、好权。而好的这个名，只是自己的虚名，并没有什么价值，也不能给我带来真正的荣誉感。好的这个权，也是名不正言不顺的权，是没有建立在群众基础上的权，是不稳当的权。以这样的心态去掌权，迟早有一天会被权所害，跌落马下。作为一个老党员，这也是对党不老实不忠诚的表现。我为自己一时糊涂后悔莫及，觉得这么下去我的良心会一生不安，才痛下决心，走进书记室，向危书记您，向组织完全坦白。危书记您只管按党纪国法处理，无论是开除党籍，还是撤销职务，世杰甘愿接受，绝无怨言。"说完后，杨世杰仿佛放下了什么包袱一样，长吁了一口气，抬起头，眼睛直视着危存虎，等待他的处分意见。

危存虎看着杨世杰，半天没有吱声。好一阵他才开口道："我有两点意见，世杰你听一听。"杨世杰坦然道："请危书记指示，世杰遵照执行。"危存虎道："一是赶紧通知法院，暂时停止庭审；二是你上安州求见省纪委黄河清同志，当面向他讲清问题，若有必要，我答应陪你去。"

这是亡羊补牢的最佳选择，杨世杰立即表示照办遵行。危存虎打电话给法院院长，简单说了事情原委，法院院长随即通知主审法官，暂时中断庭审程序。

听到主审法官宣布休庭时，吴楚东便意识到吴蜀南白忙活了数月。

走出法庭，来到车上，吴楚东打通杨世杰电话，问他在哪里。杨世杰说在去安州的路上，危书记也在车里。薛冬梅庭审中断，杨世杰与危存虎同车往省城赶，二者间有无联系呢？吴楚东不好问两位领导去安州干啥，跟杨世杰道过再见，他将车停在路边，坐在驾驶位上呆呆地出神。过了一会儿，他仿佛下定了什么决心似的，拿出手机拨了韦叶舟的号码。不待吴楚东开口，韦叶舟便道："二十分钟前，杨世杰来电话问我黄书记在哪里，这下你又打我电话，是不是也要问黄书记？"

这话证实了吴楚东的猜测，杨世杰与危存虎去安州何干不言而喻。吴楚东道："楚东哪有资格问黄书记？"韦叶舟问："那你有什么事？"吴楚东道："没事不能打你电话？"韦叶舟笑道："没事当然可以打电话。可你打电话，一般都有事。"吴楚东道："那没事我也得想点事出来麻烦麻烦你。见着世杰常委，请你转告他，我也正在赶赴省城的路上，有话跟他说。"韦叶舟道："有话为何不在儒州跟世杰常委说，非辛辛苦苦往安州跑？"吴楚东道："有些话在儒州说与在安州说，那可不太一样。"

挂掉电话，吴楚东把住方向盘，直奔城外高速公路入口。赶到安州，来到省纪委楼下，泊好车子，见危存虎小车停在不远处，吴楚东过去敲开驾驶室车窗，司机说他们刚到不久，危书记和杨常委已经上了楼。

吴楚东发短信给韦叶舟，说自己就在楼下。韦叶舟很快出现，对吴楚东道："黄书记正跟人谈事，存虎书记和杨常委在我办公室静候，你是有话单独跟杨常委说呢，还是跟他俩一起说？"吴楚东道："跟他俩一起说更好。"

把吴楚东带进自己办公室后，韦叶舟便掩门走了出去。危存虎和杨世杰早得过韦叶舟的话，对吴楚东的出现不惊不讶，也不吱声，只拿眼睛望着他。吴楚东知道杨世杰已跟危存虎说了实情，也不转弯，搓搓双手，直接道："报告危书记和杨常委，其实钱小鹏当时给我也送了五万美元，不过我没收，又退给了他。这事我没有及时向组织交代，今天特禀报给两位领导……"

没等吴楚东说完，危存虎挥挥手，道："吴楚东不用多言，既然到了省纪委，待会儿就跟我俩一起去见黄书记，当他面再说不迟。"

吴楚东闭上嘴巴。三人沉默着，屋里空气有些憋闷。好在韦叶舟很快推门进来，说黄书记已经有空，带着三位出门，走进书记室。黄河清刚送走客人，正在收拾残杯，见着危存虎三位，转身把客人迎到座位上。韦叶舟给危存虎他们倒好茶水，转身准备出门，黄河清叫住他："你了解一些情况，也一起听听吧。"

听黄河清的口气，估计已从韦叶舟那里得知危存虎三人来意。韦叶舟挪把椅子，坐到办公桌一侧，从身上掏出本红壳笔记本，准备做记录。这是有经验的机关干部的工作作风，走到哪里都会带着笔和本本，以便领导有吩咐，随时掏出来记录。

危存虎是一地市委书记，黄河清自然熟悉。跟杨世杰也见过面，只是印象不太深，毕竟全省各市州常委以上领导加一起上百，黄河清不可能认全。危存虎介绍过杨世杰和吴楚东，检讨道："作为儒州党委领导班子班长，存虎没管好手下干部，让他们犯了不该犯的错误，责任首先在我，特来向黄书记请罪。"

听过危存虎的开场白，黄河清的脸色沉了下来，说："存虎同志有事直说吧！咱们都是党员干部，襟怀坦白，没啥可遮掩的。"危存虎道："存虎知道黄书记喜欢干脆。具体问题出在杨世杰和吴楚东两位同志身上，就让他俩亲自向组织交代吧。"

危存虎说着，侧首瞧了身旁的杨世杰一眼。杨世杰嗫嚅片刻，开始自叙身世，以及薛冬梅所收五万元美金的来龙去脉，与在危存虎面前说的差不多。说完杨世杰还拿出银行汇款回单，起身交到韦叶舟手里，以证明五万美金确已捐给慈善机构。黄河清紧抿嘴唇，冷眼望着杨世杰，没有插言，让他从容把话说完。

杨世杰住嘴后，黄河清还是没有任何表示，只把目光从杨世杰身上移开，望向危存虎。危存虎考虑到吴楚东不是省管干部，不便直接让他开口，先请示黄河清道："吴楚东同志与杨世杰同志的问题有关联，既然吴楚东同志已到场，黄书记能否也听听他的检讨？"

黄河清不说行，也不说不行，只是面无表情地向吴楚东看过去。吴楚东躲避着黄河清冷峻的目光，仿佛芒刺在背，颇不自在。但他很快调整好心态，咳开堵在喉头的痰，道："我的问题比杨世杰同志更严重。杨世杰同志因妻子薛冬梅拿了钱小鹏的钱，过后薛冬梅才告诉他，他又立即捐给了慈善机构，觉悟还算高。当时钱小鹏也送了五万美金给我，我没有收。可我担心两会在即，影响杨世杰同志选举，明知道薛冬梅收了钱小鹏的钱，却还替她打埋伏，百般掩盖。"

儒州选举风波无人不晓，吴楚东端出此事，意思是有问题没及时向组织交代，确属投鼠忌器，迫不得已。杨世杰也自有苦衷，不想在关键时刻为难组织，让别有用心的人抓住把柄，而今风波过去，眼看律师为薛冬梅进行无罪辩护即将成功时，主动向组织交代问题，虽说有些晚，但反省错误、亡羊补牢，也是挽救自己的正确态度。

又就儒州选举风波和吕开基他们搞刑讯逼供，对抓来的人大打出手补充几句，吴楚东结束了检讨。黄河清还是默默无声，目光落在危存虎脸上。危存虎道："杨世杰同志和吴楚东同志今天所述，与他俩在我面前说的没啥区别，杨世杰同志是省管干部，又与儒州选举风波不无关系，还请黄书记指示。"

黄河清没明确态度，只是道："你们的汇报我已听明白，叶舟同志也做了记录，至于怎么处理，还是交到纪委常委会集体讨论吧。"

三人起身，向门口退去。黄河清送出门外，对身旁的韦叶舟道："叶舟带三位客人去机关食堂吃个工作晚餐吧。"危存虎忙打拱手道："谢谢黄书记关怀，咱们得抓紧赶回儒州，好多工作在等着呢。"黄河清道："行吧，就你们的便。"

韦叶舟陪三位下楼，先送危存虎和杨世杰上车离去，再对吴楚东道："你还是领黄书记的情，代表存虎书记和世杰常委，去食堂吃个工作餐吧？"

"我哪还吃得下工作餐？"吴楚东打开车门，把韦叶舟请到里面，"黄书记好威严！头次近距离跟他接触，还是检讨自己过错，吓得我差点都尿了。"韦叶舟笑道："那你打开拉链检查一下。"吴楚东道："不还差点吗？叶舟说说，黄书记会怎么收拾我和世杰？"韦叶舟道："黄书记怎么收拾你俩，我哪知道？要么我给你安排个住处，再叫今朝来陪聊？"

吴楚东心不在焉，道："下次吧，我还是回儒州去。你也赶快上楼，不然黄书记有找，见不着人。"韦叶舟道："你怎么知道黄书记有找？"吴楚东道："你是第二纪检监察室主任，黄书记又让你现场记录今天的谈话，肯定会让你参与处理我和杨世杰。"

韦叶舟笑而不语，在吴楚东腿上拍拍，下了车。果然上楼才回室里，黄书记秘书就来通知，说黄书记有找。韦叶舟走进书记室，黄河清道："明天上午召开纪委常委会会议，由你通报杨世杰和吴楚东的问题，再报请省委书记韩石江同志批示。"

韦叶舟答应着，出门来到纪委办公厅，请他们通知各纪委常委，明天上午开会。隔日上午黄河清主持纪委常委会，由韦叶舟通报杨世杰和吴楚东两人的问题，形成会议纪要。两天后黄河清带着纪要求见省委书记韩石江，韩石江道："此事牵涉到儒州选举风波，河清同志还是先跟秋山同志通个气，听听他的意见，另择时间上会。"

韩石江所说"上会"，就是将议题拿到省委常委会上讨论之意。黄河清找到颜秋山，转达过韩石江的话，颜秋山叹道："那场选举结束后，我就知道事情还没完，果不其然。"黄河清道："秋山同志觉得该如何处理杨世杰和吴楚东？"颜秋山笑道："这是纪检部门的事，河清同志怎么问起我来啦？"黄河清道："是纪检部门的事没错，可韩书记亲口要我跟你通气，我总不好隐瞒他的指示精神吧？"颜秋山道："杨世杰和吴楚东的问题并非孤立存在的，我也不知怎么回答河清同志为好。我这里斟酌斟酌，有了初步想法，常委会上再发表浅见如何？"

也许韩石江让你跟颜秋山通气，只不过让颜秋山先有思想准备，常委会上好拿出合适的意见。黄河清认可道："行行行，到时再听秋山同志的高论。"

一周后的省委常委会上，先议过几项重要工作，黄河清拿出省纪委常委会会议纪要，通报了杨世杰和吴楚东事件的基本情况。这是儒州选举风波余绪，背景复杂，常委们心知肚明，没人愿意开口，会议室里一阵沉默。韩石江只好道："杨世杰属省管干部，去年儒州两会前还曾被确定为市长候选人，因妻子薛冬梅收受贿赂事发，候选人资格被临时取消，另外选举刘天龙为市长。想不到时过境迁，杨世杰主动向组织交代，他不仅知道了妻子受贿的事实，还亲自把贿款捐给了慈善机构。同志们有何看法，可各抒己见。"

好半天依然没人出声。最后还是省委常委、省委政法委书记熊继为开了腔："薛冬梅收受贿赂，杨世杰知情不报，对组织不老实不忠诚，说明当初省委取消其市长选举人的决策非常英明。尤其颜秋山同志亲临儒州，以高超的政治智慧，力挽狂澜，完成省委交办的选举任务，非常值得称道。当初省委本着爱护干部的好意，没给杨世杰进一步处分，还留着其市委常委身份，已算仁至义尽。现其违纪违法行为大白于天下，为正风反腐，建议立即取消杨世杰的市委常委身份，由省纪委派出工作组展开调查，若发现更为严重的违纪违法行为，该双规双规，该收监收监，绝不能姑息。还有吴楚东，知情不举，还替薛冬梅遮掩，也不能轻饶。"

熊继为说完，会议室里又陷入沉默。韩石江扫一眼会场，道："其他同志有何意见？"黄河清道："杨世杰与吴楚东两人的问题与儒州市长选举有着一定联系，秋山同志是那场选举的亲历者，你肯定有自己独特的看法。"

颜秋山看看韩石江，又瞧瞧黄河清，最后朝熊继为望过去。见颜秋山目光犀利，仿佛无数针尖直刺过来，自信强硬的熊继为暗觉心惊，下意识扭扭脖子，瞥向一边。颜秋山这才道："在当初选情汹汹的特殊情况下，杨世杰和吴楚东没能及时交代问题，其情可原。何况杨世杰事前不知夫人受贿，事后得知薛冬梅收受过钱小鹏五万美金后，立即将钱捐给了慈善机构。吴楚东则是拒贿。现时过境迁，在两反局仅有薛冬梅口供，而薛冬梅却当庭翻供并提交对她有利的证据下，杨吴两人却主动找到组织，一五一十交代清问题。由此可见，杨世杰和吴楚东没有丧失党性原则，这一点组织应该给予充分肯定。"

好不容易揪住杨世杰和吴楚东的尾巴，熊继为自然不肯松手，反驳道："杨世杰和吴楚东违反党规党纪，情节恶劣，影响极坏，若不给予严肃查处，何以明纪法、正风俗？只要查下去，我敢保证，此二人问题还会更多、更严重。"颜秋山反唇相讥道："怎么查处？由谁来查？交给吕开基那样的打手胡作非为？"

听到"吕开基"三个字，熊继为心里咯噔一下，忙掩饰道："吕开基是谁？难道颜部长分管公安或安全部门，有人给你提供特殊情报？"

这话已带有明显的挑衅意味，但颜秋山不急不躁，道："要不要我给熊书记介绍介绍吕开基是谁？"熊继为道："免了免了，我还没那么大好奇心，非听你的故事不可。"颜秋山道："不是我的故事，是吕开基的故事。你不喜欢听故事没关系，说不定韩书记和其他常委领导有这方面的兴趣呢？"

韩石江觉得熊继为和颜秋山两人话里有话，道："秋山同志别遮遮掩掩，有什么故事就拿出来，让大家开开眼界，长长见识。"颜秋山道："我要讲的故事在一张移动硬盘里，需要常委值班室的同志传到屏幕上。"

颜秋山说罢，从包里拿出一张不大的移动硬盘，举到头顶晃了晃。常委值班室的人得到韩石江许可，上前接过颜秋山手里的硬盘，插进电脑里，同时放下墙上的屏幕。

不用说，硬盘是儒州两会选举前夜吴蜀南送给颜秋山的。颜秋山不只一遍两遍看过里面的视频，一直在等待机会公开出来。这不是颜秋山觉得视频好玩，是想给吴楚东一个说法。当时儒州选举风波让省委非常被动，若视频公之于众，后果更加不堪设想。好在吴楚东顾全大局，让吴蜀南把视频交到颜秋山手里，隔日的选举程序才如期完成，没出乱子。

颜秋山眼盯屏幕，心里暗自感慨着。屏幕上出现一间十来平方米的小屋，架着眼镜的吕开基坐在小桌后面审讯吴楚东，问他和薛冬梅收没收钱小鹏的钱。吴楚东不仅不承认收钱的事，还拿话戏弄吕开基，吕开基喝令涂守军打开大灯，屋内大亮。吴楚东闭上双眼。吕开基大叫，说自己已忍了两个多星期，要吴楚东放聪明点，否则让他竖着进来，横着出去。吴楚东戳破吕开基一伙的险恶用心，不择手段逼索口供，无非想确证薛冬梅拿了钱小鹏的钱，好栽到杨世杰身上，叫他没法参选市长。吕开基气急败坏，唤进两个彪形大汉，上前按住吴楚东，一顿拳打脚踢。吴楚东被打得趴到地上，不再动弹。吕开基这才止住两个打手，过来试吴楚东鼻息，看还有气没有。吴楚东抬抬头，小声警告吕开基，采取这么恶劣的手段整治无辜之人，是要付出代价的。吕开基改变策略，说吴楚东不肯自招也行，供出薛冬梅收过钱小鹏多少钱，马上放他走。吴楚东坐起来，笑说薛冬梅收了钱小鹏一个亿。吕开基愣了愣，握拳对着吴楚东挥过去。吴楚东偏头躲开，吕开基身体失去平衡，扑到墙壁上。吕开基气愤不过，再次呼出打手，又将吴楚东暴打一顿。

看完视频，常委们良久无语。韩石江的目光扫过众常委，停在颜秋山脸上："视频里戴着眼镜的胖子是谁？"颜秋山道："儒州两反局副局长，名叫吕开基。"韩石江道："这不是刑讯逼供吗？这人手段真狠哪！"熊继为道："吴楚东知道薛冬梅收过钱小鹏的钱，却对抗组织，拒不承认，吕开基恐怕只能这样。"颜秋山道："吕开基能代表组织吗？哪级组织授权吕开基，让他抓捕吴楚东，对他痛下毒手？"

熊继为哑在那里。颜秋山逼视着熊继为，接着道："当时儒州两会在即，省委已确定杨世杰为市长候选人，吴楚东为维护组织威信和人大选举，不配合吕开基的调查，事出有因，其情可悯。反观吕开基，特殊时期以特殊手段，抓走吴楚东，动用私刑，用心何其险恶？还有薛冬梅，的确不该收钱小鹏的钱，可那些人早不抓她，迟不抓她，偏偏在其丈夫经组织考察被确定为市长候选人的节骨眼上把她抓走，这到底是为了组织考虑还是为了某些私人考虑？"

熊继为低下头，不再吱声。韩石江转问黄河清："河清同志有什么看法？"黄河清毫不含糊道："杨世杰得知妻子收受贿赂后，只是把钱捐给慈善机构，没及时报告组织，肯定得给予处分。薛冬梅收了钱，吴楚东虽没有收，却没向组织说明情况，也属违纪行为，同样得严肃处理。但相比之下，吕开基行为更加恶劣，已有搞刑讯逼供栽赃陷害他人之嫌，那不仅违纪，已属严重违法，查实后必须严惩。且他刑讯逼供吴楚东，目的无非搅乱正常选举，这到底是他个人行为，还是受人指使？我看很有必要展开调查，深挖吕开基背后的黑幕。"

韩石江明确表态道："河清同志说得对，会后纪检部门要做两件事：一是拿出处理杨世杰和吴楚东两人的意见，由常委会讨论决定；二是追究吕开基，是谁指使他抓捕吴楚东，动用私刑，进行刑讯逼供。"

熊继为如坐针毡，大口喝着杯里的茶水，以掩饰内心的慌乱。会一散，便匆匆离场，下楼往不远处的政法委大楼赶。看看左右无人，弯弯腰，钻进树荫里，掏出手机，打通刘天龙电话，把他狠狠训斥一顿，要他不惜代价，非封住吕开基的嘴巴不可。

怎么才能封住吕开基嘴巴呢？刘天龙措手不及，赶紧约见龙志坚，责问道："吕开基刑讯逼供吴楚东的过程怎么被人录了视频，还到了颜秋山手里？"

龙志坚吃惊不小，道："还有这样的事？吕开基反复跟我保证过，从抓捕到审问吴楚东的全过程，只他们几个铁杆兄弟在场，没有任何外人拢边，莫非出了鬼不成？"刘天龙若有所思道："我记起选举头天晚上，颜秋山把市里班子成员召到他住处开会，吴蜀南突然现身，受到颜秋山单独接见，估计吴蜀南就是去送视频的。"

龙志坚不敢置信，说："那时吴楚东还在吕开基手里，吴蜀南从哪里弄到的视频？就算颜秋山那晚拿到视频，为何不顺藤摸瓜，逮住吕开基，非留到今天才公之于省委常委会上？"刘天龙分析道："吴蜀南面见颜秋山那会儿已过子夜，离选举只差几个小时，颜秋山哪还来得及采取措施？调查事情的真相和来龙去脉可不是短时间就能办到的。何况已拿下杨世杰的市长候选人资格，又把我给否定掉，选举怎么办？到时儒州官场地震，社会舆论汹汹，颜秋山回去如何向省委交差？他只好先隐忍不发，等到合适时机再出手。"

龙志坚啄几下脑袋，道："这个分析很合理。只是过去了那么久，颜秋山为何还会拿出视频，弄到省委常委会上去呢？"刘天龙道："颜秋山肯定是冲着熊老板去的。先别想那么多了，还是赶紧想法子封住吕开基的嘴巴，吕开基做过和知道的事太多了。"龙志坚道："怎么个封法？"刘天龙道："怎么个封法是你的事。熊老板交代过，要不惜代价，清除后患。你自己看着办吧。"

不惜代价，清除后患！龙志坚咀嚼着这八个字，脑海里呈现出涂守军的身影。跟刘天龙分手后，龙志坚就联系涂守军，给他交代了任务。

得到龙志坚指令后，涂守军开始行动。

十一

最近吕开基有些郁闷。刘天龙早承诺过，要提拔他为两反局局长，可一直没有兑现，不知会拖到何时。吕开基准备夜里上刘天龙家跑一趟，套套他的口风。当然不能空手往刘家跑，那显得太不懂事。吕开基进了街边银行，取了一包钱出来。

吕家所在小区离银行不到三百米。吕开基提着装了钱的文件袋，不紧不慢向自家小区走去。有辆崭新的小型吉普从后面缓缓追上来。吉普开到吕开基旁边时，副驾窗玻璃悄然降下，有声音从里面传出来："基哥上哪里去？"

吕开基侧过头，见驾驶室里坐着涂守军，先瞧几眼吉普，道："你小子开的谁的车？无牌无号的。"涂守军道："老弟没钱，只好买部便宜吉普，刚提的货，还来不及上牌。哥上哪儿去，我送你。"吕开基道："我哪儿都不去，回家陪老婆孩子。"涂守军笑道："大白天的，回家干吗去？莫非嫂子已洗干净，躺在床上等着你啦？"吕开基骂道："等你个头！下班只差半个多小时了，不回家，还能去哪里鬼混？"

涂守军伸手推开副驾的门，道："前几天我在城边一家饭店吃了顿柴火饭，店家炒了从大山里来的新鲜野生沙鳖，那口味真的太绝了，我带哥去品尝品尝？"

吕开基对吃没讲究，偏偏喜欢沙鳖，尤其野生的，只要听说哪家店子有吃，非跑去一饱口福不可。可想着晚上要去见刘天龙，吕开基不愿为解口馋，耽误正事，道："今晚有事要办，下次再说吧。"涂守军道："离天黑还有两三个小时，出城不到十五分钟，吃过沙鳖再回来办事，时间绰绰有余。"

说得吕开基心动起来，可还是不肯上车。涂守军又道："婆婆妈妈干什么？哥一向雷厉风行，这可不是你的风格。快上车，趁着下班高峰没到，路上不堵，咱们快去快回。保证你吃过还想，到时我再送你几只，你带回家里讨好嫂子，今晚她肯定让你大干快上。"

吕开基忽想起刘天龙也喜欢吃野沙鳖，带几只上门，跟包里的钱一起出手，效果不更加显著吗？想着刘天龙收过钱，吃过美味野沙鳖，高兴之余，肯定会飞快把局长宝座塞到你屁股下面，吕开基不再犹豫，上了吉普副驾。

涂守军打转方向，掉头朝城外开去。嘴里跟吕开基说着话，左手摸向门盒里的奶茶，准备递给吕开基解渴。吕开基喝惯奶茶，对其他饮料都不感兴趣，涂守军已提前在瓶内掺了迷药，只要吕开基喝进肚里，没几分钟就会不省人事，任由你摆布。

可涂守军临时改变计划，松开手指，没拿出奶茶。两人共事多年，吕开基一向照顾涂守军，把他运作成了科长。这次办过吴楚东的事，还答应他等自己做上局长后一定提他当副局长。人家于你有恩，你怎么能如此绝情，急急忙忙送他上路呢？死刑犯上路前，还得吃顿好饭好菜，免得去阴间做饿鬼，老哥们就要命丧你手，怎么也得让他满足一下口腹之欲。至少说好的野沙鳖不能少，否则吕开基死不瞑目，变成鬼都不放过你，岂不麻烦？

十几分钟后，吉普出城，来到山脚的木屋门前。因来得早，还没有别的客人，老板娘见着吉普车，飞快跑过来，迎住两位，又是递烟，又是给槟榔，客气有加。涂守军道："我上周来吃过沙鳖，老板娘还认得吗？"

老板娘连说认得，也不知真认得还是假认得。又问涂守军几个人。涂守军道："你数不清吗？买单数钱时你好像从没数错过。"老板娘笑道："帅哥真幽默。我怕你后面还有客人要来。"涂守军道："后面客人要明天才来得了。"老板娘道："就你两个的话，去楼上小包里要得不？"涂守军道："你说要得就要得。"

把两位领到二楼靠里小包后，老板娘咚咚咚下楼，端来清茶、瓜子，还有一碟黄豆。涂守军抓粒黄豆到手，往空中一抛，仰头伸舌，不偏不倚接住，嘎嘣嘎嘣嚼碎，咽进肚里，对老板娘道："有野沙鳖吗？"老板娘道："有有有，要几只？"

一直不发声的吕开基问道："莫非论只不论斤？"老板娘道："是的，咱们店不论斤只论只。"吕开基道："多少钱一只？"老板娘说："六十元一只。"吕开基道："大也六十，小也六十，有些不公平吧？"

涂守军抓了粒黄豆，正要往空中抛，见吕开基跟老板娘计较，忙道："一看就知哥没吃过真正的山里野沙鳖。真正的山里野沙鳖长得慢，成年后个头差别不会太大。"老板娘道："还是这位帅哥懂行。杀六只如何？一人三只，应该够吃啦。"涂守军道："六只太少，先来十只，不够再上。"

老板娘写在菜单上，问：还要些别的啥？涂守军点了个青椒炒肉和两样野菜。老板娘边记边问喝点啥子。涂守军征求吕开基意见，吕开基说："晚上还有事要办，别喝啦。"老板娘道："咱店里有山上人熬的谷酒，味道蛮好。"涂守军道："谷酒不错，来一壶。"吕开基道："酒你喝，我喝不得，怕误事。"

老板娘拿来小火炉，烧了木炭，坐上酒壶，说酒温好，沙鳖就可上桌。吕开基看着老板娘扭着屁股出去后，道："城里饭店卖的不都是山里野沙鳖么，莫非这个店子格外不同？"涂守军道："城里饭店卖的沙鳖其实都是人工饲养的，不过打着山里野沙鳖的幌子吸引顾客而已。这家店子老板来自大山里，以前常抓野沙鳖出山卖钱，后见饭店卖野沙鳖赚头大，就来这里租屋开店，以亲友抓的野沙鳖为主打菜品，很受客人喜欢。"

十来分钟的样子，老板娘端着沙钵走进小包，搁到餐桌上。沙钵不小，有小号脸盆大。揭开钵盖，腾腾热气裹着沙鳖肉香往外直冒，惹得吕开基咽了咽口水。老板娘从屋角的木柜里拿来勺子，舀了大半碗沙鳖，放到涂守军面前。涂守军大声骂道："老板娘你那两只眼睛是配额头的吧，我俩哪个是老大你都看不出来？"

"我看你两个都是老大。"老板娘咧嘴笑道，赶紧把舀了沙鳖的碗移到吕开基面前。涂守军道："你这是屁话，两个都是老大，那谁是老小？能说你和你老公两个都是公子吗？你两个都是公子，到了床上，谁躺下面，谁趴上面？"老板娘舀好另一碗沙鳖肉，放到涂守军面前，笑笑道："难道我跟老公平躺不可以？"涂守军道："你两个平躺，那你家儿女又是谁日出来的？"老板娘粗话听惯了，不以为意，道："是你日出来的呗，你赶紧出抚养费。"涂守军道："我不敢，怕你老公拿刀冲进来，像杀沙鳖样把我杀掉。"

老板娘倒好冒着热气的谷酒，要两人慢吃慢喝，掩门出去。吕开基不肯沾酒，只顾往口里填沙鳖，连说好吃。涂守军也夹坨沙鳖，塞进嘴巴嚼几下，再嗦口温好的谷酒，连吞带咽，一副很陶醉的样子。吕开基斜了一眼涂守军，用鼻翼吸吸谷酒香味，还是努力忍住，没去碰杯。毕竟比起谷酒，局长位置更重要，不可因小失大。涂守军不好逼迫吕开基，随意问道："哥到底有啥好事，值得你放着这么好的谷酒不喝？"

吕开基咽下嘴里的沙鳖，道："老弟还记得咱们如何修理吴楚东的吗？"

涂守军道："怎么不记得？吴楚东是咱经手过的最难对付的硬官，咱一辈子都忘不了。"吕开基道："办吴楚东前，刘天龙就答应将咱扶正，结果他如愿以偿做上市长，咱还在原地踏步，今晚得去他家里跑一趟，帮他恢复一下记忆。"

涂守军又喝口谷酒，道："拿啥帮刘天龙恢复记忆？"吕开基道："还能拿啥，自然得拿炸药包。"涂守军道："怪不得哥那提袋看去沉沉的，原来装着炸药包。"吕开基道："没法子啊，刘天龙爱财如命，我只能投其所好。"涂守军道："印象中刘天龙好像也好吃沙鳖，我给哥准备几只，晚上哥连同炸药包，一起给他送去。"

这小子还真善解人意。不是为给刘天龙弄沙鳖，咱也不会跑到城郊来解馋。吕开基笑笑，往嘴里送一大块沙鳖，猛嚼起来。涂守军伸掌拍几下壁板，拍得啪啪直响，像放鞭炮似的，同时对着窗外大声号道："老板娘来一下！"

"来啦来啦！"老板娘应声上楼，推门进来道："两位帅哥要添菜？"涂守军道："你就知道添菜，不晓得来陪陪咱俩？没美女陪酒，怎么提得起酒兴？"老板娘道："我一个山里野女人，又黑又粗，哪提得起你们酒兴？"涂守军道："野黑粗有野黑粗的味道，就像山里野沙鳖一样。"老板娘道："那我敬你们两杯谷酒。"

说着老板娘就要去角柜里拿酒杯。涂守军制止道："别急别急，你先给我准备十只野沙鳖，要一般大的，拿到楼上来给我过下目。"

老板娘很快提来一只红色塑料小桶，里面装着十只茶碗大小的野沙鳖。涂守军接过去，瞧两眼，凑到吕开基面前，问他看不看得上眼。吕开基低头瞄瞄，说不错不错。涂守军还小桶给老板娘，道："给我留着，待会儿一起算账。"

老板娘提着小桶要走，涂守军叫住她："先陪我哥喝两杯，不然本帅哥拒不结账。"

老板娘放下小桶，去角柜里取来酒杯，满上谷酒，要跟吕开基碰杯。吕开基推辞几句，还是端杯与老板娘碰碰，喝下一大口。

开了头，就得往下继续。经不住老板娘和涂守军左哄右劝，吕开基很快喝下三大杯，脸上渐渐浮上紫红。看来这谷酒的劲还真不小。也是想着晚上有事，到第四杯，吕开基怎么也不肯再喝，涂守军只得作罢，问老板娘店里有没有解酒药。老板娘道："酒喝到肚里，又解掉，不白喝了吗？"涂守军道："你只说有没有解酒药，废话啥呢？"老板娘道："我店里有在自家茶园采制的老叶茶，解酒效果最好。"

涂守军掉头问吕开基："哥喝不喝老叶茶？"吕开基指着桌上茶壶道："老叶茶和清茶有何区别，别浪费茶钱啦！"老板娘道："老叶茶和清茶一样，不收钱。"吕开基道："不收钱也没这个必要，清茶蛮好喝的。"

涂守军拿出车钥匙，扔到老板娘怀里，道："我那吉普驾驶室门盒里有两瓶奶茶，醒酒效果快，你去给我拿来。"

没两分钟，老板娘取来两瓶奶茶，涂守军接住，先拧开一瓶，交给吕开基，再拧开另一瓶拿着，跟吕开基碰碰，各自对进嘴里，喝下一大口。

结完账回到车上，西岭最后一抹晚霞散去，天地暗淡下来。

走出店子不到两百米，吕开基眼皮开始打架，脑袋昏沉，不禁嘀咕道："谷酒劲再大，也不至于三杯就醉呀，要知道本局长一两斤白酒下肚都没卵事。老板娘莫不是十字坡黑店里的孙二娘，在酒里放了蒙汗药，等着把咱俩剁碎做人肉包子吧？"涂守军笑道："老板娘要做人肉包子，还放咱俩离店上车，活着回城？"

没等涂守军说完，吕开基便歪倒在座椅上，流了一嘴角的口水。

到了三岔口，涂守军没走来时路，往右一打方向，朝后山方向开去。山路弯曲如肠，越来越陡，越来越窄。翻过一个山坳，左拐右绕，再下一道长长的斜坡，有个水库出现在四围山影中，晃着幽暗的波光。涂守军带住刹车，将吉普停到水库堤坝上，侧首看眼死猪般一动不动的吕开基，在他肩上推了推，道："到啦，哥醒醒。"

吕开基毫无反应。山风灌进车里，涂守军打个冷战，抱了抱肩膀。正好触着胸兜里的香烟，拿一支出来点上，猛吸两口，默默望着前方水库。风过水面，没留下任何痕迹，只星光一闪一闪，神秘而诡异，让人感觉有些恍惚。

龙志坚交代任务时告知，组织部已将涂守军的名字报送到市委常委，周末的常委会一开，他就会离开两反局，赴任刑侦大队队长，当然条件是封住吕开基的嘴巴。涂守军原是派出所普通协警，在吕开基任所长期间成为正式警察，后又随他调到两反局，提为科级干部。两人合伙办过不少黑案，抓过好些不该抓的人。坏事做得太多，肯定会遭报应，涂守军知道迟早有一天会陪着吕开基一起进局子，或给他做替罪羊。唯一办法就是灭掉吕开基，不仅可以避祸，还能进步为市管干部，执掌刑侦大权，掩盖罪恶行径。不用龙志坚多说，涂守军便心领神会，盯上吕开基，把他弄到车上，实施封口计划。

烟没抽完，涂守军跳下吉普，朝水库方向撒泡尿，返身打开后排车门，搬来水库建设时留下的石块，塞到里面。塞了十来块，每块六七十斤，加一起六七百斤，足以让吉普沉入水底，永不上浮。可涂守军还不放心，又搬几块放进不宽的尾箱里。这才钻进驾驶室，准备发动车子。一眼瞥见吕开基屁股下压着那只鼓鼓的公文包，心想包里没十万八万，三五万总少不了，不然怎么入得了刘天龙的眼？

涂守军伸手去扯皮包。谁知吕开基身子沉，压得太实，没法扯出来。推推吕开基，吕开基身子往旁一偏，半边屁股略略一歪，公文包到了涂守军手上。又见吕开基脚边搁着那只装有沙鳖的红色小桶，涂守军也提过来，连同公文包，一起拎出车外。这才打响马达，松开手刹，用脚尖点了点油门。

可吉普没动。也许压多了石头，动力不够。涂守军那踏在油门上的脚尖加了加力。吉普终于缓缓往前移动起来，仿佛负重的蜗牛。十米开外是水库边坡，边坡下临幽幽深水。涂守军丢掉方向盘，跳下车，反手甩上车门。

吉普由慢而快，往前滑去。数秒后，车头一低，下了边坡。边坡陡峭，吉普飞速冲向水库，扑通一声栽入水里，激起幽白水花。水花跌落，水面归于平静，仿佛什么都没发生过。

涂守军站在堤上，一手抱着鼓鼓的公文包，一手提着红色小桶。嘴里念念有声："哥你一路走好！"念毕，转过身，向来时路走去。没走多远，又返回来，挨近边坡，倒出小桶里的沙鳖，出声道："哥喜欢吃沙鳖，这些沙鳖全归你，你吃个饱。"

重获自由的沙鳖们连滚带爬，没入边坡下面的深水。涂守军踏上归途。回到城里，天已快亮。他没当面给龙志坚回话，只躲在公用电话亭里，打通龙志坚手机，说事已办完，吕开基再也不会开口了。龙志坚没问办事经过，只答复涂守军，下周就去刑侦大队上任。

涂守军上任前，专门去见组织部长史仁美，向他承认在吴楚东一事上所犯的错误。史仁美对他好一顿批评。涂守军连说惭愧，说自己对吕开基过于盲从，不知不觉就充当了他的打手。真相大白后自己也是追悔莫及。如今愿意主动去向吴楚东请罪，只是担心吴楚东不接受，仁美部长能否代表组织出个面，陪自己一起去，帮忙化解一下吴楚东心中的怨气？史仁美心想你整了人家，现在却让组织来给你平事，把组织当什么了？不过作为组织部部长，消弭矛盾、团结干部也是他的职责之一，又知道涂守军履新，是刘天龙市长大力支持的，便带着他一起去找吴楚东。

涂守军一进吴楚东办公室，便声泪俱下请求他原谅，说当初不知实情，为吕开基所利用，在其指使下对吴楚东动了手，给他的身心造成了莫大的伤害。吴楚东面无表情，没说原谅，也没说不原谅。史仁美见场面僵持，只好开口劝吴楚东，说涂守军当时职责所在，又归吕开基直管，不得已而为之，请楚东大人不计小人过。还说涂守军是办案能手，无论以前在派出所，还是后来调入两反局，业务上非常过硬，办过不少漂亮案子，组织上才让他去公安局负责刑侦工作，请吴楚东支持组织决定。吴楚东还是没吱声。涂守军知道吴楚东这关过不去，以后自己麻烦多多，"咚"一声跪到地上，一边"啪啪啪"自掌耳光，一边说吴楚东不肯原谅，就不起来。俗话说"男人膝下有黄金"，涂守军如此舍下脸面求饶，吴楚东心里还真有些过意不去，好像自己心眼太小，得理不饶人似的，也让站在一旁干看的史部长难堪。便说仁美部长都出了面，我还能抱着私怨不放，让组织为难不成？这页就算翻了过去，该干吗干吗去吧！史仁美夸吴楚东有肚量、顾大局，为工作能放下私怨，是个好干部。要涂守军起来。涂守军爬起来，给吴楚东深鞠一躬，跟着史仁美出门而去。

望着涂守军的背影，吴楚东若有所思。这个人在自己的案子上虽然不是主谋，但也是出过力的。如今"虎"刚要被查，"伥"却先跳出来向自己请罪，这就很有意思了。吴楚东知道涂守军能够上任刑侦队长，是刘天龙在背后起的作用。一个犯了错误，不管怎么说至少也该定性个"失职"的人，却得到了提拔，这就更有意思了。

涂守军上任伊始，便接到一件案子：两反局副局长吕开基失联。市里指示，必须尽快找到其下落，给家属和广大干部群众以满意交代。涂守军调动所有刑侦力量，四处寻找失联者踪迹，但忙乎一阵子，没有任何收获，只好定性为失踪上报，此案暂时搁置。

专程赶来儒州调查吕开基的省纪检工作组，听说当事人失踪，不知去向，感到很蹊跷，却又别无他法，只好回去复命。黄河清把情况报到韩石江那里，韩石江指示，吕开基的事另说，先处分杨世杰和吴楚东。

处分决定下来，杨世杰受到党内严重警告处分，吴楚东受到党内警告处分。薛冬梅的判决也很快宣布，判处有期徒刑一年，缓期两年执行，仍保留工作，回单位继续上班，只是不能再任纪检书记，降职为普通工作人员。

受过处分，就算翻了篇，该放下包袱，轻装上阵，重回工作正轨。杨世杰早跟吴楚东商量过，要去安州接有关专家教授来儒州调查研究，献计献策，振兴地方经济，看来是时候付诸实施了。正准备联系吴楚东，吴楚东像有感应似的，先打来电话，道："已联系好省里专家，如果领导有空，便可成行。"杨世杰问："联系了些什么人？"吴楚东道："联系了荆楚大学商贸学院的贾教授，他负责物色四五个著名经济学家，先与我们见面座谈，商定调研方向，然后随我们到儒州来实地考察。"

贾教授就是陆丽平的丈夫，是吴楚东通过沈柳亭，请陆丽平搭桥联系上的。贾教授的专业领域正是区域经济学，非常乐意与儒州合作。吴楚东提出还要多请几个专家，贾教授闪烁其词道："如今的专家不好请，一般不太肯出面。"吴楚东懂他意思，说："我们提供一定的研究经费，不会让专家们做义工的。"

见吴楚东还算爽快，贾教授放了心，答应联络其他经济学家。杨世杰与吴楚东不敢怠慢，赶往安州，入住事先联系好的五星级宾馆。稍事休息，贾教授和几位经济学教授如约而至，进入宾馆会议室。贾教授面色灰黄，头发稀疏，看上去就知挺用功。一个经济学家，能把理论应用于实践，置办房产，让死钱生出活崽崽来，肯定要费点心思。经济研究与赚钱发财肯定不是一回事，就像研究飞机原理不一定要驾着飞机上天一样。可若只把国家经济研究上去，却把自家经济研究下来，他这经济研究也白研究了。

双方相互介绍完毕，吴楚东宣布座谈会开始，先由市委常委杨世杰致辞，感谢各位光临指导，继而介绍儒州情况，请大家发表高见，为儒州经济建设指明方向。教授们畅所欲言，贡献了发展地域经济的种种见解，让杨世杰和吴楚东深受启发。其中年高德劭的曾教授发言最有水平，最见功力。他是区域经济学的学科带头人，在座各位包括贾教授都是他学生。

为体现儒州市委、市政府对专家教授们的敬意，吴楚东在宾馆里备了盛宴。这时贾教授旁边多了位戴金边眼镜的中年人，贾教授介绍说："这是我的好朋友马教授，临床心理学博导。"马教授玩笑道："搞心理学没人理睬，听说老贾有人请吃，特意过来蹭油饭。"贾教授对大家说："马教授开玩笑，是我请他来的，他就住在附近。最近我睡眠不怎么好，想请他用催眠术帮我提高提高睡眠质量。"

吴楚东道："据说催眠术挺神奇的，将你催眠后，要你说啥就说啥，要你干啥就干啥。"马教授道："没这么邪乎，不过催眠术确实可通过心理暗示，在一定程度上控制人的精神和行为。"吴楚东道："办案时犯罪嫌疑人不肯招供，使用催眠术，肯定容易见效吧？"马教授点头道："应该有点效果。不过依照我国的法律，催眠术所得的口供不能作为合法证据呈堂。且执法机关若对嫌疑人采用催眠术作为侦查或审查手段，本身就涉嫌违法，是会被追究法律责任的。"

第二天一早，专家教授们上了儒州派来的考斯特，由吴楚东的越野车前面带路，往儒州方向奔去。一路顺风，到达儒州，已近中午，危存虎早在儒州山庄等着，为专家教授们接风洗尘。下午又亲自给大家介绍儒州经济建设成就，展望未来美好前景。晚上陪客人们游夜市，观摩儒州风情表演，十一点左右送他们回儒州山庄。

有美人正等在大厅里，见众人进了门，上前打招呼。美人不是别人，是沈柳亭。她是从陆丽平电话里得知贾教授到了儒州，专程赶来看望他。时间不早，没去贾教授房间，就在厅里聊了会儿。还当面与陆丽平通电话，证实她老公确实到了儒州，没被别的女人拐走。又把手机递给贾教授，让他与陆丽平说了几句。

贾教授回房后，吴楚东敲门进去，道："考虑专家教授们难得下来，日程安排过紧，各位辛苦了，楚东特来致歉。"贾教授道："哪里哪里！咱们天天待在书斋里，闭门造车，有这么好的机会大开眼界，正求之不得呢。"

虚言几句，吴楚东从包里拿出本刊物，呈给贾教授，道："这是省政研室内刊，专门供省委、省政府领导决策参考之用的，上面有拙文一篇，还请教授批评指正。"

"批评指正不敢，一定好好学习。"贾教授双手接住，翻开目录，见韩书记署名文章后面便是吴楚东那篇《坚持人民立场》的宏文，不禁刮目相看，道："吴主任还是大才子，文章都跟韩书记发在一起。"吴楚东道："惭愧惭愧，楚东在党校研修时写的结业论文，被省政研室拿去充数，让贾教授见笑了。"贾教授道："吴主任谦虚，我一定认真拜读。"

送吴楚东出门后，贾教授低头翻阅吴文，见观点明确，逻辑清晰，论证有理有据，不得不心生佩服。这种有血有肉又见解独到的文章，写作者须同时具备两个条件：一是扎实的理论基础，二是长期的实践经验，再经深思熟虑，理论与实践得到有机结合，才可能破茧而出，换作长年待在象牙塔里的专家教授，绝对弄不出来。

也是贾教授冰雪聪明，看完文章，立即明白吴楚东来送文章的用意：请你们下来调研纯属走过场，人家早有成熟的构想，且已写进文章里，你们只要照主人意思打打和声，回去依样画葫芦，弄个所谓的调研报告出来，便可交差。这其实更加省心省力省事，真要几位走马观花两天，便煞有介事写出真正符合地方实情的经济发展可行性报告，也无此可能。

贾教授拿着刊物跑到曾教授房间，说出自己想法。曾教授看过《坚持人民立场》，打通贾教授房间电话："我非常认同你的高见，吴主任煞有介事出示刊物，无非要咱们统一口径，佐证其早就写在文章里的观点。这要求也不过分，咱们来到儒州，依主人意思帮帮腔，呼应呼应，也应该嘛！"

  隔日早饭后，各位专家由杨世杰和吴楚东作陪，坐着考斯特离开山庄，实地参观儒凤大道，以及大道两旁的经济体。贾教授和曾教授脑袋里装着吴楚东的文章，说这里的经济体还算有些特色，只是以大道为纽带，属于线性型经济，颇受局限，难得形成大格局。

  接下来离开儒凤大道，沿着漂亮的凤凰河，考察沿河风光带。凤凰河自儒州城西逶迤而至，绕过城南，往东而去，两岸风光带曲曲弯弯，景观倒也别致养眼。只是河两岸一侧挨着城区，一侧傍着绵延山势，空间逼仄，大家认为经济发展后劲严重不足。

  一天很快过去。第二天改变方向，沿着城北砂石毛路，考察儒北区域。沿途是大片大片丘陵，草青木秀，坡多田少，沟沟坎坎间散落着零星农舍。远处山影依稀，像极了画家笔下的写意画。很快来到一处坡地，大家下车，放松放松，吸几口城里难有的新鲜空气。曾教授铺开事先准备好的儒州市区图，像个战地将军，伸手在上面虚画一圈，说："你们看儒州市区多像一只千年老龟，稳稳趴在地上。"

  大家闻言，伸着头过来瞧地图，确实有点龟的味道。曾教授又按图索骥，找到众人所处位置，说："从地图上看，咱们脚下正好是儒州市区版图的中心点。也就是说儒州城建一直停留在南面，离中心区域还有一段不小的距离，更不用说北边未曾开发的广袤空间。"

  其他教授也颇为疑惑，说："儒州的决策者怎么老将眼光放在隘窄的南面一带，却视北面这大片土地于不顾呢？"曾教授抬头望望杨世杰，想听听他的解释，杨世杰对吴楚东道："楚东说给教授们听听。"

  吴楚东说了儒州朱王爷的故事。众人觉得有趣，说："儒州人也真够意思的，这位王爷都死去三百多年了，还突不破他的禁区。"

  "不是朱王爷的禁区，是儒州人自己心里的禁区。"曾教授眼光又回到地图上，在城北区域内发现一条不怎么显眼的河流，建议一起去看看。众人陆续上车，继续前行。上几道坡，下几道坎，穿越数个村庄，一条小河横陈于前。河水清澈，灵动如练，让人眼前一亮。吴楚东介绍说，河叫柳叶河，自北山潺湲而下，先向南，再往西，最后汇入凤凰河。

  城里人难得见到这么清澈洁净的河水，车子停稳，教授们纷纷下车，呼啸着往河边奔去,高绾衣袖,洗洗手,浇浇脸,天真烂漫的样子。虽已是夏天,来自远山纵深处的河水依然带着些许凉意,扎在肌肤上,又刺激,又好玩。

回到车上,曾教授感慨道:"有这条柳叶河,城北的开发就有了保障。我要是儒州主人,一定利用好这里的环境优势,把城北的建设事业做大做强。不过需要强调的是,要坚持科学发展观,不能搞了建设,毁了这条可爱的河,一定得环保先行,实现可持续性发展。"

接着曾教授侃侃而谈,阐述了环保与发展的最新理论,还以事实说话,列举欧洲发达国家建设和环保双轨并行的发展模式,令人耳目一新。

吴楚东挺佩服曾教授口才,心中暗想,头上有乌纱,让人仰慕;袋中有钞票,让人羡慕;肚里有学问,也让人倾慕啊。像眼前这位曾教授,无权无势,卡里可能也没大钱,却腹有才学,叫你不可小觑。都说富贵润屋,才学养心。富贵如浮云,飘忽而来,飘忽而去,哪像才学可伴你一生?过去父亲教育吴楚东好好读书,说知识学到肚子里,人家偷不去、抢不走,一辈子是你的,一辈子受用。可惜现在的人一见书本就头疼,只相信看得见摸得着的权势金银,不相信看不见摸不着的才学,才学若换不来权钱两样东西,屁都不如。

沿着河岸简易的砂石毛路,考斯特继续往北缓行。杨世杰叫吴楚东拿出事先准备好的饮料和水果,分发给各位。贾教授道:"吴大主任平时都有人为你服务,今天却反过来做起了服务员,叫我们怎么受用得起?"吴楚东道:"我本来就是人民公仆嘛,为人民教授和人民学者服务,也属本职工作。"

车到山前,杨世杰看看表,已近中午,道:"大家肚子饿了吧,是不是打道回府,到城郊吃农家乐去?"曾教授指着前方不远的村庄道:"那里不正好有农家吗?随便找户人家,吃点土菜野蔬,也挺好的。"吴楚东道:"人家没准备,恐怕办不出像样的饭菜。"贾教授道:"也不用什么像样饭菜,上些杂粮呀,瓜薯呀,就可以了。"曾教授道:"大鱼大肉吃多了不好,就是要吃些农家粗食。"

"这不太客气吧?"吴楚东掉头请示杨世杰。杨世杰道:"教授们都是性情中人,不讲形式主义,到农家吃吃粗茶淡饭,调调口味,也不失为上策。"

众人于是下车,踏着石板路,朝村头一户农家走去。

不大一会儿,到得农家院墙外。院墙低矮,院子不大,院门倒高高在上。儒州一带农家都建有这样的院门,名曰槽门。槽门上一般会书上郡望门第,比如王氏三槐第、陈氏颍川郡、吴氏三让堂之类。这户人家用隶书写着汉相家三个字。汉相者,萧何也,无疑是萧家人了。吴楚东隔门大声喊道:"萧师傅在家吗?"

话音未落，一只黄狗腾空而起，扑出槽门外。嘴上汪汪大叫，尾巴却左右摇摆着，很友好的样子。随即出现一位五十来岁的汉子，笑着上前迎住众人。吴楚东问道："您就是萧师傅吧？"汉子说："不敢称师傅，村夫叫萧国臣。"

这个名字挺有意味，两千多年前萧何当过刘汉朝廷国相，后代还想着做国臣。萧国臣将客人们请进院子，一边问道："各位领导怎么有空到咱这穷乡僻壤来走走？"吴楚东道："我们不是领导，是些自驾游游客。"

萧国臣望望吴楚东，又望望杨世杰，道："不可能，不可能，你们一定是领导。"吴楚东道："您见我头上写着领导两个字？"萧国臣道："您头上没写着领导两个字，身上却有一股味道。"吴楚东道："什么味道？汗味酸味，还是霉味腐味？"萧国臣道："权味。"

吴楚东忍俊不禁，道："什么权味！我跟您说吧，我是摆小摊的，天天与钞票打交道，说我身上有钱味还差不多，哪来的权味？"

"您就是与钞票打再多交道，身上也没有钱味，只有权味。"萧国臣搬出几条板凳，让各位坐，一边喊屋里女人出来倒茶。又掉头瞧着杨世杰，道："这位领导也一身的权味。"

旁边的曾教授忍不住了，拍着胸脯道："老板瞧瞧，我身上是什么味？"萧国臣笑笑道："你身上没权味。"听主人将您改成你，曾教授有些不爽，却又不得不佩服他的眼力，问道："那我身上是什么味？"萧国臣道："你身上是学究味。"

曾教授不吱声了。连乡下农民都认定自己身上只有学究味，看来你天生是搞学问的命，这辈子就老老实实端这碗饭得了。

女主人用木制茶盘端出数碗清茶，众人正觉口渴，取过茶碗，喝得津津有味，连说好茶。吴楚东把萧国臣拉到一旁，掏出五百块钱，要他做顿农家饭。萧国臣犯起愁来，说："我又不是开饭店的，哪做得出五百块钱一顿的饭？"

吴楚东以为碰上狠主了，又掏两百出来，道："这应该够了吧？"萧国臣道："五百块钱的饭都做不出来，哪还做得出七百块钱的？家里没什么准备，最多给你们杀只土鸡，做两碗腊猪肉，再弄些瓜菜之类，三百元都不到。"吴楚东道："要得要得，就按你说的办。不过五百块钱你得收下，多上些蔬菜瓜薯之类就是。"

萧国臣高高兴兴将钱接住，跑到屋后抓鸡去了。夫妇俩动作还算麻利，饭菜很快做好，众人进屋上桌。闻着香喷喷的土鸡腊肉、菜蔬瓜豆、粗粮糙饭，还有装在篾笸箩里的红薯芋头，众人一个个迫不及待，狼吞虎咽起来，都说好久没吃到这么可口的饭菜了。萧国臣也高兴,说:"如合口味,就多吃些。"

吃饭之际,吴楚东问萧国臣:"这个地方叫什么名?"萧国臣说:"叫龟首寨,又因萧姓人多,又叫萧家庄。"吴楚东正要讨教龟首寨的来历,贾教授打岔道:"你家槽门上写着汉相家,你们能确定都是萧何后代?"

"当然能确定,都有家谱记载的。"萧国臣说着,见贾教授脸上似有疑虑,放下筷子,走进里屋,拿出本发黄的厚厚家谱,摊开给众人看。家谱已很破旧,翻开第一页,是一幅模糊不清的画像,旁注为始祖萧何像。萧国臣不无得意道:"这本家谱还是乾隆年间修的,过去一直放在村口的萧家宗祠里。破'四旧'时,宗祠被毁,是我爹冒着生命危险,从'造反派'眼皮底下抢救出来,才一直保留到今天。"

众人啧啧称奇。吴楚东想起一事,问萧国臣道:"旧时进出儒州,没有城南的公路可走,只能绕道城北,走茶马古道,也不知时过境迁,古道还找不找得到?"萧国臣道:"这条茶马古道就从咱们村后经过,只是久无人行走,只怕路影子都找不到了。"

吴楚东道:"听人说,茶马古道旁有块大岩石,叫吞官石。岩石有嘴,从岩石旁经过的官员,若是清官则可顺利通过,安然无事,若是贪官就会被岩嘴吞进去,葬身岩腹。"几位教授眼睛睁得溜圆,道:"还有这样的奇石奇事?"吴楚东道:"我也是过去到这一带下乡,听人说起,没真正见识过。"

萧国臣证实,茶马古道旁确有一块吞官石,从前儒州人都知道的。大家就要求萧国臣带路,去看吞官石,开开眼界。

萧国臣倒也热情,吃过饭,到屋里打一转,拿把镰刀出来,说:"久无人行的路荆棘疯长,没把快点的刀不行。咱们试探试探吧,运气好的话,也许还找得到吞官石。"

来到村后,前面有条羊肠小道,往山上蜿蜒而去。慢慢小道就消失在荆棘丛中,萧国臣振臂挥镰,在前头砍着荆棘,众人随后跟进。好不容易到得一处崖下,脚前隐约现出一条路来,扒开路面厚厚的草叶,是拼连在一起的不规则的石块。萧国臣道:"这就是过去的茶马古道。"大家道:"找得到茶马古道,就找得到吞官石吧?"萧国臣道:"差不多。"

循着荒没古道,往上攀爬数百米的样子,忽有一块大石横卧于前,萧国臣抬手一指,大声道:"这就是吞官石。"

众人仰首望去,一时看不出大石有何妙处,只是岩体呈红色,有别于他处石头。曾教授有些失望,道:"这石头大是大,好像也没什么稀奇的。"萧国臣道:"这是吞官石侧面,到了正面就不一样了。"

说着，萧国臣领众人往大石另一面绕过去。这时大石成了一只硕大无比的鱼头，就像放大的木鱼。萧国臣道："这大石过去也叫木鱼石，不知何时叫作吞官石的。"

众人暗暗惊异，世上还有这么形象的大石头，恐怕再高明的雕刻家，也不一定雕得这么逼真。在萧国臣指引下，几个人小心爬上鱼头。只见鱼嘴半开半合，勉强可入一人。趴到鱼唇边，往里望去，黑洞洞的，深不可测，但闻訇然有声，不知是风声还是水声。曾教授问："鱼腹有多深？"萧国臣道："这我可没试过，要问只能去问贪官。"

说得众人笑起来，道："还真只有葬身鱼腹的贪官才知道。"曾教授不禁感叹道："石头若能治贪，该有多好！只是贪官脸上又没写着贪字，人要识破尚且难，石头哪有这个眼力？"吴楚东道："自古以来，贪官层出不穷，过去的御史府，如今的纪法部门，想查贪惩贪，费天大劲不一定查得出、惩得了，世上真有石头比御史和纪法部门还神通，多省事啊！"

曾教授感慨道："也正是贪官难查难治，皇权和官府无奈其何，百姓才只有寄希望于石头，企图让石头来惩治贪官。这说明惩贪治贪不仅是政治的需要，也是百姓的强烈愿望，当政者要想顺应民意，必须横下一条心，花大力气狠抓反腐倡廉。"贾教授笑道："曾教授不错嘛，能从政治高度，敏锐发现吞官石的积极意义。"

下山回到车上，众人还在感叹吞官石的奇特，说可惜这里太偏僻，不然将吞官石开发成景点，一定吸引游客。还说可以申请世界文化遗产，弘扬中国人民的反贪精神。马上有人表示反对，说这不是向全世界宣布，中国自古盛产贪官，连石头都挺身而出，充当反贪英雄？

议论过吞官石，又提起萧家饭菜，都说今天算是饱了回口福。贾教授还咂咂嘴巴，说："古人礼失求诸野，今人恐怕食失也只能求诸野。如今想吃到无污染的纯味食物，只能往偏僻乡下跑。"大家都附和，说城里人真可怜，有钱买不到放心食品，饭菜里不是毒素就是激素，不是激素就是色素，还是用地沟油烹饪出来的。

曾教授想起萧国臣，还有些耿耿于怀，道："萧家饭菜确实不错，就是萧国臣有些势利眼。"贾教授道："萧国臣人蛮好的，没感觉他势利眼呀。"曾教授道："还不势利眼？见着吴主任和杨常委，用'您'尊呼领导，说他们身上有权味。轮到我曾某人，改用'你'称呼，说我身上是学究味。"贾教授笑道："怪不得曾教授怀恨在心。要说也不是萧国臣势利眼，是他眼光厉害，你是什么角色，逃不过他的火眼金睛。"

曾教授晃着脑袋，道："我真不明白，他眼睛为啥这么毒，一眼看出吴主任和杨常委是领导，我们这些人却是平头百姓。"杨世杰笑道："领导有领导的特点，其实挺容易看出来的。"曾教授道："杨常委倒点拨点拨咱们，领导到底有什么特点？"

"领导有何特点，一两句话也不清楚，还是举例说明，容易理解。"杨世杰从容道，"某市长担心做久了官僚主义，脱离群众，专门到公交车上去微服私访，了解民意。车上人满为患，市长只能站着。又不甘心，挨个问坐着的人何时下车，挤到快下车的人旁边，待到站时人家起身，就一屁股坐到位置上。靠窗座位上的年轻人就问他，你是领导吧？市长很诧异，说你怎么知道？年轻人说领导嘛，都对位置很有研究。到了下一站，上来一位老人，就站在市长旁边，市长一动不动，还是年轻人站起来，让位给老人。老人落座后，对市长说，你是领导吧？市长奇怪道，你怎么知道？老人说领导都这样，一旦占着位置，就再不肯让出来。这时上来一位孕妇，市长想改变人家看法，热情让位，还关心地问孕妇几个月了，什么时候生。孕妇笑道，你是领导吧？市长颇感困惑，孕妇解释说，领导心里总是装着人民，张口闭口都是民生。正好老年人要下车，孕妇坐到里面，让领导坐回原位。过了一站，上来一个中年人，手上提个鸟笼。市长要让位，中年人说不用不用，站站正好练腿劲。可巧笼里的鸟啾啾啾叫了几声，市长搭讪道，还是只画眉鸟，声音蛮好听嘛。中年人说你是领导吧？市长说何以见得？中年人说领导都喜欢体察民情（鸣禽）。车子驶向郊外，顾客越来越少，市长困意一来，靠在位置上睡熟过去，口水都流了出来。到站后司机喊醒他，说你是领导吧？市长揉揉眼睛，说你又凭什么？司机说领导都看重屁股下的位置，到站了还不肯下去。"

众人都笑，说杨常委做市长时，肯定没少到公共汽车上微服私访。

回到城里，吃过晚饭，安排教授们看儒州地方戏，促进精神文明建设。翌日齐聚会议室，交流考察心得。经仔细分析，教授们认为儒州一定要重新确定战略目标，尽快将经济发展重心向北倾斜。理由也充分，现正处于千年难遇的城市化进程中，只要打开思路，放开手脚，一定能大有作为。曾教授还承诺，回安州后就将调研资料整理出来，以最新区域经济理论为指导，弄一个切合儒州实际的厚重扎实的可行性报告出来，给领导们做决策依据。

吴楚东将各位的意见汇报到危存虎那里，他当场拍板，决定拿出一笔课题经费，为教授们的研究提供有力保障。教授们纷纷表示，危书记如此重视这个课题，他们一定竭尽全力，奉献较高水准的可行性报告，为儒州经济大发展做出应有贡献。

危存虎说话算话，送走教授们后，就叫吴楚东打好报告，交他签字，好让财政出钱。拿着签好字的报告走到门边，吴楚东想起什么，又立住了。危存虎道："楚东是不是还有话要说？"吴楚东转身回来道："确实有话要说，不知书记有无时间。"危存虎道："别管我有无时间，有话你就说，别婆婆妈妈的。"

吴楚东重新坐到危存虎桌对面的沙发上，端过刚才喝过两口的茶水，仰脖喝干，道："事是人干的，书记想干大事，没得力干将不行啊！"危存虎道："你还不是得力干将？"吴楚东道："我充其量是只小小走卒，干将哪算得上？"危存虎道："谁说你是走卒？在我心里你就是得力干将，还需要什么得力干将？"

吴楚东又伸手去拿茶杯，见已空空如也，扭着脑袋，鼓起双眼四处张望起来。危存虎起身提过屋角水壶，来给吴楚东续水。吴楚东躬身迎住，道："怎好劳驾书记倒水？"危存虎道："你为儒州事业操心奔忙，本书记为你服务，也应该嘛。"

喝口热茶，吴楚东这才说道："先得感谢书记安排世杰同志分管政研室，这对政研工作是莫大支持。可他毕竟只是个光常委，分量不够啊！"危存虎道："又来给世杰同志说情？若不是你，他现在还闲着呢，连政研室都管不上。"吴楚东道："说是给世杰同志说情也没错，不过我可不是出于私人感情，而是出于公心。世杰同志是个能人，不让他发挥应有作用，对儒州事业来说，可是个不大不小的损失。"

危存虎沉吟道："其实这事我也考虑过，只是世杰同志免职不久，又刚受处分，这就给他安排位置，只怕阻力很大。"吴楚东道："世杰同志本来就有些冤枉。明明是有人别有用心要整他，害他不仅没做上市长，还免职受处分，仅留个空头常委。"危存虎道："世杰同志确实吃了大亏。可也没法，当时情况特殊，组织上只能这么处理。"吴楚东道："世杰同志吃亏就吃亏吧，主要他是想干事能干事的干才，现儒州正处用人之际，把他晾在一边，实在是个浪费。书记也看到了，要想在儒州干番事业，溜市长他们恐怕不太靠得住。"

这正是危存虎心头隐忧，道："我尽力争取吧。"吴楚东道："书记要争取，一定争取得来。"危存虎道："不见得。这事得省委书记说了算，我又不是省委书记。"

领导已答应争取，吴楚东也该走人了，可他仍坐着不动，好像舍不得桌上的茶水，又端过杯子，搁到唇边，不紧不慢喝了一口。危存虎只得下逐客令："还有事吗？"吴楚东道："我话还没说完呢。"危存虎道："你到底有完没完？你以为我当书记的清闲得很是吧？"

吴楚东放下茶杯，起身道："书记没这个耐心，我走就是。"危存虎道："哟哟哟，还摆起谱来了不是？"手往下压压，道："给我坐下，把没说完的话说完。"

"书记赐座，楚东不从，可是严重抗旨，该当何罪？"吴楚东笑笑，重新坐下。危存虎说："别油腔滑调，快说正事。"吴楚东收住脸上的笑，认真道："能起用世杰同志，若还能把另一个人也招到麾下，书记就如虎添翼，且不是单翼，而是双翼，到时想在儒州干番大业，哪还有干不成的？"危存虎问："这另一个人是谁？"

吴楚东轻声道："禹今朝。"

像不认识吴楚东似的，危存虎鼓大眼睛，看他半天，才道："禹今朝虽已提拔为省政研室副主任，却仍是秋山部长秘书，怎么能招到我麾下？莫非我用得起这样的秘书？"

领导这么看人的时候，脑袋里肯定在飞速转圈，琢磨着你话背后的内涵。危存虎不可能不知吴楚东意思，真以为你要禹今朝来给他做秘书。吴楚东笑笑道："秋山部长很可能会离开组织部，另有任用，书记觉得呢？"危存虎点头道："领导挪位前一般会安排好秘书去向，从禹今朝升任省政研室副主任，可看出秋山部长工作十有八九会变动。"吴楚东道："政研室是个好地方，可提高调研和写作水平，但想增强领导能力，恐怕不够理想。"

危存虎略有所思道："你的意思，禹今朝去省政研室，不过解决副厅待遇，临时过渡一下？"吴楚东道："先解决待遇，再安排重要岗位，也就更加顺理成章。毕竟禹今朝年富力强，不可能在政研室待久。"

危存虎微微点头，道："你继续往下说。"吴楚东道："禹今朝已挂名政研室副主任，秋山部长真要离开组织部，不可能继续带着他，咱们可问问禹今朝，看他愿不愿意来儒州。"危存虎问："若禹今朝肯来儒州呢？"吴楚东道："若禹今朝肯来儒州，最好让他任副书记兼任常务副市长，这样书记就可间接加强对政府那边的领导，到时即使刘天龙不愿配合您工作，都可以通过禹今朝，把市委意图落实下去。"

话到此处，吴楚东打住，没再吱声。还有层意思他没说，危存虎是前任省委副书记放到儒州来的，不久前副书记已到政协做了主席，也就是说现任省委常委班子里，已没有给危存虎说话的人。有人给你说话和没人给你说话，那是截然不同的，这点危存虎比谁都清楚。禹今朝肯到儒州来，颜秋山自然会重视儒州，这对地方经济建设只有好处，没有坏处，同时危存虎也可借助禹今朝，得到颜秋山认可，取得省委支持，进一步做好地方工作，造福于民。

想到此处，危存虎不禁暗暗激动起来，笑对吴楚东道："让你做政研室主任，真埋没了你，应该让你做组织部部长。不过话说回来，你的想法也不是没有一点道理，可以试着找找禹今朝，看他对儒州感不感兴趣。"

一周后，危存虎让吴楚东先联系好禹今朝，两人不声不响上了安州。路上危存虎问道："有什么准备没有？"吴楚东道："有点准备。"危存虎道："有点准备是啥准备？"吴楚东道："政研室太穷，出不起大礼，到县里弄了几桶老式油坊榨的核桃油。"危存虎道："核桃油又香又有营养，且不容易弄到，确实不错，只是分量轻了点吧？"吴楚东道："已不算轻，都是十斤装一桶的。"危存虎瞪着眼道："十斤一桶就够分量了？"

吴楚东还能不知危存虎"分量"一词的意思，笑笑道："核桃油确实非金非银，可不掺假的地地道道的核桃油还真比较稀罕，就是再有钱，也并非想买就买得到的。据内行人说，市场上的油大都由地沟油提炼出来，还无法检测。有些已属第三四代地沟油，虽说表面看去光光亮亮，与地沟两字好像完全搭不上界。"

地沟油还分代，危存虎一时没明白过来，问道："难道地沟油会生崽崽？"吴楚东道："不是生崽崽，是提炼出来的地沟油重新回到餐桌后，再度被回收提炼，一个轮回算一代，如此多次反复，早已到了第三四代，甚至第五代。"危存虎摇头道："饮食环境如此恐怖，谁还敢在外吃饭？可怜咱们这些地方干部，天天不是在陪人，就是被人陪，也不知吃了好多地沟油进肚子里。"吴楚东道："所以咱们送真正的核桃油，才更显真诚。"

十二

到安州吴楚东打禹今朝电话，他正陪颜秋山在外参加一个活动，还要一会儿才有空。两人赶到颜秋山活动地点附近，先找家茶馆，要个小茶室，边喝茶，边等禹今朝。

个把小时的样子，禹今朝赶过来，陪两人喝茶。没喝上几口，正想转入正题，禹今朝就张大嘴巴，一连打了好几个哈欠，眼皮沉重，有些撑不开了。

可能是颜秋山太忙的缘故。外界早有传言，说他和熊继为两个正在竞争省委副书记的位置。领导忙，秘书自然没得轻松，连休息日都要跟着连轴转，禹今朝才这么疲惫不堪。吴楚东就问："最近今朝可能较辛苦，没怎么休息吧？"

禹今朝捂捂张得天宽的嘴巴，又搓了几把脸，道："跟部长出省跑了几天，昨晚才飞回来。今天一大早又出门，陪他到郊外看望一位退休的副国级领导，接着马不停蹄回来参加城里的活动，喘息的机会都没有。"吴楚东建议道："这栋大楼左边裙楼里有个足浴城，干脆到那里去洗个脚，好好躺会儿。"

禹今朝说行。三位来到足浴城，要了个三人间。才将脚搁进热水桶里，放平身子，禹今朝就脑袋一歪，沉睡过去，还起了不大不小的鼾声。为不影响他休息，危存虎和吴楚东也不怎么说话，去望天花板。望着望着，不久困意袭来，也渐渐进入梦乡。

洗完脚，睁开眼睛，一看时间，已过五点。吴楚东道："找个地方吃地沟油去。"禹今朝不解，问："吃什么地沟油？"

危存虎笑着说了说两人车上关于地沟油的讨论。禹今朝也道："是呀，现在酒店和宾馆越来越高档，吃的东西什么都有，却谁也不敢保证炒菜的油不是地沟油。"吴楚东道："家里吃的油也难确保不是地沟油，只要是从市场上出来的。"

洗脚时的小睡真管用，待到得餐桌上，禹今朝已是精神抖擞。不过三人不是来拼酒的，也就喝得随意，显得斯文。几轮下来，吴楚东开言道："危书记是儒州当家人，天天干不完的活，抽空专程赶过来见今朝主任，的确不容易。"

禹今朝望望吴楚东，又望望危存虎，道："你们这么一本正经的，不是出了什么事吧？快别吓我，我可不是'厦大'的。"危存虎笑道："知道你不是厦大的。是这样，存虎去儒州已有些时候，虽说多少做了些实事，却不显著，不突出，有负于省委栽培和儒州父老乡亲的殷切期望。原因主要在我这个当书记的能力欠缺，同时也与儒州班子力量不够有关。这阵子我老在想，如何才能充实班子力量，共同把儒州的事业干好，干出成效。想来想去，又想到今朝老弟，恐怕只有您才能助愚兄一臂之力。"

禹今朝不懂危存虎何意，道："是不是要我找部长，给儒州班子安排人？"

危存虎道："正是这个想法。不过不能安排一般人，要安排就安排能人。"禹今朝问："什么能人？"危存虎道："像你这样的能人。"禹今朝笑道："我算什么能人？庸才一个。"

"今朝太谦虚了。"危存虎也笑笑，直接说出请禹今朝去儒州任职的想法。禹今朝沉默半晌，道："两位仁兄有如此美意，是看得起今朝，今朝深表感谢！部长离开组织部的说法已非一天两天，若他另有高就，今朝自会去政研室履职，毕竟已挂了个政研室副主任头衔，且兼管室刊，还不至于失业。但前脚走进政研室，后脚又转身离开，恐怕组织上不会这么安排干部，今朝暂时还真没法明确答复两位。"

吴楚东笑道："也不是要今朝马上答复，你心中先有个数嘛！反正迟早会离开颜部长，与其留在省直机关，还不如去下面干几年，干出政绩后，再进省班子。要下去，儒州确实值得考虑。今朝很清楚，儒州是仅次于省城安州的人口大市和经济大市，发展潜力非常大。尤其儒北大片闲置土地，只要开发起来，很快就会大见成效。你给我编发的《人民立场》已做过这方面的设想。世上最远的距离不是从马里亚纳海沟到珠穆朗玛峰，而是想到和做到之间。缩短这个距离不是没有办法，那就是依靠人才。危书记请今朝去儒州，说白了就是想借您的才干及在省里的资源，助他一臂之力，把儒州的事业干起来，造福一方。"

话说到这个份儿上，危存虎也干脆挑明道："今朝兄弟若去儒州，就做市委副书记，兼政府那边的常务副市长，再起用世杰同志，配合你一起抓经济。楚东也在这里，他更没的说。到时不信儒州事业起不来。我也不可能老待在儒州，过几年一走，到时儒州就是你们施展才华的天下。"

说得禹今朝心里怦怦直跳，心想真像危存虎所说，在儒州干出一定政绩，上面又有颜部长支持，自己日后接任危存虎的市委书记，也不是没有可能。到了市委书记任上，离省委班子就只一步之遥，此生也算是志遂功成了。唯有担心现任市长刘天龙并非善类，横在前面，不容易摆平。都知道刘天龙手段毒辣，上次本非他的市长候选人，硬被他借熊继为之力，死死拖住杨世杰，把自己弄了上去。不过禹今朝的话说得很策略："儒州不还有个刘天龙吗？他的工作能力应该比较强。"

危存虎不便在禹今朝面前说道刘天龙，只道："也还可以，也还可以。"吴楚东道："刘天龙市长能力没的说，不过他与世杰同志有所不同。世杰同志是个干事的，全心琢磨事去了，不怎么琢磨人，差点弄得家破人亡。"

杨世杰是干事的，刘天龙与杨世杰不同，刘天龙就不是干事的。禹今朝觉得吴楚东的话有意思，借说杨世杰的是，来道刘天龙的非。不过刘天龙是什么人，不用吴楚东多言，禹今朝心中也有数。颜秋山说过，这种人太聪明，搞点小伎俩，偶尔会得手，欲成大气候，还是别存幻想。禹今朝也清楚危存虎和吴楚东的话留了半句：只要你到儒州去做副书记兼常务副市长，刘天龙就不可能完全把持政府，市委意图就可以成功贯彻下去，落地实施。

"能去儒州做危书记副手，干番像样的事业，今朝自然求之不得。"禹今朝明确道，"但这不是我想去就去得了的，还要部长支持，省委常委通过。"危存虎道："今朝兄弟有这个想法，颜部长那里我可以做做工作，同时你也与他沟通沟通。"

禹今朝摸摸脑袋，道："部长刚从外地回来，这几天活动排得满满的，不知有没有时间见你们一面。"吴楚东笑道："他老人家要见谁，还不得听您大秘的安排？"禹今朝摇头道："有时我可以安排，有时还真安排不了。"又道："后天有个小范围的企业家联谊会，如果你俩还在安州，看能不能瞅空与他说上几句话。"危存虎道："也要得，在安州多待两天就多待两天，后天见过颜部长，再回儒州也不迟。"

走出酒店，两人送禹今朝回家。车入省委大院，来到禹今朝家楼下，吴楚东从尾箱里提出四桶核桃油，道："儒州没什么特产，就是乡下野生核桃油还算地道，是如今难得一见的老式油坊榨出来的，给今朝和颜部长带些来尝尝，还请别嫌弃。"

禹今朝痛快收下，道："有这么纯正的核桃油，也就可少吃几餐地沟油。"危存虎道："你与颜部长喜欢，以后再送就是。"

出得省委大院，吴楚东开车把危存虎送回他在安州的家。道过晚安，吴楚东上车来到平时常住的宾馆。办好入住手续，进到房间，刚换上拖鞋，脱衣服准备上卫生间洗澡，手机响起来，危存虎打来电话问："明天没什么安排吧？"吴楚东道："没有安排。书记有何指示？"危存虎道："若没别的安排，去看看曾教授他们吧。"吴楚东道："一切行动听书记指挥。"

第二天早上，吴楚东到二楼餐厅吃过自助餐，开车接上危存虎，去了曾教授家。曾教授住在大学里，还是二十世纪九十年代的旧房，家里陈设也很简陋，没一件高档家具。接过吴楚东提的礼物，又听危存虎说是专程上安州来看望自己的，曾教授很感动，一再拍着胸脯承诺，一定给危书记和儒州人民交出一份合格答卷。

告别曾教授，往贾教授家赶。

贾教授住的是独栋别墅，外带花园，还有游泳池和微缩高尔夫球场。里面装修豪华，家具都是意大利进口货。与曾教授家相比，简直一个天上，一个地下。危存虎感叹道："楚东啊，咱们做几辈子的公务员，也别想住上这么好的别墅。"

吴楚东给出的理由也简单："贾教授是经济学家，有经济头脑，赚钱是他的强项。"危存虎道："曾教授不也是经济学家么，怎么还住在学校的普通楼房里？"贾教授接话道："曾教授是学科带头人，全国著名经济学家，心思在学问上，其余不屑一顾。不像咱们学问搞不出成就，只好搞点钱，满足一下物质方面的欲望。"吴楚东道："贾教授谦虚，您是实践型经济学家，曾教授是理论型经济学家。"

没见陆丽平在家，吴楚东随便问道："陆医生呢，是不是被贾教授藏了起来？"贾教授说："现在的女人谁藏得着？一早就上班去了。"危存虎道："贾夫人不在家做全职太太，还用去上班？"贾教授道："我早说过她，家里又不缺她那点工资，没必要天天起早贪黑往单位跑。可她不听，我也没法。"吴楚东笑道："我看陆医生只是不想在家当富婆过闲日子。其实人过得太闲也难受，还容易出事。她也不指望那点工资发大财，要发大财还是要数那些做生意的。现在去看楼盘，售楼小姐都不问你在哪上班，只问你做什么生意。"

从贾教授别墅出来，危存虎不解道："贾教授一个大学教授，无职无权，哪来这么多钱？"吴楚东道："他是炒房产炒富的，家里房产起码过了两千万。"危存虎叹道："都说官员是既得利益者，看咱们这些做官的，既得了什么？在贾教授面前简直就是贫下中农。"

吴楚东笑道："贾教授是理科教授，这不是赚大钱的专业，他投资房产，才慢慢滚大，做上富家翁。大学里最有钱的是工科教授，利用手头技术，在外办公司，或与企业合作，上亿资产和股份都不足为奇。"危存虎道："早知做大学老师能发财，当初就应该到大学去，不该从政。"吴楚东道："大学教授也不是谁人都能发财，发财的永远只是少数。"

"那倒也是。"危存虎点点头，脑袋里还抹不去贾教授的别墅，若有所思道："楚东对如今的房地产有什么看法？"吴楚东不知危存虎此话何意，问道："书记也想投资房地产？"危存虎道："我一无闲钱，二无闲工夫，怎么去投资房地产？我是问你，儒州的房地产业刚刚起步，房价还不太高，以后会不会也像安州一样热得起来？"

吴楚东分析道:"房地产热不热得起来,主要取决于供需关系。如今只要稍有条件,乡下人往镇上跑,镇上人往县城跑,县城人往地市和省城跑,同时还有那么多大学毕业生,留在城里不肯走,一段时期内房屋的硬需求只能越来越大,无论哪一级城市,房地产都会不同程度地热起来。"危存虎道:"说具体点,比如咱们儒州。"

吴楚东想了想,道:"儒州还是块半睡半醒的土地,很多潜力还没完全开发出来。如果能把格局打开,让有钱人看到儒州有利可图,有钱可赚,肯携款来投资,不仅房地产,其他产业也会跟着火热起来。"

说得危存虎两眼放光,道:"楚东的看法正好与我不谋而合。我意就由市委办和政研室牵头,组织城建国土交通经贸财税金融等有关部门,一起研讨儒州经济形势,共商以后发展方向,然后弄个形势报告之类的材料出来。这材料与曾教授他们的可行性报告要有区别,应属于宏观性质,必须具有指导意义,目的是要让儒州干部更新观念,解放思想,提高认识,把注意力统一到发展经济上来。"

吴楚东非常认可危存虎的高见,道:"书记有这个决心,儒州的事业就会兴旺发达。回去后我就按书记指示精神,组织实施,尽快弄出这个形势报告。"

把危存虎送到家里后,吴楚东回宾馆安心睡了个午觉,再联系禹今朝,问明天上哪儿见面。禹今朝给了个地址,那是城外新建的某处俱乐部。翌日吴楚东两位赶过去时,颜秋山早参加完活动,由几位商界巨头陪着,在网球场上挥拍击球。球场隐藏在森森丛林之间,空旷的草地,清幽的溪水,鸟语声声,花香浮动,宛若人间天堂。

等了个把小时,禹今朝打来电话,说可见部长了。两人赶紧往球场边上爬满青藤的石砌小楼走去。禹今朝已站在门口,见着两人,上前说:"今天很碰巧,部长手感不错,球技得到充分发挥,听说两位求见,很高兴就答应了。"

危存虎拍着禹今朝肩膀,笑道:"不是我们碰巧,是今朝兄弟安排得巧。"

颜秋山在一间铺着红毯的小屋里休息喝茶,面颊泛红,脑门泛光。边上坐着两个光头,年纪不很大,显然是有实力的企业家。过去穷人没钱理发,只能剃光头,如今倒了过来,有钱人才剃光头。光头舒服,有了钱,底气足,想舒服就舒服。

见禹今朝带人进来,两个光头与颜秋山握握手,又朝禹今朝笑笑,退了出去。颜秋山批评禹今朝道:"他俩怎么知道我在这里?跟你说过的,纪检部门提倡建立政企亲清（亲近和清白）关系，我受石江书记和河清同志委托，与企业家交朋友，不让任何人接近，怎么还是把我的行踪泄露了出去？企业家是我们这些人的衣食父母，没他们纳税交费，我们岂不只能挨饿受冻？对他们要有足够的诚意嘛，是不是？"

禹今朝忙做检讨，说："是我不小心上了楚东的当。他打电话时，不问部长在哪儿，只问我在哪儿，我来不及过脑子，顺口说出真话，他俩就追了过来。我是部长秘书，我在哪儿，自然部长就在哪儿，这两位逻辑推理能力实在太强。"

这自然是禹今朝编的。没颜秋山同意，他怎么会随便带两位进屋？颜秋山也不过是借题发挥，显得他多么重视企业家，爱护纳税人，不是闲得无聊，来这里打球取乐。他的目光已经移到两位脸上，道："不过你们来了也好，我也想听听你们的声音。去年人代会后，我再没去过儒州，跟儒州干部接触也不多。那次选举真悬哪，还是楚东同志顾全大局，帮了我大忙，不然也没法回来向省委交差。好在事情已经过去，儒州各方面都还正常吧？"

颜秋山主动提及选举的事，说明至今他还耿耿于怀。想想也是，本来省委定的调，他做的方案，在儒州推杨世杰选市长，却被熊继为一伙搞名堂，临时换刘天龙做候选人，他还得亲自到场坐镇，把这家伙选上去，心里堵不堵？吴楚东暗暗兴奋，只要颜秋山心里还堵着，刘天龙就不可能自在下去。换言之，今天两人此行，多少会有些收获。

果然危存虎简单汇报几句儒州情况，提出请省委支持他工作时，颜秋山毫不含糊道："有什么具体要求，你明确提出来嘛！"危存虎道："刘天龙同志成功当选市长后，没有辜负部长当初一片苦心，工作上很务实很努力，也干出不少成绩。然独木难支，光他一个人，政府工作尤其经济工作想实现新的突破，没有那么容易。存虎想法，可否请省委从儒州工作实际出发，将世杰同志用起来，他干经济工作很有一套，不能让他老这么闲着。"

颜秋山的大手在沙发上轻轻拍着，若有所思道："怎么个用法？让杨世杰继续做常务副市长？"危存虎道："这当然不妥。当初就是怕杨刘不好合作，才让世杰同志离开政府的，再叫他回去，有点不太合适。可考虑让他做副书记，分管经济工作，发挥其长处。"

颜秋山没直接表态，只道："杨世杰确实是干经济工作的料子，省委领导都是这么看的。可他毕竟犯了错误，只要有人还拿这个说事，省委安排他就会存在很大阻力。"

不难听出，颜秋山话里的"有人"就是熊继为，只不过两人身份特殊，颜秋山不便明说。危存虎撇下杨世杰,准备抛出另一个问题。这牵涉到禹今朝,危存虎不自觉地回了回头,不知何时禹今朝已经走开,不见身影。禹今朝知道危存虎会提到自己,早做了回避。做领导秘书,自然懂得何时留在领导身边,何时从领导视线范围里消失掉。危存虎心里赞赏着禹今朝,笑望颜秋山道:"存虎还想挖部长墙脚,不知部长会不会批评我?"

颜秋山不知危存虎要说什么,道:"我有什么墙脚可挖?"危存虎道:"我强烈要求今朝同志到儒州去任职。"颜今朝惊讶道:"你倒蛮会盘算哪,打起我身边人的主意来了。何况今朝已挂名省政研室副主任,早有去处,哪是你危存虎想挖就挖得走的?"危存虎道:"政研室是个不错的地方,今朝同志到那里去,定能充分发挥其聪明才智。可儒州的发展也很重要,更不能缺少今朝这样有情怀有才干的好干部啊!"

颜秋山哈哈一乐,道:"你们怎么看出今朝有情怀、有才干?"危存虎道:"今朝没情怀没才干,部长会把他放在身边吗?近朱者赤,今朝跟随部长不止一天两天,政治上已很成熟,完全可以外放独当一面,大显身手。省委可安排他做儒州市委副书记,兼任政府常务副市长。市委工作千头万绪,我需要一个好帮手,政府工作繁杂,刘天龙同志忙不过来,更需要今朝同志这样的能人撑台。"

别听危存虎工作二字不离口,其实要说的只有一个意思,就是刘天龙有恃无恐,根本不配合市委,想一下子搬开他又不现实,安排人手到政府去,真不失为可行的权宜之计。颜秋山心下认同,面上却不动声色,道:"今朝尽管跟随我多年,毕竟是组织的人,还得听从组织安排,不是我张几下嘴巴就算得了数的。好吧,先到这里吧,以后再说。"

两人见好就收,告辞颜秋山出来。禹今朝就候在门外,送两位上车。危存虎道:"我们该说的已说过,估计部长会慎重考虑,你也多打打边鼓,到儒州跟咱们一起大干一把。"

路上两人都不怎么说话。危存虎心想,能把杨世杰用起来,再将禹今朝拉到身边,无论对儒州的事业,还是自己的工作,都只有好处没有坏处。吴楚东则想,颜秋山真起用杨世杰,又把禹今朝安排到儒州,在危存虎领导下,齐心协力做好市里的经济工作,刘天龙恐怕就别想再在政府那边只手遮天了。一市之长,在经济工作上无所作为,还能有什么威信?又还能威风得几天?

直到抵达儒州,快下车时,危存虎才嘱咐吴楚东道:"可别忘记我交给你的任务。"吴楚东道:"书记放心好了,楚东忘记自己姓甚名谁,也不会忘记书记的最高指示。"危存虎笑道："谁要你忘记自己姓甚名谁？"

两天后，吴楚东就按危存虎的意思，以市委办和政研室名义，召集发改、城建、国土等部门相关领导和专家，住进儒州山庄，进行封闭式学习研讨。危存虎也两次出面，专门看望大家，提出不少指导性意见。大家备受鼓舞，积极性特别高，知无不言，言无不尽，各抒己见，研讨会开得很有成效。

虽说是封闭式研讨，却热烈而不紧张，上午碰头，交换意见，下午各自看资料，理思路，或相互走动交流。就是打牌下棋，也无不可，这叫作文武之道，一张一弛。吴楚东基本住在山庄，跟与会者同吃同住同研讨，偶尔与大家搞搞娱乐活动。只是吃多了宾馆饭菜，难免有些生腻，不时回家吃顿家常饭。

周末钱小鹤没上班，备了好饭好菜，又要吴楚东回去吃饭。吴楚东一进家门，就闻到一股中药味，问："给谁熬药？"钱小鹤的声音从厨房里飘出来："给你熬的呗。"吴楚东道："我身体好好的，熬什么药啰？"

钱小鹤不再吱声，晚饭后，待丹丹进了自己小屋，才把药滗到碗里，端到吴楚东面前，要他服用。吴楚东皱皱眉，道："这是干什么嘛！"钱小鹤附他耳边道："这是补肾的药，我专门找名医开的方子，效果一定不错。"

自从被两反局修理过后，吴楚东几乎没再跟钱小鹤亲热过，怪不得她要你补肾。可这是吃药就能管用的吗？钱小鹤也太幼稚了点。吴楚东要把药推开，想想还是端碗抿了一口。这也好，以后拒绝钱小鹤，就有了充足借口。

只是这药吃起来实在不是滋味，趁着钱小鹤上卫生间之际，吴楚东赶忙跑进厨房，倒进洗碗池里，用水冲干净。没病吃药岂不无聊吗？平时得个什么伤风感冒，吴楚东从不吃药，反正吃药半个月能好，不吃药两个星期可愈。

走出厨房，正好吴蜀南敲门进来。没待吴蜀南坐定，吴楚东就道："这阵子被存虎书记揪住不放，好久没过去看望爸妈，他们还好吧？"吴蜀南道："我就是为爸来的。爸才勉强下得地，就嚷着要回乡下去，哥你得帮我劝劝他老人家，别使小孩脾气。"

钱小鹤出得卫生间，听吴蜀南这么说，道："在城里待得好好的，大家都方便，爸干吗要回去呢？"吴蜀南道："爸说城里的房子上不着天，下不着地，沾不到地气，住久了不舒服，对病体也不利。"吴楚东笑道："简直是歪理邪说。只是爸那脾气，你们也知道，他认定的事，只怕谁都劝不过来。明天我去看看他，跟他说说。"

隔日吴楚东先上儒州山庄转一趟，跟大家打个招呼，就去了吴蜀南家。父亲正手扶沙发，试着在地上慢慢移动，一见吴楚东就道："楚东来了好，要蜀南送我们回乡下老家，他就是不肯，你负责送我们回去。"

吴楚东快步上前，搀住父亲，道："这样子回去，母亲一人恐怕照顾不过来。再说乡下缺医少药，要买药或检查身体，又得往城里跑，多不方便。"

母亲从阳台上晾完衣服进来，接话道："我也这么说过他，在蜀南家里，柴方水便的，要什么有什么，住得多舒服？家里久没住人，碗朝天、盆朝地，灶冷锅锈，被霉褥潮，这个时候回去，不去受罪吗？可他就是犟，不听我的。"

父亲朝母亲鼓鼓眼，道："你们都有理，就我没理！住着不爽快，就是皇宫又如何？你们是巴不得我早点死掉不是？"

说到皇宫，吴楚东不由得想起当年刘邦做上皇帝，把太公也就是父亲从沛县老家镇上接进皇宫享福。开始太公还感到新鲜，东瞧瞧，西看看，乐不可支的样子。渐渐厌倦起来，觉得好无聊，嚷嚷着要回老家镇上去。刘邦不解，说皇宫乃天下第一富贵之乡，莫非还比不上老家镇上？太公说皇宫虽富贵，却没多大意思，不像俺老家镇上，杀猪宰羊的，卖瓜售菜的，打铁补锅的，剃头修脚的，唱戏耍猴的，算卦下棋的，偷鸡摸狗的，打情骂俏的，到处可见，好不热闹开心？刘邦说这还不好办？俺原样复制一个就是。于是颁下圣旨，令人在皇宫旁边圈块地皮，严格按一比一比例，仿造沛县老家旧镇，还把镇上杀猪宰羊者流包括鸡鸭鹅狗马牛等原班人畜统统迁过来，各进各门，各就各位，各司其职。这下太公乐了，天天在人造镇上颠来颠去，与旧识旧好打得火热，快活如神仙。

吴父虽做过几年干部，却绝大部分时间待在乡下，那里亲朋好友多，与刘太公一样，故土难离。可惜吴楚东不是刘邦，无力在儒州仿造个老家，只好顺着父亲道："父亲硬要回乡下，我们也不好阻拦，可你现在行动不便，得身体好利索点再说，不然到了老家，遇到什么紧急情况，不害苦母亲？再说我与蜀南这阵子太忙，也没时间送你回去。"

吴楚东说得在理，父亲没再坚持，答应过段时间再说。

过段时间，忙完研讨会，吴楚东综合会上种种意见，关起门开始草拟儒州经济形势分析报告。几天下来，报告基本成型，他先放抽屉里冷一冷，抽空去看了看父亲。老人又旧话重提，要回乡下去。吴楚东没法再推辞，赶紧将报告顺一遍，觉得满意后，送给危存虎过目，这才开着越野车，送父母去了乡下。

安顿好父母，回到城里，走进家门，又是一股难闻的中药味。吴楚东有些发呕，却拗不过钱小鹤，只好装模作样地喝几口，再瞅机会倒掉。算来已服用过好几服中药，钱小鹤觉得应该见些效了，夜里去撩吴楚东。吴楚东就会想起被关押时那只白猫，依然没有起色。

　　钱小鹤有些失望，道："吃了这么多中药，怎么就一点不见效？"吴楚东道："有什么办法呢？我也想见点效。这辈子恐怕就这么个熊样了。"钱小鹤道："当然不能就这样，谁想活守寡呀。你也别只顾忙工作，抽空到大医院去看看，总会有办法的。"

　　吴楚东故作无奈状，道："其实这样也没什么不好，以免在外犯错误，省得你不放心。"钱小鹤道："我宁肯不放心。咱们还年轻，这样下去也不是事嘛！"吴楚东道："夫妻之间还是顺其自然好，有些无性夫妻，生活也照样过。"钱小鹤嗔道："谁跟你做无性夫妻！"背过身去，竟低声啜泣起来。

　　人就是这么怪，过去自己主动，钱小鹤不冷不热的，现在你这鬼样子，她倒劲头十足起来。是不是人性就是如此，拥有的东西不珍惜，等到已然失去，反而看重起来，非夺回来不可？人家现在连做妻子的正当权利都没法享受，只好天天熬中药给你治病。这么想着，吴楚东又觉得自己有些愧疚，从后面轻轻抱住钱小鹤，沉沉睡去。翌日早晨醒来，人还在床上，就听客厅里有人说话，好像黎进步来了，说钱小鸥为离婚的事已起诉到法院，麻烦钱小鹤做做她工作，能否让钱小鸥把诉撤掉。钱小鹤就骂黎进步混蛋，钱小鸥对他那么好，还在外面偷人。

　　吴楚东起床来到客厅，黎进步又缠着他，要他跟钱小鸥说说。吴楚东道："我们说得动她吗？谁叫你做出对不起她的事！除非你放低姿态，承认错误，求她原谅。"黎进步道："我早向她承认过错误，连搓衣板都跪过好几次，她就是不理，真拿她没法。"

　　你黎进步拿钱小鸥没法，别人又拿她有法？不过为尽亲戚义务，吴楚东和钱小鹤还是跑到黎家，做了钱小鸥半上午思想工作。钱小鸥根本听不进，坚持非离不可。黎进步只好又去求法院。法院出面调解，钱小鸥还是不依不从。别无他法，法院只得择日开庭。黎进步以房子相要挟，想逼钱小鸥改变主意，谁知钱小鸥一心离婚，答应放弃房子。当事人已表态，两人的女儿黎欣欣又已成年，在儒州山庄做收银员，能养活自己，法院把房子判给了黎进步。

　　判决书一下，钱小鸥卷铺盖走人，先到弟弟钱小鸿家住了两天，然后求得校领导同意，将学校一间杂物房稍事清理，搬了进去。这就好了黎进步，钱小鸥前脚走，他后脚把陈桂花接进屋里，大模大样过起了夫妻生活。钱小鹤就说大姐真傻，自己净身出户，把房子让给陈桂花。钱小鸥说房子没了，挣够钱再买一套就是，人心变了，皇帝老子都没法拉回来。

十三

看过吴楚东的儒州经济形势分析报告，危存虎还比较满意。不久曾教授主笔的儒州城北开发可行性论证报告成稿，危存虎审过后，也觉得不错，交吴楚东一起打印出来，等着拿到常委扩大会上进行集体讨论。此前儒州常委班子已做过微调：一是禹今朝升任儒州市委副书记兼政府常务副市长；二是起用杨世杰为儒州市委副书记，分管全市经济工作。

作为儒州经济形势分析报告和城北开发可行性论证报告的始作俑者，吴楚东列席常委扩大会议，先对两个报告进行了简短说明。大部分常委表示赞成，还提出不少颇有见地的修改意见。只刘天龙坚决反对，说："儒州城建布局早已形成，尤其城南方向，经多年努力，规模效应明显，对地方经济发展起着不可替代的作用，盲目向城北扩张，不仅会打乱现有格局，也将伤害广大人民群众既得利益。道理摆在这里，儒州尽管是全省人口和经济大市，体量仅次于省城安州，毕竟区位优势不明显，招商引资难度大，若发展方向贸然北移，城南建设势必受影响，甚至半途而废，实在得不偿失。"

要说刘天龙所言也不是毫无依据，儒州确实不同于省城，资金引进难度大，自有财力有限，建设城南尚且心有余而力不足，再把发展重心转移到城北，难免捉襟见肘。不过刘天龙不只着眼儒州发展格局，考虑更多的恐怕还是围绕在他身边的利益相关人，一旦城北成为热土，城南冷静下来，这些人肯定会遭受不小损失。

吴楚东想点破刘天龙，考虑自己不是常委领导，只得闭紧嘴巴，抬眼去看其他常委。常委们各怀心事，轻易不愿置喙。卓开先常自贬秘书长就是大秘书，常委会上难得出声。史仁美只关心组织人事，其余问题充耳不闻。禹今朝刚到儒州，又是刘天龙副手，不好出场就跟他对着干。倒是杨世杰早跟刘天龙撕破脸皮，不怕再撕一把，可会前危存虎叮嘱过，尽量不要跟刘天龙起冲突，也只好隐忍不发。

危存虎自有充分理由否定刘天龙的观点，但觉得犯不着。刘天龙的聚宝盆在城南，开发城北本就指望不上他，他赞不赞同都一样，都不可能影响这一发展趋势。危存虎道："刘天龙同志可保留自己的意见，但开发城北属大势所趋，还是召开全市经济工作会议，让广大干部群众来做主，以取得共识，坚定信心，把儒州的事情做好。"

杨世杰首先表示赞同，其他常委再跟着附议，也就不容刘天龙反对，开全市经济工作会的事敲定下来。危存虎宣布常委扩大会议结束，常委们陆续走出会议室。只刘天龙僵在椅子上，一动不动，直到常委值班人员来收拾会议室，他才起身离去。

在热烈气氛中，儒州市经济工作会议隆重召开。地点就在市委大礼堂，危存虎带领各大常委领导，一齐出现在主席台上。会议由市长刘天龙主持，副书记兼常务副市长禹今朝做经济工作报告。按理工作报告应该由市长来做，这次却在危存虎提议下，换了刚到任儒州的禹今朝，令人略感诧异，又觉得很有意思。刘天龙显得很落寞，目光游移，有些走神，宣读会议议程时还念了两个错别字。

会议期间，着重讨论了儒州经济形势分析报告和城北开发可行性论证报告。代表们反响热烈，一致认为过去已失去不少发展机会，这轮城市化进程还不抓住机遇，儒州将永远落后于人。形势比人强，少数人关于城北不宜动土的老调也就变得很微弱，没谁再理会。

会议结束前，由危存虎做重要讲话，表达了市委、市政府发展儒州经济的重大决心。他声音洪亮，手势也很有力量，掌心向上，往空中一举，继而翻过掌心，朝下猛地一罩，显得气势非凡，特别强调道："让世杰同志和今朝同志配合天龙同志，齐抓共管全市经济工作，说明市委发展儒州经济实现强市富民的意愿是强烈的，态度是坚决的，决心是坚定的，劲头是充足的，力量是强大的，行动是果断的。这次会议的最大收获是认清了形势，统一了认识，看准了方向，明确了目标，为今后的大发展大繁荣，打下了坚实的思想基础、干部基础、群众基础。谋发展不能只停留在文件和口头上，光说不干，要拿出实实在在的行动，多干少说，快干慢说，先干后说，干了再说，尽快把儒州经济建设搞上去！"

危存虎的讲话赢得阵阵掌声，大家觉得很实在、很到位、很震撼、很鼓舞。"四干四说"观点更是深入人心。

经济工作会议结束后，辜万泉在儒州山庄摆了桌工作餐，为上任不久的禹今朝接风洗尘，杨世杰和吴楚东都到了场。以茶代酒敬大家时，辜万泉借用危存虎的话给各位定性，说："杨书记属多干少说型，禹书记属快干慢说型，吴主任属先干后说型，只我辜万泉官最小，没有发言权，属干了再说型。"杯子一举，脖子一伸，一口喝下。三人就乐，纷纷喝下杯中茶。

禹今朝道："此次经济工作会开得很及时，儒州大发展的势头已经起来。今朝初至儒州，人生地不熟，情况不怎么清楚，危书记将重任交到世杰和今朝肩上，今朝心里没底，可谓诚惶诚恐，还请兄弟们多多点拨，多多扶持。"吴楚东道："今朝书记谦虚，你是颜部长带出来的，颜部长能力高强，你还能差到哪里去？"杨世杰也道："今朝是有根基的领导，不像我们这些无根尹，想有所作为不容易，今后还要仰仗你多扶持才是。"禹今朝道："哪里哪里，相互扶持，相互扶持！"

辜万泉插话道："禹书记说得好，相互扶持很重要。各位领导要发展儒州经济，肯定少不了得力干将。万泉能力有限，不过做做具体工作，还是能信任的。是不是把我弄到国土和城建一类部门，也好给你们跑跑腿？"

三人就笑，说辜万泉请客，是为伸手要官。吴楚东道："正确路线确定之后，干部就是决定因素，想打开儒州经济工作局面，没几个得力干将还确实不行。尤其政府几个要害部门，比如国土、城建和发改委，不把某些占着茅坑不拉屎的'老爷官'换下去，真的不太利于工作。"

杨世杰也是这个想法，道："这些重要部门的头头要么属平庸之辈，要么是刘天龙的人，想让他们跟着咱们干，恐怕比较难。"禹今朝道："是啊是啊，没有得力人手，怎么能成事？我和世杰书记确实得把这事跟危书记唱唱。"

正说着，有人轻轻推门进来，原来是易晓宏，手上端着杯子，道："我在隔壁吃饭，听说几位领导在这里，特意过来以茶代酒，敬各位领导一杯。"吴楚东道："先别忙着敬，认识认识今朝书记。"把易晓宏拉到禹今朝身边道："这位是城投公司副总易晓宏，我的老部下，人也能干，今朝书记有什么，只管吩咐他就是。"

"幸会幸会！"禹今朝起身，朝易晓宏伸出一只手。易晓宏将杯子放到桌上，双手先在衣服上飞速擦几下，上前紧紧握住禹今朝，一边用力摇着，一边道："经济工作会上聆听了禹书记报告，深受鼓舞！"

松手后，易晓宏端回杯子，敬禹今朝的茶。禹今朝举杯来碰，易晓宏一手托住对方端杯的手臂，一手降低自己手里杯子，在对方杯沿下一寸处碰碰，仰脖喝干。

禹今朝落座后，易晓宏又去敬杨世杰，杨世杰稍稍抿一口，对禹今朝道："我任过城投公司多年的董事长，每次与人谈项目，就让晓宏打冲锋，总是战无不胜，攻无不克。"禹今朝对易晓宏不熟，听杨世杰夸奖他，点头道："儒州的建设事业就需要这样敢打冲锋的干部，不然关键时刻，没法打开局面。"

其实这天易晓宏也约过吴楚东和杨世杰，是辜万泉已与禹今朝说好，两人只得推掉易晓宏所请，来陪禹今朝。吴楚东也考虑过请易晓宏参加几位的聚会，又觉得禹今朝跟他没打过交道，贸然带个陌生人来，显得唐突，就给易晓宏出主意，要他在山庄里待着，中途进来用茶敬一敬各位领导，先与禹今朝混个脸熟，以后再找机会靠近他。见禹今朝还算给面子，易晓宏心里欢喜，周末跑到吴楚东家，提出也要请禹今朝和杨世杰吃饭。吴楚东道："还是缓缓再说吧。你不是万泉，过去就与禹今朝打过交道。关系不熟，贴得太紧，反而不好。"

"缓缓也行，禹书记总得在儒州待上一阵子。"易晓宏只得听从吴楚东，"老领导可得解救解救老部下，龙志坚不是人，我在投资公司一天都待不下去了。"吴楚东瞥他一眼，笑笑道："龙志坚不是人，莫非是鬼，会要了你的命？"易晓宏道："他就是个鬼，什么事情都背着咱们几个副总，自行其是，也不知他到底搞些什么名堂。"吴楚东道："城投公司是个干事的地方，不干事没饭吃，难道他一个人撑得起台子？"易晓宏道："他才不管台子不台子呢，好事他一个人占着，要扯麻纱了，才来支使我们。"

吴楚东想起广场扩建工程，道："龙志坚不会因为我的缘故，把钱小鹏从广场工地里赶走吧？"易晓宏道："龙志坚会赶钱小鹏走吗？如今两人打得火热，钱小鹏有事一个电话，龙志坚跑得比狗还快。"吴楚东叹道："没有永远的朋友，也没有永远的敌人，只有永远的利益。"易晓宏道："是啊，现在他们已到了一条利益链上。"

临走易晓宏又道："存虎书记既然要来大动作，就得有人跑腿办事，有啥机会，老领导可别忘了我。"吴楚东道："不会的，你放心好了。"

易晓宏抱拳表示感谢，顺便从身上掏出个红包，逮住自卫生间出来的丹丹，往她怀里直塞。吴楚东阴着脸道："晓宏这是干什么吗？"易晓宏道："不干什么，好久没来看侄女了，这点钱给丹丹买几本书看。"

易晓宏与吴楚东无亲无故，可他老婆偏偏也姓吴，硬说丹丹是他侄女，让丹丹认他做姑父。丹丹不敢接红包，先斜眼看看她爸。吴楚东说："你这点买书钱，恐怕不止买几本书吧？丹丹不能接！"易晓宏笑嘻嘻地说："真的就是几个买书钱，不会破老领导你的规矩。姑父给的，丹丹只管拿着。"他把红包往丹丹手里一塞，不待吴楚东反应过来，飞快地跑了。

丹丹拿了钱，老老实实交给钱小鹤，嘟着嘴道："每次亲戚都借口说是给我钱，其实都是给你们大人的，让小孩背个冤枉名。"钱小鹤瞟了吴楚东一眼,道:"钱不过在咱们这里过过手而已,以后还要还回去的。"丹丹不满道:"那你们递来递去干啥?吃了饭没事做!"

吴楚东睛一瞪,道:"怎么说话呢你?"扬手要敲丹丹。丹丹头一低,进了自己小屋。

钱小鹤刚把红包放好,又有人在外敲门。打开门,是凤梧县的侯文志,手上还提着个礼品袋。一见这小子,吴楚东就知道他是来干什么的。经济工作会议已开过,市里将有大动作,正处用人之际,侯文志又已进步为凤梧县常委兼县委办主任,自然会生出到市里来谋个重要位置的念头。其实那天辜万泉请客时提出换个重要部门时,吴楚东就想到了侯文志。侯文志工作能力不错,儒凤大道凤梧段就是在他主持下建成的,工程质量过得硬,有口皆碑。有能力为什么不用起来,为儒州经济建设发挥更大作用呢?

已是多年老熟人,侯文志没拐弯子,直言道:"存虎书记想干大事,这是儒州人民的福音,可刘天龙把持下的市政府及有关部门恐怕不会怎么配合哟。"吴楚东故意道:"你管好你们凤梧的事就不错了,还管到市政府来了?"侯文志道:"文志哪敢管市政府?是向吴主任请缨,如果有用得着文志的地方,文志招之即来。"吴楚东道:"你没搞错吧,我又不是组织部部长,怎么招得动你?"

侯文志两只眼睛笑成两条细缝,仿佛麻将牌里的二索,道:"您不是组织部部长,可您是儒北经济大开发的总设计师,您想用些什么人,存虎书记还不答应得飞快?"吴楚东道:"我设计了什么?你这马屁拍得也太不着边际了。"侯文志道:"我不是拍马屁,是说您有什么想法,比如要用个人什么的,存虎书记一定言听计从。"吴楚东白了他一眼,道:"我们在存虎书记正确领导下开展工作,把他的指示精神落实到行动上,不是倒过来要他言听计从。"

此行目的主要是表明自己意愿,并不是来讨吴楚东什么承诺,侯文志也就不再啰唆,见好就收,告辞出去。钱小鹤关上门,拿过门后的礼品袋,里面是两瓶酒,外加一个不薄的信封。吴楚东追出去,侯文志人走得飞快,早已不见。他回到家里直摇头,如今无论关系一般不一般,都喜欢拿钱开道,好像没钱什么都行不通似的。

吴楚东对钱小鹤说:"这些东西和信封都不要动,改天我会还给侯文志。"钱小鹤嘟囔道:"侯文志也是你的老朋友、老部下了,就这么点正常人情往来,用得着那么小心翼翼吗?他这个人又能帮你干事,能拉你就拉他一下呗!他要是求到刘天龙、龙志坚他们那伙人门下,就这点礼,连门都进不去!我听说他们哪次不是一百几十万地收,不也没事?"

吴楚东瞪她一眼，说："你是想让我被吕开基这种人再弄进去一回是吧？他们奈何不了我，就是因为我没有收钱，否则我的下场比薛冬梅还要惨多了！"

钱小鹤看吴楚东真生了气，不再吱声，心里却想：人家要整你，你不收钱不也被他们整得死去活来？反而像刘天龙有人扶有人捧，吃干抹净，屁事都没有！

侯文志是个能干事的，吴楚东心里当然知道，也一直对他很看重。他上不上门，表不表示，都会设法把他用起来，毕竟事业重于金钱，眼里只有钱没事业，恐怕也走不远。

侯文志也不可能只找你吴楚东，还会去敲其他人的门。至少杨世杰他是绝对不会放过的。杨世杰也比较欣赏侯文志的才干。事实也是侯文志能办事，才进步为县委常委兼县委办主任。任何时候任何地方，要人务虚，更要人务实。

果然几天后吴楚东见着杨世杰，说起侯文志，杨世杰慨叹道："这小子真难缠，打我电话，我没时间见他，就去敲我家门。薛冬梅被整怕了，谁敲门都不开，侯文志就在我家楼下守株待兔。直到夜里一点多我应酬完回去，把我堵在楼道口，说了半天话。"

吴楚东也不问他们说了些啥，只道："侯文志还有辜万泉和易晓宏三个，您了解，都是务实能干的人。您和今朝还真得给存虎书记推荐推荐，好好用一用。"杨世杰点头道："我俩肯定会给存虎书记推荐的，你也多在他面前美言几句。"吴楚东道："咱位卑语不壮，还是别去存虎书记面前讨没趣了。"杨世杰道："谁说你位卑语不壮？存虎书记对你可倚重了。今朝给我透露说，存虎书记多次在颜部长面前要求，尽快让你进常委，好让你放开手脚给他干事。"

说得吴楚东心中一股热流涌起，真想甩开膀子大干一场，嘴里却道："存虎书记看得起，让我有个上班的地方，能领工资糊口，我已非常知足，哪还敢存其他奢望？世杰书记别拿我开涮，我自己到底几斤几两，肚子里还是有数的，能把政研室工作做好，就算对得起组织的培养了。"杨世杰道："我可没拿你开涮。要开发城北，最好的办法就是设立儒北经开区，安排一个常委领导兼任经开区工委书记。别人危书记不一定信得过，信得过的又不见得有能耐，自然会考虑你。"

这话确实有道理。过了几天，禹今朝喊吴楚东去谈事。事情谈完，禹今朝道："存虎书记确实多次在部长面前说过你，还是我帮忙联系的。部长也早有这个想法，准备离开组织部时，把你的事落实好。"

看来自己还真有可能从务虚的市委政研室，调到未来的儒北经开区去务实。禹今朝嘴里的部长自是颜秋山。颜秋山要离开组织部，又会到哪里去呢？会不会像传言说的，提拔为副书记？近日关于熊继为的说法也不少，有的说可能就地免职，有的说会降职使用，有的说可能到人大政协去赋闲。一句话，熊继为已没戏。熊继为没戏，颜秋山自然就有戏，升任副书记也就顺理成章，板上钉钉。吴楚东问禹今朝道："颜部长只是离开组织部，不会离开本省吧？"禹今朝道："当然不会。北京已正式找他谈过话，让他做省委副书记，说不定还会兼任常务副省长。"

这对儒州经济建设确实是个大好消息。颜秋山升副书记兼常务副省长，儒州要在城北搞个省级经开区，自然会得到他的大力支持。

回到政研室，吴楚东就召集笔杆子们开会，提前准备省级经开区的申请报告和相关资料。准备做得差不多时，危存虎将吴楚东找去，问："楚东最近忙些什么？城北开发势在必行，你有没有具体想法？"吴楚东道："我跟今朝书记和世杰书记合计过，要开发城北，恐怕还得成立一个像样的经开区，把各种资源包括人力、财力、物力、地力整合起来，统一利用，集中发力，将儒州建设提升到更高层面上来。"

说得危存虎点头频频，道："叫你来，也是想跟你讨论成立经开区的事。市内外、省内外的经济模式显示，成立经开区，确实是目前国情下提升地方经济的可行方式。我的想法是先搞个省级经开区，待以后条件成熟，再申报国家级经开区。你现在要做的，就是准备好省级经开区的申请报告和相关资料，到时该跑哪些领导和部门，我全力支持你。"

本来报告和相关资料已装在公文包里，吴楚东犹豫片刻，还是没有拿出来。他不想表现得太超前，好像比领导还有先见之明，毕竟领导在领导你，不是你在领导领导。领导嘛就是领头和先导，你什么都抢先一步，还要领导干啥？

过了几天，吴楚东才又跑进书记室，递上报告和资料，请危存虎阅处。危存虎道："动作蛮迅速嘛，这么快就出来了。"吴楚东道："书记交办的工作，楚东岂敢怠慢？"危存虎眼睛浏览着材料，嘴上道："多几个你这样有行动力的干部，何愁儒州事业搞不起来？"

趁着危存虎高兴，吴楚东试着建议道："搞事业，必须人才先行。真把儒北经开区搞起来，要跑项目、批土地、争取资金，没有人去落实，都是句空话。我担心的是，凭目前政府部门那种状态，恐怕不容易推得动。"

危存虎抬头望定吴楚东，道："有什么好想法，说来听听？"吴楚东也就直言道："我建议书记考虑一下，政府好几个重要部门，比如发改、城建、国土、规划的头儿，最好还是换一换，否则到时书记需要用人，还不一定用得上。"危存虎略有所思，道："是呀，儒州上下都知道，这些个部门的正副头头们，有些是混着等退休的，有些是刘天龙的人，只听姓刘的，不会真把我这个书记的话当回事。你有什么好人选，不妨贡献出来，我可以适当给予考虑。"

吴楚东就说了几个人的名字，比如辜万泉、易晓宏和侯文志他们。辜万泉是市委接待处处长，与危存虎接触得多，不用吴楚东多嘴他也熟悉。至于易晓宏和侯文志两个，危存虎也打过几回交道，只是印象不深，吴楚东多介绍了几句。

危存虎不置可否，却忽然间笑将起来。吴楚东以为哪里说错了，不免局促。危存虎停住笑，道："楚东啊，你只知当伯乐，推荐别人，为何不说说你自己？"

吴楚东不知自己有什么可说的，一脸诚恳道："承蒙书记看得起，楚东刚恢复自由，就安排到市委副秘书长和政研室主任要位上，我真的诚惶诚恐，生怕有辱使命，辜负书记厚望，唯有舍命工作，以报答知遇之恩，哪还敢有其他非分之想？"

虽说恢复吴楚东自由和之后的安排，颜秋山起过不小作用，并非得力于危存虎一人，可吴楚东一番肺腑之言，还是让危存虎很高兴，连说几个好字，道："楚东有这个姿态，我非常欣赏。为官做人就得这样，工作要高标准，待遇要低要求。说实话，当初让你来做副秘书长兼政研室主任，反对声音就不少，是我力排众议，坚持己见，才最后把你用起来的。现在看来，我的眼光还是准确的嘛，你确实非常胜任这个位置，充分发挥出了你的聪明才智和远见卓识，为即将到来的儒州大开发大发展，做了大量颇有价值的前期工作。"

说到这里，危存虎停顿片刻，望定吴楚东，认真道："儒北经开区的建立是个大动作大举措，至少会影响儒州未来十数年甚至数十年的发展，没有得力干将不行啊！看来还得往你肩上压压担子，你要有一定思想准备哟。也不瞒你，我已多次跟秋山部长沟通过，他也有这个想法，估计不日省委组织部就会派人来儒州考察你。"

虽然危存虎没明说压什么担子，吴楚东也知道是让自己进市委常委，为设立儒北经开区做铺垫。吴楚东热血沸腾，只是当着危存虎的面，不好表现得过于兴奋。他努力压住心头的激动，做出宠辱不惊的样子。

想真正做到宠辱不惊又谈何容易？走出书记室，吴楚东还心头乱跳，脚下老打飘，好像踩在蹦床上似的。直至回到政研室，走进主任室，才慢慢冷静下来。好消息需要有人分享，吴楚东想起沈柳亭，拨了她号码。

铃声响过好一阵，沈柳亭才接通电话。吴楚东道："怎么半天不理睬我？"沈柳亭道："我在参加一个学习班，正听课呢，是跑到外面接的电话。"吴楚东道："在哪儿学习？"沈柳亭道："在外地。"吴楚东道："怎么没听你说起过？"沈柳亭道："干吗要跟你说？你是我爹还是我妈？"吴楚东道："不是爹妈，就不能关心你吗？"

听到沈柳亭声音，吴楚东已很满足，没再说自己要进常委的事，又随便聊几句，说了再见。刚挂了电话，吴蜀南的电话跟着打了进来，问吴楚东晚上在不在家，他有事找他和嫂子。要找钱小鹤，可能与家事有关，吴楚东也不多问，想想没别的应酬，要他晚上上家里来。

晚饭后不久，吴蜀南敲开家门，后面还跟着旭旭。手上自然没空，说是思思从国外专门给嫂子寄回来的美容产品。钱小鹤推开丹丹小屋，要旭旭跟姐姐去玩，回头接住吴蜀南手上的包，当场翻看起来，道："还是进口货，一定挺贵吧？"吴蜀南道："应该不贵。如今有些东西，同样品牌的产品，国内卖得比欧美还贵。外国货不说，就说国产货，比如茅台酒，国外就比国内便宜，还没有假货。"吴楚东笑道："这说明咱中国人风格高，宁肯留着假酒自己喝，也不能让外国人吃亏，影响世界人民大团结。"

闲话几句，吴蜀南才说了来意。原来他家保姆突然有事，回了乡下，他又特别忙，没法照顾旭旭，想托嫂子管几天，待物色到保姆，再来接旭旭。吴楚东道："莫非保姆回去就不来了？"吴蜀南道："看样子不会来了。只好到保姆市场去看看，也许能找到满意的保姆。"吴楚东道："如今保姆不好找啊。"吴蜀南道："可不是？我也有些发愁。"

看在美容产品的分上，钱小鹤倒也爽快，道："旭旭就放我这里，他跟姐姐谈得来，姐弟俩做伴，还好玩些。"

毕竟是吴家这边的侄儿，钱小鹤有这个态度，确实让吴楚东感动，也说道："旭旭放这里没事，丹丹也挺喜欢弟弟的。"又问："思思的访问学者快做完了吧？"吴蜀南说："按原定计划已到期，可她又多申请了一年。"

这个思思也怪，家里有老公有小孩，她却乐不思蜀，待在国外不肯回来，是不是好上了别的男人？这话又不好当吴蜀南面乱说，吴楚东只得道："思思身为大学语言文学副教授，跑到外国去修汉语言文学，真不可思议。当时蜀南你就不该放她出去。"吴蜀南道："我也有些后悔，当初不是一时耳根软答应她，也不至于弄得我顾此失彼，心力交瘁。"

见时间已不早，吴蜀南把旭旭叫出来，嘱咐几句，又对钱小鹤道："给嫂子添麻烦了。我会尽快找到保姆，早些把旭旭接回去的。"钱小鹤道："没事没事，旭旭又不是别人家的孩子，我会照顾好他，你只管放心。"

吴蜀南出门后，钱小鹤安排旭旭在客房睡下，把丹丹也催上床，打开电脑，上网查起吴蜀南送的美容产品来。还是名牌，价格挺贵的，不下五千美元，那可是两三万人民币。钱小鹤不禁叹道："思思出国做访问学者，一定花了蜀南不少钱，寄回来的美容产品都这么贵。男人还是要有钱，男人有钱，女人好跟着享福。"吴楚东道："我没钱，难道你就天天当牛做马？"钱小鹤道："我不当牛做马，在你家当皇后？"

开始姐弟俩相处得还算融洽，多待几天就渐渐起了摩擦，为个玩具，为支铅笔，或为一本画册，都会发生争执。夫妻俩自然先教训丹丹，要她让着弟弟。丹丹就气鼓鼓地反击，说他们重男轻女，来了个侄儿，就不要她这个女儿了。

偏偏吴蜀南找了十多天，也没找到个满意的保姆。倒不是保姆市场没有保姆，主要是没几个中意的。要会做家务，还要有点文化，长相不能太差，年龄也得适中。这也不是挑剔，吴蜀南找的不仅仅是佣人，还想让旭旭多少能从保姆身上得到点母爱。也有两个还算不错的，吴蜀南开价也不低，对方要签字了，听说他家里没有女人，怕他居心不良，没这个胆量，稍稍犹豫，又改变了主意。

实在没办法，吴蜀南只好又跑到哥嫂家，厚着脸皮要钱小鹤仍替他管一阵子旭旭。钱小鹤吱声不得，去瞧吴楚东，意思要他开口，还是让吴蜀南把旭旭接走。吴楚东只是装痴，一声不吭。吴蜀南赶紧从身上掏出一万元现金，说是旭旭的生活费。旭旭吃得了多少？明显还含有辛苦费的成分在里面，只是不明说而已。

吴蜀南一向出手大方，这下又放下一万元，钱小鹤只好继续留着旭旭。照理家里也不缺钱，可世上只有嫌钱少的，没有嫌钱多的，古往今来最容易打动人的还是钱。要说旭旭自主意识不差，也不需怎么照管。在家时尽管有保姆，毕竟不是亲妈，自理能力无形中得到了加强。问题还是姐弟俩关系不好处理。两个都是独生子女，出生于不同父母，生活于不同家庭，成长于不同环境，彼此差异还是挺大的，相处不容易。

最为难的还是钱小鹤，旭旭不是她儿子，也非她钱家侄儿，打不是，骂不是，哄也不是，哄多了旭旭不听，丹丹也会有意见，怨大人偏心。吴楚东能理解钱小鹤的心思，说蜀南既然把旭旭交给了她，她同样打得骂得。他有空也会跟姐弟俩沟通沟通，要他们互相学会谦让。

只是吴楚东在家待的时候少，不可能把心思和精力放在两个小孩身上。省委组织部即将派人下来考察他，他是分管接待的副秘书长，安排接待是分内事，自然得用点心。接待工作无小事，接待就是生产力，危存虎也强调了又强调。还成立了临时接待工作领导班子，自己任组长，卓开先任副组长，考察组在儒期间，其他工作往一边放放，全力以赴抓接待。

考察组到达儒州后，危存虎亲自带领常委班子汇报儒州工作，让考察组享受省委领导接待规格。还反复跟史仁美打招呼，考察资料必须翔实可信，充分体现考察对象的真实情况。民意测验要真正测出民意，谈话对象一定得看准，政治上要可靠，思想上要纯正，须与市委保持高度一致。

考察组的谈话对象比较宽泛，有常委领导，有市委委员，有政研室干部，还有离退休老同志。有人提醒吴楚东，提前找一找各位谈话对象，该打电话的打打电话，该上门的上上门，该送礼的送送礼，多一个人说好话多一分把握。也有人说谈话对象太多，找谁不找谁，容易造成误会，相反会把事情弄砸。还有人说谈话只不过做做样子，走走过场，谈话情况又不会公之于众，组织上用你不用你，不完全以谈话为准，何必低三下四去求人？

吴楚东耳旁天天有人聒噪，也不知该听谁的，干脆谁也不找，省心省事。组织上真要用你，确实不是考察对象说好说坏起决定作用的。见吴楚东沉得住气，危存虎很欣赏，在杨世杰面前说他政治素质不低，没轻易听人鼓动，违反组织原则，随意活动。真要乱活动，被居心不良的人反映到考察组里，相反会坏事。

吴楚东这里不找人，别人却偏偏打来电话，说在考察组面前对他做了充分肯定和高度评价。也有表示祝贺的，说他众口皆碑，众望所归，这样的好干部不上谁上？意思是在考察组面前"碑"了他一通，"望"了他一回。还有人振振有词打起官腔来，说吴楚东是儒州的未来和希望，这样的能人干才，就是要放在更重要的位置上，为儒州的经济建设发挥更大作用，潜台词还是自己给吴楚东说了好话。

或是走在路上，突然有人迎上前，紧紧握住他的手，道："楚东哪，我对你可是最了解的，这次考察组找我算找对了人。"或有人从背后追上来，在他肩上重重拍两下，道："我没说你什么好话，只提了几件你干的实事，比如儒凤大道的建设，儒州广场的扩建，凤凰大桥的成功通车。考察组的人很感兴趣，把我说的每句话都记了下来。"或是把吴楚东拉到僻静处，伸出大拇指道："楚东好样的，这次一定能成，到时别忘了请客哟！"

吴楚东嘴上一律千恩万谢，说自己何德何能，大家居然这么关心扶持、呵护有加，日后一定拿实际行动报答大家的美意。其实谁想成全你，谁想坏你的事，用不着人家亲口表白，吴楚东心里都是有数的。他相信一点，世上有多少人说你好话，就会有多少人说你坏话，无论你做好，还是做坏。

果然考察组走后，与考察组有过直接接触的市委组织部干部就悄悄透露给吴楚东，被召去谈话的人有为他美言的，也有不少公然说他不是的。说法很多，有的说他德能勤绩各方面都平平，比他有资历有能力的，儒州干部中多的是。有的说他在县里和投资公司任职时，贪污腐化，行贿受贿，吃喝嫖赌，无恶不作，不然也不会被查办。有的建议考察组多找有关部门，多了解些真实情况，不能让腐败分子边腐边升，败坏党风。也有人在考察组面前支支吾吾，出门后又踱回去，看看四周没人，掏出早准备好的举报信，偷偷塞到门缝下。

其实考察组对这些小动作早已司空见惯，带着吴楚东的材料回省后，不久就在常委会上获得通过，正式下发了吴楚东进入儒州市委常委的红头文件。尽管是预料中的事，儒州朝野还是议论纷纷。有人背后说吴楚东是火箭常委，一步登天。甚至说他小人得志，凭他的能力，凭他的品德，竟然也能混到今天这个地步，真不可思议。

吴楚东用不着在意这些议论。已成功进步为常委领导，人家议论几句有什么关系？如果不是领导器重，组织关心，把你提到这个位置上，想要人家议论，还不见得有人肯议论你呢。你是人，人家也是人，凭什么你能进入地方权力环心，人家却还待在二环三环，甚至做着普通干部？显然是在嫉妒嘛。不招人妒是庸才，有人嫉妒，说明你已超越人家，站在高处。

高处总那么奇妙而让人神往。表面看去吴楚东还算能够自持，镇定自若的样子，心里头却有什么东西涌动着。他知道干事靠力气，进步固然靠成绩，但也得靠时势，时机不到，势头不来，再怎么折腾，也不见得管用。他觉得，冥冥中一定有股神奇力量在起着作用，在暗暗推动着自己。这也许就是正义的作用，时势之必然。你坐得正，行得稳，又正值儒州需要大发展，需要你这样的人站出来，为百姓办些实事，振兴地方经济，党和人民才选择了你。

要说吴楚东还应感谢刘天龙，不是这家伙作祟，他也没有跟吕开基等人过招的机会,且绝处逢生,得到危存虎和颜秋山好感,获取上升空间。还让颜秋山拿到反击熊继为的有力武器,于近期成功做上省委副书记兼常务副省长,而让熊继为升任省委副书记图谋落空。

吴楚东忍不住给沈柳亭打去电话,问她是否已结束学习,回到儒州。沈柳亭道:"已回来几个星期,也没你的声音,还以为你把我忘到九霄云外去了呢!"吴楚东反问道:"既然已回儒州,你怎么不告诉我?"

沈柳亭道:"我这次在外学了些新的病房管理办法,回来后就忙着向领导汇报,忙着做实施方案,实在没时间跟你联系。"吴楚东道:"其实前一段我也特别忙,疲于应付,没法抽身。"沈柳亭道:"你到底在忙些什么?"吴楚东道:"省里不在考察我吗?一直在应付此事。"沈柳亭问:"考察结果如何?"吴楚东道:"不告诉你。"

听吴楚东口气,沈柳亭就知他好梦已成真,又有了进步,道:"等我忙过这几天,咱们见见面。到时送件小礼物,祝贺祝贺你。"吴楚东问:"什么好礼物?"沈柳亭也道:"不告诉你。"

过了几天,沈柳亭打来电话:"今天有空吗?"吴楚东道:"再没空,你来电话就有空了。"沈柳亭道:"巧言令色!到我家里来吧,我做几个家常菜,吃顿便饭。"吴楚东道:"做饭麻烦,还是去外面吃吧?"沈柳亭道:"外面的饭油腻,还是家里饭上口。"

快下班时,吴楚东打通钱小鹤手机,说临时有事下县,开着越野车去了人民医院。到得宿舍区,下车后正要上楼,想起车里有两瓶朋友送的红酒,又踱回去,打开尾箱,将酒提到手上。刚关好尾箱,有人在后面喊他:"吴常委好!"

原来是卫生局党委书记杜建民。吴楚东伸手跟他握握,道:"建民书记住在这里?"杜建民道:"是的,我夫人是医院职工。吴常委日理万机,还有时间深入基层?"吴楚东笑道:"什么深入基层!来看看亲戚。"杜建民客气道:"我家就在隔壁那栋楼里,吴常委可否去寒舍一坐?"

"下次吧,下次去看建民书记。"吴楚东扳过身去,重又打开尾箱盖,装作找东西的样子,想等杜建民走开再动身,不愿让他看见自己往沈柳亭家楼道里钻。杜建民倒也知趣,没再啰唆,说过再见,掉头走开。

沈家门虚掩着,吴楚东推门进去,听到厨房里的动静,就知沈柳亭还在忙饭菜。吴楚东放下酒,走进厨房,看沈柳亭炒菜。沈柳亭回头望眼吴楚东,见他额头上全是汗,道:"今天又不怎么热,你在街上跟人打架来着?"

吴楚东道："想打架，没逮着打架对象。"沈柳亭道："那是在楼下碰着了熟人？"吴楚东道："碰着卫生局杜建民了。"沈柳亭道："他老婆是医院副院长，住在旁边那栋院长楼里。你怎么跟他说的？"吴楚东道："我说来看亲戚。"

饭菜做好，吴楚东开瓶倒酒，道："红酒是液态胭脂，养颜养心，女人多喝红酒，可越活越年轻。"沈柳亭笑道："不是红酒厂商给了你广告费吧？"吴楚东举杯道："广告费还不少。来，干了再说！"一口干掉。

沈柳亭没这么勇猛，只轻轻抿一口，道："悠着点好不好？又不是跟领导喝酒，喝得一杯喝一口，这样的干部要调走；喝得一斤喝半斤，这样的干部不能升。"吴楚东道："你也知道这种俗话？"沈柳亭说："你们官场就是说法多。"

都说做贼心虚，吴楚东不偷不盗，不知怎么也心虚起来，杜建民的影子老在脑袋里晃荡，道："人多眼杂，下次来你这里，真得小心点。"沈柳亭道："小心什么？"吴楚东道："小心杜建民那双眼睛。"沈柳亭道："我巴不得，杜建民把我当你亲戚，说不定会提拔重用我。"

喝过酒，吃完饭，吴楚东起身准备告辞，沈柳亭道："别急别急，我说过送你件小礼物，这就拿给你。"去了卧室。

待沈柳亭回到客厅，手上多了一个不大的画轴。吴楚东忙接住，慢慢展开，是枝艳丽的红杏，名字就叫红杏图。还有题词：春色满园关不住，一枝红杏出墙来。

吴楚东心有所感，抿嘴微笑。沈柳亭白他一眼，道："笑什么？你仔细瞧瞧落款。"

可谓不瞧不知道，一瞧吓一跳。这一瞧，吴楚东两眼顿时睁得牛卵大，道："白石老人的画？不是地摊假货吧？"沈柳亭不满道："拿地摊货哄你，我犯得着吗？"

虽说吴楚东不怎么懂画，可凭红杏图的线条和色调，也知并非地摊上买得到的，问沈柳亭是怎么来的。沈柳亭告诉吴楚东，她太外公是湖南湘潭人，家住齐白石邻村。齐白石木匠出身，早年经常走村串户，到处做木工，也到过太外公家。太外公是个生意人，家资殷实，开的工钱比人家高，齐白石一高兴，特意画了幅红杏图送太外公。太外公爱不释手，立下遗嘱，死后就用红杏图给自己陪葬。世间没有十全十美的事，往往发财人家不发人，发人人家不发财，富甲一方的太外公妻妾成群，却只生下外婆一个女儿。好在外婆聪明美丽，自小能诗会画，是远近闻名的大才女，足以慰藉太外公。最为可贵的是非常孝顺，太外公有个什么病痛，她总是寸步不离守在床前，嘘寒问暖，端茶递药，极尽女儿孝心。也是太外公太喜欢外婆，觉得给她留下万贯家财还不够，干脆改写遗嘱，把红杏图也留给了她。太外公死后不久，全国解放，外婆家成分是地主，家财田产都被分掉了。外婆只偷偷藏下了红杏图，秘不示人，连儿女们都没谁见过。多年后沈柳亭母亲长大成人，嫁到沈家，生下沈柳亭。可巧的是沈柳亭不像爹不像妈，却与外婆长相酷似，外婆喜欢得不得了，从小带在身边，到上学年纪才放她回到父母身边。沈柳亭与外婆感情也就特别深厚，每年寒暑假都会回去陪伴外婆。参加工作后难得有整块时间，只好等到逢年过节，再去看外婆，仍像小时候那样，白天同行，夜里同睡。前次培训结束，沈柳亭又趁机绕道赶到外婆家，陪了她好几天。有天夜里两婆孙躺在床上，说了好久的话，外婆忽然起身，跑到屋角，摸索半天，摸出一个油皮纸包裹着的东西，递给沈柳亭，说她年事已高，哪天倒了就倒了，这个东西就送她做纪念。沈柳亭小心揭开油纸，正是这幅红杏图，看着也很喜欢。两人重新躺下后，外婆就讲了红杏图的来历。也许是红杏图有了归宿，了却了心头夙愿，外婆已无牵挂，第二天晚上就无疾而终，走时一脸安详。

想不到红杏图后面还有这么个故事，吴楚东感慨不已。如此珍贵的红杏图，吴楚东受之有愧，道："还是你自己留着吧，外婆是给你做纪念的。"沈柳亭道："你别推辞。我也不懂什么画，你是个官人，但也是个文人，自然是懂的。第一眼看见红杏图，我就生出一个想法，要将它送给真正懂它的人，就是你。"

一句话，深深感动了吴楚东。他盯着红杏图，嘴上动了动，却一时不知怎么感谢沈柳亭才好。只听沈柳亭又道："杏就是幸，太外公将它送给女儿，希望女儿幸运。外婆将它送给外孙女，希望外孙女幸运。我将它送给你，祝你幸运一生！"

吴楚东小心卷好红杏图，没再多话，因为一切语言都已成多余。正好辜万泉打来电话，问吴楚东说话方不方便。吴楚东要他有话直说。辜万泉道："市委组织部已找我谈过话。我特意电话感谢您！"吴楚东道："很好很好！"

组织部找过辜万泉后，又找了易晓宏和侯文志。不久任命文件下达，辜万泉做了市发改委主任，易晓宏提了市城建局局长，侯文志先以副局长身份主持市国土局工作，几个月后转正做了一把手。

部门主要领导任职前，市委领导都要代表组织，一个个喊去谈话，肯定过去，寄语未来。一般都是分管党群的副书记和组织部部长谈得多，辜万泉、易晓宏和侯文志三个，却是危存虎亲自出面谈的。谈完正常内容后，还给他们下达了硬性工作任务，就是尽快把儒北控制规划面积拿下来，儒北经开区一成立，就要投入使用。三人都拍着胸脯保证，一定按质如期完成书记交办的任务，否则自愿交出屁股下面的位置。

这三个位置太显要，不少人都盯着，闻知事与吴楚东有关，谁想得到提拔重用，就往吴楚东身边蹭，希望他能玉成。比如投资公司开发部主任于正国，凤梧县政府办主任肖立军，都找上门来，要他给予提携。吴楚东正在牵头组建儒北经开区筹备组，急需人跑腿做事，他对这两位也多有了解，就把二人调进筹备组里，跟自己去跑有关手续。

后来连杜建民也走进吴楚东家里，请给予关照。原来卫生局不久前出了窝案，局长和两个副局长被抓，市委就让党委书记杜建民临时主持全面工作，慢慢再物色局长。局长属单位法人，党委书记实际上是二把手，杜建民既然已主持局里全面工作，自然不想再退回去做二把手。吴楚东知道杜建民要求进步的意思，故意玩笑道："你都已是卫生局党委书记，还想进步到哪里去？进步到市委班子里去？"

杜建民讪笑道："领导笑话建民了。建民自知不才，哪敢有此非分之想？只是以党委书记名义主持卫生局全面工作，名不正言不顺，有些不伦不类，浑身有劲都没处使啊。"

官场中觉得浑身有劲没处使的人多了去了，比如刘天龙这样的，就是做了市长，也觉得没有做省长来劲。吴楚东道："让你主持卫生局全面工作，是市委明确宣布的，还有啥不伦不类的？"

杜建民不好逼吴楚东表态，回头又去找史仁美。史仁美把杜建民名字拿到常委会上，交常委们讨论。吴楚东对杜建民做过侧面了解，知道他能力不错，为人做官能坚守底线，不然卫生局出窝案，他也不可能独善其身。因此常委们说的说好，说的说丑，意见不一致时，吴楚东讲了几句公道话，危存虎才拍板，让杜建民正式接任卫生局长。

十四

杜建民闻知自己成为局长，吴楚东帮他讲了话，危书记也听进去了，心存感激。又不知怎么报答吴楚东好，把沈柳亭叫过去，递上事先为她代写的调动报告，道："你看看，你的调动报告这么写要不要得？"

沈柳亭丈二和尚摸不着头脑，望着杜建民，道："调动报告？什么调动报告？"杜建民将报告塞到沈柳亭手里，说："你先看了再说。"

看完报告，沈柳亭依然没明白是怎么回事。自己从没对谁提过调动工作的要求，姓杜的不是寻你开心吧？虽说天天待在医院里，与外界没多少接触，沈柳亭也知道身为护士长，要离开医院，去卫生局坐机关，简直比登天还难。别说卫生局，就是换个工种，到医院行政楼里谋份稍轻松点的差事，也不是你想去就去得了的，好多人为此挖空心思，拉关系、送大礼，折腾来折腾去，也未能如愿。何况沈柳亭没关系可走，没大钱可送，也就从没异想天开，去打这方面的主意。谁知你没打主意，堂堂卫生局长却看中你，好像你是什么了不起的人才似的，恳求你来卫生局工作，真有些匪夷所思。

见沈柳亭愣怔着，半天无语，杜建民只好解释道："吴常委不是你亲戚吗？他对卫生工作很重视，卫生局又缺少人才，我便替你拟好报告，让你先过一下目，局里派人去医院考察时，你也好有个思想准备。"

原来沾的是吴楚东的光。沈柳亭赶紧圆话道："你是说吴楚东？他是我表哥，平时有些往来。"杜建民道："沈医生真低调，表哥是市里大领导，也从没听你论及过。你静待佳音吧，工作调动的事很快会有结果的。"

前后不到一个月，杜建民就将沈柳亭的调动手续办好，通知她去卫生局报到。就在人教科上班，比医院不知轻松多少倍，还不用倒班。不久又被提拔为副科长。局里自然有人不服，沈柳亭一个医院里的护士长，怎么轻而易举就调进局机关，没几个月又到了副科长位置上？便有人开始关心沈柳亭，明察暗访，打探她的背景和来历。沈柳亭的手续是杜建民一手办的，他没对任何人提及过吴楚东，也就无人查得出名堂，访得出真相。只好转移思路，从男女问题上寻找答案。想想也是，沈柳亭那么年轻漂亮，哪个男人不滴口水？杜建民肯定是垂涎于她的美色，才这么卖力地给她换工作、提待遇。于是暗中盯起梢来，准备将两人捉奸在床，叫他们遗臭万年。可跟踪了好久，也没跟踪出效果、发现丝毫可疑线索，这两人从来没单独待在一起过，最多也就工作上有些泛泛接触。众人大惑不解，既然两人没有一腿，杜建民干吗心甘情愿为沈柳亭效劳呢？莫非学习雷锋好榜样？真是奇哉怪也。

沈柳亭知道这些人盯着自己是出于嫉妒，倒也不恼不怒。你何德何能，想调动就调动，想提拔就提拔，还要别人不嫉妒，哪有这个理？也就不怎么往心里去，照常上班下班，没事人一样。又想起杜建民纯粹看吴楚东面子，才如此厚待自己，打通吴楚东电话，准备感谢他几句，又觉言谢有些生分，只是随便聊了几句。

接沈柳亭电话时，吴楚东正在赶往安州的高速路上。于正国和肖立军也在旁边，两人是儒北经开区筹备组里的得力干将，天天跟着吴楚东在外跑相关手续。几个月下来，大部分手续都已跑到手里。重中之重的儒北经开区报批手续也跑得差不多，该过的手续都在省里有关部门过了一遍，只等颜秋山签字画押，省政府下达批文，就可正式生效。做上省委副书记兼常务副省长后，颜秋山更加忙碌，当然不是想找就找得上的。碰巧禹今朝这几天在省里开会，帮吴楚东与颜秋山约好，上午十一点到省委副书记室去见他。

赶到省委，十一点还差一刻。禹今朝从开会地点赶过来，带着三人直奔省委大楼。大楼里警戒森严，一般人根本进不去，好在禹今朝是从大楼里出去的，身上还有相关证件，也就畅行无阻，很快到了副书记室门口。门上也没挂牌，禹今朝推开旁边的秘书值班室，跟现任秘书小马打过招呼，把三人请进去。

值班室里坐着好些人，一个个瞪大眼睛，盯着里间的门，大气不敢出。三人找空位坐下，尔后抬起头来，打量了一下值班室。值班室不小，不下二十平方米。有沙发，有茶几，挨墙还支有一副报架，夹了数份报纸。墙上挂着一幅字，一看就是颜体。作者没什么名气，可能是颜秋山的朋友或下属，见他与颜真卿是本家，特意献了幅颜体字。所录为四言绝句：漾漾带山光，澄澄倒林影。那知石上喧，却忆山中静。

这是唐人作品，看不出书家倾向，也许略含闹中取静之意吧？吴楚东这么琢磨着，里间门轻轻开了，有人屁股朝外，退将出来。开始还蹑手蹑脚的，低低地垂着脑袋，待缓缓转过身，踏棉花样走出三两步，胸便渐渐挺起来，头便渐渐昂起来。脚步也由轻而重，等快到值班室门口，就要穿门而出时，已是咚咚有声了。

靠近门边的两位霍然起身，准备往里间奔。"对不起！还请稍等片刻。"小马拦住他们，看看吴楚东几位，笑着解释道，"他们是颜书记事先约好的，只要一会儿。"

两人眼里闪过一丝不快，旋即又满脸堆笑，听话地坐回原处，心甘情愿的样子。小马推开里间的门，将禹今朝和吴楚东让进去。于正国和肖立军只抬抬屁股，没动身。禹今朝早打过招呼，他俩就不进去会颜副书记了，免得人多，不好说话。

见是禹今朝和吴楚东，又宽又大的老板桌后的颜秋山点点头，指指桌前皮椅，示意他俩坐。正好有两把皮椅，两人坐上去。还没坐稳，吴楚东就打开手里的包，拿出一沓材料，交给禹今朝。禹今朝再双手呈到颜秋山面前，道："这是儒州儒北经开区的报批文件和可行性报告，还请书记审阅批示。"

"建设经济技术开发区是拉动地方经济的有效手段之一，儒州要建经开区，省里非常支持。"颜秋山一边翻着材料，一边表态道。吴楚东接话道："这是今朝同志到任儒州后的第一个大动作，省里有关部门已作过审核和批示，颜书记把好关后，就可发函生效。"禹今朝纠正道："不是我的动作，是以存虎同志为首的儒州班子共同努力的结果。同志们都有这个决心，先建好省级经开区，待规模上去后，再申报国家级经开区。"

颜秋山赞赏地点点头，一边说道："这很好，届时申报国家级经开区，我可以陪你们上北京找相关部委。"吴楚东忙道："书记这么关心儒州、爱护儒州、扶持儒州，儒州人民就有了坚强信心和强大动力，坚决把经济建设搞上去。"

说话间，颜秋山已简单翻完材料，拿笔签了字。禹今朝伸出双手，想把材料拿回去，颜秋山没松手，道："这是需省政府复函才能生效的文件，你们已跑了一圈，挺不容易的，复函的事交给小马吧，把他叫进来。"

不愧是颜秋山秘书出身，禹今朝动作就是快，吴楚东才起身，他已离桌，射到门边，开门叫进小马。小马碎步快跑，来到颜秋山身边。颜秋山把材料递给他，道："材料我已签过字，交你手上，这几天去政府那边落实一下。"

两人深受感动，千恩万谢，告辞出来。到了楼下，吴楚东对于正国和肖立军道："本来要你俩去省政府办文的，颜书记怕耽误时间，直接让秘书小马代劳了，看你俩怎么感谢小马。"于正国道："这好办，请小马出来吃个饭。"肖立军道："咱们面子小，恐怕不容易请动小马大驾。还是禹书记德高望重，就麻烦您老人家给小马打个电话。"

禹今朝瞪肖立军一眼，佯怒道："什么老人家，在你们眼里，我就这么老吗？"吴楚东道："真不会说话，要领导办事，也不知道说些动听的话让领导开心。"肖立军自打一巴掌，道："怪立军不会说话，请帅哥书记多加原谅。"禹今朝道："你是不是想打肿脸子，好充胖子？老人家就老人家吧，老人家是成熟和智慧的象征。有啥法子呢？为儒州人民的伟大事业，只好听你们盼咐。"

说毕，禹今朝掏出手机，打通小马电话，请他出来与地方上的同志联个谊。小马不好拒绝禹今朝，满口答应下来。

到了餐桌上，禹今朝感谢小马对儒州人民建设事业的大力支持。小马赶紧起身道："禹书记言重了，我以茶代酒敬禹书记。"双手端好杯子，与禹今朝碰碰，一口干掉。接着敬吴楚东，小马同样毕恭毕敬的样子。轮到于正国和肖立军，他没再起身，只是一只手端杯，象征性地举了举，另一只手上的筷子都没放。

几轮敬下来，节奏渐渐放慢。电视里开始放新闻联播，说一年一度的春运已来到，铁道、交通及公安等部门正全力备战春运。屏幕上挤满攒动的人头，主要是学生和民工。小马感叹道："国人春节情结也太浓了点，一到这个时候就纷纷往家里跑，看着好辛苦的。难道不可以错开春运高峰，改其他时间回家？"吴楚东道："马秘还真体恤民情。不过他们也只可能春节回家，学生春节有假，老板们平时恨不得员工天天加班，哪肯给你连续几天的假期？只有熬到春节法定长假，才可能回家一趟。"

"这就是春运文化，自古以来都这样。"于正国道，"只是好了运输部门，又可以把票价涨上去，大发一把横财。"肖立军道："他们可不承认发横财，说是为缓解交通压力，以涨价方式减少出行人数。"于正国道："纯属睁眼说瞎话！他们明明知道，票价涨得再高，老百姓也不可能不回家过年，才趁人之危。"

从票价论到其他物价，肖立军道："给你们贡献一副对联。上联是：房价涨，地价涨，油价涨，电价涨，水价涨，粮价涨，肉价涨，蛋价涨，菜价涨，药价涨，这也涨，那也涨，怎一个涨字了得，涨了还涨；下联是：上学难，就业难，打工难，出行难，买房难，租房难，择偶难，结婚难，看病难，养老难，男也难，女也难，看世间难字当头，难上加难。"

吴楚东说虽然这对子是社会上一些牢骚人诌的调侃之词，不过也反映出现阶段经济快速发展的同时，确实产生了一些社会问题。禹今朝道："这对子多少有些道理，却容易让人产生歧义，好像这些社会问题都是经济发展惹的祸。发展经济的过程，其实就是利益格局不断调整的过程，必然滋生出各种各样的矛盾。这也是转型期避免不了的现象，古今中外皆然。可发展绝对比不发展好，发展才有希望，才会进步，不发展却只有全民受穷，死路一条。咱们总不能因噎废食，停下发展的脚步吧？"

"今朝书记说得对，发展必须得发展，至少咱们儒州，不发展就没有前途。有问题就解决问题。我们的党和政府，从来都有直面问题的勇气和解决问题的能力。"吴楚东望望于正国和肖立军，"你俩再以茶代酒敬一下马秘，请他多费费心，尽快将省政府批复办下来，咱们好早日成立儒北经开区，把儒州经济搞上去。"

两位忙又去敬小马，说了一堆好话。几位这么客气，小马也就很领情，办起事来格外卖力。春节一过，省政府批复函就到了儒州。刚好儒北控制规划面积也被辜万泉他们拿了下来，儒北经开区党工委和管委会就到了该正式挂牌成立的时候。两块牌子，一套人马，副厅级别。工委书记和管委会主任由吴楚东一人兼任，下设党政办、党群部、规划局、招商局、环保局、财政局、社会事业局、经济发展局。同时发改委、城建局、国土局、国税局、地税局、工商局、公安局、技术监督局、行政执法局、水利水电公司等市直有关部门，都在经开区设立派驻机构，独立行使管理和服务职能。

管委会地址暂设儒田区委大楼，待条件成熟后，再选址建楼迁走。这是儒州的大事，危存虎带领常委和几大家领导前往参加挂牌仪式，做了热情洋溢的讲话。讲话中他说："管委会的如期成立，标志着儒州经济昂然阔步，走上新的发展轨道。儒州经济长期处于落后状态，儒州人民再也不能这么落后下去了，希望管委会干部职工立即行动起来，勇于开拓，积极进取，力争经开区建设一年开好头局，两年初见成效，三年大见成效，为儒州经济建设事业当好排头兵，做好表率示范作用！"

讲话稿是事先由管委会党政办起草好，吴楚东亲自把过关的，里面并无一年开好头局、两年初见成效和三年大见成效三句话。危存虎为什么会加上这三句呢？为何要求三年大见成效，不要求五年或稍长点时间大见成效？谁都知道，经开区建设不是单个项目，属于大手笔、大动作，三两年能初具规模，就已很不错，哪是那么容易大见成效的？

吴楚东不是痴人，还能不明白危存虎肚子里那点意思？这届市委班子任职已快两年，三年后就该换届，到时经开区还没搞出名堂，对危存虎来说还有何意义呢？所以他比谁都迫切希望快出成效，大出成效，为自己再进一步奠定坚实基础。这种心情自然是可以理解的，换了谁做市委书记都会有这个想法。有这个想法没错，为官一任，就要敢作敢为，干几件看得见摸得着的政绩，同时也为地方百姓谋些福利。如果没有想法，没有政绩观，当领导的又哪来动力搞好地方经济呢？地方经济没搞上去，受穷的还是老百姓。

怎样才能三年出大成效，实现危存虎的宏愿呢？这确实是不能含糊的。你必须牢牢记住，危存虎提拔你进常委，让你主持经开区工作，就是要你给他干事，早出政绩。只是如前所说，经开区建设短期内见效太不容易，看来只能抓重点，抓关键。真正抓住重点和关键，三年内能升级为国家级经济开发区，应该就算出了大成效。那么重点又是什么，关键又在哪里呢？

吴楚东拿出经开区规划草案图，对照着认真琢磨起来。上班琢磨、下班琢磨、白天琢磨、晚上琢磨，琢磨来琢磨去，一直没能琢磨出什么名堂。吴楚东就想，闭门造车看来不行，还是将于正国他们叫到一起，开个诸葛亮会，大家出出主意。于正国多年从事城建工作，吴楚东让他做了管委会规划局局长，也许他会有什么好点子。

要开会，得交廖国旗去安排。廖国旗也是他从城投公司带过来的，办事能力还不错，吴楚东让他做了党政办主任。拿过话筒，刚拨通党政办，有人敲门进来，竟是退休多年的发改委原副主任田长生，手上提盒茶叶，显得有些拘谨，像乡下进城的农民。吴楚东放下话筒，把田长生让到座位上，一边说道："今天什么风把田主任吹到了这里？"

田长生矮下身子，头却仰着，说："吴主任荣升经开区首长，特来拜望。"吴楚东说："快别说荣升。都怪我是个拉犁的命，危书记把牛轭架我脖子上，这犁拉不动也得拉呀。"田长生笑道："危书记信任您，知道您拉得动，才将牛轭架您脖子上，不往人家脖子上架。"

廖国旗也推门进来，吴楚东吩咐道："先给田主任倒杯茶。"廖国旗很快端上茶来，小心放到田长生面前的茶几上。吴楚东又道："我跟田主任聊几句，五分钟后你再来，有事交代。"廖国旗说声要得，出了门。

要廖国旗五分钟后再来，也是暗示田长生，他只能待五分钟。田长生倒也不笨，知道吴楚东忙，长话短说道："来找吴主任，有件小事拜托。"吴楚东道："有事田主任只管说，楚东做得到的，尽力而为。"田长生道："我有个远房表妹，原是凤翔机械厂职工，机械厂改制后留用了一阵子，后厂里裁员，被一刀裁掉，至今没找到工作。她有个小小特长，炒得一手好菜，若管委会需要做饭的，她蛮适合。"吴楚东道："暂时管委会职工都在儒田区委食堂搭餐，以后要办食堂，我让廖国旗告诉你就是。"

估计已过去五分钟，廖国旗复又推门进来。吴楚东把田长生表妹的事给他说了说，交代今后若办食堂，记得联系田主任。田长生感激不尽，拿过茶几旁的茶叶盒，递到吴楚东手上，道："没什么带的，一盒不像样的茶叶，还请吴主任笑纳。"

吴楚东不便推辞，只好接住，道："田主任太客气，老领导了，你还送礼物，我怎么好意思？"田长生说："这算什么礼物啰？吴主任不嫌弃，就是看得起我了。"

田长生出门后，吴楚东将茶叶交给廖国旗，道："放到党政办去，来客人好用。"廖国旗看看茶叶包装，道："这种茶叶不过二三十块钱一盒，田长生也出得手。"吴楚东道:"话可不能这么说。田长生退休在家,只能自己掏钱买茶叶,他家庭条件又不好,二三十元可是他家一天的伙食费。别看有些人公款送礼时出手大方,动辄上千上万,真要他从自己袋里掏几十元钱出来,比割身上肉还难受。"

廖国旗连说几个是,站在地上,等候吴楚东发路。发有发号施令的意思,发路就是安排人跑腿做事,属儒州当地说法。吴楚东道:"在儒田区委食堂搭餐总不是办法,也不方便。管委会还得有自己的食堂,兵马未动,粮草先行嘛。国旗记住这事,忙过这阵子,就设法把食堂办起来。要请厨师,田主任表妹如果饭做得不错,可以优先考虑。"

廖国旗又一连几个是字。吴楚东又嘱咐道:"你马上打于正国他们电话,下午召开委务会,有要事研究,任何人不得缺席。"

"我这就去打电话。"廖国旗说着,手提茶叶,出门而去。

廖国旗背影还没消失,桌上手机响起来。一看是钱小鹤,只听她带着哭腔道,旭旭受伤了。吴楚东一惊,道:"旭旭受了什么伤?先别急,慢慢说。"钱小鹤稳住自己,道:"旭旭在学校打架,打破了脑袋。"吴楚东问:"严不严重?"钱小鹤道:"至少不轻,学校医务室处理不了,才送去医院缝针。我也在医院。"

赶到医院,旭旭还在手术室里面。钱小鹤一脸歉疚,压低声音道:"都是我不好,不该那么对他。昨晚丹丹和旭旭不是为电视节目互不相让,争得不可开交吗?今早又因两个鸡蛋大小不一,都不肯吃大个的,要吃小个的,闹了好久别扭,还是我说旭旭是男子汉,应该吃大个的,他才勉强拿到手上。可他没吃,悄悄藏进口袋里,上学路上当垃圾扔进了垃圾桶。刚好被我发现,一时气不打一处来,在他脑袋上敲了两下,骂了几句重话。当时他没啥反应,直到跟丹丹一起走进校门,也无异常。谁知十点左右,旭旭班主任打来电话,说他跟同学打架,打得头破血流。我腿都吓软了,心想莫非早上教训他那一下,他找同学出气不成?赶紧跑到学校,老师已送他到医院,我又赶了过来。"

自旭旭住进吴楚东家后,钱小鹤就没怎么省过心。好的时候还好,姐弟俩有说有笑,亲密无间。一旦闹起矛盾来,张飞不服马超,一个比一个横。还说不得,说丹丹,丹丹跳;说旭旭,旭旭叫。相比之下,丹丹还稍稍好对付些,反正是亲生的,骂过打过,之后又一样。旭旭虽是亲侄儿,毕竟不是这个家庭的真正成员,一不高兴就嚷嚷着爸爸妈妈为啥不要他,要回自己家，好像这里是地狱一般。这下竟给你惹出祸来，万一有个什么三长两短的，又怎么跟蜀南交代？"

吴楚东望一眼手术室的门，问钱小鹤道："旭旭老师呢，没到医院来？"钱小鹤道："跟旭旭打架的同学还在校医务室，老师把旭旭送进手术室后，又转身招呼那位同学去了。"吴楚东道："他俩为啥打架？"钱小鹤道："他俩平时是很要好的同学，经常一起说说笑笑，打打闹闹。今上午见旭旭老不高兴的样子，课间那同学就过去逗他，不知怎么惹恼旭旭，旭旭一拳打在他脸上。同学被激怒，顾不得鼻血直流，狠狠推了旭旭一把，旭旭失去重心，仰倒在地，脑袋被尖石磕了个两寸长的口子，也不知伤没伤到里面。都怪我早上不该打骂旭旭，让他怄了一肚子气，才跟同学打架，闯下这祸。"

"这事怎能怪你呢？是旭旭自己不对。"吴楚东安慰钱小鹤，"蜀南呢，为何没到医院来？"钱小鹤道："你忘了前天蜀南还到咱家看过旭旭，说这几天要出差，怎么来看旭旭？"吴楚东道："你没打他电话？"钱小鹤道："这电话不好打，知道旭旭脑袋破了，还不急死他？"

两人正在嘀咕，手术室门开了，旭旭被缓缓推出来。医生说缝了八针，得住几天院，好好打针用药。所幸没伤着里面，并无大碍。吴楚东放下一颗心来，跟进旭旭病房，稍稍坐会儿，给钱小鹤放下些钱，借口工作忙，出了医院。

要说也不是借口，吴楚东挂着经开区的事，哪有心思留在医院？

走出不到一百米，前面好像出了事故，车子一部咬着一部，葫芦串样粘在一起，根本走不动。吴楚东趁机给廖国旗打电话，问通知于正国他们没有，得到确认后，才打转方向，插进南正街，准备往南走上一段，从儒凤大道绕回管委会。

南正街是条商业老街，人挤人，车挨车，很是热闹。这么走看来也快不到哪里去。可已由不得你，只好随波逐流，蚂蚁样往前爬行。好不容易来到街尽头，前面是东西向的儒凤大道。左拐弯时，吴楚东透过车窗，往后望了一眼，见南正街直得仿佛木匠打过墨线似的，没有一点点偏差，老远的红绿灯都清清楚楚，没跑出视线。

吴楚东心里微微一震，大脑里生出一种朦朦胧胧的意识。正因朦胧，也就不明白到底意味着什么，只觉得有些心动。

将车靠边停住，吴楚东沉思片刻，开门下车，绕过路边一家新建的宾馆，慢慢往后面的小山爬去。山上是层层梯土，橘树不再成林，东一株西一株的，枝瘦叶稀，几乎被凶猛的野草埋没。山腰开阔处有座不大的院落，院里一横一竖两座砖屋。院门上挂块牌子，漆落字缺，城南园艺场几个字依稀可认。刚参加工作那阵，吴楚东还吃过城南园艺场的橘子，不想十数年下来，大片橘园成为大马路和高大楼房，园艺场不复存在，场部也破落成这样。院里空空落落，只两棵香樟树固执地站在那里，坚守着院子。吴楚东止步台阶上，掉头回望，南正街正在脚下，由南向北，直抵那道已快消失的朱城。朱城以北，就是儒北经开区，只不过还处于规划之中，正待开发。

吴楚东的目光久久停留在铺满阳光的儒北地带，还有更远处的隐约的北山。身子一动不动，就如两旁肖然挺立的香樟树。春风倏然而至，夹带着草木的芬芳，让吴楚东倍觉清爽。

心中那朦胧的意识渐渐明朗起来。

得尽快请危存虎到这山头来走上一趟，高瞻远瞩，看看这条笔直的南正街，看看南正街北面的儒北经开区。目前那里还是块沉睡的土地，无声无息，可要不了多久，那块土地肯定会热起来的。

下午的诸葛亮会如期召开，吴楚东站在儒州市区图下面，指着图中的南正街，道："正国你们瞧瞧，这条南正街是不是有些意思？"

于正国几个有些发蒙，不知南正街有啥意思。南正街在老城区，又不归你儒北经开区管辖，关你什么事？吴楚东笑笑，拿过一支粗大的红笔，自下而上划起线来。划过南正街后，略微停顿，打上一个向上的箭头，继续朝儒北方向划去。直到北端的图纸边沿，吴楚东提腕注下一个夸张的惊叹号，扔了红笔。

几个人只觉得吴楚东的红线划得很直，有点几何老师的味道，却依然没能明白他划这道红线，到底想说明什么。吴楚东还是没明言，拿过手机，拨通禹今朝，问："今朝书记什么时候有空？"禹今朝道："别问我什么时候有空，先说你有何贵干。"吴楚东道："想请您到管委会来现场办公。"禹今朝道："现在还是以后？"吴楚东道："现在能来更好。"

禹今朝是个干脆人，十几分钟后就到了儒田区委。走进管委会会议室的门，一眼看见儒州市区图上那条粗重的红线，禹今朝便笑着道："那不是儒州市区的中轴线吗？"

一语点醒于正国几个，他们恍然大悟，望着红线道："正是条中轴线，咱们真不开窍，吴主任画完线，启发了半天，咱们怎么就没想到中轴线呢？"吴楚东笑道："我可没说是中轴线，是今朝书记说的。"

"不是中轴线，又是什么呢？"禹今朝激动起来，"若将老城区和城北统一进行规划，建设一条自南向北的中轴性质的大道，其他规划都围绕中轴线展开，这样以线带面，就能科学地整合各种资源，充分发挥土地使用价值。"

吴楚东道："更重要的是，比起没有主次四面开花的建设模式，有了这道中轴线，经开区建设就有了主心骨。只要咱们集中力量抓住这个主心骨，再由此辐射其他项目，就可实现一年开好头局、两年初见成效、三年大见成效的伟大设想。"

对危存虎这句话，禹今朝印象也很深。他也是这届班子成员，自然也想在任期内干出像样的政绩。禹今朝没有犹豫，马上打电话让政府办通知发改、建设、规划、国土等部门领导和专家，会同经开区规划局，召开联席会议，专门研究城建规划修正案。

联席会议放在经开区管委会所在的儒田区委大楼召开。会后吴楚东把易晓宏和侯文志叫进自己办公室，表扬两人履新以来，工作积极，成绩显著，没辜负党和人民的期望。两人忙感谢吴楚东，给予自己为儒州建设事业效劳的好平台。

"不用感谢我，应该感谢组织栽培。"吴楚东说道，打开抽屉，拿出两样东西，起身走到两人前面。那是一个红包，一个信封。红包鼓胀，信封也不薄。吴楚东将红包放到易晓宏旁边茶几上，把信封塞进侯志文怀里，转身回到桌旁。两人望着吴楚东，不约而同道："主任这是干吗？开联席会还发车马费？"

吴楚东矮身坐到椅子上，冷着脸道："难道你俩没看出是自己的东西吗？"

其实红包和信封出现在吴楚东手上时，两人就认出是几个月前上吴家时留下的，想不到好事既成，又物归原主，回到了自己这里。没帮上忙退礼，倒也说得过去，已把你扶上要位，再还钱回来，叫你情何以堪！两人正要说话，吴楚东摆摆手止住两位，道："你俩轻看了自己，仿佛自己只值红包或信封里的钱。若你两位价值仅与送我的钱等值，我会大力向组织推荐，把你俩放到如此重要的位置上吗？"

两人语塞。吴楚东又接着道："也小瞧了我，好像我是看在钱上，才为你俩谋求职位。当初你们把钱留我家里时，我就想过退给你们，又怕你们胡思乱想，以为我觉得钱少了，继续上门送钱。现在你们到了该到的位置，工作表现还不错，也到了我退钱之时，否则我真收了你们的钱，不仅你们会小瞧我，我自己也会看不起自己。"

两人诚惶诚恐，道："主任言重了，不过点点小心意，何足挂齿？"吴楚东叹道："也不能怪你俩，如今确实不少事都得礼敲门、钱开路，没有表示，寸步难行。殊不知世上还有比钱更重要的东西，那就是品德和才干。我认可你俩的德才，自会把你俩用起来，无关乎送不送钱。社会很复杂，干部们也良莠不齐，可总是要有更多的愿做事也能做事的人出面做事，谋求发展，推进社会进步，否则我党怎么践行宗旨，取信于民？"

说得两位点头频频，诺诺连声。吴楚东感慨道："人非圣贤，没谁离得开钱，有钱走遍天下，无钱寸步难行。可咱们有份不高却也不太低的工资，尽管不可能像豪商巨富挥金如土，毕竟足够体面地生活。良田万顷，日食三餐；广厦千间，夜眠八尺。衣食无忧，还去谋求非分之财，到底有多大必要呢？只怕不仅不能受其益，还会反遭其害。"

两位心悦诚服。吴楚东继续道："在世风裹挟下，拜金主义盛行，人人钻进钱眼里，美好的情谊都沾上铜臭，变得越来越不纯粹。有钱能使鬼推磨，可钱不是万能的，也有靠不住的时候，若只知围着钱绕圈圈，很容易坏事。古圣有言，以利相交，利尽则散；以势相交，势败则倾；以权相交，权失则弃；以情相交，情断则伤；唯以心相交，方能成其久远。身为共产党人，最可贵的是不忘初心，只要初心不改，使命在肩，就能超乎金钱之上，彼此结下牢不可破的同志情谊，共同为党和人民的伟大事业贡献智慧和力量。"

两人自惭形秽，悄悄收好手里的红包和信封，倾听着吴楚东发自肺腑的心声。吴楚东见好就收，道："你俩是组织多年培养出来的党员干部，如此浅显的道理，又何须我多嘴多舌。忙你们的去吧，赶紧配合有关部门，尽快把城建规划修正案弄出来。"

规划修正案修订出来后，吴楚东觉得不错，拿着去见禹今朝，道："贯穿南北的中轴线写入规划修正案，咱们手里就有了一根栓子，正好把儒南儒北拴在一起，将新老城区整合成有机整体，统一布局，统一建设。咱们给存虎书记做次集体汇报吧，他表了态，再把修正案拿到人代会上，集体表决通过，就可正式付诸实施。"禹今朝道："要汇报就马上汇报，人民代表大会召开在即，动作慢了就来不及了。"

两人跑到书记室，把意思一讲，危存虎非常高兴。他还能看不出中轴线对于经开区乃至整个儒州建设的重要意义？表扬规划修正案很有创意。禹今朝道："要说创意，也是楚东的创意，楚东多年的城建工作没白做。"

禹今朝在危存虎面前这么肯定自己，吴楚东很感激，忙道："今朝书记抬举我了，哪是我的创意？是集体智慧，集体智慧。"

"个人创意也好，集体智慧也罢，只要利于儒州建设事业，我就坚决给予支持。"危存虎欣赏地瞧一眼吴楚东，满怀信心道，"中轴线一建，儒州城就有了灵魂和主心骨，整个格局将大为改观，到时你们就是儒州的大功臣啊。"禹今朝笑笑道："没有危书记撑腰，修正案只能是修正案，恐怕谁也做不了大功臣。"

危存虎笑道："我肯定会为你们撑腰的。这样吧，把常委和几大家领导召集拢来，专门听一次你们的详细汇报。只要咱们领导层形成共识，再一起到人代会上做代表们的工作，修正案通过起来就绝对有把握了。"

吴楚东不得不佩服危存虎的悟性，禹今朝只说出撑腰二字，他就清楚要撑什么腰，把话说到了点子上。事实是没点悟性，也不可能做到市委书记，主政一方。即使主政一方，也不见得能有大作为。跟着这样的领导干，还怕干不出像样的事业来？吴楚东暗受鼓舞，又建议道："干脆把常委和四大家领导叫到一起，先城南城北走上一遭，进行现场办公，领导们有了直观印象和感性认识，坐下来听汇报才听得进去。"

这倒也是个好办法。危存虎二话不说，立即叫来秘书长卓开先，道："马上通知常委和四大家领导，明天上午八点在市委大楼前集合，统一乘坐大巴，调研考察城建和儒北经开区，任何人不得迟到，也不能找借口请假。"

卓开先答应着，返身正要走开，危存虎又叫住他："还要给我强调一句，谁需要请假，由本人到我这里来请。"

隔日早上八点还差十分钟，吴楚东赶往市委大楼前坪里，就见危存虎已站在大巴旁，让卓开先拿着笔记本，一个个清点人数。领导们知道危存虎很守时，开会也好，搞别的活动也罢，都会提前赶到，从不迟到。危存虎常说时间就是效益，连时间都管理不好的人，谁还巴望他管理得好人，管理得好事？有次召开常委扩大会议，刘天龙因事迟到几分钟，危存虎让卓开先给会议室打上倒锁，硬是把他拒之门外，不让参加会议。对刘天龙都这么不客气，此后有会议或活动，只要危存虎在场，谁也不敢迟到半分钟。

领导们陆续赶到，从自己小车里钻出来，乖乖来到大巴上。卓开先报告说人已到齐，危存虎看看手表，已七点五十八分，翻身爬上大巴副驾驶室。八点整，大巴准时出发。危存虎转过身来，像导游一样，拿着麦克风，讲了考察调研城建和儒北经开区的目的，要求大家不仅要动腿，还要动脑，下午开会动嘴时好有的放矢。

大巴按计划先往南行，再由南向北，沿着设想中的中轴线走一遭。时值上班高峰，路上车子太多，大巴跑不起速度，禹今朝就站起来，道："欢迎危书记给大家唱个歌吧，怎么样？"大家都说好，嚷着请危书记一展歌喉。危存虎工作起来很严谨，其实平时还是挺随便挺开心的，见众人兴致颇高，重新拿过麦克风，唱了曲《团结就是力量》。他喜欢这个歌，有人要他唱歌，他就唱它。还说做领导的要在两个"结"上下功夫，一是团结，二是总结。团结才能拧成一根绳，心往一处想，劲往一处使，干出成绩。成绩面前，还要善于总结经验教训，不断汲取教训，发扬经验，再立新功。做好总结还有一层意思，毕竟地方工作千千万万，不可能件件都入上级眼底，若不实时总结出来，汇报到上级那里，上级又怎么了解你干出了什么成绩，是克服了哪些困难才干出来的成绩？那又依据什么来表彰你、支持你？

　　危存虎唱罢，大家拼命鼓掌，说唱得好，再来一个。危存虎道："你们又不买票，谁老给你们唱？其他同志也唱一唱。"禹今朝就接过麦克风，往刘天龙手上递。刘天龙显得漠然，望望禹今朝，没有太大反应。他的处境有些不尴不尬。也许是自己的市长来得不够正当，他心里一直有些虚，在儒州官场中挺不直腰杆，树立不起应有的威信。危存虎也不太把他当回事，市委工作不让他插手，政府这边有大事要事，让禹今朝直接对自己负责，也没他太多说话机会。比如儒北经开区的筹建，是市委、市政府的重大举措，危存虎把任务交给禹今朝和吴楚东，刘天龙沾不上边，只能袖手旁观。他也就很郁闷，很压抑。去跟熊继为诉苦，熊继为也无能为力。熊继为虽还做着省委政法委书记，但已不再像原来那么说得起话。要命的是一向温顺的蒲秀丽也跟刘天龙闹起了别扭，说他是不中用的龟孙子。本来蒲秀丽已坐上发改委主任位置，谁知屁股还没坐热，危存虎重新洗牌，安排了辜万泉，把她弄到政协去做秘书长，说有副主席到龄后，让她补缺。后来果然有副主席退位，补缺的却不是她，换了别人。蒲秀丽很有意见，去找危存虎，危存虎不理她，她只好回头朝刘天龙发脾气，说自己落到这个地步，他也不闻不问。刘天龙被吵得烦起来，话说得不怎么动听，惹得蒲秀丽火起，挑明说刘天龙占有她十多年，她把最美好的青春给了他，他还不满足，又喜新厌旧，去勾搭龙志坚老婆许菊英。刘天龙骂她无中生有，无事生非，狗屁眼放狗屁。蒲秀丽说你做都做得，莫非我说都说不得？扬言要把许菊英的小孩抱到大街上，让儒州广大干部群众都来瞧瞧，倒看是龙志坚的儿子，还是他刘天龙的野种！后又得知许菊英开地下钱庄的侄儿许宝通在刘天龙关照下，在城南拿了几个项目，赚得盆满钵满，蒲秀丽醋劲大发，逼刘天龙给自己弟弟蒲长明也弄几块地皮，鼓捣点名堂出来。脑子里装着这些烂事，刘天龙情绪低落，哪还有心情唱歌？

　　见刘天龙没啥反应，禹今朝只得动员其他人唱。其他人说危书记唱得这么好，我哪还敢张嘴？渐渐就冷了场。杨世杰提议讲笑话，危存虎说："现在有些干部，聚在一起就喜欢讲段子，还特别喜欢讲荤段子，要不就拿领导打趣。今天你们要讲笑话可以，但必须讲文明段子，不许拿领导说事。"杨世杰说："文明段子那得吴楚东来讲，他一肚子的文明段子。"众人就起哄，吴楚东道："好好好，我说个文明段子。说是清朝有三位官员，一个是粮道大人，姓王；一个是知府大人，姓全；一个县令，姓赖。赖县令的治下发生灾情，请求上级拨粮赈灾，王道台便带着全府台下去核查，事毕赖县令设宴接待。赖县令酒量浅，素来不愿喝酒，即便没办法必须喝也总是千方百计地耍赖混过去。可无酒不成席，何况在座的王、全二位上司都是出了名的好酒且能喝，赖县令只得设酒以待，心里暗暗紧张。王、全二人素知赖县令外号'一杯倒'，想看他笑话，背后商量，这次喝酒以吟诗论输赢，接不上的就连干三杯，要姓赖的再也赖不成。开席时王道台便说，咱们三个人都是堂堂进士及第，自然不能学粗人武夫那样闹酒强饮。赖县令听言长舒了一口气。不料王道台又说，既然咱们是文人，那就少不得以诗佐酒。今天咱们每人作首诗，要求以一个汉字联系两样相像的事物，谁作不出或作得不够有水平，必须连干三杯。全府台说太好了，装出思考状，吟出早想好的诗：'两物相像锡和铅，一个出字两个山，一个山上出锡，一个山上出铅。'接着王道台吟道：'两物相像茶与酒，一个吕字两个口，一个口喝茶，一个口喝酒。'赖县令毫无准备，知道两位长官故意捉弄自己，又不甘愿连喝三杯，便冥思苦索，终于吟出一首：'两物相像龟和鳖，一个朋字两个月，一个月吃龟，一个月吃鳖。'"

众人说妙，姓赖的真有水平。妙就妙在俩长官一个姓王，一个姓里带王，与乌龟王八有关，吱声不得。危存虎笑道："楚东你这还是拐弯抹角地拿领导说事啊！姓赖的确实有些水平，但觉悟低了些，徒逞口舌之快，让粮道大人和府台大人下不来台，那赈灾的事谁还给你办？不给你办，老百姓的日子又怎么办？拒酒的方法千千万，他选了最损人而不利己的一种，事情也做不成。当然，我们共产党人要摒弃这种酒文化。"

众人听了，都夸还是危书记的政治素养高，此说的确是经世致用之言，既要兼顾上级的脸面，又要给下面办实事。说话间到得城南山脚下，众人弃车而行，跟着危存虎和吴楚东往不高的山头攀缘而上。

不一会儿到得山顶，来到城南园艺场旧址前。吴楚东让于正国拿出儒州城区图，往地上一摊，对照山下的大街小巷，指示道："大家看清楚没有，咱们脚下是不是旧城老街南正街？儒州人自古很讲究，南北走向为街，东西走向为路，顾名思义，南正街就是正南正北走向的街道。巧就巧在这条南正街处于东城区和西城区正中,若顺街往北,再向儒北经开区方向延伸上去,正好是整个儒州市区的中轴线。"

众人纷纷挤过来,看看地图,又瞧瞧山下城区,说确实是条中轴线,怎么过去就没人看出来呢?于正国分析道:"过去儒州人认为城北不宜动土,发展思路一直停留在城南及东南和西南三个方向上,谁还会在意这条南北走向的中轴线呢?久而久之,儒州城成了横向的橄榄球,城北的发展几乎是个空白。"

众人都说有道理,儒州发展这么慢,都是观念老化造成的。再这么下去,儒州只会越来越落后,跟周边城市拉下更大距离。如今找到了这条中轴线,以后的发展就有了主线,只要先把主线建好,儒州的建设事业就会变得天宽地阔。危存虎更是信心大增,抬起手臂,指向前方,大声道:"各位看清楚,这条中轴线是不是条长长的龙脊?试想龙脊一旦立起来,儒州这条经济大龙岂能不腾空而起,一飞冲天?"

说得众人兴高采烈,热烈鼓掌,说这个比喻又贴切又形象,令人震撼。还说有危书记正确领导,儒州经济的伟大腾飞,指日可待。

众人兴致勃勃,只刘天龙站在一旁,一脸落寞,与现场热烈气氛格格不入。

刘天龙还是没法将蒲秀丽从脑袋里抹去。

这个女人可不比别人,狠劲足,说得出就做得出。事实也是,她没点狠劲,又怎能套牢你刘天龙,从小小打字员,一路做到要害部门的主要领导?刘天龙不无担心的是,一旦她真把自己和许菊英的事捅出去,局面定然变得不可收拾。要说这事也不是什么秘密,社会上早有议论,说龙志坚儿子龙小坚就是他刘天龙的种。本来对刘天龙来说,也不是什么坏事。刘家三代单传,他又生的女孩,老父老母很希望他生个儿子。刘天龙也有这个想法,只是仕途要紧,计划生育又是时下的政策,于是就没敢公然违背。龙小坚出生后,他曾动过把儿子要回来的念头,又担心事情闹大,丢掉位子还在其次,弄不好还会双开(开除党籍开除公职),到时领工资的地方都没有,哪还养得活儿子?只好背后叮嘱许菊英,把龙小坚带好,要钱要物开口就是。许菊英不提钱不提物,带着侄儿许宝通去见刘天龙,要他拿建设项目。刘天龙以建设领域水太深为由,没理睬许宝通。许菊英便扬言,要用枕头捂死龙小坚,断了刘家的后。刘天龙迫于无奈,只好让许宝通拿了两个项目。许宝通只知开钱庄,哪会做项目?回头就转手出去,赚了一千多万。事情传到蒲秀丽耳里，她心里不平衡，也缠住刘天龙，要他安排凤凰山的地皮，交蒲长明天宇地产公司运作。这种事容易出乱子，刘天龙没应话，蒲秀丽便一次次找他闹，闹得他下不来台，真想一刀捅了蒲秀丽。

真要捅蒲秀丽，刘天龙下不了这个手，只是郁结于心，难以释怀，也就没法融入同僚们的讨论，好像儒州城建与他这个市长毫无关系。直到大家走下山头，回到车里，行进在热闹的南正街上，他仍一言不发，像个局外人似的。不是像个局外人，准确说他就是个局外人，危存虎他们对他视而不见，几乎忽略了他的存在。

来到南正街尽头，前面出现一道似有似无的城墙。这里的城墙不像西南方向的城墙，兼具防范凤凰河水患的功能，明末时期就建得比较厚实，后又不断修砌加固，至今仍岿然屹立在那里，北边城墙当年建得粗糙，朱王爷出走儒州后，再没整修过，已破败不堪。

儒北经开区成立前，城北一带属于儒田区范围，儒田区委书记殷学农和区长伍亦全得知市委常委班子和几大家领导来考察儒北，早等在城墙下。大巴停下后，两人先上车见过各位领导，说些客套话，才走下去，钻进自己小车，在前面引路。路是砂石公路，直接从墙基上越过去，直抵人烟稀少的儒北村镇。

这条路正是吴楚东前次陪同曾教授一行走过的原路，窗外依然是起伏的丘陵和青青草木，还有时隐时现的村舍及农田。不觉来到一处坡地，也是那次停留过的地方，吴楚东打前面引导车里殷学农的电话，要他停停，又让大巴司机刹车，请大家下去休息一会儿。

像当时的曾教授那样，下车后吴楚东铺开比儒州城区范围更大的儒州市区图，指着众人所在位置，说："从地图上看，咱们正好到了儒州市区版图的中心点。"

众人低头来看地图，点头称是。吴楚东又道："主笔儒北经济技术开发区可行性报告的曾教授上次到这里时，说儒州市区颇像一只巨大的碟子，中间宽敞辽阔，周围隆起如碟沿，环绕于儒州四郊。他的意思是说，扔下中心区域和北边未曾开发的广袤空间于不顾，老在已没多少余地的城南一带折腾，是不可能折腾得出什么气象的。"

杨世杰重重地点着头，感慨道："曾教授就是有眼光。咱们过去也没想起来儒北看看，扩大眼界，放开思路，才一次次失去发展的好时机，真是可惜。"吴楚东道："亡羊补牢，犹未为迟，这个时候起步，一切还来得及。"禹今朝道："是啊，只要大家在危书记正确领导下，从现在做起，同样会干出大事业来。"

几位说来说去，都自觉不自觉地略过了刘天龙，把话头直接归向危存虎，仿佛刘天龙是股空气，可以忽略不计。危存虎笑笑道："光有我的正确领导恐怕还不行，还得几大家领导齐抓共管，带领全市广大干部群众，看准方向，找准目标，一齐发力，才可能把我们的大胆设想变成美好现实。"众人道："危书记的领导是儒州事业取得成功的根本保证，咱们一定要紧密团结在危书记周围，把儒州事业做大做强。"

走完大半个儒北，进入儒田区委大院。区委事先安排好的工作餐已经上桌，大家解决完肚子问题，来到管委会会议室，坐下来讨论建设中轴线的规划修正案。上午现场办公做了铺垫，几乎没人提出异议，一致同意提交人民代表大会，请代表们审议通过。只是讨论到中轴线该建十车道还是十二车道时，发生了小小分歧。有人认为十车道已够宽阔，建十二车道浪费资金不说，还得多占不少地皮，土地资源消耗太大。

这观点不是没有道理。吴楚东却道："土地资源确实应该珍惜，这无可争议，可我们也要多些超前意识，用长远眼光看问题。儒州好几条主干道就是例证，从前三十年一扩，后来十年一扩，再后来三五年一扩，还是跟不上车子增速，已经不太走得动车了。南正街就是个例子，今天要不是事先安排交警封住入街要道，咱们现在只怕还陷在里面出不来。我的意思是说，这条中轴线不仅是发展中的儒州经济的生命线，还会成为未来城市交通的大动脉，我们可不能当作一条普通道路来看待。不争的事实是，城市化进程越来越快，猛涨的经济，猛增的人口和车辆，都需要一定容量的交通来承载，不然城市就会陷入瘫痪，成为死城。还是咬紧牙关，下死决心，坚持修建十二车道，若能确保二十年甚至三十年不过时，也算功德无量。如果只着眼当前，修十车道，以后两边建筑都已成型，再来拆迁扩建，成本不知会高多少倍，难度也会更大，很不合算。"

危存虎自然倾向于吴楚东，只是担心建十二车道比建十车道，投资规模大得多，不容易完成，提醒道："资金来源呢？别说十二车道，就是一车道两车道，没钱都是句空话。楚东你是知道的，儒州财政是吃饭财政，我可没钱给你修路。"

吴楚东老搞道路和城市建设，知道资金运作方式，道："眼巴巴等着财政拿钱出来搞城建，自然不现实，必须将其他资本包括民间资本都好好调动起来，为我所用，才成得了事。咱们不是有一系列招商引资优惠政策吗？政策就是钱，就是大钱，只要把政策用好用足，用到刀刃上，资金自然滚滚而来。"

不用你当书记的掏钱，也能修路搞城建，危存虎还有什么可说的，点头道："要得要得，我负责给政策，你负责用政策，把政策变成建设资金，建好中轴线，推动儒州城建走上快速发展轨道。"转而又对人大常委会主任道："修正案通不通得过，现在就看你的了。"

人大代表最关心的是看得见摸得着的东西，不会在意这类无形的规划修正案，通过起来容易，人大常委会主任满有把握道："修正案通不过，我这个主任让贤。"

修正案拿到人大会上后，果然不折不扣获得通过。作为儒北经开区的基础性工程，全长三十多公里的中轴线的筹建被摆上议事日程。名字也已取好，叫作儒州大道。计划一分为二，旧城区南正街段归市城建局负责，由杨世杰主抓；儒北段归经开区负责，由禹今朝主抓。为确保中轴线建设顺利进行，危存虎又把各经济和执法部门头头脑脑叫到经开区管委会，点着他们脑袋道："修建中轴线是整个儒州城建成功与否的关键，需要大量人力物力财力，牵涉到招商引资、征地拆迁、安置补偿等各项实际工作，各部门都要通力协作，给予大力支持，为管委会保驾护航，大开绿灯。我有言在先，谁如果不积极配合中轴线建设工作，甚至从中作梗，设置障碍，我摘谁的帽子！"

大家纷纷表态，一定按危书记指示精神，全力支持中轴线建设。

"你们有这个态度就好，我危存虎说到做到，决不含糊，到时要拿谁开刀，就是上北京搬人来说情，也不管用！"危存虎扫大家一眼，又转向杨世杰、禹今朝和吴楚东几个，"你们也看到了，他们已在我面前表了硬态，以后谁食言，不好好配合你们工作，只管告诉我！"

十五

十二车道的中轴线建设全面启动。

如前所说，建设需要大量资金，招商引资成为当前工作的重中之重。从前修建儒凤大道和主政城投公司时，吴楚东结识了一些有实力的老板，早给他们透过信，儒北经开区已经着手建设，要他们备足资金，到儒州来发财。还打出口号：快到儒州来，包你发大财！口号倒也响亮，只是直露了点。

露也有露的好处，一目了然。再说人家拿着大笔资金，辛辛苦苦跑到你儒州来，不来赚钱，不来发财，来给你扶贫？扶贫是政府的事，当老板的都去扶贫，没人给政府纳税，政府又拿什么扶贫？

过去有过合作的老板知道吴楚东是什么样的人，得知他主政儒北经开区，不少已经带着巨资赶到儒州，投入中轴线前期建设。中轴线拆分为数十个标段同时投建，资金多的多建几个标段，资金少的少建几个标段，标段两边的土地开发权顺便划归投建人。这个政策自然是诱人的，中轴线建成后，两旁的土地增值空间大，想不赚钱都不可能。

这还是部分老板，另有部分老板出于种种原因没到儒州来，吴楚东领着管委会招商局局长肖立军等人，走出儒州，上门招商。为吴楚东的真诚所打动，又有不少投资人带上雄厚资金和人力物力，进驻儒州，投入中轴线建设。

在省外转上一大圈，回到安州，吴楚东打通韦叶舟电话，问他在干吗。韦叶舟正好有空，道："纪委楼下有个福建老板开的茶馆，铁观音很正宗，我请你来喝几杯如何？"吴楚东道："纪委请喝茶，我有心理障碍，还是我来请吧。"韦叶舟道："你请就你请。"

两人走进茶馆，泡壶铁观音，要两碟点心，边喝边聊。聊到儒北中轴线，韦叶舟道："我给你介绍个老板如何？"吴楚东道："叶舟介绍的老板肯定靠谱，楚东求之不得。说说何方老板？"韦叶舟道："蔡宏图。"吴楚东道："是不是宏图公司的蔡总？"

韦叶舟有些奇怪，道："楚东也认识蔡宏图？"吴楚东道："不认识。头次咱们在党校学习，你不亲口跟我说过蔡宏图吗？"韦叶舟道："正是的，那次学习我之所以延迟进班，就是给宏图公司了难去了。想不到楚东还记得。"吴楚东道："这点记性没有，还怎么干革命事业？你这就给蔡宏图打个电话，要他来一下，我敬他酒。"

"楚东口气还真不小：这就打电话，要人家来一下。"韦叶舟瞪吴楚东一眼，"想想有你这么说话的吗？"吴楚东道："我哪里说错啦？"韦叶舟道："我不好说你错在哪里，只觉得是你在招商，求人去儒州投资，不是呼猫唤狗，招之即来。"

吴楚东意识到自己性急了点，承认道："叶舟批评得对，怪我求贤若渴。"韦叶舟道："你不只是求贤若渴，你是骨子里的傲慢作祟，好像人家比自己低，习惯于居高临下。既然找人招商，就得放低姿态，拿出诚意，人家才会跟你合作。"

吴楚东细思，韦叶舟确实点到了自己的疵处。也是久处官场，见多笑脸，听多奉承，误以为自己多么高明，谁都得服从自己意志，吆来即来，喝去即去。吴楚东检讨几句，道："那怎么才能见上蔡总？先择良辰，再具请柬，把他请出来？"韦叶舟笑道："择良辰具请柬倒不必，可先跟他预约，看他何时有空，咱们登门拜访。"

接到韦叶舟电话，蔡宏图说正在外地出差，晚上飞回安州，明天正好见面。隔日上午，吴楚东随韦叶舟赶到宏图新科，蔡宏图已等在公司大门口。韦叶舟拉拉蔡宏图的手，指着吴楚东道："这是我老同学，儒州市委常委兼儒北经开区主任吴楚东。"

蔡宏图瞧眼吴楚东，说句吴主任好，伸出一只手来，不卑不亢的样子。吴楚东略觉不适，旋即又不出声地警醒自己：你别作，记住你是来动员人家去儒北投资的，不是来享受马屁精拍马屁的。马屁拍得再高明，也属语言骗术，无非骗取你的好感和信任，以便他大捞好处。蔡宏图凭自己本事办公司，交税款，用不着讨好你，才犯不着在你面前低声下气，讨好卖乖，这不正是你需要的人物吗？

这么自忖着，吴楚东调整好心态，跟蔡宏图握手，道："久闻蔡老板大名，今日面晤，风采不凡啊！"蔡宏图微笑道："吴主任谬赞宏图，不敢当。倒是我看吴主任蛮有文气的，看上去不像官员，像个书生。"吴楚东哈哈一笑，道："你这是批评呢，还是表扬？"蔡宏图道："当然是表扬。"吴楚东道："文气也可以解说成酸气和书呆子气，蔡老板正话反说吧？"蔡宏图道："我可是正话正说，文气毕竟比官气好。老实说，我见过一些官员手里有点权力，便官气十足，不可一世。"

吴楚东哈哈大笑，道："听蔡老板口吻，一定受过官员的窝囊气。"蔡宏图叹道："我是一朝被蛇咬，十年怕井绳啊，今天初见吴主任，心里难免有些发怵。"韦叶舟道："既然已发现面前的吴主任官气少，完全可放自在些嘛。"蔡宏图点头道："已自在多了。也是宏图有福，能够结识吴主任和韦主任这样有文气的官员。"

说话间，来到宏图新科公司大楼前，蔡宏图请两位去楼里一坐。吴楚东道："蔡总可否先带咱们参观参观贵公司的产品？"韦叶舟道："我也是头次来宏图新科，真想开开眼界。蔡总不用保密吧？"蔡宏图笑道："敝公司又不是军工单位，有啥密可保？这就陪两位转转。"

绕过办公大楼，后面是一排生产车间。车间前竖着五个圆形大石墩，每个直径两米，高五六米。吴楚东好奇道："这是从哪弄来的？得用多大装备才搬得动？"蔡宏图道："是咱公司凿岩机械作业时，从地下岩层里挖掘出来的。"

"厉害厉害,这要多威武的机械,才挖得出来?"吴楚东拍着石墩,"为何只有五个石墩,不是四个或六个?莫非代表五行——金木水火土?"蔡宏图道:"说五行也没错。咱做金属材料,也可代表五金——金银铜铁锡。"韦叶舟也道:"五金系制造业根本,制造业又是国家富国强兵和百姓生产生活的根本保障,自古以来倍受官民重视。"

吴楚东递手机给韦叶舟,要他帮忙拍个照,然后站到五个大石墩前,伸出五指,嘴里喊道:"金银铜铁锡!"韦叶舟及时按下摄像键,看效果还不错:吴楚东正半张嘴唇,笑露三分之一牙齿。吴楚东要回手机,对蔡宏图道:"看看生产车间吧。"

车间门口有保安值勤,先登记来访者姓名和相关信息,再发放安全帽,看着三位戴在头上,才放行入内。车间空间开阔,一台台车床有序布局,工人们各就各位,切割、焊接、打磨、拼装,忙而不乱。还有一排无人工作台,只见机器人伸着机械臂,在熟练地操作着。所产配件也大都是笨家伙,由机械抓斗抓取运送到装配车间,按程序予以组装。车间机声大,蔡宏图介绍生产流程及各配件原理、性能时,得放开喉咙嘶吼,像跟人吵架似的。可两人还是听不真切,更听不明白,毕竟隔行如隔山,不容易理解。

参观完数个车间,出得后门,眼前是个大坪,陈列着一台台巨兽般的大机器,仿佛阅兵仪式上成建制的机械师,让人叹为观止。蔡宏图一一介绍给两位,如数家珍般。首先面对的是挖掘机系列:微型、小型、中型、大型挖掘机。继而是地下工程装备系列:不同类型的多功能旋挖钻机、全液压履带桩机、大直径潜孔锤钻机、连续墙液压抓斗。接着是凿岩设备系列:一体化潜孔钻机、切削钻机、露天液压钻车、螺旋地桩钻机。再下来是起重系列:桁架履带起重机、越野轮胎起重机、伸缩臂履带起重机。另有高空作业系列:剪叉式高空作业平台、越野剪叉式高空作业平台、伸缩臂叉装车。还有装载机械系列:轮式滑移装载机、履带式滑移装载机、轮式装载机。

参观过各种大机器,三人绕出大坪,回到公司办公大楼前。大楼共有七层,行政和后勤位于一层,其他六层全归研发部门。董事长办公室在一楼东头,面积不大,一张普通办公桌,桌后一排书柜,桌前有个茶台。蔡宏图请两位落座茶台旁,自己坐到主位,开始泡工夫茶,一边道:"宏图公司能有今天,在于还算齐全的功能,即集工程装备研发、生产、施工三位于一体,逐渐形成强大合力,才立于不败之地。"

吴楚东喝口蔡宏图泡好的茶,道:"蔡总是说,贵公司还会开着自己生产的大家伙,去施工现场作业?"蔡宏图道:"可不是?刚才你俩在车间前面看到的五大石墩,就是咱们员工驾着自己研制的凿岩机械施工时挖掘出来,又用自己生产的装载车运回公司的。"

吴楚东竖起大拇指道:"不简单,不简单。宏图公司产品销售市场主要在国内还是国外?总资产和年产值已达到多大规模?"蔡宏图道:"咱们两条腿走路,在尽量占有国内市场的同时,大力进军海外市场,欧美亚非三十多个国家都看得到本公司的机械产品。目前公司总资产已过百亿,年产值近二十亿,上缴税费三亿多。"

能把企业做到这个分上,可见蔡宏图绝非俗辈。吴楚东心存景仰,道:"蔡总怎么想起做重型机械,你机械专业出身?"蔡宏图笑道:"要说机械专业出身也算吧,三十多年前我打过铁,刀剪、锅盆、锹铲、犁铧、锁具、合叶、插销、弹簧、螺丝、钉子,连钓鱼钩都打过。你知道吗?世上难打钓鱼钩,钓鱼钩打得好才算真把式。"吴楚东笑道:"原来蔡总是造小五金起家的。"蔡宏图道:"吴主任说得对,我就是出道于小五金,还开过五金店。"

也是聊开了,没待吴楚东往下问,蔡宏图继续道:"两位有所不知,南宋以来永康铜铁匠人走南闯北,给各地送去先进的小五金产品,故有说法流传:五金工匠走四方,府府县县不离康。其实安州也早有生产经销小五金传统,清朝中叶安州便是小五金生产和集散地。后来张之洞建武汉铁厂,不知从何着手,还专门派人来安州聘请师傅过去带徒。抗日战争时期生产过子弹和弹药,源源不断送往前线打小鬼子。解放初小五金生产一度成为安州及至全省工业象征,产品遍布全国各地市场。待到改革开放,不再满足于小五金产销,开始尝试科技含量更高的规模制造业,从摩托车到农用拖拉机,从中巴车到大小货车,从没停止过创新。正是为形势所感召,我开始涉足大五金行业,拿出多年积蓄,再向银行贷款,引进重型机械生产线,从而一步步走到今天,为国家尽了公民应尽的这一点点义务。"

吴楚东为蔡宏图身上透露出的真正的企业家精神所折服,对韦叶舟道:"这便是宏图公司受到有关部门不公正待遇时,叶舟出来说话的原因吧?"韦叶舟道:"蔡总这样的企业家才是真正的民族脊梁,党和政府要倍加珍惜和关爱,不能让他为国家做了贡献,还受不白之冤。"蔡宏图笑道:"咱们做企业的,什么人没见过?什么事没经历过?受点冤屈算不了啥。"

吴楚东拍着胸脯道:"蔡总到儒州去投资办分公司,咱不仅不让你受委屈,还要让你赚个盆满钵满。你看怎么样?"蔡宏图道:"我也想去儒州跟吴主任合作一把,可暂时还腾不出人力财力。"吴楚东道:"蔡总不是找借口吧？儒州正在开足马力向城北发展，宏图公司过去投资，地方政府肯定会予以大力支持，要地皮给地皮，要政策给政策。贵公司甚至可把生产线带过去，生产的机器不用离开儒州，便可开进自己的工地，投入使用，也可卖给进驻经开区的企业，省时省力省运输成本，正好实现买卖共赢。"

蔡宏图笑道："吴主任如此盛情，我都已蠢蠢欲动。但目前公司正在拓展海外市场，技术和资金都已投放出去，无力响应你的伟大号召。一回生二回熟，日后再找机会合作嘛。"

吴楚东推一把韦叶舟，道："你怎么跟没事人一样？蔡总是你引见给我的，你总得帮句腔，动员动员蔡总吧？"韦叶舟道："别急于求成呀，你跟蔡总初次见面，人家对你不知根不知底，怎么会信任你，轻易跟你合作呢？"吴楚东道："我是你同学，你是蔡总朋友，蔡总既然信任你，自然就信任我。蔡总说是不是？"

蔡宏图又一笑，不紧不慢道："不是我不信任吴主任，确实是眼下心有余而力不足，待条件成熟时，再去儒州投资。"

吴楚东省内省外转上一大圈，拉来不少投资人，中轴线开始有了些人气。不过多为观望者，签了意向合同，并没真正投钱进来。经开区前景到底如何，是不是真有大财可发，光一条中轴线，还不太明朗，投资人有顾虑也难怪。

吴楚东就找禹今朝商量，仅有外资恐怕还不够，还得同时依靠本地人，把儒州民间资本发动起来，尽快提升经开区人气。禹今朝想想道："民间资本不归政府管，恐怕没办法发动。不过可以请示存虎书记同意，将部分市直机关单位，包括学校、医院、商店、市场等迁往儒北，这样人气自然就会上来。"

机关和企事业单位搬迁可是个大动作，并非一天两天实现得了，危存虎一时下不了决心。拿到常委扩大会议上集体讨论，也众说纷纭，各执一词。反对得最厉害的还是刘天龙。每个行政机关或企事业单位都不简单，形同一个个错综复杂的小社会，搬迁如同将百年老树连根拔起，难免伤筋动骨，带来不少连锁反应，生出意想不到的矛盾和纠葛，刘天龙实在不愿自己市长任期内因搬迁引火烧身，耽误前程。

恰在此时，中轴线一个姓谢的老板分包的工地出了塌方事故，三位民工被埋，所幸工友动作快，第一时间把三人挖出来，送往儒州人民医院抢救。消息传到刘天龙耳里，他莫名地兴奋起来，感觉事来得正是时候，里面大有文章可做。

中轴线工地民工被埋时，刘天龙正由龙志坚陪同，在安州出差。不像危存虎安州有家，刘天龙家属在儒州，出差到安州得住宾馆。龙志坚给刘天龙订了五星级宾馆二十九楼的豪华套间，自己则住同楼层的标准间，以便刘天龙有啥吩咐，随叫随到。

这天在外办完事，吃过财信银行董事长高见远设的晚宴，两人回到宾馆，已过十点。龙志坚把刘天龙送入豪华套间，插卡取电，按亮灯光，拉好窗帘，才带上门，回到自己房里。洗完澡，走出洗漱间，床头柜上的手机响起。是蒲秀丽打来的，问龙志坚道："在哪里潇洒？"龙志坚道："陪市长在安州出差呢。"蒲秀丽道："中轴线工地塌方压了三个民工，你知道吗？"龙志坚道："我不在儒州，怎么知道？没死人吧？"蒲秀丽道："据说民工挖出来时还活着，已送往医院抢救，目前情况还不清楚。"龙志坚道："没死人就好。"蒲秀丽道："那要看三位民工命大不大，万一命难保，吴楚东他们恐怕不容易了难。"

听蒲秀丽口气，巴不得三位民工都死掉，要吴楚东下不得台。刘天龙会不会也有同样想法？龙志坚问蒲秀丽道："市长知不知道塌方的事？"蒲秀丽道："我又不是刘天龙肚里蛔虫，哪猜得到他知不知道？"龙志坚道："你没给他打电话？"蒲秀丽道："凭什么打他电话？这无情无义的家伙，老娘才懒得理睬他呢！"

不想理睬刘天龙，又打龙志坚电话干啥？蒲秀丽有些言不由衷。在蒲秀丽追逼下，刘天龙划了城南两块飞地给蒲长明的天宇地产公司，蒲长明嫌地段增值潜力不大，瞄准城北中轴线旁边的地皮，怂恿蒲秀丽，找刘天龙想办法。刘天龙不愿去求吴楚东，蒲秀丽便跟他吵闹，不达目的不罢休。刘天龙只好躲着蒲秀丽，连她电话都不肯接。蒲秀丽也知吴楚东不会买刘天龙的账，只能暂时作罢。偏偏中轴线工地出事，蒲秀丽就想借机把事情弄大，给吴楚东制造些麻烦。最好把吴楚东挤出儒北经开区，由刘天龙的人取而代之，日后天宇地产好去儒北发展。即使不能拿吴楚东怎么办，也算给刘天龙出出气，修复一下两人的感情。

蒲秀丽那点心机，龙志坚自然明白，却不愿啰唆，瞅准她说话空隙，赶紧岔开，说了再见。刘天龙会不会对中轴线出事感兴趣呢？龙志坚穿上外衣，出门去敲刘天龙房间。门打开，迎面竟是一位陌生男子。莫非是来看望刘天龙的朋友？龙志坚问道："市长在不在里面？"对方一脸茫然道："什么市长？这是本人刚入住的房间。"

龙志坚以为敲错门，后退半步，抬头望望门框上的号码，正是自己给刘天龙订的豪华套间。莫非刘天龙临时换了房？换房也该打声招呼，怎能神不知鬼不觉换掉？莫非有不可告人的勾当要避开你？龙志坚划开手机屏幕，要拨刘天龙电话，又想人家换房不告诉你，自然有其考虑，你打电话追问，岂不惹其不乐？龙志坚低头回了自己房间。

在房里来回踱几圈，实在无聊，龙志坚还是下楼，跑到总台，对值班小姐道："麻烦查查刘天龙房间，他要我去谈事，我接了个烦心电话，把他说的房号给忘了。"

龙志坚和刘天龙入住手续正是这位小姐办的，她认识龙志坚，几下点开电脑，调出刘天龙三个字，他已把房间换到二十一楼。猜测得到证实，龙志坚这才放了心，谢过小姐，走进电梯，揿了二十九层。目光却被二十一层按键吸住，没法挪开。电梯上到十五层时，龙志坚终于忍不住伸出手，按下二十一层按键。

走出电梯，来到刘天龙房门外，龙志坚下意识抬起手臂，要去揿门铃。触到门铃的瞬间，手指迅速往回一缩，像碰着烧红的热铁似的。又不愿走开，竟在好奇心驱使下，把耳朵贴到门板上，探听里面有何动静。正好有人说话，一是刘天龙，另一个也是男人，声音好像有些耳熟。只是隐隐约约，听不出谁，说的是啥。

房里说话声断断续续，后来变成脚步声，踢踏着向门口过来。龙志坚赶紧往后退却。门缝随即裂开，透出一线光亮。龙志坚躲避不及，情急之下，发现安全通道就在身后不远，兔子般一窜，闪入安全通道门后。刘天龙送客出来，四处张望无人，跟那人道别后就回屋了。龙志坚听到他房门关上的声音，将安全通道的门打开一条缝，想看一看那个访客究竟是谁，却只看到一个背影走向电梯口。这个背影他似曾相识，却又不敢确定。

背影很快消失在电梯里，龙志坚发了会儿愣，才走安全通道，来到二十二楼，再转乘电梯升上二十九楼，回到自己房里。

隔日龙志坚也没点破刘天龙，还是刘天龙自己说他昨晚换了房，原因是原来的房子临街，有些嘈杂，影响睡眠。刘天龙原先房间临街不假，但高居二十九楼上面，街上声音基本听不到，这个借口显然不够高明。

脑袋里晃悠着神秘客人夜访刘天龙的情形，龙志坚几乎把中轴线塌方的事忘到脑后。直到跑完该跑的省直部门，两人同车回到儒州，龙志坚才想起蒲秀丽打的电话，试探着对刘天龙道："中轴线有工地出了事，民工被埋，市长听说过没有？"

刘天龙心头一动，表面却不惊不讶，故作冷淡道："埋了多少人？"龙志坚道："三个民工，还在医院抢救，具体情况不明。"

"施工出点事故也正常，只要不死人，啥事都没有。人命关天，一旦出人命，就会改变性质，不太好收拾。"刘天龙语重心长道，"我是人民政府市长，情系人民生命财产，无奈政务繁忙，无以抽身。志坚啊，你要代表我和政府，关心一下三位民工兄弟的生死。"龙志坚连忙点头道："那是应该的。可怎么关心为妥呢？"刘天龙道："督促院长老夏认真施救，无论付出多少代价，也要把三位民工兄弟抢救过来。三条生命可都掌握在他的手里了。"

天色已晚，又刚出差回来，龙志坚决定第二天去医院看望三位住院民工。翌日上午，他先到城投公司跟几位副总谈了几句工作，再接过财务装好在三个信封里的慰问金，塞入公文包里，出门赶往医院。

快到医院门口，正要联系夏院长，龙志坚忽觉内急，走进厕所。方便完，到龙头下洗过手，见墙上纸筒空空，只好拉开提包，去找纸巾。纸巾没找到，但见三个信封躺在包里，其中一只敞着封口，有钞票漏出，似在信封里面憋得太久，要冒出来透透气似的。龙志坚知道每个信封里都有一千元，这是财务照他吩咐装的。一千不是啥好数字，不如八百吉利，要讲发，不离八嘛。看看身边没人，龙志坚从每个红包里抽出两百，塞进内衣口袋里，这才提包推门出来，掏出手机打夏院长电话，想问他在不在办公室。

刚按了几个数字，他忽又迟疑起来，把电话取消了。

危存虎和禹今朝撇开一市之长刘天龙，指使吴楚东全力开发中轴线，中轴线工地出安全事故，刘天龙幸灾乐祸还来不及，却要你代表他关心生死未卜的民工，到底是何居心？刘天龙德性如何，龙志坚比谁都清楚，断定他关心民工不过是借口而已，肯定还有别的意图。什么意图呢？刘天龙肯定是想借三位受伤民工的事向吴楚东他们发难，可三位民工如果平安无事了，那还有什么牌好打？

龙志坚忽然想起了刘天龙昨天指示的最后一句话，"三条生命可都掌握在他手里了"，像是明白了什么，心里打了个寒战。但转念一想，他妈的量小非君子，无毒不丈夫，只有把事情搞大，把吴楚东、禹今朝、杨世杰这帮人搞倒，自己才有好日子过。到时候刘天龙出来收拾局面，危存虎也不好说什么，说不定自己就能百尺竿头更进一步。想到这里，他更是对刘天龙的最后那句话心领神会，坚决拥护。

电话打通了，夏院长很快赶到，带着龙志坚，走进一间病房。病房里很安静，没有陪护，只有两位民工躺在床上吊水，看情形似乎没啥大事。经夏院长介绍，龙志坚才知道，三位伤者中，一个伤背，一个损腰，还好都没有伤着筋骨，属于轻伤，吊几天水就可以出院了。这两个是外地人，打算拿到了谢老板和经开区给的赔偿金、抚慰金，就出院回老家了。另一个伤者是儒田区本地人，情况比较严重，他被钢筋砸到了头，颅内出血，送到医院时已经昏迷了，但经过医院的全力抢救，已经度过了危险期，目前在重症监护室观察。夏院长还说，三人入院不到半个小时，禹今朝和吴楚东便赶来，要医院全力救治，一定不能死人，救治的情况要及时向他们汇报，所有的医药费都由儒北经开区负责。

龙志坚代表政府留下慰问金，安抚两位轻伤民工几句，与夏院长走出病房，来到院长室。龙志坚问道："怎么没见那位重伤民工的家属？"夏院长道："家属找包工头要钱去了。"龙志坚道："钱比伤员更要紧？"夏院长道："伤员待在医院跑不了，钱不赶紧要回来，以后不一定拿得到。没家属也没关系，反正医院有护工，儒北经开区出得起钱。"

龙志坚瞧了眼院长室的门，关得紧紧的，开始传达刘天龙的指示，在最后一句上，他加重了语气。夏院长惊讶地看着他，半晌才讷讷地道："龙总，这是你自己的意思……还是……还是刘市长的指示？"

龙志坚把眼一瞪，说："难道我还敢假传圣旨？刘市长的原话虽不是这么说，但意思就是要在这三个受伤的民工身上做文章，把事情搞大。"夏院长摇了摇头说："这个事情不好办。要真闹出了人命事儿就大了，到时候我们谁都跑不脱。"

龙志坚冷笑道："你以为自己不干就能跑得脱？你不想想，当初不是我把你引荐给刘市长，你能当上院长？这些年你在这个位子上拿了多少好处，还需要我帮你回忆回忆吗？老夏，你要明白，你跟天龙市长，跟我龙志坚，坐的是一条船。这条船一帆风顺，你好我好大家好；这条船要翻了，那大家就只能一起死！放心，你把事情做好了，把吴楚东他们那帮人搞下去，卫生局局长这个位置，天龙市长自然是会给你想办法的。"

夏院长无奈道："轻伤的两个，你来之前吴楚东刚刚来看望过。重伤的那个，吴楚东听说已经度过了危险期，很高兴，还夸奖了我们几句。"沉吟半晌，他说："只能在重伤者的身上想办法了。龙总，我尽力而为吧！"

"这就好，这就好。"龙志坚点着头，出了院长室。没走几步，迎面碰着蒲秀丽，问她来干什么，蒲秀丽说看个病人。龙志坚没再多嘴，朝电梯口走去。快进电梯，他无意间回头一瞥，见蒲秀丽四下瞄了瞄，一闪身，进了院长室。

没过几天，便有消息从医院传出，那重伤民工再次出现脑出血，医治无效死亡。

这位死者是儒田区本地人。死者家属喊了数百村民，围住工地，要谢老板偿命。谢老板已掏过不少钱，见众怒难犯，赶紧溜之大吉。村民们就抬着尸体，进了市委大院。危存虎吃惊不小。禹今朝和吴楚东跟他说过，这位民工没有生命危险，怎么突然就死掉了呢？危存虎生怕酿出大乱，紧急召见禹今朝和吴楚东，问该怎么办。禹今朝是从省委机关下来的，哪见过这种场面？忙拿眼睛去瞟吴楚东。

吴楚东觉得事有蹊跷。他原本听医院报告说这位重伤民工经抢救已经度过了危险期，正在重症监护室接受观察，刚把悬着的心放下没几天，怎么转眼就死了呢？抢救手术是夏院长亲自做的，他本人就是心脑科方面的专家，术后观察也是他亲自负责，可仍然没能挽回伤者的生命。夏院长已经向他和禹今朝做了检讨，还拿出了全程病历给他们看。吴楚东粗略一翻，他不是专家，也看不出毛病，但仍然不太相信这个民工的命如此脆弱，借口要细看，把病历留了半天，复印过才还给了夏院长。

眼下最着急的事情，不是追究民工死因，而是应对集结在市委大院的数百村民。过去做常务副县长和修建儒凤大道时，吴楚东没少遭遇这种突发事件，还算沉得住气，听了危存虎的问话，道："搞建设，我们一直很重视安全，但也不能保证百分之百不出事故。既然事故发生了，我们也用不着回避。回避不仅解决不了问题，还会激化矛盾，弄得不可收拾。事发经开区，责任在我吴楚东。还请书记问问殷学农，儒田数百村民进了市委大院，他知不知道，余下的事我来处理。"

危存虎去拨殷学农号码，吴楚东也掏出手机，打通已升任公安局局长的黄文革，吩咐他几句，转身出门，来到楼前坪里，面对数百村民和围拢来凑热闹的市民，高声喊道："乡亲们，我是市委常委兼儒北经开区主任和书记吴楚东，中轴线工地突发安全事故，我有不可推卸的责任，我向牺牲的民工兄弟表示沉痛哀悼，向家属表示深深的歉意！"

村民们一下子愣住了。本以为没人敢出来与他们对话，正准备制造更大动作，忽见吴楚东出现在眼前，还有些不太相信自己的眼睛。直到吴楚东挤开人群，来到尸体旁，恭恭敬敬给死者三鞠躬，他们才回过神来，嚷嚷道："别假惺惺的，我们不稀罕什么常委和主任，只见市委书记，要他交出谢老板，为死人偿命。"吴楚东解释道："谢老板躲在何处，市委书记也不知道，见他无补于事。"

话没落音，又有人大声吼道："不知道姓谢的在哪里，叫危存虎自己出来偿命！"还高举拳头，气势汹汹要往吴楚东前面挤。

吴楚东显得很镇定。他已看到黄文革，就在前面不远处，不过没穿制服，这种场合穿制服，只能刺激众人情绪。还有好几个吴楚东熟悉的面孔，都是黄文革手下，也身着便服，像凑热闹的普通市民，分散在人群中间，谁闹得最凶，跳得最高，就往谁身边靠。那几个举着拳头想挤到吴楚东面前来的村民，被便衣民警前后包夹着，左一晃，右一荡，不仅近不了前，相反还被推挤到了人群边上。

殷学农和伍亦全也带着乡村两级干部赶过来了，黄文革的人拱出一条人缝，放他们进到人圈里层。有位村干部抬眼看看四周，来到一直不声不响悄悄蹲在尸体旁的老头身边，大声叫道："郑爹你蹲在这里干什么？走走走，有话跟殷书记和伍区长说去。"

郑爹脑袋往另一边一偏，看都不看村干部，只说道："关殷书记和伍区长什么事？冤有头，债有主，人又不是他们搞死的。"

不用说，郑爹就是这次事件的领头者。吴楚东上前道："确实不是区领导的事，是经开区的事。其实咱们目的并不矛盾，都是要把事情解决好，不是要在这里搞群众运动。这个地方也没法说话，请您带两个代表，一起到我办公室去，咱们坐下来好好商量个方案。"

郑爹这才瞥一眼吴楚东，慢慢站起来。他个头很矮，大约一米五多一点。一个貌不惊人的小老头，也这么有号召力，几百号人都听他呼唤，一齐奔往医院，抢了尸体，哗啦啦就涌进市委大院。不是亲眼所见，吴楚东还真有些不太相信。

来到吴楚东的常委办公室后，郑爹一副成竹在胸的样子，语调不急不缓，声音不高不低，道理更是一套一套，张口政策，闭口法规，言必有据，词合情理。在某些官员眼里，这种人自然是难缠的刁民，吴楚东却暗自佩服，已悄悄喜欢上这个叫郑爹的老头，心想以后若有机会，得与他接触接触，说不定能长不少见识。

经过一番讨价还价，双方最终达成一致意见，当场在协议上签好字。吴楚东明确表示，一定督促谢老板，按协议做出赔偿，让死者家属满意，否则拿他姓吴的是问。还写好手机号码，递给郑爹，说有事随时可以找他。郑爹看看号码，掏出手机，熟练地按动拇指，几下储存好。吴楚东留意了一下，郑爹输了吴常委三个字，打的还是拼音。心下不免又是一惊，农村里这个年纪的人会打拼音，看来一定不凡，说不定真是个民间高人。

能投资大工程的老板，哪个不是腰缠万贯，甚至拥金过亿？多拿几个钱出来理赔，于他们不过九牛一毛，于死者家属则是巨额财富。只是出于商人的精明，老板们总是把钱袋捂得紧紧的，能少出就少出，甚至一个子儿不出更好。吴楚东亲自出面，晓之以法，动之以情，言之利弊，谢老板不敢太吝啬，基本按协议拿了钱，死者家属还算满意。死人的事就这样平息过去，大家都松下一口气。谁知事情并没真正结束，与死人事件相关的谣言悄悄流行起来，让人感到恐慌。说是中轴线为儒州龙脉，龙脉遭到破坏，惹得龙勃然大怒，降下了一死两伤的惩戒，以示警告。如果不收手，继续在中轴线上胡挖乱掘，还会死伤更多人，带来更大的灾难。当年朱王爷就是担心惊动龙气，给朝廷和百姓招灾惹祸，才没敢轻易开北门，动儒北一土一木。危存虎总没王爷官大吧，竟胆大妄为，做出失去理智的蠢事，迟早有一天会遭报应，儒州无辜百姓也会跟着遭殃。

　　还有一种说法，儒州是只碟子，修中轴线无异于在碟子中间破了条缝，财气完全漏掉，还想在儒州地界上发财，是绝对不可能的。

　　像流行病毒一样，种种谣言在人们中间传染着，越传越奇，越传越远。儒州上上下下，无论是官还是民，只要有张嘴巴，都在自觉不自觉地传布这类谣言，像真有那么回事似的。儒州上空从此弥漫着一股不祥之气，弄得人人自危，惶惶不可终日。

　　塌方死人，外加谣言盛传，弄得人心惶惶，中轴线建设渐渐冷落下来，往日热火朝天的局面再也不见。不少已投资进来的老板心里发怵，悄悄把资金抽走，人也撤离工地。更不用说仅有投资意向的老板，听说儒州如此诡异，也放弃初衷，不敢再来投资。

　　望着热热闹闹的中轴线工地一下子变得如此冷寂，吴楚东几分无奈，又几分伤感。

　　这是他苦心孤诣，一手开创起来的事业，眼看着已红火起来，转眼间竟败落成这样，能不心痛？谣言能有这么大的能量，吴楚东还是第一次碰到。他弯下腰，捧起一把被挖掘机翻出来不久的橙黄潮土，放鼻底下闻闻。略带泥腥的芬芳沁人心脾，吴楚东贪婪地猛吸一口，似要将这芬芳连同潮湿的泥土一起吸进肺里。对这好闻的泥腥味，他很熟悉，也很喜欢。只要闻着这泥腥味，他就会暗自激动，好像身上有什么力量要爆发出来似的。

　　多年前吴楚东由团市委副书记外放儒西县常务副县长时，心里想得最多的是仕途两个字，天天盼着捞够资本，早些进步。后来市里组织县区领导去沿海参观考察，他深受震动，改变了不少想法。当时沿海的改革开放已取得很大成效，道路宽广，高楼林立，城市像花园一样漂亮。没人愿意待在乡下，农民都进了城，与内地过去的民工一起，成为城市建设和工业生产的大军。这就是理论书上说过的城市化进程吧？不用说，内地迟早有一天也会像沿海那样，迈开城市化步伐。这是世界潮流，经济发达国家都经历过这么个城市化过程，谁也不可能置身于潮流之外，继续做已做了几千年的山水田园旧梦。吴楚东觉得做个像古人那样的旧式官僚已没意思，要做就做个有作为的现代官员，在城市化进程中充分展现自己的聪明才智，干一番像样的事业出来。还像过去那样，抱着熬日子的态度，靠资历一步步往上爬，寿终正寝时让人将生平最高行政级别写进悼词里，那是多么无聊而又滑稽！回到县里，吴楚东就找县委书记建议，以加快城市化进程为发展方向，想办法争取上级支持，增加县城控制规划面积，将城建规模扩大至少一圈，再加大招商引资力度，通过建设经济开发区或工业园区等手段，把城市建设尽快搞上去。还给书记灌输新想法新思维：别看内地开放程度低，建设动作小，但城市化是天下大势，其进程只会越来越快，趁着眼下土地富余，劳动力和生产成本相对便宜，早动手早打下基础，就会抢占发展先机，提升地方经济规模和质量，最后得益的还是老百姓。书记嘴里赞同吴楚东的意见，说这种敢为人先的思想值得表扬，却只动口不动手，不采取任何实质性行动，继续维持小打小闹的格局和现状不变。书记的想法其实也简单，安安稳稳搞完这届书记，到市人大或政协上个台阶，过几年再回家抱孙子。书记的今天不就是自己的明天吗？吴楚东想想便觉悲哀，也不知是为书记悲哀，还是为自己悲哀。可吴楚东还是有些不甘，在自己权力范围之内，驱赶着工商城建交通国土等部门的干部，建了几个市场，修了几条道路，算是对自己这个常务副县长帽子的一个交代。自然说好说丑的都有，有说他为民办实事的，也有说他好大喜功的。吴楚东也不当回事，继续我行我素。倒是常务副市长杨世杰下县检查工作时，见儒西有些变化，知道是吴楚东的功劳，非常欣赏，把他调回市里做了发改委副主任，后又兼任城投公司总经理，在儒凤大道建设和旧城改造工作中显了一回身手。后虽遭陷害，吃尽苦头，所幸为危存虎看中，到市委副秘书长和政研室主任任上过渡一下，提拔为常委，出任儒北经开区工委书记兼管委会主任，有了更大的施展才干的天地。几经腾挪，经开区建设终于起步，来势不错，不想出了塌方死人事故，闹得谣言四起，把开发商们吓跑了，中轴线建设近乎瘫痪。

吴楚东松松手指，橙黄色的泥土悄然漏出掌心，无声撒落地上。面对苍茫大地，吴楚东又出了一会儿神，仰首向天，长长地浩叹一声，抬脚走出工地，来到不远处的车上，望眼灰蒙蒙的天空，打响马达，朝市区方向开去。

昨晚市委办就打过吴楚东电话，说今天上午危存虎在书记室等他，商量儒北经济开发区的事。

来到市委大楼前，才下车，就见龙志坚贴着刘天龙屁股，从台阶上迈下来。吴楚东视而不见，只顾低头走自己的路。刘天龙并不在乎，主动打招呼道："楚东，看你行色匆匆的，很忙吧？忙点好，忙点好，贵人多忙嘛。儒北经开区可是大手笔啰，你还真有两下子，了不起，了不起！"龙志坚也一副得意洋洋的样子，应声道："了不起，了不起！"

吴楚东脸上肌肉抽搐着，真想冲过去，飞起两脚，踢翻他俩。却还是尽力忍住，抬步上了台阶。不阴不阳的笑声从后面传来，吴楚东感觉芒刺在背，咬咬牙关，不出声地骂了句狠话，心里说你们等着瞧吧，看谁笑到最后。

来到书记室，除主人危存虎，禹今朝和杨世杰两个也在。三人脸上都有些凝重，像刚参加完追悼会似的。吴楚东心里难受，却还是涎着脸道："让领导们久等，实在不好意思。我将功补过，请领导的客。"从包里掏出半条好烟，一人面前放上一包。

屋里气氛这才稍稍轻松了些。还没到世界末日，实在犯不着这么悲痛欲绝。杨世杰是个烟鬼，撕开烟盒，每人献上一支。吴楚东不怎么抽烟，还给杨世杰，一边掏出打火机，给三位点烟。禹今朝猛吸两口，再慢慢从鼻孔里喷出两管白烟，道："楚东不抽烟，也备了火在身上，是不是经常要煽风点火？"吴楚东道："搞经开区求人的地方多，烟是'和气草'，给人发烟点烟，可以调节气氛，融洽革命感情。"

说到经开区，三人又沉默起来。吴楚东无话找话道："刚才在楼下碰见刘天龙和龙志坚，两人好不春风得意。上楼时我还琢磨，三位民工送进医院时，我和今朝书记去看过，一重伤两轻伤，重伤者手术也很成功，夏院长说已度过了危险期，怎么后来突然又再次脑出血，不治身亡？据说他死亡前两天，龙志坚去过医院，这难道是巧合吗？"

禹今朝点头道："我也听说，龙志坚不仅代表市政府上医院给三位民工送过慰问金，还给夏院长带去刘天龙认真救治民工的指示精神。"吴楚东道："那两天蒲秀丽的身影也频繁出现在医院里，不知是巧合，还是另有原因。但夏院长说他们的病历记录很详细，经得起检验。还有传得沸沸扬扬的谣言，与这些小人说不定也有关系。"禹今朝道："谣言到底源自何处，应该好好追查追查。"杨世杰笑道："谣言属无根之木，无源之水，怎么追查？还不如赶紧想办法，把流失的人员和资金尽快吸引回来，重聚经开区人气，到时谣言自然不攻自破。"

危存虎点头称是，道："要重聚经开区人气，光靠外面的人来投资，恐怕不够，自己的人也要有所行动。自己的人一动，经开区人气上去后，投资人自然会多起来。"杨世杰道："书记说的是。政府不是有城投公司吗？不能让他们一边看把戏。他们又有融资渠道，给几个标段的中轴线，一点没问题。"

危存虎叹息一声，无奈道："你们三个进来之前，我跟刘天龙磨了半天嘴皮子，要城投公司接些中轴线的工程，他说了一大堆困难。还是我发了脾气，说了狠话，这小子才勉强答应回去研究研究。"杨世杰道："城投公司有什么困难？我与楚东在任时做了不少赚钱项目，积累了不薄的资金和技术力量，一到他们手上，就全成了困难？半年前刘天龙还找过我，能否在中轴线腾些项目给城投公司做做，好养活公司职工，现在请他们去投资，竟摆起谱来，无非想站干岸看河涨水。"

禹今朝也说道："我曾向书记请示过，想把城投公司接过来，又考虑得照顾刘天龙情绪，才放弃了初衷。早知他们这么混账，当初就不应心慈手软。"

"刘天龙和龙志坚巴不得经开区垮掉，想调动他们手里的城投公司施以援手，是绝对不可能的。"吴楚东笑笑道，"我看可以另外注册一家投资公司，交给今朝书记来掌控，事情就好办得多了。"危存虎望着禹今朝道："你觉得呢，也注册一家城投公司？"吴楚东道："不一定叫作城投公司，叫经济建设投资公司什么的都可以。"禹今朝附和道："这倒是个办法。只是谁来注册？注册资金从何而来？"

吴楚东正想贡献自己的想法，危存虎转问杨世杰道："你管过城投公司，肯定有办法。"杨世杰道："这个好办，让城建局、国土局还有儒北经开区三家共同组建经建投资公司，资金嘛自然只有去找银行，银行最愿意跟政府的公司打交道。"

英雄所见略同，这也是吴楚东的想法。他马上道："我赞成世杰书记意见。"

危存虎道："发改委下面的公司叫城投公司，城建局参与的公司叫经济建设公司，不正好搞反了？"禹今朝道："反正名字只是个符号，叫什么都不重要，只要能投建儒北经开区和中轴线建设就行。"

组建经建投资公司的事就这么确定下来。危存虎道："此事就由今朝负责，世杰参谋，楚东配合。我也会出面，帮着做做银行工作。同时还可向机关干部集资，待经开区有了效益，再连本带息还给大家。"禹今朝道："另有不少靠近中轴线的地皮没具体规划用途，几大家先去建公务员小区，其他部门也可修办公楼和宿舍楼，到时人气自然会上来。"

几个人统一了意见，再拿到常委会上一过，形成正式决议。儒州市经济建设投资公司很快挂牌成立，禹今朝任董事长，城建局局长易晓宏任总经理，国土和儒北经开区安排人任副总经理，开始向银行融资，投入儒北经开区和中轴线建设。

至于集资，阻力自然不小，不过市委、市政府两办发了文，各单位只能排除阻力，贯彻执行。只是公务员小区的建设不是一日两日的事，还得假以时日，可舆论一造，影响还是挺大的，关注经开区和中轴线的目光重又多起来，还吸引了不少民间热钱。

不过更多的人还袖着手站在一旁，持观望态度，看来民工死亡和无稽谣言的影响还没完全消失。这是一种典型的文化心理，不是开会要求要求，下文强调强调，媒体宣传宣传，号召人家不信谣、不传谣，人家就真的不信不传。怎样才能将死人事件和谣言的不良影响化解于无形，让经开区快速热起来呢？

一连数天，吴楚东开着越野车，在不冷不热的中轴线上转悠，希望这块承载着自己理想和情怀的厚土，能给予灵感，尽快破解目前的僵局。

这天吴楚东又驾车来到中轴线上。转上半圈，看见前面不远处有台摩托车陷进泥地里，骑车人将油门踩得轰隆隆乱响，只车轮在泥浆中飞速空转，摩托车岿然不动，不进不退。

越野车靠过去时，吴楚东发现骑在摩托车上的竟是沈柳亭。吴楚东跳下车，来到摩托车旁，也不吱声，只是背着双手，歪了头去瞧沈柳亭。沈柳亭还在咬牙踩油门，好一阵才发觉旁边来了人，偏偏脑袋，见是吴楚东，停下脚底动作，惊喜道："怎么是你？"吴楚东道："不是我是谁？好好的办公室不坐，跑到外面耍酷来了。"

"耍什么酷？我有事赶路。"沈柳亭嗔怪道，"只知站着冷嘲热讽看把戏，也不伸一下援手，把本娘子救出去。"吴楚东道："我也想英雄救美，可你的摩托陷得这么深，车下一摊烂泥，叫我怎么救？"沈柳亭道："怎么救是你的事。你难道忍看本娘子落难，无动于衷？"

吴楚东扭头四顾，见不远处有个废弃的工棚，抬步走过去，找来几块木板，塞到摩托车前后轮下，对沈柳亭道："可以发力了。"

沈柳亭踩踩油门，车下两个轮子压向木板，颠几颠，跃出泥坑，驶到路面上。

看看沈柳亭涨得通红的脸上尽是汗，吴楚东返身拉开越野车门，取块干爽毛巾，扔到沈柳亭手上，又拿瓶矿泉水，拧开盖子，递过去。沈柳亭揩揩脸上汗水，又接过矿泉水，咕噜咕噜一顿猛灌，再还瓶给吴楚东，笑道："我以为今天死在泥坑里了，想不到救星及时出现。"吴楚东道："死在泥坑里多好，顺便铲几把土上去，便万事大吉，省了墓地钱。"

沈柳亭杏眼一瞪，道："你好不狠心，就盼着本娘子死。"吴楚东道："尘归尘，土归土，人从哪里来，还回哪里去，最后都得葬身尘土。"沈柳亭道："可我现在还不愿归尘归土，还想多活几天，看看高天的云，望望远山的景。"

吴楚东哈哈一乐，道："莫非你今天就是到郊外来观云赏景的？"沈柳亭道："是也不是。"吴楚东道："到底是还是不是？"沈柳亭道："龟首寨有个私人诊所办得不错，卫生局准备选为定点扶持对象，由咱科里具体负责。说好今天由局里分管领导带队前往验收，领导临时有急事拖住，只得要我做代表先去瞧瞧，同时欣赏欣赏乡野风光。"

吴楚东忍不住笑道："原来你是眼睛不够用，把摩托开进了烂泥里。"沈柳亭道："可不是？原以为路上车少人稀，可随便跑，结果一不小心，落入泥坑。"吴楚东道："太过得意忘形，会付出代价的。还去不去龟首寨？"沈柳亭道："当然去，难道遇点小坎坷，就知难而退？"吴楚东道："上我的车吧，我正好没事，陪你去龟首寨转转。"沈柳亭道："我的摩托呢，也免费坐你的越野？"

没等沈柳亭话说完，吴楚东已掏出手机，打通廖国旗电话，说了自己所处位置，要他来把摩托车骑走，再找个地方洗干净。

沈柳亭听得清楚，不用吴楚东啰唆，抬抬腿，从摩托上下来，钻进越野车副驾。吴楚东上车打响马达，问沈柳亭道："知道龟首寨怎么走吗？"沈柳亭道："我根据龟首寨诊所郑医生所说走法，画了个路线草图，给你看看。"

说着，沈柳亭从包里拿出一张纸，递给吴楚东。吴楚东瞧两眼纸上草图，还给沈柳亭，点点油门，越野车摇晃着，向中轴线北端驶去。

快跑完中轴线时，泛着粼粼波光的柳叶河横陈于前。柳叶河曲曲弯弯，自苍茫北山潺湲而下。河边有条不宽的砂石小道，吴楚东方向一打，往上游方向开去。路上没车也没人，越往里走，路面越窄，路旁的河水也越清澈。山里的夏天春意犹在，两岸草木幽青，百花盛开，成群的白鹭在山水间滑行，潇洒而自在。

好久没见过如此迷人的景致，沈柳亭大声叫停，跳下车去，掏出手机，对着白鹭和好山好水，咔嚓咔嚓拍起照来。又扔下鞋袜，挽了裤腿，下河戏水，小孩一样天真。吴楚东也下车来到河边，捡块石子，往河里扔去，溅得沈柳亭一脸的水。

"你好坏！"沈柳亭惊叫一声，手在水里一划，往吴楚东撩过去。吴楚东躲闪不及，被撩了个半湿，也俯身水边，要回敬沈柳亭，沈柳亭咯咯笑着，走开了。

两人在水边玩了一会儿，拍了不少照，上车继续前行。

前面有处河湾，两岸绿柳如伞，几乎将窄窄的河面完全遮住。两人又下车，来到柳荫下，这才发现全是水桶一般粗的老柳树，根部扎于河岸，柳身却斜到水面上，差不多可当过河木桥。两人又起童心，爬上树干，手牵手，小心翼翼往河面横去。

望着水里两人的倒影，沈柳亭又紧张又刺激，担心道："掉到水里怎么办？"吴楚东道："掉到水里有什么关系？正好洗身革面。"沈柳亭道："从来只有洗心革面，洗身怎么革面？"

话没说完，她脚下一滑，往水里掉去。吴楚东下意识一伸手，抓住沈柳亭，要往上拉，谁知也失去平衡，跟着"咚"一声落了水。

好在水不深，刚至膝盖。沈柳亭却吓得不行，尖叫着扑进吴楚东怀里，半天不肯松手。

从水里上来，在岸边歇息一会儿，两人才又上了车。沈柳亭脸上还红红的，偷偷瞥一眼吴楚东，有些难为情的样子。吴楚东装作满不在乎，眼盯前路，手把方向，正经开车。沈柳亭扑哧笑道："看你开车的架势，好像领导专职司机似的。"吴楚东道："今天我就是你的专职司机，你就是我的大领导。"

不觉来到一个有些眼熟的地方，吴楚东下车一瞧，竟然是去年陪同曾教授他们来过的萧国臣家。原来顺着柳叶河，也能到达萧家庄。

打开小车尾箱，吴楚东拿出两瓶精装酒，两人一前一后朝萧家院子走去。槽门还是那道槽门，黄狗还是那只黄狗。槽门不知还认不认得吴楚东，反正黄狗不叫不吠，只是一个劲地摇着柔柔的尾巴，亲切地围着他俩转悠起来。吴楚东在黄狗背上拍拍，说："一回生，二回熟，我们是老朋友了。"

进得槽门，只见萧国臣正坐在板凳上，双手不停做着篾活。一眼看到吴楚东，萧国臣忙立起身来，道："是吴领导呀，稀客稀客。"吴楚东递上手上的酒，萧国臣还有些不好意思，搓着双手，道："吴领导来就来，还要带酒。"

萧夫人闻声，笑盈盈送出茶水。萧国臣吩咐道："烧锅开水，好杀鸡，我陪吴领导喝几杯。"吴楚东忙道："不啦不啦，我坐坐就走。"萧国臣道："不急不急，您老人家难得来一趟，又提着大礼，不喝几杯，国臣心里不安啊。"

儒州人习惯，称尊者为老人家，吴楚东年龄比萧国臣小不少，却身为官人，自然也成了老人家。吴楚东还要客气，萧国臣进屋拿把菜刀，在屋檐下的磨刀石上磨起来。刀磨好，水也快开了，又捉只大红公鸡出来，对着鸡脖一刀抹下去。鸡刚断气，一把扔进萧夫人提来的开水桶里，烫毛剖肚，掏肝挖肠，修理干净后，再送进厨房，交夫人炒制。

不大会儿工夫，萧夫人做好饭菜，抹净堂屋里的桌子，开始摆碗放筷，端菜上酒。酒就是吴楚东带来的酒，萧国臣道："我家的酒不够档次，只好借花献佛，用吴领导的酒招待吴领导和沈科长。"开了瓶，往杯里倒酒。

吴楚东要开车，只能让沈柳亭代敬主人。想起前次来这里，有个问题没搞清，他问道："萧师傅曾说过，萧家庄一带又叫龟首寨，这名字有何来历吗？"沈柳亭惊喜道："这就是龟首寨？"

将口里的酒咽进喉咙，再巴一下嘴皮，萧国臣才慢悠悠道："咱们这方圆十里都叫龟首寨，有时还叫龟寿寨。一直都这么叫，好像是咱们这地方属于龟首位置，至于到底是不是这么回事，我也不太搞得清楚。若两位感兴趣，带你们去隔壁郑家庄问问郑天师，他上知天文，下懂地理，我们有啥不明白的，都喜欢去问他。"

"要得，要得。"吴楚东用茶杯跟主人碰碰杯，"礼失求诸野，城里是物欲的天堂，文明的荒地，待得久了，容易变得庸俗愚昧，就该到乡下来好好长一长见识。"萧国臣笑道："乡下有什么见识可长？都是些没文化的粗人。"

吴楚东借题发挥道："文化是看不见的东西，粗人不见得没文化。别看某些城里人，学历不低，道貌岸然，能说会道，其实俗不可耐一个，骨子里根本没多少文化气味。怪不得当年毛主席他老人家号召知识青年上山下乡，到农村来接受贫下中农再教育。过去我不怎么理解，觉得仅仅是政治需要，现在想来，还多少有些文化意义。"

萧国臣笑道："惭愧惭愧，贫下中农自己都没法教育，怎么教育知识青年啰？"

说话间，三人吃完了饭，一起出了门。先上车，顺着不宽的村道，翻过一道山坡，前面有个数百户人家的大村庄，便是郑家庄。吴楚东道："郑家庄一定也多姓郑吧？"萧国臣道："不是多姓郑，是全姓郑，不像萧家庄，还掺着少量杂姓。"

来到庄前，停好车，三人往庄里走去。与萧家庄那边不同，这里没有单门独院，砖木结构的屋子一座连着一座，像是紧紧拼在一起的积木。

萧国臣跟年龄大些的村民都熟，一边亲切地打着招呼，一边给吴楚东解说道："郑家庄有六七百户郑姓人家，属于大家族，用他们的话说，是一个树蔸发起来的。也就格外团结，一家有事，全庄出动。'文化大革命'那阵，造反派来抓郑天师，准备带到公社去批斗，数千村民黑压压拦在庄口，造反派硬是进不了庄，只得灰溜溜跑了。当然现在庄里已没那么多人，年轻人大都外出打工去了，赚到钱的则搬到了市里和省城。"

不一会儿来到一堵石砌矮坎下，萧国臣撕扯着喉咙，对着坎上人家高声喊道："郑天师在家吗？来贵客了！"

主人应声来到石坎头。是位小个子老头。吴楚东抬头望去，眼睛顿时睁大了，脸上全是惊讶。这不是前不久才面对面交过锋的郑爹吗？怪不得萧国臣说郑家庄的人很团结，几百号人齐崭崭跟随郑爹上访市委，便是明证。

郑爹愣怔片刻，也认出了吴楚东，走下石坎，道："是吴常委您呀，稀客稀客。"萧国臣看看郑爹，又看看吴楚东，乐道："原来你们熟悉。怎么认识的？"

"我们是不打不相识啊！"吴楚东简单说了认识郑爹的经过。郑爹道："我手机里还有吴常委的号码呢。您是个好领导，不是您老人家帮忙，死者家属还不一定争取得到足额赔偿哩。"吴楚东道："不是帮忙，是我们应该做的。"

郑爹这才想起请客人进屋。上得石坎，是个不大的晒坪，还有一正一横两栋砖木结构屋子。横屋敞着门，门楣上挂了个写有龟首寨诊所字样的木牌，屋里陈列着货架，摆满各色药品，有个女孩在给人拣药。沈柳亭一见，对郑爹道："原来你就是郑医师？"

郑爹也意识到沈柳亭是谁，道："您是市卫生局沈科长？"沈柳亭点头道："我就是沈柳亭。想不到无意间到了我要来的地方。"郑爹道："沈科长面子大，来验收咱诊所，还有吴常委作陪。"沈柳亭道："吴常委不是来作陪，是来带队。"吴楚东道："我正好来萧家庄办事，路上看到沈科长摩托车陷在泥坑里，顺便把她捎了来。"郑爹道："辛苦两位领导。我已让女儿把资料整理好，要她出来给沈科长介绍情况。"

郑爹女儿赶紧把拣药的人打发走，来为客人倒茶递果，然后拿出诊所资料，请沈柳亭过目。沈柳亭翻翻，走进药房，边检查边问情况，还拿手机拍了照，好带回去存档。

郑爹则陪吴楚东和萧国臣喝茶说话。吴楚东道："郑爹叫郑医师，怎么还有郑天师的美名呢？"萧国臣道："郑爹本来就是天师呀。"郑爹有些不好意思道："老朽业余从事些宗教工作，又见乡下缺医少药，去城里看病难，开了家诊所，对照着药书，给乡邻治治小病小痛，还算受欢迎。事传到市里，卫生局领导说给挂个定点扶持的牌子，派沈科长来验收，老朽自然求之得。"萧国臣道："也是天师本事高，干一行像一行，当年做道士也像模像样。"

吴楚东才想起宗教里的道士也叫天师。只是郑爹除个头小，相貌也平淡无奇，浑身上下看不出一点仙风道骨的意味。也许真人不露相，露相非真人吧？吴楚东道："郑爹应属居家天师吧？"萧国臣又帮着答道："过去庄后有座道观，郑爹在那里出过一阵子家。"郑爹点头道："确有这么回事，多年前我在观里做过一阵子主持。后村里办小学，道观征作校舍，我才还俗回了家。"吴楚东道："可以去观里看看吗，应该不远吧？"

"远是不太远，只是征作学校后翻修过几次，已没多少道观痕迹。"郑爹说着，站起身来。沈柳亭也已做完验收，跟随几位，左弯右拐，走出村子，上了庄后不高的山坡。学校就在半坡上，砌了石墙，墙里一个不大的操场和三排红砖房子，果然已看不出曾建过道观。

校园里阒无一人，唯有桐树上知了声声，叫得欢畅。正值暑假，师生们都回了家，学校也就空在这里。四人踩着地上幽幽青苔，墙里墙外随便转悠着，一边说些闲话。吴楚东道："道观应该有个什么名字吧？"郑爹道："就叫金龟观或龟神观。"吴楚东又问："听萧师傅说，这一带叫龟首寨，龟神观是不是与此有关？"

郑爹点点头，道："确实有关。要说儒州其实是只大金龟，萧家庄和郑家庄几个村庄正处在龟首上，自古以来就有龟首寨之称谓。从前龟首寨人视龟为神，才出钱修了龟神观，以祈求龟神保佑。一九四九年后的人不同了，天不信，地不信，自然也就不信什么龟神，以致废掉龟神观，改做学校，真是可惜。"

吴楚东想起曾教授曾说儒州像只千年老龟，谁知民间早有类似说法，于是笑道："龟是吉祥之物，看来儒州还是块风水宝地。"沈柳亭道："不是宝地，当年那位朱王爷称帝后，恐怕也不会把小朝廷定都儒州。"郑爹道："当年他确实是看中儒州这块金龟宝地，才留下来建都的。可他万万没想到，这只金龟是只死龟，最后才出逃儒州，一败涂地。"

萧国臣插话道："我也听老辈人说，金龟是只死龟，不然儒州早成真正的皇都，我们也做了天子脚下的臣民，大贵大富了。"吴楚东道："凭啥说金龟是死龟，不是活龟呢？"郑爹道："早年我师父就跟我论过这事，说这只金龟没有龟脊，才老趴着，寸步难行。"

围学校转上一圈，四人转身往山坡下走去。

下完坡，回到村边，忽听楼里传出悠悠歌声："天上太阳照山坡，地上流水波连波，树上鸟儿成双对，只想同哥共个窝。"

这是男声，声音嘹亮，立即引出对面楼上清清脆脆的女声："石匠难打石绣球，木匠难起龙凤楼，铁匠难打铁狮子，哥妹难共花枕头。"

逗得郑爹兴起，也破了嗓门吼道："郎想妹来妹想郎，想得两人脸发黄，打开枕头给妹看，眼泪发芽五寸长。"

萧国臣也喉咙痒痒，跟着和了一首："桑木扁担宽又长，郎无妻子妹无郎，郎有情来妹有意，收拾打扮做一房。"

吴楚东不禁鼓掌道："想不到两位还有这么一手，真长眼。"郑爹道："在龟首寨一带，不会唱民歌的不多，谁都会来两嗓子。"萧国臣道："两位可能不知道，郑爹不止是天师，还是龟首寨有名的歌师，会唱一般民歌不说，还会唱古诗民歌。"

这倒有些新鲜，吴楚东道："什么古诗民歌？"郑爹道："也不清楚到底是什么古诗民歌，都是祖上口口流传下来的，小时跟着老辈人唱过。"沈柳亭道："郑爹何不唱上一段，让我们也开开眼界？"

郑爹就高声唱道："关关雎鸠往前走，在河之洲求配偶，窈窕淑女凭栏望，君子好逑上绣楼，羞得姐儿低下头。"

这不是由《诗经·关雎》改编过来的吗？《诗经》还有这么个唱法，吴楚东觉得有趣，请郑爹再唱两首。

待郑爹唱毕，人已来到庄口。告别郑爹，三人上车，往来时路驶去。吴楚东把着方向盘，问后排的萧国臣道："萧师傅呀，你想不想为村里做点事情？"萧国臣道："我一个普通老百姓，做得了什么事？"吴楚东道："你是不是党员？"萧国臣道："党员倒是的，还是老党员，党龄都已四十多年。"吴楚东道："村里谁是支书？"萧国臣道："是个三十多岁的年轻人，去南方打工好几年了，难得回来一次。"

吴楚东想想道："如果给区委殷书记说说，让你来做村支书，你意下如何？"萧国臣晃着脑袋道："我不行，没这个能力。"吴楚东笑道："你觉得你不行，但等你到了那个位置上，说不定你就行了呢？"

回到萧家庄，萧国臣告辞下车。车子重新开动后，沈柳亭道："你一个经开区工委书记，又不是组织部部长，怎么对基层党建这么关心？"吴楚东道："你意识到没有？龟首寨是个颇具特色的地方，有吞官石，还有诗经民歌，这可是难得的文化资源，应该好好开发开发，不能白白闲置在这里。萧国臣又是个能干人，让他做支书，肯定能干出点名堂来。"

沈柳亭比较认同，道："你想得还蛮远嘛。"吴楚东得意道："那当然，这点政治敏感性我还是有的。"沈柳亭道："怎么又扯到政治敏感性上面去了？"

吴楚东眼盯前方，目光里透着坚毅，道："咱们是地方官，总得为地方做些实事，说白了就是要出政绩。不出政绩，地方百姓面前不好交代，自己也难得有什么长进。出政绩不容易啊，不是想出就出得了的，要天时，要地利，要人和，要善于调动各种积极因素，为我所用。像诗经民歌和吞官石，是可遇不可求的文化资源，能清醒地认识其可用价值，变文化资源为文化软实力，变文化软实力为经济硬实力，就是政治敏感性和政治素质。"沈柳亭由衷敬佩道："你还真是个有想法的好领导。"

吴楚东偏首望望沈柳亭，道："今天沾你的光，来验收郑天师家的诊所，让我有幸弄清儒州原来是只大金龟，还听郑爹唱了好听的诗经民歌。"沈柳亭道："可惜金龟是死龟。"吴楚东道："可以让它活起来嘛。"沈柳亭道："你还有这个本事？"

吴楚东自信道："郑爹不是说，金龟没龟脊，才是只死龟，老趴着不动吗？咱们可以想办法，给金龟加条龟脊上去呀。"沈柳亭问："怎么个加法？"

吴楚东眨了眨眼睛，道："天机不可泄漏。"

十六

渐渐有传言在儒州宣扬开来，说儒州是只千年老金龟，当年朱王爷定都儒州，就是看中这只老金龟，试图让自己的南明政权跟金龟一样千年不倒。可万万没想到，这只老金龟没有脊骨，是只不中用的死龟，朱王爷也就没能坚持下去，不得不出走儒州，逃亡异域，后又被叛将索回，死于非命。也要怪他自己，不该死守城南，故步自封。如果打开北边城墙，修条大路出去，直通北山，金龟有了脊骨，变为活龟，历史恐怕就会改写，儒州也不是今天的儒州，早成了繁华大都市。

传言越传越神，越传越广，真像那么回事似的。还有人找来儒州市区图，左看右瞧，发现儒州地形活灵活现就是一只龟，有头有尾，有爪有足，只是背上少根脊骨，才缺乏生气，显得要死不活。这简直是惊天发现，让儒州人几多兴奋，又几多懊丧。有人便提出，这也不难呀，给死龟装根脊骨上去，不就成了活龟吗？慢慢又有人异想天开，说正在修建的中轴线就是金龟的脊骨，中轴线修成，金龟一活，儒州还能不遍地黄金？

传言传得沸沸扬扬的时候，由城建局牵头成立的经济建设投资公司开始运作，以多渠道融资吸金，接过被人撂下的中轴线项目，投入建设。外地几个大财团也悄然进驻儒北，除投资中轴线外，还在沿线两旁的地皮上划红线，大力开发房产。榜样的力量是无穷的，又有不少投资人陆续加入进来，连过去一些撤资老板也回到儒北，复工投建。

趁着这不错的来势，吴楚东把管委会的工作交给于正国他们，带上肖立军一众人等，又离开儒州，外出招商引资。先北上京城，找到齐大志等儒州籍商人，动员他们回乡投资，谈妥一批投资项目。接着直飞南边，在东南沿海转一圈，普交朋友，广结善缘，签下一批意向合同。最后回师安州，举行颇有规模的招商联谊会，引来数百大小老板参会。对会上招商人员展示的儒州这产值那指数，老板们没啥印象，一听说儒州是只活金龟，有挖不完的金子，捡不完的钞票，一个个怦然心动，纷纷表示要来投资，多抱几个金龟崽崽回去。有的当天下午就派出得力人手，直奔儒州，进行实地考察，确定投资方向。

蔡宏图也被韦叶舟拉到联谊会上。也不知是受到活金龟的吸引，还是看在韦叶舟面子上，蔡宏图终于答应去儒州投资投产。吴楚东把消息报告给危存虎，危存虎正在安州开会，第二天就由吴楚东陪着，去宏图新科公司拜访蔡宏图，坚定了他加盟儒州建设的决心。

出师大捷，吴楚东心情格外舒畅，招商活动结束后，在住处订了一桌酒席，请曾教授和贾教授他们前来一聚。贾教授出差在外，吴楚东想起他夫人陆丽平，打她电话，要她代表先生来参加活动。陆丽平说："我来可以，不过有一个条件，还要带一个人。"

吴楚东知道她要带谁，道："放心好了，你要带的人我会通知的。"陆丽平说："我还没说是谁，你怎么通知？"吴楚东笑道："你不说，我也知道是张美云。"陆丽平说："吴领导还真有悟性。"

这需要什么悟性？吴楚东又不是不知她俩的关系。他随即调出手机里张美云三个字，揿下绿键。张美云见着手机里吴楚东三个字，接了电话道："吴领导还记得我张美云？"吴楚东说："不仅记得，还经常想着。"张美云说："去你的吧，你想着谁，我还不知道？"吴楚东说："不想着你，又怎会请你出来赴会？"张美云说："就咱们两个？"吴楚东说："还有曾教授和陆丽平他们。"张美云佯装生气道："既然请了他们，还请我干什么？"

话虽如此，张美云还是及时赶了过来。人到齐后，吴楚东先发话，感谢曾教授几位为儒州经济建设做出的巨大贡献，尔后话锋一转，隆重推出两位女士。女人都有小小的可爱的虚荣心，吴楚东的推崇，惹得两位美妇脸泛红光，兴奋不已。眼睛一直盯着吴楚东，发现他比从前更俊朗，也更儒雅，口气里充满自信。她俩早从沈柳亭那里得知，这个男人已做上市委常委，主管经开区，正把事业做得风生水起。男人最离不开的还是两样东西：权力和事业。权力让男人自信，事业让男人大度。有了这两样，想要吴楚东不魅力四射都不容易啊！

两位美妇眼里的内容，吴楚东还能读不出？席间表现也就更加潇洒自如，一言一语，一顾一盼，都带着英气。连酒量似乎都大了许多，一圈敬下来，杯杯见底，竟面不改色心不跳。与两位美妇喝的还是双杯。张美云也豪气大增，干了杯中酒道："吴常委蛮放得开嘛，上次喝酒，你好像没这么干脆和爽快。"

"上次是上次，这次是这次。"吴楚东两杯既干，低声对张美云道，"待会儿我有话想单独跟你说。"回座位后又给她发个短信，告知房间号码。

看着短信，张美云胸口猛地跳起来。这小子是不是有那方面的意思？可想想又不太可能。你跟他交过锋，知道他是什么男人。何况还有个沈柳亭，张美云早感觉出，这两人肯定心有灵犀，自己不好硬往他们中间插。

有了这层想法，宴会后来到吴楚东房间时，张美云心态也就显得比较平静，不再充满幻想，道："吴常委有何吩咐，只管开口，小女子尽力而为。"张美云的客气让吴楚东稍感失落。也许男人骨子里更喜欢女人风情一点，一本正经的女人让人感到乏味。吴楚东削好苹果，递到张美云手上，道："也没什么，想跟大美女叙叙旧。"张美云咬口苹果，道："咱俩有旧吗？别寻我的开心好不好？"

吴楚东笑望着张美云，用欣赏的口吻说道："怎么没有旧？第一次见到你，我就被你的非凡气质所征服，久久不能释怀。你是大美女，又并非一般意义上的美女，你的美丽不仅光彩照人，且内容丰富，具有特殊魅力。"

这话一听就知带着不少水分。不过女人的耳朵就是用来听夸奖的，哪怕里面水分再多。正因女人这个天性，吴楚东才不遗余力，夸大其词，讨好张美云。张美云也乐得照单全收，把掺假的美言当成真话，哄哄自己，乐呵乐呵。当然她也知道，男人放肆吹捧女人，逗女人高兴，肯定有什么目的。不过吴楚东的目的不像是要与你上床，想与你上床，早就上了，何须等到今天？张美云说："有什么用得着我的地方，吴常委还是直说吧。"

再打边鼓，绕圈子，就显得油滑了，吴楚东笑笑，真诚道："美云是个痛快人，我也不好吞吞吐吐，东拉西扯了。邀你来，确有件事要请你促成。成与不成也没关系，你先试试看。你知道儒州正在建设经开区，我代表市委主管经开区工作，自然想有所作为，给地方百姓做些实事。我知道你先生是医药界大亨，麻烦你问问他，有没有去儒州投资的美好愿望。儒州的投资环境相当不错，土地低廉，税费轻微，劳动力也便宜，去投资绝对稳赚不赔。这当然也是帮我的忙，经开区工作搞上去，也是我的政绩嘛。"

吴楚东把话说得这么透，张美云也实话实说道："这不是帮你忙，我先生也早有回省内投资的想法，只是苦于没有合适机缘，一直在犹豫，未曾付诸行动。如今沿海建设已经成型，生产和经营成本剧增，赚钱越来越不容易。我这就跟先生联系，你跟他说几句？"吴楚东笑道："倒也不必这么急促，你先跟他说说，他有了意向，我再联系他。"

张美云拿张名片，翻到背面，写下先生电话，交给吴楚东。又介绍说，她先生姓陈，医药大学毕业，已在医药界干了半辈子，还算小有成就。

回家后，张美云就打了丈夫电话。陈老板也不含糊，要了吴楚东手机号，主动联系他，表示愿来儒州实地考察。没几天他就风风火火赶了过来，与吴楚东、禹今朝等地方领导一接触，又在儒北经开区转了转，便拍板决定来投资。大约半个月后，陈老板的团队进驻儒北，计划征购两千亩地皮，筹建大型医药基地。吴楚东带领经开区和市各有关部门头头，走进陈老板团队驻地，提供一条龙服务，一周内办好购地及其相关手续。陈老板在商界颇有威望，在他影响下，沿海又过来一批资金雄厚的客商。

人都有逐利天性，哪里有资本，哪里就会有人，经开区人气日见旺盛。一批讲浙江话的人也悄然赶到，在中轴线工地上转悠起来。转上几天，就不声不响买下沿线两旁刚动工的几个大楼盘。还是全额付款，出手之大方，让人咋舌。儒州是个穷地方，哪见过这么花钱的？一个个都愣住了。愣过后才弄清楚，那伙外地人是温州的炒房团，趁儒州开发起步不久，房价还没完全上来，抢占先机，大胆投钱，好猛赚一把。

岂止温州炒房团？不久又来了广东炒房团，也买走不少房源。接着还有北京和上海炒房团迅速跟进，扔起钱来，如同往水里扔石头。

被外地炒房团买走的楼盘里，有两个就是钱小鹏投资的。在外资纷纷撤出那阵子，他毫不动摇地留了下来，所建工程也就走在别人前面，最先被人家看中。项目还没建成，资金就回了笼，钱小鹏底气更足，又购下几块地皮，筹建新项目。还在电视报纸上大打广告，实行限时限额预售，规定时间内签下合同交上首付款的，给予较大优惠。过上一段时间，又开始提价，抛出另一套预售方案，搂钱如上山搂柴火。

其他投资人也纷纷效仿，先卖房，后建设，盘活资金和项目。惹得众人心里痒痒，天天往中轴线上跑，琢磨着要不要把正在缩水的银行存款拿出来，放到这里生崽崽。银行更没法熟视无睹，四面出击，主动放款给投资人，生怕票子放在金库里，被老鼠咬掉。放款程序尽量简化，放款时间能往前赶，决不往后拖，过去一年半载办不下来的款子，现在十天半月，甚至三五天就可到位。

连蒲长明和许宝通一伙也眼热心跳，避开刘天龙和龙志坚，另外注册公司，将压在城南项目里的资金转移出去，挪到儒北来投资。吴楚东明知这些公司的底细，但该给优惠给优惠，该提供服务提供服务，让其很快打开局面，赚得金玉满堂。

中轴线的逐渐成形，各路投资商的鼎力加盟，房地产的火热开工和预售，让人们不得不相信，儒州确是金龟一只，有捡不完的金子。主动要求来投资的人越来越多，想挡都挡不住。有资质的想来，没资质的也想来，有钱的想来，没钱的也想来，一时人来人往，熙熙攘攘，热闹非凡。以致钱小鸥都出现在经开区，要吴楚东给她推荐楼盘，想买套房增值。吴楚东问她哪来的资金，她说跟黎进步离婚后，干脆辞了职去跑保险，攒下些钱，如今全拿出来，交个首付应该没问题，其余找银行按揭就是。吴楚东摇头说你已经在城南买了套房子了，跑保险的收入也足够花，何必凑这个热闹。再说投资总归是有风险的，你把所有的积蓄都砸进去，未免太冲动。钱小鸥说转手就能挣钱的事，能有什么风险？你一个经开区管委会一把手，连这点魄力都没有？吴楚东说好好好，你的钱，你愿意怎么投资都可以。要说中轴线和经开区的这些楼盘，现在都挺热，你自己看上哪个就买哪个好了。钱小鸥一生气，干脆直接去找钱小鹏，钱小鹏以最低价位卖了一套给她。

像钱小鸥这样有投资意识的人自然不止一个两个。别看他们没有大钱，可人数众多，最能带来人气。人气生热气，热气生财气，整个儒北人气沸沸，热气腾腾，财气哄哄。连市里几大班子领导都闹不明白，他们想了不少办法，做了不少工作，动员别人去儒北投资，没人愿听，无人肯动，一个无根无据的金龟传言，就勾得各路大小财神从天而降，将儒北搅得热火朝天。问吴楚东，他没直接回答，只是笑笑道："这不是好事吗？"

确实是好事。搞个经开区鬼都碰不见，还有什么搞头？过去儒州也搞过各类开发区，只因没人来，聚集不起足够的人气，才搞一个失败一个，最后不得不扔下几截烂泥路和数栋烂尾楼，无果而终。还是毛主席说得好，世上只要有了人，什么人间奇迹都能创造出来。奇迹是人创造出来的，如今儒北到处是人，还创造不出奇迹，谁肯相信？

大旺的人气也让吴楚东忙得晕头转向，没了白天黑夜。谁叫他是儒北经开区管委会书记兼主任？他不忙谁忙？经开区的火热也有沈柳亭一份功劳，吴楚东想请她吃个饭表示表示，都抽不出时间，只能打她电话，口头感谢。沈柳亭嗔怪道："打电话有什么用？人影子都没一个。"吴楚东道："忙过这阵子，一定去看你。"沈柳亭道："不快点来，以后就没你机会了。"吴楚东道："什么意思？你想割袍断交？"沈柳亭道："割什么袍？我老公即将回国，以后见你，他会吃醋的。"

像心头被蝎子蜇了一下，吴楚东捧着话筒，忽然不知说什么好。没听到动静，沈柳亭在那头问道："怎么不吱声？是不是我的话不顺耳？"

吴楚东依然无语。直到有人轻轻敲门进来，才放下话筒。

来人是食堂师傅唐红玲，乃田长生的远房表亲，一个四十来岁的粗壮女人。管委会食堂办起来后，廖国旗让田长生叫来唐红玲，试做了两道菜，口味还不错，就把她留了下来。身为下岗女工，能有份事做，工资还算可以，吃住又不用花钱，唐红玲非常满足，工作起来特别卖力。工作是吴楚东给的，她也就记着他的好，只是无以为报，便在生活小事上多关心他。见他忙起来饭都顾不上吃，就用保温饭盒把饭菜装好，送进他办公室。

放下饭盒，唐红玲出了门。吴楚东开始扒饭。饭里夹着两个荷包蛋，咬一口，里面蛋黄颜色深黄，一看就是不吃饲料的鸡下的。唐红玲老家远在凤梧乡下，家里的鸡天天在外啄虫子，吃野食，生的蛋蛋黄颜色深得多，营养丰富，口感也佳。每次从老家带了鸡蛋来，唐红玲自己舍不得吃，都悄悄留着，为吴楚东送饭时，单独给他煎上两个。

吃完饭，吴楚东有事准备出门，又有人进来，是位一脸稚气的小姑娘，说是唐姨让她来取饭盒的。吴楚东问："你是唐师傅什么人？"姑娘说："外甥女呗。"吴楚东逗她道："不是冒充的吧？唐师傅还有个这么漂亮的外甥女？"小姑娘说："这有什么好冒充的？小姨是我妈的妹妹，我不是她外甥女又是什么？"吴楚东问："怎么叫你？"小姑娘说："我叫茵茵。"吴楚东又问："贵姓？"茵茵调皮地眨着眼睛道："伊人不见。"

莫非还有四字姓？听着又有点网名的味道。好在吴楚东不痴，明白茵茵在打字谜，伊人不见就是伊字的人旁不见，亦即尹姓。吴楚东也笑笑道："原来你是君不开口。"

茵茵看眼吴楚东，会心而笑。君不开口，就是君字没有口，也指的尹字。她佩服道："还是大领导厉害，我用伊人不见回答过好多人，没谁明白我姓什么，你一猜就中，还说是君不开口。茵茵甘拜下风。"双手抱抱拳，上前拿过饭盒，出门而去。

这个小姑娘还真有意思。吴楚东关上电脑，提过提包，也出了办公室。

来到车旁，正要上车，妻弟钱小鸿不知从哪里冒出来，小心翼翼道："姐夫外出有事？"吴楚东不说有事没事，只道："有什么你说吧。"钱小鸿忸怩着，好一阵才红着脸道："我也想到经开区来弄两个项目，姐夫您看可不可以？"

钱小鸿高中毕业没考上大学，开了两年出租摩托，还是钱小鹤打着吴楚东招牌，把他弄进电力系统，做了电费抄表员，经济待遇不错，挣得不比两个姐姐少。想不到他也要到经开区来蹚浑水，好像搞项目跟小孩过家家一样。吴楚东不言声地看着钱小鸿，看得他浑身都有些发毛，才冷冷道："以为搞项目蛮好玩是吧？你有多少资金底子？资质和技术力量在哪里？"

钱小鸿低着头，不敢正视吴楚东，只是嘴上嗫嚅道："我有一个朋友，是开公司的，资金雄厚，很有实力，他想跟我合作。"

不用说，肯定是钱小鸿的朋友见吴楚东是他姐夫，想利用这个所谓的无形资产，到经开区来淘金。吴楚东懒得跟钱小鸿啰唆，道："你朋友要做项目，让他先取得相关资质，管委会规划局组织招标时，来竞标就是。"

有实力参加竞标，人家还找钱小鸿干什么？钱小鸿只好去纠缠钱小鹤，要她给姐夫说说好话。夜里钱小鹤将丹丹和旭旭送进书房，坐到吴楚东旁边，道："小鸿想跟人合作，到经开区弄些项目做做，你这个当姐夫的可得扶持扶持。"

吴楚东正斜在沙发上看报纸，没理睬钱小鹤。钱小鹤只得耐着性子，把刚才的话又重复一遍。吴楚东眼睛仍停在报纸上，嘴里道："小鸿拿什么跟人家合作？"钱小鹤说："具体情况我也不太清楚，只知他朋友姓范，做汽车零配件生意的，后又到沿海打拼过几年，发展得还可以。"吴楚东道："建设项目不是谁都做得了的，别让钱小鸿来凑这个热闹。人要知足嘛，做好抄表员，有份不错的收入，能养家糊口就够了。"

钱小鹤有些不乐意，道："项目反正要人做，给谁做不是做？小鸿介绍朋友来揽工程，又不违纪违法。"吴楚东说："工程建设里面的水深得很，我都只负责宏观管理，决不插手具体项目，免得陷进去出不来，何必让小鸿来添乱呢？"钱小鹤不满地说："小鸿给朋友介绍工程就是添乱，吴蜀南给人拉工程就不添乱啦？"

前不久吴蜀南确实带一家公司老总找过吴楚东，吴楚东组织人对这家公司进行考察，实力确实不错，才将其列入投标方名单，最终竟到一个还算不小的项目。这事不知怎么传进了钱小鹤耳里。吴楚东道："蜀南介绍的是家工程公司，具备相应的资质和技术，已做过好几个大工程，又参加公开招标，凭实力竞下工程，完全符合程序。我跟钱小鸿说过，他的朋友也可以通过正常程序竞标嘛。"

钱小鹤眼一瞪，道："在我面前打什么官腔？好好好，钱家的事你这个态度，吴家的事你也别让我管，明天让吴蜀南把旭旭接走。"

说到旭旭，吴楚东就尴尬起来。旭旭在他家住了已快一年，虽说钱方面吴蜀南没少给，可也要钱小鹤一手一摸照顾到位才行，这事还真不容易，不光是有钱就行。旭旭还经常跟丹丹闹矛盾，够钱小鹤操心的。她在吴楚东面前说好过几次，要把旭旭送走，也只是说说而已，并没动真格的。事实也是吴蜀南没多少时候在家，还能往哪里送？

吴楚东只得放下报纸，道："钱小鸿的朋友真有实力，管委会肯定欢迎。但谁也不可能越过程序，都得认真做准备，参加竞标。至于竞不得竞得到项目，我也不敢表态。"

吴楚东是管委会主任兼书记，管委会欢迎，还不就是吴楚东欢迎吗？钱小鹤青着的脸立即生动起来，一边偏偏头，很抒情地往吴楚东肩上靠过来，同时伸手往吴楚东下面摸去，道："今天回来迟了，没来得及给你熬药呢。这么久了，药也吃得不少，总该有些效果了吧？"

吴楚东内心正不得劲，扒开她的手，重新拿过报纸看起来，嘴里道："没效果就没效果，咱们上有老下有小的，工作压力又大，哪有这份兴趣？"钱小鹤倒也大度，没生吴楚东的气，道："也怪你经常不在家，服药有一剂没一剂的。若能坚持每天服药，几个疗程下来，早就起作用了。我这就给你熬药去。"起身进了厨房。

正好钱小鸿敲门进来，身后跟着一个三十多岁的男人，精瘦精瘦的，像吃多了鸦片。不用说就是钱小鹤刚才说的范老板了。来者就是客，吴楚东只好站起来，客气地伸出手去。范老板受宠若惊，身子前倾着奔过来，伸长双手捞住吴楚东，用力啄着脑袋，连连道："吴主任好，吴主任好，吴主任好！"

闻得动静，钱小鹤走出厨房，说："范老板来啦。"范老板又鸡啄米般点头道："钱科好，钱科好！"

钱科俩字听去就是前科，实在不怎么中听，钱小鹤却很受用，忙给两人递上茶水，道："刚才还跟楚东说起范老板呢，你是小鸿好朋友，楚东自然欢迎你去开发区投资。"范老板感激不尽道:"吴主任和钱科这么看得起,小范一定好好干,不辜负你们期望!"

当着钱小鹤,吴楚东不好多说什么,只是淡淡道:"范老板留个电话吧,我交给管委会规划局,有消息他们会直接与你联系的。"

范老板连吐几个谢字,双手抖抖索索在身上摸起来。好不容易摸出张名片,觉得递名片显得不够真诚,又塞回去,掏出个电话本,写上自己名字和号码,再撕下来,双手呈到吴楚东手上,道:"这个号码不给一般人,只给领导和好朋友。"

吴楚东还算当回事,拿过提包,掏出个记录本,将纸片夹进去,道:"那就请回去等规划局电话吧。"眼睛盯着电视屏幕,再不多话。范老板知趣地站起身来,悄悄放下一个信封,飞快地走出门去。吴楚东转回头看见信封,瞪一眼钱小鸿,道:"把信封拿走!"

钱小鸿僵着,不知所措。吴楚东又道:"你不拿走信封,我交给市纪委,范老板也不必再等经开区规划局电话了。"

钱小鸿没法,只好拿走信封,出门去追范老板。

不久范老板拿到一个不大不小的项目。也不是他自己拿的项目,他知道自己没这个资质和实力,吴楚东又不肯接他的信封,就算经开区肯给他机会参加竞标,多半也是陪太子读书。但生意人嘛,就是能生出主意的人。范老板找到一家有资质和实力的公司,拉着钱小鸿作陪,吹嘘自己跟吴楚东的关系,说自己可以给他们牵线,让他们参加竞标,保证能中标。其实那公司也是凭着自己的实力中标的,吴楚东压根就没有在中间说过一句话。不过事情既然办成了,范老板当然把功劳揽到了自己身上。那家公司一高兴,也没去细辨真伪,就给了范老板一笔不菲的佣金。这钱比辛辛苦苦经营公司来得快速,也来得凶猛,范老板心花怒放,也分给钱小鸿些好处费,又鼓动他去找钱小鹤,想再从吴楚东那里弄项目。

这回钱小鹤不再那么爽快,说这种忙帮得一次是一次,不可能老帮下去。钱小鸿把话传给范老板,范老板不甘心,递给钱小鸿一包大钱,要他拿去砸钱小鹤。钱小鹤被砸得头晕眼花,又找机会跟吴楚东张口,要他再给范老板一个项目。惹得吴楚东火起,骂钱小鹤狗咬耗子,多管闲事。钱小鹤不会轻易放弃,继续跟吴楚东磨。磨得吴楚东家都不敢回,干脆吃住都待在管委会。钱小鹤就到管委会来堵他,扬言要把旭旭送到他这里来。

这女人也真是的,动不动就拿旭旭要挟你。过去她好像不是这种人,怎么会变成这样呢？有次沈柳亭有事打电话，说完事后，吴楚东请她帮忙分析分析。

沈柳亭沉吟半晌，叹道："钱小鹤成这样，肯定是有原因的。"吴楚东道："说说什么原因？"沈柳亭说："你肯定只顾忙工作，没怎么在意钱小鹤。我也是女人，设身处地地想想，若换了我沈柳亭，该从男人身上获得的没法得到，也只好用其他东西补偿自己。"

这好像多少有些道理。吴楚东道："最不能容忍的，还是她老拿旭旭来威胁我。我得问问吴蜀南，奚思思到底还回不回来。"沈柳亭说："奚思思是谁？"吴楚东说："就是我家弟媳，去国外做访问学者，已经期满，还不肯归国。"沈柳亭说："也是巧了，你家弟媳出国不肯回来，我家老公也乐不思蜀，一再拖延回国时间。上个月还说就快回来了，前几天又打电话说，还得往后缓一缓，也不知他肚子里什么想法，到底要缓到何年何月。"

人家夫妻之间的事，吴楚东不便置喙，跟沈柳亭说过再见，打通吴蜀南电话，问他在忙什么。吴蜀南情绪好像有些不太对，道："哥，我也正要找你，有事请你给出出主意。"吴楚东问："什么事？"吴蜀南说："电话里说不清。明天上午我要到儒北去办事，哥若在管委会，我去见见你。"

兄弟俩从小合得来，属于能掏心窝子的兄弟加朋友，吴蜀南有话瞒爹瞒妈，也不会瞒吴楚东。第二天上午办完事，吴蜀南就到了管委会，屁股还落椅子，就气急败坏道："有件事说出去，我这脸都没地方搁，哥你得给我做做主。"

吴蜀南一向沉稳老练，天大的事都会从容应对，绝不轻易怒形于色。这次一定碰上什么特殊情况，才这么沉不住气。吴楚东关上办公室的门，倒杯凉水递给吴蜀南，道："先喝口水，静静心，有话慢慢说。"

吴蜀南一口气将杯里的水喝干，努力抑制住心头怒气，道："奚思思已回国大半年了，一直悄悄待在安州，也不回来看看旭旭，你说像不像话？"

一个女人，抛夫别子，远走异域他国，一去就是一年多，归国后到了家门口，竟然不回来与丈夫儿子见面，也太不近人情了。吴楚东半信半疑道："你怎么知道思思已回到安州？是道听途说，还是亲自碰上过她？"吴蜀南咬牙切齿道："我若碰上她，一刀把她宰了。"吴楚东皱眉道："有这么深的仇恨吗？到底怎么回事？"

吴蜀南又喝口吴楚东加的水，浩叹一声，颓然道："早听人说起，在安州城里看见过奚思思，我只当玩笑话，没往心里去。还有说得更神的，说奚思思已回儒州，有人曾在旭旭学校门口碰到过她，戴着大口罩，隔老远观望放学出门的旭旭，只是不敢近前，我也根本不相信。她既然已回来，干吗躲着咱爷儿俩？这说不过去呀！直到上周，我过去的一位老同事开车去安州一所大学办事，见奚思思与一个男人亲亲热热走在一起，他出于好奇，将车靠过去看个仔细，确是奚思思不假。男的也面熟，好像是儒州人民医院的医生。老同事本不想透露这事，后来又在一个剧院门口碰到过他俩，觉得再不告诉我，太对不起老朋友，才给我打了电话。我还是将信将疑，联系上英国一位朋友，托他去奚思思做访问学者的大学问问，果然大半年前她就离校回了国。我再也没法无动于衷，请安州的律师朋友暗里调查，才得知奚思思回国后去大学应聘做了老师，跟她出双入对的男人叫傅克文，原是儒州人民医院医生，与奚思思同期在英国做访问学者，两人认识不久就同居到了一起。回国后两人还不愿分手，逗留在安州，一个在大学做老师，一个在医科大学附属医院当医生。"

听到儒州人民医院医生几个字，吴楚东就犯起嘀咕来。好上奚思思的医生莫不是沈柳亭的丈夫？吴楚东也没问过沈柳亭老公姓甚名谁，只知是心脑血管方面的专家，做访问学者的地方也在英国。如此看来，八成是沈柳亭丈夫无疑了，那小子也一直拖延回国时间，至今没见人影。这听去哪像现实生活？简直就是小说家胡编乱造出来的故事。

看着一脸痛苦的吴蜀南，吴楚东不免心生同情。瞧自己这个弟弟，要才有才，要德有德，又事业有成，对老婆也够好，哪方面差了？怎么就多情竟被无情弃呢？也不知奚思思哪根神经搭错地方，舍得扔下这么好的男人，还有可爱的儿子。吴楚东觉得不可思议，问吴蜀南道："你下步打算怎么办？"吴蜀南怒道："这个贱女人，扔下儿子不管，拿着我的钱出国，却跟野男人搞在一起，我会轻易放过他们吗？"

生怕弟弟失去理智，闯出大祸，吴楚东劝说道："蜀南你是律师，遇事可得把握好分寸。先不要急于采取行动，等自己慢慢冷静下来，再决定怎么办，鲁莽行事会出乱子的。不为自己着想，也要为旭旭考虑，他不能没有你这个爸。哪家夫妻出事，受害的不是小孩？这两年母亲不在身边，你又经常在外忙碌，旭旭性情也变得有些乖张，动不动就与丹丹闹不愉快。伯父伯娘再好，毕竟代替不了亲生父母。"

"旭旭让哥嫂操心了。"吴蜀南叹息一声，"昨天所里有位律师还向我推荐保姆，说是乡下来的，在他家做了两年，人挺不错。他是儿子已上中学，寄宿在校，不再需要保姆，才介绍给我，说这样的保姆还真不容易找。我打算这几天把人请到家里，然后接旭旭回去。"

要说吴蜀南也并非真要哥哥给他做什么主，他开律师事务所的，什么稀奇古怪的事没见识过？他是一肚子话吐不出去，需要一个倾诉对象，这下跟吴楚东一说，心头稍稍好受了些。吴楚东又安慰几句，叮嘱他稳重点，千万千万不能冲动。

　　送走吴蜀南，吴楚东摇头唏嘘半天。记得自己曾开沈柳亭玩笑，轻易放丈夫出国，只怕肉包子打狗有去无回，谁知还真得到了应验。想问她丈夫是不是姓傅，拿过手机，犹豫片刻，又放弃了。姓傅的如真是儒州人民医院医生，不是沈柳亭的丈夫还能是谁？吴楚东心情有些复杂，正胡思乱想着，廖国旗走进来，低声问："主任见不见李总？"吴楚东怔了一下，说："如今李总到处都是，谁知你说的什么李总？"廖国旗道："就是李品德李总。"

　　李品德是儒州本土人，外号滚地龙。当过几年兵，复员后开了几天保安公司，觉得不来钱，转而办餐馆，开超市，同时还搞了几个保龄球馆。钱渐渐多了，跟政界和银行也走得越来越近，趁着企业转体改制机会，买下两个厂子，转手一倒腾，凭空赚下数亿大钱。还不过瘾，又上山买下好几座煤矿，一眼矿井就是一个金库，挖之不竭，取之不尽。钞票也就不再是钞票，已成自来水，哗啦哗啦往户头上直流。光环也跟着多起来，什么企业家呀，慈善家呀，十大人物呀，政协委员呀，众多头衔纷至沓来，光彩夺目。这样响当当的人物，实力就在那里，吴楚东要招商引资，自然不能将其拒之门外，对廖国旗道："请李总进来吧。"

　　话音甫落，李品德出现在门口，身后还跟着两位武高武大的随从，大概是保镖兼秘书什么的。看这李品德，还是一位帅哥级人物，高大英俊，鼻挺嘴方。据说这人挺有女人缘，从没缺过漂亮女人，比官场中人潇洒得多。在女人方面，官场中人还有纪律约束，像李品德这样的生意场上的人，谁也管不了，自然无所顾忌，爱找多少就多少。

　　别看富豪们平时财大气粗，风光无限，可一旦到了实权在握的官员面前，一个个都变得低眉顺眼，小媳妇似的。李品德也不例外，进得门来，昂着的头缩了，挺着的腰弯了，老远伸出双手，奔过来捞住吴楚东一阵猛摇，满脸都是媚笑。口里像涂了蜜，左一声吴主任，右一声吴主任，叫得格外甜。也怪不得，李品德再有钱，也是他求吴楚东，不是吴楚东求他，气势上处于下风，只能低着姿态，还轮不到他在吴楚东面前昂首挺胸。

　　吴楚东倒也随和，没摆什么架子。架子不摆也在那里，摆架子的一般都是缺架子的。官场上官越大越没架子，只有那些没啥实力的小萝卜头才爱摆架子，生怕架子不摆出来，人家看不出他的架子。吴楚东客气着把李品德请到沙发上，又让廖国旗倒上茶水，笑问："李总有空到管委会来指导工作？"李品德抱拳道："惭愧惭愧，品德哪敢指导吴主任工作？一是来拜访吴主任，二是想请吴主任去外面坐坐。"

去外面坐坐，自然不只坐坐。吴楚东道："在这里坐也一样，有什么李总吩咐就是。"李品德说："岂敢岂敢。品德早就想投身儒北经济建设事业，只是身不由己，一直腾不出时间和精力，今天才专门抽空跑来拜访吴主任，看看有没有让品德效力的地方。"

这个李品德，是跟官场走得太近，说起话来也沾了官味。吴楚东不喜欢拐弯子，直截了当道："外面客商都要大力引进，李总是本土大企业家，愿意来儒北投资，经开区更是求之不得，举双手欢迎。来投资项目就是支持经开区的事业，双方属经济利益共同体，咱们一定提供优质服务，促成你的项目。这样吧，有什么投资意向，我安排投资开发部的人跟你具体谈，谈得差不多了，管委会班子开会研究通过，就可以正式进行运作。"

几句话说得李品德热乎起来，道："吴主任真爽快。项目的事慢慢来，今天咱们还是一起坐坐吧，就到'艳阳春'去，那是我投资的私人会所，不接待一般客户，好说话。"

作为经开区主要领导，吴楚东不可能不跟各路老板打交道。可他有个原则，工作就是工作，工作合作可以，私下决不与他们走得太近。无利不起早，来找你的有钱商人只有一个目的，就是要项目，好让自己的钱生出更多崽崽来。发展经济，需有人来投资，跟商人交往也属本职工作。其实跟商人交往不可怕，可怕的是失去底线，甘受围猎，被其精心编织的钱网缚住，无以脱身。因此纪检部门提倡建立官商"亲清关系"，就是既要亲近，又要清白，不能黏黏糊糊，不清不楚。要做到这点，唯有把党的宗旨放在心上，时刻警醒自己：手里权力是人民赋予的，只能用来为人民服务，为党和国家服务，不能用来为个人服务，为家族和小团伙服务。如此责任在肩，宗旨在心，自然谁也没法围猎你，缚住你，你就不会迷失方向，因小失大，葬送自己的政治生命。这么想着，吴楚东道："说话以后有的是机会。我这就叫开发部于主任来一下，你们先见个面。"马上打了于正国电话。

没两分钟，于正国就走进来，吴楚东把他介绍给李品德，道："于主任是专家，项目上的事都由他具体负责，有什么想法李总先跟他沟通吧。"

于正国对李品德做个请的姿势，道："是不是麻烦李总到开发部去走走？"李品德坐着没动，眼望吴楚东道："今天我是专程来拜望吴主任的，项目的事没必要这么急吧？"吴楚东道："没关系，先谈谈意向也行嘛。"

走进开发部，于正国就把经开区项目规划情况给李品德做了介绍，还提供了几个项目投资方向，供他选择。其中有一块五千亩的洼地，地处经开区边缘，地价相对便宜，规划要求却不低，必须先在南面建一个三千亩的公园，其中人工湖面积一千五百亩，绿地面积一千五百亩，再在北面建个两千亩的楼盘。也就是说五千亩洼地，只两千亩楼盘有钱可赚，公园的投资得靠售楼收回，风险显而易见，也就一直没人投资，至今还闲置在那里。

不想李品德眼光独特，偏偏看中这个项目，投资意向很快反馈给于正国，于正国马上提交到管委会班子会议上，吴楚东很高兴，让大家表过态，当场拍板通过。又走完其他程序，双方达成正式协议，李品德开始筹集资金，进行前期公园建设投资。还给项目取了个非常好听的名字：湖光山色。

湖光山色项目建设周期长，不可能马上见效。不过李品德想得很深，这个项目正因为多数人不愿意投，所以政府给的地价低，可以省下一笔不小的钱，待三千亩公园建好，再开发那两千亩楼盘，这楼盘肯定会成为儒北乃至整个儒州最有附加值的精品楼盘。房价定然会成倍飙升，想不大赚都难。当然，一般人没这个资金实力，有实力的也不敢将大笔资金砸在一个长期项目里。这年头，大多数人只想赚快钱，资金也多半是借贷来的，讲究的就是快进快出，一旦被套住就麻烦大了。但他李品德自有打算。

果然人工湖和绿地建设刚在表面做出个样子，两千亩楼盘规划图纸也才刚拿出来，李品德的楼盘广告就打得满天飞了。广告主打的就是生态宜居的概念，三千亩绿地公园俨然成了楼盘的私家花园。这在当时的儒州还是很新鲜且高大上的。来看房选房订房的人就络绎不绝，不到两个月时间，一期期房就大卖十多个亿，把李品德乐得嘴巴大张，特意打电话给吴楚东，感谢他批给自己这么有前景的项目，末了又要请他出去坐坐。

吴楚东还是那句话，以后有的是机会。啰唆几句，说过再见，又接连有电话打进来，有要项目的，有要税费减免的，还有扯皮添乱的，弄得吴楚东很烦。当领导就这样，有开心事，也必然伴随不少烦心事。正好易晓宏探头进来，笑问道："领导在办公室？"吴楚东不乐道："领导不在办公室，莫非你看到的是领导魂魄？有事直接说。"

易晓宏走近几步，道："也没什么要紧事，是城投公司几位老同事找到我，说儒北经开区这么红火，是不是也给他们公司点事做做，不然公司老这么摊着不干活，他们生活费都没处拿，只能上街擦皮鞋了。"

自刘天龙和龙志坚接手城投公司后，觉得公司主要业务骨干都是杨世杰和吴楚东的人，视为异己，扒到一边，不予使用。业务骨干受排挤，没几个人能干事，勉强做完吴楚东走前留下的几个老工程，之后再没接过像样的新项目，公司几乎停摆。人家又不是傻子，谁愿意把项目砸在一群屁都不懂的混混手里？可百多号员工要活命，不可能不领工资。开始还有几个老本可吃，渐渐坐吃山空，以至到了发工资都困难的地步。员工们便来缠易晓宏，说他是从公司出去的，不能见死不救，要他到吴楚东面前说说情，给老同事们一碗饭吃。

城投公司是好是坏，已与吴楚东没太大关系，他不想说长论短，只道："存虎书记曾动员刘天龙到经开区揽些项目，他鼻孔朝天，硬是不干，现在怎么心血来潮，想起要来找事做了？你又不是不知道，如今经开区到处是人，用不着他们来凑热闹。"易晓宏道："我不是为刘天龙和龙志坚来的，是见那帮老同事可怜，吃饭都困难，才来领导这里说好话。"

"你又何必跟我说好话？好话是那么容易出口的吗？"吴楚东笑望着易晓宏，"南正街的扩建工程不归你城建局负责吗？你也可以给他们点事做做嘛。"易晓宏道："我也动过这个念头，照顾一下城投公司。可南正街是条老街，情况复杂，光居民和店铺拆迁补偿就够扯皮的，天天都有人打烂脑壳，凭城投公司现有能力，接得了那里的活吗？"吴楚东不置可否道："那就以后再说吧。"

易晓宏的话不管用，城投公司职工还不甘心，干脆结伙跑到经开区管委会，把吴楚东堵在办公室里，要他一定给个答复。毕竟是过去的老同事老部下，吴楚东于心不忍，松口道："我可以帮你们找项目，可你们谁是法人？要签合同什么的，总得法人出面吧？"

几位赶紧去找龙志坚，要他去见吴楚东。龙志坚也想给公司弄些业务，养活员工不说，自己也好拿几个奖金。可又不想去见吴楚东，话说得含糊其词，嘴里像含了狗屎似的。几位又回头去贴刘天龙屁股，龙志坚占着茅坑不拉屎，他这个董事长总得有个说法。

刘天龙的情绪一直很差，两个眼圈是黑的，一看就知没睡好觉。使过阴招，又使损招，却根本没法阻止儒北经开区的发展势头，而自己势力范围内的城南改扩建项目和凤凰山建设却毫无起色，刘天龙心里怎能不郁闷？偏偏蒲长明和许宝通又吃里扒外，当初哭着喊着求你给地给项目，拿地拿项目后不好好做，又悄悄成立公司，暗度陈仓，把资金抽到儒北去凑人家热闹。刘天龙气得吐血，要拿蒲长明和许宝通是问。两人躲着不肯露面，刘天龙只好转而发蒲秀丽和许菊英的脾气。两个女人也不好惹，嘲讽刘天龙没卵用，堂堂一市之长，玩不过副市长禹今朝，斗不过普通常委吴楚东，只知找女人出气。这不是哪壶不开提哪壶吗？噎得刘天龙眼睛翻白，越发觉得窝囊，连觉都睡不好，心情更糟糕。

他情绪不佳，在城建公司职工前面就没好脸色。如今已不是见官如见虎的年代，职工们就指着刘天龙鼻子，喊叫道："公司都已落到这个地步，你这个董事长不闻不问，什么意思嘛？不想干别干，还怕偌大个儒州，找不到来干公司董事长的人？"

也是被逼无奈，刘天龙只得求助于禹今朝。两人虽说尿不到一个壶里去，毕竟没有过正面冲突，稍微好说话些。再怎么刘天龙也是市长，禹今朝便给吴楚东打招呼，考虑考虑城投公司的生存问题。不看僧面看佛面，吴楚东答应禹今朝，尽量给想办法。禹今朝又打龙志坚电话，要他马上去见吴楚东。

帮刘天龙整治吴楚东时，那么不遗余力，现在回过头低三下四去找人家说好话、要项目，龙志坚实在迈不动这个步子。可不去又不行，公司已没米下锅，无以为继，你这个总经理怎么回避得了？总不能解散公司吧。公司解散就解散，百多号职工怎么办？还能把他们赶到太平洋去？龙志坚只得硬着头皮，进了经开区管委会。

看着昔日小人得志的龙志坚如今弯下腰来恳求自己，吴楚东心里倒也解气。这小子与刘天龙沆瀣一气，先是对你大打出手，把你往死里整，继而给经开区使绊子、添乱子，心思何其歹毒，手段何其恶劣！可万万想不到，刘天龙失道寡助，龙志坚也落得上不着天下不着地的尴尬境地，占着个政府秘书长的位置，竟毫无作为，相反被他整的人东山再起，一步步进入权力核心，风风火火干起大事业来，这是不是挺有意思？

胜利者没必要与失败者一般见识，吴楚东显得很客气，脸上堆着大度的笑容，又倒茶又递烟的，仿佛对方是多年未见的老朋友，彼此之间什么都没发生过。还恭维说龙志坚是政府大内总管，上要管市长副市长，下要管政府机关和政府各大组成局，还舍得抽出宝贵时间，来看望昔日老同事，实在让人感动。

吴楚东越这样，龙志坚越难受，笑不是，哭不是，恨不得找个地缝钻进去。还不如吴楚东骂他几句，甚至踢他两脚，还舒服些。

也不用龙志坚说明来意，吴楚东拿过话筒，拨通于正国电话，要他过来一下。于正国很快出现在门口。吴楚东笑道："今天喜鹊登枝，龙秘书长亲自前来指导工作，这可是咱经开区的莫大荣幸。待会儿我还要出去办点事，你代表经开区管委会干部职工，陪好龙秘书长，他有什么指示精神，你负责给我落实好。"

于正国答应着，领着龙志坚，去了管委会规划局。根据吴楚东事先定下的框框，于正国在科技工业园区范围内调整出一个项目，交给城投公司，让他们按规划要求，参与电器城的建设。龙志坚拿到手续，满意而去，于正国又走进主任室，道："主任真是大人大量，过去龙志坚那么对待你，你还愿意帮他，换了我于正国，还真做不到。"

吴楚东没好气道："我哪是帮他龙志坚，是见城投公司职工生活没着落，今朝书记也发了话，才不得不这么做。"于正国说："您老人家一番好心，我却怕城投公司没这个能耐，做不了我们给的项目。"吴楚东说："有什么办法呢？先让他们试试吧。"

说几句城投公司，于正国换了话题道："钱小鸿和范老板还想到经开区来拿项目，天天追着我屁股不放，真不知怎么打发他们才好。"吴楚东语气坚定道："不要理他们。范老板自己做不了项目，给人提篮子、拉皮条，一旦出事，咱们负得起这个责？"

于正国还想说，钱小鸿和范老板还好对付，主要钱小鹤一天几个电话，他确实很为难。可于正国没说出口，领导老婆是什么人，领导应该最清楚，哪用得着下属多嘴？

于正国猜得不错，吴楚东心里比谁都明白，钱小鹤不打招呼，钱小鸿和范老板也不会贸然去找正国。这个钱小鹤，越来越不像话了。还不是手里拿着旭旭这张牌，不然她哪敢这么放肆？也不知吴蜀南的保姆找得如何，恐怕只有让旭旭回到吴蜀南身边，钱小鹤才会有所收敛。

正要联系吴蜀南，钱小鹤的电话打了进来，口气急得不得了，说旭旭与丹丹放学后吵了几句嘴，就哭着闹着要回家。说了他几句，他扬言要死给他们看，把自己关在屋子里，怎么也敲不开门。钱小鹤生怕出什么事，求吴楚东回去一下。

吴楚东赶回家，旭旭还躲在小屋里没出来。钱小鹤和丹丹正守在门边，轻声柔气央求旭旭开门。吴楚东走上前，一边敲门，一边喊道："旭旭开门，旭旭开门，我是大伯。"里面还是没有反应。钱小鹤越发紧张，嘀咕道："昨天他铅笔刨子坏了，临时要了把小水果刀，该不会拿刀怎么样吧？"

听钱小鹤这么说，吴楚东预感不妙，侧过肩膀，撞开房门，只见旭旭两眼发直，呆坐在地上。左手背上全是殷红鲜血，地上一把晃亮晃亮的水果刀。吓得钱小鹤浑身发抖，上前抱住旭旭，喊道："旭旭，旭旭，你没事，你没事吧？！"

吴楚东还算冷静，拿过旭旭的手瞧瞧，发现割的是手背，口子不深，没伤着动脉，并无大碍。让丹丹拿来家里备用的云南白药和医用酒精纱布，做了处理，把血止住，才算放心。

夜里待旭旭情绪稳定下来，才从他口里得知，下午他班上开家长会，其他同学父母都到了场，唯独不见他家里人，老师就问他是不是没告诉家长。旭旭还没开口，有位跟他吵过架的同学抢着说道，他爸出了车祸，他妈也跟人私奔了，不再要他。气得旭旭操起凳子朝同学砸去，同学闪开身子，没有砸着，旭旭却失去平衡，摔倒在地，引得满堂哄笑。旭旭越想越恨，恨同学胡说八道，又恨妈妈出国不归，爸爸不来参加家长会。还不肯放过那同学，放学路上要找他报仇，是被丹丹拉住，才让那同学逃脱。两姐弟吵了几句，回家后旭旭就把自己关在屋里，用刀割了手腕，幸好割的不是地方。

那个同学也真是不得了，小小年纪竟然说出那么狠毒的话来。吴楚东问旭旭："今天要开家长会，打你爸电话没有？"旭旭说："打是打了，他在外出差。"吴楚东说："怎么不告诉伯伯伯母呢？我们也可去参加家长会嘛。"

"你们又不是我爸我妈。"旭旭冷冷道，呛得吴楚东张着嘴巴，半天说不出话来。

钱小鹤也气得不行，夜里两个小孩睡下后，对吴楚东发牢骚道："是条狗，喂上十天半月也喂熟了，咱们辛辛苦苦带他这么久，他还说我们不是他爸他妈。"吴楚东叹道："他并没说错，我们确实不是他爸他妈。"

钱小鹤火起来，细着嗓门吼道："不是他爸他妈，他还待在这里干什么？"吴楚东不高兴道："你犯得着跟一个小孩计较吗？这好理解嘛，孩子乃父母所生，谁都代替不了亲生父母。尤其旭旭这个年龄，正是需要父母疼爱的时候。他也怪可怜的，妈妈两年没见面，爸爸也没几天在身边，怎么要他性格不扭曲？唉，也不知蜀南保姆找得如何，旭旭还是回到他身边为好。"

十七

旭旭终于回到自己家里，在吴蜀南找好保姆之后。

吴蜀南还通过安州律师朋友，摸清奚思思住处，找上门去，与她见了一面。他当时真想把这个女人的脑袋拧下来，扔到垃圾桶里去，可多年的律师生涯让吴蜀南学会自我控制，才没失去理智，做出蠢事。也没多话，他坐下后就拿出离婚协议书，让奚思思签字。奚思思顿时泪水长流，跪到吴蜀南面前，求他原谅，说她舍不得他和旭旭，不想离婚。

这倒也不全是假话。自从在英国跟傅克文好上后，奚思思就一直处于犹豫之中。她喜欢傅克文，又放不下儿子旭旭，打算在安州扎下根后，再把旭旭接去跟自己过。吴蜀南自然不会交出旭旭，说她这个样子，别把旭旭带坏了。奚思思无话可说，在协议书上签了字。

离婚后，奚思思别无选择，只有死心塌地跟傅克文结婚。傅克文这才回了趟儒州，找沈柳亭离婚。沈柳亭一点都不觉得突然。她早听说了傅克文与奚思思的事，不吵不闹，也没提任何要求，一起去民政部门办了手续。

毕竟夫妻一场，傅克文有些过意不去，主动把医院的房产过到沈柳亭名下。沈柳亭实在不愿再住回去，想另买套新房。吴楚东特意抽空陪她去看房，道："经开区有不少新楼盘，品质相当好，一定会有你满意的。"沈柳亭道："我要求不高，能住就行。"吴楚东道："要买就买好点的，一辈子不可能给自己买几回房子。"

转了半天，沈柳亭看中一处叫景明翠苑的小区。小区环境不错，后面还有座小山，树茂林密，草盛花香。投资老板齐大志是儒州人，筹建时就想着在小区给自己备套房子，宁肯少建两栋楼，也要留下后面的小山，还有山上的原生树木。

沈柳亭选了套一百三十平方米的精装中户型，吴楚东坚决反对，说："不行不行，这里的招牌房是两百平方米的精装大户型，要选就选这种房子。"沈柳亭笑道："这种精装大户型起码一百五十万以上，开发商又不白送，我哪出得起这个钱？"

"钱的事别急，待会儿我慢慢给你上课。你先看过样板房再说。"吴楚东拉上沈柳亭，随售楼小姐出了售楼处。先看一百三十平方米的中户型，还算方正实用，沈柳亭很满意，说："就选这种中户型。"吴楚东说："还没看大户型呢，先别急着做决定。"沈柳亭笑说："看看也行。我买不起，还看得起。"

走进两百平方米的大户型，发觉结构合理，装修漂亮，采光充足，比中户型更加优质，沈柳亭两眼泛起光来，说："大户型就是大户型，还真不一样。"吴楚东道："知道不，这大户型还有一个名字，叫空中别墅。"

售楼小姐只想卖大房，好多拿提成，也趁机怂恿道："这种空中别墅特好卖，今天上午就卖了五套，要买赶早决定，过两天就会卖完的。"沈柳亭略带遗憾道："我一工薪族，哪有福气住这么豪华的房子？"

回到售楼处，沈柳亭找售楼小姐要一百三十平方米的中户型购房合同。小姐脑袋用力点着，眼睛却去瞧吴楚东，看他什么意思。吴楚东对沈柳亭道："莫非你没看中大户型？"沈柳亭道："难道看得中，就买得起？"吴楚东道："看得中就买下来。"沈柳亭道："拿什么买？先把自己卖掉？我这半老徐娘谁要？你要不？"吴楚东道："你愿卖，我愿买。"

沈柳亭摇摇头，道："你愿买，估计也不肯出高价。我还是先买中户型，等日后手里有了大钱，再换大房不迟。"吴楚东道："你傻呀，等你手里有了大钱，房价早已涨上去，你还是与大房无缘，还不如现在想想办法，一步到位把大户型买到手里。"沈柳亭道："有什么办法可想？我是老鼠尾巴上打八棒槌，再肿也肿不到哪里去。"

吴楚东给沈柳亭分析起来："你工作也非一天两天，手头总有个一二十万。医院那套房子虽不怎么豪华，但地段不错，旁边还有中小学校，卖三四十万，应该没问题。两笔款子合在一处，怎么也有小六十万，楼盘再给你优惠优惠，银行首付已绰绰有余。"

沈柳亭摇摇头，道："原来你是要我做房奴。为套房子，一辈子套在里面不值得。"吴楚东道："儒州城市化刚刚起步，日后党政机关都会往中轴线上搬迁，这里的房子升值空间非常大，动手早绝对不会有亏吃。国家城市化进程不断加快，社会财富总量在逐步增加，物价上涨，货币贬值，是个大趋势。与此同时，工资也会往上提，眼下银行按揭每月两三千不是个小数，过几年也就不算什么。"

沈柳亭还在犹豫。吴楚东又道："国家经济只要继续往前发展，物价上升速度就不可能减缓，也就是说银行利息永远跑不过通胀。给你举个例子吧，过去猪肉一块钱一斤，现在十块左右一斤，以后还会长到十几甚至几十块一斤。买房就像买猪肉囤积在冷库里，钱在一天天贬值，猪肉在一天天增值，银行贷钱给你买猪肉，其实它是亏的，你是赚的，且贷的年限越久，银行亏得越多，你赚得越多。"

猪肉的例子好懂，沈柳亭已被说动，道："也不知楼盘能有多大优惠？"吴楚东道："房产开发商的明面价是明面价，但一般都会有内部折扣价，公司不同级别的人能掌控的折扣也不一样。咱们跟售楼小姐能要到的优惠折扣肯定是最小的。这房子是齐大志建的，他是这公司最大的老板，咱们直接找他问问看。"说完拨了齐大志号码。

齐大志很快出现在售楼部，吴楚东将他介绍给沈柳亭。齐大志听了沈柳亭说的情况，给了她一个最惠房价。又叫过售楼小姐，为沈柳亭选了套楼层和位置还算不错的大户型。

沈柳亭交完定金，回头卖掉医院的房子，拿出平时积蓄，外加离婚时所获少量补偿款，凑齐银行首付还有余。首付和按揭手续办妥，房钥匙也拿到了手上。

房子是带精装的，简单购置些家具，沈柳亭就住了进去。这里离临时设在儒田区委的管委会不远，步行半个小时可到。与建于中轴线以西的管委会新大楼虽远了些，却在一条横线上，有车来去也方便。吴楚东有时开车路过景明翠苑，会上沈柳亭家坐坐，说会儿话。沈柳亭喜欢吴楚东，知道吴楚东心里也有自己，但两人都很理智，不敢越雷池一步。吴楚东是有理想有担当的好官，又正是大有作为的时候，不愿受缚于男女感情，因小失大。沈柳亭清楚吴楚东有妻有女儿，不想破坏他家庭，影响他仕途。人生在世，总得有点定力，不能太贪，无论贪财贪权，还是贪人，贪念一起，肯定会坏事。不是自己的人，最好别动心，诚如吴楚东所言，两性之间，彼此欣赏，若发乎情，止乎礼，友谊或许更能长久。

与沈柳亭的理性不同，钱小鹤越来越不像话，惹得吴楚东很不高兴。原来于正国被钱小鹤追得无处躲藏，又给了钱小鸿和范老板一个项目，吴楚东知道后批评于正国，让他对范老板所接项目重新评估，不符合要求的立即收回。回家又狠狠训了钱小鹤一顿。钱小鹤不服气，说人家都在经开区发大财，范老板这个小项目算得了什么？自己给他跑跑腿，也是为了帮衬一下弟弟。再说人家也给过辛苦费了，你现在要收回，我怎么跟人家交代？吴楚东出离愤怒，摔了杯子，问她是不是收了范老板的钱。钱小鹤看着吴楚东暴怒的样子，心一下虚了，支吾说范老板的辛苦费是给钱小鸿的，她哪敢收？吴楚东恨恨地说，不光你不能收，连钱小鸿也不能要这个钱！你马上给你弟弟打电话，要他别再跟范老板合伙！钱小鹤嘴里嘟囔说钱小鸿又不是国家干部，他想跟谁合伙做生意是他的个人自由。吴楚东都气笑了，说钱小鸿一无资金，二无技术，三无能力，人家范老板凭什么要跟他合伙？还不是看在他姐姐是我吴楚东老婆的分上吗？他这就是想通过你姐弟俩把我拉下水！他懒得再跟妻子多说，摔门而去，又住回管委会，不肯归家，免得看着钱小鹤心烦。于正国知道吴楚东有家不归的原委后，再不接钱小鹤电话，对范老板和钱小鸿更是躲着走，以免给领导添乱。钱小鹤知道这回吴楚东是真生气了，望着自己藏在衣橱里的那一大包"辛苦费"，犹豫再三，终于还是打电话叫来了弟弟，让他把钱给范老板还回去。

沈柳亭得知吴楚东孤家寡人，一个人住在经开区办公楼，心疼不已，周末过去看他，劝他还是住回家里。吴楚东不为所动，还骂钱小鹤财迷心窍，不会有什么好果子吃。沈柳亭只好做了家常饭菜，请吴楚东上家里去解解油腻，饭后去阳台上喝喝茶，聊聊天。

一聊聊到天黑，儒州老城万家灯火，尽在眼前。清风习习，月白如水，吴楚东怦然心动，真想抚抚沈柳亭随风飘动的鬓发。可他克制着自己，说了说钱小鹤要工程的事。沈柳亭说："我早说过，你给予钱小鹤的太少，她只好自求补偿。"

吴楚东感慨不已，道："她从我手里得到的还少吗？我所有收入全给了她，从没过问过去向。这当然不必挂在嘴里，我是丈夫，钱交给妻子天经地义。只说她的工作，不是看我面子，人家会调她进广电局那样的行政部门，还给她解决位置吗？至于她钱家的大事小情更不用说，样样都是我咸吃萝卜淡操心，没有我吴楚东，他们连活命都困难。"

沈柳亭喝口茶，道："看你把自己都说成救世主了。可你最该给钱小鹤的陪伴和关爱没给，她哪能满足？"吴楚东不满道："你怎么老帮钱小鹤说话？"沈柳亭微微一笑，道："不是帮钱小鹤说话，我们都是女人，感同身受。"吴楚东道："你是不是讨厌我，要赶我回钱小鹤身边？"

沈柳亭望着他的眼睛，幽幽道："我都成了离婚剩女，哪有资格讨厌你？"吴楚东叹道："我跟钱小鹤之间道不同不相为谋，这样下去只会越隔越远，迟早有天也会分手。到时候我成了离婚剩男，娶了你这个离婚剩女，咱俩就都不会剩下了。"沈柳亭摇头道："我没这个奢望，能不时跟你打打电话，说几句话，已非常满足。被傅克文甩掉后，我觉得很失败，也很沮丧，死的心都有，是想起生命中还有你这个男闺蜜，才重新提振起做人的信心。"

这就是沈柳亭，不会开口提任何要求。她真心喜欢着吴楚东，不想用别的东西玷污两人之间的纯情。她越是这样，吴楚东越觉得自己惭愧，动情道："柳亭你真好！"

在吴楚东主导下，经开区管委会征用中轴线西边一块地皮，修了十八层高的办公楼，还发动职工集资，在办公楼后面建了几栋职工宿舍。

办公大楼正在装修，要不了多久就可迁入。作为一期装修工程，一楼的文物馆最先装修完成，现已交付使用。大规模的经开区建设过程中，挖出不少动植物化石和秦砖汉瓦，吴楚东觉得随便扔在地上，多有可惜，特意让人收集起来，再请专家考证甄别，凡有些文物价值的，都入馆珍藏，以见证经开区建设历程和儒州光辉灿烂的历史文化。还有不少奇岩异石，虽无文物价值，却极具观赏性，也专门开辟一个奇石馆，进行集中展示。

看过文物馆，又瞧了瞧办公区域几处装修的进展情况，吴楚东交代下属几句，赶往中轴线北延线工地。北延线逆柳叶河而上，直通龟首寨。龟首寨山奇水秀，已被规划为颇具地域特色和人文意义的风景区，纳入中轴线区划范围，正进行前期基础设施建设。重中之重的基础设施便是交通，经公开招标，柳叶河段项目标的花落实力强劲的宏图新科公司。

宏图新科进驻儒北经开区后，市委、市政府高度重视，划出中轴线西北位置五百多亩土地，供其筹建厂房和生产线。蔡宏图对儒州经济前景充满信心，技术和资金投入充足，生产线很快建成，所产各类工程机械刚下线出厂，就被经开区内各建筑商以优惠价格购走，投入生产。这样建筑商享受实惠，宏图公司也节约了时间成本和运输成本，确属共赢好事。

宏图新科公司不仅生产工程机械，还有自己的工程建筑队，承揽了中轴线两旁数处大型工程建设。自己的工程建筑队，自己的技术力量和工程机械，利润空间自然大，建筑质量也得到有效保证，承建方和发包方皆大欢喜。宏图工程建筑队的实力和业绩摆在这里，受到普遍好评，也是中轴线北延线柳叶河段项目最佳竞标单位。

柳叶河弯多水急，河岸险峻异常，加之地质复杂，原有的砂石小道左拐右绕，上陡下峭，必须架桥钻洞，取直拓宽，降坡跨沟，才能达到中轴线规划要求。因工程量大，难度高，柳叶河段成为整个中轴线众多建设项目的最高标的，参与竞标的单位达五十多家，且每家都实力雄厚，不可小觑。其中开发凤凰山，同时经开区也有项目的天宇地产董事长蒲天明更是势在必得，动用各路人脉，非把柳叶河段项目拿到手不可。蒲长明直接找到吴楚东，献上一大箱人民币，许诺中标后以项目总价百分之六比例拿回扣给吴楚东。二十多亿的项目总价，百分之六是多大数字，吴楚东自然算得出来。可他不为所动，要蒲长明走正常竞标程序，竞标成功，经开区自然会全力予以支持，支持他建设好项目。蒲长明转而去走危存虎和禹今朝的门路，希望通过他俩压服吴楚东就范。两人口气跟吴楚东差不多，蒲长明这才不得不回去准备资料，与包括宏图公司在内的五十多家竞标单位展开角逐。

经公平公正公开竞标，天宇地产落败给宏图公司。蒲长明不服，到处散布谣言，说宏图公司采取不正当手段，才竞得柳叶河段项目，暗指吴楚东得了宏图公司天大好处。吴楚东没时间理会蒲长明他们，只反复叮嘱宏图工程建筑队，必须正视柳叶河段项目施工困难，预估可能遇到的问题，未雨绸缪，严把质量关，决不能出任何差错，辜负儒州市委、市政府和儒州人民的殷切期望。项目投建后,吴楚东放心不下,多次前往察看,一再强调质量为上,哪怕延缓建筑时间,也不能放松质量要求。

目前宏图工程建筑队正集中人力物力,架设柳叶河弯上两千多米跨度的桥梁。由于地质原因,工程难度比预想的更大,蔡宏图也从安州赶来,亲自督阵,正好与吴楚东不期而遇。两人穿行于正在作业的大型挖掘机和钻探机阵中,督质量,查进度,还比对着图纸,与工程负责人和工程师商讨具体施工方案。

数小时不觉过去,吴楚东肚子"咕咕"叫起来,抬腕看看手表,已过午后两点,于是笑对蔡宏图道:"此处离龟首寨萧家庄不远,可否暂时放下工作,去吃个农家饭,对付对付肚皮?"

蔡总这才抬了抬俯在图纸上的脑袋,望一眼吴楚东道:"既是对付,何须舍近求远?"又对在场建筑队负责人道:"工地上有吃的吗?"负责人不好意思道:"不知两位领导要来工地,食堂没做准备,恐怕没啥东西可吃。"蔡总挥挥手道:"走走走,去食堂瞧瞧。"

工地上哪有像样食堂?无非在施工人员所住板房旁搭个棚子,搁些灶具和厨具,请附近农民来当厨师,煮煮饭,炒炒菜,烧烧水。现在早过了饭点,厨师回家做家务去了,三人只好掀锅揭鼎,找到几个尚有余温的玉米和红薯,拿到手里,往地上一蹲,大口啃起来。

饥饿是最好的胃口,吴楚东有滋有味地啃着玉米,笑对蔡宏图道:"蔡总名下拥有上百亿的资产,还跑到这荒山野岭来,捧着玉米红薯大啃猛嚼,被人瞧见,还以为你是从灾区来的饥民呢。"蔡宏图边吃边道:"你道我没做过饥民?小时家里太穷,有一顿没一顿的,能有红薯和玉米填充饥肠,已很奢侈,很知足。"

话没说完,蔡宏图又把玉米棒横到嘴边,先从左至右,再从右至左,来来回回,快速啃咬着,仿佛口琴大师演奏名曲。啃得崭崭齐齐,入嘴的玉米粒留下的空隙,与微缩的规整的围棋空格无异。未曾啃去的玉米粒则一排排陈列在那里,静候利舌的收割。又如电脑键盘上的按键,等着尖齿的叩击,似随时都会输出如饥似渴的字符。

吴楚东还是头次见人将平平常常的玉米棒,啃得这么富于节奏和美感。再看自己手里的玉米棒,简直狗咬过般,有一嘴没一嘴的,不利索,不干脆,毫无章法可言。想有样学样,又学不来,只痴痴望着蔡宏图,一时忘了啃咬。

蔡宏图瞧眼吴楚东,停止齿间动作,问道:"怎么不吃?是不是吃惯美食,没法下咽?"吴楚东道:"不是没法下咽,是看到蔡总把玉米啃得这么艺术,我觉得自己简直在糟蹋可爱的玉米。也不知你老人家是跟何方圣手，学成如此高超技艺？"

蔡宏图呵呵一乐，道："你试着饿上十天半月，再找玉米来吃，保证也会跟我一样，啃得整整齐齐、干干净净，半片玉米皮都不遗漏浪费。"吴楚东道："都像蔡总一样，连啃个玉米都这么讲究和认真，何愁成不了事？"

"没你说的这么严肃和崇高，无非小时候被饥饿逼的，养成这饿鬼习惯，一辈子都改不过来。"蔡宏图已啃完玉米，眼盯着手里的玉米骨，"不瞒你说，有时玉米粒啃光，肚里还饿得慌，我连玉米骨都会几下嚼碎，咽进肚里。"吴楚东道："玉米骨也嚼得烂、咽得下？即使牙口好，嚼碎咽进肚里，只怕也没法消化吧？"

蔡宏图将玉米骨塞进嘴里咬一口，有滋有味地嚼起来，继而喉头一滑，扎扎实实吞进肚里，道："有啥没法消化的？世间最强大的机器是人胃，饥饿时连树皮、草根、观音土都照样可消化，相比起来，玉米骨简直就是山珍海味。"

这真是至理，叫吴楚东不服都不行，感慨道："吃得苦中苦，方为人上人。怪不得蔡总做事认真发狠，弄出这么大动静，原来不是无缘无故的。"蔡宏图道："你们当领导的喜欢由此及彼，微言大义。其实没谁喜欢吃苦、乐意遭罪。还是刚才那句话，是被逼出来的。不只是小时啃粗食，包括后来我造小五金，做买卖，生产工程机械，进入建筑行业，都为时势所迫，并非自己天生多么坚强，多么有本事。"

吴楚东深以为然，也咬块玉米骨，仔细咀嚼，还真嚼出别样意味，并非想象的那么难以下咽。略填肚皮，又返回工地，一直忙到太阳西沉。吴楚东准备走人，蔡宏图还有事要处理，只能跟工程负责人住工棚过夜。

半个多小时后，吴楚东回到儒田区委，刚进办公室，手机响起来。一看是钱小鸥女儿黎欣欣的号码，问什么事，欣欣泣不成声，半天说不出话来。吴楚东有些不耐烦，道："有话快说，我没工夫听你哭鼻子。"黎欣欣这才语不成句道："我妈被警察抓走了。"

钱小鸥还是半年多前来经开区购房，吴楚东跟她见过一面，此后再没联系。不过她与黎进步两人之间的烂事，从没少往吴楚东耳朵里塞。说是这对冤家离婚后，黎进步要养活陈桂花，日子过得很艰难，常常去纠缠钱小鸥，想从她那里弄几个钱。钱小鸥把他骂得狗血喷头，但总会打发点。多打发得几回，钱小鸥不耐烦起来，不再理他。黎进步就动手抢，彼此免不了又是拳脚相加，恶战一番。

听欣欣说钱小鸥被抓，吴楚东吓了一跳，还以为她杀了黎进步，问到底怎么回事。欣欣说："跟我爸没关系，我妈是因保险的事被带走的。"

保险的事犯得着警察插手吗？吴楚东问："不是你妈骗保吧？她是业务员，又不是投保人，不存在骗保之说呀。"欣欣说："好像就与骗保有关，说我妈跟人串通骗的保。"

"先别急，我问问清楚，再打你电话。"吴楚东收了线，翻找手机里保险公司领导名字。于正国还没下班，进来递上一份材料，说是城投公司呈上来的，要求调整项目规划，请吴楚东过下目。

项目规划具有法律约束力，莫非想调整就调整？吴楚东放下手机，看起报告来。报告说通过详细测算，城投公司承接的电器城部分建设项目没有任何利润空间，要求拿出三分之一的规划土地，建设商业住宅楼，以弥补损失。

"这些家伙想得倒真美。"吴楚东扔掉报告，敲着桌子道，"科技工业园区的土地使用享受较大优惠，比商业住宅楼建设用地便宜得多，只要规划一变更，还没投资建设，就凭空赚上一大笔。这些人真够聪明的，竟然动起了这样的歪脑筋，也不想想这是严重违规行为，一旦追究起来，你于正国负得起这个责吗？"

于正国往吴楚东身边贴贴，小声道："偌大一个经开区，要追究也追究不到这么件小事上来。领导搞了多年建设，比谁都清楚，建筑行业中途变更规划，也不是什么新鲜事。硬要睁大眼睛较劲，国家政策是得到了维护，地方建设却会受到制约，甚至好好一盘棋将陷入僵局，何不如闭着眼睛装糊涂，棋局立马就可盘活，有效最大化地方和建设单位利益，你好我好大家都好。这几年国家经济建设速度为啥这么快？就是因时制宜，因地制宜，随机应变干起来的。说得文雅点，叫非常之时，行非常之举。"

于正国是个能干人，向来说得起话，领导也买他账。他又道："就说其他园区的项目，又有几个没变更过规划？规划是人做的，人总不能被自己做的规划框死吧？何况人都有一定的局限性，规划执行过程中适当做些调整，以克服人的局限性，让规划变得更合理更完善，加速地方经济建设步伐，也完全符合科学发展观。"

这小子舌头上生得出花来，都被他上升到科学发展观了。不过仔细想想，这又说的确是事实，规划好的东西一成不变，也不太可能。可也不好太随意，太随意属于玩忽职守，弄不好会坏事的。吴楚东道："每次都是你有理，想让我犯错误不是？"于正国道："反正还要拿到规划委员会上去通过，要犯错误也不是你一个人犯。怪只怪咱们都是从城投公司出来的，不帮帮他们，也于心不忍。"

真拿于正国没法，吴楚东只得道："你去操作吧，到时咱们一起下油锅。"于正国笑道："要下油锅，正国先下，为领导试油温，探深浅。"

于正国刚走，黎欣欣闯将进来，问保险公司怎么个说法。吴楚东道："还没找到人呢，别这么急嘛。"黎欣欣哭丧着脸道："不是我急，就怕我妈关在里面出不来，我怎么办？"

吴楚东调出保险公司领导电话，打过去一问，对方说钱小鸥确实骗了保，情节还有些恶劣。说是一位私企老板有部奔驰车，钱小鸥通过朋友认识了该老板，把他的奔驰车保险业务揽了下来。老板人挺好，有次钱小鸥外出拉保，从老板公司门口经过，刚好被老板碰见，执意叫司机送她，开的正是钱小鸥揽保的奔驰。到得路上，司机内急，将车停稳，让钱小鸥看车，自己下去方便。司机刚走进旁边的公共厕所，车下底盘咚地一声闷响，吓得钱小鸥魂都散了，以为车子发生爆炸。开门下车，一高一矮两个年轻人站在车旁，正望着她笑。钱小鸥莫名其妙，说："你们干什么？"高个说："你的车底盘坏了。"

钱小鸥低头见车子下面全是汽油，就明白了怎么回事，指着两个骂道："你们怎么这么缺德，我告你们去！"高个把她拉到一旁，说："大姐别发火，我们认识你，这部奔驰就是你拉的保。"钱小鸥说："你们是什么人？"高个说："我们是奔驰专修店的。"钱小鸥冷笑道："我知道了，现在汽修店多，你们吃不饱业务，只好来这下三烂手段。"高个说："大姐别说得这么难听，都是想搞碗饭吃嘛。"从身上掏出一个信封，往钱小鸥怀里塞，钱小鸥推辞不接。高个说："别客气，保险公司理赔时，只要你好好配合，咱们还会给你辛苦费。"

钱小鸥已将半年前买的房子高价抛出，准备加点钱另买两套，手头正缺钱用，也就半推半就收下信封。从厕所里出来的司机也被买通，同意他们把车弄走。接下来就是理赔的事。由于钱小鸥的作用，保险公司拿出一笔不菲的理赔费，给了奔驰专修店，专修店又交给钱小鸥一个信封。要说这事也没什么明显破绽，可不知怎么的还是穿了帮，保险公司告到法院，法院需要证据，让法警出面，将钱小鸥和老板的小车司机一起带走了。

想不到钱小鸥会做出这种蠢事，吴楚东真不想过问，又经不起欣欣哭求，才给法院领导打了个电话。法院领导了解了一下情况，回复吴楚东说钱小鸥为他人骗保提供方便是事实，不过她也确实是初犯。只要她积极退赔，取得保险公司和车辆事主的谅解，可以酌情宽大处理。欣欣自然高兴，又向吴楚东提要求道:"我想去看看妈妈,给她送点吃的和穿的去,她被叫走时正在看房子,连换洗衣物都没带。"

吴楚东想钱小鸥的案情很简单,也很清楚,不是什么疑难大案,不存在串供什么的,法院应该会允许家属探视,只得再打电话跟法院求情,让欣欣去看她妈。

预约时间快到,欣欣又生名堂,说她一见穿制服的就怕得要死,硬要吴楚东陪她去法院。还左一个姨父,右一个姨父的,叫得甜蜜。吴楚东也是无法,亲自开车,带欣欣往法院跑,路上道:"你说你妈被带走时在看房,看什么房?"

欣欣苦着脸道:"说起这事,我真恨死了我那不争气的老妈。她不是在经开区买过一套房子吗?用的还是我的名字,说好给我结婚用的。谁知我爸跟那个陈桂花过不下去,两人闹离婚。这个臭女人真是厉害,逼得我爸把那套老房子让给了她。我爸现在连住的地方都没有。妈可怜爸,把我名下的房子高价卖掉,到另一个刚圈地的新楼盘挑了两套期房,一套写上我的名字,一套写上爸的名字。爸都跟她离了婚,还给他买房子,你说我妈是不是脑子有病?"

到得法院,来到临时扣押钱小鸥的法院招待所。法警们安排两位与钱小鸥见面。母女俩刚走到一起,就抱头痛哭起来。待两人哭个够,吴楚东才说钱小鸥:"你这不活该吗?给欣欣买了房,还要给黎进步买,不然也不会为谋不义之财,犯下这种低级错误。"

钱小鸥抹把眼泪,又悔又愧道:"是我太糊涂,做事没脑子。可黎进步已落到这个地步,你说我不管他,还指望谁来管?"吴楚东道:"你犯得着吗你?他无情无义,跟你离婚,一刀两断,彼此什么关系都已不是。你喜欢做好人,已仁至义尽,把老房子留给他,他自己守不住,是他没卵用,又何苦还要给他买房,好以后他再送另外女人?"

钱小鸥叹道:"我与他确实已没什么关系,可再怎么的,他跟我生活过二十多年,现在落得孤魂野鬼一个,我能不闻不问吗?何况他还是欣欣的亲爸,我不管他,欣欣总不可能不管吧?欣欣已到婚嫁年龄,黎进步没个去处,以后还不是会拖累欣欣?我怕他搅得欣欣不得安宁,才给他弄个窝,也好让欣欣以后有清静日子可过。"

欣欣闻言,泪下如雨,抱紧钱小鸥,生怕她会从自己怀里消失掉似的。吴楚东也有些感动,觉得钱小鸥了不起,辛辛苦苦弄钱,买下两套房子,一套归于欣欣名下，一套写着黎进步名字，唯独没有自己的份。黎进步那么混账，伤透了钱小鸥的心，她还能时时念着他，处处想着他，确实不是谁都做得到的。心里佩服着钱小鸥，回经开区后，吴楚东找到售房给她的楼盘，让出几个折扣，使她少出了几万元房款。

因为钱小鸥系初犯，骗保的数额不大，她又是真心悔罪、主动退赔，再加上吴楚东替她向保险公司求情，得到了保险公司的谅解，钱小鸥最终被判三年缓刑。出了这么个事，保险行业她已无立足之地，教师的岗位她更没脸再回去，只得另谋他路，到经开区一个新建楼盘应聘售楼小姐。售楼小姐都是年轻漂亮女孩，见她年纪这么大，人家不愿聘用。吴楚东跟老板说她虽然年纪大，但业务能力还是很强的，不妨先试用一下看看。老板才勉强收下她。

钱小鸥做过保险业务，嘴上功夫不错，又肯卖力，做了两个月，销售业绩居然在售楼部排名前茅。这天钱小鸥运气好，一下卖掉两套房子，拿到五位数的提成，高兴得在地上直蹦。蹦够了，又把欣欣叫去，准备母女俩好好撮一顿，庆贺庆贺。欣欣搂着钱小鸥脖子，说："妈妈真能干，做保险推销员有一套，做售楼小姐也不落后于人。"钱小鸥说："什么售楼小姐，我是售楼大妈。"

"对对对，售楼大妈。"欣欣在钱小鸥脸上吻吻，"可别忘了，你是怎么做上售楼大妈的。"钱小鸥懂得她意思，道："想请上你姨父？"欣欣说："就是嘛，姨父为你的事没少操心，谢谢他不应该吗？"钱小鸥说："确实应该请请你姨父，他对咱们钱家有大恩。我也早想跟他见个面，说说他和小鹤的事，他已经好久没回家了。"

欣欣惊讶道："为什么呀？他不是跟小姨好好的吗？"钱小鸥道："你小姨背着他，找到他手下人，给你小舅揽工程，他烦她，不想理她。另外还听说，你姨父外面有了女人。"欣欣问："什么女人？"钱小鸥说："我也不蛮清楚，好像是卫生系统的，比你小姨还漂亮。"

欣欣一副见怪不怪的样子，说："像姨父这样又有魅力又有能耐的男人，外面有女人主动追他也很正常。老爸什么都不是，还在外面'招猫逗狗'的呢。如今有点权有点钱的男人，家里红旗不倒，外面彩旗飘飘的，你以为还少啊？"钱小鸥说："你怎么知道得这么多？"

欣欣笑笑，道："我在儒州山庄做事，见多识广嘛。好多稍稍混出点名堂的男人，经常带情妇去儒州山庄开房，过一阵换一个，好像换裤衩一样。"钱小鸥白了她一眼说："净瞎说。"欣欣说："不是我瞎说，是事实。对于他们这些男人来说，情妇还不就是他们的裤衩？可我从没见姨父带情妇去山庄开过房，光凭这一点，就值得敬佩。"

跟女儿讨论这种话题，实在有些不是滋味，钱小鸥道："不是要请你姨父吃饭吗，还不快打电话？"欣欣说："打电话不管用，他借口说不在儒州，你也拿他没法。干脆上管委会去堵他，要他无处可逃。"

两人跑到儒田区委，才知经开区管委会已迁走。赶到管委会新大楼，吴楚东办公室的门紧闭着，外面站着不少人，看样子正等着请示汇报工作。钱小鸥低声对欣欣道："你姨父这么忙，什么时候接见咱们呀？"欣欣道："你别管，只要门一开，咱就往里冲。"

过一会儿，门还真开了，有人出现在门里。是个五十来岁的中年人，欣欣还认识，经常出入儒州山庄，人家都喊他齐老板。齐老板才出门，门外的人一窝蜂往前直拥，欣欣也不顾一切，昂着脑袋，要朝里面挤。还没使上劲，吴楚东走出来，道："散开散开，我要到市委开会去，有事明天再说。"

众人只好悻悻然闪开，往边上退退，让出一条缝儿。只欣欣立着不动，喊了声姨父。吴楚东泥住脚步，发现是欣欣，道："你怎么来了？"欣欣拉过身后的钱小鸥，道："我妈上午卖了两套房子，拿到一笔不小的提成，特意来向您报喜。"吴楚东道："这是好事呀，要请客哟。"欣欣赶忙道："妈就是来请姨父客的，好好敬您几杯。"

"还真请客呀？改日吧，改日吧，今天没空。"吴楚东掉转头，大步朝楼道口走去。上车赶往市委，走进常委会议室，危存虎等领导已先到场。卓开先就开吴楚东玩笑："儒州常委会的老传统，只有书记才能享受最后到的待遇，如今这待遇被吴主任占了去，你说怎么办吧。"吴楚东道："对不起，对不起，经开区事太多，楚东迟到，打屁股。"卓开先道："打屁股有什么意思？赶快拿钱请客。"吴楚东从钱包里掏出几张票子，递给卓开先，道："麻烦卓秘书长安排人去买些吃的抽的回来。"

会议照常由危存虎主持。议题只有一个，上海至昆明的高速铁路建设已正式启动，几天后专家组抵达儒州，考察过境路线，必须全力做好接待准备工作。地方哪天没有接待任务？来一个专家组，也召开常委会专门研究接待工作，是不是小题大做？危存虎解释说："咱们不是小题大做，是大题大做啊！过境高铁一修，地方经济跟着会上好几个台阶，儒州千多万人民群众都将受益。可你们知道不？咱们北边的临浦市也跃跃欲试，正在四处活动，试图说服上面，重新设计高铁路线，改从他们境内经过。据说老靳决心很大，已带人跑了好几趟北京，一副志在必得的架势。真让他们得逞，儒州就要吃大亏，咱们这一届常委领导就会成为儒州人民的千古罪人啊！再说已到嘴边的肉被人家抢走，也显得咱们常委班子太无能。所以这次接待工作非常重要，常委领导都要参与进来，接待好每一位专家，在感情上赢得他们的好感，铁了心把高铁留在咱们儒州。"

危存虎所说的老靳，就是上一届儒州市长靳齐民，调离儒州后，一直在临浦市做书记。临浦市也是个经济落后地区，靳齐民自然也想把高铁路线拉到他们那边，促进临浦经济快速发展。地方经济说白了就是投资经济，哪里有国家投资，哪里发展就快，不然地方领导一天二十四小时不睡觉，累死累活，也难得有什么大作为。

这让危存虎感到不安，才主持召开常委会，专门研究接待专家组事宜，决不能犯低级错误，让好事砸在接待工作上面。常委们意识到事情的重要性，想了不少好办法，出了不少好主意。吴楚东也道："与一般官员不同，专家们都是专业人士，不能按平时接待上级领导的老办法接待他们，得有新做法。"危存虎追问道："赶快说说你的高招吧？"

吴楚东不忙回答，撕开市委办刚送进来的香烟，一包包往常委们面前扔起来。扔完烟，又从水果盘里抓一根香蕉，一边剥皮，一边招呼众人："大家别客气，抽烟的抽烟，吃水果的吃水果。"常委们道："吴常委请客，不领情也不好嘛。"一个个动起手来。

待吴楚东几口啃掉手里香蕉，危存虎把纸巾盒推到他面前，道："动作快点行不行，看你的馋样，又不是来吃自助餐的。"

吴楚东这才扯一张纸巾，一抹嘴巴，不紧不慢道："还别说，出门之前，齐大志还到我办公室，论起过专家组。"禹今朝道："都知道齐大志在经开区投了不少钱。他们这些当老板的，只要有钱投放在你这个地方，比你地方领导更关心地方上的事。"杨世杰也道："齐大志算老熟人了，咱修儒凤大道时，他就是有功之臣。他关系广，说不定熟悉专家组的人。"

"真被杨书记说中了。"吴楚东道，"这次专家组带队人姓路，是高铁副总工程师，齐大志与他打过交道，知道他是地质专业出身，一生酷爱石头。"刘天龙道："儒州穷山恶水，什么都缺，就是不缺石头。路总喜欢石头，咱们准备几火车皮，直接运到他家门口。"

危存虎不理刘天龙，继续盯着吴楚东，道："路总不是一般角色，他认为高铁应从儒州经过，事情就八九不离十了。这段时间楚东哪里都别去，路总他们抵达儒州后，你叫上齐大志，一起参与接待，一定要把路总给伺候好。"吴楚东笑笑道："我不分管市委接待工作，也参与接待，不是狗咬耗子，多管闲事？"

危存虎脸往下一拉，说："狗咬耗子又怎么的？只要儒州人民需要逮耗子，咱们常委领导就得义不容辞做咬耗子的狗，咬的耗子越多越称职。你吴楚东也是常委领导，咱们都咬耗子，你能不咬？"众人笑道："危书记要楚东咬耗子，你就咬呗。你是经开区主任兼书记，一旦高铁从儒州经过，儒州与外界的距离一下子拉近，就会给经开区带来更多人气和投资。"

知道路总酷爱石头，接待工作就有了明确方向。这方向就是哪里有石头，就往哪里奔。专家组抵达儒州后，以危存虎为首的常委班子一齐出动，加上齐大志等老板，一起陪同考察高铁路线，游览旅游胜地，视察儒北经开区，然后到经开区管委会办公大楼现场办公，参观文物馆。要说吴楚东也不是学文物的，起初搞这个文物馆，无非想给经开区建设留点痕迹，反正这些残砖断瓦和奇岩怪石不用喂饭，不过占你点地方，想不到高铁专家组路总喜欢石头呀什么的，正好把他们请来指导指导。

果然一进文物馆，路总眼睛就发起亮来，像夜里的馋猫一样。他真不愧是地质专业出身，对每一块化石的前世今生、每一片砖瓦的来龙去脉，都说得头头是道，如数家珍。还不停地赞叹道："不简单，真不简单，搞经济建设的人也这么有文物意识，实在难得。"齐大志就在旁边道："这个文物馆可是吴主任出创意出思路出资金出地盘，亲手建起来的。"

路总握住吴楚东的手，真诚道："向吴主任致敬！在离京数千里的儒州，还能碰上你这个忘年知音，老夫喜不自胜啊！"吴楚东笑道："能成为路总的知音和学生，楚东更是荣幸之至！"

奇石馆里的石头，路总也喜欢得不得了。地质专业背景的人就这样，只要是地里的东西，不论出自地下的，还是出自地上的，一入眼就倍感亲切，像是见着自己的孩子一样。路总兴奋异常，端着照相机，对着面前大大小小的石头拍个不停，总也拍不够似的。吴楚东是个有心人，凡路总特别在意的石头，暗里一一记牢，参观结束后吩咐工作人员，赶紧取出来，打好包，改日再送到北京去。

出得奇石馆，已到中饭时间。经开区人气大旺，到处是新建的高档酒店，吴楚东却把大家请进管委会食堂，吃唐红玲做的家常菜。唐红玲手艺不错，在座都说好吃。路总更是赞不绝口，说跟他老娘做的饭菜差不多，从小吃惯了，吃遍天涯海角，还是这样的饭菜对口味。

路总满意，吴楚东就满意，唐红玲来包厢上菜时，就表扬了她两句。唐红玲受宠若惊，说："吴主任看得起，愿意带客人来吃饭，是对红玲的莫大鼓励。"

正好有人进来倒茶，吴楚东见是尹茵茵，就问了句："你怎么也在这里？"上过菜，快到门边的唐红玲代为答道："她反正闲着也是闲着，今天食堂有客，喊她来帮帮忙。"吴楚东说："茵茵应该还在上中学吧？怎么没到学校去？"唐红玲说："家里条件差，读完初中父母就供不起了。乡下又没事做，就跑到我这里来玩，给我做做伴。其实茵茵人蛮聪明，书也读得，再读下去，考个大学没一点问题。"

说得茵茵眼圈都红了，悻然走出包厢。如此灵性的女孩，小小年纪就扔掉书包，也太可惜了点。吴楚东顿起恻隐之心，就想怎么帮她一把。

饭后客人出了包厢，吴楚东让廖国旗留下谈事，茵茵又来续水，就叫住她道："问你句话，还想不想继续读书？"

茵茵点点头，蚊子样"嗯"了一声。吴楚东道："还想读书，我给你想想办法看。你这种情况，读三年高中，再上四年大学，时间长，负担大，有些不现实，干脆直接去读大专班。儒州大学新开了一个五年制师范专科班，招生对象正好是初生毕业生，是国家为培养农村小学师资专门投资设立的，基本不用交学费，我给你想想办法吧。"

唐红玲正在收拾碗筷，忙说要得，又对茵茵道："还不感谢吴主任？"茵茵毕恭毕敬给吴楚东鞠了一躬，嘴里说了声谢谢。

怕过后事多忘记，吴楚东当即拿出手机，拨通儒州大学分管招生的李副校长电话，说了说尹茵茵情况。李副校长满口答应，说开学没多久，现在办理入学考试和相关手续还来得及。吴楚东谢过李副校长，对廖国旗道："这事交你负责。吃完饭就带茵茵去见李副校长，把该办的手续办下来，直到将茵茵送进课堂，再给我来回话。"

廖国旗知道吴楚东的办事风格，马上领着茵茵，去了儒州大学。吴楚东也走出食堂，陪客人上车，来到龟首村，再由萧国臣带路，去看吞官石。

萧国臣已是龟首村支书，用他自己的话说，叫国家最低领导人。最低领导人也是领导人，领导人都有政绩观，都得出些政绩，以彰显领导人的风范，吴楚东给他拨了笔钱，在村里做了两件事：一是创建党教基地，二是修复通往吞官石的路。之所以叫修复，主要是恢复旧迹，完整保留过去的青石板，只是将两边扩宽，砌上河卵石，仍不失古雅。

走在这样的路上，自然心旷神怡，感觉良好。迎着阵阵清新的山风，闻着馥郁的草木芳香，不怎么费劲，就来到吞官石前。路总哪见过这么奇异的石头，连说数个妙字。又双手举着相机，前前后后，左左右右，上上下下，拍了个够。收好相机，又凑近红色石壁，一边细瞧，一边说是珍贵的丹霞石，并不多见，没上亿年的时光打磨不出来。萧国臣笑道："怎么不多见？龟首村一带到处是这种红石。"路总说："是吗？带我去看看。"

萧国臣拉住路总的手，来到吞官石后面，指指山下，说："看到没有？"

顺萧国臣手指睁眼一望，远处果然裸露着不少大小石山，全是红色。路总两个眼珠子都快蹦了出来，道："这可是典型的丹霞地貌，具有非同一般的地质意义。"又对吴楚东他们道："儒州政府完全可以考虑申请世界自然遗产，给予重点保护。"

回城路上，路总依然兴奋不已，说这次来儒州，实在大开眼界，大长见识，让他这个老地质工作者，觉得这辈子真没白学地质。树老皮多，人老话多，到得宾馆，又逮住齐大志和吴楚东，旧话重提，要他们申报世界自然遗产。两人只得耐心陪着，面带微笑，洗耳恭听，时不时讨教两句，以示谦虚好学，诚恳上进。

直到子夜时分，路总憋不住了，要上卫生间，齐大志才趁机道："路总休息吧，时间不早了，不打扰了。"路总看看手腕，"哟"一声，道："想不到这么快就已十二点了。怪我唠叨，忘了时间，你们回吧回吧。"

走出房门，齐大志笑对吴楚东道："沪昆高铁经过儒州，已是万无一失，板上钉钉了。"吴楚东道："恐怕还得加点保险系数。"齐大志道："这个我来落实，你们不方便不说，路总也信不过你们。"吴楚东道："信得过你们，也要讲究方法，适可而止。我还准备了些奇石，恐怕得麻烦你跑趟北京。"

齐大志的北京之行很成功。人还在北京，电话就打了回来，说由于路总的作用，有关方面最后拍板，确定沪昆铁路从儒州境内经过。考虑城南地形地貌复杂，拆迁任务也很繁重，具体线路得放到北边，从儒北北山脚下经过。车站位置也已定好，就在龟首村附近一带。照着这个路线，途经儒州市境内的高铁里程超过两百公里，全市五分之四的县市区，也就是十个县市区都已处在高铁沿线，这于整个儒州来说，其经济价值和社会意义自是不言而喻。

对儒州百姓来说，这可是件天大的善事。吴楚东好不兴奋，准备到儒州山庄跑一趟，当面把大好消息转达给在那里开会的危存虎。

正待出门，廖国旗走进来，身后还跟着个尹茵茵。见两人脸色不错，就知茵茵读书的事已弄妥。果然没等吴楚东开口，廖国旗就道："李副校长是个雷厉风行的人，考完试后组织人当场阅卷。茵茵的成绩很不错，李副校长让招生办以最快速度办好了茵茵一切入学手续。"

肯定廖国旗几句，吴楚东对茵茵道："到了学校，一定安心学习哟。"茵茵使劲点着头，道："茵茵会记住吴叔叔教导，一心一意把学习搞好。"吴楚东道："这就好。学习和生活上有什么困难，找我找廖叔叔都可以。"又问道："会电脑吗？"

廖国旗一旁笑道："他们这代人，哪个不是电脑通？昨天我电脑里有个文件怎么也打不开，正巧茵茵去办公室找我，顺便让她看看，她三下五除二，就把问题给解决了。"吴楚东道："不错不错。管委会不是准备建电子档案吗？可把这个任务交给茵茵来做。"

廖国旗是聪明人，知道吴楚东想给茵茵份差事，好有个领生活费的地方，当即问茵茵道："电子档案有现成软件，建起来难度不大，应该拿得下吧？"茵茵道："没问题，反正周六周日我会过来陪姨妈，顺便把电子档案给处理了。"

"这事就这么定下来，国旗再把具体任务给茵茵交代一下。"吴楚东说着，将包往腋下一夹，朝门口走去。只见廖国旗离弦的箭样，飞快射向门边，一把打开门，侧身让过吴楚东，又紧追两步，轻声问道："要茵茵做事，怎么给她开工资？"吴楚东道："她现在不是大专生吗？就按管委会外聘大专生的工资标准开嘛。"

廖国旗应承着，转身带上茵茵，去人事部门办理相关聘用手续。

来到楼下，吴楚东正要上车，见唐红玲自外面买菜回来，叫住她，从包里拿出一张购物卡，塞到她手上，道："茵茵要住校，陪她去买些衣物吧。"唐红玲道："茵茵日用开支我负责，怎好要吴主任购物卡呢？"吴楚东道："拿着吧，是参加单位活动时发的，我又没时间上超市，再不用要过期作废了。也不要说是我的卡，茵茵这种灵性女孩，自尊心强。"

唐红玲感激不尽，看着吴楚东钻进车门，开车走远了，还站在地上，舍不得收住目光。

十多分钟的样子，吴楚东到了儒州山庄。危存虎已离会，在休息室里处理一个急件。吴楚东走进去，第一句话就是："报告书记，齐大志来电话，大功告成。"

闻言，危存虎放下急件，拍案叫好道："拿下高铁的事，咱们这届班子就可以面对江东父老了。"吴楚东道："可不是？至少不用做儒州千古罪人了。"危存虎笑道："是人都只愿意做千古功臣，谁愿意做千古罪人？"

确定高铁经过儒州的消息不胫而走，前来投资的人越来越多，儒州经济形势一派大好，经济指标腾腾腾往上飙升，成为全省增长速度最快的地市。对儒州经济贡献最大的当然是儒北经开区，已占据全市即市本级加上十多个县市区经济总量的一半还多。省委非常满意，把儒北经开区的经验推广到全省，各地来儒州参观学习的络绎不绝，一拨接着一拨。来的都是常委甚至市长、书记，危存虎、刘天龙、禹今朝和吴楚东都得出面接待，介绍情况，领着参观，陪吃陪喝。接待最累人，累得几个腰酸腿疼，骨头都快散了架，但心里暗自高兴。你没干出点政绩，省委会给予充分肯定，各地领导会跑来学习取经吗？

这天送走一批客人，危存虎捶着后背，把吴楚东叫到书记室，道："楚东啊，经开区能取得这样重大的成绩，令人欣慰啊！不然儒州这个穷地方，哪会受到省委重视，引起各地关注？我得好好感谢你哟！"吴楚东一脸诚恳道："应该说感谢的是楚东啊。不是书记提供这个平台，哪有楚东用武之地？楚东就是浑身是劲也没处使，更别说干出了这一丁点成绩。"

危存虎点头道："是啊，作为地方领导，就要能出成绩，不然省委干吗把你放到这个位置上？这几天我一直在想，儒北经开区能有今天，确实了不起，不过我们不能满足现有成绩，还得百尺竿头，更进一步。"

知道危存虎有话要说，吴楚东往他身边靠靠，又双手扒扒两只耳朵，嬉皮笑脸道："上帝在我脑袋上装上两只耳朵，就是专门用来听书记指示的，书记有指示只管往里面灌，它俩正张着呢。"危存虎道："去你的，跟你说正经事，你这么不正经。"

吴楚东故作正经状，惹得危存虎笑起来，道："经开区的第一个重大目标已然实现，楚东你可得考虑考虑，是不是到了考虑申报国家级经开区的时候？"吴楚东点头道："我也在琢磨这事。不比申报省级经开区，申报国家级经开区难度会更大。省里有颜书记，他一路开绿灯，省级经开区才批得那么顺利。北京咱没什么人，恐怕就不那么容易了。"

危存虎态度坚定道："不容易也要力争，只有拥有国字号，儒北经开区才有更大的上升空间，儒州才有更大的发展前途。我这也是为你们着想啊！"

怎么是为我们着想呢？听出危存虎话里有话，吴楚东免不了暗自揣度，他老人家是不是要进省府班子了？早有消息说，有位副省长将进常委任省委秘书长，好几个地市书记都眼巴巴盯着这个位置，希望能顶替上去。其中危存虎的可能性最大。不说他在省里根基如何，单说儒州这几年的经济工作，尤其儒北经开区的建设事业，也是成绩斐然，有目共睹，他进省府班子可谓众望所归。

若真这样，这可就是一个非常重要的特好消息。危存虎把这么重要的信息透露给你，可是对你的极大信任啊！估计儒州市常委班子里还没第二人从危存虎这里得知这个消息。吴楚东心里激动，就想套套危存虎口气，证实一下自己的分析。可话到嘴巴还是咽了回去。有些话是不需说得太透的，太透了就像白开水，寡淡无味，也显得你政治上不够成熟。政治上不成熟，又怎么委你以重任？看来你必须成熟起来才行。

为显得成熟，吴楚东没有多嘴，只是望着危存虎傻笑，像个呆子样。危存虎也笑笑，眼望吴楚东，无头无尾冒出一句："我也会将你安排好的。"

危存虎话音不高，吴楚东听来却响亮如雷，一时振奋不已。他强抑着激动的情绪，颤抖着声音道："感谢书记！书记这么看得起，楚东真是没齿难忘啊！今后一定好好做人，努力工作，以实际行动报答您老人家的器重。"

危存虎缓缓望向窗外，略有所思道："楚东你可要稳住，越是这种关键时刻，越要小心谨慎，千万不能让人踩着尾巴啊。"

自己处处小心，不该拿的钱不拿，不该得罪的人不得罪，尽量多栽花少栽刺，又有什么尾巴让人踩呢？吴楚东觉得危存虎多虑了，可还是低声道："楚东知道了。"

十八

吴楚东确实把事情想得简单了点。

不久上面开始酝酿人事调整方案，准备提拔危存虎为省政府副省长，由禹今朝接任儒州市委书记，让吴楚东顶替空出来的常务副市长。正在这个节骨眼上，省国土部门土地执法检查组悄无声息来到儒州，开始清查儒北经开区土地使用情况。

第一个清查对象是城投公司，据说是检查组接到举报，说该公司通过不正当手段，违规变更土地用途，获取非法收益，严重违反了国家土地政策。于正国腿都吓软了，第一时间跑去报告吴楚东。吴楚东正手拿钢笔，伏在办公桌上修改申报国家级经济开发区的材料，见于正国慌慌张张推门进来，不满地瞥他一眼，问道："怎么啦？看你鬼追着一样。"

于正国抹抹头上热汗，喘着粗气道："检查组去了城投公司。"吴楚东扔掉手上的笔，黑着脸道："说清楚点，到底怎么回事？"于正国道："就是城投公司承接的工业科技园区建设项目，依规划该建电器城，他们说没利润空间，申请变更部分土地用途，建设商业住宅楼。这本来也不算啥，却不知谁举报上去，检查组直奔城投公司，准备拿他们开刀。"

吴楚东也想起这么回事来，道："当时我就不同意城投公司的无理要求，你摆出一大把道理，连科学发展观都搬了出来。现在可好，终于招来国土检查组。你说怎么办吧？"于正国哭丧着脸道："我要知道怎么办早办了，还是请领导拿主意吧。"

光教训于正国，解决不了任何问题，吴楚东只好联系危存虎，给他汇报一下，再一起想办法。得知危存虎在儒州山庄开会，吴楚东匆匆下楼，往市委方向赶。于正国也跟了去，路上道："城投公司肯定有内鬼，不然他们那点屁事，谁会知道？"吴楚东道："他们不是没事可做，工资都发不出，才求着咱们给的项目吗？干吗还要自己坏自己的事？"于正国道："肯定有不可告人的目的，说不定就是冲着您和存虎书记来的。"

赶到儒州山庄，危存虎已让服务员开了间房，坐在里面，专等两位到来。听了事情的来龙去脉后，危存虎锁着眉头道："经济建设离不开土地使用，根据实际需要变更几起土地用途，并不是啥新鲜事，总归是你们操作不当、监督不严，才致授人以柄，招来了国土检查组。"

吴楚东红着脸道："书记批评得是。单单就事论事，我们还可以检讨、解释、改正，可如果有人想借机把水搅浑，局面会变得更加复杂。"于正国道："不用说，一定有人别有用心，想拿城投公司做引线，带出别的事情来。"危存虎道："事到如今，怨天尤人已无意义，还是想想补救办法吧。"吴楚东道："先得了解一下事情的背景，才好有的放矢，采取有效应对措施。"

"禹今朝正在安州开会，让他摸摸国土检查的底细，看是怎么回事。"危存虎说着，拿起话筒，拨通禹今朝，交代了任务。禹今朝答应马上找人。

当晚禹今朝就给危存虎回了话，说这次国土执法检查属常规性检查，本来按事先定好的次序，正在检查其他地方，至少要两个月后才轮得到儒州，不知谁举报儒北城投公司违规用地，检查组才提前赶了过来。据说举报信都捅到了韩书记手上，他亲自批示严加查处，急刹全省土地乱批乱用歪风。有了韩书记的尚方宝剑，检查组劲头足得很，准备抓几条大鱼出来。

韩石江都批了字，事情还真有些棘手。这个时候儒州最出不得事，出事意味着什么，危存虎心里最清楚。

事不宜迟，危存虎准备带上吴楚东，跑趟安州。

第二天吴楚东到办公室打个转，下楼准备上车，背后有人喊了声吴主任。

原来是田长生，旁边还跟着几位城投公司退休职工。吴楚东问："田主任有事吗？"田长生道："一来看看吴主任，感谢您安排唐红玲到管委会食堂做饭。二也给您汇报个事。"吴楚东道："别说汇报，有话田主任尽管说。"田长生道："您可能还不太清楚，将城投公司变更土地使用权的事捅出去的不是别人，就是刘天龙和龙志坚。"吴楚东道："您老不是猜测的吧？"田长生道："不是猜测，是省国土局我有个大学同学，上周我去安州参加老同学聚会，我这同学喝多了说出来的。"

吴楚东也怀疑事情跟刘天龙和龙志坚有关。这两个家伙还真做得出来。只听田长生又道："吴主任可得想办法保住城投公司，不然公司百多号职工只能张着嘴巴喝西北风。我反正一把老骨头了，已没啥可顾虑，到时喊几个人，废了刘天龙和龙志坚两个狗日的。"

吴楚东苦笑一声，道："废掉他们两个，能保住城投公司，倒也值得。可这管用吗？"田长生道："管他管不管用，除掉这两个败类，儒州才有希望。"

刘天龙和龙志坚是那么容易除掉的吗？吴楚东撇开田长生，钻进车里，加大油门，去追已经上路的危存虎。危存虎正在打电话，让禹今朝联系颜秋山，去见他老人家一面。危存虎跟韩石江走得不算近，只能拉着禹今朝去跑颜秋山。只要颜秋山肯想法子，施以援手，儒州的事情应该还不会糟到哪里去。

周日不上班，危存虎和吴楚东来到颜家，颜秋山正在书房里练字，禹今朝一旁双手并用，负责递墨扶纸。危存虎心里发急，却不好表现出来，只得极力稳住自己，面带微笑，装模作样观看颜秋山的字。还不时点点头，表示很敬仰的样子。吴楚东也偏着脑袋，睁大眼睛，认真观字。一看是颜体风格，与前次在颜秋山秘书值班室见过的差不多，当时还以为是别人送的，原来是颜秋山本人的字。

这次颜秋山写的是范仲淹的名句：先天下之忧而忧，后天下之乐而乐。三人不住地鼓掌叫好，说句佳字美，相得益彰。但三人不是来欣赏书法的，见字已成，危存虎再也忍耐不住，准备开口说事，谁知颜秋山提出要赠幅字给他。领导要送字，你还敢要他别送？危存虎把已到嘴边的话咽回去，道："书记看得起，以字惠赐，存虎可是三生有幸啊！"

颜秋山莞尔一笑，问道："想要什么字？"危存虎道："存虎是书记学生，老师给学生写字，还是以鼓励为主吧。"颜秋山道："怎么鼓励？写好好学习，天天向上？"禹今朝乐道："这句话好，地方领导就是要有上进心，想着天天向上。"

几位都笑起来。吴楚东道："也不见得一定鼓励，批评使人进步，让老师适当批评批评学生，也许效果更显著。"颜秋山笑道："现在的学生跟过去不一样，批评不得的。"危存虎道："我这个学生还是可以批评的，书记就写批评的话吧。"

"还是以鼓励为主，批评使人进步，鼓励也可使人进步嘛。"颜秋山说着，开始酝酿起来，"我一直在练颜体，还稍稍有些心得。颜体堂堂正正，大大方方，厚重沉实，学字还真该学颜字。无奈我是粗人，天生愚笨，没法掌握颜体要领，不过学了点皮毛而已。"

颜真卿是颜秋山本家，颜家人不学颜字，还真对不起这位老祖宗。吴楚东肚子里这么嘀咕着，颜秋山已想好要写的话，拈毫于手，运笔纸上：花繁柳密处，拨得开，方见手段；风狂雨骤时，立得定，才是脚跟。

三人鼓掌叫好，说言隽字美，意味无穷。危存虎道："字是老师要送学生的，只能愧受，但这句话境界高远，寓意深刻，存虎受之不起啊！"颜秋山道："此句也不是我颜某人杜撰的，出自明代大儒陈继儒的《小窗幽记》，咱们共勉吧。"盖上鲜红印鉴。

读着字幅，吴楚东意识到颜秋山不无用意。他对儒州的事肯定已了然于心，要危存虎拨得开，立得定，别在紧要关头慌了手脚。果然颜秋山收好印鉴后，举重若轻道："世事总是如此，没想象的好，也没想象的坏，关键在处变不惊，别乱了方寸。对儒北经开区的工作，老韩还是持肯定态度的嘛，不然也不会号召全省都来学习。还要多争取他的支持，只要他支持，什么事都没有。"

那又怎么争取韩石江支持呢？颜秋山没往下说，危存虎不便追问，只得与吴楚东交换个眼色，捧着手上的字，告辞出来，留下禹今朝，又单独与颜秋山说了会儿话。

禹今朝在颜家多待了不到一个小时，便离开省委大院，来到危存虎两人住地。危存虎没回家，跟吴楚东住在宾馆里，以便有啥情况，随时商量对策。

一见面，危存虎就迫不及待问道："颜书记有什么话没有？"禹今朝道："也没什么，只说这事背后可能有熊继为的影子。"危存虎道："熊继为是政法委书记，怎么插得上国土管理的事？"禹今朝道："熊继为不一定亲自插手，可以借力打力，利用国土方面的力量来达到他的目的。"吴楚东道："若这背后是熊继为在操控，接下来肯定还会有更大动作。"

由熊继为，危存虎想起刘天龙和龙志坚，道："莫非真是这两个小人搞的鬼？"吴楚东道："我看八成与他俩有关。只有他俩对城投公司土地使用情况最清楚，不是他们抖出去的又是谁？早上我上车离开管委会前，城投公司几位退休职工还拦住我，挑明说国土检查组盯上城投公司，是刘天龙和龙志坚背后使的阴招。"

禹今朝还不怎么相信，道："不可能吧？刘、龙两人一个是董事长，一个是总经理，还能搬起石头砸自己的脚，坏城投公司的事？"吴楚东道："他俩只挂名，没具体负责公司事务，就是追究责任，也只有领导责任，最多给个纪律处分。有目共睹的是他俩从来没把城投公司放在眼里，是公司职工逼上门去，才出面找我到经开区拿地做项目。其目的很明显，牺牲城投公司，搅乱整个经开区，再把我们几个整下去。"

老把刘天龙他们挂在嘴上，实在太没意思，危存虎又问禹今朝道："颜书记要我们争取韩书记支持，他也会在韩书记那里给我们说话吧？"禹今朝点头道："他有个想法，近几天韩书记可能不会外出，看是否瞅个机会，安排你俩跟韩书记见个面。"

能与韩石江见面，自然再好不过。为不错过机会，危存虎不敢回儒州，继续住在宾馆里，守株待兔。等了三四天，颜秋山那边一直没消息。禹今朝早开完会，也没离开安州，天天往颜秋山那边跑，看韩石江有没有空。颜秋山说韩石江夫人戴姣云最近身体欠佳，要了家庭病床，韩石江有空就在夫人身边陪着，一直没机会跟他汇报这事儿。还说韩石江夫妇感情很好，韩夫人生病，韩石江都亲自延医问药，端水递饭。

见不着韩石江，只能继续等待，儒州那边又有些放心不下，危存虎急得热锅上的蚂蚁似的，甩着手在房间里打转转。吴楚东住在隔壁，也不太坐得住，干脆过来陪危存虎说话。危存虎要他打杨世杰电话，问儒州情况如何。杨世杰道："儒州不平静啊！国土执法检查组又充实了人员，加大了力度，劲头可大得很。"

吴楚东预感不妙，又不知说啥好，只有把手机递给危存虎。危存虎问了几句，对杨世杰道："你要多与检查组沟通，尽量争取他们的理解和支持。"杨世杰道："我早以市委常委名义接待过他们，想套套口气，看会把案子查到什么程度，他们一个个守口如瓶，什么都不肯说。社会上说法倒很多，说啥的都有。山雨欲来风满楼啊！"

危存虎想骂娘，又怕失了风度，只得忍住，要杨世杰继续留意检查组，有啥及时报告。又令吴楚东联系禹今朝，看韩书记有空没有。正好禹今朝打来电话，要两位这就去省委，韩书记难得地待在办公室，颜秋山已跟他做过沟通，同意接见几位。危存虎和吴楚东好不兴奋，下楼钻入严阵以待的小车，出了宾馆。

不想来到省委，情况发生变化，韩石江突遇急事，刚刚走开。问啥急事，禹今朝说不清楚，带两位走进颜秋山办公室。颜秋山道："二十分钟前，老韩给夫人请的家庭医生打来电话，韩夫人病情突然恶化，必须紧急送往医院抢救，老韩只得跟了过去。也是太不巧了，他都亲口答应听你们汇报，谁知临时出现这种特殊情况，实在出乎意料。"

韩夫人都进了医院，危存虎不好老拿工作说事，请教颜秋山道："也不知韩夫人去了什么医院，咱们要不要去看看？"颜秋山道："省人民医院。可能正在抢救，去也看不到人。再说老韩非常自律，公私分明，不愿将公事与家事搅在一起，家里有事，包括家人得病什么的，从不惊动外人。临走还嘱咐我，不可把消息透露出去。你们也要保密，别去外面随便说。"

韩夫人病得真不是时候。危存虎不禁叹道："这么从严要求自己的领导，确实难得啊！也不知韩夫人的病情严不严重。"

"好像是心脏病，估计有些严重，不然也不会急着往医院送。"颜秋山感慨起来，"韩书记和夫人戴姣云是当年一起上山下乡的老知青，在知青点上建立了纯洁而深厚的感情。后老戴先招工回城，韩书记还继续在乡里待了几年，至'文化大革命'后恢复高考，老戴给他送去油印资料，鼓励他好好复习，他才如愿考上大学，彻底改变命运。韩书记家里条件比较差，又是老戴省吃俭用，拿出微薄工资，供韩书记上完四年大学。韩书记感念老戴，此后不管官再大，地位再高，始终忠贞不贰，不离不弃。老戴本来也事业有成，做到国企副厂长，见韩书记工作辛苦，主动放弃前程，毅然回家，全心全意照顾韩书记生活。还根据韩书记体质，给他规定了一套四声保健法：汤糖躺烫。具体说是饭前一碗菜汤，饭后一匙蜂糖，午休躺一会儿，临睡热水烫脚。在老戴监督下，韩书记将这套保健法坚持了三十年，瘦弱的身体越来越棒，工作效率比年轻他十岁的人都要高。老戴本来一向健健康康的，用韩书记的话说，能吃能做能睡，从没什么病痛。也许心思都放在了韩书记身上，她忽视了自己的身体，心脏有了毛病也不觉察，才出了这种突发状况。"

颂扬几句韩石江夫妻情深，危存虎几位走出颜秋山办公室。三人都显得有些颓丧。自然不是担心韩夫人的病情，是关键时候没法见上韩石江。韩石江对儒北经开区工作情况缺乏必要了解，必然会给熊继为留下更大的施展手段的空间。说不定他们早已开始行动，准备动手抓人了。只要抓了人，没事也可能弄出事来。

　　回到宾馆，三人心头仍罩着厚厚的阴云，挥之不去。沉默了好一会儿，禹今朝忍不住问危存虎道："该怎么办才好呢？"危存虎反问道："你俩有什么想法？"吴楚东道："颜书记说韩夫人病得不轻，这就意味着咱们一时半刻还见不着韩书记。见不着韩书记，待在安州失去意义，只能回儒州。咱们不能让刘天龙他们在家翻了天。"危存虎摇头道："还怕他们搞政变不成？还是先去看看韩夫人吧，也许能见着韩书记，说上几句话。"

　　禹今朝觉得没必要，道："在医院那种地方，就是说得上话，也不好谈工作上的事呀。"危存虎道："见机而作嘛，好谈就谈，不好谈就不谈。今朝跟人民医院熟吧？你负责了解一下，看韩夫人病情如何，住在什么病室。"禹今朝道："卫生厅有几位领导，关系还不错，可以找找他们。"危存虎道："没必要惊动卫生厅领导，颜书记打过招呼，不能让太多人知道韩夫人的事。最好直接找人民医院的医务人员，打听起来方便。"

　　禹今朝一时找不出省人民医院的熟人，倒是吴楚东想起陆丽平，就在省人民医院工作，托她打听病人住院情况，应该不难。拨通她电话，告知韩夫人名字，没多久陆丽平回话说："你说的戴姣云正在抢救室里，暂时没脱离危险，想去看望病人，恐怕还不是时候。"吴楚东道："不看望病人，慰问慰问病人家属，还是可以的吧？"陆丽平道："有这个必要吗？戴姣云是你什么人？"吴楚东道："不是我什么人，是重要领导家属。"陆丽平道："怪不得卫生厅厅长和医院院长都出了面。你来吧，我给你带路。"

　　三人上街买好礼品，驱车赶到人民医院，陆丽平已等在大门口。吴楚东相互做过介绍，陆丽平跟危存虎两位握握手，前头带路，七弯八拐，来到抢救室门外。与门诊室和住院部不同，这里静悄悄的，人影子都没一个。几位大气不敢出，尽量放轻脚步，仿佛地板下埋着地雷。也没见韩石江，抢救室外的绿色椅子空空如也，晃着死寂的幽光。已经走过抢救室，陆丽平才立住脚跟，轻轻推开旁边的医生休息室，将三位让进去。

　　韩石江就坐在休息里，面无表情，看不出是喜是悲。旁边守着好几个人，一是韩石江秘书、省委办公厅副主任，一是卫生厅厅长，还有一位高瘦的先生，头已花白，戴着眼镜，定是医院院长无疑。要知道韩石江堂堂一方大员，夫人突发急病，危在旦夕，需住院抢救，要想什么人都不惊动，显然也不可能。

　　见屋里气氛如此凝重，危存虎略略迟疑，上前跟各位点点头，轻轻来到韩石江身边，细声道："听说戴姐急病住院，我们心里实在放不下，才赶过来瞧瞧，祝愿她吉人天相，早早康复。"韩石江没说什么，只是点点头，表示感谢。

三人静静站立片刻，不便久留，说声书记好好保重，退出门去。陆丽平还等在门外，又送三位原路返回。来到医院门口，吴楚东谢过陆丽平，道："戴姐病情稳定下来后，我们还会来的，到时再打电话麻烦你。"陆丽平道："不麻烦。"目送三人上车离去。

经过一天一夜抢救，戴姣云暂时脱离危险，下了手术台，住进重症观察室。这是陆丽平电话告诉给吴楚东的。吴楚东问道："戴姐到底什么病，怎么这么吓人？"陆丽平道："我也说不明白，听说是一种罕见的心血管病变种，咱们医院临床经验不够，能不能让病人完全脱离危险，康复出院，都不太好说。"

吴楚东惊异道："人民医院是省内最好的医院，你们临床经验都不够，岂不只能将病人转到北京上海的大医院去？"陆丽平道："北京上海的大医院也不见得能拿下来，只有欧美少数国家的医生接触过这种病，有些临床经验。"

谢过陆丽平，吴楚东将戴姣云的病情说给危存虎两位，两位也直摇头。这么少见的病，怎么偏偏让戴姣云给摊上了呢？三人正在唏嘘，危存虎手机骤然响起，是杨世杰的电话，说儒州发生了大地震。

危存虎一时没反应过来，问什么大地震。杨世杰说省两反局的人突然现身儒州，根据国土检查组提供的线索，一下子抓走好些人，城投公司两位副总经理、经开区管委会规划局局长于正国、市国土局局长侯文志、城建局局长易晓宏都被带走，齐大志、钱小鹏、谢老板和范老板几位也被控制了起来。

"还真让楚东你说对了，我们一离开，刘天龙他们就准备在儒州翻天了！"危存虎气得脸色铁青，狠狠摔掉手机，又一脚把地上的椅子踢翻。一下子抓走这么多人，这对儒州来说意味着什么，他比谁都清楚。

危存虎手机音量大，一旁的禹今朝和吴楚东听个清清楚楚，惊讶得嘴巴张开天宽，好像儒州真发生大地震，天塌地陷，万劫不复。

危存虎困兽般在房间里转着圈。禹今朝和吴楚东两个不敢多话，贴到墙边，尽量给他腾出空间。转圈转够了，危存虎才停下步子，挥一下手："走走走，回去回去，都回去，我倒要看看儒州这个天他们翻不翻得过来！"

禹今朝看眼吴楚东，似在征求他意见。吴楚东毕竟经过风浪和生死考验，还算理智，冷静道："要回去，也不能全回去，还得留人在省里，继续努力一下，尽量争取见上韩书记。"危存虎道："韩夫人这种情况，还怎么争取？"

吴楚东低首沉吟道:"我也不知怎么争取,不过天无绝人之路,总会有办法的。咱们不可能就这么认输,眼睁睁看着自己一手开创起来的儒北经济开发区,还有正在兴起的整个儒州经济,一夜工夫败在熊继为和刘天龙他们手里。"

听吴楚东这么说,禹今朝也多了些信心,给危存虎,也是给自己提气道:"楚东说得对,韩书记这里还是不能完全放弃。省两反局进驻儒州,不用猜也知是熊继为趁韩夫人生病,韩书记无暇他顾,突然向儒北经开区发难,以达到其不可告人的目的。再怎么的,咱们也要去韩书记那里争取争取,只有他出面发话,熊继为才会有所顾忌,两反局才会稍稍收敛,儒北经开区和儒州经济才可能有救。"

危存虎觉得禹今朝所言不无道理,表态道:"我看这样吧,就让楚东留下,我和今朝先回去,不然儒州干部群众以为我们也被抓走了,会天下大乱的。当然,我和今朝会与颜书记保持密切联系,及时掌握韩书记动态,为楚东提供有关信息。"

两人走后,吴楚东愣怔一会儿,心里发起毛来。就像身处茫茫野地的夜行人,身边有两个人同行,尚可彼此依赖,互相壮胆,这下同行人走开,抛下自己一人,孤身面对森森前路,能不感到心虚胆怯?真想不到熊继为和刘天龙动作这么快,你们三人离开儒州没几天,就把于正国和侯文志他们全都撂倒,另有几个老板也落入他们手心。钱小鹏经历过类似场面,想从他嘴里掏出什么,不那么容易;齐大志、谢老板和范老板就难说了。想到范老板,吴楚东心里就更不踏实了。这个人跟钱小鸿走得很近,而钱小鹤又架不住自己亲弟弟的缠磨,替他们到经开区要项目。虽然自己为此狠狠教训了妻子一顿,也警告她不准收范老板的钱,如果收了必须立即还回去,可万一钱小鹤抵抗不住钱的诱惑呢?姓范的嘴巴稍稍一松,钱小鹤就不会有好果子吃。

这些人的面孔在脑袋里交替变换着,搅得吴楚东一夜没睡好,老往卫生间跑。站到马桶旁,却根本没有尿意,半天憋不出一点内容。回到床上,仍然睡不着。以为枕头太低,扯过另一只垫上,还是不管用。干脆坐起来,拿过手机,去找沈柳亭名字,想跟她聊几句。又怕影响她休息,只得放弃。

好不容易挨到天亮,他走进卫生间,对镜一瞧,眼睛浮肿,两个眼袋像圆鼓鼓的灯泡。用热水在脸上搓几把,搓得眼袋似不那么夸张了,才到酒店二楼去吃自助餐。想起在柳叶河段项目工地蔡宏图吃玉米的情形,顺便选了几块玉米、红薯及数样蔬果，端着来到靠窗位置上。刚要落座，突然发现韦叶舟就坐在邻桌吃早餐，忙过去打招呼道："你怎么在这里？"

韦叶舟喝口杯里的牛奶，不惊不讶道："难道只能你在这里？我早发现了你，见你心事重重的样子，没惊动你。"吴楚东道："你又不是神仙，怎么看出我心事重重？"韦叶舟放低声音道："告诉我房号，待会儿去你房间里说话。"

餐后没多久，韦叶舟来到吴楚东房间，道："昨天下午我就住进了这里，筹备省纪委一个小型会议。也知道你在安州，只是不清楚住在哪个宾馆。"吴楚东道："那你为何不打我电话？"韦叶舟讥讽道："你倒有意思啊，到安州已非一天两天，也不拜码头联系我，相反质问我不打电话，你这是哪来的歪理？"

吴楚东捶捶脑袋，道："怪我被儒州的事弄得焦头烂额，把兄弟忘在了脑后。"韦叶舟笑道："也怪不得你，儒州太不平静。"吴楚东道："你也听说了儒州的事？"韦叶舟道："这奇怪吗？"吴楚东道："是啊，不奇怪，好事不出门，丑事传千里。估计省纪委也接到了不少关于儒北经开区建设项目的举报吧？"

韦叶舟脸色一沉，道："这个也是你该问的吗？你是党员、领导干部，连这点组织原则性都没有？"吴楚东自掌嘴巴道："不该问，不该问！楚东没组织性，没原则性。"韦叶舟道："下手轻点，别把脸打肿了，影响观瞻。"吴楚东道："我正要打肿嘴脸充胖子。"

"这可不是充胖子的时候。"韦叶舟叹一声，"我还知道，刘天龙和龙志坚近期活动频繁，估计也在安州奔忙。"吴楚东道："难道他们借国土调查，抓了咱们那么多人，还不满足，非把儒州掀个底朝天不可？"韦叶舟道："儒州已底朝天。但他们的目的不是儒州经开区几个小头目和开发商，都是冲着你和禹今朝、危存虎来的。"

吴楚东一脸无奈，道："我也知道他们的真正意图，无非把我们几个拉下马，腾出位置，好取而代之。说实话，我和今朝还有存虎书记屁股下的位置只那么重要，谁爱坐只管坐去。我担心的主要还是儒州刚刚红起来的经济建设事业，被他们这么一闹，前功尽弃，错过此趟国家城市化顺风车，以后恐怕再难有这么好的机遇，东山再起。"韦叶舟道："他们就是要搅浑儒北经开区，浑水摸鱼，趁乱翻盘。"

吴楚东盯住韦叶舟，道："叶舟教我，我该怎么办？"韦叶舟道："我知道你们在争取韩书记支持，这非常重要，只要韩书记认可儒北经开区的建设事业，这些人就掀不起大浪。但同时又不可小瞧刘天龙和龙志坚，他们除在国土使用方面做文章，只怕还会另有行动。"

吴楚东皱皱眉头，道："刘天龙和龙志坚还会采取什么行动呢？"韦叶舟道："蔡宏图有次跟我说起，儒北柳叶河段属儒北中轴线最大标的项目，天宇公司志在必得，结果被宏图公司竞走，蒲长明一直耿耿于怀，我担心他们会打宏图公司主意。"吴楚东道："天宇公司实力不够，败给宏图公司，不很正常吗？蒲长明还想报复不成？"韦叶舟道："这也不是没有可能。楚东得有所警觉，提醒提醒蔡宏图。"吴楚东道："我联系蔡宏图，叫他千万小心。"

韦叶舟看看表，道："我不能在你这里待太久，得到会上去了。眼下是你和今朝最危险的时候，千万不能掉以轻心。有必要的话，我也会尽己所能，站出来维护正义，助你们一臂之力，确保儒州来之不易的建设成果。"

吴楚东送韦叶舟出门，回房后打蔡宏图电话，说了儒北经开区乱象，要他小心为是。蔡宏图想了想，道："宏图新科凭实力吃饭，守法经营，应该没有尾巴让蒲长明他们来踩。"吴楚东道："这样就好。但宏图在明处，他们在暗处，还是小心为妙。"

年终在即，不少贷款即将到期，蔡宏图正带着财务，上银行跑续贷手续，没时间跟吴楚东长聊，嗯嗯几声，说过再见，挂掉电话。

蔡宏图哪里知道，一双无形黑手，正向宏图新科悄悄伸过来。

就在蔡宏图跑银行续贷时，龙志坚正在天宇地产公司设于安州的办事处密会蒲长明，商量怎么教训宏图新科。柳叶河段项目竞标败下阵后，蒲长明一直怀恨在心，思谋着怎么出这口气。其实也不只是出气，若能赶走宏图新科，儒北经开区岂不成为天宇地产的天下？龙志坚自然也有自己的心思。尽管儒北经开区管委会几位要员和数名开发商已掌握在两反局手里，但还不足以扳倒吴楚东，这小子脑袋太好使，不会轻易留给别人把柄，只能转个弯弯，从宏图新科打开缺口。宏图新科是吴楚东费大力招入儒州投资的，里面的猫腻肯定不少，一旦宏图新科阵脚一乱，吴楚东的底裤必然暴露无遗。等到吴楚东出事，牵出禹今朝和危存虎，儒州戏台上的主角自然会换成刘天龙和他龙志坚。

为了各自不可告人的目的，龙志坚和蒲长明一拍即合，开始策划行动。蒲长明眨巴着鼠眼道："我调查过宏图新科，他们管理完善，实力雄厚，经营也算守法，想从他们身上找下手之处，恐怕不容易。"龙志坚道："长明的话让我想起两年多以前安州的骗贷案，蔡宏图都已被公安专案组抓走，仍然有惊无险，毫发无损地从里面走了出来。这说明宏图新科规避风险的意识比较强，不那么好对付。"

蒲长明阴阴一笑，道："你知道那次蔡宏图怎么进去的吗？"龙志坚道："我远在儒州，哪知安州骗贷案的内幕？"蒲长明道："你不知道，有位经常去我洗浴中心消费的老客户告诉我，他与蔡宏图早有过节，那次就是他提供的线索，专案组才把蔡宏图给抓走的。"龙志坚道："估计你那线索杀伤力不强，才让蔡宏图涉险过关。"

蒲长明道："不是线索问题，是韦叶舟后面插一竿子，把情况捅到韩书记那里。韩书记发话，稳定企业生产、稳定工人生计很重要，公安部门查案一定要依法依规，形成严谨的证据链，不能在证据不足的情况下对嫌疑人超期羁押，更不能因此引发工人们的群体性事件。省纪委这边也派了韦叶舟去督办此案，专案组才不得不放掉蔡宏图。"龙志坚道："韦叶舟能耐还不小嘛，这家伙到底有何背景？"蒲长明道："好像也没啥背景，但此人能耐不小，办了不少难办的案子，深得省纪委书记黄河清器重，现已提拔为省纪委常委兼第二纪检监察室主任。"

"韦叶舟与吴楚东、禹今朝是校友，三人过从甚密，又背靠黄河清，咱们可不能轻易出手，须倍加小心。尤其姓韦的，位置特殊，不得不防啊。"龙志坚提醒道。蒲长明道："公安和两反局都敬纪委三分，纪委书记红人韦叶舟怎么个防法？还是先别管姓韦的，看看怎么对付蔡宏图。"龙志坚道："蔡宏图是省内著名的民企老板，老辣得很，怎么制服他呢？"

蒲长明揉揉鼠眼下的鼻头，道："蔡宏图再老辣，也是人，不是神仙，总会有打盹的时候。一打盹，就会留下破绽，只要找准他的破绽，便可一招置其于死地。"龙志坚问道："蔡宏图的破绽又在哪里呢？"

蒲长明没直接回答龙志坚，却道："我说一个人的名字，也许你听到过。"龙志坚道："谁的名字？"蒲长明道："高见远。"龙志坚道："高见远？他不做过熊书记秘书吗？我跟他没深交，只有两次他请天龙市长吃饭，我在一旁作陪，有些肤浅接触。"蒲长明道："高见远离开熊书记后，在安州市政法委做过两年秘书长，半年前改任财信银行董事长。"

龙志坚不可思议道："从政法到银行，跨界也太大了点吧？银行专业性强，高见远拿得住？"蒲长明道："有啥拿不住的？又不要高见远自己算利息、收贷款。财信银行系省政府所属国企，为正厅级，干两年，有些经济工作经历，再下放市州，不是书记，也是市长。"

人事问题归组织部门管，龙志坚无意组织工作，道："高见远做财信银行董事长，与宏图公司有啥关系？"蒲长明"嘿嘿"一笑，道："据我所知，宏图公司是财信银行大客户。"

龙志坚不傻，不可能不明白蒲长明的意图，道："你的意思，咱们去找找高见远？"蒲长明道："找高见远没错，但不能你我直接去找，找也找不上。"龙志坚道："那就请天龙市长出面，他与高见远有交情，肯定请得动。"蒲长明道："这就是你和天龙市长的事了。"

龙志坚当即打通刘天龙电话，道："志坚正在天宇公司驻安州办事处，长明有事想跟您这个大贵人沟通沟通。"

蒲长明经办洗浴中心多年，除结识些狐朋狗党，并没大起色，直至凭姐姐蒲秀丽与刘天龙的特殊关系，成立天宇地产公司，到儒州城南和凤凰山拿地倒卖，又做过几个项目，才一夜暴富，说刘天龙是他的贵人，倒也不假。

刘天龙接触过太多土豪，没太把蒲长明放在眼里，对龙志坚道："有这个必要吗？"龙志坚道："长明想找财信银行贷款，苦于不认识高见远，只好劳驾您辛苦来趟安州，帮着搭搭桥。"刘天龙道："我走不开。这样吧，我给高见远打个电话，看他有没有空见长明。"

没等龙志坚搭腔，刘天龙就挂掉了电话。龙志坚重拨过去，刘天龙不耐烦道："我正要打高见远电话，你还有啥没说？"龙志坚道："志坚确实有话还没说完呢。长明还告诉我，宏图新科可是财信银行的最大客户。"

刘天龙何等聪明，龙志坚话没落音，他便明白过来，答应马上往安州赶。

龙志坚赶紧订好星级宾馆的豪华套间，刘天龙一到，便把他请进去，再通知蒲长明来会，面议如何说服高见远，给宏图新科公司下套。刘天龙道："这可不是小动作，高见远凭啥听命于咱们？"蒲长明道："那市长觉得怎么办才好？"

其实路上刘天龙已想好手段，道："长明物色个私密点的地方，我先跟熊老板约好，组个小局，高见远看熊老板面子，自然会露头。"蒲长明道："这不难办，我有朋友办了私人会所，一般不接待外客，这就联系他。"刘天龙道："不急不急，待我见过熊老板再说。"

趁着蒙蒙夜色和昏黄灯影，刘天龙叩开了熊继为的家门。是保姆开的门，熊继为正坐在客厅沙发上看电视，屁股都没抬，只指指旁边的单人沙发，示意刘天龙坐。刘天龙没坐，从包里掏出一只不大的锦盒，放到熊继为前面的茶几上，再揭开来，道："这是咱们开发凤凰山时出土的汉币，我让市文物局的人选了几枚，带来请老板雅赏。"

熊继为喜欢收藏古币，但从不透露给外界，只几个核心圈内人知其雅好。刘天龙也是入圈后才晓得熊继为对古币颇有研究，还用化名在顶级文玩刊物上发表过鉴赏文章。见着锦盒里的汉币，熊继为电视也不看了，站起身来，往书房走去。刘天龙会意，重新捧锦盒于手，跟进书房，轻轻搁到临窗的书桌上。

熊继为已打开书柜，取下一只不大的樟木箱子，往书桌上一放。打开箱盖，里面有白手套、放大镜、小镊子，以及一方折叠得方方正正的绿色羊绒毯。熊继为坐到书桌前，拿出羊绒毯，摊到桌上，接着戴上白手套，抓过小镊子，小心夹出刘天龙呈上的锦盒里的古币，小心置于羊绒毯上，再举着放大镜，屏声静气，仔细研判。

数枚汉币都研判过，熊继为抬起头来，面无表情地望着刘天龙，颔首道："经初步辨认，这些确属货真价实的汉币无疑。"

刘天龙暗暗松口气，笑而不语。熊继为又道："想不到作为古三苗之地，儒州地下还有汉币。"刘天龙自作聪明道："地下有汉币，说明远在汉代，儒州就已有文明出现。"熊继为道："这是不言而喻的。问题是三苗为后起部落，据梁启超先生研究得出，苗为蛮的转音，亦即说儒州古为蛮族聚集地，直至汉代，依然混沌未开，远离汉文化圈，哪来汉币？"

刘天龙对历史不甚了了，自然插不上话。熊继为自言自语几句，缓缓起身，背着手步出书房，回到客厅。刘天龙跟出来，坐到熊继为斜对面的沙发上。熊继为眼盯电视屏幕，嘴里道："几时到的安州？"刘天龙道："傍晚到的。"熊继为道："开会还是办事？"刘天龙道："主要来看看老板，同时为企业跑跑银行。"熊继为道："你这个市长还蛮称职嘛，肯为企业出力。哪个企业这么有面子，惊动你大市长？"

"凡儒州范围内的企业，都是政府服务对象，比如天宇地产。"刘天龙往熊继为前面凑凑，"天宇地产在凤凰山项目开发上取得成功后，又进军儒北中轴线有关建设项目，资金需求量大，想找财信银行贷些款子。"熊继为道："财信什么态度？"刘天龙道："财信董事长高见远财大气粗，没把天宇放在眼里，蒲长明水都泼不进，只好求助于我。我虽跟高见远有过一些接触，毕竟交情不深，想请老板动动步，约高见远一起吃个便饭。"

熊继为浅浅一笑，道："见远有这么大架子吗？我给他打个电话，问问情况。"刘天龙道："老板打电话，见远肯定买账，可咱又会失去一次好机会。"熊继为道："财信若有钱贷给天宇地产，你还有啥机会可失去的？"刘天龙道：

"其实在天龙心里，为天宇地产跑腿在其次，真正目的是想以此为借口，陪老板吃顿便饭，接受接受您的教育。"

以吏为师，自古而然，领导职责之一就是教育下属，熊继为自然乐意，答应跟刘天龙和高见远一起吃个饭，但人不宜多，人多嘴杂，不好说话，最多不能超过六个。

刘天龙表示坚决照老板指示办，告辞出来，给龙志坚打了电话，要他联系蒲长明，落实吃饭的地方。接着打通高见远手机："见远老弟在忙啥呢？"高见远道："年头岁尾，咱们做金融的还能忙啥？忙账呗。"刘天龙道："有账忙好哇，经济时代，谁都得追着银行把账算好，否则没吃没穿，怎么活得下去？"

闲话几句，高见远问道："兄弟打电话，有什么事吗？"刘天龙道："也没要紧事，就是好久没见，思念老弟，想请你吃个便饭。"高见远道："莫非兄弟亲自到了安州？"刘天龙道："亲自到了安州，还亲自打老弟电话，请赏脸一起吃个饭。"

高见远有些发愁，道："兄弟到了安州，本该老弟我尽地主之谊，请你一聚，无奈眼下忙得团团转，别说吃饭，放屁时间都没有，真没法应约。过一阵子如何？过一阵子我好好请老兄喝几杯。"刘天龙笑道："吃饭与放屁并不冲突嘛，可边吃边放，双管齐下，两不耽误。老兄跟你说啰，我想请你吃饭，另还有人也想请你。"高见远道："还有谁想请我？"

刘天龙说了"熊老板"三个字。高见远没法推辞，答应下来，隔日中午十一点半便赶往蒲长明订的私人会所。会所隐匿在一高档小区后山脚下的独栋别墅里，小车可从小区门口入地下通道，直达别墅负一楼。负一楼宽敞明亮，可容车十余台。主人恭候在电梯口，一见高见远车牌号，便奔过去，拉开门，迎出客人，再侧弯着腰身，领入电梯，升至三楼，再绕经门厅，进入南面宽敞的雅间。

蒲长明、龙志坚和刘天龙已坐在里面，一齐起身，迎住高见远。刘天龙把高见远介绍给龙志坚和蒲长明，高见远跟两位握握手，问刘天龙道："老板呢？"刘天龙道："快了快了。"

高见远闻言，掉头往外走去。三人拔腿跟上，一起下到地下室。不大一会儿，熊继为车子缓缓来到，高见远飞奔过去，拉开后排右边车门，请出熊继为。熊继为面无表情，目不斜视，踏着壁灯投射过来的高见远的身影，来到电梯前。高见远按开电梯门，请进熊继为。紧随其后的刘天龙欲进电梯，稍稍迟疑，还是泥住脚步，立定前倾的身子，没往里迈。龙志坚与蒲长明也知趣，站在刘天龙身后，笑望着电梯门缓缓闭上。

其实电梯空间不小，装十多个人没问题。刘天龙觉得大领导非平常人，近距离站在狭窄的空间里，容易使其产生不适感，也就自觉止步，以免冒犯对方。

熊继为也真有意思，待几位先后进入雅间，关上门后，僵硬的脸上才松弛下来，眉眼含笑，皓齿微露，仿佛慈祥的家长。先把刘天龙召到自己左边，再要高见远坐右侧，继而对龙志坚和蒲长明道："你俩随便坐，不用拘谨。"

各就各位后，酒水和菜肴陆续上来。菜的花样多，除飞禽走兽、山珍海味，蔬菜类多为野菜、土菜和山菌，没一样反季节蔬菜。熊继为很满意，知道会所动了不少脑筋。又想中国人爱吃会吃能吃，自然不可能被这个"吃"字难着。也怪不得，人就是为吃才到世上来的。自娘胎呱呱坠地，就张着嘴巴等奶吃。奶水吃干，接着吃饭吃菜，吃多久活多久，活多久吃多久，不吃了就不活，不活了就不吃了。故无论贵贱贫富，有嘴就要吃。看这吃字，由口和乞两部分组成，其义通俗易懂，即吃是人之基本权利，不只高官显富吃饭，乞丐也要吃饭。甚至可说人人都是乞丐，都是到世上来讨吃的。安州有句俗话，两脚乒乓走，为的身和口。有人外出归来，不管是衣锦还乡，还是落魄归来，乡人见着，不问你在哪里高就，只问你在何处讨吃，一语道破人生奥妙。《汉书》说民以食为天，没吃天都会塌下来。自古以来战争频繁，死人无数，可战争死人再多，也多不过饿死的。吃饭也就永远属头等大事，没吃时愁吃，吃了上顿愁下顿，吃着碗里的，盯着锅里的；有吃后不再愁吃，又愁吃啥，喉吞水里游的，嘴嚼地上跑的，眼还瞅着天上飞的，癞蛤蟆想吃天鹅肉。走到哪儿吃到哪儿，吃东吃西，吃南吃北，吃公吃私，吃国吃民。简化汉字多有不合理，唯一个"国"字简化得特别传神：外面有嘴，里面为玉，玉乃玉食，说明国有玉可食，食国没有错。多年来公款吃喝也就盛行大行，反正不吃白不吃，吃了也白吃，白吃谁不吃？不吃是白痴，不吃才吃亏。吃吃吃，人人都吃，什么都吃，吃已成为一种潜意识。男女之间，不是打情骂俏，就是争风吃醋，还是少不了吃。女人漂亮，说秀色可餐。病从口入，祸从口出，不能吃饱撑的，到处说三道四。人善被人欺，马善被人骑，逆来顺受，肯定吃不消。懂得见风使舵，看菜吃饭，才玩得转，吃得开。人在官场要吃得香，领导意图必须吃得透，摸得准，实施到位。领导放个屁都是香的，说领导屁臭，得罪领导，你就吃罪不起，只能吃不了兜着走。官场无情，进步永远是硬道理，不尽快抓住时机，弄个一官半职，一辈子没后悔药吃。

熊继为这么联想着，服务生拿过酒，几下揭开瓶盖，但觉满屋生香。高见远支走服务生，抓住酒瓶，先给熊继为斟酒。蒲长明伸手来要酒瓶，熊继为道："让见远来，好久没喝他倒的酒了。"

给熊继为斟满，高见远再为其他人倒上，然后举杯道："安州规矩，齐喝三杯。"

三人端杯起身，只熊继为没抬屁股，高见远低首附他耳边道："老板随意。"熊继为抿一口，望着四位干掉，笑道："不错不错，酒风不错。"

齐喝过，吃些菜，高见远又带头敬熊继为。熊继为依然坐着不动，却爽快地干掉杯中酒。接下来刘天龙敬酒，熊继为照样坐着干掉。轮到龙志坚和蒲长明，熊继为道："我说小龙和小蒲，咱们好像还是初次喝酒吧，怎么喝好呢？"龙志坚道："书记意思，志坚干杯。"

熊继为脸色一跌，道："你是怕酒厂停产怎么的？"龙志坚道："那志坚三杯，书记随意如何？"熊继为道："你三杯，我一杯。"

与龙志坚一样，蒲长明也享受到三敬一的同等待遇，满心的幸福感油然而生。企业老板不缺钱，但在实权官员面前，总觉得底气不足，低人一等。其实这也很正常，官员要升官，不见得非找有钱人不可，但商人没官员给项目，给批条，绝对不可能来快钱，发大财。人不求人一般高，商人有求于官员，自然见官矮三尺。

酒至微醺，人的舌头渐趋灵活，表达欲就变得强烈。但席间发言权，永远属于官位最高者，刘天龙几位虔诚地望向熊继为酒香洋溢的唇齿，企盼着从里面跑出来的连珠妙语，同时默默压低上颚，牢牢控制住自己舌头，不使其胡乱搅动，破坏席间气氛。

熊继为摆摆脑袋，望望左右四双含情脉脉的眼睛，不紧不慢道："中国酒文化向来发达，可以说没有酒，就没有中国丰富多彩的煌煌历史。鸿门宴太著名，几位都知道，若当时项羽摔了酒杯，刘邦人头落地，还会有后来的大汉吗？只怕分封制一直会延续下来，迈步历史舞台的永远是少数贵族，没咱平头百姓的份。"

四位齐声称善，说书记高见，一语道破数千年历史真相。熊继为又道："曹操青梅煮酒，说到天下英雄，指指刘备，又指指自己，说唯使君与操耳，刘备暗自心惊，手中筷子不觉抖落桌下。正值头顶雷声大作，刘备掩饰说，该死的天雷，震得自己筷子脱手落地。曹操真以为刘备胆小，不再防备，放虎归山，始有后来的三足鼎立。若不是当时刘备酒醉心里明，瞒天过海，消除曹操疑心，逃出生天，另起炉灶，只怕魏国早一统天下，也就没有后来司马父子的事，什么三国归晋，什么南北朝，自然另当别说。"

四位都说书记见解高深，反观某些皓首穷经的历史学家，躲在象牙塔里，死啃故纸，哪能跳出历史看历史，参透历史本质？熊继为享受着恭维和崇拜，又道："还有赵匡胤杯酒释兵权，把酒的作用发挥到极致，堪称前无古人，后也难有来者。想那赵匡胤陈桥兵变，取代后周旧主，黄袍加身上位，最忌功臣们拥兵自重，如法炮制，将自己废掉。于是设宴款待各路功臣，趁着酒兴阑珊，说皇帝尊贵，令人瞩目，咱赵匡胤做得，别人同样也做得，说不定哪天有人起意，加黄袍于他人，咱就没得善终，死无葬身之地。众臣吓得面色发白，赶紧交出兵权，回乡做富家翁去了。兵权从此集中在赵氏手里，君臣相安，天下无事，以至北宋过去千年，今天人们还怀念那难得的太平盛世。试想不是赵匡胤设宴，杯酒释兵权，功臣们手握重兵，肆意妄为，犯上作乱，哪来君臣和谐共治的北宋王朝供咱们津津乐道？"

在座热烈鼓掌，经久未息。熊继为止住几位掌声，道："我只不过复述几句人人尽知的典故，值得你们把手掌拍肿吗？"刘天龙道："值得值得，太值得了。咱愚不可及，又天天沉浸于政务之中，想读书开开眼界，每次书一上手，没读两行，眼皮就开始打架，抵不过瞌睡虫，全靠跟老板吃饭，受受教育，鼓掌完全发自内心深处。"

在座几位，蒲长明钱多位卑，没有表达机会，这下赶紧张口道："都说听君一席话，胜读十年书。今天听熊书记说起如此深奥的酒文化，长明胜读千年书啊！"熊继为道："山中常见千年树，世间难逢百岁人。人生不满百，哪能读书千年？"蒲长明道："书记所讲都是千年前的故事，长明相当于读到了千年前的书。"

熊继为哈哈大笑，道："蒲老板还蛮会说歪理。善说歪理的人，定然不乏歪才，蒲老板莫不是靠歪才，才发的大财吧？"

听熊继为口气亲和，蒲长明胆子一下子壮起来，道："感谢书记表扬！富贵险中求，正如书记所说，长明跑过行商，当过坐贾，办过洗浴中心，后转行进军地产，购地做项目，因有刘市长、龙主任、高董事长等朋友扶持，才从小到大，从弱到强，慢慢有了今天的规模。"

高见远甚觉滑稽，接过蒲长明话头道："今天初次跟蒲总见面，咱何时扶持过你？"蒲长明道："今天能跟高董坐到一桌，一起听书记讲古说酒，就等于高董扶持长明。"

高见远还想说啥，刘天龙接过话头道："银行与企业共生共荣，长明在儒州的表现不错，有口皆碑，见远老弟可了解了解天宇地产经营情况，说不定能找到合作机缘，实现双赢。"蒲长明夸张道："长明坚决拥护市长提议，高董若看得起，愿带带天宇地产，天宇地产一定好好经营，百尺竿头，更进一步，决不辜负书记殷切期望！"

说罢，蒲长明从高见远身上收回目光，笑着看向熊继为，讨好道："书记您信不信得过长明所言？您信得过，高董自然也信得过。"

熊继为笑而不语。

觥筹交错中，小聚结束，几位送熊继为下到负一楼。熊继为登车离去，刘天龙钻进高见远车里，道："天龙所住宾馆，在见远老弟家附近，搭你便车可以不？"

"老兄到了车上，那就不是便车，是专车了。"高见远发动车子，往前驶去。刘天龙道："感谢见远老弟百忙中拨冗来聚，不然这酒喝得就少了味道。"高见远道："天龙兄对天宇地产不薄啊，熊老板都被惊动了。"刘天龙道："老板看得起天龙，才热心支持儒州经济建设事业。"高见远道："难道儒州经济建设事业全寄托在天宇地产身上？"

刘天龙呵呵一乐，道："这么说也错不到哪里去。天宇地产是儒州目前最重要也是最大的开发商。"高见远道："据见远所闻，宏图新科在儒州的动作也蛮大，投资规模应该不亚于天宇地产吧？"刘天龙反问道："宏图新科投资儒州，见远老弟也知道？"高见远道："这不奇怪嘛，宏图新科是财信的大客户。"

正是得知宏图新科与财信银行的信贷关系，刘天龙才挖空心思，惊动熊继为，把高见远请出来见面喝酒。高见远暂时还不清楚刘天龙的真实意图，又道："老兄想游说见远给天宇地产贷款？"刘天龙笑道："见远老弟冰雪聪明，不言自明。"

"这也叫聪明？老兄组局，蒲长明请客，醉翁之意不在酒，在乎儒州山水啊！"高见远道，"只是财信银行贷款额度早已用完，哪里还贷得出钱？"刘天龙笑道："天龙不相信，见远老弟想贷钱给谁，还有贷不出来的理？"高见远道："隔行如隔山，老兄干行政的，哪知咱做金融的难处？何况又不是私人银行，银监会管得严，不敢有任何违规动作。"刘天龙道："天龙确实不懂金融行规，还是让蒲长明本人上银行去跟你对接吧。"

第二天蒲长明早早来到财信银行，贴着高见远屁股进了董事长办公室。因有头晚的饭局打底，高见远还算客气，该让位让位，该递茶递茶。蒲长明装模作样汇报天宇地产经营情况时，高见远也假装认真聆听，不时还插上几句，表示很关切的样子。直到蒲长明转入正题，提出贷款的事，高见远才绷紧脸皮，强调银行困难。

蒲长明自然早有准备，道："财信肯贷给宏图新科五亿巨款，贷两三亿给天宇地产也应该嘛。"高见远叹道："财信给宏图新科贷款是前任董事长签的，我接任董事长后只不过如约履行续贷而已。"蒲长明道："新官不理旧事，前任遗留的贷款业务，高董还这么热心？"

高见远笑笑，道："银行贷款业务有连续性，岂可换了董事长，便掐断前任建立的业务关系？何况银行靠客户交息生存，得罪客户，还玩得下去？"蒲长明道："天宇地产也是企业，虽说目前业务量不比宏图新科，但未来前景还是可预期的。"高见远道："凡事都有先来后到秩序，可惜蒲总迟到一步，本人爱莫能助啊！"

蒲长明也不是头次跟银行打交道，明白强调企业难处和需求，不可能打动人家，见时机已到，从包里掏出股份合同一式两份，摊到高见远桌前，放低声音道："高董若将宏图新科的贷款规模转换到天宇地产名下，您就是天宇地产的最大股东。"

高见远不再装腔作势，低首看过合同上的条款，还算满意，道："合同先放这里，我再仔细瞧瞧，签好字，再给您一份。"蒲长明啄着脑袋，欢喜而去。

当天下午，高见远开车赶往郊区朱家垅一户农家。主人自然姓朱，五十大几。因家贫，快四十才娶妻生子，生产时妻子大出血死亡，留下孩子，好不容易一把屎一把尿拉扯大，又出车祸致残。出事司机不是别人，正是熊继为。熊继为年轻时开过拖拉机，一直对开车存有浓厚兴趣，经常命司机坐副驾，自己摸方向盘过瘾。还让高见远代办了驾照，有事没事驾车出去兜风。有次兜风经过朱家垅小学，正值放学时段，几个男孩疯打狂闹，有一位冲到马路中间，直接撞倒在熊继为车前。熊继为身为省领导，开车撞人，可非小事，干脆弃车而逃，一边通知高见远，要他出面善后。高见远还算机智，打过120，通知完交警部门，再飞快赶到朱家垅，此时交警已控制住现场，120也带走受伤学生。在高见远一番操作下，他顶替熊继为成为车祸司机，受到记大过处分。这不算什么，麻烦的还是受伤的六年级学生朱伏生被撞破头部，虽无生命之虞，却变成个半傻子，没法再上学。高见远灵机一动，认了学生朱伏生为干儿子。朱伏生原本虚岁也只有十五岁，高见远帮他改大年龄，把他运作成朱家垅小学职工，负责打扫教室，每月可拿两三千元工资，羡慕得朱家垅人口水直流，暗怪自家孩子那天为何不往领导车轮上撞。

朱伏生因祸得福，朱老爹心存感激，每次高见远上门，总是杀鸡杀鸭款待。这天高见远带着好酒和红包走进家门，朱老爹又杀了只母鸡炖熟，再去学校把朱伏生叫回来，三人围桌小酌起来。几杯下肚，高见远爷儿俩道："今天我来，是想为伏生办件事，老哥可得全力支持。"朱老爹道："伏生哪里修来的福气，碰上您这样的干爹。兄弟要为伏生办啥事？"

高见远伸手搂搂朱伏生肩膀，道："伏生一天天长大，日后还要娶妻生娃，给老朱家传宗接代。现在的姑娘都很现实，嫁人不仅看彩礼，更要看你有没有房子车子。安州房价越来越高，伏生每月有份工资，但并不高，何时才买得起房？我这个做干爹的得先有个考虑。"朱老爹感动道："老弟处处想着伏生，比我这个亲爹还上心，叫咱爷俩怎么谢谢您呢？"高见远一摆手道："老哥说这话就见外了。我自认伏生为干儿子那天起，就一直把他当亲儿子来爱。"

朱老爹又是一番感恩戴德。高见远道："有家跟咱银行合作过多年的房地产老板，最近开发了个不错的楼盘，我已给伏生看中一套户型正、朝向好的四室两厅房子，已预交了定金。国家法律越来越完善，不论开店办公司，还是买房子，都要户主真实信息。今天我到朱家垅来，一是看望老哥，二是取伏生身份证，拿回去办理购房手续。"

这无异于天上掉馅饼，又何乐而不为？朱老爹忙打拱手，又命朱伏生快拿身份证出来，呈到高见远手上。高见远接过身份证，瞧两眼，收好，又低声强调："有了房子，就会有姑娘排队等着嫁给伏生。只是购房的事不要透露出去为妙。伏生参加工作后，已让垅里人嫉妒眼红，又在城里买房，传出去岂不又要受忌招恨？做人还是低调点好，以免惹是生非。"朱老爹忙点头道："咱爷俩会关住口风的。"又叮嘱儿子道："听到没有？别出去乱说啊！"

朱伏生半张嘴巴，看看父亲，又瞧瞧高见远，懵懵懂懂地点点头。高见远放下酒杯，出门来到路边，跟来送行的父子俩扬扬手，驾车离去。当晚他就在蒲长明留下的合同上填好朱伏生姓名和身份证号，再交蒲长明拿走。朱伏生就这样成了天宇地产的最大股东。

高见远刚刚办完这件事，宏图新科财务主管尹安全就走进财信银行，来办理续贷手续。

宏图新科跟财信借贷关系已存续六年，每次续贷都很顺利。续贷条件也简单，宏图新科按约交完当年贷款利息，信贷科出具续贷手续，双方法人分头签完字，续贷合约生效，宏图新科继续留用所贷款项。

可这天信贷科胡科长拿着宏图新科续贷手续找高见远时，高见远却不买账，说银监会有个内部新规，不能再像以往那样玩空转。所谓空转就是贷款不用回笼，仅办个续贷手续，过一下数字，钱就继续留在企业，任其自主支配。高见远还说上面这个规定是防范金融风险需要，如果只空转数字，企业有无真正的偿还能力，银行根本搞不清楚，为确保银行资金运转安全，大额贷款必须先还回来，实实在在进入银行金库，企业确有需求，年后再办手续贷出去不迟。

胡科长只好拿高见远的话打发尹安全。尹安全无奈，只好速回公司，报告蔡宏图。蔡宏图傻了眼，立马赶到财信银行，跟高见远会面，问道："银监会新规几时下达的，怎么没提前通知企业？"高见远道："这是内部新规，对外严格保密，以免引起社会恐慌。何况主要针对亿元级以上大额贷款客户，小额贷款不在此列。"

人家内部规定，还要保密，蔡宏图能说什么？他只好道："高董啊，你要宏图新科去哪里凑五亿现款回笼？宏图新科会被你逼死的。"高见远道："蔡总言过其实了吧！谁不知道贵公司上百亿的资产，业务四面开花，产品畅销全球，年产值高达二十多亿，区区五亿资金算啥，轻轻扫一扫仓角，就能扫出来。"

蔡宏图便给高见远算账："上百亿资产不过是个空数，好听而已，厂房、设备、专利估值和在建项目都算在里面，并非现金资产。年产值更不等同于销售，所获微薄利润得用来扩大生产，发放工资，维持运转，账上能拿得出来的现金根本没几个。"

高见远不急不躁道："我天天跟企业打交代，还从没碰到哪位老板没跟我叫过穷。"蔡宏图道："真不是跟您叫穷，不信您可去查宏图新科的台账，咱有多少现金就还多少，如何？"高见远道："蔡总好会说笑话，财信服务对象千千万万，每家都上门查账，查得过来吗？"

蔡宏图涎着老脸，道："财信突然要求还旧贷新，企业措手不及，实在没法做到。高董您看这样行不？今年还是按老办法执行，明年我提前做准备，依照新规，先回款，后续贷。"高见远冷着脸道："这没法通融，新规一下来，就得不折不扣执行，谁也不敢越红线。再说只不过让贵公司年底把旧贷交清，元旦一上班，再走程序贷走，天该不会塌下来吧？好了好了，蔡总与其在这跟我磨嘴皮子耽误工夫，不如回去想想办法，尽快将前贷回笼。"

蔡宏图拿高见远没法，默默离开财信银行，回了宏图新科公司。

十九

吴楚东还待在安州宾馆里，关注着戴姣云的病情。

早上吃过自助餐，吴楚东回房看会儿新闻，估计陆丽平已经上班，打了她电话。陆丽平说戴姣云昨夜又出现危情，差点没抢救过来。院长已给韩石江说明病人病情的特殊性，国内医院都没这方面的力量，建议送往欧美治疗。韩书记征求戴姣云意见，戴姣云不同意，笑说死是人生归途，要死也死在国内，干吗死到国外去？做洋鬼恐怕没有意思。

看来戴姣云早已看淡生死，吴楚东不由得佩服起这位贵为省委书记夫人的女人来。她的话忽然让吴楚东想起一个人，若能找到此人，说不定戴姣云不出国，也能把病治好。

吴楚东赶忙拨通沈柳亭手机，道："向你打听一个人。"沈柳亭嗔怪道："这么多天无音无讯，一来电话就打听人。找别人打听去！"吴楚东道："找别人打听，打听不出名堂，还只能找你。"沈柳亭道："别屎少屁多，打听谁就说。"吴楚东道："傅克文。"沈柳亭故意道："傅克文？谁是傅克文？傅克文是谁？"

吴楚东笑起来，道："都说一夜夫妻百日恩，数年夫妻，离婚才多久，谁是傅克文就记不得啦？"沈柳亭道："你什么意思吗？我与他已没任何关系，还哪来的恩？"

吴楚东只好交底道："有位重要领导的夫人心脏病突发，住进省人民医院。医院竭尽全力，勉强把病人抢救过来，却没法完全控制病情，使病人真正脱离危险，说是这种病很特殊，属罕见的心脏病变种，国内医院没有临床经验，只欧美医生才治得了。傅克文不是心血管病专家吗？又去英国做过访问学者，说不定见识过这种病例。"

沈柳亭揶揄道："人家说你们当领导的，上管天，下管地，中间管空气，想不到你管天管地管空气还管不够，还管到重要领导夫人头上去了。"吴楚东道："领导是重要领导，重要领导夫人自然也重要。"把戴姣云的病名说给沈柳亭。

毕竟是学医的，又做过傅克文老婆，沈柳亭对这个病名自然不陌生，道："你还别说，傅克文留学英国时，主攻方向正是心血管，治过好些这种罕见的心脏病，不然也不会才回到国内，就被医科大学附属医院高薪挖了过去。"

真是太好了！吴楚东赶紧道："麻烦你给傅克文打个电话可以不？我准备这就去找找他。"沈柳亭道："我哪知道傅克文电话？离婚后我跟他就井水不犯河水，再没有任何联系。"吴楚东道："你们好绝情，分得这么彻底。"

沈柳亭不满道："你意思要我跟他继续藕断丝连，不清不楚啰？"吴楚东道："这我可管不着。你说说，怎样才联系得到他吧？"沈柳亭只好提示道："傅克文不是被你前弟媳勾走的吗？你找她去呀！"

一语点醒吴楚东，谢过沈柳亭，又去拨奚思思电话。这才发现手机里是她几年前儒州的号码，早已不再管用。好在奚思思与吴蜀南还有个共同的儿子旭旭，两人不可能没任何联系，吴楚东又打吴蜀南电话，要到了奚思思现在的号码。

奚思思记性再差，也不可能这么快就忘掉吴楚东，刚接电话，就听出他的声音，一口一声哥哥，叫得还蛮亲热的。吴楚东不便直奔主题，先关切道："与傅医生过得还挺滋润的吧？"奚思思有点尴尬，道："滋润谈不上，凑合着过吧。"吴楚东道："怎么叫凑合着过？你们都是海归族，有共同的人生阅历和情感经历，应该合得来。"

奚思思叹口气，道："过去我也是这么想的，可真正做上夫妻，一根绳子捆绑到一起，事情便不再简单。不过克文人还算不错，对我挺好。有时把旭旭接过来小住，他也喜欢，两人像亲生父子一样，挺合得来。"吴楚东道："相爱容易相处难，能融洽相处就好，这比家财万贯，天天住皇宫，吃满汉全席，都强百倍。"

奚思思这才想起，吴楚东打电话，一定有什么事，问道："哥不是偶然想起思思，专门打电话问候吧？"吴楚东道："你还把哥当哥，哥就不能继续把你当弟媳，打电话问候问候几句？"奚思思道："我知道哥做领导的，日理万机，哪有时间随便给人打电话？是不是有人要到我们学校来读大学？我带您去找领导，只要不太违背政策，也许可以通融。"

吴楚东直言道："不是读书的事，是想见见傅医生。"

也不知吴楚东见傅克文干吗，奚思思问道："不是有谁要住院吧？"吴楚东道："也不是谁要住院，是向傅医生讨教一个医学上的问题。"奚思思笑道："哥是不是做领导做烦了，想弃官从医？"吴楚东道："有本事做医生，还在官场胡混个啥？官场可不是人混的。傅医生可不可以放下大学者架子，抽空接见我一下？"

奚思思忍不住笑出声来，道："他也没别的架子，只有衣架子和裤架子。"

也真是巧，这两天他在家休假，哥就上家里来坐坐吧。是医科大学专门安排给克文的房子，三百多平方米的复式结构，还算方便。"

这话明明是向你证明，俺奚思思狠心扔下吴蜀南，转嫁给傅克文，绝不是什么亏本生意。谁说女人只是情感动物？女人可以为情所动，却决不会为情所累，为看不见摸不着的虚幻的情，把自己完全押上去。吴楚东道："下次再去参观华府。今天我做东，请你俩出来吃个便饭。"奚思思道："还是上我家去吧，哥好久没吃我做的饭菜了。"吴楚东道："以后有的是机会吃你做的饭菜，这次我有要事求助于克文，必须好好请一请他。"

听吴楚东如此郑重其事，奚思思不再坚持，爽快地应允下来："那就听哥的。刚好旭旭在我这里，把他也带来见一见伯伯。"

"这更好，我也有好一阵子没见旭旭了。"吴楚东挂掉电话，找一家离奚思思家不远的五星级酒店，订好包厢，通过短信将地址发给奚思思。离约定时间还差半个小时，吴楚东就赶到酒店，招呼服务员，点菜要酒。

服务员刚出包厢，奚思思和傅克文走进来，中间还牵着个旭旭。

吴楚东过去搂搂旭旭，上前与傅克文握手。傅克文肤白面俊，温文尔雅，看上去比吴蜀南洋气得多，怪不得奚思思喜欢他。又想世界真奇妙，本来这傅克文跟你毫无瓜葛，转眼间成为你前弟媳的老公，他前妻与你也是关系不错的好朋友。更有意思的是，你还求到他门下，要借他力为自己排忧解难。

寒暄之际，服务员开始上菜。见菜上了一道又一道，傅克文摇头道："大可不必，大可不必！才四个人，能吃得好多啰？"吴楚东道："好不容易请动大教授，总得稍微客气点吧？"傅克文道："不是稍微客气，是太过浪费。在欧洲待的几年，发现洋人为人处事很简单，很少请客送礼，喝酒吃饭，该干啥只管干啥，中国请客文化实在不敢恭维。"

这已经有点抬杠的味道了，奚思思忙扯傅克文衣角，一边对吴楚东道："哥别见怪，克文遇事都是这个认真劲。"吴楚东道："认真点好，科学事业来不得半点假动作，不然傅教授也不可能成为傅教授。"又玩笑道："这个傅姓还真有点别扭，一个学贯中西的海归教授，听去还没转正，只能做副的。"

傅克文大度地笑笑，道："副教授就副教授，反正我靠专业吃饭，不在乎浮名。"

敬过傅克文的酒，吴楚东顺便问起他的专业来，还说出戴姣云的心血管病名。傅克文眼睛睁得老大，道："你也知道这个医学专有名词？我搞的就是这个专业，如今省内还只我能看这个病，全国有这方面临床经验的也数不出几个。"

这不正对路么！看来这顿饭真没白请。吴楚东直说道："有位领导夫人就是得的这个病，已住进省人民医院，上了几次手术台，还没脱离死亡线。"

　　搞专业的人眼里只有自己的专业，病生在领导夫人身上，还是农民老婆身上，没有任何区别。傅克文也就不问什么领导，只道："怎么不送医大附属医院呢？人民医院可没这方面的技术力量，哪里治得了？"吴楚东道："住院前人家以为是常见心血管病，觉得堂堂省人民医院，什么都不在话下，哪知也有对付不了的病。"

　　"人民医院有什么了不起的？让他们把病人转到医大附医来吧。"傅克文说着，又摇起头来，"这恐怕不行，人民医院与医大附医属竞争对手，他们宁肯让病人死在自己医院，也不会同意转到医大附医来的。"奚思思一旁道："哥不知道，当初克文从英国回来，省人民医院也想把他要过去，因给的待遇一般般，克文才选择了医大附医。"

　　傅克文纠正道："不仅是待遇问题，是人民医院自视过高，以为是省里最大的医院，不愁没人争着去，不太把医生放在眼里，包括我这样还算有些临床经验的海归医生。医大附医不同，从校领导到附医院长，都非常重视和尊重科研人员，专门给我安排设施先进的实验室，配备能干得力的助手，经费更不用说，绝对有保障。这样的地方不去，不傻吗？"

　　怪不得人民医院只字不提医大附属医院，却建议韩书记送戴姣云出国治疗，原来是同行嫉妒，两个医院在暗暗较劲。戴姣云又不肯出国，莫非真如傅克文所说，只能死在人民医院？吴楚东道："病人已危在旦夕，恐怕只有傅教授才能救她一命。"

　　医术者，仁术也，傅克文当然也想救戴姣云一命，道："可病人怎么才到得我手上呢？"吴楚东道："这由我去想办法吧。"

　　饭后吴楚东结过账，几位一起走出包厢。来到楼下，旭旭捞过奚思思的坤包，掏出遥感钥匙，对着坪里的小车一按，小车嘘一声开了门锁。吴楚东道："车还蛮新嘛，款式也好看。不便宜吧？"奚思思道："也不贵，才七十多万。"

　　七十多万还不贵，富人才有这个口气。吴楚东道："谁当的驾驶员？"旭旭抢着答道："是妈妈，叔叔不会开车。"奚思思道："克文没时间学车，再说他上班不远，十五分钟能到，是特意给我上下班代步的。"

　　吴楚东俯到窗外，道："教授还没告诉我电话号码呢。"傅克文有些茫然，去瞧前面的奚思思。奚思思笑道："克文总记不得自己号码，每次人家问起，都要找我。"报出一串数字。

吴楚东忙输入手机，对傅克文道："打电话得接哟？不然让思思缴了你手机。"傅克文嘿嘿一笑，忙道："会接的，会接的。"

奚思思说声哥再见，按按喇叭，打响马达，将车开走。

望着奚思思他们的车渐渐远去，消失在茫茫夜色里，吴楚东才上了自己的车。平时在外吃饭，都是人家迎送，今天换了角色，倒过来迎送起人家，吴楚东难免略感失落。很快又释然。你不是求人办事吗？低低腰，点点头，又算得什么？何况傅克文这样的专家好打交道，不像官场中人名堂多，不易侍候。

吴楚东没回住处，直接去了省委大院。路上已通过禹今朝，联系上还在省委办公大楼里的颜秋山。领导的身心和时间属于工作，工作忙起来，没法区分白天和夜晚。吴楚东来到副书记办公室门口，外面照旧候着不少人，等着向颜秋山汇报工作。由于有约在先，没站多久，颜秋山秘书小马就从里面打开门，扒开众人，将吴楚东叫进去。

听说医科大学有治疗戴姣云心脏病的专家，颜秋山异常高兴，顺口说道："可以把傅教授叫来见见韩书记嘛。"

人家又不是官场中人，靠手上功夫吃饭，用不着省委书记提拔重用，是你召之即来的吗？这话吴楚东还不好直言，只得委婉道："可否先请示一下韩书记，麻烦他亲自到医大附医去见傅教授一面，以示诚意？"

也是的，戴姣云命悬一线，韩石江没必要端着省委书记架子，等着人家上门。颜秋山是明白人，果断道："韩书记在人民医院陪老戴，我这就带你去见他，看他意思如何。"

人民医院的重症病室里，灯光如萤。隔着玻璃，可见病人静静躺在床上，床边躺椅里也斜着一个魁伟的身躯，那便是韩石江。此时韩石江不再是省委书记，只是个尽职尽责的平常丈夫。也是妻子在心中的分量够重，韩石江不愿放弃这最后的机会，一直坚守在她身边。

吴楚东心生感动，轻轻将门推开。韩石江清醒着呢，立即坐了起来。见是吴楚东和颜秋山，上前悄声道："这个时候还赶过来，不是有急事吧？"颜秋山望眼静静的病床和病人，细着嗓声道："想向书记汇报个事，是关于您夫人病情的。"

为不惊扰病人，韩石江随两位出了门。已近夤夜时分，外面阒无一人，走廊上的灯也半睡半醒，黯然失色。不便高声语，恐惊病中人，三人说话近乎耳语。

好在韩石江听力还不弱，听吴楚东说医大附医有治疗夫人的病的专家，暗淡的眼里顿时泛起希望的光芒，不无激动道："老天有眼，给老戴派来救星！明上午我就去医大附医拜访傅教授，看他愿不愿意收治老戴。"

估计傅克文早已进入梦乡，但吴楚东顾不得许多，还是调出手机里傅克文的名字，揿了绿键。幸好电话是通的。半天傅克文才打着哈欠道："你谁呀，深更半夜还打电话。"

吴楚东报上自己大名，道："明天克文有没有空，韩书记好去医院跟你面谈戴姨病情。"傅克文道："戴姨是谁？"吴楚东道："戴姨就是韩书记夫人。"傅克文哦一声，道："我明天下午有台手术，上午在办公室。"吴楚东道："好好好，明天上午你一定待在办公室啊，别让韩书记扑空。"傅克文道："我得准备下午的手术，上午不在办公室还能在哪里？"

吴楚东连说数声好，临挂电话，又叮嘱道："克文你心里得有数，韩书记可非普通病人家属，见面时你可千万别摆名医架子。"傅克文道："那你说清楚，韩书记夫人生病，韩书记到底是省委书记，还是病人家属？"

噎得吴楚东吱声不得，又觉得傅克文也没错，道："韩书记既是省委书记，也是病人家属。"傅克文道："在医生眼里，只有病人家属，没有大小领导。"吴楚东道："好好好，真理在你手里。我不跟你争，但请你见着韩书记，态度尊重点就是。"

第二天上午韩石江早早出发，往医大附医赶。不比平时下去视察，随从一大帮，小车一长溜，浩浩荡荡的，这天韩石江谁也没带，仅让颜秋山和吴楚东两人作陪，真正的轻车简从。到达医大附医后，也不惊动院长什么的，直奔傅克文办公室。

傅克文就坐在办公桌前，对着电脑忙下午的手术方案。三人进屋后，他屁股都懒得抬一下，也没叫你坐，面无表情地瞟三位一眼，开口问谁是病人家属。

这个傅克文也真是的，电话里已叮嘱过他，来者是省委韩书记，得放尊重点，他倒好，仍像平时面对遇多见惯的普通病人家属，不卑不亢，不冷不热。吴楚东别无良法，赶紧从墙边端过两张折叠椅，塞到两位领导屁股下面。

椅子比较窄小，颜秋山勉强可坐，韩石江魁伟壮硕，只搁得下半边屁股，还有半边屁股委屈地悬在椅子外面。好在韩石江不是来享福的，是来为夫人寻找救命稻草的，也就不怎么介意，扭扭身子，尽量坐正些，小学生般认真回答着傅克文的提问。

问上几句，傅克文开始描述这种病的病理和症状，与戴姣云病情一模一样，完全吻合。

"就把老戴交给傅教授了。"韩石江心里有了底，更加坚定了让傅克文给夫人治病的决心，站起身，伸出双手，紧紧握住傅克文，使劲摇起来。

韩石江平时难得主动跟人握手，今天不但主动双手来与傅克文握手，还这么用力，表达心中的肯定和信任，如果是一般官员，那不知会感到多兴奋多荣幸。可傅克文偏偏不太习惯跟生人握手，用力将自己的手抽走，还甩两下，好像被握疼了似的，一边说道："书记夫人可是人民医院的病人，我是医大附医医生，只怕爱莫能助啊。"韩石江道："那就把病人转到附医这边来嘛。"

傅克文摇摇脑袋，不咸不淡道："人民医院牛气得很，向来把自己看作全省医界老大，只有人家治不了的病他们治得好，没有他们治不了的病人家还治得了。想把病人转出来，他们恐怕拉不下这个面子。"韩石江脸色一沉，不满道："莫非为了面子，就只能让病人在医院眼睁睁等死？他们的面子就这么重要？"

"他们的面子再重要，也不可能有病人的生命重要。韩书记您放心，这事我亲自协调，尽快转院，您夫人的病一刻也拖不得了。"颜秋山接话道，当即打通卫生厅厅长电话，把韩书记夫人要转院的事给他做了交代。

当天韩石江夫人戴姣云就由人民医院院长和医护人员护送，进了医大附医。

自戴姣云成为医大附医病人当天起，为使傅克文集中精力和智慧研判病情，为手术做好足够准备，吴楚东就专心专意当了他的专职司机，天天开车接送他上下班。此时的傅克文可比韩石江还大，吴楚东宁肯怠慢韩石江，也不敢怠慢他。

开始傅克文还有些不太好意思，道："没这个必要吧，才几步路的距离，十几分钟就到了。"吴楚东道："谁知道这十几分钟路程会发生什么！万一哪位美女看上傅教授，把你勾走了，那谁给敬爱的韩夫人治病？"

逗得不苟言笑的傅克文也乐了，笑道："美女要勾早就勾走了，还等得到这个时候？"吴楚东道："就是美女们一个个瞎了眼，还有人民医院也不得不防啊。想想看，你能治韩夫人的病，他们治不了，名誉受损，声望下降，会不会怀恨在心，暗中对你下手？党和人民好不容易培养出你这样医术高明的大教授，我可得对党和人民负责。"

"你想对党和人民负责就负责吧。"傅克文不再拒绝，大模大样享受起吴楚东的服务来。吴楚东清楚，戴姣云的生命掌握在傅克文手里，自己和儒北经开区命运掌握在韩书记手里，万一傅克文治不好戴姣云，自己和经开区的未来怎么样，甚至有没有未来，都很难说。担心着自己及经开区的命运和未来，这天送傅克文上班时，吴楚东忍不住问道："克文说说，救治戴姣云的把握到底有多大？"傅克文不假思索道："该有六成吧。"

惊得吴楚东两个眸子都快弹了出去，大声道："仅有六成把握？！"傅克文道："六成把握已够高了。"吴楚东道："那就是说，还有四成可能，戴姣云会被你治死？"傅克文不满道："哪个当医生的会把病人往死里治？手术是技术，更是科学，凡科学都是建立在无数失败基础上，步步走向成功的。尤其心脏手术，再高明的医生，都不敢保证百分之百成功。因为心脏非常复杂，打开病人胸腔之前，总有不可预测的未知在等着你。"

吴楚东难免心里打鼓，道："你故意吓唬我吧？现在医学如此发达，术前照片、观察及种种检测，病人身上每个细胞都被你们医生过滤了一遍，还有啥未知的？"傅克文道："任何科学包括医学，永远只能一知半解，甚至半解都达不到。"吴楚东道："你不是过于谦虚吧？"傅克文道："不是谦虚，是事实。世上也许有全知全能的人，但绝不可能是医生。"吴楚东疑惑道："谁全知全能？"傅克文道："还有谁，你们做官的呗！"

吴楚东原本一脑门着急上火，听了这话倒笑了起来。近朱者赤，数天朝会夕见，傅克文也跟吴楚东学会油嘴滑舌了。吴楚东道："克文倒说说，当官的到底怎么个全知全能法？"傅克文道："当官的动嘴不动手，不用干具体事，更不用对具体事负责，嘴皮一张，舌头一伸一缩，白说成黑，方说成圆，长说成短，死说成活，全凭一时兴起，反正没人当真。诸如卫生厅网站上领导报告里，医疗事业全都数据化，期望寿命、健康指标、疾病防控、入院率、治愈率、生育成活死亡率之类，看上去精确得很，可谁求证过？就是求证，能求证得了？"

还以为傅克文是个呆子，只知钻医术和看病，想不到对官场和世情还有独到见解。吴楚东笑道："别扯远啦，只说你手里的病人戴姣云，手术只可成功，不能失败。"傅克文道："除非把手术刀交给你，或能做到百分之百成功。"吴楚东道："我能握手术刀，还天天低三下四给你当车夫？"傅克文道："以为离开你这个车夫，我就不用上下班了？"吴楚东道："行行行，你离得开我，是我离不开你，好不好？"

傅克文道："不好。我傅克文本来只知埋头读书搞专业，竟然被你带偏，练起嘴皮子来，只怕大半辈子的话加起来，还没这几天说得多呢。你迫使我光练嘴皮，不练医术，还怎么当医生？"吴楚东道："你嘴皮都在我车上练的，又没影响你进了办公室继续练医术。"傅克文道："那倒也是。不过你该清楚，我说的都是实话，医生不是神仙，即使神仙也有失算的时候。"吴楚东道："其他病人，你爱失算，只管失算，戴姣云绝对不能失算。"

"你这不说蛮话吗？世上哪有绝对的事情！"傅克文摇头道，"谋事在人，成事在天。面对病人，医生治得了病，救不了命。病人命里该绝，医生再高明，也无力回天。"吴楚东道："你是学西医的，这话听去怎么像老中医的口气？"傅克文道："西医中医都是医，治疗方法各自不同，但面对的都是病人，医理都一样。"

吴楚东自然也知傅克文说得在理，没再逼他表硬态，百分之百能救戴姣云。表硬态也没用，看病做手术不是搞传销，不靠嘴皮厉害，全靠手上功夫。可手上功夫再好，也难保动刀后会发生什么意外，所以术前需要家属签署协议，规避风险。尤其戴姣云这种特殊病例，病人挣扎在死亡线上，喘着气进入手术室，能否喘着气从手术室出来，确实难说得很。

吴楚东用理解的口吻说道："话虽如此，但我信任克文，你尽力就行。戴姨有没有救，就听天由命吧。也许她命大，能绝处逢生。"

综合数天检查、观察和精心研判结果，傅克文做好手术方案，把韩石江请进办公室，跟他交换意见。韩石江虽不是医生，但夫人生病非一日两日，觉得较之人民医院的医生，傅克文对病理的陈述更科学，手术方案更合理，表示完全同意。

傅克文拿出订书机，将手术方案与医患协议钉在一起，摊到韩石江面前，又取笔呈上，请他签字。韩石江一生为官，签的字何止成百上千，哪次不是成竹在胸，很果断，很坚定？今天却迟疑起来，侧首望望站在旁边的吴楚东，像要他为自己拿主意似的。吴楚东抿紧嘴巴，目光显得很坚决，像在给韩石江壮胆。

韩石江一下子变得勇敢起来，目光重新回到手术方案和医患协议上。只是执笔的手微微颤动，仿佛阎王签署生死簿，担心笔落纸上，勾掉夫人的命，还有绵绵三十多年的夫妻情缘。要知道阎王所勾皆是些与己无关的灵魂，不用瞻前顾后，韩石江面对的是相濡以沫的爱妻，手里的笔也就沉重得多。

也是韩石江没少经历风浪，早磨炼出坚韧性格和恢宏气度，仅停顿数秒，便拧拧眉心，笔头一走，签下自己大名。然后悄悄舒口气，将笔搁到协议和手术方案上，一起推还给傅克文，再报以无声的笑，像在说：老戴交给傅医生你了，咱相信你，你大胆手术就是。

傅克文打开抽屉，收好协议和手术方案，道："谢谢韩书记信任，克文会尽一切努力，做好手术，还戴姨一个健康的心脏。"

韩石江点点头，站起身，伸出大手，跟傅克文握握，道声谢，转背走出医生室。吴楚东撇下傅克文，追上韩石江，一起向戴姣云病房走去。戴姣云没在病房里。明天就要上手术台，院长亲自安排，把她送进单人观察室，以确保术前不出任何意外。

病房里过于安静，吴楚东偷偷望眼端坐在窗前椅子上的韩石江，想说句什么，又觉此时说啥都属多余，只好闭紧嘴巴。又觉两个大男人待在一起，无言相对，多少有些尴尬，吴楚东干脆扭过头，走进卫生间，放掉包袱，轻松一下。

从卫生间出来，见韩石江还一动不动坐在椅子上，像尊石佛，吴楚东无话找话道："韩书记只管放心，克文会尽心尽力的。"

说完他才发现这话傅克文已经说过，再说便如嚼过的馍馍，没一点味道。韩石江倒不在意，慈祥地笑笑，道："我绝对相信傅医生。"吴楚东道："看得出来，韩书记签字时非常果决。"韩石江道："若傅医生这样的国内顶级心血管病专家还救不了老戴，那该她命绝，我老韩无怨无悔。"吴楚东道："克文医术高明，手术一定会成功。"

韩石江颔首表示认可，旋即又摇摇头，道："傅医生的医术自然没的说，但还要看老戴的命大不大。"吴楚东道："戴姨命肯定大，命不大，能做韩书记您的夫人？据说古时有功于国家的封疆大吏夫人，皇上都要封诰命的。戴姨都具备诰命夫人资格，命还不大？"

逗得韩石江脸上肌肉松弛下来，笑骂道："胡说八道！咱们共产党员，职务再高，也是人民的勤务员，哪来的封疆大吏和诰命夫人？"

吴楚东咧嘴笑笑，觉得韩石江骂起人来，像父亲或兄长，充满着爱意。全省那么多干部，有几人能近距离接受韩石江满怀爱意的笑骂？吴楚东觉得很幸福，看看表，道："克文下班时间快到了，楚东得送他回家，休息充足，明天以饱满的精神状态做好手术。"

韩石江嗯嗯着，却低垂着脑袋，眼望地板，像有啥心思似的。细心的吴楚东只好止住步子，看看韩石江还有何吩咐。韩石江旋即抬起头，望望吴楚东，张张嘴巴，欲言又止。吴楚东道："韩书记有何指示，尽管发话，楚东去落实。"

韩石江神色复杂地笑笑，摇手道："没啥指示，你走吧，别让傅医生久等。"

吴楚东迟疑着朝外走去。快到门边，回头望眼韩石江，见韩石江也正看向自己,目光有些游移。吴楚东道:"韩书记真没啥指示?"韩石江道:"没有没有,真的没有。"

韩书记这么大的领导,一向一言九鼎,说一不二,几时如此犹豫不决过?难道有何难言之隐不成?可领导自己不说,也不好追问,吴楚东只得一边伸手抓住门把,一边强调道:"韩书记真没指示,那楚东走啦,有事您再打我电话。"

可就在吴楚东快拧动门把时,韩石江在后面道:"楚东稍等等。"

吴楚东松开门把,回到韩石江身旁。韩石江手往上衣口袋伸去,嘴里道:"有件事看来还得麻烦麻烦楚东,我本人还真出不了手。"

吴楚东已然明白韩石江要干什么。果然韩石江掏出一只鼓鼓的红包,难为情地朝吴楚东递过来,道:"这是给傅医生的一点小意思,我本想让秘书代为交付,觉得有些不妥,想自己亲自出手,也下不了决心。想来想去,还是请你代劳最适合。"

吴楚东心里一阵难受。堂堂一省的省委书记,全省上上下下方方面面都归自己管辖,包括卫生部门和各大医院都在治下,夫人患病住院,需要动手术,也不得不学一般病人家属,拿红包讨好医生。俗话说关心则乱,看来韩石江的心已有些乱了。事实也是,此时的韩石江,已非堂堂省委书记,只是一个普普通通的病人家属,一个对妻子有情有义的世俗男人。

吴楚东接不是,不接也不是,嗫嚅道:"这……这没必要吧?"

这下韩石江态度坚决起来,果断地把红包塞进吴楚东手里,找借口道:"楚东莫要误会,我可不是贿赂傅医生,是见他这阵子为老戴的病废寝忘食,竭尽全力,细心研判,准备手术方案,非常辛苦,才略表心意。"

听韩石江说得这么诚恳,吴楚东倒不好吱声了。也许韩石江太爱夫人,生怕手术稍有闪失,后果难料,才不得不拿出钱来,博取傅克文的重视。或者说韩石江过于在意夫人的手术,自己使不上劲,只好先掏钱买个安心,相信钱能给夫人的宝贵生命加上些许保险系数。

韩石江是不是在这种心理作用下才给傅克文送钱的,吴楚东不得而知。可吴楚东体会得出,面对夫人生死,韩石江身上的无力感是那么真确明显,使得他也像一般病人的家属样,把希望寄托在钱身上。实在没法,在钱通吃的风气下,谁还信得过钱之外的东西?

正是理解韩石江的苦心,吴楚东没再多言,收过红包,塞进衣兜里,表示会将红包和谢意传达给傅克文。韩石江连说数声好,满意地望着吴楚东走出病房,迈向过道尽头的电梯口。

可接了傅克文上车后，吴楚东却犹豫起来，不知要不要将红包交给他。这段时间两人天天待在一起，吴楚东感觉傅克文跟某些医生还真有所不同。这种不同难于言表，但感觉得出。也许医生可分为两类，一是以医生为糊口职业，糊口需要钱，眼里钱比病人重要，该拿的钱和不该拿的钱，都会不折不扣地拿；一是以医生职业为荣，以治病救人为理想甚至信仰，发自内心愿为拯救生命奉献自己的聪明才智。傅克文显然属于后一种医生。他敬业，心无旁骛，工作非常投入，除病人和病人身上的病，其余一概视而不见。接诊戴姣云后，傅克文反复研究病理，比较国内外不多的相同病例，总结经验，吸取教训，力求把手术方案做得尽善尽美，连韩石江和吴楚东这样的外行看过，都觉得完美无缺。有时坐在车上，聊着某个话题，傅克文一下子没了反应，吴楚东偏首瞧去，见他一脸痴呆，问他在想啥，半天傅克文才回过神，腼腆道："不好意思，刚才突然想起，戴姣云心脏有个不太明显的异常之处，须写进手术方案里，免得到时准备不充分，措手不及，因小失大。"

傅克文如此敬业，视生命和专业高于一切，在他专注准备病人手术时，塞个红包给他，不是对他人格以及医者仁心的玷污吗？为尊重傅克文，吴楚东没敢贸然出手，以免弄巧成拙，好事变坏事。还是听听奚思思看法，也许她可以拿主意，红包要不要给傅克文，给的话又怎么个给法。正好到得傅家楼下，碰见奚思思下楼，打算开车去学校接旭旭，吴楚东趁机道："思思上我车吧，我好一阵子没见旭旭，跟你一起去接他。"

奚思思犹豫着，不知要不要上吴楚东的车，吴楚东又对已经下车的傅克文道："克文说说，我去接旭旭，你不会有想法吧？"傅克文笑道："你是旭旭的亲伯伯，想见侄儿，我还敢有想法？"吴楚东笑对奚思思道："克文都不敢有想法，思思还不快上车？"

奚思思登上副驾。吴楚东边开车，边从兜里拿出韩石江给的红包，塞给奚思思，道："明天克文要给韩书记夫人戴姣云做手术，韩书记心里不怎么踏实，给克文备了红包，又不便自己出手，托我转交。我不知克文会是啥态度，只好给你。"

奚思思掂掂红包，笑笑道："红包可不薄啊！"吴楚东道："莫非思思已是老手，平时没少代克文收红包？"奚思思敛住笑容道："克文做的都是高难度手术，关系着病人生死存亡，病人家属自然没少送红包。"吴楚东道："那你家发大财了。"奚思思摇头道："克文从没收过红包。不过要说发也不假，只不过不是大发，只能算小发。我的专业不赚钱，却足够吃饭穿衣。克文专业尖端，学校给的待遇丰厚，还接了国家科研课题，经费不少，外出讲课也有收入，至少家里不缺钱用。"

听了奚思思的话，吴楚东沉默了。弟弟吴蜀南还算优秀，事业、才华和性格都拿得出手，奚思思弃若敝屣，莫非为傅克文的钱所引诱？要说蜀南也没少赚钱，比傅克文穷不到哪里去。也是女人心细如丝，奚思思意识到自己的话勾起吴楚东的遐想，问道："哥怎么不说话啦？"吴楚东道："我在想，你离开蜀南，跟傅克文结合，也许是正确选择。"

奚思思叹口气，道："哥有所不知，我做出这个选择，好不艰难。"吴楚东道："律师行业风险大，每个官司背后都潜藏着复杂得不能再复杂的利害关系，走在路上被谁拍了砖都不知道。医术乃仁术，医生治病救人是在积德做好事，像克文这样的医术尖子，受人敬重，不会遭人忌恨，来钱也不难。思思嫁给克文，确实属明智之举。"

奚思思沉吟道："哥只说对一半。克文有个好专业，但如今医患关系紧张，并不代表从医没有风险。何况做手术不是杀猪宰羊，出不得半点错，出错可是要人命的。好在克文以治病救人为己任，专业上不断精进，敬业乐业，也就没感到难，不觉得苦，加之经验丰富，从没出过大的失误，受到病人广泛好评。一个全身心伏在事业上的人，对钱和身外之物的兴趣不大，虽说事业好的人不会缺钱。这也许是克文与蜀南的区别吧。蜀南为正义而战，但先得谈好价钱，钱不够，会放弃案子。克文为病人工作，从没考虑过钱，也不用直接面对钱的问题。人与人的不同，大概就是有些人生而为钱，有些人生而为人。或至少前者以钱为重，后者以人为重。这正是我被克文吸引，几经挣扎后放弃蜀南的主要原因吧。"

奚思思已把话说透，傅克文生而为人不为钱。其实蜀南做律师，为真相辩护，也是为了人，为了受到不公待遇的人，更是为了维护法律的尊严、正义和公信力，就像缺失批评的颂扬太虚假，没有辩论的法律不可能实现真正的公平公正。但吴蜀南与奚思思的过去已不重要，重要的是奚思思的话让吴楚东明白一个道理，世上总有比钱高尚的人和事，高尚的人自然不会轻易被钱打动。

只听奚思思又道："不瞒哥说，经常有病人家属给克文送钱送不进，转而来找我。知夫莫如妻，我太了解克文，不愿用患者家属的钱伤害他，也就从没收过人家的钱。"

说到这里，奚思思将红包还给吴楚东。正好到达旭旭学校门口，已陆续有学生从大门里走出来。吴楚东把车停到路边，眼看着下车奔向校门口的奚思思，忽然长舒了一口气，将红包塞回衣兜里，准备适当时候再还给韩石江。

戴姣云就要进手术室了。

颜秋山、卫生厅长、医院院长还有吴楚东都早早到了场，明里是关心病人，实际是为韩石江壮胆提气。戴姣云的病太特殊，手术难度非常大，进手术室后什么情况都有可能发生，韩石江比夫人还担忧，虽说表面显得若无其事。韩石江是做大事的，可生死也是大事，有时生死比其他事更不好掌控，毕竟生死由阎王说了算，能否把一只脚已迈进阎王殿的戴姣云夺回来，傅克文不敢明确表态，其他人心里更没底。

傅克文出现在几位视线里。他刚从医生办公室出来，低着头，步履从容而坚定。韩石江走上前，伸出右臂，想跟傅克文握个手。傅克文抬抬眼皮，目光冷峻，像不认识韩石江似的。韩石江只好举起左臂，双手抱拳，轻声道："拜托克文医生啦。"

傅克文似是而非地点点头，迈进刚被护士打开的白色的手术室门。门很快关上，挡住了韩石江的视线。韩石江双手依然抱着拳，好一阵没有放下。

十几分钟后，戴姣云被推出观察室，到了走廊上。韩石江大步迎过去。比起进观察室前，戴姣云脸色好了些，眼里也有了神采。韩石江俯下身，叮嘱道："老戴别害怕，要坚强。"戴姣云笑道："我不害怕，生死由命，到了手术台上就由医生。老韩你也别紧张，傅医生医术高明，我活着进手术室，也会活着出来的。"

韩石江重重地点点头，说："一定！我看过傅医生的手术方案，又科学，又细致，手术准备十分充足。傅医生也跟我说过，他在国外就做过不少你这种手术，经验丰富，定然手到病除。"戴姣云道："傅医生真这么说的？"韩石江肯定道："当然，傅医生不会骗我，我也不会骗你。"戴姣云道："傅医生医德高，医术精，肯定会尽全力。但万一傅医生不能让我活着出来，那是我命里该绝，我认命，老韩你也要能接受。"韩石江道："老戴千万不要这样想，你要有信心。"戴姣云道："听你的，我有信心。"

容不得韩石江多言，护士推着戴姣云往前走去，很快隐入手术室内。韩石江跟上前，望着白色的门再次关上，久久不肯离开。站在不远处的颜秋山几位这才走过来，要韩石江放心，现代医术那么发达，又是傅克文这样的全球顶级医生主刀，您夫人肯定万无一失。

韩石江感谢各位关心，说："老颜你走吧。为老戴的病，我已耽误不少工作，你得坚守岗位，别在医院守着我。"颜秋山道："省委工作我已安排下去，

303

韩书记不用操心。"韩石江道："那就好。但也不能让你耗在这里。我没法，老戴这样子，我在身边她心里更踏实。"

颜秋山还要说啥，韩石江又要其他几位各自忙去，又不是打虎，人多没用，既然已将老戴交给傅医生，傅医生自会全力救治老戴。

几位这才离去，只留下吴楚东继续陪在韩石江身边。为慎重起见，上午只戴姣云一例心脏手术，走廊上显得很清静，除两位外，别无他人。韩石江背着双手，低头徘徊着，不时抬头望眼手术室的门，才发现门旁墙上贴着个大大的"静"字，下意识放轻脚步。吴楚东也不敢弄出响动，待韩石江接近自己时，低声道："外面暖气效果不好，咱们还是回房吧？"

"没事没事，感觉还算温暖。"韩石江收住步子，"这里离老戴近，待在这里，老戴若有需要，我可随时出现在她面前。"听韩石江口气，他还是放心不下夫人。对韩石江夫妻的情深，吴楚东感动不已，道："韩书记不用担心，傅克文的医术水平绝对过得硬。"

韩石江嗯嗯着，用问询的目光看着吴楚东。吴楚东懂得那目光的意思，想掏出红包还给他，又觉得有些唐突。连代交红包的小事都做不到，还敢托付大事给你？再说韩石江没明确问红包，你主动张嘴，显得太不懂事，好像领导那么在意红包似的。何况韩石江早说过，不是贿赂傅克文，是感谢他辛辛苦苦为夫人研判病情、准备手术方案。

也许站立太久，韩石江腿脚有些发酸，挪向墙边的椅子，矮身坐过去。吴楚东也走上前，坐到韩石江旁边。韩石江的眼光又回到手术室那紧闭的门，仿佛生怕里面有情况送出来，找不到自己。或夫人有意外，自己不能及时出现在她身边。

吴楚东也有意无意望向手术室，感觉那门白得有些刺眼，也不知是自己的错觉，还是顶灯太亮的缘故。吴楚东掉过头，去瞧韩石江。刚好韩石江也收回目光，投向吴楚东。吴楚东笑笑，想找话打破沉默，韩石江先笑道："交给你的任务完成了吧。"

吴楚东愣愣，一时不知韩石江所说任务是啥。旋即明白过来，肯定是指红包的事。吴楚东想直话直说，话出口后，竟成："已圆满完成书记交办的事，书记只管放心就是。"韩石江道："完成就好，完成就好。"

之后又是沉默。吴楚东找不到话题，又觉得陪韩石江枯坐，莫名地有些不自在，起身去了卫生间。卫生间有些距离，跑一趟得好几分钟。上完卫生间回来，还是不知做什么好，吴楚东跑到走廊尽头的落地玻璃窗前，边看窗外车来车往，边给危存虎发短信，说韩夫人已进入手术室，凭傅克文精湛的医术，手术会成功的。危存虎很快回道：这就好，这就好，楚东辛苦啦！又说韩夫人做完手术，及时告知。

　　发完短信，吴楚东顺道去了戴姣云病房，用韩石江的陶瓷杯泡好茶，端着回到手术室门外。也许牵挂着手术台上的夫人，韩石江心里焦虑，还真有些口渴了，接过陶瓷杯，低头深深喝口茶，很受用的样子。没等韩石江盖上杯盖，吴楚东伸出双手，去接茶杯。韩石江不让，放到身旁椅子上，意思可随喝随取。

　　吴楚东看看茶杯，又望望韩石江，发现他一下子老了许多，坚毅的唇边冒出粗黑的胡须茬，头发根部不知何时已变得灰白。不用说，这几天韩石江只顾操心夫人病情，无意染发刮胡子。这才是作为人之夫应有的样子吧，那么平易，那么谦逊，那么孤苦，像千千万万普通丈夫一样，因手术台上的爱妻生死未卜，忧心忡忡，焦虑不安。

　　都说近而不逊，吴楚东近距离见识过韩石江平凡的一面，不仅感觉更真切，也更令人敬重。这份敬重不是来自韩石江崇高的地位和手中的权力，而是源于其高尚的品德和情怀。韩石江是个不可多得的好领导，到任省委书记后，处处从严要求自己，带领广大干部群众，实现了全省经济建设和精神文明建设双丰收。吴楚东还了解到，韩石江夫妇育有一女，现为上海某大学副教授。父亲是高官，女儿有许多升官发财的机会，可夫妇俩尤其戴姣云觉得官不过二代，富不过三代，学却可传承久远，坚持让女儿留在大学，心无旁骛做学问。这次戴姣云发病，韩石江想告知女儿，戴姣云认为生老病死属人之常态，没必要让女儿来回奔波，耽误课题研究。韩石江尊重妻子意见，亲自承担起照顾爱妻的重任。

　　两个多小时不觉过去。手术室那道白色的门不经意地弹了弹，裂开一条缝。韩石江正低首抿茶，可门上的轻微动静没能瞒过他，他将茶杯往吴楚东手里一塞，身子霍地一下立起来，向缓缓启开的白门射过去。白衣白帽的护士出现在门口，抬手摘下白色大口罩，叫了声："谁是戴姣云的家属？"

　　韩石江拍拍自己胸脯，提着嗓门道："我是我是，我是戴姣云的丈夫。请问手术情况怎么样？"护士道："手术很成功，正在缝合伤口，请家属放心。"

　　韩石江长长舒口气，右手握拳，在头上挥了挥。吴楚东听得真切，手端茶杯走上前，表示祝贺。韩石江要过茶杯，仰仰脖子，将杯里残茶全部倒进嘴里，有滋有味地嚼着，一边含混不清道："老戴有福，老戴有福，遇着傅医生这样的大救星，捡回一条老命。"

吴楚东自然也很高兴，打心眼里感激着傅克文，通过短信，把好消息报告给危存虎。

半个小时后，戴姣云被推出手术室。韩石江走近推车，想唤声老戴，见戴姣云躺在白色被单下，还在吊水，脸色苍白，合着双眼，悄悄将声音咽了回去。但戴姣云有感应，努力睁开眼皮，看看韩石江，露出一丝笑意。那笑意满含幸福，给予韩石江莫大安慰。

戴姣云被再次送进观察室，接受术后辅助治疗，待各项体征指标趋于正常，才能回原来病房。看着担架向观察室隐去，韩石江这才想起，该当面感谢一下傅克文，问吴楚东道："楚东你说傅医生在手术室呢，还是回了办公室？"吴楚东道："克文即便在手术室，咱们也进不去，先上他办公室瞧瞧吧。"

两人来到傅克文办公室，只见门关着。吴楚东伸手在门上敲敲，里面没有动静，掉头对韩石江道："也许克文还有术后扫尾工作要做，咱们先回房休息会儿？"

韩石江表示同意，两人来到戴姣云病房里。也许喝多了茶水，韩石江要吴楚东先坐，进了卫生间。吴楚东摸摸内衣口袋，觉得到了物归原主的时候。不大一会儿，韩石江从卫生间出来，吴楚东掏出红包，呈到他面前。

韩石江一时没反应过来，像没见过似的，惊讶道："这是什么？"吴楚东道："书记送给克文的那个红包。"韩石江道："我送给傅医生的？你不是说过，已圆满完成我交办的任务，怎么红包还在你手上？"

吴楚东说了没出手红包的理由，还有奚思思对傅克文的品评。韩石江深受感动，叹道："医生队伍里还有克文这样的好医生，此乃病人之福，大众之福啊！"吴楚东道："书记交给我任务后，我感到很为难，把红包交给克文吧，怕惹他生气，适得其反；不交给他吧，又担心书记信不过克文，提心吊胆。两难之下，只好先自己拿着，手术成功后，再还给书记。"

韩石江盯住吴楚东，道："你就不怕万一手术失败，我会迁怒于你？"吴楚东道："我信得过克文，他不打无准备之仗，既然准备充分，必然一战成功。"韩石江道："我是说万一。要知道克文医生本人术前都不敢打保票，跟我签协议。"吴楚东道："当时我没考虑这么多，只觉得克文的医者仁心不应受到伤害，而应受到尊重。"

韩石江连道数声好，说："楚东你做得对，做得很对啊！我感谢克文医生，也要感谢你对克文医生的尊重！我是关心则乱，才有此冒犯克文医生之举。"吴楚东笑道："要说冒犯，也只能算冒犯未遂。"韩石江笑着连连点头："对对对，冒犯未遂。"

正说傅克文，傅克文出现在病房门口。

二十

傅克文自然不是来听韩石江感谢和表扬的，没等韩石江开腔，便开始汇报手术过程及病人术后辅助治疗计划。

韩石江听得很认真，待傅克文说完，便道："就照克文医生说的办。克文医生啊，你给了老戴第二次生命，叫我怎么感谢你才好呢？"傅克文说："关爱生命，治病救人，可是医生天职，何言感谢？"

这话简单直白，却也是大实话。只是如今不少医生成为抓钱手，心里只有"金钱"二字，不太想得起还有"天职"二字，这才让韩石江倍觉傅克文可亲可敬，感慨道："多些克文这样的好医生，患者就有幸了，百姓就有幸了。克文医生有何要求，只管给我提就是。"

傅克文觉得韩石江好奇怪，逼着人提要求。自己享受着附医最好的待遇，要房有房，要车有车，吃穿用度样样不缺，还有什么要求可提的？傅克文摇着头，一副很为难的样子。

韩石江觉得傅克文不仅可亲可敬，还有几分可爱。真想掏出吴楚东未曾出手的红包送上，略表心意，吴楚东言犹在耳，自然不好再来这一套，只是道："这样吧，过两天元旦到，我请克文医生上家里吃个饭，怎么样？"傅克文道："韩书记还是别客气，上家里吃饭好麻烦的，戴姨又还在康复过程中，要您当书记的亲自下厨做饭，怎么过意得去？"

省委书记还要亲自做饭，这傅克文也真是不谙世事。吴楚东暗暗好笑，韩石江也不隐瞒，道："家里有能干保姆，不用我亲自下厨做饭，只需亲自吃饭。"

这阵子傅克文受吴楚东影响，也诙谐起来，道："韩书记是省里最大首长，工作千头万绪，我以为您只亲自忙事，没时间亲自吃饭。"韩石江笑道："人是铁，饭是钢，没时间亲自吃饭也要吃，不然怎么活得下去？活着总是好事嘛，要不谁还往你们医院跑呢？"

傅克文咧嘴笑笑，道："想不到韩书记这么平易近人，说话幽默有趣。"韩石江道："你说我幽默，省委的人背后都说我很严肃，像个黑脸包公。吃

307

饭的事就这么定了。楚东还是你负责接送克文医生,饭桌上也好有话可说。"

与傅克文不同,吴楚东得知要上韩石江家里吃饭,激动无比。与上饭店吃饭不同,这可是在韩石江家里吃饭,不是谁想吃就有吃的。按中国人的传统,请人到家里吃饭,才是对人最大的礼敬,或者说是把你当成不用避嫌的自家人。韩石江让你上他家吃饭,是否就有这个意思,把你当成自家人?

夜里吴楚东打电话给危存虎,说了韩石江在家请饭的事,危存虎也非常激动,连说儒州有幸、儒州有望!

这天吴楚东早早接上傅克文,往省委大院直赶,一路嘴角眉梢全挂着笑。傅克文甚是不解,不知吴楚东有什么可乐的。不就吃顿饭嘛,又不是去相亲,也犯得着这么兴高采烈?

车进省委大院,已经望得见常委楼,看看手表,离约定吃饭时间还差整整一个小时呢。吴楚东无声地自嘲起来:你也太性急了点,好像八辈子没吃过饭似的。转而又想,这样的饭不是普通饭,别说八辈子,八十辈子也不见得能吃上一回哟。只得将车开到一个稍偏僻点的地方,先与傅克文聊会儿天。没聊上几句,手机响起来,一看是杨世杰,问吴楚东在哪儿。吴楚东道:"在安州。"杨世杰道:"知道你在安州。在安州具体哪个位置?"吴楚东道:"莫非你也到了省里?我在省委院子里面。"杨世杰道:"我也在省委,约好向颜副书记汇报儒州的事情,还有四十分钟时间,先跟你见个面。"

不大一会儿,杨世杰的车子出现在前面不远处。吴楚东让傅克文稍候片刻,开门下去,上了杨世杰的车,道:"来向颜副书记说事,怎么不拉上今朝?"杨世杰道:"儒州已翻了天,今朝得协助存虎书记稳定局面,一时走不开,只好我来安州求见颜副书记,顺便告诉你一个消息。"吴楚东道:"好消息还是坏消息?"

杨世杰的声音有些苍凉,道:"这个时候还有什么好消息?"吴楚东不无紧张道:"是不是检查组准备动我的手?"杨世杰道:"那倒还不至于,动你手得省委主要领导点头,暂时这些人还不敢,可他们已把你妹妹吴碧玉带走。"

这就有些让人想不明白了,他们明明是冲着儒北经开区去的,怎么连吴碧玉也不肯放过?杨世杰解释道:"齐大志不是已控制在他们手里了吗?他们发现他的公司是在吴碧玉银行里开的户,想从她身上撕开缺口。"

这些家伙太卑鄙了!吴楚东想大吼几声,嗓子却是干的,发不出声音。杨世杰又道:"还有,钱小鹤也已被他们带走。"

"什么时候带走的?"吴楚东嘶哑着嗓子追问道。其实吴楚东早有预感,钱小鹤终究会出事的，却没想到会这么快。杨世杰道："上午我离开儒州的时候。"吴楚东问："以什么名义？"杨世杰道："收受贿赂。"吴楚东道："是范老板供出来的吧？"

杨世杰顿了顿，用低沉的语气说道："是的，范老板承认通过钱小鸿给钱小鹤送了三十万，他们才抓走钱小鹤，查抄了你家。"

抓走吴碧玉和钱小鹤的目的是什么，吴楚东自然很清楚，叫道："他们抓吧抓吧，看抓得了好多。"杨世杰道："不过你也别急，存虎书记和今朝书记正在想办法，我就是带着他俩的使命赶到安州来的。"

吴楚东晃着脑袋，道："还来得及吗？人都弄走了，他们总有办法敲出点什么来。"杨世杰道："应该还没到山穷水尽的地步。今朝已打过颜副书记电话，我待会儿还要向他做详细汇报，颜副书记会支持我们的。再说韩夫人已过鬼门关，转危为安，这是件大好事，存虎书记就说，这也是儒州之幸。此事楚东功莫大焉。"吴楚东道："不是我功莫大焉，是傅克文傅医生的功劳。"杨世杰道："没有你，傅医生会从地里冒出来？"

从杨世杰车上下来后，吴楚东没马上回自己车里，站在路边，发起愣来。忽想起钱小鹤被抓，可怜的丹丹由谁来管？看看时间，过一会儿丹丹就该放学回家了，家里无人，又被查抄，不会吓着她吧？一定得托人照顾一下丹丹。可托谁好呢？吴家这边，吴碧玉被抓，吴蜀南在外地出差，两位老人没在城里，在城里也不好让他们知道真相。钱家那边，还有个钱小鸥，可昨晚吴楚东还接到黎欣欣电话，说黎进步又找钱小鸥要钱，两人打得头破血流，双双住进医院，害得她一个人服侍两个伤员，腰都竖不起来了。

亲戚靠不住，只能另想法子找其他人。吴楚东打了沈柳亭电话，把丹丹托付给她。沈柳亭答应得很爽快，道："我没问题，就怕丹丹不理我。"吴楚东道："她凭什么不理你？"沈柳亭道："女孩都很敏感，知道我是你朋友，还不恨死了我？"

吴楚东苦笑一声，道："没这么神吧？你难道不敢大胆想象，说是她母亲的朋友？"沈柳亭道："哪天见着她母亲，一问没我这个朋友，岂不会露馅？"

吴楚东无奈道："你们女人真不可理喻，一件小事也有那么多顾忌。"沈柳亭笑道："我不是为你着想吗？堂堂常委领导，也有异性朋友，被添油加醋传出去，闹得满城风雨，看你还怎么当你的领导。"吴楚东当然也顾虑影响，不过这时候火烧眉毛，再加上自己和沈柳婷之间清清白白，的确只是朋友，也不怕被别人揪住什么小辫子，道："领导就不能有异性朋友？一说到异性朋友就非得是那种关系？我看越是这么说的人恐怕自己心里越有鬼。"他看了看手表，又道："求求你，丹丹就要放学了，你这就赶往学校，把她接走。"沈柳亭道："接到哪里去？"吴楚东道："自然接到你家里去，我家肯定被抄得乱七八糟，会吓着丹丹的。"沈柳亭道："要是她不肯跟我走呢？"吴楚东道："你这么漂亮温柔，她肯定会喜欢的。我会给她打电话，同时把她手机号码发给你。"

给沈柳亭发过短信后，吴楚东又打通丹丹电话，谎称妈妈出远差了，有个漂亮阿姨会去学校接她。丹丹问："妈妈干吗不打我电话？"吴楚东道："你妈走得急，现在可能已上飞机，不方便开手机。"

丹丹没再多说什么，挂掉电话。吴楚东看看已到韩石江约定时间，赶紧回到车上，开车赶到常委楼下。

给吴楚东和傅克文开门的是戴姣云。她还没出院，是两位要来吃饭，特意赶了回来。戴姣云还有些虚弱，精神状态却不错，将两人请到沙发上，说老韩也已回家，正在书房与人谈话。转身要去倒茶，保姆已将茶水端上来，戴姣云接住，放到两人前面茶几上。

连续费了好几十分钟的口舌，吴楚东还真有些渴了，端过茶杯，就往嘴里灌。不想茶水太热，烫得两眼翻白，咽又咽不下，吐又没处吐。动身要奔卫生间，书房门开了，韩石江与一个中年汉子从里面走出来。吴楚东不便把屁股扔给韩石江，只好收住脚步，狠心咽下茶水。顿时烫得泪水都快出来了，脸上却笑意盈盈的，叫了声韩书记好。

好在韩石江要送客，只跟吴楚东两位点点头，脑袋就别开了。离门口还有好几米，中年人回身拦住韩石江，不让再送。韩石江也不再客气，就此立住双腿，象征性地扬扬手，看着中年人退向门边，转背出去，顺手将门带上。

关门声还没落，韩石江已转过身来，正式与两位打招呼。吴楚东赶紧站起来，傅克文却只抬抬屁股，朝韩石江笑笑，又稳稳落了回去。韩石江坐过来，亲切道："两位蛮守时嘛。"

傅克文正要说已在外等了一个小时，吴楚东把话头抢过去，道："楚东二十多年的机关生涯，还算有些时间观念。克文更不用说，喝过洋墨水回来的，特别善于管理时间。"韩石江说："这很好，管理不好时间的人，又怎么管理得好工作，是不是？"吴楚东道："是是是，时间就是效率，时间就是生命嘛。"韩石江道："这说法好，时间就是生命。人寿终正寝后，都说享年多少岁，年岁就是时间，生命正是由一寸寸时间链接而成的。"

寒暄着，保姆已开始上菜，几个人走进餐厅，各就各位。菜很简单，四菜一汤，酒水也没上。用戴姣云的话说，公历新年不比传统春节，不过意思意思。主客于是以茶代酒，共贺新年快乐，不断长进。

吴楚东眼望这简单的四菜一汤，内心却感到很温暖，觉得比一桌子南北大菜更让人增胃口，更合心意。

傅克文却领会不到这四菜一汤的奥妙。他对吃不讲究，平时吃得也很简单。但请他吃饭的人也不少，见惯了山中走兽云中雁，陆地牛羊海底鲜，不免有点诧异，韩石江煞有介事请他俩来吃饭，竟然这么寒酸。

估计韩石江不是第一次在家请客，戴姣云知道他的习惯，拿过一把小勺，递到他手上。韩石江便前倾着，开始给二位布菜。先布给傅克文，感谢他妙手回春，治愈老戴罕见的病。傅克文直着腰身，谢字都懒得说，一副受之无愧的样子。

韩石江也不见怪，接着给吴楚东布菜。吴楚东赶忙站起来，恭敬地双手端过饭碗，迎接韩石江勺里的菜，一边用力点头，连连道谢。

这是吴楚东有生以来吃得最香的一顿饭，一连吃了三大碗。傅克文笑他："你胃口怎么这么好？好像从灾区来的。"吴楚东道："饭好菜好，戴姨和韩书记情意好，胃口还能不好吗？"戴姣云笑道："胃口好就好。过去我和老韩下乡时，乡亲们常说，吃得就做得。乡下人找媳妇，不看长相美丑，不论家庭贫富，先看打不打得粗。打得粗就是粗细都吃得。吃得说明身体好，有力气，干活不愁。小吴能吃，也是身体好有力气的表现，肯定能干事。"

韩石江嗯一声，道："楚东确实能干事，儒北经开区就是他一手搞起来的，是我省样板经开区，影响很不错。"

说得吴楚东心里热乎乎的，道："要说儒北经开区还有点点成绩的话，也是在以韩书记为首的省委正确领导下取得的。韩书记有时间，可以下去视察视察，给儒州广大干部群众鼓鼓劲，尽快把地方经济建设搞上去。"韩石江道："可以呀，我好久没去儒州了。"

吴楚东又趁机说道："儒州有个龟首寨，也叫龟寿寨，就在儒北境内。那里人人都会唱民歌，还不是一般民歌，是诗经民歌，韩书记也可去看看。"韩石江讶异道："诗经民歌？"吴楚东道："是的，就是用民歌形式唱的诗经。"

韩石江越觉奇异，道："还有这样的民歌？倒是新鲜。"吴楚东道："那可是诗经活化石，挺有意思的。当地山清水秀，民风淳朴，干群团结，党教工作也很出色，被市委组织部门定点为党教基地，还准备申请全省党教示范点。"

省委书记视察党教基地，自然名正言顺，韩石江明确表态道："老戴出院后，我就到儒州去走走，看看儒州广大干部群众和各项建设事业。"

在安州奔波二十多天，不就等着韩书记这句话吗？吴楚东激动不已，饭后离桌坐回客厅，又说了说儒州风土人情，还简明扼要提了提儒州本届常委班子团结一心，开拓进取，狠抓经济建设事业的突出成绩。

韩石江点头表示肯定，给予儒州班子高度评价。又见傅克文只顾低头喝茶，不怎么插得上话，关切地问了问医大附医的情况。问一句，傅克文答一句，惜字如金。

又聊一会儿，韩石江端过面前的紫砂杯，轻轻抿了一口。吴楚东想起那句端茶送客的老话，拍拍傅克文后背，起身道："打扰书记和戴姨多时，咱们也该走了。"

韩石江也站起身，道："那好吧，就不留你们了。晚上我还要见几个人。"

见两位要走，戴姣云忙从卧室里拿出两只小礼盒，先递一只给傅克文，道："一只小小手表，傅医生看看，喜不喜欢？"

手表虽小，可出自领导夫人，自然非同凡响。傅克文哪懂此理？搓着双手，不知该接还是不接。韩石江从戴姣云手里拿过礼盒，揭开来，是一只老式上海牌手表。他亮给傅克文瞧瞧，道："不是什么名表，值不得几个钱。但这种老式上海牌手表，现已难得见到。刚才不是说，时间就是效率，时间就是生命吗？既然生命由一寸一寸的时间组成，克文医生拯救生命，就是赋予生命宝贵时间。这只手表我戴了多年，算是我的心爱之物，送给克文医生做个纪念吧，万勿推辞。"

傅克文觉得韩石江的话说到自己心里去了，双手接住礼盒，拿出里面的手表，左看看，右瞄瞄，一脸好奇，像小孩得到心爱的玩具，别提有多高兴。戴姣云又将另外一只礼盒交给吴楚东，道："这个小礼也别致，楚东看看，合不合你意？"

吴楚东迫不及待打开礼盒，里面是只小小的银戒。与贵重的钻戒不同，没镶宝石，没嵌贵玉，只戒面上刻有一字：戒。这是文字戒。吴楚东不知主人为何送这样一只戒指，只听戴姣云笑道："楚东啊，人生其实是一场修行。怎么修行？说穿了全在一个'戒'字。戒定慧，戒是首位的，只有知戒，才能心定气闲，增益智慧。人在官场，大权在握，钱色不请自来，只要贪念一起，随时会钻进钱眼，套入色圈，难以自拔，终至自毁长城，万劫不复。凡人畏果，菩萨畏因，待到自食其果才知后怕，一切晚矣。唯从根上做起，常念戒字，狠心戒贪，不贪权、不贪钱、不贪色，自度度人，才可能善始善终，大化自己的人生。"

说得多好啊！吴楚东宛若醍醐灌顶，连连称谢，表示一定好好珍藏戒字戒，时刻不忘"戒"字，以不辜负戴姨和韩书记的殷切期望。

出得韩家，来到车上，吴楚东又捧着戒字戒，反复观赏良久，才放进贴胸口袋，打响马达，把着方向往前开去。傅克文也感触良多，眼瞧手里的上海手表，嘴上道："戴姨还真有水平，送礼物都那么讲究，不凡不俗。"吴楚东道："我原以为韩书记感念戴姨早期的恩情，才在她发病期间，寸步不离守在旁边。这下我终于明白，是戴姨用她的修为、品行和智慧征服丈夫，让丈夫发自内心敬妻爱妻。不用猜也知道，韩书记能走到今天，有那么大的作为，戴姨背后定然起到过不同寻常的作用。"他忽又想起一事，问傅克文："克文曾在儒州人民医院工作过，跟夏院长熟吧？"傅克文点点头，道："共事过好些年。"吴楚东道："你觉得老夏这个人怎么样？"傅克文想了想，说："他这个人在心脑科方面还是有些专业水平的，但心思却不用在这上面，反而醉心于钻营仕途。我不喜欢他，跟他也没啥矛盾，敬而远之吧！"吴楚东把儒州中轴线建设中重伤民工本已度过危险期但又二次颅内出血，最终没有抢救过来，自己怀疑其中有蹊跷的事跟傅克文说了说。傅克文不敢置信道："老夏作为一名医生，不会干这种把手术刀当屠刀的事吧？伤者二次出血抢救不及死亡虽然不是不可能的事，但既然已经度过了危险期，用正常的方法就能控制，复发的概率很小，且复发了也不难救治。老夏不应该啊！不过我没有看过病历，不敢下什么结论。"吴楚东道："病历我复印了一份，在我办公室抽屉里，回去我就给你快递，请克文帮忙好好看看。"说话间来到一转角处，有车从另一条岔道拐出来，向大门口方向驶去。吴楚东觉得那车有些眼熟，一看是刘天龙的车。这家伙几时到的省委？难道是来见熊继为，汇报他们儒州行动首战大捷？

吴楚东没看错，那车确实是刘天龙的。车上还有两个人，是土地执法检查组组长和两反局头头。三人接到熊继为指令，专程从儒州跑过来汇报案情。熊继为入常多年，一直住在常委楼里，因早过下班时间，便叫两人上家里见面。熊继为早想将儒州案子端出来，促使韩石江发话表态，对儒州市常委班子个别领导采取果断措施。

这个别领导自然是吴楚东。吴楚东将傅克文送回家后，想起杨世杰，准备拨他电话，问问颜副书记听过汇报，有何表示。谁知拿出手机，蔡宏图发来条短信：对不起楚东书记，宏图无能，没法如期完成柳叶河段项目，只有来生再报答您的信任!

吴楚东大吃一惊,赶紧拨蔡宏图电话,没有信号。再拨,还是一样。忽想起韦叶舟,也许他知道蔡宏图近况,调出他名字,按下绿键。

这是蔡宏图人生至黑至暗时刻。

在高见远逼迫下,蔡宏图不得不硬着头皮,停下各处项目包括儒北中轴线柳叶河段工程正常支出,腾出部分现金,再动用各路关系,四处举债,试图先还清财信银行贷款,年后再走程序贷出来。想尽千方百计,好不容易凑足四个亿,仍有一亿缺口没着没落,只好低声下气向高见远说情讲好话,乞求变通一下。高见远一直不肯松口,坚持非足额回款不可。

一分钱难倒英雄汉,何况上亿资金,蔡宏图无计可施,愁云惨雾,真想一死了之。正好地下钱庄打来电话,问有没有资金需求。他当然有资金需求,且不是小资金,是上亿的大资金。只是蔡宏图从没跟地下钱庄打过交道,人家怎么早不来电话,晚不来电话,恰好这个特殊时刻来电话?此念仅在脑袋里闪了闪,蔡宏图便问道:"你怎么知道我电话号码?"

对方口气诚恳,道:"我叫许宝通,开了家金鑫钱庄。宏图新科事业做得大,名声在外,蔡总电话号码又不是国家机密,自然容易拿到。"蔡宏图道:"许老板意思,贵钱庄有钱往外放?"许宝通道:"没钱放,还叫啥钱庄?"蔡宏图道:"地下钱庄放的是高利贷,谁惹得起你们?"许宝通道:"蔡总开玩笑吧。没谁惹咱,咱的钱庄还开得下去,不早饿死啦?你这是成见。你干大企业的,估计没少跟银行打交道,哪家银行不是只锦上添花,扶强不扶弱?咱正好相反,喜欢雪中送炭,帮助最需要资金的企业和个人渡过难关。"

这许宝通所说好像也不是没一点道理,蔡宏图还确实没法反驳。许宝通又道:"我知道宏图新科实力雄厚,跟政府关系密切,平时用不着钱庄提供资金,也不把咱放在眼里。可时下不同,金融监管部门内部有新规,大额贷款不能再玩空转,必须年底回款,开年再另走程序续贷。我就想宏图新科也许有用得着咱的地方,特意给蔡总递个话。"

连金融监管内部新规都了然于心,这许宝通到底什么来头?蔡宏图道:"你是钱庄老板呢,还是银行行长?好像没你不知道的。"许宝通笑道:"咱虽不是银行行长,但总有几个朋友在银行供职吧?何况咱吃这碗饭多年,不留心行规和政策变化,还怎么混?"

蔡宏图半日无语。地下钱庄亦黑亦白,黑白双吃,哪敢轻易跟他们拉扯到一起?许宝通似懂蔡宏图心思,又笑道:"做生意讲自愿,靠和气生财,蔡总不愿理咱，也不强求，生意不成情义在，先交个朋友，有需要你打这个电话就是，我二十四小时开机，随叫随到。"

说罢，许宝通挂了电话。蔡宏图眼望手机屏幕，心里很不是滋味。宏图新科从无到有，从小到大，经历过不少风浪，但都在可控范围内行船，没出大事，难道这次只能冒着翻船的风险，求助私人钱庄，去触暗礁？该找的关系都已找遍，不找地下钱庄，又找谁呢？总不可能跟财信银行闹翻，断掉资金链，眼睁睁看着宏图新科这艘大船沉没吧？

蔡宏图一夜未眠，两眼望着黑暗中的房顶，连眼皮都没眨一下。直到窗外曙色初露，才合上滞涩的双眼，迷迷糊糊沉睡过去。恍惚中碰着高见远，张开血盆大嘴道："蔡宏图你蛮自在嘛，还到处闲逛。你那五亿贷款凑齐没有？财信关账在即，你硬赖着不交旧贷，就冻结宏图新科户头，到时别说我高见远铁面无私，认钱不认人！"

蔡宏图一惊，兀地醒过来，胸口像压着块大石头，全身已经湿透。只好下床，冲个热水澡，换上干爽内衣，穿戴整齐，下到车库，开车去了公司。进得董事长办公室，烧水泡好茶，打通许宝通电话，约他到公司来见面。

一个小时后，有位中年男子出现在董事长办公室门口，看上去四十来岁，面白如纸，手提皮包，有点教书先生的味道，根本不像放高利贷的钱庄老板。蔡宏图一边让他坐并给他递茶，一边道："许老板蛮斯文的样子嘛，还真看不出是开钱庄的。"

许宝通端杯于手，却不开喝，笑望着主人，道："莫非开钱庄看得出来的？何况咱也不是什么老板，钱贩子而已。"蔡宏图问："贵钱庄能有多大放款规模？"许宝通道："放款规模不由金鑫来定，主要看客户需求，客户需求有多大，金鑫就放多少款。"

口气还真不小。蔡宏图道："若上亿呢？"许宝通轻描淡写道："金鑫没少放亿元以上级别款项。"蔡宏图又问："利息怎么算？"许宝通道："利息分年息、月息、日息。金鑫绝不会漫天要价，年息百分之二十，月息百分之二，日息百分之零点二。"

这样的利息标准，比如年息，高于银行三四倍，但较之其他地下钱庄，倒也不算太狠。许宝通继续道："像宏图新科之类大公司，一般不会借长贷，估计只有短贷需求。咱凭良心吃饭，短贷利息在业内已低得不再低。比如贵公司需贷一个亿，以一周工作日五天为期，日息才二十万，五天也就是一百万，却能解燃眉之急，实在是再合算不过的交易。"

此账谁都会算，奇怪的是许宝通竟然如此神通，事先知道你的贷款数字和日期。蔡宏图道:"我还没开口,许老板怎知我需要日贷一个亿,且只贷五天?"许宝通笑道:"今年金融监管突然下发内部新规,好几家公司找金鑫办日贷给银行回款,元旦过后银行放款后再还给金鑫。蔡总上场就论到上亿借贷规模,估计正是贵公司的资金需求。"

这个许宝通确实精明。蔡宏图道:"行吧,许老板既然话说得这么明白,宏图新科就向金鑫借贷一亿,五天后还款。"

"行行行,我合同都带在身上,可即时办理手续。"许宝通打开皮包,掏出合同,摆到蔡宏图面前。蔡宏图低头审阅起来。许宝通一旁又道:"合同条款明确,蔡总阅毕,觉得可行,填好借贷数字和账户,签上大名,盖完财务章,上午十二点前就可到账。"

蔡宏图审完合同,觉得还算能承受,打电话叫来财务主管尹安全,在一式两份合同上填好贷款数字和账号,盖上财务专用章,只等蔡宏图和许宝通两人签名,便可正式生效。蔡宏图拿起笔,要代表宏图新科落字时,许宝通提醒道:"蔡总可别只在意借贷条款,将违约条款忽略掉。违约条款写得明白,依照行规,到期不能还款,翻倍计息。"

蔡宏图自然注意到违约条款,只是没往深处想,听许宝通这么说,又将违约条款重新审阅一遍,问道:"翻倍计息具体怎么个计法?"许宝通道:"这好理解,比如这笔亿元贷款,约定期内五天利息共一百万,若到期不还,第六天利息为两百万,第七天为四百万,第八天为八百万,第九天为一千六百万。"

说得蔡宏图脊背发冷。照这个违约条款,若财信银行续贷拖延两个星期,宏图新科没钱还金鑫借贷,岂不变卖全部家当,都无法抵消巨额违约款?

见蔡宏图迟疑难决,许宝通嘴角浮起一丝不易察觉的诡笑,淡然道:"做生意最高原则就是自甘自愿,蔡总若不能接受违约条款,我不会强迫你,你可以不签字。"蔡宏图道:"可放宽违约条款吗?"许宝通不容置疑道:"不能,金鑫不能坏了行业规矩。"

蔡宏图矛盾起来。签下合同,足额回款给财信银行,元旦过后再贷出来,宏图新科可继续经营,再造辉煌。怕就怕万一续借一时办不下来,拖上一两个月,宏图新科岂不被逼上绝路?可不签合同,不能足额回款给财信银行,账户被其冻结,宏图新科立马死掉,生产、销售和项目运营全部停摆,要产品要货款要工资的一起逼上门来,自己束手无策,只有一个办法,那就是上吊,或自沉于郊外深塘。

蔡宏图别无选择,只好咬咬牙,在合同上签下自己名字。许宝通也代表金鑫公司画完押，拿过自己那一份，塞进包里，提到手上，与蔡宏图握手告别。

一个多小时后，尹安全告诉蔡宏图，金鑫公司那笔亿元款子已到账。蔡宏图让尹安全立即跑财信银行，连同原来凑的款子共五亿元，全部划入财信金库。

可蔡宏图轻松不起来，总觉得金鑫钱庄这笔亿元日贷来得太容易。凭蔡宏图行走江湖几十年的经验，世间太容易的事都不会是啥好事。这笔亿元日贷的借贷过程，电影样在蔡宏图脑袋里回放起来。连续回放过好几遍，似乎其中也没太大破绽。莫非为财信银行回款的事被高见远逼怕了，变得神经兮兮，才自己吓唬自己？

惊惶中元旦假期过去。元月四日天刚亮，蔡宏图就亲自开车，接上尹安全，直奔财信银行。赶到财信大厦前，还不到七点，离九点开门差整整两个小时呢。尹安全透过车窗玻璃，发现不远处有家早餐店，道："时间早得很，咱俩去吃点东西如何？"蔡宏图道："你去吃吧，我在车上盯着，高见远也许会提前来上班。"

提前也不会提前两个小时吧？尹安全不出声嘀咕着，下车走进早餐店，点了包子、鸡蛋和豆浆，从容吃完，又另要一份，拿回车上，递给蔡宏图。蔡宏图这才感到有些饿，一边吃早点，一边两眼仍紧盯财信大厦方向，不敢有丝毫懈怠。

早餐吃过，才七点半。尹安全道："蔡总起得早，先眯会儿吧，我负责盯高见远。"蔡宏图哪有睡意，道："我不用。你年轻，睡眠重，想眯就眯会儿吧。"

尹安全抱着装有续贷手续的皮包，脑袋一歪，沉睡过去。蔡宏图继续盯着窗外，目光如炬，像经验丰富的猎人。说猎人也错不到哪里去，来蹲守银行，续借贷款，跟猎人狩猎，伺机猎取猎物，性质差不太多。只是猎钱又毕竟不同于猎物。你猎物，物不会猎你。而你猎银行的钱，银行也在猎你，你给付的利息，于银行来说便是猎物。甚至本息偿付不起或不及时，银行还可端掉你的窝，收缴你公司和私人财产，把你投入监狱。

胡思乱想着，不觉过去个把小时，陆续有车子驶入财信大厦前的坪里，却一直没见高见远车子和人影。直到九点还差十五分钟，财信大厦终于启开大门，只见身着制服佩戴胸牌的银行职员走向大楼，越过电子闸门，隐入楼里。

"咱走吧。"蔡宏图拍拍尹安全肩膀，打开车门。尹安全猛醒过来，抬腿下车，跟上蔡宏图，来到财信大厦闸门前。保安不让进，说还得过十一二分钟，才放闸让外来人员入内。两人只好干等。等到九点整，过闸入楼，乘电梯来到信贷科。胡科长认识两位，笑道："两位好早啊。"蔡宏图道："宏图新科上上下下正等着贵行贷款救命哩。"

蔡宏图这里说着，尹安全已拿出续贷申请，双手放到胡科长桌前，请他过目。胡科长瞥上一眼，道："这事得先与董事长商量一下，才好走程序。"蔡宏图道："年前回款时，胡科和高董事长不承诺元旦一过，便办理续贷吗？"胡科长道："董事长承诺过吗？有可能吧。但五亿巨款不是小数，总得事先与董事长商定，才好办手续。"

蔡宏图觉得胡科长口气不对，道："不仅高董事长有话在先，您也承诺元旦假期一过，就办续贷手续。"尹安全也证明道："您俩都说过同样的话。"

胡科长扯把桌上的抽纸，站起身来，说："行行行，你俩先去董事长办，跟董事长沟通沟通，我上完卫生间，直接过去，得过董事长指令，立马办理手续。"

两人不好阻拦人家上卫生间，只得出门，赶往董事长办。可董事长办没开门，蔡宏图在门上叩几叩，里面毫无动静。莫非高见远还在路上？蔡宏图打通他电话，道："高董事长吧？您在哪里？"高见远道："您谁呀？"蔡宏图道："我蔡宏图，宏图新科的老蔡。"高见远说："哦是蔡总，蔡总你好。你有事吗？"

几天前的承诺，莫非就不认账啦？蔡宏图道："年前我来贵行回款时，不说好元旦过后办理续贷吗？董事长真是贵人多忘啊。"高见远道："想起来了，确有这回事。"蔡宏图道："董事长想起来就好。我就在您办公室门口，您何时到？"高见远道："我去省政府汇报工作，要一阵子才回银行。您先跟信贷科衔接，办理相关续贷手续，我回行里后就签字生效。"

蔡宏图和尹安全只得回头再去找胡科长。可胡科长不在。莫非还没上完卫生间？问科里人，说有急事刚出门。蔡宏图让尹安全联系胡科长，手机里响起小姐声音，说属于盲区，无法接通。安州城又非荒郊野岭，哪存在信号盲区？

尹安全按下重拨键，依然如故。连拨几次，还是联系不上胡科长。蔡宏图只得去拨高见远的号子。这回高见远手机也不再有动静，连小姐都不肯吱一声。也许高见远怕影响工作汇报，暂时关机，汇报完总该会开机的吧。

待在信贷科，没人理睬，两位觉得无趣，下楼回到车上，准备过一阵子，再打高见远和胡科长电话。可过后还是联系不上。蔡宏图预感不妙，与尹安全下车，走到财信大厦前，准备回信贷科问个究竟，保安上前拦住，再也不放两人进门。

接下来几天里，蔡宏图不停地打高见远和胡科长电话，没有一次打通。带着尹安全往财信大厦跑，连高胡两人魂魄都没见到。还打听到他俩所住高档小区，企图去堵人家家门，小区保安好像早有防备，不让进车，也不让进人。撸了手要打架，又寡不敌众，唯有放弃。

这里近不了高见远和胡科长的身，那边许宝通则一天给蔡宏图几个电话，催促偿还亿元日贷，通报违约利息已达到多少数字。蔡宏图犹如惊弓之鸟，惶惶不可终日，白天吃不进喝不下，夜里睡不着，眼皮都合不拢。头疼欲裂，像里面塞了炸药，随时都会炸开。

就在许宝通所通报的违约利息接近十亿时，蔡宏图觉得自己已快疯掉，再也没法撑下去。也不知道为何会弄成这样，莫非上天有意，非毁灭你不可？既是天意，又何必苦苦煎熬，与天对抗呢？蔡宏图生无可恋，先绕公司大楼转上两圈，走进楼里，乘电梯升至顶层，再经楼梯爬上天台，大步走到台边，往下望望，准备纵身一跳，一了百了。可闭上眼睛，抬腿要往外迈时，忽瞧见自己躺在地上，血肉模糊，不堪入目，又把腿收了回去。积数十年之功，建立宏图王国，蔡宏图就如国王一样尊贵威严，实在不愿死得太难看，丧失掉最后一丝尊严。

蔡宏图离开天台，下到一楼，把自己关进董事长办公室里，盯着窗外那灰暗的天空，仿佛离岸的死鱼，已断气多时。他在寻找最佳的了结办法，好让自己死得像样些。

最后蔡宏图的目光落在洗漱间门上。董事长室开通了管道燃气，可用燃气烧水洗浴，生火做饭。蔡宏图把办公室和洗漱间窗户关严，再拔掉墙角燃气管道供气阀门，然后坐回到办公桌前，闭上满是血丝的眼睛，耳听燃气喷出阀门发出的"滋滋滋"的声音，等着燃气占满洗漱间和办公室，送自己升天。

也许洗漱间和办公室太大，一时间燃气浓度不够，蔡宏图没事人样，觉得有些无聊，又睁开两眼，想找些事做做，以打发此生最后的时光。不知为何，韦叶舟和吴楚东两人出现在蔡宏图的脑海里。他俩对你还不错，你就这么走掉，连招呼都不打一声，也有些不够义气吧。

蔡宏图给吴楚东和韦叶舟发去告别短信，然后把手机关掉，扔到桌上，重新合上双眼，等待死神的到来。

吴楚东看到蔡宏图短信，回电话不通，第一时间想起韦叶舟，拨通他手机。韦叶舟在电话里说："楚东莫非已看到蔡宏图短信？"吴楚东道："是啊是啊，看来你也已收到蔡宏图的短信，他到底出了啥事？"

韦叶舟茫然道："除他发给我的短信，我一无所知啊。"吴楚东道："有办法联系上他吗？"韦叶舟道："我跟他圈子不熟，也没宏图新科其他人电话。"吴楚东道："事不宜迟，咱俩分头赶往宏图新科公司，看看出了啥事。"

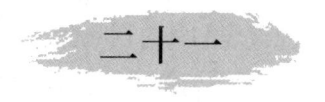

二十一

吴楚东和韦叶舟几乎是同时到达宏图新科的。

还没下车，就见蔡宏图的专车停在楼前那高高的旗杆下面，说明他在楼里。两人三步并作两步，直奔一楼公司办公室。办公室很安静，别无异样。问蔡宏图在哪，办主任说应该在董事长办，带两人去敲门。里面毫无动静，只隐约觉得有股难闻气味不知来自哪里。吴楚东问办主任道："这段时间蔡总在忙啥？"

办主任想想，道："主要带着财务主管尹安全跑银行，办理回款和续贷。我打蔡总电话，看他在哪里。"韦叶舟道："别打啦，他电话不通。有这门钥匙吗？"办主任道："有，但在清洁工手上。我这就去把钥匙拿来。"韦叶舟道："快拿钥匙，同时叫尹安全来一下。"

办主任飞脚往走廊另一头跑去。吴楚东吸吸鼻翼，道："我已闻出来了，是燃气味。"韦叶舟点头道："确实是燃气。"吴楚东道："燃气好像就是从这道门的缝隙里冒出来的。"韦叶舟惊道："不好，蔡总肯定在办公室里！"

没等韦叶舟话说完，吴楚东后退两步，侧侧身，然后腰一弯，朝门板上猛地撞过去。门板哗一声弹开，一股浓重的燃气味扑鼻而来，呛得两人大气不敢出，下意识往后直退。但吴楚东很快立住身，捏紧鼻子，憋住气，冲入门里，几下扭开窗户。韦叶舟也没闲着，直接跑进洗漱间，先开窗，再蹲到墙角，关掉燃气阀门。

空气中的燃气开始稀释。两人扭头瞧去，蔡宏图歪在办公椅后，已不省人事。

也是蔡宏图命不该绝，被弄进附近医院后，经医生奋力抢救，渐渐苏醒过来。出现在他眼前的是吴楚东和韦叶舟。蔡宏图问："你俩是谁？"韦叶舟道:"我俩你不认识了吗?"蔡宏图道:"有些面熟。"吴楚东道:"面熟就好。你再想想,我俩是谁。"

记忆慢慢回到蔡宏图脑海里,说:"我认出来了,你俩是韦主任和吴主任。"

韦叶舟和吴楚东都暗暗舒口气。蔡宏图又瞧瞧旁边的尹安全和办主任,问道:"这是什么地方?"尹安全道:"这是医院。"蔡宏图说:"我怎么会来医院?"

办主任说过蔡宏图开燃气自杀被发现送医院的过程,尹安全又说了说找财信银行办理续贷未果的经过。蔡宏图听着听着,泪水盈满眼眶,往下直流,继而抱住脑袋,号啕大哭起来。男人的哭声最令人揪心,在场几位唏嘘不已,也湿了眼睛。

蔡宏图平静下来后,当着韦叶舟和吴楚东两位,开始叙述半个多月来的惨痛遭遇。待蔡宏图说完,韦叶舟问道:"蔡总是说,高见远借口银监会内部新规,逼你年前先回款,年后再续贷?"蔡宏图道:"一点不假,高见远不止一次强调过这个内部新规。"

吴楚东非常气愤,道:"什么狗屁内部新规,八成是高见远编造的,逼着宏图新科年前回款,年后断供。"韦叶舟道:"先不要下结论,银监会有无内部新规,问问便知。"吴楚东道:"这绝对是个阴谋。看来只有叶舟出手,才可能为蔡总了难。"

韦叶舟沉思着,没吱声。吴楚东又道:"蔡总已到阎王殿里打了一转回来,如果不揭穿这个阴谋,蔡总也好,宏图新科也罢,依然在劫难逃。"

韦叶舟望着蔡宏图,道:"宏图新科的事咱肯定会管,但有个前提,蔡总得先答应叶舟。"蔡宏图道:"韦主任能让宏图新科死里逃生,别说前提,就是要我前后四蹄着地,拿脑袋给您当凳子坐,我都甘愿。"吴楚东笑道:"蔡总脑袋坎坷不平,能坐吗?"韦叶舟道:"我的前提是蔡总必须活下去,配合咱们调查,必要时提供证据,才可能共同把敌人打倒。"

蔡宏图拍着胸脯,道:"听韦主任的,宏图一定活下去,亲眼看着那些恶人被投入大牢。"韦叶舟道:"蔡总有这个态度就好。你只有坚强地活下来,事情水落石出后,才可能带着宏图新科上万员工,继续创造辉煌。"吴楚东道:"还有儒北中轴线柳叶河段项目,已经停工多时,也要靠蔡总振作起来,早日安排复工,以免影响经开区总体建设。"

说得蔡宏图老泪纵横,泣不成声。两人又叮嘱几句,走出病房。分手时,吴楚东对韦叶舟道:"高见远可是熊继为秘书出身,熊继为把持政法系统,经济纠纷属公安经侦部门管辖范围，叶舟想拿银行是问，恐怕不容易做到。"

韦叶舟胸有成竹道："楚东只管放心，党中央举旗定向，坚持党要管党，正着手创新监察体制机制，各级监察委员会马上就会组建挂牌，与纪委合署办公，履行纪检监察双重职责，科学整合行政监察部门、预防腐败机构和检察机关反腐败相关职责，以优化反腐资源配置，解决监察范围过窄、反腐力量分散、纪法衔接不畅等棘手问题。如此一来，原由公安机关管辖的国有公司、企业、事业单位人员涉嫌职务犯罪，一并调整为监委管辖，'九龙治水'导致的监督空白和死角再也不会发生。"

吴楚东倍感振奋，道："由此看来，宏图新科有救了。"韦叶舟道："暂时还不敢下结论，腐败分子比狐狸还狡猾，反腐败斗争说易做难，所以我党才下大力气，进行监察体制改革。这是个好势头，我马上回纪委向黄书记汇报高见远的问题线索，他肯定会支持我的。"

与吴楚东分手后，韦叶舟直奔银监会，得到证实，年前确实下达过加强大额贷款管理的红头文件，但没有高见远所说内部新规。之后他赶回省纪委，坐到书记黄河清面前，汇报了蔡宏图被高见远和许宝通逼得走投无路开燃气自杀的前后经过。

黄河清始而惊异，继而气愤，道："还有这种事，简直是奇闻！"接着问道："高见远这么做，动机何在？"韦叶舟道："估计有人看中财信银行的唐僧肉，也想上前啃一块，财信银行贷款规模早已用完，高见远借故骗宏图新科回款，过后躲起来，不再续贷。"黄河清道："是推测呢，还是有实在证据？"

韦叶舟摇摇头，实话道："暂时还没有实据。"黄河清道："另外金鑫钱庄老板许宝通，乘人之危，与高见远有没有关系？"韦叶舟道："我觉得许宝通的出现绝非偶然，说不定许宝通就是秉承高见远意思，来给蔡宏图下套的。"

黄河清沉吟道："早有人举报高见远有恃无恐，将财信银行当成私家钱庄，胡作非为，谋取个人利益，想不到其手段如此之恶劣。我马上跟韩书记通气，得到他许可，叶舟就可展开对高见远的秘密调查。"

隔日黄河清面见韩石江，汇报了财信银行的非常之举和宏图新科的遭遇。宏图新科资金链断裂，连儒北经开区柳叶河段项目也停下来，直接影响到当地经济建设，黄河清认为财信银行此举，说不定与儒州班子不和谐声音有内在联系。

韩石江没直接表态，问道："河清同志对此有何想法？"黄河清道："我想依宏图新科事件，以及关于高见远问题的举报，安排第二纪检监察室秘密调查高见远和金鑫钱庄的许宝通，若情况属实，再采取进一步措施。"

韩石江认可道："监察委员会挂牌成立后，将依法废除原先的双规手段，实行科学规范的留置办法，一旦高见远违纪事实成立，便可办成我省留置第一案。"黄河清道："有韩书记支持，纪委监委一定办好留置第一案，给党和人民一个交代。"

回到纪委，黄河清就授权韦叶舟，着手调查高见远和许宝通。

韦叶舟采取行动时，儒北经开区也已风声鹤唳，人人自危。熊继为和刘天龙都觉得对吴楚东下手的时机已到。其如意算盘是：一旦吴楚东到案，还会牵出更多的人，甚至危存虎和禹今朝也会栽进去，最后恐怕连颜秋山也会"不死也要脱层皮"。

熊继为准备在省委常委扩大会议上兴风作浪。此次会议内容主要研究监察委员会成立事宜，熊继为却节外生枝，抛出土地执法检查话题，说儒北经开区违规使用土地，吴楚东一伙违纪违法事实确凿，应该采取果断措施。

因事先听过黄清河汇报，韩石江早有警觉，熊继为的话才说到一半，便打断他，道："土地执法检查工作取得不错成绩，省委应给予高度肯定，今后还要继续把这项工作抓紧抓好，抓出成效，有效维护国土使用安全。至于儒北经开区土地使用情况，熊继为同志这个结论与事实好像有出入。我也听到不同声音，说儒北经开区土地执法检查有些过激，对当地经济发展造成不可小视的伤害，挫伤了干部群众经济建设的积极性。执法检查的真正目的是什么？应该是维护投资和经济环境，促进地方经济建设又好又快发展，而不是相反。"

说得熊继为瞪大眼睛，一时傻在了那里。不久前韩石江还在儒州城投公司违规用地举报信上批示要严加查处，急刹全省土地乱批乱用歪风，怎么这下态度来了个一百八十度的大转弯，口气像换了个人似的？熊继为心有不甘，还想据理力争。

可没等熊继为张嘴，韩石江又敲敲桌子，道："老熊是政法委书记，你这么做也是对的，我坚决支持你。可我不是政法委书记，是省委书记，得从全局出发，全盘考虑地方经济政治文化等各项事业的有序发展。依照马克思主义的观点，经济基础决定上层建筑，地方经济搞不上去，老百姓过不上好日子，一切都将成为空谈。尤其咱们中部省份，不沿边、不沿海、不沿江，没有区位优势和政策优势，改革开放和经济建设本来就处于劣势，如果还不解放思想，奋起直追，非常之时行非常之举，想方设法开创新局面，干出新成绩，必将被这轮城市化进程的滚滚车轮远远抛在后面。好在儒州已经行动起来，以建设经开区的形式杀出一条血路，为全省经济建设事业树立了好榜样。我要同志们思考的是，作为省委常委班子，又该以什么姿态对待榜样呢？是横挑鼻子竖挑眼，死死抓住榜样成长过程中不可避免的小失误不放，欲置之死地而后快呢，还是扶持爱护，鼓励鞭策，促其健康成长，不断壮大，从而带动全省经济建设事业不断向前发展？"

建设经济技术开发区又不是儒州的创举，各地并没少见，韩石江竟拔得这么高，熊继为心里很不是滋味。正想辩驳几句，颜秋山先说道："儒北经开区建设也不是没有问题，有问题进行查处也很有必要。关键看如何把握一个度字。度字没把握好，一旦过了度，就会完全变味，走向事情的反面，弄得人人自危，谁也不敢放开手脚干事。这也是明摆着的，干事就不可避免犯错，不干事才不会犯错。要人干事，就要允许人犯错，也允许人改错。有错就一棍子打死，让干事的人心寒，以后谁还敢干事！这个时候受伤害的，就不只是干事的人，还有党和人民的伟大事业。"

说这话时，颜秋山始终面带笑容，口气不急不缓，声音不高不低，却字字千钧，狠狠砸向熊继为。熊继为心里那个恨啊，真恨不得拧下颜秋山的脑袋，放脚下猛踏几下。

韩石江不想将时间耗在儒北经开区上，没再理睬熊继为，果断道："这事就议到这里，现在回到监察委员会成立议题上来。黄河清同志说说筹备方案。"

黄河清清清嗓子，开始发言，熊继为更插不上嘴。

监委成立筹备方案得到通过，常委扩大会议结束。出得会议室，韩石江进书记室打一转，出来经过颜秋山办公室，见门开着，想起什么，信步走进去，道："老颜啊，你兼着常务副省长，经济工作归你管，监察委员会成立后，跟我去儒州跑一趟，看看儒北经开区吧。"颜秋山爽快道："好哇，我早就想去儒州看看，手头工作拖着，一直未能成行。韩书记有安排，我给您做好勤务兵。"韩石江笑道："谁要你做我勤务兵？咱们都是人民的勤务兵。"

翌日上午，颜秋山联系禹今朝，告知韩石江决定去儒州的想法。禹今朝自然很兴奋，先报告危存虎，又打通吴楚东电话："楚东在安州的工作干得不错嘛，已卓见成效。"

吴楚东正在回儒州路上，一时没反应过来，问道："什么成效？"禹今朝道："刚才颜书记通知我，省监察委员会挂牌成立后，就陪韩书记到儒州来视察指导经济工作。"

这是韩石江亲口说过的话，没出吴楚东意料，让他没料到的是韩石江这么快就做出了正式决定。禹今朝还告知，本来熊继为在常委会上发难，要对儒州班子采取果断行动，韩石江没给其机会，这下韩石江正式决定下儒州视察，还要颜秋山作陪，正好说明熊继为和刘天龙他们的预谋已然落空。

悬着的心一下子落到肚里，吴楚东一身轻松，加大油门，恨不得立即赶回儒北经开区。韩石江要去儒州，是儒州的大事，得做好充分准备，让他老人家看到该看到的，听到该听到的。经开区发生大地震，抓走那么多人，所幸管委会还没垮，还照样在运转。吴楚东打通廖国旗电话，布置了几项工作，又一再叮嘱必须落到实处。

进入儒州地界，吴楚东心情忽又复杂起来。自己逃过一劫，可钱小鹤已被逮进去，也不知会牵出什么人事来。还有丹丹，无人照管，学习肯定会受影响。丹丹正处于敏感多疑的叛逆期，这阵子有无出格行为？与沈柳亭合不合得来？

吴楚东打通沈柳亭电话，问道："在单位还是在外面？"沈柳亭道："不是查我岗吧？"吴楚东道："我又不是卫生局局长，没有查你岗的义务。"沈柳亭道："不查岗，就是问丹丹啰？放心好了，我俩挺谈得来，昨天晚上还聊了好久，是将她赶到床上，又强行把灯熄掉，她才闭住兴奋的小嘴巴睡着。"

吴楚东这才放下心来。回到儒州，没去单位，先上了趟市委的家。打开门，屋里一片狼藉。沙发底朝天，茶几面朝地，电视机屁股对外，正在面壁思过，塞在角柜和电视柜里面的杂物都到了地上。走进卧室，床上的席梦思没在床上，衣柜里的衣物没在衣柜里，地板上扔得什么都有。厨房、书房还有丹丹的小屋，都没放过，翻得乱七八糟，成了垃圾站。

一股悲凉袭上吴楚东心头。自己好歹也是市委常委领导，在儒州还算个人物，竟连个家都看不住，被人糟蹋成这个样子，若是普通百姓，不更加悲惨，只有任人宰割的分？如果不能破除权力迷思，真正贯彻依法治国精神，也许谁都是弱者，不会有真正的赢家。

痴了一会儿，吴楚东开始弯下腰，动手收拾屋子。正忙着，桌上手机响了，是沈柳亭打来的，问他到儒州没有。吴楚东道："早到了，正在家里。"沈柳亭道："在哪个家里？"吴楚东道："还有哪个家？在市委家里。"沈柳亭道："还以为你到了经开区管委会临时住处呢。"

沈柳亭赶过来帮忙。好手不比两双，零乱的屋子渐渐恢复原样。两人又分工合作，拖的拖地板，抹的抹家具，屋里顿时变得整整齐齐、干干净净，全然看不出曾遭受过无情糟蹋。吴楚东的心情也跟着清爽了许多，四顾打量了会儿屋子，对沈柳亭道："叫我怎么感谢你才好？"

沈柳亭浅浅一笑，道："感谢什么？丹丹快放学了，咱们接她去。"吴楚东道："她自己该知道回来。"沈柳亭道："早上我已跟她说好，下午仍接她到儒北去。"吴楚东想想道："也行，钱小鹤不知几时回得来，丹丹还需在你那里寄一阵子。"

两人来到楼下，吴楚东要上自己的车，沈柳亭道："还是坐我的车吧，你的车太打眼。"

这是沈柳亭新买的车。吴楚东过去拉开副驾的门。沈柳亭道："那位置是丹丹的，你坐后面去。"吴楚东乖乖钻进后座，道："你这明显是性别歧视嘛。"

沈柳亭一边把着方向盘，一边笑道："这段时间丹丹都坐的副驾，当然得让她继续享受这个待遇。"吴楚东道："她对你没有敌意吧？"沈柳亭道："凭什么对我有敌意？"吴楚东说："你是她妈的敌人呀。"

沈柳亭朗声一笑，道："跟你见过几回面，又与丹丹相处了几天，就成了钱小鹤的敌人，你这什么逻辑嘛！丹丹又漂亮又清纯，第一眼见着，我就打心眼里喜欢上了她，就像自己女儿一样。"吴楚东道："那她喜不喜欢你呢？"沈柳亭道："当然喜欢了。"吴楚东道："为什么喜欢你？"沈柳亭道："待会儿你问丹丹便知。"

来到学校门口，刚好响起放学铃声。两三分钟后，孩子们就会集一起，潮水般涌向门外。人潮里很快分离出一个身影，朝沈柳亭小车奔过来。还扬着手，口里喊声沈姨好。沈柳亭也将手伸出窗外，挥了挥，说："丹丹上车吧。"

丹丹钻进副驾，礼貌道："不好意思，让沈姨久等了。"沈柳亭道："没等多久，才到一会儿。你看看车上还有谁？"

"是爸爸！"丹丹扭转脑袋，惊喜地叫起来。还啪的一声，跟吴楚东击了一掌。又问道："爸，什么时候回来的？"吴楚东道："有一阵子了。本来不想再麻烦沈姨，她坚持要来接你，只好随她。"丹丹道："咱们早上就约好的，当然不能失约，是不是沈姨？"沈柳亭道："对头，一言九鼎，说话算话嘛。"

车离学校，来到十字路口，前面是红灯，沈柳亭带住刹车，故意问丹丹道："上我家去，还是回市委？"丹丹回头问吴楚东："妈妈出差回来没？"吴楚东道："还没有呢。"丹丹道："妈妈没回来，还上沈姨家去。"

进屋后，沈柳亭下厨做饭，吴楚东陪丹丹看电视，一边道："看样子，丹丹跟沈姨好像蛮谈得来。"丹丹道："沈姨不像妈妈，不逼我弹钢琴，不催我做作业，还跟我玩电子游戏。你不知道，沈姨的游戏玩得真好，比咱班上的顶级高手还好。又与我跳新疆舞，好不开心。"吴楚东道："只顾着开心去了，哪还有时间做作业？"

丹丹嘴一嘟，道："你知道什么？沈姨有规定的，玩就玩，做作业就做作业。玩过后再做作业，思路更敏捷，平时要做两个小时的作业，现在我一个多小时就可以搞定。"

饭做好，沈柳亭将父女俩喊上桌，开始吃饭。丹丹看一眼吴楚东，又瞧一眼沈柳亭，道："你俩怎么认识的？"沈柳亭笑道："老师要你搞社会调查？"吴楚东道："沈姨是你爸同学的妹妹，很早就已认识。"丹丹说："那你怎么不娶沈姨做老婆？"

这话问得太突然，两位你看看我，我看看你，一时忍俊不禁。吴楚东道："我若娶沈姨做老婆，又怎么会与你妈结婚呢？"丹丹嘟着嘴道："你娶沈姨做老婆，沈姨就是我妈，我就不用天天弹钢琴，参加这培训那培训了。"

沈柳亭饭都喷了出来，摸摸丹丹脑袋，道："看你这傻孩子，你爸不与你妈结婚，哪会有你这个小屁孩？"

展开对高见远的调查后，韦叶舟才意识到对手不简单。虽说腐败分子没一个吃素的，但像高见远这样心思缜密，做事不留任何蛛丝马迹，还真不多见。

韦叶舟研判过有关高见远的举报材料。举报材料只说高见远把银行当成自家钱柜，随意压缩企业贷款规模，挪出资金放给无生产、无产品、无销售的影子公司，用以购买理财产品，合伙谋取不正当利益，至于是哪些影子公司，法人系谁，皆语焉不详。

韦叶舟改变思路，准备从借给宏图新科高利贷的金鑫钱庄入手，看钱庄与高见远有没有勾连。私人钱庄的存在由来已久，平时处于半公开状态，风声一紧又隐身地下。改革开放以来，经济结构日趋多元，正规银行没法完全满足经济发展需求，私人钱庄应运而生，某种程度上确实起到了润滑地方经济的作用。可私人钱庄毕竟没有合法身份，有关部门左右为难，于是睁只眼闭只眼，只要钱庄不惹出大乱就行。

正因如此，加之处于秘密调查阶段，不能打草惊蛇，韦叶舟暂时没直接找金鑫钱庄，先带着助手于来群赶往宏图新科，让财务主管尹安全提供金鑫钱庄账号，看能否牵出背后的黑幕交易。尹安全调看那笔亿元高利贷，来自安州银行。跟财信银行一样，安州银行也属地方性质银行，揽储手段不像国有银行规范，有奶便是娘。韦叶舟决定去安州银行跑一趟，尹安全提出陪同前往。

来到安州银行，于来群拿出工作证和相关手续，递入柜台，要求调看金鑫钱庄开户情况。穿着蓝色制服的女职员还算客气，微笑着在手续上瞧几眼，抓过桌上电脑鼠标，一番操作，递出一句话："金鑫钱庄已销户。"

动作真快啊，看来对方早有预谋。韦叶舟就站在窗边，问道："什么时候销的户？"女职员说出个日子。尹安全一听，对韦叶舟道："正是宏图新科收到贷款当天。"

放完亿元贷款，转过身来就把账户销掉，莫非金鑫钱庄设此账户的目的仅为这笔贷款的发放？韦叶舟肚里疑惑着，问女职员道："可查查开户日期吗？"女职员答应试试，继而道："此账户为销户前两天开的，也就是说账户存续时间只有三天。"韦叶舟道："资金进出情况呢？"女职员道："仅那笔亿元款子，一进一出加在一起才两笔业务。"韦叶舟问道："那笔款子从哪家银行汇入的？汇款户主是谁？"

女职员摇摇头，道："记录已消失。"韦叶舟追问道："是人为消失的，还是销户规定？"女职员道："好像没明文规定，我也是第一次碰到这种事。"

三人回到车上。尹安全不解道："金鑫钱庄放款给宏图新科，当天便把账户销掉，宏图新科若有回款，又怎么走账呢？"韦叶舟道："只有一种可能，金鑫放贷时就不指望宏图新科回款给他们。"于来群道："那金鑫放贷给宏图新科干吗？那可不是笔小钱。"韦叶舟道："背后肯定有见不得人的阴谋，只是暂时还没揭穿而已，所以没法解释。"

尹安全有些颓废，道："这些人到底要干什么？蔡总还在医院里躺着，宏图新科难以为继，不知咱们还能在公司里待几天。"于来群道："尹主管别担心，纪委很重视此案，又让韦主任牵头密查，总会弄个水落石出的。"

尹安全低垂的头昂了昂，目带期待，望向韦叶舟。韦叶舟忽觉有些口渴，叫把着方向盘的于来群停车。于来群不知韦叶舟要干啥，脚尖一抬，丢开油门，踏向刹车。韦叶舟开门下去，走到路边摊前，叫摊主拿几瓶水。摊主伸手要取放在摊前的矿泉水，又止住，盯着韦叶舟道："你不是叶舟兄弟吗？"

韦叶舟仔细一瞧，竟是华嫂。原来不知不觉到了党校大门外的街市，韦叶舟满脑子是高见远的案子，一时没察觉出来。华嫂拿过矿泉水，塞到韦叶舟手上，说："叶舟兄弟莫不又是来党校学习吧？楚东兄弟和禹领导呢，他俩来了没？"

"不是来党校学习，是办事从这里路过。吴楚东和禹今朝没在省城，正在儒州忙工作哩。"韦叶舟拧开矿泉瓶，仰脖喝一口，又另要两瓶，问价多少。华嫂道："几瓶矿泉水，值几个钱啰？好像华嫂只认钱似的。"

"不认钱，又怎么做生意？"韦叶舟掏出钱包来。华嫂赶忙阻拦，说："做生意认钱没错，但也要认人啊。叶舟兄弟、楚东兄弟和禹领导对我这么好，我不认人，只认钱，我良心不被狗吃了？"

韦叶舟还是掏出二十元放在摊子上。华嫂急道："三瓶水总共不到十元呢，不让叶舟兄弟付款，你还加倍多付，我这脸面往哪里搁？"赶紧用塑料袋装了几个苹果、橘子和一大挂香蕉，递向韦叶舟。韦叶舟不接，华嫂道："华嫂一片心意，叶舟兄弟拿着啰，我还有话要跟你和楚东兄弟说呢。"韦叶舟道："华嫂有啥只管说。"华嫂道："我女儿华芳学习很用功，大三就用所学知识在外兼职，比我摆摊还赚钱。"韦叶舟道："这是大好事啊，自食其力最光荣，真为华芳高兴。"华嫂道："不是叶舟兄弟、楚东兄弟和禹领导帮助，我母女俩哪能渡过难关，迎来今天的日子？你们也让我认识到，当官的也有好人。"

韦叶舟心里一阵感慨，道："当官的都是坏人，这个社会岂不没得救了？"华嫂道："过去我就是这么认为的，对这个社会很失望。怪就怪在我改变看法，觉得当官的也有好人后，再碰着当官的也大多是些好人，比如城管、交警、社区干部，包括来我摊前买水果的当官的，都对我蛮好，我的生意也越来越顺，一直做到今天。叶舟兄弟、楚东兄弟真是我的贵人啊。"

想不到三个人的小小善举，无意中改变了华嫂的心态和生存状况。韦叶舟感到很慰藉，道："今后好官会越来越多，坏官会越来越少。"华嫂道："可不是？比如我寄住的朱家垅，有一回小学门口出了车祸，车主也是个好官，让撞车的学生成为公家人，每月拿固定工资，羡慕得垅上人流口水，怪为何撞车的不是自家孩子。"

世间还有羡慕撞车的，实在不可思议。韦叶舟顺便道："还有这样的奇事？"华嫂道："叶舟兄弟以为我骗你不成？我来安州后，不是租住在华芳学校附近的朱家垅吗？撞车的学生就是垅上朱老爹的儿子，叫朱伏生。那当官的好像姓高吧，出事后认伏生做干儿子，把他弄进小学做了正式职工。垅上人说姓高的还是银行行长，银行有钱，高行长经常给伏生送钱，还准备为他买房，好让他以后娶妻生子。"

姓高，且是银行行长，难道是高见远不成？韦叶舟不信有这么巧，但还是问道："那行长叫什么名字，是哪家银行的行长？"华嫂摇头道："不蛮清楚，反正是姓高的银行行长。伏生撞车后脑袋有些不清白，问他爹应该知道。"

韦叶舟道："朱家垅在哪个方向，远不远？"华嫂道："不远，从这里往南走四五里，过南郊农贸批发市场，向西再走两三里就是朱家垅。"

安州各家银行的正副领导，记得只有财信银行董事长高见远一个姓高的。韦叶舟决定去趟朱家垅，看看认朱伏生做干儿子的是不是高见远。

隔日正好是个晴天，韦叶舟和于来群找些旧衣换上，租部四轮电动车，一大早出发去了南郊。辗转来到朱家垅，他俩放慢车速，吆喝着收起废品来。因出价高，村民很踊跃，纷纷追着电动车，来交烂铜烂铁或纸壳塑料瓶。大多是些老人，反正无事可做，废品换了钱，也不急着走开，黏着韦叶舟两位，问长问短，说东道西，仿佛多年未见的老朋友。

电动车开到垅上老槐树下，上前卖破烂的越来越多，有位长着兔须样长寿眉的老头觉得韦叶舟两人不够利索，干脆爬到车上，帮着张罗起来。韦叶舟表示感谢，掏出香烟给他点上，有一句没一句聊着。长眉老头道："你俩细皮嫩肉，哪像做粗活的？坐机关还差不多。"

韦叶舟觉得长眉老头有趣，道："莫非老人家看出我俩是坐机关的？"长眉老头道："你俩斯斯文文，不坐机关，也是吃轻松饭的。"韦叶舟道："老人家眼光真毒。不瞒你说，本人还真做过几年官，犯错误被开除，又没别的本事，只好来收破烂，赚些差价，勉强糊嘴巴。"

长眉老头瞥眼韦叶舟，道："怪不得啰！你犯了啥错误？我怎么看也看不出你像个坏官啊。"韦叶舟道："好官坏官，又没写在脸上，怎么看得出来？"长眉老头道："别人看不出来，我可看得出来。"韦叶舟道："何以见得？"

长眉老头嚅着嘴巴，猛抽口烟，再吐出一缕长长的烟雾，悠悠道："几年前小学门外发生一起车祸，撞着名学生，司机扔下车逃走，过后又返回来，垅上人要动手揍他，我上前拦住，说一看就是位好官，千万别动手。后来果然印证我的看法，那位好官将伏生认作干儿子，把他安排进小学，成为正式职工，每月领取固定工资。"韦叶舟道："被撞学生叫伏生？"长眉老头道："你也知道伏生名字？"韦叶舟笑道："不是您老亲口说的吗？"

"老啦老啦，话出口就忘了。"长眉老头拍拍脑袋。韦叶舟道："撞人跑掉，又返回去，认人家为干儿子，难道世上真有这样的好官？我不相信。"长眉老头道："你不相信，我可以带你去见朱老爹。他应该在家。"韦叶舟道："不知朱老爹欢迎不？"长眉老头道："他家现在是垅上富户，舍得买东西，纸壳塑料瓶多的是，你花钱买他家废品，他还不欢迎？"

于来群发动车子，拉着长眉老头和韦叶舟，朝朱老爹家驶去。韦叶舟看看手机上的时间，道："已过十二点，朱老爹不会以为咱们去蹭他午饭吧？"

长眉老头道:"乡下哪有十二点多吃午饭的?"韦叶舟道:"没吃午饭,也该做午饭了。"

长眉老头摸摸口袋,掏出卖破烂换得的零钱,道:"要么我去街口割些肉,交朱老爹炒好,咱们一起吃个午饭?"韦叶舟道:"你那点钱能买几两肉?只要朱老爹肯接洽咱们,酒肉的事您老别操心。"长眉老头道:"有酒有肉,朱老爹更没有不接洽的理。"

到得朱老爹家门口,于来群停好车,去街口割肉打酒,长眉老头叫出朱老爹,说:"有人收破烂,价格优惠,你卖不卖?"朱老爹说:"价格合算就卖,放屋里占地方。"

长眉老头随朱老爹进屋,搜出几抱纸壳和塑料品,几下捆好,过完秤,码到车上。韦叶舟给过钱,于来群也提着酒肉回来,交给长眉老头。长眉老头转递给朱老爹,道:"这两位小哥和气诚恳,破烂给价高,又买来酒肉,劳烦你办一下厨,我也沾光享享口福。"

朱老爹二话不说,接过酒肉,进了厨房。不大一会儿,肉上桌,另外还有辣椒炒蛋,以及主人自家园里摘的新鲜蔬菜。四人围桌开喝,你一言,我一语,随意聊起来。聊到朱伏生当年撞车的事,朱老爹道:"不怪人家,只怪几个孩子不懂事,你追我打,伏生不小心,撞着人家车子。"韦叶舟问道:"那司机是什么人?"

长眉老头代为答道:"姓高,是个当官的。"又问朱老爹道:"我没说假话吧?"朱老爹道:"这事又不是啥秘密,垅上人人都知道。"韦叶舟道:"听说伏生撞车后,脑袋有些不清不白?"长眉老头道:"这也没啥大不了的,如今好多聪明人,只知打牌喝酒玩手机,哪像伏生有工作有工资,老爸也跟着过上有吃有喝的好生活。"

朱老爹不吱声,只顾喝酒,脸上表情有些复杂。渐渐喝高了,眼睛开始发红。韦叶舟问道:"后来姓高的还到过垅上吗?"长眉老头又接话道:"姓高的都已认伏生做干儿子,当然经常来。上两个月好像还来过,老爹是不是?"朱老爹认可道:"上个月确实来过。"

韦叶舟望眼于来群,于来群端杯去敬长眉老头。长眉老头连连称谢,仰脖干掉杯里酒。韦叶舟则敬朱老爹,道:"老爹有福气,碰着姓高的,给伏生安排正式工作。要知道现在大学毕业生想找个像样的工作,都不容易啊!"长眉老头道:"可不是?咱垅上好几个大学生,毕业一两年都没工作,还在家吃父母老本,哪像伏生有出息?"

说得朱老爹脸上浮起丝丝得意。韦叶舟又道:"姓高的叫啥名字?"朱老爹道:"你问人家名字干啥?"韦叶舟道:"不是我要问姓高的名字,是姓高的有恩于伏生,朱老爹连名字都搞不清,有些对不起人家吧?"朱老爹有点口齿不清道:"我……当然知道他名字。"韦叶舟道:"那姓高的叫啥?"朱老爹得意道:"高见远。你真以为我叫不出来?"

看来今天没白跑朱家垅。韦叶舟又跟朱老爹碰碰杯,道:"高见远应该很有钱吧?"朱老爹道:"当……当然有钱,现如今人家是银行行长。"长眉老头道:"老爹前世积德,让伏生撞上高行长。听说高行长还要给伏生买房,有没有这回事啊?"

朱老爹抬手拍一下长眉老头,说:"你瞎扯!"长眉老头醉眼迷离道:"谁瞎扯!不是有天喝酒时你亲口告诉我的吗?"朱老爹道:"放你娘的屁!谁跟你胡说八道?"长眉老头大着舌头道:"你……你才放屁哩,放的还……还是他妈的狗屁!"

屁字没落音,长眉老头已倒伏桌上,一声高一声低打起鼾来。朱老爹大笑道:"就想找我喝酒,每次没喝几口,就醉成死鬼样。"

韦叶舟再敬朱老爹,问道:"上个月高行长真来过村里?来看望老爹,还是办事?"朱老爹颤着嘴皮道:"来看看看看我爷儿俩,也来办办办办点点点事。"韦叶舟道:"来办么子事?莫非给伏生送房产证和房钥匙?"

"没没没那么快,来拿伏生的身身身份证。"朱老爹扬扬发颤的手,脑袋一歪,也像长眉老头样,趴到桌上,不再理睬客人。韦叶舟对于来群道:"也不知这老哥俩何时才醒得来,咱们去小学给朱伏生报个信,要他回来招呼老人吧。"

韦叶舟和于来群坐着电动车,赶到朱家垅小学,请保安把朱伏生叫出来,说是朱老爹喝醉酒,无人招呼。保安望望两位道:"你们收破烂的,也认识朱老爹?"韦叶舟道:"垅上人都说朱老爹家废品多,咱俩上门收废品,见朱老爹醉倒在桌上,来叫伏生回去服侍他爹,也卖些破烂给咱们。"

保安也知朱老爹好酒,没再多问,叫来朱伏生。朱伏生目光略显呆痴,手脚却还算利索,爬上车,坐到韦叶舟旁边的纸壳上。路上韦叶舟问道:"你有个干爹是银行行长?"

朱伏生嗯嗯着,算是认可。韦叶舟又问:"干爹还给你买了房子?"朱伏生皱着眉头道:"好像买了。"韦叶舟道:"房子在哪里?"朱伏生摇头道:"不晓得。"韦叶舟道:"房钥匙拿到没有?"朱伏生道:"房钥匙?房钥匙是干啥的?"韦叶舟笑道:"房钥匙用来开门的,没房钥匙,进不了屋。"又问道:"你的身份证呢？"朱伏生疑惑道："身份证是啥？"

韦叶舟掏出自己身份证，递给朱伏生，道："这就是身份证。你有吗？"朱伏生点头道："这个我有。"韦叶舟道："拿来看看，是不是跟我的一样？"

朱伏生在身上摸摸，道："呃，我的身份证呢？"韦叶舟道："是不是被你干爹拿走啦？"朱伏生点头道："好像是的，我想起来啦。"

到家后，朱伏生下车进屋，于来群调过车头，驶回安州城里。第二天两人赶往房管中心，出具相关手续，报上朱伏生名字，无奈并没查到其名下房产。

走出房管大楼，钻进车里，于来群道："看来高见远拿走朱伏生身份证，购房产只不过是借口而已。"韦叶舟问道："那高见远要干什么呢？"于来群道："难道拿朱伏生身份证去搞诈骗？"韦叶舟道："高见远要财富有财富，要地位有地位，还用得着诈骗？要诈要骗，也不可能像街头骗子小诈小骗，一定是大诈大骗。"

于来群非常认同，道："说不定高见远用朱伏生身份证开银行账户，以存储不义之财。"韦叶舟道："有此可能，但这也小儿科了点，否则贪官们只需以亲友名义开个账户，爱存多少存多少，比挖空心思找地方存放现金方便得多。"

于来群疑惑道："那高见远到底在耍什么花样呢？"韦叶舟沉吟道："贪官也可悲，收了大钱，存银行不安全，搁屋里不放心，拿去花销也容易露馅，除非有特殊途径洗白。"于来群道："高见远会不会拿着朱伏生身份证办公司，用以洗白不义之财？"

韦叶舟一拍大腿道："走走走，到工商局去。"

果然在工商注册登记里发现一家伏羲文创公司，法人正是朱伏生，登记日期与高见远去朱家垅拿走朱伏生身份证时间恰好吻合。录下伏羲文创公司相关信息，两人马不停蹄，赶往人民银行，查阅伏羲公司开户情况，得知账户开在建设银行。继而来到建设银行，银行职员从电脑信息库里调出伏羲文创资料，打印出来，交给两位。

伏羲文创开户时间短，只有一进一出两笔账目：一是完成工商注册登记第二天进账两亿元，二是年末出账一亿元。往下追查，进账来自工商银行天宇地产公司账户，出账则发生在安州银行仅存续三天时间的金鑫钱庄户头。

经简单梳理，几个账户之间资金流动情况一目了然：天宇地产公司打给伏羲公司两亿元，伏羲公司转出一亿至金鑫钱庄临时账户，金鑫钱庄当作高利贷放给宏图新科公司。有了金鑫钱庄这一亿元，宏图新科凑足五亿资金，还清昔年财信银行旧贷，元旦过后蔡宏图照高见远事先承诺，去财信银行续贷未果，宏图新科资金链断裂，蔡宏图回天无力，开燃气自杀，被韦叶舟和吴楚东破门而入，送往医院，捡回老命。也就是说，算计蔡宏图的，除财信银行行长高见远，还有天宇地产董事长蒲长明和金鑫钱庄老板许宝通。

韦叶舟将情况写成文字材料，呈给黄河清。黄河清拍案而起，道："高见远好大胆子，私设伏羲文创公司，收受天宇地产两亿元，凭此就可对他采取果断措施。"继而又道："只是高见远贪财好理解，蒲长明出手便是两亿巨资，用意何在？他与高见远是何关系？"

世上没有无缘无故的爱，也没有无缘无故的恨，任何人任何行为都自有其动机。韦叶舟早想过这个问题，道："吴楚东曾跟我说过，宏图新科进军儒州前，天宇地产是当地最大的开发商，颇受刘天龙青睐。儒北经开区设立后对外招商，引进宏图新科，天宇地产落入下风，心存不满，才不惜血本，欲借高见远之手，把宏图新科干掉，以后儒州就成为天宇地产势力版图，想挡住银子不往自己户头上流都难。"

黄河清叹道："人心险恶啊！那许宝通呢，他掺和进来干啥？"韦叶舟道："目前还没来得及调查许宝通，不知他有何来头。"黄河清道："开钱庄的人背景深，许宝通跟高见远走到一起，总有由头。"韦叶舟问道："下步怎么办？"黄河清道："高见远是省管干部，对他采取措施，得韩书记点头，咱俩先见韩书记，他会支持纪委工作的。"

听过两人汇报，韩石江果断道："高见远所作所为已严重违纪违法，我同意对他采取措施。但他做过熊继为秘书，两人情同父子，不得不考虑熊继为的存在。"黄河清道："韩书记说到了要害处，我也觉得在高见远问题上必须慎重。"

韦叶舟担心领导下不了决心，道："蔡宏图还在医院里，宏图新科随时都有破产可能。这是我省最大规模的民营企业，牵涉到上万职工的饭碗，不把背后的黑手斩断，我省经济环境好不起来，老百姓追求幸福生活的美好愿望不易实现，政府公信力也会受影响。"

韩石江肯定道："叶舟同志说得对，对腐败分子和黑恶势力决不能心慈手软。我意斗争得讲策略，不出手则已，一出手必须一剑封喉，让对手毫无回旋余地。我看这样吧，两会召开在即，将成立监察委员会，深度改革监察体制。可趁此东风，将高见远案办成我省监委挂牌后的第一案，壮大纪委监委声威。"

说得黄河清信心倍增，忙道："感谢韩书记支持！纪委和监委筹备委员会也在考虑如何打好留置第一枪，正好照韩书记指示，把高见远办成留置铁案。"韩石江道："我早答应儒州方面要求，两会后下去考察工作，届时带上熊继为，以便排除干扰，你们好对高见远实施留置，办出高水平高质量的铁案，向党和人民汇报。"

黄河清深受鼓舞，当场对韦叶舟道："叶舟同志抓紧制定留置高见远的方案，待两会召开，监察委员会成立，再依方案采取果断行动。"

两会期间，省监察委员会挂牌成立。同时检察院两反局撤销，其职能移交监察委员会。两会结束第三天，韩书记带着省委副书记颜秋山、纪委书记黄河清、政法委书记熊继为及有关部门负责人，前往儒州考察。

一行人刚出城，纪委监委高见远专案组便兵分多路，一路由韦叶舟牵头，前往国资委办公大楼，缉拿在那里开会的高见远；一路由于来群带人直奔财信银行大厦，控制信贷科胡科长；另外两路人马分头拘捕蒲长明和许宝通。

韦叶舟带人赶往国资委时，高见远正在会上发言。这是国资委主持召开的银企联谊会，意在督促银行加大对企业的扶持力度，促进地方经济蓬勃发展。高见远进行主题发言，向参会银行和企业代表介绍扶持企业的成功经验。高见远口才了得，说起财信银行扶持企业尤其民企的具体做法来，头头是道，既有事实阐述和数据分析，又有效益展示，还有未来银企合作光明前景的描绘，令人无不信服。

在热烈的掌声中，高见远发言结束，昂首迈下主席台。会务人员走过去，请他去趟会场旁边的休息室，说有人找他。也许刚介绍完扶持企业的丰富经验，给财信银行添了光增了彩，高见远脸上还洋溢着兴奋的红润，如潮掌声仿佛还在耳边回响着，萦绕未散，也就顾不得问句何人有找，跟随会务人员，兴冲冲进入休息室。

休息室里有四个人，三人站着，一人坐在沙发上。坐沙发的是韦叶舟，见高见远进门，便缓缓站起来，面无表情道："你就是高见远吧？"

高见远是安州城里的能人和牛人，走到哪里，所见都是笑脸，所闻都是尊称和谀辞，突然有人冷面直呼自己姓名，还真有些不习惯。泛光的脸皮立即拉下来，发热的脑袋也似浇了凉水，骤然变冷，不无诧异地盯住韦叶舟道："你是什么人？"

韦叶舟掏出工作证，亮给高见远，说："我是省纪委监委的。"

高见远几乎跳起来，大声嚷嚷道："你没找错人吧？银行只知服务企业，为经济发展输送血液，为国家建设贡献才智和力量，跟你们纪委监委有何关系？"

口里嚷着，高见远转身朝门口走去，才发现门已关上，一位壮汉堵在门前。与此同时，另有两位闪过来，一边一个钳住高见远两臂，把他夹紧在中间，叫他动弹不得。韦叶舟则收好工作证，从文件包里掏出留置手续，斩钉截铁道："高见远听好，你已被组织留置！"

留置一词才在监察委员会成立的两会上出现，高见远听着陌生，道："留置？留置是啥玩意儿？"韦叶舟道："简单说，留置相当于过去的双规，但更科学更规范，更符合党情国情，你很荣幸，成为监察委员会成立后第一位留置对象。"

没人愿意争取这份第一，高见远愤怒道："你们凭啥留置我？"

"少废话！老老实实跟咱们走。"韦叶舟向门口扬扬手。高见远一边吼叫着，一边作势挣扎，却没法挣脱两双有力的大手，只能被迫出了休息室。到得外面走廊上，许是怕引起过路人注意，高见远老实起来，低垂脑袋，很配合地走下台阶，被塞进纪委监委公务车里。

车子缓缓驶出国资委大院，高见远意识到自己的政治生命及无比滋润的好日子已经到头了，不禁嘴巴一撇，号啕大哭起来。

二十二

韩石江一行到达儒州，入住儒州山庄。稍事休息，便被危存虎、刘天龙、禹今朝、杨世杰和吴楚东等市委常委请入餐厅，共进工作餐。监察委员会成立后，纪委监委明文规定，公务接待不能上酒，山庄现榨了枸杞红枣汁，以汁代酒。韩石江很满意，说枸杞红枣汁养胃活血，对身体大有好处。又引申开来，说些养身修心经验，引得桌上阵阵赞叹。

韩石江有午休习惯，餐后危存虎等送他回到房间，才各自下了楼。下午的汇报会定在三点半，此时才一点多，常委们大都住市委大院里的常委楼，离山庄不远，正好回去睡上一个多小时，好以饱满的热情参加汇报会。

做上常委一级领导的人，时间管理能力都很强，三点过一刻的样子，众人全都回到山庄，进入二楼会议室。三点二十八分，韩石江在危存虎陪同下，容光焕发，出现在会议室门口。随后是颜秋山、黄河清、熊继为他们。热烈的掌声顿时响起来，参会人员全体起立，欢迎韩石江他们入场。韩石江儒雅地点点头，一边向大家招手致意，缓缓来到自己座位前，从容入座。掌声渐渐收住，各位相继落座。

汇报会由禹今朝主持，他望一眼韩石江及他桌前的首长牌，亮着嗓门道：

"尊敬的韩书记和各位领导,你们好!我谨代表市委常委和全市广大干部群众,对你们不辞辛苦,莅临儒州,表示最诚挚最热烈的欢迎!"接着又是如雷掌声。禹今朝打过开场,危存虎汇报市委工作,张口又是尊敬的韩书记和各位领导如何如何。之后刘天龙汇报政府工作,开腔依然先搬出韩石江。吴楚东印象里,自己做团市委副书记那会儿,这种一上场就抬出在座最高领导的风气还不太时兴,一般都以上级领导或在座领导开头,不见得非突出在座最高领导不可。不知何时,这种风气流行起来,以致成为一种固定程式。

第二天上午韩石江一行考察城市建设和工矿企业,下午赶到儒田区委。区里领导汇报工作时,上场又是尊敬的韩书记和上级领导如何如何,好像是事先与市领导统一过口径似的。区里领导还提到龟首村党建工作,韩石江想起吴楚东在他家说过的话,问道:"是不是流行诗经民歌的龟首村?"危存虎在一旁说:"正是的,明天的日程便是考察龟首村。"韩石江说:"明天一定要长长见识,听听诗经民歌是个什么味道。"

通往龟首村的路已全线修通,包括中轴线北端的柳叶河路段也已铺上油砂。宏图新科资金链断掉后,柳叶河路段项目被迫停工,吴楚东一回儒州,便让经开区担保,找金融部门融资,重新启动项目,才在韩石江一行下来前,完成各项扫尾工程。

路况优良,加之天气晴好,这日上午仅花半个多小时,一行人就赶到了龟首村。龟首村所在乡的领导和村支部萧国臣一班人早就等在村口。长龙似的车队开进党教基地大坪后,吴楚东第一个下车,召唤追上来的萧国臣,把他拉到从车上走下来的韩石江面前,介绍道:"这是龟首村支书萧国臣同志,党教基地就是在他任上抓起来的。"

韩石江握住萧国臣的手,道:"党的基层建设就需要你这样的好支书。"吴楚东道:"萧国臣同志很能干,努力争取市、区有关部门支持,将油砂路铺进党教基地,铺进各家各户和群众心里。"萧国臣道:"主要是吴主任把龟首村纳入儒北经开区范围,不然村里的建设也搞不起来。"韩石江点头道:"好好好,很好很好。"

说话间,众人走过坪地,来到党教基地前。这是一栋砖木结构的大屋,过去是生产队的仓库,已弃用多年,稍稍翻新,倒也有模有样。正面墙上有块锃亮的铜匾,上有"儒州市党教基地"七个苍劲厚重的大字,在阳光下闪闪发光。迈上台阶,韩石江和各位领导依次进入屋子,慢慢参观。因是仓库改建过来的,一楼的学习室和儒州党史陈列室很宽敞,采光又好,窗明几净。二楼一分为三,一是会客室,二是电教室,三是图书室,都布置得大大方方、整整洁洁。只是图书室里图书不太多，韩石江对颜秋山道："回去后号召省委干部捐批书送来，充实充实图书室。"众人鼓掌表示感谢。危存虎也响应道："咱们儒州也搞个知识下乡活动，送批书过来。"殷学农也说："咱们要向省市看齐，在区里动员一下，弄点图书。"

参观完毕，下楼出屋，萧国臣带着大家走出村子，沿着村旁古道，到后山去参观吞官石。整修过的古道泛着幽光，草木和泥土的芬芳扑鼻而至，浸人心肺。冬阳如纱，披在身上，让人感到暖洋洋的。大家就说韩书记吉人天相，他老人家要来视察吞官石，天公都作美，安排了好天气，要知道这个时节很难有如此灿烂的阳光。

很快来到吞官石面前，韩石江惊讶无比，世上竟有这么奇妙的鱼嘴石，好像石匠有意雕琢出来的。不不不，石匠哪雕琢得出？明明是大自然的杰作。萧国臣介绍过吞官石的传说，临时发挥道："今天的领导从石下经过时，没一个被吞进吞官石，说明都是清官，没一个贪官。"

大家就鼓掌，庆幸自己是清官，经受住了吞官石的严峻考验。只有熊继为有心障，不敢太靠近吞官石，生怕不经意跌入石嘴，难见天日。刘天龙也畏畏葸葸，悄悄躲到一边，心里暗骂萧国臣胡言乱语，瞎出风头。

黄河清趁机阐述道："吞官石是民意的最好体现，说明自古以来百姓就对贪官深恶痛绝。咱们可把这吞官石辟作反腐警示基地，教育广大党员干部，贪污腐败多么可耻。"韩石江笑道："可惜吞官石并非真的具有吞官功能，否则纪检监察部门多省事，不必安排力量办案，只需把人带到吞官石前过一过，就像过安检一样，谁是贪官，谁是清官，一目了然，好不爽快。"

离开吞官石，顺来时古道回到党教基地，坪里早围拢数百村民。屋前的台阶上已搭好一个不高的台子，台下前几排位置摆放着木椅，萧国臣将客人们请过去坐好，再走到台上，高声道："今天是村里一月一度的歌会日，恰巧碰上省委韩书记和各位领导来村指导工作，正好参加咱们的歌场，与村民同乐。下面歌会正式开始，请歌师出场！"

话音刚落，一位三十多岁的中年汉子手持铜锣，出现在台上，一声锣一声歌地唱道：

早晨起来雾沉沉，只听锣鼓不见人；
双手拨开云和雾，一层锣鼓一层人。

汉子唱过，出来一对青年男女，一个敲着锣，一个打着鼓。先是男青年唱道：

> 远远见妹飘过来，不高不矮好身材；
> 走路好比蝴蝶舞，坐下好比莲花开。

接着女青年唱道：

> 去年同哥吃杯茶，香到今年八月八；
> 不信哥到妹家看，床头开着茉莉花。

这般你方歌罢我登场，男女老少轮番唱过，上来一个长者。吴楚东一瞧，正是郑天师。郑天师也敲着一面小锣，不过唱腔舒缓，唱词也与其他男女迥异。他一边敲锣一边唱道：

> 关关雎鸠往前走，在河之洲求配偶，窈窕淑女凭栏望，君子好逑上绣楼，姐儿羞得低下头。

> 参差荇菜水中摆，左右流之想裙衩，窈窕淑女我爱你，寤寐求之姐儿来，琴瑟钟鼓度情怀。

这不是《诗经》开篇之作《关雎》吗？经歌师稍作改造，竟然雅俗共赏，又是一番意趣。台下的韩石江心想，这就是吴楚东说的诗经民歌了，真的非同凡俗。只是他无论如何也想不到，地处偏僻的儒北乡下，还有这么独特的诗经民歌，实在让人耳目一新，大开眼界。只听郑天师又高声唱道：

> 蒹葭密密又苍苍，晶莹白露结成霜，所谓伊人在何方，在水一方心向往，不见姐儿好忧伤。

> 蒹葭密密又萋萋，晶莹白露未曾晞，所谓伊人在何处，在河之湄人难去，不见姐儿好孤凄。

> 蒹葭密密又采采，晶莹白露还未已，所谓伊人在何地，在水之涘我难追，不见姐儿誓不归。

这是改编过的《诗经》中的《蒹葭》。接下去郑天师又唱了几首，还是"诗经民歌"体，比如《汉广》：南有乔木难避险，不可休思雨纷纷，汉有游女难接近，不可求思长江深，跨过长江见情人。再比如《桃夭》：

　　桃之夭夭落树杈，灼灼其华一枝花，之子于归来出嫁，宜其家室迎娶嫁，欢欢喜喜成了家。

在场各位领导都被深深感染了，随行记者们也倍觉新鲜，趴到台前，又拍又录，忙得不亦乐乎。

歌会收场，已到午饭时间。危存虎问萧国臣："没见基地有食堂，怎么解决吃饭问题？"旁边的吴楚东代为答道："本来要建食堂的，后考虑到党教活动不是一年三百六十天都有，建食堂浪费资源，还要请人发工资，不怎么合算。水泥路修通后，常有城里人周末来旅游，村里已有十数家农家乐，生意还可以，基地便从中选了几家办得不错的，作为定点用餐单位，基地搞活动在定点单位开餐，平时他们自主经营，也不用基地供养。萧村长还给他们联系小额贷款，扩建农家旅馆，提升接待能力，基地若办班什么的，也可解决住宿问题。"

"这办法确实不赖。"危存虎肯定道。大家一齐来到基地后面的农家乐。

农家乐多为家常饭菜，都是柴火烧的，味道本真，环保安全，不仅上口，吃得也放心。饭后大家走进一楼会议室，听韩石江讲党课。除省里领导，市、区两级常委，乡、村两级党员干部，也都到场，济济一堂。

危存虎将韩石江请上台后，会议室静下来。韩石江喝口水，意味深长道："今天来到龟首村，来到儒北党教基地，首先受教育的，是我这个省委书记啊！在市、区、乡三级领导的共同努力下，在龟首村支部一班人的精心打造下，党教基地建设成现在这个规模，已经非常了不起，我感到很满意。这是全省党教工作的一大创举，各地党委和组织部门都可以学习借鉴这个榜样，建设自己的党教基地，提升党教工作水平。"

说到这里，韩石江停了停，扫视一下会场，又颇有感触道："还有两样事物，吞官石和歌会，也让我眼界大开，受教良多啊！我一直在思考，为什么民间会出现吞官石？定然是贪官现象存在已久，为害不浅，朝廷惩贪不力，衙门官官相护，根本不会惩贪，百姓无奈贪官之何，才寄希望于石头，将惩贪大任交由石头来完成！这不就是告诉我们，贪官多么可恶，多么遭人唾弃！我们共产党人是人民公仆，不是旧式官僚，不能做贪官，不能骑在人民头上作威作福，一定要全心全意为人民服务。要为人民服务，就不可有丝毫私心杂念，老想着以权谋私，贪污腐败。儒北把党教基地建在吞官石下面，其深意就是以吞官石警醒我们，一定要做堂堂正正的共产党员，清正廉洁，克己奉公，权为民所用，情为民所系，利为民所谋，决不能做愧对共产党员这个光荣称号的事，等着吞官石来惩处。哪天我们由人民公仆堕落为贪官，人民只能盼着贪官为吞官石所吞，我们党就危险了！我们的民族和国家就危险了！"

韩石江说得声情并茂，全场掌声雷动，经久未息。前排的熊继为掌鼓得很热烈，心里却颇不自在，暗想韩石江带自己来儒州，莫非别有意图，比如要借吞官石敲打自己？不知为何，自离开安州城，熊继为便莫名地感到不安，冥冥中总觉得有什么事要发生似的。熊继为身后的刘天龙也如坐针毡，心下忍不住寻思，韩石江借吞官石大发议论，是有所指呢，还是随口说说？上午刚离开吞官石，他便接到龙志坚电话，说许宝通已联系不上，打蒲长明手机，也没信号，实在有些不正常，也不知出了啥事。

掌声渐渐小下去，熊继为和刘天龙收住意念，只听韩石江又说道："还有今天热闹生动的歌会，也同样具有重大教育意义。尤其是龟首村独有的诗经民歌，形式别致，内容隽永，可谓诗经文化的活化石。古人说礼失求诸野，我国优秀传统文化能在龟首村这个地方得以口口相传，发扬光大，实乃文化之大幸。本人不是研究古典文学和民间文化的，龟首村的诗经民歌现象，交由文化学者去研究，我只强调诗经民歌对党教工作的非凡作用不可忽视，有待咱们努力挖掘和弘扬。比如歌师所吟改编过的《关雎》，其教育意义就非常深远。《诗经》是儒家经典，由孔子与其弟子搜集整理而成。孔子的核心思想是仁，他将《关雎》放在《诗经》首篇，与他推崇的仁有没有联系呢？一直以来，《关雎》被看成是爱情诗，窈窕淑女，君子好逑嘛，不是爱情是什么？不可否认，《关雎》确是爱情诗。可我认为它不仅仅是爱情诗，或者说不是普通的爱情诗。说它是爱情诗，是诗里充满着真挚的男女之爱。男人为阳是一撇，女人为阴是一捺，一撇一捺组合在一起才是人。或者说男人一半是女人，女人一半是男人。男人女人因爱因情走到一起，成家立业，生儿育女，儿女们长大后又谈情说爱，建立新家，生生不息，以至无穷。千千万万的家庭就是这样形成的。千千万万的家庭连在一起，就是一个国家。国家国家，有家才有国。换言之，爱情是国家的源头。国家源于家庭，家庭源于男女结合，男女结合源于纯洁的爱情，《关雎》歌颂爱情，便是歌颂家庭，歌颂国家。孔子把夫妻关系看作人间之大伦，才通过歌颂男女爱情的《关雎》和《蒹葭》这些美丽诗篇，来表现人间大爱。爱又恰恰是仁者的最高追求，叫作仁者爱人。仁字拆开来就是二人，两人你爱我，我爱你，你中有我，我中有你，这才是仁。也就是说在孔子思想里，仁从来就不是空洞的，仁必须由爱来诠释，由爱来承载，由爱来体现。可以说《关雎》里的窈窕淑女和君子是有象征意义的，是仁者和德者的化身，不是简单意义上的帅哥和靓妹。孔子将《关雎》置于《诗经》之首，其深意存焉。"

　　韩石江对《关雎》的解读，还真让人耳目一新。吴楚东大学选修过古典文学，教授们讲解《关雎》时也大多止于爱情之说，看来韩石江比普通教授略高一筹。也许正因韩石江入世颇深，人情练达，非天天躲在书斋的教授可比，对《关雎》才有这么独到深刻的认识。纸上得来终觉浅，绝知此事要躬行，毕竟从书本到书本的东西难免苍白，实践才能出真知。孔子就不是书呆子，他走南闯北，阅人无数，其对《关雎》的推崇，定然不是普通书呆子能解读的。从这个意义上说，韩石江也算是孔子千年知音了。

　　接下来韩石江又道："我在这里大谈《关雎》，大谈孔子的仁爱和仁德思想，就是要大家站在新的高度，重新认识爱情、家庭和国家，誓死忠于爱情，忠于家庭，忠于祖国。国家国家，一个不忠于爱情和家庭的人，还能指望他忠于国家吗？当年克林顿与莱温斯基有染，美国人为什么要弹劾他？就是见他太禁不住诱惑，轻易背叛妻子和家庭，怕他哪天也背叛国家。咱们少数党员干部不知自律，在外找情妇、包二奶、养小三，背叛自己的妻子，难道不应该引起足够重视吗？有句俗话，叫'文章自己的好，老婆人家的好'。我觉得应该颠倒过来，改作'文章人家的好，老婆自己的好'。老觉得文章自己的好，就会盲目自信，意识不到自己的不足，只有'文章人家的好'，才会看到人家的长处，向人学习，提高自己。同样老觉得'老婆人家的好'，两眼盯着人家老婆，迟早要犯错误，还不如多看自己老婆的好处，安分守己，把精力和心思放在工作上，自然能干出成绩来。事实也是情妇二奶小三是靠不住的，你有权有势，她们苍蝇样叮住你，挥之不去，一旦你有事，被弄了进去，情妇二奶小三早躲得不知去向，恐怕只有原配才会到里面去给你送穿送吃，哪天你出去后再收留你。所以我说爱情、家庭、国家是有内在联系的，儒家深知这种内在联系的价值，提出修身齐家治国平天下的理论，确实不无道理。回到我们的党教工作，就应该从传统文化里吸取精华，推陈出新，为我所用。儒北把党教基地放在龟首村，放在诗经民歌之乡，我想最大意义就在这里吧。"

官场中人有几个没听过几堂党课？但像韩石江把党课讲到这个份儿上的好像还不多。吴楚东想起韩石江夫妇伉俪情深，还有戴姨送给自己的戒字戒，越发觉得韩书记的话意味深长。

考察城建和企业，参观龟首村，并非韩石江儒州之行的主要目的，最后他带人进入儒北经开区，逗留的时间也最长，稍有规模的建设项目都一一视察到，看得细，问得多，还不停地点头，饶有兴致的样子。记者的镜头紧追不舍，几乎将经开区都拍了个遍。视察完经开区，吴楚东将韩石江一行请进管委会办公大楼，进行详细汇报。

吴楚东汇报完毕，危存虎又做过补充，韩石江发表重要讲话。他充分肯定经开区富有开拓性的做法，为经济落后地区如何找准方向，大胆进取，突破区位劣势，开创经济建设新局面，提供了不可多得的宝贵经验。既是开创性工作，失误和出点差错也就在所难免，决不能死死揪住不放，甚至一棍子打死，要像爱护新生婴儿样，爱护好这一新生事物，努力营造良好政治环境，让经开区建设和社会经济得到良性发展，茁壮成长。

韩石江视察儒州和儒北经开区的镜头，当晚就以头题位置出现在省新闻联播节目里。时长近二十分钟，也就是说作为节目背景，儒北经开区在屏幕上出尽风头，争了面子。儒州人尤其机关干部看到新闻，兴奋之余，不免疑惑，两个多月前经开区抓了那么多人，案子还没了结，韩石江就带队下来视察，到底意味着什么呢？

韩石江没时间看新闻，正在房间里听黄河清和刚赶到儒州的韦叶舟汇报高见远一案。高见远等四人到案后，经突击谈话和审讯，案情很快浮出水面。高见远案并不是孤立的，后面还隐藏着刘天龙和龙志坚的身影。儒北经济开发区成立以来，引进宏图新科等企业和开发商，以中轴线建设为突破，辐射整个开发区和周边乡镇，取得令人瞩目的成效，使得城南旧城和凤凰山项目相形见绌，刘天龙如鲠在喉，与龙志坚密谋，决定明暗双招齐发，以求反败为胜。明里借国土检查，把儒北经开区掀个底朝天；暗中动用蒲长明，把宏图新科整垮，让天宇地产取而代之，进军儒北经开区。明招很快见效，国土检查组引来两反局，带走相关开发商和于正国、侯文志、易晓宏等人，连吴碧玉和钱小鹤都没放过。蒲长明又探知，财信银行曾放给宏图新科五亿巨贷，于是请刘天龙出面，勾搭上高见远，再让高见远与许宝通唱双簧，逼得蔡宏图走投无路，开燃气自杀。

掌握基本案情后，韦叶舟不敢怠慢，赶到儒州，求见黄河清。听完汇报，黄河清义愤填膺，拍着桌子道："败类！简直是败类！这种事也做得出来。"又问道:"叶舟提到的许宝通,本是私人钱庄老板,干吗也参与进来?"韦叶舟道:"许宝通并非普通钱庄老板,是龙志坚老婆许菊英亲侄儿,凭龙志坚还有与许菊英关系说不清的刘天龙,揽到儒州城南开发项目,转手他人,空手套白狼,大发横财,同时利用金鑫钱庄,替龙志坚和刘天龙洗钱。"

黄河清摇摇头,问道:"蒲长明呢,有什么来头?"韦叶舟道:"蒲长明也非等闲之辈,是蒲秀丽亲弟弟。"黄河清问:"蒲秀丽是谁?"韦叶舟道:"蒲秀丽原是市政府办打字员,傍上刘天龙后,又转干,又提拔,直至发改委主任和财政局局长。还不满足,又逼刘天龙给她弄市级领导干干。刘天龙有把柄握在蒲秀丽手里,迫于无奈,给她运作市政协副主席,结果没能如愿。官位上不去,蒲秀丽不死心,见许菊英侄儿许宝通做项目来钱快,让自己弟弟蒲长明成立天宇地产公司,找刘天龙承揽工程。蒲长明脑袋活,开了多年洗浴中心,结识不少形形色色的人,上面又有姐姐和刘天龙罩着,动静越做越大,不仅儒州,连安州城里也拿到不少项目。刘天龙想搞瘫儒北经开区,需要得力干将,便把蒲长明拉进来,蒲长明早看宏图新科不顺眼,能置其于死地,取而代之,自然求之不得。"

"原来蛇鼠属一窝啊!"黄河清叹道。韦叶舟道:"还有一个情况,黄书记心里也得先有个底。"黄河清道:"什么情况,只管明言。"韦叶舟道:"据高见远交代,几年前发生在朱家坨撞人的车祸,司机并非高见远本人,而是熊继为。"黄河清惊讶道:"还有这种怪事?"韦叶舟道:"我去交警部门查过档案,又见过当年处理车祸的交警,交警说当时也觉得事有蹊跷,但领导打了招呼,不好往深里追究,就照高见远口供定了案。"

事关重大,黄河清带着韦叶舟,敲开韩石江房门,汇报案情,请求指示。韩石江很震惊,说:"哪里有利益,哪里就有争夺,本也不足为奇。可万万想不到,为谋取好处,这些人竟然连如此恶毒的手段都使得出来。"黄河清道:"这些人如意算盘打得精,若预谋成功,一方面可拿走儒北经开区项目,另一方面又可借题发挥,把火引到吴楚东、禹今朝甚至危存虎身上,可谓一箭双雕啊!"

提到熊继为出车祸让高见远冒名顶替的事,韩石江沉吟良久,道:"熊继为属中管干部和省委常委领导,咱不能直接调查他,办理高见远案时,发现有关熊继为的线索,只能移交中央纪委国家监委处置。"黄河清道:"这是纪律问题,咱们会注意的。"

韦叶舟也表示遵照领导指示办。韩石江望望韦叶舟,道:"幸亏叶舟同志和楚东同志及时营救蔡宏图,察觉背后阴谋,才使蒲长明、高见远他们没能得逞。下步怎么办？叶舟同志有设想没有？"韦叶舟道："我有两个想法，一是留置刘天龙和龙志坚，二是两反局已经撤销，应尽快将年前儒北国土案包括涉案人员移交给高见远专案组，实行并案处理。"

黄河清点头道："我同意叶舟同志意见，高见远案发生于安州，根子却在儒州，留置刘天龙和龙志坚，将儒北国土案并案处理，比较合理。韩书记意下如何？"韩石江道："你们的意见我基本同意，只刘天龙身为一市之长，在腐败事实没完全坐实前，仓促留置，恐怕不太恰当。比如叶舟同志刚才所说许宝通给刘天龙洗钱，证据到手没有？"

韦叶舟实话实说："时间仓促，还没来得及对刘天龙进行详细追查。"韩石江表态道："那暂时别动刘天龙，其余你们依计而行吧。"

讨得韩石江指示，当晚韦叶舟就控制住龙志坚，带往安州，关到留置点，做了高见远、蒲长明、许宝通几位的邻居，尽管几位相互间并不知情。

许宝通被留置后，许菊英在龙志坚面前又哭又闹，要他赶紧把人捞出来。谁知才过几天，龙志坚又被带走，许菊英眼前一黑，扑通栽倒在地。半天后醒过来，下楼跑到市政府，闯进市长办，指着刘天龙鼻子道："好你个刘天龙，我侄儿和男人都被抓走，你还在这里没事人一样，好像跟你没有任何关系。"

刘天龙赶紧把门关上，央求道："我的老祖宗，你声音小些行不行？嫌我还不够烦是不是？"许菊英道："你有啥可烦的？一边给龙志坚戴绿帽子，一边指使他给你当狗腿子，跑前跑后，干这干那，现在他进去了，你好独占老娘是不？"刘天龙说："别说得这么难听嘛，咱们不是三厢情愿吗？我几时要求独占你？"

许菊英呸一声，唾沫星喷得刘天龙满头满脸。随即破口大骂道："真不要脸！不是你手里有点权，我会跟你上床？龙志坚会忍气吞声默许你的无耻行为？"刘天龙道："许菊英你这就太没良心了！我不无耻，龙志坚进步有这么快？我不无耻，谁给龙志坚传宗接代？"许菊英咬着牙道："刘天龙你别得意！龙志坚和我儿子做过亲子鉴定，他们是亲生父子。"

刘天龙好不诧异，道："不可能吧？你不一直说儿子是我的吗？"许菊英道："我不这么说，你会死心塌地听我使唤，甘愿帮许宝通开钱庄、要项目，再让我在他那里入股赚钱，为儿子日后出国留学打基础吗？"

刘天龙将信将疑，可现在又不是追究真相的时候，摆着手道："好啦好啦，谁的儿子没那么重要，重要的是怎么涉险逃过此劫。如果不解恨，你就大闹，闹到纪委监委去，把我也抓走，跟着龙志坚和许宝通一起吃牢饭。"

许菊英这才压住火气，嘤嘤哭起来。刘天龙道："哭也没用。你还是回家老老实实待着，只要我没进去，会尽量想办法，把龙志坚和许宝通从里面捞出来。"

很显然，刘天龙不过在给自己打气。高见远、蒲长明、许宝通被留置后，刘天龙就知道大事不妙，现在龙志坚也被带走，下步就该轮到自己了，哪里还有可能去捞龙志坚和许宝通？他们又不是塘里的鱼，你站在塘边，挥舞捞笼，就可捞上来。但许菊英跑来哭闹，总得先把她稳住，少丢人现眼。这是市政府，门关得再紧，也关不住门外好奇的耳朵和眼睛。

好说歹说，口水说干，才好不容易把许菊英说走，刘天龙瘫坐在桌后，想理理脑中纷乱思绪，门口又冲进来个女人。这女人不是别人，正是蒲秀丽。刘天龙又跑去关好门，等着蒲秀丽发飙。蒲秀丽脾气火暴得多，尤其做副市级领导的奢望破灭后，每次见着刘天龙都要来场暴风骤雨，刘天龙杀她的心都有。

偏偏这次蒲秀丽不吵不闹，只脸黑着，像涂了锅底灰似的。今天真奇怪，一向还算温柔的许菊英仿佛吃了火药，声嘶力竭；一点就着的蒲秀丽相反不声不响，不动声色。火暴女人一旦有嘴不吼叫，有眼不飙泪，更让男人发怵。刘天龙赔着小心，倒杯水放到蒲秀丽旁边茶几上，轻声道："秀丽先喝口水，有话好好说。"

蒲秀丽僵坐在那里，不喝水，也不说话。对方不说话，刘天龙只好自己主动开口："我知道秀丽心情跟我一样不好受。想不到事情会弄得这么糟。主要责任还在我，是我轻视吴楚东和禹今朝，不知他俩还有韦叶舟这个硬关系，趁咱没防备，背后捅咱刀子。"

蒲秀丽依然不吱声，也不看刘天龙。刘天龙又道："我知道蒲长明是你唯一的亲弟弟，你母亲死后，父亲另娶，你为使他免受继母歧视，一直带在身边，姐弟俩相依为命，情深似海。可事已至此，光急不管用，得寻找办法，看能否挽回局面。"

依然没得到回应。刘天龙只好无话找话道："刚才我说过，主要责任在我，但你也难辞其咎。当初你叫我给蒲长明拿工程项目，我就说过建筑领域水很深，蹚进去容易呛着，甚至葬身水底都有可能。你听不进去，非逼我照办不可。你都把最美好的青春给了我，我帮帮你弟又算什么呢？谁想到会有这么一出，你总不能全赖我吧？"

蒲秀丽横刘天龙一眼，咬紧牙关道："少废话，长明的事你到底管不管？"

这女人终于出了声，刘天龙暗暗舒口气，说："当然管。可得给我时间呀，我总不可能招些人，挥着锄头棍棒，跑到安州去抢蒲长明吧？"蒲秀丽道："抢不抢是你的事，我只想尽快看到长明。"刘天龙叹道："你逼死我，我也没法马上给你变个蒲长明出来。再说蒲长明不过老板一个，进去说清问题，会很快出来，继续赚钱。不像咱政府官员，只要涉案，就会丢掉饭碗，在里面待上十年二十年，能不能活着出来都难说。"

"你的意思是不想管长明的事啰？"蒲秀丽红着眼睛，威胁道，"你不管也行，我只提醒你，别忘记经开区中轴线工地那个死在医院的民工，只要我捅出去，你我还有姓夏的三人一起坐牢，一起结伴上黄泉路。"刘天龙去捂蒲秀丽的嘴，哀求道："我的老祖宗，你别嚷嚷好不好？过去十八辈子的事，你又掀出来，活得不耐烦了是不是？"

蒲秀丽挡开刘天龙的手，嗖的一下，从身上抽出一把刀，搁到脖子上："刘天龙你别东拉西扯，到底管不管长明？是不是要我死给你看！"

吓得刘天龙两腿直打战，忙给蒲秀丽打拱手，道："秀丽你冷静点好不好？你自杀连带我没关系，蒲长明出来后，只见骨灰盒，不见亲姐姐，要他怎么受得了？"蒲秀丽吼道："别啰唆，你只说管不管长明？"刘天龙道："管管管，我管我管，管到底，行不？"蒲秀丽道："怎么个管法？"刘天龙道："尽快把蒲长明弄出来。"蒲秀丽道："什么时候弄出来？"刘天龙道："得花些时间，托人帮忙。"蒲秀丽道："花多长时间？限你三天，把长明弄出来。"刘天龙哭丧着脸道："三天哪行？至少得三十天。"

蒲秀丽抬抬横在脖子前的手臂，做着拉刀子的架势，说："我等得了三十天吗？你给我收尸吧！"刘天龙摆着手道："别别别，你别胡来，二十天可以吗？"蒲秀丽道："二十天不行。"刘天龙道："那十五天。"蒲秀丽道："十五天也等不了，最多不能超过十天。"

刘天龙只好挠着头皮，答应十天内把蒲长明弄出来，说："十天时间确实有些紧，我得好好想一想，看采取什么方式才有用。"

嘴里说着，刘天龙瞧瞧蒲秀丽仍架在脖子上的刀，又道："我已答应十天把蒲长明弄出来，你总该拿开脖子上的刀子了吧？"蒲秀丽说："不行，你还得给我写个保证书。"刘天龙道："我堂堂一市之长，说话算话，难道还会骗你不成？"蒲秀丽道："不行就不行，你非写不可。空口无凭，过后你不认账，我找谁去？"

刘天龙只好答应着，回到办公桌前，摊开纸，从笔筒里抽笔出来。他心烦意乱，哪有心思组织文字？旋即把笔扔掉，说："倒起霉来，连笔都不出水。"边说边翻抽屉，然后晃晃脑袋，起身走向蒲秀丽。蒲秀丽道："没写好保证书,你过来干啥?你过来我就划刀啦!"刘天龙指着蒲秀丽面前茶几上的公文包道:"有支笔在包里,才写过字,我得取包拿笔。"

蒲秀丽不好说啥,看看刘天龙,让他上前取包。刘天龙渐渐靠近茶几。就在蒲秀丽目光飘向公文包时,刘天龙突然飞起一脚,踢向蒲秀丽握刀的手臂。蒲秀丽猝不及防,手腕猛地一抖,架在脖子上的刀迅即脱落,掉到茶几边缘,"当"一声弹向地面。没等蒲秀丽反应过来,刘天龙扑上前,抓刀于手,蹦回办公桌,往抽屉里一扔,上了锁。

蒲秀丽趴到茶几上,耸动肩膀,"呜呜呜"地抽泣起来。

好不容易把蒲秀丽请走,天色不觉已黑下来。刘天龙没开灯,呆坐桌前,双手箍紧脑袋,生怕一松手,膨胀的头颅就会炸裂似的。他当然不是愁十天内能否把蒲长明弄出来,这哪有可能?不过哄蒲秀丽而已。刘天龙是愁屁股下面的市长位置已坐不了几时。比起自己的仕途,蒲长明也好,蒲秀丽也罢,包括许菊英之类,其实啥也不是。一旦头上权力的光环消失,你就是只拔毛的凤凰,还不如只鸡,无论财和色,无论媚笑和掌声,都会远远躲开你。

可刘天龙不愿善罢甘休。鸡抹了脖子,还要拼着最后的气力,蹬几下腿,自己好歹也算个人物,风光大半辈子,怎能随便认怂,束手就擒?刘天龙拿过手机,按下熊继为的名字。熊继为树大根深,不会那么容易倒下,只要他在后面撑着,自己还有一线生机。

手机没有反应,熊继为的电话打不通。莫非熊继为也已被控制起来?应该没那么快吧?熊继为属中管干部,不论韦叶舟,还是黄河清,或韩石江,都没法动他,要动也只中纪委能动。中纪委要动熊继为,动作不可能这么迅速。

刘天龙转而去拨熊继为秘书电话。这回一拨就通,但铃声响了好久,直至停下来,对方也没接听。过会儿再拨,依然如是。

就在刘天龙一筹莫展时,桌上铃声突然响起。

谁这个时候打办公电话呢?不是政府值班室吧?政府值班室若知你在市长办,干吗打座机,不直接来敲门?不是值班室,又会是谁呢?管他哩,还是先接听再说。刘天龙抬手朝话筒伸过去。刚触着话筒,突然心头一惊,手指猛地一弹,赶紧缩了回来,好像电击着一般。他脑袋里突然冒出"省纪委"三个字。难道龙志坚他们把该说的和不该说的都说了,省纪委顺藤摸瓜,已向你摸了过来?

铃声还在固执地响着。刘天龙再次抬手伸向话筒。早过下班时间,省纪委要找你，会直接拨你手机号，不可能打座机。刘天龙壮壮胆，硬硬心肠，将话筒抓到手上。

那是一个熟悉的声音。刘天龙舒口气，不出声道，你小子打什么座机，要打就打手机，手机屏幕上看得到你名字，也不至于把老子吓成这样。刘天龙暗暗责怪着对方，镇定下来，尽量以平常口吻道："你怎么知道我在办公室？"对方道："您手机老占线，只好打您办公电话，正好您在办公室。"刘天龙道："你在哪里？找我有事吗？"

对方沙哑着嗓子道："我在安州哩，有话跟您说，又不方便用手机，才跑了好几条街，找到一台公用电话，联系上您。"

在儒州官场，此人是典型的中间派，跟危存虎、禹今朝和吴楚东若即若离，与刘天龙好像也无私交，仅有工作往来，却偏偏在此特殊时期打来电话，口气神秘，自然颇有意味。刘天龙打开手机电筒，照照座机来电显示屏，果然是安州固定电话号码。也不知此人是福星还是灾星，刘天龙顾不得许多，道："有话直说吧，我听着。"

对方停顿片刻，才道："我刚见过熊老板。"

刘天龙一时没反应过来，问道："熊老板？哪个熊老板？"

对方道："当然是熊继为熊老板。"

刘天龙本来是坐在椅子上的，听到这话一下站了起来，道："熊老板跟你说了什么？"

对方说："也没说啥，就是要您保持冷静，别到处打电话。尤其不要直接跟他联系，他有事会通过我传话给您。"

莫非刚才打熊继为电话时，此人就在他旁边？这么说来，熊继为还没乱掉阵脚。刘天龙稍感安慰，道："行行行，我听熊老板的。"

对方道："熊老板还说，尽管高见远和龙志坚受到他们控制，但还威胁不到他老人家，他可不是几个跳梁小丑能扳得倒的。"

刘天龙道："这我信，熊老板久经沙场，什么风浪没见过？"

对方道："那当然，熊老板就是熊老板。他要您莫惊慌，近期尽量别离开儒州，该吃吃，该睡睡，一切会过去的。"

刘天龙道："好好好，得了熊老板的话，我就踏实啦！"

对方又道："其他电话里不便多说，办完该办的事我就回儒州，到时再找你面谈。一句话，要相信熊老板的能量。"

"嗯嗯嗯，有事你回儒州后再说。"刘天龙说道，挂掉了电话。电话让他略觉心安，坐下来长出了一口气。随即心里又升起一丝莫名的嫉妒。这小子好像跟熊老板的关系比自己还近！平时自己在前冲锋陷阵，他却躲在背后当个逍遥派，如今自己火烧连营了，倒轮到他秉持老板旨意对自己颐指气使了。

　　龙志坚到案后，交代出刘天龙好几个婚外情人，以及给许宝通和蒲长明等人打招呼揽工程的事，但坚持说没见他收过谁的钱。这与许宝通和蒲长明几位的口供基本相符。也就是说，光有作风问题和为人说项，没大钱进口袋，还不足以留置刘天龙。

　　就在专案组一边紧锣密鼓地调查取证，一边想尽办法撬开龙志坚等人的嘴时，一封匿名举报信到了韦叶舟手里。举报信说刘天龙贪婪成性，大肆受贿，再借远房亲戚陈定才名字，在安州高档小区买了套房子，用来存放巨额现金。

　　韦叶舟与于来群按图索骥，很快找到挂名陈定才的房子。那是某小区内两百平方米的豪宅，装修奢华。客厅宽阔，窗户紧闭，窗帘垂地，打开灯，满眼都是贵重的红木桌椅几柜。各处房间却无任何家具，只靠墙摆放着沉重的绿皮保险柜。将保险柜打开，里面塞满一扎扎崭新的亮花花的人民币，连冠字编码都连在一起，看来自银行出来后，从没流通过。

　　经银行工作人员认真清点，各房间保险柜里的人民币合计三千多万。巨款缴入国库后，韦叶舟和于来群按举报信上提示，一大早驱车赶往儒州，去见刘天龙的远房亲戚陈定才。陈定才家在距儒州城不下三百公里的大山深处的梓木冲。两人先上高速，后跑省道，再走县道，又改行乡道。乡道尽头，是条巴掌宽的羊肠小道，公务车派不上用场，只能徒步而前。爬三个小时，翻越两个山头，发现数座木屋坐落在山窝里，那便是梓木冲。有位老妪正在冲口坡土上翻弄红薯藤，见着生人，眼露惊奇，主动问找谁。听来人说找陈定才，她一脸惊疑，放下活计，带两位走进一户人家，指着正在坪里劈柴的汉子说："他就是陈定才。"

　　韦叶舟上前打招呼，陈定才呃呃着，原来是位哑巴。据老妪解释，陈定才小时耳聪目明，机灵得很，四岁半得了重病，眼看快要落气，父亲死马当活马医，捏根灯草，蘸上菜籽油点着，在儿子额角、耳根、背心和腋下一顿乱戳，戳得啪啪作响。这叫爆灯火，不管啥病，若爆对穴位，可见奇效。果然爆过一通灯火，陈定才捡回条贱命，但爆着哑穴，从此成为哑巴，再没开口说过话，见人都嘴里呃呃，比画手势。也是陈定才命苦，不到十岁，父母双亡，靠东家施个红薯、西家舍块南瓜，长到成年，晃眼间已五十岁。

　　人间仁者久，世上苦人多。韦叶舟一阵同情，问："难道没亲戚收养或帮衬陈定才吗？"老妪说："陈家是上两辈从外地逃荒来落户的，三代单传，几乎没亲戚。"韦叶舟道："没本家堂亲，外家表亲呢？"老妪道："表亲可能会有一些，但没见谁上过门。也怪不得，贫居闹市无人问，穷苦落难人家，又困守僻远大山里，谁会来认亲？"

"老人家说得对啊。"韦叶舟继续试探，"陈定才好像有个老表当官，不知老人家听说过没有？"老妪道："那老表姓刘吧，听说当了大官，是市里的市长。算来该是陈定才奶奶娘家后人，已攀不上了。"韦叶舟道："那市长莫不叫刘天龙？"老妪道："记得就叫这个名字。"韦叶舟道："刘市长到过梓木冲？"老妪道："人家来干么子？不可能来。"韦叶舟道："可有人说，刘市长给陈守才在城里买了商品房，真的假的？"

老妪哈哈大笑，说："这话你也信？换了我，宁肯信公鸡下蛋，母鸡打鸣，也不信世上有这种稀奇事。"韦叶舟另问道："陈定才有身份证吗？"老妪道："身份证是啥子？"

于来群赶紧掏出自己的身份证，递给老妪。老妪道："这我见过，我两个孙女外出打工都带在身上，说丢了没法坐车找事做。"于来群道："你老人家有吗？"老妪道："据村干部说，乡里给咱办过，咱拿着没用，又不想出山，懒得去取。"韦叶舟道："陈定才呢？他的身份证取回来没有？"老妪说："陈定才从没离开过梓木冲，可能没取回来。"

为证明自己的话，老妪拿着于来群的身份证，要陈定才瞧，又比画几下，意思问他的身份证在不在屋里。见陈定才呃呃着，脑袋直摇，老妪将身份证还给于来群，说："陈定才跟我老婆子的命一样，一辈子守着梓木冲，生是冲里人，死是冲里鬼，阳间的官爷，阴间的阎王，都不会到冲里来查户口，身份证不如一张栗树皮，还可生火做饭。"

没陈定才身份证，不可能以他名义买房，刘天龙又是怎么获得他身份证的呢？韦叶舟正在疑惑，老妪又提供一个情况，说陈定才三十多岁时，因为连月下雨，梓木冲对面崩山，把山下一户人家埋掉，一家数口葬身泥底，只一位三岁女娃幸免于难，被冲里人抱回来，交给陈定才做养女，他日好有人给他养老送终。还给女娃取了个名字，叫作陈桂花。陈桂花慢慢长大，倒也灵泛，相貌也不丑，只是不安心待在冲里，几年前扔下养父，不知去了哪里。老妪说这些，意思是陈定才身份证有可能在陈桂花手里。

看来有必要把陈桂花找到。韦叶舟掏出十张百元人民币，给陈定才和老妪各五张。在老妪眼里，这可是笔巨款，客气几句才接住。又请客人上隔壁自家吃饭落宿，见客人执意要走，回家拿来腊红薯和蒿子粑粑，塞进于来群包里，又跟陈定才比画几下，要他送客人出山。陈定才很乐意，一蹦一跳的，带着两位，抄近道往山下走去。

下到乡道旁，已是暮色四合，夜鸟啾啾。两人跟陈定才告别，钻进车里，吃些老妪送的干粮，填填肚皮，再打亮车灯，原路往回赶。晃晃悠悠，走完漫长的乡道，早过子夜。前面灯火依稀处，便是乡政府所在地。车进入没有大门的乡政府院子，里面静如止水，连檐下的夜灯也昏昏欲睡，仿佛懒猫的困眼。不好惊动梦中人，两人蜷缩车里，迷迷糊糊睡将过去。

醒来天已大亮，院子里依然悄无声息。幸好乡政府门外有粉面摊担，两人坐到摊边塑料凳上，吃过早餐，在附近溜达一圈，回到乡政府院子，派出所已经开门。走进所里，拿出工作证，让柜台里面的女民警瞧过，请她查询陈定才资料。女民警打开电脑，很快找到陈定才名字，其户籍信息里有他身份证号码，还有养女陈桂花的名字。问陈定才身份证谁领走的，女民警说电脑里没特别注明，估计不是他本人，应该是他养女陈桂花。

两人上车回到儒州，请公安帮忙寻找陈桂花。陈桂花勾引黎进步，黎进步与钱小鸥反目成仇，离婚散伙，民警没少参与三人的烂事，对陈桂花自然不陌生。可找到黎进步，两人已经分手，不知陈桂花去了哪里。走访陈桂花打过工的几处地方，也没她踪影。民警只好调阅公安内部大数据，发现两个月前陈桂花还在儒州，后突然消失，人间蒸发。奇怪的是消失之前用手机打过几个电话，对方都是刘天龙。

刘天龙是陈定才远房表亲，陈定才养女陈桂花消失前联系过刘天龙，刘天龙用陈定才身份证在安州买大宅藏匿巨款，事情具体经过看来只有刘天龙本人才说得清。韦叶舟打算先回安州，见过黄河清后，再决定下步行动方案。

快出儒州城时，韦叶舟手机铃响，一看竟是龙头打来的。那年起获鲍长庚藏在凤尾寺的巨款后，凤翔机械厂职工欠账和养老保险问题得到妥善解决，龙头因协助调查鲍长庚案有功，在韦叶舟和吴楚东促成下，补办了工龄和养老保险手续，顺利拿到养老金，又与芹菜正式结婚，共同经营粉店，过上正常日子，不再打牌赌博，东游西荡。不时给韦叶舟打个电话，感谢他让自己改邪归正，重新做人。韦叶舟有空会跟他聊几句，事忙不接电话，龙头也不见怪。

也不知今天龙头是有事要说，还是闲极无聊找人解闷，韦叶舟本不想理睬他，又觉得有于来群开车，自己干坐是坐，说说闲话，容易打发时间，便揿了手机绿键。龙头在那头道："叶舟兄弟在哪里忙呢？"韦叶舟道："来儒州出了趟差，正要上高速回安州。"龙头责怪道："到了儒州也不打电话，我有事要找你哩。"韦叶舟笑道:"有啥事?是不是芹菜揪你耳朵,要我说说芹菜,对老公放尊重些?"龙头道:"芹菜敢揪我耳朵,我休了她。"韦叶舟道:"芹菜没在旁边吧,她在旁边看你还敢不敢吹牛皮。"龙头说:"芹菜确实没在旁边,旁边站着另一位美女,这位美女你也熟悉。"韦叶舟道:"你身边美女太多,我哪熟悉得过来?"龙头道:"罩鸡你总该熟悉吧?"

罩鸡是凤翔机械厂职工,韦叶舟参与处理鲍案时跟她有过接触,不可能不熟悉,道:"龙头怎么黏上了罩鸡?莫非你嫌芹菜年纪大,真休了她?"龙头道:"没叶舟兄弟说得这么复杂。是罩鸡手里有样东西,也许你用得着,我才打你电话,看你感不感兴趣。"

罩鸡手里能有啥东西?韦叶舟漫不经心道:"啥东西说说看?"龙头道:"一支录音笔。"韦叶舟道:"录音笔?什么录音笔?"龙头道:"这支录音笔是汪老板留在腰子田的,叶舟兄弟觉得有用,罩鸡可交给你。"

韦叶舟精神一振,提高声音道:"你和罩鸡在哪里?"龙头道:"还能在哪里?在凤翔镇上呗。是你到凤翔来见我俩呢,还是我俩去安州会你?"韦叶舟叮嘱道:"你俩原地不动等着,我马上掉转车头,赶往凤翔镇。"

二十三

案情在罩鸡这里有了重大突破。这一切,还得从当年凤翔机械厂的改制说起。

汪老板买下凤翔机械厂后,略加包装,很快找好下家,准备出手。这是大动作,没人背后使劲,肯定玩不转。站在汪老板背后的人自然是刘天龙。收购凤翔机械厂过程中,汪老板见识过刘天龙的贪婪,抛售时就想绕开他,反正是一锤子买卖,以后再不可能跟这小子打交道。但汪老板毕竟是外地人,没本地人合作,想吃独食,绝对行不通。想来想去,觉得还是拉鲍长庚入伙为妥,毕竟厂子是从他手里兑过来的。鲍长庚也爱钱,但还算讲规矩,有话肯摆到桌面上说,不玩太极。汪老板就开车上了腰子田,去会鲍长庚。

鲍长庚正站在仓库前坪做扩胸动作,看到汪老板的豪车驶入腰子田下面的盘山路,就知道他来干啥,打了龙志坚的电话,请他来喝几杯,还说了汪老板名字。鲍长庚明白,汪老板身为外地人,转手卖掉凤翔机械厂,携款离去,再也用不着回来,你鲍长庚则是地地道道的本地人,得了汪老板好处,也拍屁股走掉，刘天龙和龙志坚还不带人把鲍家祖坟刨掉？

打完龙志坚电话没几分钟，汪老板的车子就到了跟前。鲍长庚把客人迎进屋里，让罩鸡炒了几道野味，温了腰子田人蒸的烧酒，两人对饮起来。汪老板几次想说明来意，鲍长庚都拿话岔开，没给他开口机会。正喝着，吕开基出现在门口，鲍长庚赶紧把他拉到桌上。

不用说，吕开基是刘天龙派来的。龙志坚得知汪老板上了腰子田，自然会报告刘天龙。刘天龙和龙志坚身份敏感，不方便出面跟汪老板周旋，只好让吕开基露头。此时吕开基还是街道派出所所长，在刘天龙组局的饭桌上认识汪老板后，还为汪老板收购凤翔机械厂出过不少力气，安排他与汪老板交涉，再合适不过。

吕开基到了场，鲍长庚又不愿掺和凤翔机械厂的转售，自然会以酒给自己打掩护。敬过吕开基，又敬汪老板，客人还没事，鲍长庚已先醉倒。这可是真醉。唯有真醉，才可能置身事外。罩鸡哪知鲍长庚心思？见他烂醉如泥，骂骂咧咧着，把他搀进卧室，弄到床上。

吕开基和汪老板没有再喝酒的兴致，放下杯子，你望望我，我望望你，仿佛从不认识似的。半晌吕开基才道："汪老板没啥要跟我说的吗？"汪老板哼道："跟你说啥？我是听说腰子田的烧酒好喝，特意上来讨一醉，谁知吕所长鼻子长，也嗅着酒味跑了上来。"

这话有些带刺，吕开基不可能听不出。可他不介意，笑道："你是鲍厂长朋友，喜欢烧酒，往腰子田跑，我也是鲍厂长哥们，也好这一口，到腰子田来过把瘾，没碍你事吧？"

看来在儒州地界上，想撇开刘天龙一伙，做成大买卖，还真没这个可能。汪老板有些泄气。可泄气归泄气，凤翔机械厂该抛还得抛掉，否则那看得见摸得着的数亿售价会被深度套牢，自己不死也得脱几层皮。既然慑于刘天龙淫威，鲍长庚缩头缩脑，不愿与你合作，你又没法摆脱刘天龙，还真只能硬着头皮，再跟他们玩一回。汪老板无奈道："刘天龙带了什么话，吕所长还是直说吧。"

吕开基环顾四周，道："就在这里说？"汪老板道："不在这里说，还到哪里去说？"吕开基道："还是另外找个安静的地方吧。"汪老板道："这里挺好的，山高水远，地广人稀，正好有啥说啥。"吕开基道："也行，让罩鸡给个房间，咱俩关起门来说事。"

罩鸡已扔下鲍长庚，回到客厅，应吕开基要求，开了傍后山的一间小房。两人走进去，打上门栓，关紧窗户，坐到茶几两旁。汪老板从包里拿出事先拟好的合约，递给吕开基，请他过目。合约本是给鲍长庚准备的，只是甲乙两方署名栏空着，换了合伙人，照样可用。

吕开基接过合约，一个字都没看，哗啦一声，撕作两半，再一下一下，撕成碎片，扔到地上。汪老板不可思议道："哪有瞧都不瞧一眼，就信手撕碎合约的？"吕开基道："我不识字，看不懂合约，不撕掉干啥？"汪老板道："我是商人，凡事先签约，再履约，把合约撕掉，咱们还怎么合作？"吕开基道："你是想留下文字依据，以后好要挟咱们吧？"

汪老板无话可说。吕开基道："汪老板行走儒州地面已有些时候，可对咱儒州人还是缺乏了解。儒州山陡水急，自古文化不发达，官民只重言诺，而轻字据，就如那句老话说的，君子一言，驷马难追。所以汪老板完全没必要打屁脱裤，多此一举签什么合约。只要咱口头承诺过，绝对会认真履行，不耽误你的好事。"

汪老板真想撇下吕开基，摔门而去。可你逃得出腰子田，逃得出儒州吗？你总不可能扔下凤翔机械厂这块大肥肉，从刘天龙他们眼前彻底消失掉吧？迫于无奈，汪老板只得压住火气，跟吕开基周旋。吕开基看准汪老板心态，道："汪老板还是先谈谈你的设想吧？"

不签约就不签吧。汪老板弯下腰身，伸手去捡扔了一地的碎纸片。吕开基道："待会儿罩鸡会扫走的，何必劳驾你大老板动手？"

汪老板没理吕开基，继续不慌不忙捡拾着纸片，然后一片片扔进茶几旁边的垃圾桶里。捡得差不多，快竖腰时，手指不经意似的在左胸上按了按，这才从容坐回椅子上，眼瞅吕开基，开始跟他讨价还价。

这天汪老板穿着夹克外衣，里面是件花格子衬衫，衬衫左上口袋里搁了支录音笔，此刻录音笔已进入工作模式。

吕开基所提要求一点不含糊：蒲长明有家天宇地产公司，许宝通拥有金鑫钱庄，天宇和金鑫负责协助汪老板抛掉凤翔机械厂，汪老板分别给天宇和金鑫各投资一亿一千一百万，然后爱去哪儿去哪儿，永远不要再出现在儒州地面上。

汪老板明白，吕开基所谓投资，不过说得好听而已，其实就是你应付出的代价，只是这代价也太大了点。可不付出这个代价，凤翔机械厂就卖不成，就会砸在自己手里，无法拿回收购和改造厂子投入的巨资。汪老板试图说服对方让些步，吕开基不肯松口，说是老大给的数，老大向来说一不二，没人能让他收回成命。

吕开基嘴里的老大就是刘天龙。汪老板知道刘天龙的德性，没再废话，点头认可。

口头协议达成，汪老板去上厕所，拿出录音笔，塞到吊顶扣板后面，留待日后再寻机会回来取。吕开基办案多年，没啥能瞒得过他，录音笔放在身上不牢靠，万一落在他手里，自己恐怕只能死在儒州，没法活着回浙江去见老婆孩子。

在吕开基、蒲长明和许宝通等人的操纵下，汪老板抛掉了凤翔机械厂。拿出两亿两千两百万给天宇和金鑫，还掉收购及改造厂子的借贷，已所剩不多，若再刨去一购一售花掉的请客送钱等各项开支，几乎白在儒州忙活了一年多。汪老板沮丧、懊恼、愤怒，离开儒州数月后，又潜回腰子田，准备拿走录音笔，连同转款给天宇公司和金鑫钱庄的手续，告到有关部门，哪怕钱追不回来，至少可出口恶气，让刘天龙一伙不得善终。

谁知这年春夏儒州雨水格外多，仓库屋顶渗水严重，罩鸡家卫生间天花板漏起雨来，几乎成为花洒，洗澡都不用放水。罩鸡请人补好漏，又掀开卫生间天花板，检修电路，把汪老板那支录音笔弄得不知去向。汪老板很无奈，只得嘱咐罩鸡，说录音笔很重要，以后若能找见，赶紧打电话给他，千万别告诉其他人。

一支录音笔又不是啥宝贝，丢了就丢了，哪值得汪老板这么在意？罩鸡也就不怎么放在心上，时间一久，渐渐忘到脑后。不料有天夜里狂风大作，屋子差点被抬走，早上罩鸡起床去上卫生间，发现门破窗毁，天花板都被揭开了。她爬上椅子，伸手去扣天花板，一个东西顺着扣板内槽滑落下来，弹到地上。罩鸡扣好天花板，从椅子上下来，才发现是支钢笔样的东西。莫非就是汪老板要找的录音笔？罩鸡弯腰捡到手上，觉得好像与普通钢笔也没啥区别。

罩鸡开始寻找储存在手机里的汪老板名字，打算告诉他录音笔已找到。翻出汪老板电话时，罩鸡忽又住了手，没去点击绿键。原来人都有逆反心，汪老板叮嘱录音笔找到后别告诉其他人，罩鸡偏偏想叫个人，分享分享自己的重大发现。

那叫谁好呢？汪老板是龙头带上腰子田，认识鲍长庚和罩鸡的，就叫龙头得了。罩鸡于是打通龙头电话："龙头你在跟哪个美女鬼混？"龙头道："哪个美女看得上咱龙头？想去腰子田倒插门，你又不让我插。"罩鸡道："你就知道插插插，惹恼芹菜，砍断你的插栓，看你还怎么插。"龙头道："别三句不离芹菜，我知道你不稀罕咱龙头的插栓。"罩鸡道："你那插栓有啥可稀罕的？以为俺罩鸡没见过插栓？"龙头道："知道你见多识广。何况鲍长庚已死，

356

你爱找谁的插就找谁的插。"

调笑几句，罩鸡道："跟你说龙头，我不是闲得无聊，拿手机费不当数，找你废话，是有件小事想问问你。"龙头道："除开插栓，啥事你问就是。"罩鸡骂道："插你那张臭嘴！你不能正经点吗？"龙头道："好好好，我正经点。你说吧。"罩鸡道："汪老板落了个东西在我这里，你要不要来瞧瞧？"

龙头也不在意，嬉皮笑脸道："是不是汪老板留了定情物在你那里？"罩鸡生气道："我跟你说正事，你尽胡扯！算啦算啦，不说啦！"挂掉电话。

龙头这才意识到事非等闲，瞟眼手机，回拨过去，道："罩鸡别生气嘛，我是喜欢你，才跟你有说有笑，要是芹菜，我还懒得理她，三天不放两个屁。"罩鸡道："老娘不用你喜欢。你已老大不小，只知讲屁话，不知讲人话。"龙头道："行行行，我讲人话，不讲屁话。你说说，汪老板到底落了啥东西在你那里？"罩鸡道："一支笔。"龙头道："什么笔？"罩鸡道："看去像支钢笔，但与普通钢笔肯定不同。"龙头道："不同在哪里？"

罩鸡不耐烦起来，道："你上腰子田来看看不就行了？"

正好芹菜在隔壁茶馆打麻将，米粉店里又没客人，龙头关上店门，骑了新买不久的电动摩托，朝凤翔方向驶去。路上想起那句寡妇门前是非多的老话，罩鸡太打眼，还不如把她叫到凤翔镇来见面，免得引起旁人注意。龙头又给罩鸡打电话，说了自己想法。罩鸡也觉得有理，带着录音笔，跳上跑凤翔镇的客运中巴。

两人几乎是同时到达镇上的。见面地点在农贸市场后面的清浦江岸边。江岸水柳茂密，正好说事。罩鸡拿出录音笔，龙头接到手里，左看看，右瞧瞧，也没觉得有什么特别，问道："汪老板为何留支录音笔在你家？"

罩鸡说了说发现录音笔的经过，最后道："我隐约觉得录音笔不简单，也许暗藏着汪老板抛售凤翔机械厂的秘密。说不定吕开基人间蒸发，至今不知去向，也与这支录音笔有说不清的关系。我本想通知汪老板把录音笔拿走，又怕惹出什么幺蛾子来，没敢打他电话。不是你拉汪老板认识鲍长庚，也不会招来这支录音笔，我才联系你，看你怎么处理。"

龙头把玩着录音笔，正准备按播放键，倒看了啥内容，听罩鸡说起吕开基三个字，不觉手头触电般一颤，录音笔差点掉到地上。罩鸡又盯住龙头道："你走南闯北，见得多，应该有办法处理录音笔。"龙头叹道："早知录音笔这么烫手，我就不该跑到凤翔镇上来见你，弄不好我也会像吕开基一样，永远从地球上消失掉。"

吓得罩鸡缩颈耸肩，道："有这么严重吗？"龙头道："这事要多严重就有多严重。"罩鸡道:"干脆扔到江里算啦。"龙头道:"你吃了灯草,说得轻巧。录音笔已到你手上,是想扔就扔得掉的?"罩鸡道:"那又如何是好?"

"这回我要栽在罩鸡你这个狗女人手里了。"龙头举着录音笔,在空中划拉着,一边提了两脚,在柳岸上来回走动着,"罩鸡你真是个害人婆、丧门星,你克死鲍长庚还不够,又来害我龙头。鲍长庚毕竟跟你睡了十多年,被你害死也值得,我龙头连你下面的毛是白是黑都没见过,也要追着鲍长庚去见阎王,我冤枉不冤枉我!"惹得罩鸡烦起来了,大骂道:"狗日的龙头,你还是不是个男人!一支录音笔把你吓成这样,你还不如扯根柳条,吊死在柳树上算了。"甩起脚对着龙头屁股踢去,踢得龙头往前一栽,差点栽下柳岸,落入江里。

正是罩鸡这一踢,踢飞龙头脑袋里的恐惧,他猛然想起一个人来,连连道:"有啦有啦!"

罩鸡也不知龙头有了啥,收住脚尖,望着龙头掏出手机,拨起电话来。电话自然是打给韦叶舟的,罩鸡一旁听得明白。

半个小时左右,韦叶舟和于来群赶到凤翔镇,打开车门,把龙头和罩鸡喊到车上。龙头不急于出手录音笔,笑对韦叶舟道:"叶舟兄弟怎么奖励我们吧?"韦叶舟道:"那要看你提供的东西有无价值。"龙头道:"价值肯定不小,不然你也不会亲自跑到凤翔来。咱龙头奖不奖无所谓,东西是罩鸡提供的,不能亏待她。"

罩鸡扬起指头,在龙头后脑上狠狠敲一下,骂道:"别屎少屁多,拿东西出来!"龙头这才老实起来,把录音笔交到韦叶舟手上。韦叶舟瞧两眼录音笔,放进公文包里,又听罩鸡说过录音笔的来历,才道:"罩鸡做得对,这支录音笔放在家里,或交给汪老板,都会给你惹来灾祸。"龙头道:"叶舟兄弟只知表扬罩鸡,忘了不是咱龙头深明大义,开导罩鸡,录音笔早被她扔到江里,哪到得了你手上?"

罩鸡大为不满,道:"你开导个屁!我若有叶舟兄弟手机号,直接找叶舟兄弟,哪还有你什么事?"龙头笑嘻嘻道:"我说开导罩鸡,你说开导个屁,那你就是屁啰?"

罩鸡捏住龙头胳膊,狠狠一揪,疼得他龇牙咧嘴,号叫道:"罩鸡你下手这么狠,当我是鲍长庚,任你折磨!"罩鸡仍不松手,道:"我就是要折磨你,把你折磨死,你好去跟鲍长庚做伴,免得他在那边孤单,说话的人都没有。"

闹会儿,龙头道:"叶舟兄弟和于干部还要赶回安州,就别耽误你们时间了。"韦叶舟道:"行,你俩也忙去吧。录音笔价值重大,日后我再慢慢感谢你俩。事涉机密,你俩千万别说出去,以免惹是生非,引火烧身。"

两人点着头,下了车。韦叶舟和于来群打开录音笔,为当年凤翔机械厂抛售内幕感到震惊。汪老板与吕开基的口头协议还有待证实,韦叶舟和于来群走进设在儒州的相关银行,倒查天宇地产和金鑫钱庄资金流水,并没发现汪老板打过钱。回头联系汪老板,他手机早已停用。赶往浙江汪老板老家,通过当地公安,好不容易堵住汪老板,汪老板还以为是刘天龙派人来找麻烦,一脸惊恐。直到韦叶舟说明来意,汪老板才松了口气,找出当年划款给天宇和金鑫的银行手续,交给韦叶舟和于来群。

回到安州,两人直奔银行,出示汪老板的划款手续,不想天宇和金鑫早将当年接收汪老板款项的账号注销。好在银行后台还有数据,与汪老板提供的划款手续相吻合。面对录音笔、划款手续和银行后台数据,蒲长明和许宝通不得不承认,正是汪老板划入巨资,由刘天龙实际掌控的天宇地产和金鑫钱庄才奠定基础,步步壮大,有了今天的规模。

韦叶舟第一时间将凤翔机械厂抛售情况,以及天宇地产、金鑫钱庄与刘天龙的关系,汇报给黄河清和韩石江,两位领导一致认为,已到了留置刘天龙的时候。

可韦叶舟动作慢了半步,当他再次来到儒州时,刘天龙已死在市长办公室里。刘天龙是昨天下午进入办公室的,此后就再没出去过。政府办的人都知道刘天龙经常不回家,可以几天几夜待在办公室不出门。还不让别人打扰,除非他有召唤。办公室带卫生间,还备有简易军用床及水果、面包、饼干、方便面之类,吃喝拉撒睡都可在里面解决。这于刘天龙几乎属于常态,他在办公室待得再久,也不会有人在意,更不会轻易惊动他。

不过昨晚刘天龙待在办公室,并非有事要忙。这阵脑袋太乱,有事也没法处理。刘天龙在等一个人,这人说好回到儒州就来见他。刘天龙也就哪里都没去,坐在办公室死等。非常时期,刘天龙不敢随便乱跑,办公室又清静,又安全,正好见人。可左等右等,过了午夜十二点,此人还没出现。多日来几乎没睡过囫囵觉的刘天龙觉得困意沉沉,打着哈欠,从文件柜里拿出简易军用床,靠墙摊开,往上面一躺,迷迷糊糊睡去。

此时街上有个黑影,正朝政府大院靠过来。但黑影没走大门,沿着大院围墙,绕上大半圈,来到政府南楼后面的偏巷。巷外是片平缓的荒坡,原属舟桥部队练兵场,部队撤走后一直空在这里,没谁敢动军产。荒坡长满蒿草和杂树,夜虫在草木丛里欢唱,仿佛要唱醒沉睡中的政府南楼。环护着南楼的围墙布满茂密的爬山虎，在月辉下闪着幽光。

黑影耳闻虫鸣，左右瞧瞧，见夜色深沉，似乎没有什么异常。其实数米开外的草木丛里就隐藏着一双眼睛，正冷冷地盯着黑影，只是黑影毫无察觉而已。黑影贴近围墙，小心扒开前面的爬山虎，嵌在砖墙中间的窄窄的铁门呈现于前。黑影从身上拿出手套戴好，再掏出钥匙，打开铁门上的挂锁，隐入门里。

铁门是刘天龙当常务副市长时私下开的。这是刘天龙一贯做派，每主政一地或一单位，都会在办公区围墙某个隐秘处开道小门，遇有特殊情况，比如群众集体上访，或有人闹事围堵，场面难控，有可能危及自身，便走小门溜掉。这叫溜之有法，可见刘天龙的外号"溜市长"，并非徒有虚名。升任儒州常务副市长后不久，刘天龙趁时任市长在外学习，安排亲信开了南楼后墙这道小铁门，再种上优质爬山虎，将围墙遮蔽起来。遇久旱无雨，刘天龙还亲自跑到墙根来浇水，生怕爬山虎藤枯叶焦，暴露小铁门。连小铁门上的挂锁也是他选购的，钥匙就捏在自己手里。这段时间需跟黑影接触，才给了他一把钥匙，黑影来市长办会面，不用走大门，引起他人注意。

黑影穿过小铁门后，顺墙根走数十步，忽然停住，套上布质鞋套，经角门进入南楼，又绕开政府办值班室，轻手轻脚来到市长办门外。楼道里黑灯瞎火，顶灯不知何时炸掉，还没来得及安装。黑影又摸出刘天龙给的市长办门钥匙，开了锁，推门而入，反手将门关上。也不开灯，静静站在地上，以适应屋里的黑暗。这才发现有微弱光线自远处高楼投射过来，屋里的一切包括墙边军用床上蜷曲的人，渐渐浮现在眼前。

军用床上的人自然是刘天龙。刘天龙打着鼾，鼾声还不小。他实在太疲劳，身子一放平就睡了过去。黑影没惊动刘天龙，绕过军用床，一屁股坐到办公桌前。干坐太无聊，总得找点事做做才行。黑影从衣兜里掏出烟，抽一根出来，夹到嘴里，再去身上摸打火机。打火机到了手上，刚打了火，凑到嘴边，正要点烟，又啪一声关掉，把嘴里的烟拿掉，插入烟盒，连同打火机一起塞回衣兜里。

也就是打火准备点烟的瞬间，黑影看到了桌上刘天龙那只带把的不锈钢口杯。刘天龙吃用方面不太讲究，这只普通不锈钢口杯已跟随他多年，因用顺了手，容量又大，倒满水可喝半天，一直舍不扔掉。为省事省心，刘天龙习惯喝白开水，除非水质出问题，烧开后有泥腥味，才搁几片茶叶到里面去腥。近日儒州市供水公司正在进行供水管网改造升级，弄得自来水里异味很重，刘天龙用电热壶烧好开水，倒一杯抿半口，觉得口感不对，才往杯里扔进几片茶叶。茶叶倒是上品，是别人送的西湖龙井，无奈刘天龙没耐心钻研茶道，不怎么当回事，只有白开水没法入口，才拿来中和水腥味，实在有辱上好龙井。

不锈钢口杯里还有大半杯茶水，里面的茶叶早已泡发，半浮半沉。正是这大半杯茶水让黑影放弃了点烟的举动。他意识到自己不是来抽烟的，是来执行重要任务的，不锈钢口杯里的茶水正好派得上用场。黑影收好打火机和烟盒，从裤兜里掏出一个不大的玻璃瓶。玻璃瓶里装着氰化钾。此物人畜少量服食，会马上失去知觉，进而死亡。二战期间纳粹使用名曰氰酸气体的氰化物，毒杀数百万犹太人和吉卜赛人，战后国际法庭判处纳粹二号人物赫尔曼·戈林死刑，行刑前两小时，戈林服用氰化物自杀死亡。纳粹一号人物希特勒死因成谜，但近年有研究认为，希特勒先服用氰化物后又给自己补了一枪，死了个彻底。纳粹的始作俑者用氰化物杀害他人，最后自己死于氰化物，不知是巧合还是上帝的安排。

黑影几下拧开玻璃瓶盖，朝不锈钢杯里倒些氰化钾进去，随即盖好玻璃瓶，不紧不慢塞回裤兜里。这些动作是在黑暗里悄然完成的，既干脆又连贯，神不知鬼不觉，更不用说躺在军用床上的刘天龙。此刻军用床吱嘎响了一声，刘天龙侧了侧身子。黑影不阴不阳道："天龙市长睡得真香啊。"

刘天龙仍在沉睡，但耳朵好像醒着，逮住这似有似无的声音，导入意识里。自己在办公室躲了十多小时，等的不就是这个声音吗？刘天龙挣扎着去追寻这个声音，无奈双脚仿佛陷入深深泥淖，怎么拔也拔不出来。此时声音再次响起："难道天龙市长不想坐起来，听听老板捎给你的话吗？"

也许是老板二字太富于震撼力，刘天龙意念由模糊而清晰，渐渐醒过来。然后揉揉双眼，慢慢坐直身子，望向办公桌后面的黑影，道："你终于来了。"黑影道："老弟惊醒市长美梦，得罪得罪。"刘天龙道："到了这个时候，还哪来的美梦？"黑影道："老板说过，还不到山穷水尽之时，你大可不必悲观。"

一句话卸掉压在刘天龙心头的大石块，他顿时一身轻松，不自觉站起身，朝门边走去，仿佛要去开灯，好看清黑影是不是自己久等的人。手已按到开关上，刘天龙又改变主意，心想都是老熟人，说话声音真真切切，难道还有假不成？再说深更半夜开灯，引起藏在别处的窥视的眼睛注意，岂不坏事？刘天龙摸黑走到屋角，抓起角柜上的水壶倒杯水，转身回到桌旁，放到黑影面前。黑影抱着双手，一动不动，只是嘴上说了声谢谢。

"老弟几时变得这么客气了？"刘天龙顺手抓过桌上的不锈钢杯，咕噜咕噜，几乎把杯里茶水全灌进了肚子。尔后抹把嘴巴，道："老板还说过什么?"黑影道:"老板要我告诉你,一定要沉住气,以不变应万变,别到处乱跑,随便找人,要不了几天,就有好消息传到儒州。"刘天龙深受鼓舞,一边搓着双手,一边在地上来回迈着步子,嘴里咕噜道:"我就知道老板有的是办法,能稳坐钓鱼台,扭转乾坤。"黑影道:"老板就是老板,毕竟不是凡夫俗子,不然又怎么到得了那个份儿上?"刘天龙道:"是的是的,老弟说得对,跟着老板干,绝对不会有错。"

也许是太激动,刘天龙一时没法收住步子,一直在地上来回踱着,嘴上不停地念叨道:"可笑吴楚东、韦叶舟和禹今朝一伙,敢跟老子动真格的。他们恐怕还嫩了点!过几年,多长些见识,增加些本领,再来与老子过招,看是不是对手。"

说着说着,刘天龙声音小下去,脑袋发晕,两眼发涩,脚底像踩在稀泥上,老是打滑。最后身子一软,左摇摇,右晃晃,缩到地上,不省人事。

黑暗中,黑影看得真切,从裤兜里拿出玻璃瓶,轻轻放到不锈钢口杯旁,以制造刘天龙自杀假象。这个"溜市长"溜了大半辈子,也溜累了,到了该歇下来的时候。黑影无声笑笑,慢慢站起身,绕过地上的刘天龙,开门出去,原路返回楼下,贴着围墙走上一小段,靠近隐在爬山虎藤叶里的小铁门。

只是黑影不知道,一双眼睛藏在楼角,将他的离去瞧个一清二楚。

第二天上午,政府办有位女科长从市长办门外经过,感觉空气里有股血腥味,仿佛是从门缝里透出来的。喊来政府办主任,主任吸吸鼻翼,也觉得有异,抬手敲门,门里没有反应。找来值班室的人,问见着市长没有,说昨天下午市长进办公室后,好像再没出来过。主任觉得不妙,从负责保洁的副主任手里要来钥匙,打开门,只见刘天龙倒在地上,侧颈开了个口子,旁边流了一大摊血,有把水果刀浸泡在血水里。

十多分钟后,刑侦大队的民警由涂守军带着,匆匆赶到。涂守军有些吃惊,他本以为像刘天龙这样的人物,即便是死也会比一般人死得优雅些,怎么会死得这么惨!还有办公桌上,不该只有不锈钢口杯,还得有只玻璃瓶才对。玻璃瓶到底去了哪里?

从现场看,刘天龙割颈自杀迹象明显,血水里的水果刀值得重视。经侦察,水果刀出自蒲秀丽。警方怀疑蒲秀丽与刘天龙之死有关,或者说刘天龙并非自杀,有他杀嫌疑,嫌疑人可能就是蒲秀丽或与她有关的人。可当蒲秀丽哭着说出刀逼刘天龙捞出蒲长明的经过,再结合现场勘查结果,蒲秀丽的嫌疑很快被排除。难道刘天龙之死与陈桂花有联系?但陈桂花失踪,一时没法确认。

警方调看刘天龙自杀前后政府大楼数处监控，恰好这个时段停电，监控失效。政府大楼几乎没停过电，监控也有专线电源，怎么会出这种怪事呢？刘天龙他杀的可能性似乎又有所上升。警方再倒查刘天龙自杀前几天行踪，发现他一直待在儒州，家里、政府，政府、家里，两点一线，哪里都没去。多数时间是在政府他自己的办公室。调取其手机通信记录，几乎跟外界没联系。这倒不稀奇，蒲长明、许宝通和龙志坚等人被抓，刘天龙末日在即，谁还愿意走近他，引火烧身？

最后警方还是在刘天龙办公电话里发现两个来电，都是座机号，一个来自安州，一个来自儒州。再往下追究，两个来电都属已很少见的街边公用电话号码。两个公用电话与刘天龙之死有没有关系呢？找到安州和儒州两处公用电话亭，也没发现有价值的线索。

后来还是通过对不锈钢口杯里的残茶及刘天龙的胃液进行检测，提取出氰化物，案情才渐趋明朗：刘天龙自知罪责难逃，服用氰化物自杀，又怕死得不彻底，又给自己补了一刀，就像当年的希特勒一样，只不过希特勒补的是子弹，刘天龙补的是刀刃。

至此高见远和刘天龙案接近尾声。高见远、龙志坚、蒲大明和许宝通等相关人员违纪违法事实确凿，解除留置，移送司法机关依法论处。

刘天龙死后，儒州市长位置空缺，由禹今朝代理。危存虎升任省委常委，暂时仍兼任儒州市委书记，时机成熟再由禹今朝接棒。其他几位，吴楚东升任市委副书记，继续兼任儒州经济开发区书记和主任，史仁美任市委副书记兼常务副市长，杨世杰调任省发改委主任。

有迹象表明，熊继为系刘天龙靠山，而今刘天龙已死，线索断掉，没法再往熊继为身上追究。高见远只承认熊继为开车撞人，自己主动顶替车祸司机，彼此间不存在金钱交易，加之车祸过去数年，负面影响不大，组织只给熊继为记过处分，继续让他担任省委常委，由政法委书记转任省委统战部部长。

刘天龙贪腐一案中，还有一个不起眼的小角色也被韦叶舟通知公安抓获，他就是原儒州人民医院的夏院长。姓夏的得知龙志坚等人被抓后惶惶不可终日，想借出国参会之机出逃。但黄文革带人在他赶往安州机场的路上堵住了他。原来吴楚东将中轴路建设中死亡民工的病历寄给傅克文后，果然在其中找到了疑点：其中用到的一种看似不起眼的药物为美国生产的新药，因为副作用很大且很难控制，国内并未批准引进。据傅克文所知，该药物在美国因导致过好几例头部动手术的伤者死亡，连美国都已经准备全面禁用。而夏院长却不知从何处搞到了这种药物,用在了伤者身上,不但没有必要,而且已涉嫌违法。再加上韦叶舟从龙志坚、蒲秀丽、许宝通、蒲长明等人身上已经打开缺口,牵出了夏院长若干在医院工程建设、药品器械采购中和他们沆瀣一气,大肆攫取回扣的事实,便通知黄文革对其实施抓捕。夏院长、龙志坚等不但要为他们的贪腐行为付出代价,公安方面还已对民工死亡一案进行立案侦查,等待他们的将是党纪国法的严惩。

至于儒北国土案,由检察院移交省纪委监委后,经韦叶舟他们多方调查,确认于正国、侯文志、易晓宏几位不存在经济问题,但也有失察、失能之责,依据监察法及有关规定,让他们恢复自由身,在给予了相应的党纪政纪处分后,回到工作岗位,以观后效。连负有领导责任的吴楚东都被叫去进行了诫勉谈话。相关开发商和吴碧玉等人虽有违纪违规行为,但不足以留置,也放回了家。

而钱小鹤,两反局把她带走后,查抄家里和她与吴楚东的账户,都未发现范老板所说的那三十万现金或银行出入账记录,审问钱小鹤,她也言之凿凿早就将钱退给范老板了,而且范老板的那个项目后来也被管委会重新评估后收回,不存在所谓的权钱交易。两反局拿她没办法,案情就僵在了那里。等到韦叶舟介入后,查清了如下事实:原来当时钱小鹤将范老板送的三十万元钱连包一起都让钱小鸿还回去,钱小鸿拿着这么大一笔钱出了姐姐家门,就动起了心思,觉得姐夫装清高,姐姐太怂包,项目都帮范老板拿到手了,钱却不敢收,还说要重新评估,并让自己不要再跟着范老板掺和。今后自己上哪儿还能挣着这三十万啊!想到这里,钱小鸿把心一横,这三十万他就没有还给范老板,自己昧下了。而范老板钱送出去了,项目最终却黄了,心中当然生气,正思谋着找吴楚东钱小鹤两口子的麻烦呢,恰好因国土检查这档子事,两反局把包括他在内的一批人关起来审问。审讯的过程十分顺利,范老板很快就把自己给吴楚东妻子钱小鹤送了三十万的事说了,成了两反局抓钱小鹤的主要依据。韦叶舟在钱小鸿家里查到了那三十万现金,连装钱的包都没换。他把钱放在家里,既没还给范老板,也不敢动用,想看看情形再说,结果也因此把姐姐给送了进去。

数月煎熬,钱小鹤像换了个人似的,面容憔悴,双目无神,一下子老了许多。是吴楚东开车把她接回儒州的。一路上两人沉默着,无话可说。直到进了屋,钱小鹤才忍不住趴在吴楚东肩上,痛哭起来。吴楚东心里一疼,像被什么蜇了一下。毕竟是自己十多年的妻子,遭此劫难,能无动于衷吗?

吴楚东觉得自己对钱小鹤管教不严,让她一头钻进钱眼里,才付出这么大的代价。钱小鹤倒不会这么想。她拿的钱是范老板通过钱小鸿送的，她退也是通过钱小鸿退的，不料这小子居然敢把钱私吞了，害得自己被抓进去关了几个月。钱小鹤恨死钱小鸿了，决定这辈子再不认这个小兔崽子。女人最关心的还是子女，哭够后，钱小鹤抬起头来，问："丹丹呢？我没在家时，她怎么过的？是不是成了叫花子？"吴楚东说："和以往一样，吃饭睡觉上学。"

钱小鹤刨根究底，说："你管她的生活和学习？"吴楚东说："检查组带走那么多人，经开区都快瘫痪了，我哪还有时间管她？"钱小鹤说："那又是谁管的她？不是我姐钱小鸥吧？"吴楚东说："钱小鸥连工作都没有，天天为生计奔忙，怎好给她增加负担？再说你被带走时，她刚跟黎进步打了一架，住进医院，差点出了人命，也没法给我照顾丹丹。"

钱小鹤还不罢休，继续追问："你请了保姆？"吴楚东说："一个熟人，叫沈柳亭，这两三个月都是她帮忙照管丹丹。"钱小鹤："沈柳亭是谁？"吴楚东说："奚思思现任丈夫的前妻。"

钱小鹤满眼迷惑，脑子一时转不过这个弯来。吴楚东解释道："奚思思现在的丈夫傅克文是省医大附医医生，正好省委韩书记夫人身患重症，无人可治，我通过奚思思找到傅克文，治好韩夫人的病，韩书记这才来到儒州，又同意韦叶舟意见，接手国土案，对你们网开一面，否则你还待在里面。我是因为沈柳亭有事去找傅克文，在傅克文那里碰巧和她认识的。正好你被检查组带走，我只得厚着脸皮，求助沈柳亭，请她临时照管一下丹丹。这段时间丹丹一直住在她家，上下学也是她负责开车接送。"

这话没破绽，但有两点不确，一是吴楚东并非通过傅克文认识的沈柳亭，二是傅克文给韩夫人治病在沈柳亭照管丹丹之后。钱小鹤不明真相，说："怎么联系沈柳亭？我要好好感谢她，也把丹丹接回来。"

吴楚东正要答话，有人敲门，竟是钱小鸿。他也刚被放出来，特意来给钱小鹤赔礼道歉。钱小鹤气得直打战，大骂道："你还有脸来见我？"抓过桌上的烟灰缸，往钱小鸿头上狠狠砸去。

钱小鸿偏偏不躲不闪，还把脑袋伸过来，去迎烟灰缸。也是吴楚东手快，在钱小鹤腕上猛拍一掌，烟灰缸才掉落地上，重重砸向地板。

钱小鹤尤不解恨，张牙舞爪向钱小鸿冲过去，又被吴楚东拦住。钱小鸿怔了怔，"咚"一声跪到地上，一边自甩耳光，一边骂自己不是人，是畜生，还请姐姐姐夫原谅自己这一回。钱小鹤手指钱小鸿，歇斯底里叫道："我没你这个弟弟，你现在就给我滚，滚得远远的，这辈子不要再让我见到你！"

钱小鸿只得抱头逃去。钱小鹤还在吼，吼声震得窗玻璃都一颤一颤的。

眼见丹丹放学时间快到,吴楚东管不了钱小鹤,给丹丹发短信,要她直接回家,别上沈姨家去了。丹丹很快回信问:"妈妈出差回来了?"

吴楚东回复"是",又打通沈柳亭电话,说:"丹丹妈已经回家,就不麻烦你去接丹丹了。"沈柳亭说:"这是个好消息。只是天天跟丹丹待一起,见不到她,我会很不习惯。"吴楚东说:"丹丹会去看你的。"

丹丹回到家里,一见钱小鹤,扑到她身上,说:"妈到哪里出差,怎么去那么久?看你瘦了好多,也黑了好多。"

钱小鹤将丹丹搂紧点,心疼道:"妈没在家,女儿受苦了。"丹丹说:"我没受苦,沈姨对我可好了,天天接送我,还给我做好吃的。"钱小鹤试探道:"沈姨一定又年轻又漂亮吧?"丹丹说:"比你年轻,跟你一样漂亮,气质很不错。"

钱小鹤皱皱眉,说:"沈姨干吗对你好?"丹丹说:"她是我爸朋友嘛,跟我也谈得来。"钱小鹤说:"哪方面谈得来?"丹丹说:"她陪我玩游戏,跟我一起跳新疆舞。"钱小鹤:"玩游戏跳舞去了,不用做作业了?"丹丹说:"作业当然要做,玩了游戏跳过舞,再做作业,效率还高些。"钱小鹤说:"钢琴呢?也没再练?"丹丹说:"沈姨家又没钢琴,没法练。"钱小鹤说:"这么久没练钢琴,手肯定生了,快练去!"

丹丹撅着嘴巴,极不情愿地去了小屋,打开琴盖。吴楚东手机铃声响起,看是蔡宏图的号码,赶紧跑到阳台上,摁下绿键。财信银行新行长到任后,蔡宏图也康复出院,重新办理续贷手续,五亿贷款到位,宏图新科起死回生,恢复正常运转。蔡宏图又来到儒州,跟吴楚东衔接,准备重启公司在儒北经开区内的项目。

这也是经开区的工作,第二天吴楚东召集管委会各部门,与蔡宏图及项目负责人见面,把任务布置下去。蔡宏图他们走后,吴楚东静下心来,审阅申报国家级开发区的材料。此项工作上年就已着手运作,国土检查组进驻经开区后被迫中断,而今风浪过去,阻力排除,自然得重新提上议事日程。

危存虎和禹今朝对此非常重视,多次叮嘱吴楚东,尽快重启申报工作,经开区早升级,早获取国家支持,也好早见成效。吴楚东干劲很大,亲自担纲申报工作,申报材料已数次修改,还不放心,再度把关,只待正式成文,往上报送。

(请看第二部)